CHASM CITY

渊堑城

ALASTAIR
REYNOLDS

［英］阿拉斯泰尔·雷诺兹 著　　何锐 译

CS 湖南文艺出版社 博集天卷 CS-BOOKY

著作权合同登记号：图字 18-2023-261

图书在版编目（CIP）数据

渊堑城 /（英）阿拉斯泰尔·雷诺兹（Alastair Reynolds）著；何锐译 . -- 长沙：湖南文艺出版社，2024.3
ISBN 978-7-5726-1595-5

Ⅰ. ①渊… Ⅱ. ①阿… ②何… Ⅲ. ①幻想小说—英国—现代 Ⅳ. ① I561.45

中国国家版本馆 CIP 数据核字（2024）第 017076 号

上架建议：畅销·科幻

YUANQIAN CHENG
渊堑城

著　　者：[英]阿拉斯泰尔·雷诺兹
译　　者：何　锐
出 版 人：陈新文
责任编辑：吕苗莉
监　　制：董晓磊
策划编辑：公瑞凝
特约编辑：张晓虹
营销编辑：木七七七_
版权支持：王媛媛
版式设计：李　洁
封面设计：尚燕平
内文排版：百朗文化
出　　版：湖南文艺出版社
（长沙市雨花区东二环一段 508 号　邮编：410014）
网　　址：www.hnwy.net
印　　刷：北京天宇万达印刷有限公司
经　　销：新华书店
开　　本：680 mm × 955 mm　1/16
字　　数：651 千字
印　　张：42.75
版　　次：2024 年 3 月第 1 版
印　　次：2024 年 3 月第 1 次印刷
书　　号：ISBN 978-7-5726-1595-5
定　　价：108.00 元

若有质量问题，请致电质量监督电话：010-59096394
团购电话：010-59320018

亲爱的新至来宾：

欢迎来到天苑四太阳系。

无论之前发生了什么，我们还是希望在此处的逗留能令您愉悦。我们编纂了这份文档，向您介绍我们近期历史中的一些关键性事件，供您参考。希望这份文档能让您更容易地进入一个可能与您在离港启程时的预期大相径庭的文明之中。有一点很重要，您应当认识到，在您之前就已经有人抵达。我们基于他们的经验打造出了这份文档，其设计旨在尽可能减少文化适应冲击。我们发现，对已经发生并还在继续发生的事实，试图加以掩盖或是轻描淡写，最终为害匪浅；而最好的做法——对与您类似的案例所进行的统计研究表明——是以尽可能坦白与诚实的方式陈述事实。

我们完全清楚，您最初的反应很可能是怀疑，随后迅速转为愤怒，然后长期处于拒绝接受这一切的状态。

重要的是领会到这些反应都是正常的。

同样重要的是领会到——哪怕是在起初的这个阶段——你迟早会适应过来，接受真相。那可能是从现在算起几天后的事；甚至可能是几周或几个月后，但除了极少数特例，人人都会如此。你甚至可能在回首这段时间时，希望自己当初能更快地完成从拒绝到接受的转变。你会明白，只有当这个过程完成后，才有可能感受到幸福愉悦之类的东西。

那么，让我们开始这个适应的过程吧。

由于整个太空殖民空间内的通信从根本上受限于光速，来自其他太阳系的消息不可避免地会过时；往往会过时几十年，甚至更久。您对我们太阳系中最主要的行星——黄石星的了解，也几乎肯定是基于过时的信息。

确实，在两个多世纪中——事实上，直到最近——黄石星都处于被大多数当代观察家称为“美好时代[1]”的状态之中。这是一个前所未有的社会与技术的黄金时代，我们的意识形态模板被所有人视为一个几乎完美的社会管治体系[2]。

众多成功的探险队伍从黄石星启程升空，成果包括在别的太阳系建立了子殖民地，还有雄心勃勃的科学探索，远达人类在太空的边疆。在黄石星和它的熠耀带[3]上进行了许多富于创见的社会实验，包括加尔文·西尔维斯特和他的门徒们的工作——尽管它引人争议，但是富于开创性。伟大的艺术家、哲学家和科学家在黄石星有利于创新的环境中纷纷涌现，对神经增强技术进行着无畏的探求。别的人类文明社会选择对联合体[4]持怀疑态度，但我们民主全权主义者[5]——我们无惧于增强思维手段的那些积极影响——和联合体建立了融洽的关系，得以充分利用他们的技术。他们的星际飞船引擎令我们所能移民的太阳系远多于那些依循普通社会构造的文明。

的的确确，那是个辉煌的时代。很可能您在到达此地时所期望的状况也正是那般。

不幸的是，如今此地已然人事全非。

七年前我们的太阳系中大变突生。确切的传播载体即使现在也不清楚，但几乎可以肯定的是，那种瘟疫随着某艘飞船抵达此地；它当时多半处于休眠状态，携带它的船员们也并不知情。或者它抵达的时间还要更早几年。如今看来真相已经不太可能揭晓，太多的东西已被摧毁或是遗忘。我们以数字方式存储的大量行星历史遭到了瘟疫的抹消或是损坏。在许多情况下，只有人类的记忆尚保持完整……而人类的记忆是不可能消除其固有缺陷的。

融合疫的攻击正中我们社会的核心要害。

1.原文为法语。原指第一次世界大战前欧洲的几十年黄金时代，这里指黄石星上民主全权主义者文明的巅峰时期（约 2205—2510 年）。（如无特殊说明，以下均为译者注）

2.指民主全权主义者的制度。

3.在一定高度上环绕黄石星运行的众多轨道站的总称。因其光芒熠熠而得名。

4.作者虚构的一个人类分支，因其思维能互相联合而得名。详见作者其他作品，如《天启空间》。

5.作者虚构的一个人类分支，其中的人类以神经植入装置持续进行投票，决定各种事务和进行事后评判，各人手中的票数依照投票产生的结果而变动，被外人讽刺为“行尸走肉”。

它不完全是一种生物学上的病毒，也不完全是一种软件病毒，而是一种诡异的、不断变化的杂合体，介于二者之间。瘟疫病毒的纯正品系一直未能被分离出来，但在其纯正的形式下，它肯定类似于一种纳米机械，类似于我们自己的医疗技术中那些分子尺度的装配器件。它必然源于外星文明，这一点看起来毫无疑问。同样清楚的是，我们对瘟疫所施加的任何措施顶多也只能令其迟滞。大多数时候，我们的干预措施都只会使事情变得更糟。瘟疫会适应我们的攻击；它转化我们的武器，然后将其掉头朝向我们。似乎有某种隐而不现的智慧在引导它。我们不知道这种瘟疫是不是针对人类的，也不知道我们是否真的非常非常不走运。

读到此处，根据我们以前的经验，你最有可能的反应是认为这份文档是个恶作剧。我们的经验也表明，我们否认这一点将加速适应的过程，其程度轻微，但在统计学上是有意义的。

这份文档并不是恶作剧。

融合疫确实发生了，并且它的影响远比你目前所能想象的还要严重。在瘟疫初现之际，我们的社会浸没于数以万亿计的微小机器之中。它们是我们的仆役，没有思维，毫无怨言，是生命的赐予者和物质的塑造者，但我们几乎完全不会意识到它们。它们在我们的血液中不知疲倦地涌动。它们在我们的细胞中无休无止地劳作。它们在我们的大脑中凝结聚集，将我们所有人都连接到近乎瞬时的民主全权主义决策网络中。我们在直接操纵大脑感官机构编织而成的虚拟环境中移动，或者将我们的思维扫描并上传到迅如疾电般的计算机系统中。我们锻铸和雕刻山脉大小的物质，用它谱出交响乐，让它随我们的意念翩翩起舞，犹如被驯服的火焰一般。离神明之座更近一步的唯有联合体……而我们，有些人说，落后他们也并不太多。

机器从自然状态下的岩石和冰块中培育出我们的轨道城邦，然后自动引导无活性的物质化为它们生物圈中的生命。会思考的机器管理着这些城邦，照看着熠耀带中环绕黄石星运行的上万个居民点。机器让渊堑城成为现在的样子，将城里奇形怪状的建筑塑造成一幅犹如童话仙境般的美景。

所有这些都已一去不复返。

情况比你想象中还要糟糕。如果瘟疫只是杀死我们的机器，仍会有数百万人死亡，但那就是一场尚可应对的浩劫，我们还可从中恢复的厄难。可这场瘟疫超越了单纯的破坏，进入了更近乎艺术的领域，尽管那是种变态虐待狂的怪诞艺术。它导致我们的机器不受控制地（至少我们无力控制）进化，探求着怪诞的全新共生形式。我们的建筑变成了哥特式的噩梦，将我们困在其中，让我们来不及逃脱它们致命的变化。那些机器，我们细胞中、我们血液中、我们头脑中的机器，开始打破它们所受的束缚——渗透融入我们，侵蚀生物活质。我们变成了血肉和机械融合体的幼虫，熠熠生辉。我们葬下死者之后，尸骸依旧会不断生长，协同蔓延，与城市的建筑融合到一起。

这是个恐怖的时代。

并且它还未结束。

兼且，像任何真正高效的瘟疫一样，我们的寄生者谨慎地没有完全杀死其宿主群体。数千万人死去了，但还有数千万人找到了某种避难所，躲进了城市中或轨道上被密封的孤立场所之中。他们的医疗微械被下达了紧急自毁命令，将自己化作微尘，无害地流到体外。外科医生们疯狂地工作，在瘟疫的足迹追上之前拔出人们头上的植入装置。另一些市民太过依赖他们的机器，无法放弃它们，于是向低温休眠寻求逃避之道。他们选择被埋葬在密封的公共冷冻库中……或是彻底离开这个太阳系。与此同时，数以千万计的人从轨道上拥入渊堑城，逃离正在毁灭的熠耀带。其中有些曾是这个太阳系中最富有的人，但现在他们就像历史上的任何难民一样贫穷。而他们在渊堑城的所见所闻也很难让他们感到安慰……

——摘自 2517 年一份面向新来者的介绍文档，该文档可在环黄石空间免费获得

目录

Contents

第一章 /001

第二章 /015

第三章 /025

第四章 /041

第五章 /053

第六章 /074

第七章 /090

第八章 /105

第九章 /127

第十章 /133

第十一章 /150

第十二章 /164

第十三章 /192

第十四章 /215

第十五章 /226

第十六章 /248

第十七章 /266

第十八章 /280

第十九章 /294

第二十章 /315

Chasm City

第二十一章 /345

第二十二章 /357

第二十三章 /368

第二十四章 /376

第二十五章 /393

第二十六章 /404

第二十七章 /419

第二十八章 /440

第二十九章 /449

第三十章 /471

第三十一章 /492

第三十二章 /499

第三十三章 /508

第三十四章 /524

第三十五章 /532

第三十六章 /557

第三十七章 /586

第三十八章 /606

第三十九章 /615

第四十章 /625

第四十一章 /641

第四十二章 /655

尾声 /667

第一章

迪特林和我抵达太空桥下方的时候，正值暮色降临。

“有件事你得知道，关于血手瓦斯奎兹的，”迪特林说，“千万别当面这么叫他。”

“为什么？”

“因为那会让他勃然大怒。”

“那又有什么关系？”我让我们的滚轮车减速到几乎停止，然后把它泊进排在街道一侧的那些各色各样的交通工具当中。我放下固定器，过热的涡轮机闻起来跟滚烫的枪管似的。“我们通常可并不会担心社会渣滓的感受啊。”我说道。

“确实，但这次最好还是小心为上。瓦斯奎兹或许并非犯罪界天空中最耀眼的明星，但他有一些朋友，而且他在极端残忍的施虐行为上是把好手。所以你尽量表现得体些吧。”

“我会尽最大努力的。”

“是啊——并且你会全程尽量不让太多血溅到地上，对不对？”

我们走出滚轮车，两人都伸长脖子，好看清太空桥。今天之前我还从没见过这玩意儿——进入非军事区我这都是头一遭，到新瓦尔帕莱索城就更别提了。即便我们还在城外十五到二十千米，它看上去还是大得简直荒诞。天鹅星已经朝着地平线落下，胀鼓鼓的，通红一片，只在中心附近有炽热的白光闪动，但光线仍然够亮，能看得到桥身那根细线，偶尔还能分辨出一些在上升下降的珠子，那是沿着桥身进出太空的升降电梯。甚至这时我还在怀疑，会不会我们已经来得太晚了，会不会瑞维奇已经搭乘了某部升降梯，但瓦斯奎兹向我们保证说，我们追捕的那个男子还在城里，正忙着收拢他在斯凯先手星上的资产网络，将资金转移到长期账户当中。

迪特林大步绕向我们的滚轮车后方，挂上层层叠叠的装甲块后这辆单轮车看上去像是只蜷成一团的犰狳，然后他按开一个小小的行李舱。

“妈的！差点忘了大衣，哥们儿。”

“实际上，我希望你忘掉。”

他丢给我一件大衣。“穿上它，别抱怨啦。”

我套上大衣，把它在我已经穿着的几层衣物上安顿妥帖。大衣的下摆擦到了街上泥雨形成的水洼，但贵族就是喜欢这么穿，就好像要挑逗别人去踩他们的大衣后摆似的。迪特林耸耸肩，穿上自己的大衣，开始点击围着袖口一圈的纹样选项，对给出的每套服装式样都厌恶地大皱眉头。“不行。不行……也不行。绝对不行。这套也不行。”

我伸手过去，按下其中一个选项。“就这个。你看上去帅爆了。现在，闭嘴，把枪递给我。”

我已经给自己的大衣选定了珍珠白色，我希望以这种颜色作为背景，它和枪的颜色反差较小。迪特林从夹克口袋里抽出那把小小的武器，把它交给我，就像是递过来一小盒香烟似的。

枪很小，而且是半透明的，它光滑的有机玻璃外表下看得到细小的零件，模模糊糊的。

这是把发条枪。它完完全全是用碳做的——大部分是钻石，但加入了些富勒烯，用于润滑和能量存储。它里头不包含任何金属或是炸药，也没有电路，只有扳机杠杆和棘轮，由富勒烯进行润滑。它发射的是自旋稳定钻石箭弹，能量来自富勒烯线圈的松弛，那些线圈之前要被收紧，卷到濒临断裂。你得用一把钥匙上紧线圈，就跟给玩具老鼠上发条似的。上头没有瞄准装置和稳定系统，也没有目标捕获辅助功能。

这些都无所谓。

我让枪溜进我的大衣口袋里，确信没有哪个行人目睹了这次交接。

“我跟你说，我想过给你换套像样些的打扮。”迪特林说道。

“这件就可以了。”

“可以？坦纳，你太让我失望啦。这件衣服有种激烈而邪恶的美。我甚至觉得，完全可以穿成这样去打猎。”

我想，这是典型的米盖尔·迪特林式思维，在任何不同场景下总能从打猎的角度看待问题。

我努力挤出笑容。“我会把它完完整整还给你的。如果失败了的话，我就知道圣诞节该送你什么了。”

我们起步朝着太空桥走去。之前我们俩谁都没来过新瓦尔帕莱索城，但这无所谓。和这个星球上许许多多较大的城镇一样，它的基本布局，甚至包括街道名称，都有些让人非常熟悉的地方。我们的大多数定居点都是围绕着三角形的街道结构组织起来的，中央有个每条边长约一百米的三角形，从三个顶点上延伸出三条主干道。围绕着这个核心通常会连续出现一系列的三角形，越来越大，直到规整的几何秩序遭遇混杂在一起的散乱郊区与重建区域的侵入。人们对中心三角区的处理视定居点而不同，通常取决于那个城镇在战争期间被占领或轰炸的次数。只有在非常罕见的情况下，三角翼穿梭机才会有些许痕迹存留，定居点正是围绕着那些穿梭机发展起来的。

新瓦尔帕莱索城也是这样发展起来的，所有那些常见的街道名称这里都有：恩图曼、尼奥金科、阿梅斯托等等。但这里的中心三角区被盖在了太空桥的终端结构之下，这家伙成功地让自己成为对交战双方都弥足珍贵的资产，得以安然无恙地幸存下来。它边长三百米，黑乎乎的，巍然矗立于地上，好似一艘飞船的主体，但底部的几层却镶满了酒店、餐馆、赌场和妓院形成的疮疤。但哪怕看不见太空桥，从街道本身也可以看出，我们正身处一个靠近登陆点的老街区。一些建筑根本就是一个个货运舱堆叠而成的，每个货舱上都开了门窗，然后在两个半世纪中被各种异想天开的建筑设计连接在一起。

“嘿，”有个声音说道，“坦纳·蹩脚货·米拉贝尔。”

那男人斜倚在一道有遮阳棚的门廊中，就像是个无所事事，只能观察昆虫爬行的家伙。我之前只通过电话和视频跟他打过交道——并且一直让我们的交谈尽可能简短——所以我本以为他会高大得多，不会这么像一只老鼠。他的大衣跟我穿的这件一样厚重，但他那边的样子看起来就像是大衣随时都会滑落到地上似的。那人满口的黄牙都被他自己锉得尖尖的，轮廓分明的脸上到处都是参差不齐的胡楂，一头长长的黑发被从朴实无华的前额全梳到了后面。他的左手拿着一根香烟，时不时靠到嘴边，而他的另一只手——右边那只——则隐没在大衣侧边的口袋里，并且毫无抽出来的迹象。

“瓦斯奎兹，”我说话时没表露出对他追踪迪特林和我有半分惊讶，“我相信你已经把我们的目标纳入监视之下了。”

“嘿，放轻松，米拉贝尔。那家伙去放个水我都一清二楚。”

“他还在处理他那些事？”

“是啊。你也知道这些富家子什么德行，时时操心事业。伙计，要换了我，我早在太空桥上了，就跟块口香糖似的粘在上头。”他拿香烟朝迪特林的方向点了点，“这位猎蛇小子，我说得对吧？”

迪特林耸耸肩。“你说对就对吧。”

“那可真他妈的挺酷的，我是说猎蛇。”他用拿烟的手比画着，假装在用枪瞄准，发射，毫无疑问是在瞄着一条想象中的哈玛德律阿得斯[1]。“我想，你下

1.该行星上的一种本地生物，在动起来时状若巨蛇。得名于古希腊神话的林中护树女仙，原因详见后文。

次出去打猎的时候应该能把我塞进队伍。”

“我不知道，”迪特林说，“我们不倾向于使用活饵。但我会去跟老板谈谈，看看我们能不能安排一下。”

血手瓦斯奎兹冲我们龇出了他那口尖牙。“够幽默。我喜欢你，猎蛇小子。话说回来，只要你给卡乌拉干活，我就会喜欢你。不过他现在咋样？我听说卡乌拉这回跟你差不多惨，米拉贝尔。实际上，我甚至听到些恶毒的流言，大概意思是说他没挺过来。”

卡乌拉的死我们目前并不打算对外公告，直到我们想清楚这样做的后果之前都不打算，但这消息显然已经抢在我们之前抵达了新瓦尔帕莱索城。

“对他我已经尽力了。”我说。

瓦斯奎兹点了点头，动作缓慢而审慎，就好像他心中某个神圣的信念刚刚获得了确凿无疑的证实。

“是啊，我听到的说法也是这样的。”他把左手搭到了我的肩头，注意没让烟头碰上大衣珍珠白色的纤维。“我听说你少了条腿还驱车开过了大半个星球，就为了能把卡乌拉和他那个泼妇送回家。好一番英雄壮举啊，伙计，就算对一名白眼人[1]也是。你可以跟我喝着皮斯科鸡尾酒好好讲讲这一切，而猎蛇小子可以筹划他下次去野外的时候怎么把我带上。对吧，阿蛇？”

我们继续往前走去，大致朝着太空桥所在的方位。“我不觉得还有时间做那种事，”我说道，“我是指喝酒。”

“就像刚才说的，放轻松点。”瓦斯奎兹大步流星走在最前面，一只手仍然插在口袋里。“我真搞不懂你们这些人。其实就只用你们发个话，然后瑞维奇就再也不会成为任何问题了，只是地板上的一块污迹。邀请依然有效，米拉贝尔。”

“我必须亲手了结他，瓦斯奎兹。”

“啊。我听到的说法也是这样。就跟世代宿仇似的。你跟卡乌拉家那个小婊子之间有些什么，是不是啊？”

---

1. 指士兵。原因见下文。

“说话委婉完全不是血手的强项，对吧？”

我看到迪特林皱起了眉头。我们在沉默中往前又走了几步，然后瓦斯奎兹就停了下来，转身面对着我。

“你刚才说啥？”

“我听说，人们在背后都管你叫血手瓦斯奎兹。”

“他们到底有没有这么叫跟你他妈的有什么关系？”

我耸了耸肩。“我不知道。反过来说，我和吉塔之间有没有发生什么跟你又有何干系呢？”

“好吧，米拉贝尔。”他抽了口烟，这回比之前抽得更久。“我想，我们算是互相理解了。我有些不喜欢别人问东问西的事，而你也有些不喜欢别人问东问西的事。也许你跟吉塔搞过，我不晓得有没有，哥们儿。”他看着我，我仰面看天。“但就像你说的，这跟我没什么关系。我不会再问了。我压根也不会再去想这个问题。但你也该对我好一点，对吧？别叫我血手了。我知道瑞维奇在外头的丛林里对你做了些相当可怕的事。我听说那些事可不怎么有趣，你几乎死掉。但有件事你得搞清楚，好不好？在这里，你们可是寡不敌众啊。我的人一直都在盯着你们。这意味着你们不会想要惹我不高兴的。而你们如果真的让我不高兴了，我可以安排你们遇到些糟糕的事情，糟糕得会让瑞维奇所做的那些相比之下就跟他妈的泰迪熊野餐一样轻松愉快。”

“我觉得，”迪特林说，“我们最好相信这位先生的话是认真的。对吧，坦纳？”

“这么说吧，我们俩都触及了对方的痛处。”一阵可怕的沉默持续了好一会儿，然后我开口说道。

“没错，”瓦斯奎兹说道，“我喜欢这样。我跟米拉贝尔，我们都是一碰就炸的家伙，我们会互相尊重对方的敏感点。棒极了。那么，在等着瑞维奇采取下一步行动这段时间，我们去喝点皮斯科鸡尾酒吧。”

“我不想离开太空桥太远。”

“毫无问题。”

瓦斯奎兹在我们前方，穿过傍晚散步的人群，漫不经心、轻松自在地开出一条道路。有栋货运舱楼的最底层传出一阵乐声，是有人在练习手风琴，声音缓慢而呆板，跟送葬曲似的。有几对夫妇在外头散步——大部分是当地平民，而不是贵族，但他们在财力允许的范围内尽可能穿着得体。这是些真正无拘无束的漂亮的年轻人，脸上带着微笑，在找吃东西、赌博或听音乐的地方。战争很可能已经触及了他们的生活；他们或许已经失去了朋友或亲人，但新瓦尔帕莱索城离互相杀戮的前线还足够远，战争在他们的脑海中并不必然会时时浮现。很难不羡慕他们，很难不希望能和迪特林走进一家酒吧把自己喝得酩酊大醉，忘掉那把发条枪，忘掉瑞维奇，忘掉我来到太空桥的原因。

当然，今晚出来的人不只是他们。这里有在休假的士兵，他们身着便装，但一眼就能分辨出来——从他们削到短得可怕的头发，从那些经过电流刺激法增强的肌肉，从他们手臂上的迷彩文身，还有他们被晒成那种古怪、不对称模样的面孔，上头有只眼睛，周围一圈的皮肉都是惨白色的，因为他们时常用那只眼透过头盔上的单片瞄准目镜窥视前方。来自冲突各方的士兵几乎自由地混杂在一起，靠着四处游走的非军事区民兵才没引起乱子。只有这些民兵才被允许在非军事区携带武器，他们戴着浆好的挺括白手套，挥舞着自己的枪支。他们完全不打算碰一碰瓦斯奎兹，而迪特林和我即使没有跟他走在一块，也不会被他们打扰。我们看起来可能像是两只硬塞进衣服里的大猩猩，但很难会被误认为是现役士兵。首先，我们俩看起来都太老了，都快人到中年了。在斯凯先手星，这么说的意思和人类历史上的大部分时间里都一样：二三十岁。

这离人类寿命的一半都还差得远。

迪特林和我的体格都保持得良好，但还不及能让我们被当作现役士兵的程度。士兵的肌肉组织一直都不类于常人，但跟我还是个白眼人的那时候相比，现在那样子无疑更加极端。当年还可以说，为了携带你的武器，你就需要增强肌肉。在那之后，装备得到了改进。但今晚，街上士兵们的身体看起来就像是由某位喜爱荒诞夸张风格的漫画家草草勾勒而出的。在战场上，这种效果会因为眼下盛行的轻便武器而变得分外突出：所有这些肌肉只为扛起那些一个孩童也可以拿得动的枪械。

“进来。”瓦斯奎兹说道。

他所在的位置是围绕着太空桥底下的一圈破败的建筑之一。他带着我们走进一条不长的阴暗小巷，然后穿过一扇没有标记的门，门的两侧有大蛇的全息图。门里的房间是个规模很大的厨房，里面满是蒸汽。我眯起眼睛，擦了擦脸上的汗水，俯身钻过一排排杀气腾腾的厨具。我有些好奇，不知道瓦斯奎兹是否曾把它们用于某些烹饪以外的活动。

我悄声对迪特林说：“他为什么对被叫作血手那么敏感？”

“说来话长，”迪特林说，“而且也不仅是血手的问题。”

时不时会有个袒胸露背的厨师从蒸汽里冒出来做点什么，一个个脸都半掩在塑料呼吸罩后面。瓦斯奎兹跟其中两个人说了几句，而迪特林则用他的手指飞快地伸进沸腾的水中，从锅里捞起了什么，然后试探着咬了一口。

“这是坦纳·米拉贝尔，我的一个朋友，”瓦斯奎兹对主厨说道，“这家伙以前可是个白眼人，所以别惹他。我们要在这里待上一阵子。给我们拿点喝的。皮斯科鸡尾酒。米拉贝尔，你饿吗？”

“不是很饿。不过我觉得米盖尔已经忍不住自己动手开吃了。”

“很好。不过我觉得今晚的老鼠味道有点不对，阿蛇。”

迪特林耸了耸肩。“相信我，我尝过更糟糕的味道。”他又往嘴里塞了一小块。“嗯。实际上，这只老鼠相当不错。挪威鼠种，对吗？”

瓦斯奎兹领着我们走出了厨房，进入一间空荡荡的赌博厅。起初我还以为这地方只有我们几个在。房间里的光源都藏在隐蔽处，装饰奢华，铺着绿色的天鹅绒毯，位置恰到好处的基座上摆放着在咕嘟冒泡的水烟。墙面上的画全用深浅不一的棕色绘制——不过我走近一看才发现，那根本就不是绘画，而是木片被精心切割成不同形状，然后粘在一起构成的拼贴图。有些木片甚至闪动着淡淡的光泽，意味着它们是从哈玛德律阿得斯树的树皮上割下来的。这些图片都有一个共同的主题：斯凯·奥斯曼的生平。有一张是由五艘飞船组成的大船团从地球所在的太阳系跨越太空，抵达了我们这个太阳系。有一张是在大停电之后，提图斯·奥斯曼手持电筒，找到了他孤身处于黑暗中的儿子。有一张是斯凯在船上的医务室里看望他的父亲，之后不久提图斯就死于保卫圣地亚哥号免遭蓄意破坏时所负的重伤。还有一张图片同样精致地呈现了斯凯·奥斯曼的罪行和荣耀：他为确保圣地亚哥号比大船团中的其他船只更早到达这个世界所做的事。飞船上的休眠模组像蒲公英的种子一样坠到船外。然后，所有图片中的最后一张上，是人们对斯凯的惩罚：他被钉在了十字架上。

我依稀记得，那件事就发生在这附近。

但这房间不仅仅是属于奥斯曼的圣地。房间四周的壁龛里摆放着各式传统的赌博机，还有半打桌子——显然是用来晚上打游戏的，虽然现在还没人玩。我听到的只有老鼠暗地里不知在何处窜动的声音。

不过房间的正中央有个半球状的隆起，纯黑色的，直径至少有五米，环绕着它的是一堆有软垫的椅子，安装在复杂的伸缩基座上，高出地面三米。每把椅子都是一边扶手上镶嵌着赌博控制台，另一边则装上了一大批静脉注射器。大约一半的椅子里都有人坐着，但这些人的身影纹丝不动，跟死了似的，以至于刚进入房间时我甚至没有察觉到他们。他们瘫坐在椅中，面部松弛，闭着眼睛。他们全都带有那种难以捉摸的贵族气质：一种拥有巨大财富和禁止他人接触的气场。

“这是怎么回事？”我说，“今早你关店以后忘了把这帮家伙扔出去？”

“不。他们几乎是一直在这里不动的，米拉贝尔。他们在玩一个持续数月的游戏，赌的是地面战役的远期结果。由于雨季，现在战线平静，几乎就像压根没有战争一样。但等那屁事再度甚嚣尘上的时候，你会看到的。”

这里有些地方让我不喜欢——不仅仅是那些对斯凯·奥斯曼故事的展示，虽然那肯定是其中的一部分重要原因。

“也许我们应该继续前进，瓦斯奎兹。”

“丢下你的酒不喝？”

我还没能决定说什么，厨师长就进来了。他仍然戴着塑料面具，透过它呼吸时发出沉重的嘈杂声。他推着一辆小推车，上头装着酒饮。我耸了耸肩，自己动手倒了杯皮斯科鸡尾酒，然后朝着那些装饰画点了点头。

“斯凯·奥斯曼在这里地位很重要啊，不是吗？”

“比你意识到的更重要，伙计。”

瓦斯奎兹做了些什么，然后那个半球体闪烁着被激活了，突然间不再是漆黑一片，变成了斯凯先手星半颗行星极度详尽的图景，带着一圈黑色的边框竖立在地板之上，那样子活像蜥蜴的瞬膜。透过云层的裂缝可以看到新瓦尔帕莱索城，位于大半岛西部，海岸线上一片灯火辉煌的地方。

“是吗？”

“你知道吗？这边的人可能会相当虔诚。你不小心谨慎的话，很容易践踏他们的信仰。必须尊重信仰，伙计。”

“我听说他们围绕着奥斯曼建立了一个宗教。我所知的仅此而已。”我又一次冲着那些装饰画点了点头，这时我头一次注意到，有面墙上粘着个头骨，看起来像是海豚的，上面有些古怪的隆起和肿大之处。“这是怎么一回事？你是从某个信奉奥斯曼的疯子手里买下的这个地方？”

“确切说不是，不是的。”

迪特林干咳了一声。我没有理会他。

“那实际上是？你自己就信那套？”

瓦斯奎兹掐灭了他的香烟，捏着自己的鼻梁，他狭小的额头上起了皱纹。“这到底是怎么回事，米拉贝尔？你是在试图要弄我？又或者你只是一个无知的浑球？”

“我不知道怎么了。我以为我只是在进行礼貌的交谈。”

“啊，没错。你先前也是偶然叫我血手的，就好像那只是不经意间脱口而出的。”

“我以为那事我们已经翻篇了。”我啜了一口皮斯科酒，“我不是想激怒你，瓦斯奎兹。不过我确实觉得，你这家伙过度敏感了。”

他做了个动作，只用一只手，做了个细微的手势，就像人们弹动一下手指那样。

接下来发生的一切快到肉眼根本看不到，只有意识难以察觉的金属影子模糊闪过，还有一阵轻风般的气流在房间四处喷出。我在事后推断得出结论，房间周围当时肯定是有一打左右的孔洞同时打开滑门或旋转门——在墙上、地板下和天花板上，最后这个可能性最大——释放出那些机器。

那是些自动哨卫无人机，在空中盘旋的黑色球体，沿着中间的大圆裂开一道口子，里头露出三个或四个枪管，锁定了迪特林和我。无人机围绕着我们缓缓飞旋，发出黄蜂般的嗡嗡声，杀气腾腾。

有好一阵子我们俩都屏住了呼吸，但最后，迪特林选择了开口说话。

“我想，如果你真的被我们激怒了，那我们已经是死人了，瓦斯奎兹。”

“你说得没错，但也只差一线而已，阿蛇。”他提高了音量，“开启安全模式。”然后他做了一个刚才做过的弹动指头的手势。“你看到了吗，伙计？在你看起来这跟刚才很像，不是吗？但对这房间来说可不一样。如果我之前没先关闭系统，它就会把这个动作理解为下令处决这里的每个人——除了我自己和游戏座位上的那些死胖子。”

“我很高兴你把这手势练得很熟。”我说。

“是啊，为此庆幸吧，米拉贝尔。”他又做了个手势，“看起来是一样的，对不对？但那又是个不完全一样的命令。那会告诉哨卫们把你的手臂轰掉，一次轰一条。这房间的程序还可以识别出至少十二种不同的手势——相信我，在做过某些手势之后，要付的清洁费真的让我很受伤。”他耸了耸肩，“我可以认为我的观点得到充分表达了吗？”

“我想我们已经领会了个中信息。”

“很好。安全模式关闭。哨卫撤退。”

同样模糊的运动，同样的一阵微风。仿佛这些机器突然间不再存在了。

“大为震惊？”瓦斯奎兹问我。

“其实也没有。”我说话时，感到有汗水从我的额头上滚落，“安保设置没出问题的话，任何来到这里的人应该都是经过你筛选的。但我想，这可以打破派对中的僵局。”

“是的，确实如此。”瓦斯奎兹愉快地看着我，显然对他取得了预期的效果感到大为满意。

“同时这倒是让我更想知道为什么你这么神经过敏了。”

“如果你处在我的境地，你会他妈的远不只是神经过敏的。”然后他做了件让我吃惊的事：从口袋里抽出了他那只手，速度很慢，让我足以看清手里没有武器。“你看到这个了吗，米拉贝尔？”

我不知道我该期待看到什么，但他给我看的这只紧握的拳头看起来很正常。没有任何畸形，没有任何不寻常的地方。实际上，上面也根本没有太多血色。

“它看起来就像一只普通的手，瓦斯奎兹。”

他更用力地握紧那只手，然后发生了一件奇怪的事情：血开始从他的手掌中淌出，起初流得很慢，但越流越猛。我看着血液溅落到地板上，在绿色的背景上绽开朵朵猩红。

“这就是为什么他们会那么叫我。因为我的右手在流血。真他妈的有创意，是不是？”他摊开拳头，露出手掌，血液正从掌心不远处的一个小洞里涌出。“事情是这样的。这是一个圣痕，就像基督的印记。”他把自己的好手伸进另一个口袋，扯出一块手帕，把它揉成一团，压在伤口上，止住了血流。“有时我几乎能凭意念让它出血。”

“奥斯曼的崇拜者找到了你，不是吗？”迪特林说，“斯凯也是被钉上了十字架。人们往他的右手里钉进了一根钉子。”

“我听不懂了。”我说。

“要我告诉他吗？”

“请便，阿蛇。这家伙显然需要些教育。”

迪特林转向我。“在过去大约一个世纪当中，奥斯曼的崇拜者分裂成了许多不同的派别。他们中有些人从苦行修道士那里得到了灵感，试着往他们自己身上施加斯凯必定受过的痛苦。他们把自己闭锁在黑暗之中，直到那种孤独几乎让他们发疯，或者让他们开始看到某些景象。他们中有些人砍掉了自己的左臂，还有些甚至把自己钉到十字架上。有时他们会在这个过程中死去。”他顿了一下，看着瓦斯奎兹，似乎在寻求继续的许可。“但是有个比那些还要极端的教派，他们不仅做了上面所有那些，还做了更多。而且他们甚至仍未止步于此。他们还传播信息，不是通过口耳相传，也不是通过文字，而是通过一种教化病毒。”

“继续。”我说。

“那种病毒肯定是专门为他们设计的；可能是由超空人[1]设计的，又或者他们中甚至有人为此去找了趟幻戏藻[2]，让那些家伙扭曲了自己的神经生化过程。到底如何无关紧要。重要的是，这种病毒具有传染性，可空气传播，几乎能感染任何人。”

“把感染者变成邪教信徒？”

“不。”这回开口的是瓦斯奎兹。他给自己换了根新的香烟。“它把你搞得乱七八糟，但并不会把你变成他们中的一员，明白吗？你会产生幻觉，会做怪梦，有时还会觉得需要……”他顿了一下，朝粘在墙上的海豚脑袋点了点头，“你看到那个鱼脑壳了吗？我他妈的为这出了血本。以前它属于斯栗克，飞船上那些个家伙之一。身边有这种鬼玩意儿可以让我感到舒服点，让我不再瑟瑟发抖。但这就是它的极限了。”

“而你那只手？”

瓦斯奎兹说：“有些病毒会导致器质性变化。某种意义上来说我还算幸运。有的病毒会让人变成瞎子，有一种病毒会让人恐惧黑暗，还有一种病毒会让你的左臂枯萎并脱落。你看，偶尔流点血，对我来说不算啥。当初还没那么多人知道这种病毒时，这很酷。我真的可以用它把人吓得够呛。你想想看，走进谈判现场，然后开始把血洒得对方身上到处都是。但之后人们开始发现这意味着什么——我被邪教徒感染了。”

“他们开始怀疑你是否像他们听说的那样锐不可当。”迪特林说。

1.“超太空人”的简称，也是人类的一个特殊分支。

2.作者虚构的一种特殊外星生物，可以修改人类的思维结构。详见《天启空间》等其他作品。

“是的。没错。”瓦斯奎兹狐疑地打量着他，“要建立我如今这样的声誉，需要时间。”

“这点我毫不怀疑。”迪特林说。

“是的。而像这样的细节，伙计，真的会损害我的名誉。”

“他们不能把病毒清除掉吗？”我抢在迪特林做些多余的事情葬送大好形势之前开口说道。

“可以的，米拉贝尔。在轨道空间站上，人们已经有了可以做到这点的能力。但你知道吗，轨道空间站目前并不在我可以安全访问的地点目录上。”

“所以你就带病生存。它不再有那么强的感染性了吧，对不对？”

“对，你是安全的，每个人都是安全的。我现在几乎没有传染性了。”他稍微平静了些，又开始抽烟了。血已经没再流了，他得以将那只伤手塞回衣兜里。他喝了口皮斯科酸酒。“有些时候我真希望它仍然具有传染性，或者是我在刚被感染那会儿保存了些自己的血液。那样的话我会有一份很好的离别礼物：给某人的静脉中注射点这种血液。”

“只不过这样一来你就是在做那些邪教徒一直想让你做的事，”迪特林说，“传播他们的信念。”

“是的，而我应该传播的是另一个信念。如果我抓住那个对我做出这些事的死变态……”声音消失了，他被别的什么东西吸引了注意力。他死死盯着前方不远处，就像是一个中风发作陷入瘫痪的人，然后他说：“不，不可能，伙计。我不相信。”

“怎么了？”我问道。

瓦斯奎兹的音量降低到无法听闻，尽管我可以看到他的颈部肌肉一直在动。他肯定是在跟他的某个手下连线通信。

“是瑞维奇。”他最后说道。

“他怎么了？”我问。

“那狗东西要了我。”

第二章

黑暗潮湿的通道组成了一片迷宫，直接穿过了太空桥终端建筑黑色的墙壁，从血手的产业连到终端内。他领着我们穿过迷宫，手里拿着个手电筒，沿途踢开挡路的老鼠。

“一个替身，”他若有所思地说道，“我从未想过他已经设置好了一个替身。我是说，我们已经跟踪这个浑蛋好几天了。”他吐出最后几个字的口气听着起码也该是几个月才对：暗示自己有着超乎常人的远见和筹谋。

“并没有超出有些人愿意付出的努力范畴。”我说道。

“嘿，放松点，米拉贝尔。不在我们看到他的那一瞬间就把他干掉，这可是你的主意。那样子安排可就轻松啦。”他侧身顶开几道门，穿过它们进入了另一条通道。

“那死的也不会是瑞维奇，不是吗？”

“没错，但当我们检查尸体时，我们多半会发现那不是他，然后我们就可以开始四处寻找真正的目标。”

“这家伙说得有道理，”迪特林说道，“虽然承认这点让我感到十分难过。”

“我欠你个人情，阿蛇。”

“是吗？嗯，请别放在心上。”

又一只老鼠被瓦斯奎兹撵开，朝着暗处窜去。“那么，当初在那地方到底发生了什么，让你想卷入这该死的仇杀当中？”

我只说：“你似乎对此已获得了相当多的信息。”

“嗯，消息不胫而走，仅此而已。特别是当像卡乌拉这样的人物死于非命的时候。人们纷纷讨论权力真空之类的屁话。问题是，我很惊讶你们两个居然都能活着回来。我听说在那次伏击中用到了些非常可怕的鬼东西。”

“我伤得不重，”迪特林说，“坦纳的情况比我糟糕得多。他失去了一只脚。”

“其实也没他说的那么糟，”我说，“光束武器烧焦了伤口，止住了出血。”

“噢，好的，”瓦斯奎兹说，“那就只是个皮肉伤。我真的爱死你们了，真的真的。”

“很好，但我们能不能谈点别的？”

我不想多说这事，不仅仅是不愿意与血手瓦斯奎兹讨论此事，这是一部分原因，还有个同样重要的原因：我怎么都没法清晰地回忆起那些细节。或许我本来还记得，在他们让我失去意识，陷入治疗性昏迷之前——我的脚就是在那次治疗当中重新长出来的——但现在，整个事情感觉就像是发生在遥远的过去，而不是几周前。

不过，我当时确实相信卡乌拉会活下来。一开始，他看起来是个幸运儿：激光脉冲直接穿过了他的身体，而没有切开任何重要的器官，就像是沿着技艺娴熟的胸外科医生事先绘制好的轨迹。但之后出现了并发症，由于不能进入轨道空间站——他一离开大气层就会遭到逮捕和处决——他不得不依赖于他能从黑市上买到的最好的药品。那些药对修复我的腿来说绰绰有余，但我的伤正是战争中常见的创伤。内脏器官的复杂损伤需要额外的专业技术，那些在黑市上是根本买不到的。

因此他就死掉了。

也因此我来到了这里，追踪那个杀死卡乌拉和他妻子的人；目的是用发条枪里的钻石箭弹将他击毙。

在我受雇成为卡乌拉的安保专员之前，在我还是名士兵的时候，人们曾传说我是一个极为高明的狙击手，我可以把子弹射入某人的头部，将特定的大脑功能区域给打出来。那不是真的，我从来没这么做过。但我确实一直都很棒，而且确实喜欢把任务做得干净利落，犹如做一台外科手术。

我真诚地希望瑞维奇不会让我失望。

秘密通道令我惊讶地直接通到了锚点航站楼中心，出口在主大厅的一个阴暗角落里。我回头看了看我们所避开的安保防线，看着保安们扫描人们身上是否暗藏武器，检查他们的身份，以防有战犯试图离开星球。那把仍然妥妥躺在我衣兜里的发条枪是不会在这些扫描中被显示出来的，这正是我选择它的原因之一。如今我感到一丝恼怒，因为我的精心谋划有一部分被浪费掉了。

“先生们，”瓦斯奎兹在门口徘徊不前，“我就到此为止了。”

“我觉得这个地方很适合你啊，”迪特林环顾四周说道，“怎么了？害怕自己再也不想离开？”

“差不多吧，阿蛇。”瓦斯奎兹在我们俩背上拍了拍，“好了，去干掉那个什么狗屎不朽者吧，伙计们。只要别告诉任何人是我把你们带进来的就好。”

“别担心，”迪特林说，“你在事件中的作用不会被夸大的。”

“好的。还有，别忘了，阿蛇……”他又一次模仿开枪的声音，“我们说的那次狩猎……”

“你可以当你自己已经被列入名单了，至少获得了个暂时名额。”

瓦斯奎兹转身消失在隧道里，留下迪特林和我肩并肩站在航站楼里。有一段时间我们谁都没有说话，看着这个地方的奇异景象哑口无言。

我们正位于地面层广场当中。这里是个环形的大厅，将位于缆绳底部的登船室和下船室环抱其中。大厅的天花板在许多层之上，中间悬空的人行道和运输管道纵横交错，连接着嵌入外墙中的凹室，那里过去是奢侈品商店、精品店或者餐馆。它们中的大多数现在都关闭了，要不就是被改成了小神龛，或者可以购买宗教用品的地方。周围很少有人走动，没看见什么从轨道上抵达的人，只有少数人正走向升降梯。广场的设计者肯定没想把这里弄得这么暗。天花板几乎都看不到，整个地方有种大教堂般的气氛，你看不见，但能感觉得到，这里头有些神圣的仪式正在进行，有一种不允许行色慌张，也不允许高声讲话的气氛。有低沉的嗡嗡声，持续不断，只刚好隐约可闻，像是有个地下室，里面满是发电机；又或者，我想，就像一屋子诵经的僧侣，反复发出同一个沉闷的音符。

“这里一直是这样的吗？”我说。

“不是。我的意思是，这里一直是个糟糕的地方，但现在无疑比我上次来的时候更糟了。一个多月前都肯定没这样。这地方本来相当热闹的。往来飞船上的大多数人都要经过这里。”

在斯凯先手星，有星际飞船抵达一直都是件大事。与许多有人类定居的世界相比，我们的星球是一个贫穷的星球，而且比较落后，在不断变化的星际贸易图景中，我们算不上一个重要的参与者。我们出口的东西不多，只有关于战争本身的经验，再就是些从丛林中采集来的生物产品，单调乏味。我们很乐意从民主全权主义者的世界购买各种外星技术产品和服务，但只有斯凯先手星最富有的那些人才能买得起。当有飞船来拜访我们时，人们通常会猜测他们是从更有利可图的市场——黄石星—太阳系航线，或范德星—黄石星—大提顿星航线——中被排挤了出来，又或是他们不得不停下来进行维修。这种情况平均每十个标准年[1]发生一次，而且他们每每会欺骗我们。

“这里真的是奥斯曼的丧生之所吗？”我向迪特林问道。

“那地方就在这附近。”他答道。此时我们正在穿过广场巨大的回音地板。

1. 指地球的一年。

“人们永远不会知道确切的位置，因为当时还没有准确的地图。但肯定就在这附近几千米范围内，肯定就在新瓦尔帕莱索城的郊区。起初他们打算焚毁尸体，但后来他们决定给他做防腐处理，这样更便于拿他来警示世人。”

“但那时还没有崇拜他的邪教？”

“没有。当然了，他有些脑子有病的同情者，但没有类似教会的东西。那是后来才有的。圣地亚哥号上的人大部分是不信宗教的，但他们没法轻易地将宗教从人类的心理机制中剔除。那些信徒把斯凯所做的事情与他们从家乡记忆中选择出的元素融合在一起，对他们判断合适或者不合适的东西加以取舍。他们花了几代人的时间，才解决了所有的细节问题，但那之后就没人能阻止他们了。”

“太空桥建成后呢？”

“到那时，一个崇拜奥斯曼的邪教组织已经获得了尸体的所有权。他们自称为斯凯教会。而且，撇开其他不谈，至少为了方便起见，他们断言，奥斯曼肯定不只是死在桥边，而是就死在这太空桥下。而且，这座太空桥本质上就不是一部太空电梯——或者说，如果它是的话，那也只是有表面上的功能——而实际上它来自上帝的旨意：一个现成的圣地，用来纪念斯凯·奥斯曼的罪行和荣耀。”

“可设计和建造了这座太空桥的都是人类。”

“他们在上帝的意志下行动。你还没明白吗？你没法跟他们争辩这种事情的，坦纳。趁早放弃吧。”

我们跟几个朝相反方向移动的邪教徒擦身而过，是两个男人和一个女人。我看到他们时，瞬间感觉有些眼熟，但我不记得以前是否真的在现实中见过他们。他们穿着灰白色的道袍，无论男女都留着长发。一名男子的头骨上固定着个头环状的机械，也许是某种诱导疼痛的装置。而另一名男子的左袖是瘪的，被固定在他身侧。那个女人额头上有个小小的海豚形状标记，我想起了斯凯·奥斯曼在圣地亚哥号上曾与海豚交上朋友的故事，他把时间花在与这些生物相处上，而其他船员对它们唯恐避之不及。

忽然间想起的这个细节让我觉得颇为奇怪。是以前有人对我说过这件事吗?

“你那把枪准备好了吗?”迪特林说,“世事难料。可能我们走过一个拐角,然后就发现那个浑蛋正在系鞋带。”

我拍了拍枪,让自己确信它还在那里,然后说:“我不觉得今天会是我们的幸运日,米盖尔。”

我们穿过广场内墙上的一道门,那些诵经僧侣的声音现在很明显听得出来是人声了;它们在唱诵的音符几乎一直都是同一个,但还不够完美。

在进入锚点航站楼以后,我们第一次得以见到了缆绳。我们刚刚踏入的登船区是个巨大的圆形房间,周围有一个环形阳台,我们就站在阳台上。真正的地面在我们下方几百米处,而缆绳从上空垂下,通过一个光圈式活门入口从天花板上钻进来,然后向下延伸到它真正被锚定的位置,在那下面有用于翻新和维护电梯的运维机器组。诵经的声音就是从下面的某个地方传来的,又被这个地方奇特的音响效果传扬到更高处。

太空桥其实就是一单根细细的超金刚石缆绳,从地面一直延伸到同步轨道。它的直径几乎全程都只有五米(而且大部分是空心的),只有它落入这个终端站本体的最后一千米除外。在这里的缆绳直径达到了三十米,在上升的同时缓慢变细。额外直径所起的作用纯粹是心理上的:有太多的乘客在即将踏上前往太空轨道的旅程时,一看到他们将要搭乘的这根缆绳居然如此纤长就停下了脚步,所以太空桥的运营方把终端站这里的可见部分做得比实际需要的要粗得多。

每隔一两分钟就会有升降梯轿厢到达和离开,在柱子的两边升升降降。每个轿厢都是狭长的圆筒,弯曲过去环抱住接近半边缆绳,靠磁力附着其上。轿厢是多层的,有单独的楼层用于用餐、娱乐和睡觉。里面大多是空的,向上或向下滑行的乘客舱里基本没有灯光。每五六节轿厢里头才有几个人。这些空空如也的轿厢是太空桥现在陷于经济困境的表征,但本身倒不是个大问题。与太空桥的总成本相比，运营这些空轿厢的费用微乎其微；它们完全不会影响有人的轿厢的时间表，而且从远处看去，它们和另外那些轿厢一样满满当当，制造出一种业务繁忙的假象。不过运营方早已放弃了有一天这种假象会变成现实的奢望，反正教会已经承担了租金。虽然季风季节可能给人一种错觉，战争进入了缓和阶段，但下一个季节的战役计划已被定好：那些策划战役的参谋已经在他们的战争游戏电脑中模拟好了推进和入侵的进程。

一条令人眼花缭乱的无支撑玻璃栈桥从阳台伸到离缆绳末端不远的地方，给抵达的轿厢留出了足够的空间。一些乘客已经带着他们的物品在栈桥上等待，其中包括一群衣冠楚楚的贵族。但那群人里头没有瑞维奇，也没人看起来像是瑞维奇的同伙。人们或是互相交谈，或是观看屏幕上的新闻报道，那些屏幕像一群方方正正、身体纤薄的热带鱼一样在会议厅周围飘动，上面市场报道和名人访谈正闪动不休。

靠近栈桥底部的位置有个卖升降梯票的岗亭，有个满脸是无聊表情的女人坐在服务台后面。

“在这儿等会儿。”我对迪特林说道。

我走近服务台时，那女人抬起头来看了看我。她穿着身皱巴巴的太空桥管理局制服，眼袋发紫，眼睛本身也肿了，满是血丝。

“有何贵干？”

“我是阿尔根特·瑞维奇的朋友。我急需与他联系。”

“恐怕这是不可能的。”

这并未出我所料。“他什么时候离开的？”

她的口音里鼻音很重，辅音不清：“恐怕我不能透露这个信息。”

我精明地点了点头。“但你并没有否认他通过了终点站。”

“恐怕我……”

“听着，先别玩这套把戏了，好吗？”我希望我的笑容足够亲切和蔼，能软化这句话的口气，“抱歉，我并不想言语粗鲁，但这事情刚好非常紧急。你看，我有东西要交给他——一件珍贵的瑞维奇家族传家宝。他在途中时有没有办法能让我和他对话？还是我必须等他到达轨道才行？”

女人犹豫了一下。到了这份上，她透露任何信息几乎都会违反协议；但我肯定看起来显得十分诚实，对我朋友的疏失确实万般忧心，而且显然很有钱。

她低头瞧了瞧显示屏。“你可以给他留言，让他在到达轨道端的终点站时跟你联系。”这意味着他还没有到，他仍然在我上方的某个地方，正沿着缆绳攀升。

“我想也许我最好跟着他上去，”我说，“这样的话，他到达轨道后耽误的时间最短。我可以把那件重要物品直接交给他，然后就返回。”

“是的，我觉得这样很有道理。”她看着我，多半已经从我的举止中感觉到了一些不对头的地方，但她并没有那么充分信任自己的直觉，并没有阻止我继续推进。“但你得赶快了。下一班就快准备登梯了。”

我回头看了看栈桥朝着缆绳的那边，看到个空着的轿厢正从维护区滑上来。

“那你最好给我开张票。”

“我猜你需要一张返程的吧？”女人揉了揉眼睛，“那就是五百南方元。”

我打开钱包，拿出了钱，上面印着数字的挺括的南方钞票。“太可恶了，”我说，“太空桥管理局把我送到轨道上实际花费的能量，算下来价格应该是这个的十分之一。但我猜其中有好些都被斯凯教会的人给雁过拔毛了吧。”

“我不会说绝无此事，但你不该说教会的坏话，先生。在这里不行。”

“好吧，我也只是听说。但你不是他们中的一员，对吧？”

“不是，”她边说边把小钞的找头递给我，“我只是在这里工作。”

十来年前，那帮邪教分子在让自己确信斯凯就是在此地被钉死在十字架上之后，占领了太空桥。他们趁夜突袭，在所有人搞清楚怎么回事之前拿下了此地。奥斯曼的追随者声称，他们在整个航站楼里安装了诡雷装置，在里面装上了他们的病毒，威胁说如果有人试图驱逐他们，他们就会释放病毒。如果太空桥里确实有像邪教徒说的那么多的病毒，那么这些病毒随风飘散开去，足以感染半个大半岛。他们可能是在虚张声势，但没人打算承担起让邪教强迫数百万旁观者入教的风险。因此他们掌握了太空桥，并允许太空桥管理局继续运行，即使这意味着工作人员必须不断接种疫苗，以防止可能的微量污染。鉴于抗病毒疗法的副作用，这显然不是大半岛上最受欢迎的工作，尤其是这还意味着要聆听邪教徒们无休无止的诵念。

她把票递给了我。

“我希望我能够及时进入轨道。”我说。

“最后一班升降梯一小时前才离开。如果你的朋友在那趟上……”她停顿了一下，于是我知道其实没有什么“如果”，“等你到达轨道终点站时，他仍然在那儿的概率是相当大的。”

“让我们只希望他懂得感恩，毕竟这一切……”

她差点笑了，然后似乎中途又放弃了。毕竟，要笑出来还挺费劲的。

“我相信他肯定会大吃一惊的。”

我把票装进口袋，对那个女人表示了感谢——她可真够惨的，我不禁为她不得不在这里工作而感到难过了——然后走回迪特林身边。他正靠在连接栈桥周围的低矮玻璃墙上，俯看着下面的邪教徒。他脸上有种抽离而警觉的平静神情。我想起了在丛林里的时候，在哈玛德律阿得斯攻击过来的时候，他救了我的命。当时他脸上也带着这副平静之色：仿佛他正在下国际象棋，对手完全差了他好几个档次。

“怎么样？”等我们近到可以窃窃私语的距离之后，他动了动嘴。

“他已经坐上了升降梯。”

“什么时候？”

“大约一小时前。我刚给自己买了张票。你也去买一张吧，但不要让人觉得我们是一起出行的。”

“也许我就不该和你一起去，兄弟。”

“你是安全的。”我压低了声音，“从这里到轨道终点站的出口之间不会有任何移民检查站。你尽可以上去下来，不会遭到逮捕的。”

“你说得容易，坦纳。”

“是啊，但我还是要对你说，这样是安全的。”

迪特林摇了摇头。“也许是吧，但我们一起上路没有什么意义，甚至还是搭乘同一班升降梯。没人能猜到瑞维奇对这个地方的监视有多严密。”

我准备开口反驳，但内心隐隐知道，他说的是对的。和卡乌拉一样，迪特林也不能安全地离开斯凯先手星的表面，否则会有被以战争罪行逮捕的风险。他们都被列入了整个行星系统的数据库，而且他们的名下都有高额悬赏——只不过卡乌拉如今已经死了。

“好吧，”我说，“我想你还有另一个要留下的理由。我现在要离开爬虫馆一段时间，至少也要三天。家里该有一个能干的人照看着。”

“你确定你自己能对付得了瑞维奇吧？”

我耸了耸肩。“那只需要一颗子弹，米盖尔。”

“而你就是那个送出它的人。”他肉眼可见地松了口气，“那好吧，我今晚就开车回爬虫馆。我会密切地关注新闻频道的。”

“我会努力不让你失望。祝我好运吧。”

“我很乐意。”迪特林伸出手来，和我握了握手，“小心点，坦纳。虽然你名下没有悬赏，但这并不意味着你可以不做一点解释就走人。怎么处理这把枪你自己去考虑吧。”

我点了点头。

“你这么想念它，我会再买一把给你，作为生日礼物。”

他看了我好一会儿，似乎一直欲言又止。然后他点了点头，转身背对着缆绳离开了。我看着他离开房间，回到广场里没有照明的阴暗地带。他开始边走边调整大衣的颜色，他那魁梧的身影在闪动中渐渐消失。

我转过身来，面对着升降梯，等待登梯。然后我的手溜进了口袋，贴在坚硬得犹如钻石的凉爽的枪身上。

第三章

"先生？晚餐供应将会在十五分钟后开始，如果您愿意与其他乘客一起用餐，请去下层甲板。"

我被这声音吓了一跳：之前可完全没听到通往观景台的楼梯上有任何人的脚步声。我还以为我完全是独自一人。其他乘客在登舱后都立即回到了自己的房间——这段旅程还是挺长的，他们要去打开行李，这行为合情合理——而我却走上观景甲板，观看我们出发的场景。我也有自己的房间，但不需要打开行李。

上升启动平稳到难以察觉。起初我们似乎根本没有在移动。没有声音，没有振动，只是在异常平稳地滑行，移动的速度慢得难以察觉，但一直不断加快。我向下望去，试图看到那帮邪教徒，但这个视角顶多也就能看到几个散兵游勇，按理来说看不到应处于正下方的人群主体。我们刚刚穿过天花板上的光圈式活门后响起的这声音着实吓了我一跳。

我转过身。跟我说话的不是个人，是台机仆。它有可以伸缩的手臂，头部造型有些过于程式化，但它的躯干下方没有腿或轮子，而是从腰部往下逐渐变细，直至收拢于一点，状若蜂腰。这台机器人是沿着天花板上的一条轨道移动，通过从背部伸出的曲梁连接到轨道上。

“先生，”它又开始说话了，这次用的是诺特语[1]，“晚餐供应将会……”

“别说了，第一遍我就听明白了。”我考虑了下混迹于真正的贵族之间的风险，然后判定这多半比保持疏离造成的疑虑要好些。至少如果我跟他们坐到一块，我可以捏造出个或许能蒙混过关的人物形象提供给他们，而不是任凭他们的想象力自由地勾画出他们想加诸这位不相往来的陌生人身上的各种细节。我改用诺特语——我现在需要练习下这种语言——对它说道：“我会在一刻钟内去跟其他人会合的。我还想再看会儿风景。”

“很好，先生。我会在餐桌上为您留出个位置的。”

机器人旋过身子，悄无声息地滑出了观景甲板。

我转头继续看风景。

我不太确定当时我在期待些什么，反正不可能是我面前的这幅景象。我们已经穿过了登船大厅的天花板，但是锚泊终点站要比天花板高得多，所以我们仍然在建筑物上面的几层当中向上爬升。我意识到，崇拜者们对斯凯·奥斯曼的痴迷在此被表现得淋漓尽致。在他被钉死在十字架上之后，那些人保存了他的尸体，进行防腐处理之后用带有铅灰绿色光泽的材料包裹起来，然后他们将他固定到这里的一个巨大的船头上，那东西矗立在一面内墙上，向内突出到几乎触及缆绳的位置。这番布置让奥斯曼的尸体看起来像是个固定在大帆船船头斜桅下的船首像。

他们剥光了他上身的衣服，展开他的双臂，把他钉到了一个十字形的合金梁上。他的双腿被绑在一起，但一颗钉子穿过了他右手的手腕（不是手掌，那些引发“圣痕”的病毒弄错了这个细节），他的左臂被切断了，从断口塞进了根

1. 作者虚构的一种语言。主要由美式英语和西班牙语混合而成。“诺特”即来自西班牙语的“北方”。

比钉子大得多的金属，穿过上部的残肢。幸运的是，这些细节和奥斯曼脸上痛苦到麻木的表情都在裹尸的过程中变得模糊不清。然而，虽然无法真正看清他的表情，他扭曲的脖颈也已经令他所受的巨大痛苦纤毫毕现；他咬紧牙关的样子就像是在遭受电刑。我觉得，他们确实该用电刑处死他的。无论他犯下了何等罪行，那样总是要仁慈些。

但事情没有那么单纯。他们不仅是在处决一名做出了可怖之事的罪人，也是在崇仰一位给予了他们整个世界的伟人。把此人钉在十字架上表现出他们内心对此人的崇敬和憎恶同样热切。

从那以后一直如此。

电梯沿着轨道从离斯凯不到几米的地方经过时，我感觉到自己心生畏惧，我希望他能尽快地从我们的视野中消失。这广袤的空间仿佛是个回音室，无尽的痛苦在其中反复回荡。

我的手掌在发痒。我在扶手上蹭了蹭，闭上眼睛，直到我们离开了锚泊终点站，在夜色中升入天空。

“米拉贝尔先生，再来点酒？”坐在我对面那位贵族狐狸精般的太太问道。

“不了，”我边说边用餐巾彬彬有礼地擦了擦嘴唇，“二位不介意的话，且容我告退。我喜欢在上升途中看看风景。”

“太遗憾了。”女人说，噘起了自己的嘴，做出失望的姿态。

“是的，”她丈夫说，“我们会惦记着你那些故事的，坦纳。”

我笑了。事实上，在我们用餐期间这一个小时的刻意闲聊当中，我基本上也就是做做鬼脸而已。我偶尔会用些奇闻逸事为谈话增添几分趣味，但那只是为了在餐桌旁的人陷入尴尬沉默时填补空白——这位或者那位参与者做出某些按照随时变动的贵族礼仪可能被解释为不雅的评论时都会如此。我不止一次地被迫出言化解南北两派之间的争论，结果在此过程中，我成了这个小团体默认的发言人。我的伪装肯定并非完全能令人信服，因为即使是那群北方人，看样子也意识到我和这群南方人之间并不存在天然的联系。

不过这无关紧要。这伪装让售票亭里的那个女人相信了我是个贵族，否则她不会向我透露那么多的情报。它也让我得以混进这些贵族当中，但过些时候我就可以抛弃它了。毕竟我并非一名通缉犯，只是有些见不得人的过去和见不得人的关系而已。自称坦纳·米拉贝尔也没什么坏处，这比凭空想出一套令人信服的贵族血统要安全得多。谢天谢地，这是个中性的姓氏，并不显然是贵族，也并非显然不是。我与其他共进晚餐的同伴不同，无法将自己的血统追溯到大船团抵达之际，米拉贝尔这个姓氏更可能是在半个世纪后才到达斯凯先手星的。用贵族的话来说，我应该算是个暴发户，但没人会笨到提起这一点。他们都活得很久了，只要多上溯个一两代，他们的祖先就不仅能追溯到大船团，甚至可以追溯到乘客名单中的具体某人，他们当然会想当然地预设我也拥有相同的改良基因，接受过同样的延寿疗法。

然而，虽然米拉贝尔家的人多半是在大船团之后某个时候抵达斯凯先手星的，但他们的生殖细胞并没有经过任何种类的延寿基因改良。第一代人的生命周期多半比正常人要长出许多[1]，但这种好处并没有传给他们的后人。

我也没钱购买现成的长寿基因。卡乌拉给我的报酬丰厚，但还没多到能让我负担得起被超空人敲那么一大笔的程度。反正这也无关紧要。说到底，这个星球上只有二十分之一的人口经过基因改良。我们其余的人要么被卷入了战争旋涡，要么在战争的夹缝中勉强度日。重要的问题是要怎么活过下一个月，而不是下个世纪。

这也就意味着话题一转到延寿技术上，对话就会陷入无可救药的尴尬境地。我全力让自己缩在座位里，对周围的谈话只当耳旁风，可一旦出现任何类型的争议，我很快就会被推到裁判的位置上。“坦纳应该明白。”他们说完就转向我，让我对谈话陷入僵局的原因发表明确的观点。

“这是一个复杂的问题。”我不止一次这么说道。

要不就是：“嗯，显然这里涉及更深层次的问题。”

---

1. 指太空飞行带来的（客观）寿命延长。

或者："恐怕我在这个话题上继续说下去会有悖职业道德——保密协议之类的。你们能理解的，是不是？"

这样过了一个多小时之后，我反正是准备独处一段时间了。

我从桌旁站起身来，告罪一声就离开了居住舱和餐厅所在的这层，踏上了通往上方观景甲板的螺旋楼梯。马上就能甩掉这层贵族皮让我心怀喜悦，几个小时以来，我第一次感觉心中有职业自豪感在微微闪烁。一切都在掌握之中。等我爬上去之后，我让隔间的机仆给我准备了份樱桃酒[1]。酒饮模糊了我平常清晰的思维，但这种感觉并不会令人不快。有足够的时间让我再度清醒，至少七个小时后我才需要成为一名敏锐的刺客。

我们这会儿正在快速上升。电梯离开终端站后不久，爬升速度就提高到了每小时五百千米，但即便以这种速度，要到达我们头顶上数千千米处的太空轨道终点站仍然需要四十个小时。不过一旦电梯不再需要在大气层中穿行，它的速度还会再翻两番。

其他乘客在用餐完毕后，会分散到就餐层上方的五个隔间里。升降梯可以轻轻松松搭载五十名乘客也不会显得拥挤，但今天包括我在内只有七个人。这趟旅程的总耗时为十个小时。空间站围绕斯凯先手星的公转与行星本身的自转同步，因此它总是悬在正好位于赤道的新瓦尔帕莱索城上空。我知道在地球上人们也有座太空桥，那里的终点高达三万六千千米，不过因为斯凯先手星比地球旋转得稍快，引力稍弱，这里的同步轨道要低一万六千千米。尽管如此，这根缆绳仍然长达两万千米，这意味着最顶上一千米的缆绳要承受来自下面一万九千千米缆绳的巨大张力。缆绳是中空的，外壁为利用压电效应再度强化过的超金刚石网格，但它的自重，照我听到的说法，仍然接近两千万吨。我在房间里走动的时候，每次落足之际都会想到我的动作给缆绳增添的微小额外张力。我啜饮着自己的樱桃酒，心中疑虑重重：缆绳有多么接近它设计时的断裂应变点？工程师们建造系统时留出了多少多余空间？然后我头脑中更为理性的

1.原文此处为西班牙语。

那部分提醒我，缆绳现在所承载的运输量比起它所能承担的仅仅是很小的一部分。于是我绕着观景窗走动的步伐没那么迟疑了。

我有些好奇瑞维奇现在是否也冷静得可以小酌一番。

眼前本该有一幅壮观的景象，但即使在夜幕尚未降临的区域，大半岛也被掩盖在密布的雨季云团之下。由于这颗行星沿着贴近天鹅星的轨道运行，这里的一年较短，雨季每一百天左右就来一次，每次持续十到十五天。在急剧弯曲的地平线上方，天空的颜色渐渐加深，从深浅不一的蓝色变成了统一的深色海军蓝。我现在可以看到明亮的星辰，还可以看到缆绳顶端的太空轨道站，一颗固定不动的星星，还在上头很远的位置。我考虑去睡几个小时，多年的从军经历让我有种近乎野兽的能力，可以飞快地进入完全清醒的状态。我把剩下的酒搅了搅，又喝了一小口。做出这个决定之后，我顿时感到倦意袭来，势若决堤。它一直就在那里，只等我的防备出现一丝半点松懈。

“先生？”

我又被吓了一跳，只是这次程度轻微，因为我听出了是机仆的声音。机仆用温文尔雅的声音继续说道：“先生，有电话找您，地面上打来的。我可以把它转接到您的住处，或者您也可以在这里接。”

我考虑了下回到自己的房间，但错过风景就太可惜了。“接过来，”我说，“但如果有人开始上楼，就终止通话。”

“好的，先生。”

那自然是迪特林，只能是他。这段时间还不够他回到爬虫馆，不过照我估计，他应该已经走了三分之二的里程了。他尝试联系我的时间有点早——话说回来，我压根也没想到他会联系我——但没什么好担心的。

升降梯提供的弹窗里出现的面孔和双肩却属于血手瓦斯奎兹。这房间里某个地方肯定有台摄像机在捕捉我的影像，并且调整位置，好让我们俩表面上似乎正面对面站着，所以他的视线才会正对着我的眼睛。

“坦纳，听我说，伙计。”

“我在听。”我不知道此刻我感受到的愤怒在自己的语音中是否清晰可辨。

“什么事能重要到你得打电话到这里找我，血手？”

“你妈的，米拉贝尔。要不了半分钟，你就笑不出来了。”这话像是威胁，但他说话的语气听起来更像是个预警，让我为坏消息做好准备。

“怎么了？瑞维奇这回又骗过了我们？”

“我不知道。我派人去做了进一步的调查，我非常确定他就在缆绳上，就像你想的那样——在你前面的一两个轿厢。”

“那你打电话来就不是为了这个。”

“确实。我打电话来是因为有人杀死了阿蛇。”

我条件反射式地回了一声：“迪特林？”

就好像还可能是别人似的。

瓦斯奎兹点点头。“是啊。我的一个伙计大概一小时前发现了他，但那伙计不知道自己看见的是谁，所以过了一阵子消息才传到我这里。”

我的嘴似乎是在不受我意识操控的情况下吐字发声：“他在哪儿？发生了什么？”

“他在你的车里，那辆滚轮车——还停在尼奥金科。从街上看不到里面有没有人，你必须刻意往里面瞅才行。我的人刚好检视到了那辆车。他发现迪特林瘫倒在里面，当时还有呼吸。”

“发生了什么？”

“他受到了枪击。肯定是先在滚轮车停车的地方等着，然后在附近徘徊，直到迪特林从太空桥返回。迪特林当时肯定刚上车，正准备离开。”

“他是怎么中枪的？”

“我不知道，伙计，我又不是在这里开解剖诊所的，你不明白吗？”瓦斯奎兹咬了咬嘴唇，继续说道，“我觉得，是某种光束武器。近距离射入胸腔。”

我垂下目光，瞥见我仍然拿在手里的樱桃酒。站在这地方谈论我朋友的死亡，一只手里还拿着鸡尾酒，就好像这只是一次轻松的闲聊，这感觉很荒诞。但是附近没有能让我放下酒杯的地方。

我又啜了一口酒，然后以冷淡得让自己都惊讶的语气做出了回应：“我也喜欢光束武器，但如果我想在杀人时不弄出什么大动静的话就不会用这种玩意儿。光束武器制造出的闪光，相比大多数投射武器要亮得多。”

“除非在极近的距离开火，那就像是一刀捅上去似的。听着，我很抱歉，伙计，但看起来事情就是这样。枪管应该是直接伸到了他衣服里。几乎没有任何光亮和噪声——即使有也会被滚轮车的车身挡住。更何况今晚这里有很多场聚众狂欢。有人在太空桥附近点了一把火，对本地居民来说这就是个开启狂野之夜的充分理由了。我想没人会注意到光束枪的发射的，坦纳。”

“迪特林不会乖乖坐下让别人射杀的。”

“也许开火前他没什么警觉。”

我思考了一会儿。我或多或少已经开始消化迪特林去世的事实，但要消化事件的影响——更不用说情绪上的冲击——需要更长的时间。但我现在至少可以强迫自己问出正确的问题了。“如果他没什么警觉，要么他心不在焉，要么他觉得那个杀死自己的人是他认识的人。你刚才是不是说他当时还有呼吸？”

“是的，但已经失去了意识。我不觉得我们还能帮得了他，坦纳。”

“你确定他什么也没说？”

“对我和发现他的那伙计都没说什么。”

“发现他的那伙计，那个人是我们今晚见过的人吗？”

“不是。他在我派去跟踪瑞维奇的人马里，跟了一整天。”

我想，对话将会一直这样继续下去：瓦斯奎兹绝不会主动给出更详尽一点的答复，非要人强力逼迫他才行。“然后呢？这个人为你服务多久了？迪特林以前见过他吗？”

对话的进展慢到令人痛苦，但这时他肯定是看出了我的问话在指向何方。“嘿，不可能的，伙计。我的人不可能和这件事有任何关系。我向你发誓，坦纳。”

“他仍然是嫌疑对象。我们今晚遇到的任何一个人都是——也包括你，血手。”

“我不可能杀他的。我还想让他带我去猎蛇呢。”

这个回答以自我为中心得有点可悲，因此很有可能是真的。

“嗯，我想你已经毁掉了自己的那个机会。”

“我跟这事完全无关啊，坦纳。”

“但那的确是在你的地盘上发生的，不是吗？”

他正要回答，而我正准备继续问他把尸体怎么样了，下一步打算怎么处理；此时瓦斯奎兹的影像消失了，弹窗里是一片静电雪花点。在同一瞬间，一道强烈的闪光亮起，光芒似乎同时来自所有的方向，令所有物体表面都沐浴在一片妖异的白光中。

闪光只持续了几分之一秒。

不过这已经足够了。光芒已然暗淡，但刚才那种猛烈的爆发令人难忘；我以前见过一次这样的爆发。又或者不止一次？我一时之间有些迟疑，我的脑中回忆起一朵朵明亮的白色康乃馨在漆黑星际绽放的情景。

核爆炸。

升降梯里的照明变暗了几秒，同时我感觉我的体重减轻了些，然后又恢复正常。

有人引爆了一枚核弹。

电磁脉冲肯定刚刚从我们身边扫过，瞬间干扰了升降梯的电力。我从小到大一直就没见过核弹爆炸，这场战争中还存留着少许理智，其中之一就是使用的武器基本上限于常规领域。不知道闪光是从多远的距离传来的，我也就无法估计爆炸的当量，但没有蘑菇云表明爆炸发生在远离地表的高空。这很不合理：使用核武器只可能是常规力量攻击的前奏，而现在这个季节对后者并不合适。高空起爆就更不合理了——军事通信网络都经过专门的强化，足以应对电磁脉冲攻击。

或许是意外？

我又琢磨了一小会儿，然后听到了脚步声，有人正沿着升降梯垂直方向隔层之间的螺旋楼梯疾奔而上。我看到了个刚才和我一起用餐的贵族。我懒得去记他的名字，但是这男人的黎凡特式骨架结构和金棕色皮肤几乎可以让我肯定他是北方人。他穿着华丽，齐膝的外套上点缀着祖母绿和海蓝宝石颜色的水滴纹。但他此刻焦虑不安。他那位狐狸般的太太站在他身后，停在最后一级台阶上，小心翼翼地打量着我们俩。

“你看到了吗？”男人问道，“我们上来是为了看得更清楚，你在这里应该看得最清楚不过。看起来很大。看起来几乎像是……”

“一枚核弹？”我说道，“我觉得就是。”我的视野中到处都被印上了一片片粉红色的阴影，是视网膜上的“鬼影”。

“幸好没在离我们更近的地方。”

“让我看看公共网络上是怎么说的。”那位女士瞥了眼一个手环形状的显示设备。它所用的数据网络肯定要比瓦斯奎兹所用的更强，因为她随即就连上了网络。图片和文字从这设备小小的屏幕上蜂拥而出。

“怎么样？”她丈夫问，“外头有什么说法吗？”

“我不知道，但是……”她陷入了踌躇，她的目光在什么东西上徘徊，然后她皱起了眉头，“不。那不可能是真的。不可能是真的。”

“什么？上面到底说什么了？”

她看了看那个男人，又看了看我。“有人说，有人袭击了太空桥。他们说爆炸切断了缆绳。”

升降梯还在继续平稳爬升，一时之间我们仿佛并非身处于现实之中。

“不，”那男人尽力让自己的语声平静，但控制得并不太成功，“他们肯定搞错了。他们一定是错的。”

“看在上帝的分上，我真希望是，”那女人说话的声音开始变得沙哑，“我最后一次神经扫描是在六个月前……”

“见鬼，才六个月，”男人说，“我这十年都没扫描过了！”

那个女人用力呼出一口气。“他们肯定是搞错了。我们还在继续对话，不是吗？我们并没有尖叫着坠向行星表面。”她又皱着眉看了看她的手环。

“上面怎么说？”男人问道。

“跟刚才完全一样。”

“这是搞错了，要不就是个恶毒的谎言，仅此而已。”

我考虑了一下在眼下透露多少信息比较明智。当然，我不仅仅是个保镖。这个星球上很少有什么东西是我在为卡乌拉服务的这些年里没有研究过的——虽然这些研究通常是出于将其应用到军事上的动机。我不会说自己很了解太空桥，但我确实对超金刚石有所了解。这是用一种碳的人造同素异形体纺织而成的材料。

“事实上，”我说，“我认为，他们可能是对的。”

“但现在没发生任何变化啊！”那女人说道。

“我也不认为现在会有什么变化。”我强迫自己冷静下来，回到我当兵时学到的危机管理状态。我的脑海深处有个声音在发出恐惧的尖叫，但我尽力暂时忽略这个只有我能听到的声音。“即使太空桥已经被切断了也不会有变化。你认为那道闪光在下面多远的地方？我敢说至少有三千千米。”

“可这他妈的又有什么关系？”

“关系大了，”我勉强挤出一丝苦笑，“把太空桥想象成一根绳子——从轨道上一路垂下，由于自身重量被拉伸。”

“我在想，相信我。”

“很好。现在想象一下，在绳子的中间部位切断绳子。切口上方的部分仍然悬挂在轨道站上，但下方的部分则会立即开始向地面坠落。”

那男人迅速做出了回答：“那我们岂不是绝对安全了？我们肯定在断点以上啊。”他抬头往上望了望。“从这里到轨道终点站的缆绳都是完好无损的。感谢上帝，这意味着如果我们继续上升，我们就会成功抵达目的地。”

“我觉得现在开始感谢上帝为时尚早。”

他看着我，露出一副痛苦的表情，就好像我在用毫无必要的反对意见破坏一局精妙的填字游戏。

“你这是什么意思？”

“我的意思是，这并不意味着我们是安全的。如果你割断一根依自身重量悬垂而下的长绳，绳子上面的部分会向上回弹。”

“是的，”他望着我的目光带有威胁，就好像我是出于恶意才提出反对意见的，“我明白。但这显然不适用于我们现在的情况，因为什么都没发生。”

“只是现在还没有，”我说，“我从没说过弛豫过程会在整条缆绳上瞬间同步发生。即使我们下面的缆绳被切断了，弛豫波也需要些时间才能一路爬升到我们这里。”

他的下一句问话中满是恐惧。

“多长时间？”

我给不了他们确切的答案。“我不知道。超金刚石中的声速与天然金刚石中的差别不大——我觉得大概是每秒十五千米。如果断点在我们下方三千千米处，首先冲击到我们的应该是声波——大约在核弹爆炸后二百秒。我觉得弛豫波的运动应该会慢些……但它还是会在我们抵达顶点之前赶上我们。”

我说这话的时机刚刚好，因为声波脉冲正好在我说完的时候抵达。整个升降梯突然剧烈地颠簸了一阵，就好像它刚才在以两千千米时速上升的途中撞上了一个凸起。

“我们还安然无恙，没错吧？”那位太太问道。她的声音离歇斯底里只有一线之隔了。“如果断口在我们下面……上帝啊，我真希望我们之前做备份能更频繁点。”

她丈夫脸带嘲讽地看向她。“亲爱的，是你跟我说，去扫描诊所的机票太贵了，不能养成这种习惯的。”

“但你没必要把我那话当真啊！”

我提高音量，好让他们安静下来：“我仍然认为，恐怕我们身处极大的危险之中。如果弛豫波只是沿着缆绳发生纵向压缩，那我们有机会安然度过。但是如果缆绳发生任何横向运动，就像一根鞭子那样……”

“你他妈的到底是什么人，”男人问道，“是个工程师吗？”

“不是，”我说，“我是另一种完全不同的专家。”

楼梯上响起了更多脚步声，其他人也爬上来了。肯定是刚才的颠簸让他们相信出了大问题。

“这是怎么回事？”一个南方人问道。这是个南方人，比升降梯里其他所有人都至少高出一英尺[1]的彪形大汉。

“我们正搭乘在一根被切断的缆绳上，”我答道，“这上头有太空服，没错吧？我建议我们尽快把它们给穿上。”

那人看着我的神情就像看着个疯子。“我们还在上升！我压根不在乎我们下面发生了什么，我们现在没事。他们建造这个东西的时候就考虑了让它能承受相当的破坏。”

“承受不住这么严重的。”我说。

这会儿机仆也到了，悬在天花板下的轨道上。我让它带我们去找太空服。这种要求本不用我提出，但眼下的情况远远超出了机仆的经验，它完全没有检测到任何对它所照料的人类构成威胁的因素。我有点好奇缆绳被切断的消息是否已经传到轨道站。几乎可以肯定是传到了——同样几乎可以肯定的是，对仍在缆绳上的升降梯那边已经无能为力了。

尽管如此，在缆绳上半部而不是在断点以下总还是好一些。我想象着在断点下面，高度足有一千千米的区域。缆绳的顶端撞上下面的星球得好几分钟——事实上，在相当长一段时间里，它似乎会一直神奇地悬挂在半空，就像神仙索戏法里的绳子那样。但它还是会坠落下去，这世上没有任何力量可以阻止。上百万吨的缆绳，高速向下刺入大气层，带着上面的客舱，其中一些舱里还有人。这种死法缓慢而又可怖。

会是什么人干的？

很难相信这和我登梯升空没有关系。瑞维奇在新瓦尔帕莱索城骗过了我们，如果不是因为太空桥遭到袭击，我应该还在努力消化米盖尔·迪特林死亡的事实。我无法想象血手瓦斯奎兹与爆炸有任何关系，尽管我并没有完全排除他是杀害我朋友的凶手的可能。瓦斯奎兹不但缺乏实施这种破坏的手段，他甚

1. 英美制长度单位，1 英尺合 0.3048 米。

至压根不会想到试着做出这样的事情。他的邪教思维会让他很难想到以任何方式伤害太空桥。但看起来是有人想杀死我。他们或许是在下面升起的某班升降梯上放置了一枚炸弹，以为我在上面，那应该是在断点以下的某班，或者他们发射了一枚导弹，但瞄准了错误的目标。只是从技术角度而言，对方有可能是瑞维奇——他有些朋友拥有足够做到这种事的影响力。但我从未想象过那人会做出如此残忍的行径：为了确保一个人死亡，就将数百名无辜者的性命轻轻抹去。

但也许瑞维奇在学习进步。

我们跟着机仆来到了应急太空服储物柜，每个储物柜里都有一套太空服。它的样式是按照航天标准做的，有些过时，要求使用者自己动手钻进套装里，而不是让它自动裹到人身上。每件看起来都小了一号，但我很快就穿上了我的太空服，灵巧而轻松，就跟穿上战斗服差不多。我小心翼翼地把发条枪藏进了太空服上的一个大口袋里，那里头本该是装信号枪的。

没人瞧见那把枪。

“没这必要！”那位南方贵族在嚷嚷，“我们不需要穿上件见鬼的——”

“听着，”我说，“当压缩波击中我们的时候——这随时都会发生——我们可能被横向甩飞，那力道会大得足以折断你身体里的每一根骨头。这就是为什么你需要穿上太空服。它会提供一定程度的保护。”

虽然也许并不足够，我在心中想。

他们六个人纷纷开始摆弄各自的太空服，笨手笨脚的，或多或少都有些吃不准的样子。我去帮了下他们，然后过了大约一分钟，其他人都准备好了，唯独那个大块头贵族，仍然在抱怨太空服不合身，好像他还有多得不得了的大把时间可以用来操心这种事似的。他开始打量壁柜里的其他衣服，怀疑或许它们其实大小不一，这令我越发不安。

“你没时间了。先让太空服完成封闭，回头再去操心破皮瘀青之类的事。”

我想象着下方，缆绳上的恶性扭结正朝我们奔来，飞快地上升，瞬息百里。现在它一定已经掠过了下面的几班升降梯。我有点好奇，颠簸是否会猛烈到足以把轿厢从缆绳上甩出去。

它袭来的时候我还在想。

情况比我先前所预想的要糟糕得多。升降梯猛地往一侧倾斜，那股力量让我们七个人都狠狠撞到了内墙上。有人骨头折断了，开始惨叫，但几乎就在这同时，我们又朝着相反的方向飞去，撞上了观景窗清澈透明的弧面。机仆从天花板下的轨道中被甩了出来，从我们身边掉了下去。它坚硬的钢铁身体插进了玻璃，尽管玻璃上裂出了白色的蛛网纹，但还是挺住了，没碎。升降梯在缆绳上爬升的速度减慢了，重力随之下降，这东西的电磁感应发动机中有些元件已经被这一记抽打损坏了。

那位南方贵族的脑袋变成了一团恶心的红色浆果，像熟过头烂掉的水果那样。抽击带来的往复振荡渐渐平息，他的身体随着振动在房间里软塌塌地滚动。有人开始尖叫。他们的状况都不好。我自己可能也受了伤，但此时肾上腺素屏蔽了痛觉。

压缩波已经过去了。我知道在某个时间点它会到达缆绳的末端，然后被重新回弹过来，但那可能是几个小时后的事了，而且下次不会像刚才那样猛烈，部分能量会损失掉，变成热。

有那么一小会儿，我居然觉得我们可能安全了。

然后我想起了我们下面的升降梯。它们可能也已经减速，甚至完全脱离了缆绳。自动安全系统可能已经上线——但是根本无法确认。而如果下面的轿厢还在以正常速度上升，它要不了一会儿就得撞上我们。

我又仔细想了想，然后提高声量，盖过受伤者的呻吟。“抱歉，”我说道，“但我刚刚想到一件事……”

没时间解释了。他们只能追随我的行动，否则就得接受待在升降梯里的结果。甚至没时间去升降梯里的应急气闸出口了，我们七个人——或许现在是六个——至少需要一分钟才能通过气闸。此外，一旦升降梯之间发生碰撞，我们离缆绳越远才越安全。

实际上此刻已经别无选择。

我从太空服口袋里拿出发条枪，笨拙地用戴着手套的手指抓住它。完全没办法精确瞄准，不过谢天谢地，也不需要。我只是把枪大致地指向了倒下的机仆在玻璃上留下裂痕的位置。

其他人并不明白我正在做的事情可能会拯救他们的性命，有人试图阻止我，但我的力气更大，我的手指扣动了扳机。在枪内部，纳米级的发条装置被松开，储存其中的分子结合能化作一道凶暴的脉冲释出。一团箭弹从枪口绽放，击碎了玻璃，制造出一片网状的裂口，不断扩大。窗户朝外弯曲，绷紧，然后崩解，化作数十亿白色碎片。泄漏的空气形成一阵狂风，把我们所有人都从那个参差不齐的开口卷了出去，抛入太空。

我握着发条枪，紧紧地抓住它，就好像它是宇宙中唯一坚牢可靠的东西。我疯狂地环顾四周，试图确定自己相对于其他人的位置。刚才那阵风把所有人抛向了不同的方向，就像星际飞船外壳的碎片似的，尽管轨迹各自不同，我们全都在向下坠落。

下面唯有行星。

我的太空服在缓缓旋转，然后我又看到了那台升降梯，它仍然附在缆绳上，我下落的同时它还在朝上方爬升，每秒都在变小。然后一台升降梯从下方一晃而上，快得我几乎难以觉察——它仍然在以正常的上升速度攀升。下一瞬间发生了一场爆炸，明亮而短暂，几乎就像是一枚核弹的闪光。

闪光消失后，那里什么都没有了，甚至缆绳也消失了。

第四章

斯凯·奥斯曼三岁的时候，见到了那道光。

多年后，在他成年后，那成为他第一个清晰的记忆：那是他初次可以清楚地将一件事物与特定的时间和场所相联系，并且确知它来自现实世界，而不是些孩童脑海中的幻影，越过了孩提时代现实和梦想之间模糊不清的边界。

那天他被父母关进了育儿室里。因为他不听从他们的命令，参观了海豚馆：深藏于巨型飞船圣地亚哥号舱内，黑暗，潮湿，严禁他去的地方。不过，真正把他引入歧途的是康斯坦札，是她带着斯凯在错综复杂的火车隧道、人行道、坡道和楼梯井间一路穿行，抵达海豚的藏身之所。康斯坦札只比斯凯大两三岁，但在后者眼里她几乎已经完全是个大人了；她极其聪明，就算和成年人相比也是。每个人都说她是个天才，总有一天——或许是在大船团以低速跨越星海的漫漫航程接近终点的时候——她会成为船长。人们说这话的时候，半开玩笑，半是认真的。斯凯寻思着，当那一天到来时，康斯坦札会不会让自己成为她的副手？然后他们两人会一起坐在那间他还从未去过的控制室里。这想法并不算太荒谬：大人们也一直在告诉他，他同样是个异常聪明的孩子，甚至康斯坦札有时也会为他的发言大感惊讶。不过斯凯后来时常会提醒自己，康斯坦札尽管很聪明，可她也不是绝对可靠的。她知道要如何到达海豚馆而不被任何人察觉，但她不知道要怎么返回而不被发现。

不过，那完全值得。

“大人们不喜欢它们。”康斯坦札说。这时他们已经到了装着海豚的水箱边上。“他们宁愿这些动物根本不存在。”

他们俩正站在排水格栅上，溅出来的水让这里的地面滑溜溜的。水箱被高高的玻璃包围，沐浴在暗淡的蓝光中，一直延伸到几十米开外船舱中的黑暗处。斯凯凝视着那片昏暗的海水。那些海豚看起来是些灰色的身影，在青绿色的海水深处迅捷游动；在流动的光影中，它们的轮廓不断碎裂，而后重新浮现。它们看上去不太像有血有肉的动物，倒更像是用肥皂雕刻出来的东西，滑不溜丢的，缺乏真实感。

斯凯把手按在玻璃上。“大人们为什么不喜欢它们？”

康斯坦札回答前仔细斟酌了一下：“它们有点怪，斯凯。这些海豚不是离开水星时飞船上的那批。这些是孙子辈，或者曾孙子辈的——我不确定到底是哪一辈。对这个水箱之外的世界它们一无所知，它们的父母也一样。”

“对这艘飞船之外的世界我也一无所知。”

“但你不是海豚，你不会期盼能在大海中遨游。”康斯坦札停了下来，因为那群动物里有一只朝着他们游来。它的同伴们依然留在水箱的另外一只，围着一个看起来像电视屏幕的东西，上面正显示着各式各样的图片。随即，那只海豚出现在玻璃围栏对面清澈的海水中，拥有了一种片刻之前它还缺乏的存在感；忽然之间这家伙就变成了个巨大的、有潜在威胁的东西，有着实实在在的肌肉和骨骼，而不再若隐若现似有还无。斯凯在育儿室看过海豚的照片，眼前的这只看起来有些不太对劲：它的头上包裹着一片精密的细网，眼睛周围有些匀称的鼓包和隆脊——证明这只海豚的浅层肌肉中包埋着硬质的金属或陶瓷制品。

“你好。”斯凯边说边轻轻拍打玻璃。

“那是斯栗克，”康斯坦札说，“至少我这么觉得。斯栗克是年纪最大的海豚之一。”

那只海豚看着他，下巴那顽皮的曲线让这审视的目光显得和善的同时又有些疯狂。然后它猛地一个甩身，用自己的侧脸正对着斯凯；斯凯感觉到一阵无声的振荡，让玻璃久久颤动。斯栗克身前的水中出现了一系列转瞬即逝的气泡，勾勒出若干图案。起初气泡的轨迹是随机的，就像一位艺术家在画布上刚开始落下的几笔，但随后就变得井然有序，有条不紊。斯栗克的头在激烈地抽动，仿佛这生物正处于电击的痛苦之中。展示只持续了几秒钟，但这只海豚所塑造出的毫无疑问是一张人脸，以立体形式呈现。细节完全付诸阙如，但斯凯知道，这绝非他自己的潜意识从随机的气泡轨迹里无中生有臆造出来的印象。这张脸太对称了，五官比例太合适了，不可能仅仅是臆想。脸上还有表情，不过几乎可以肯定，那是恐惧或者害怕的表情。

斯栗克完成了自己的作品，轻蔑地甩了甩尾巴，掉头离开。

“它们同样也讨厌我们，”康斯坦札说，“但这不能怪它们，对吧？”

“斯栗克为什么要这样做？它是怎么做到的？”

“斯栗克的前额隆起，两眼之间有个鼓包，那里头装有机器。是它们还在婴儿时期植入的。那个隆起通常是它们用来发声的器官，但机器可以让它们更精确地聚焦声波，甚至可以用气泡来作画。这里的水中还有些细小的东西——微生物——它们在被声波扫到时就会发光。制造海豚的人希望能跟它们交流。”

“海豚们似乎应该为此大为感激才对。”

“也许它们会的——如果不需要为此被做一堆手术。并且，除了这个糟糕透顶的场所，还有别的地方可以让它们畅游。”

“这倒是，但等我们抵达旅途终点星……”

康斯坦札用悲伤的眼神看着他。“到时候已经太迟了，斯凯。至少对这些海豚来说太迟了。它们活不到那时候的。我们到时候都已经是大人了，我们的父母已经老去甚至死掉了。”

那只海豚带着另一只稍小点的同伴回来了，二者开始在水里画出些图案，看起来像是个正被鲨群撕碎的人，但斯凯在自己能确认之前就转过了身子。

康斯坦札继续说道：“而且无论如何，它们都离家太远了，斯凯。”

斯凯转身回到水箱旁。“我还是喜欢它们。它们看起来仍然很美。哪怕斯栗克也是。”

“它们很坏的，斯凯。精神病，我父亲用这个词形容它们。”她说出这个词的时候有点缺乏自信的踌躇，仿佛对自己说得不够流利感到有点羞愧。

“我不在乎。我会再来看它们的。”斯凯又拍了拍玻璃，这次声音大了很多，“我会回来的，斯栗克。我喜欢你。”

康斯坦札拍了拍他的肩膀，样子就像是母亲在拍孩子，虽然她其实只比斯凯高一点点。“没用的。”

“那我也要来。”

这个承诺在康斯坦札听来是认真的，而斯凯的本心也的确如此。他确实想要去了解这些海豚，与它们交流，然后设法多多少少减轻它们的痛苦。他想象着旅途终点星上明亮、广阔的海洋——他在育儿室的朋友“小丑”告诉他那里应该有海洋，然后想象着海豚们忽然之间从这个黑暗、阴郁的地方获得了解脱。他想象着海豚们和人们同游，在水中创造出充满欢乐的声波图像，在圣地亚哥号上的时光像是一场幽闭恐惧症者的噩梦，渐渐消逝无踪。

“来吧，”康斯坦札说，“我们该走了，斯凯。”

“你还会再带我来的，对吧？”

“当然，只要你想来。”

他们离开了海豚馆，踏上了返回的旅程，两人在圣地亚哥号阴暗的间隙中沿着错综复杂的路线前行，就像是在魔法丛林中努力寻找出路的孩子。他们有一两次跟成年人擦肩而过，但康斯坦札的举止间自信洋溢，以至于一直都没人盘问过他们，直到他们进入了飞船上一小块斯凯觉得自己相当熟悉的领域。

他父亲就是在那里逮到了他们俩。

在圣地亚哥号上的居民心目中，提图斯·奥斯曼是个严厉但不失和蔼的人物，他获得权威是通过人们的尊重而非恐惧。他高大的身影矗立在两个孩子面前，不过斯凯感觉并没有真正的愤怒从他身上散发出来，只有解脱。

“你妈妈担心死了，”他父亲说，“康斯坦札，我对你深感失望。我一直认为你是个明智的人。”

“他只想看海豚。”

“哦，海豚，是吗？”他的父亲听起来很惊讶，好像这不是他一直期待的答案。“我以为你感兴趣的是死者，斯凯，我们亲爱的木乃欧[1]们。”

的确如此，斯凯想——但一次只能做一件事。

“现在你很抱歉，”他的父亲继续说道，“因为它们不是你所期待的，是吗？我也很抱歉。斯栗克它们脑子有病。我们能做的最仁慈的事情就是让它们都沉睡，但是它们被允许抚养后代，一代比一代更加……”

“精神病。”斯凯说。

“……是的，”他父亲奇怪地看着他，“一代比一代更疯狂。好吧，既然你的词汇量有了如此大的增长，不继续下去就太可惜了，你不觉得吗？拒绝承认你扩大它的能力是一种耻辱。”他梳了下斯凯的头发。“我说，去育儿室吧，年轻人。去那里拼写，你不会受到任何伤害。”

这并不是说他讨厌育儿室，甚至不是说他特别不喜欢它。但是当被放逐到那里时，他不禁觉得这是一种惩罚。

“我想看看我的妈妈。”

“你妈妈在飞船外面，斯凯，所以去找她寻求第二种意见是没有用的。你知道如果你说了，她也会说同样的话。你违背了我们的命令，你需要被教训一顿。”他转向康斯坦札，摇着头说：“至于你，年轻的女士，我想一段时间内最好是不让你和斯凯一起玩了，你不觉得吗？”

---

1. 即休眠者。

“我们没在玩，”康斯坦札怒视着他说，“我们交谈，探索。”

“是的，”提图斯郁郁长叹一声，“并且参观船上明确禁止你去的地方。恐怕这不能不受到惩罚。”他现在放低了声音，当他要讨论真正重要的事情时，他总是这样做。“这艘船是我们的家，我们唯一真正的家，我们必须有住在这里的感觉。这意味着会在正确的地方感到安全，并知道去哪里不安全。不是因为有怪物或类似的傻事，而是因为有危险——成人的危险。机械和动力系统。机器人和竖井。相信我，我见过当人们进入他们不该去的地方时会发生什么，而且通常都不是很愉快。”

斯凯一刻也没有怀疑过他的父亲。作为一艘政治和社会两方面都很和谐的飞船上的安全主管，提图斯·奥斯曼的职责通常是处理事故和偶尔发生的自杀事件。尽管提图斯总是不告诉斯凯那些人怎么能死在像圣地亚哥号这样的飞船上的细节，但斯凯的想象力完成了所有事情。

“我很抱歉。”康斯坦札说。

“是的——我相信你是真诚的，但这并不能改变你带我儿子进入禁区的事实。我会和你父母谈谈，康斯坦札，我想他们不会高兴的。现在回家吧，也许一两个星期后我们会重新审视一下形势。好吗？”

她点点头，什么也没说，沿着一条弯曲的走廊离开了，这条走廊从提图斯把他们逼到角落的那个十字路口向外延伸。这里离她父母的住所并不远——圣地亚哥号的主要居住区的任何部分都离其他部分不远，但这艘船的设计者巧妙地避免了任何过于直接的路线，只有紧急人行爬道和延伸到中轴柱的铁路线除外。蜿蜒的通用走廊给人一种错觉，好像这艘船比它的实际尺寸大得多，两个几乎住在一起的家庭会感觉彼此住在完全不同的区域。

提图斯护送他的儿子回到他们的住所。斯凯很遗憾他的母亲在外面，因为不管提图斯说了什么，母亲的惩罚通常比他父亲规定的要宽松一点。他大胆地希望她能提前完成船外的工作，提前下班，回到船上，当他们到达育儿室时，她会在那里等着他们。但那里没有她的身影。

“进去，”提图斯说，“小丑会照顾你的。我会在两个小时后回来放你出去，也可能是三个小时。”

“我不想进去。”

“是啊。——如果你想，这也就不算是惩罚了，不是吗？”

育儿室的门开了。提图斯把他的儿子推进房间，自己却没有跨过门槛。

“你好，斯凯。”正等着他的小丑说。

育儿室里有许多玩具，其中一些能够进行有限的对话，甚至给人留下真正拥有智能的印象。斯凯意识到这些玩具是为他这个年龄的孩子设计的，旨在迎合一个典型的三岁孩子的世界观。在他两岁生日后不久，他就开始发现在大多数情况下它们过于简单和愚蠢。但是小丑是不同的，它并不是个真正的玩具，虽然也不完全能算个人。从斯凯记事起，小丑就和他在一起，被限制在育儿室，但即使在那时小丑也不总是在场。小丑不能触摸东西，也不允许自己被斯凯触摸；当小丑说话时，它的声音并不完全来自它站着的地方，或者看起来是站着的地方。

这并不是说小丑是他想象的一部分，不是说它产生不了任何影响。小丑会看到育儿室里发生的一切，当他做出会挨骂的事情时，小丑会巨细无遗地一一汇报给他的父母。正是小丑告诉他的父母是他弄坏了木马，并不是——正如他试图让父母认为的——其他智能玩具的错。他恨小丑的背叛，但没持续多久。斯凯甚至已经明白，除了康斯坦札，小丑是他唯一真正的朋友，在有些事情上小丑的了解甚至胜过康斯坦札。

“你好。”斯凯悲伤地说。

“我知道，你因为去看海豚而被放逐到这里。”小丑独自站在朴素的白色房间里，其他玩具被整齐地收在墙边。“这样做不对，不是吗，斯凯？我就可以给你看海豚的。”

“不一样。你那些不真实。而且你已经给我看过了。”

“没给你看过这样的。看啊！”

突然，他们两个站在了一艘船上，在大海上，在蓝天下。在他们周围，海豚冲破海浪跃到空中，它们的背像阳光下潮湿的鹅卵石。只是沿着房间一侧的狭窄的黑色窗户破坏了这种身处海上的幻觉。

在一本故事书里，斯凯曾经找到张其他人的照片，那人像小丑一样，穿着蓬松的条纹衣服，带着大大的白色纽扣，一张滑稽的、永远微笑的脸被柔软下垂的条纹帽子下蓬松的橙色头发衬托着。当他触摸书中的图片时，那个小丑会动起来，做着和他自己的小丑一样的把戏和有趣的事情。斯凯依稀记得，有一段时间，他对小丑这些把戏的反应是大笑和鼓掌，好像除小丑的滑稽动作之外他对整个宇宙别无所求。

近来，即使是小丑也开始让他感到有些厌烦。他欣赏小丑的幽默，但他们的关系已经发生了深刻的变化，不可能完全逆转。对斯凯来说，小丑已经成为一个需要被理解的东西，一个需要被分解和参数化的东西。他现在认识到，小丑就像海豚在水中的泡泡画一样——一个塑造出来的投影，只是这个用的是光线而不是声波。他们也不是真的在一艘船上。在他的脚下，房间的地板感觉就跟他父亲把他推进来的时候一样，坚硬而平坦。斯凯不太明白这种幻觉是如何产生的，但它极其真实，育儿室的墙壁无处可见。

“水箱里的海豚——斯栗克和其他的——里面有机器。”斯凯说。他还不如在被囚禁的时候学点东西。“为什么？”

“来帮助它们聚焦超声波。”

“不。我不是说这些机器有什么用。我是说，是谁首先想到把它们放进去的？”

“啊。那就是嵌合体了。”

“他们是什么人？跟我们一起来了吗？”

“首先回答你的后一个问题：没有，虽然他们非常想。”小丑的音调略为升高，带些颤音，几乎像女人的声音，但充满了无限的耐心。“斯凯，请记住，当大船团离开地球所在的太阳系——离开水星轨道飞入星际空间——的时候，船队身后的太阳系从技术上讲仍处于战争状态。哦，那时大部分的敌对行动已经停止，但是停火的条款仍然没有完全敲定，各方仍然处于战备状态，一接到通知就准备重返战场。许多派别认为战争的最后阶段是他们改变现状的最后机会。此时，他们中的一些人只不过是组织严密些的匪帮。嵌合体——或者更准确地说，创造了海豚的那些嵌合体——肯定是其中之一。总的来说，嵌合体将赛博生物技术推向了新的极端，让他们自己和他们的动物跟机器融合在一起。这一派将这些限制推得更远，甚至连嵌合体当中的主流都排斥他们。”

斯凯听着，理解着小丑对他所说的话。小丑对斯凯认知技能的判断非常娴熟，足以让斯凯不至于陷入无法理解的境地，同时又迫使斯凯专注于它的每一句话。斯凯意识到并不是所有三岁的孩子都能明白小丑在说什么，但这与他毫不相干。

“海豚呢？”

“由他们设计的。出于什么目的，我们无从猜测。也许是作为水中步兵，在一些计划入侵地球海洋的行动里使用。或者也许它们只是一个实验，被战争的平息所打断，从未能完成。不管是什么情况，一群海豚被南美联盟的特工从嵌合体那边抓了过来。”

斯凯很清楚，南美联盟就是领头创建了大船团的组织。在战争的大部分时间里，联盟一直刻意保持中立，专注于超越太阳系狭隘界限的野心。在获得少数盟友后，他们建立并启动了人类第一次穿越星际空间的严肃尝试。

“我们带上了海豚。”

“是的，我们认为它们在旅途终点星上会有用。但是移除嵌合体增加的部分比看起来要困难得多。最后，还是把它们留在原处比较容易。当下一代海豚出生时，人们发现它们无法与成年海豚正常交流，除非它们也有增强装置。所以我们复制了那些装置，并将其植入年青一代体内。”

“但它们最后都精神失常了。”

小丑的脸上出现了极为短暂的惊讶神情，没有立刻做出回答。后来，斯凯了解到，在停下不动的时候，小丑正在向他的父母或其他成年人寻求建议，如何最好地应对。

“是的……”小丑最后说，“但我们不一定有错。”

“什么，把它们关在牢里，只有几立方米的空间可以游泳，这样做我们还没错吗？”

“相信我，我们现在给它们的条件比嵌合体的实验室好多了。”

“但不能指望海豚记住这一点，不是吗？”

“相信我，它们比那时更快乐。”

“你怎么知道？”

“因为我是小丑。”小丑那张永远在微笑的假面拉长，露出个更加痛苦的笑容，“小丑无所不知。”斯凯正准备问小丑这句话到底是什么意思时，出现了一道闪光。它非常明亮，非常突然，但完全无声，它来自一面墙上的长条形窗户。斯凯眨了眨眼，仍然可以看到窗户的残影：一个边缘坚硬的粉红色矩形。

“发生了什么？”他继续眨着眼睛问道。

但是小丑出了问题，很大的问题，事实上，整个视野看起来都出问题了。在闪光的瞬间，小丑变得畸形，向所有方向胡乱伸展和变形，小丑的表情凝固了，被印到了墙面上。他们刚才站在里面的那艘船弯曲变形，成了一种令人作呕的扭曲景象。整个场景就好像有人用棍子在搅拌的黏稠的油漆。

小丑以前从未允许这种事情发生。

更糟糕的是，房间的光线来源——墙上发光的图像——变暗，然后变黑了。除了从高高的窗户透进来的微弱的乳白色亮光，没有任何光线。但过了一会儿，那些光线也消失了，只剩下斯凯一个人，在一片漆黑当中。

“小丑。”斯凯叫道，开始语气平静，然后愈加执着。

没有回答。斯凯开始有种奇怪的、讨厌的感觉，那来自他内心深处。恐惧和焦虑的涌现与一个典型的三岁儿童对这种情况的反应有关，而与成年和早熟的表象无关，哪怕这种表象通常会使斯凯与其他与他同龄的孩子拉开距离。他突然变成了一个小孩子，独自一人在黑暗中，不知道发生了什么。

他再次要求小丑出来，但他的声音里有绝望，他意识到如果可能的话，小丑早就回应他了。没有回答，小丑不见了，明亮的育儿室变得黑暗，并且寒冷，他什么也听不见，甚至听不到圣地亚哥号上正常的背景噪声。

斯凯一直爬到墙边，然后在房间里转了一圈，试图找到那扇门。但门关上时，就无缝密封上了，现在他甚至找不到那条可以暴露其位置的细小裂缝。室内没有把手或控制器，因为如果他不是被放逐到这个房间的话，小丑会根据他的要求开门的。

斯凯想寻找一个合适的反应，然后发现无论他喜欢与否，他身上已经出现了那个反应。他开始哭了，他已经不记得自己上次哭是什么时候的事情了。

他哭了又哭，最终——不管到底花了多长时间——终于流干了眼泪；他揉眼睛的时候，会觉得眼睛疼痛。

他再次要求小丑出来，然后专注地听着，仍然没有任何东西。他试着大喊大叫，但也没有用，最终他的喉咙太痛了，无法继续喊叫了。

他独处的时间可能只有二十分钟，但现在这个时间几乎肯定会延长到一个小时，然后可能是两个小时，然后是几个小时的折磨。在任何情况下，这段时间似乎都很长，但在不理解他的困境——怀疑这可能是他父亲没有告诉他的更深层次的惩罚——的情况下，这感觉几乎是永恒。然后，甚至是提图斯惩罚他的这个想法也开始变得不太可能；他的身体在瑟瑟发抖，他的思维则开始探索更糟糕的可能。他想象着育儿室不知何故与飞船的其他部分分离了，他正在太空中坠落，远离圣地亚哥号，远离大船团，等有任何人知道的时候，为时已晚。或者可能是怪物从船体之外侵入了这艘船，无声无息地消灭了船上的所有人，他是船上唯一一个还没被找到的人，尽管那也只是时间问题……

他听到房间的一边传来一阵刮擦声。

显然，那是些成年人。他们在“说服”门乖乖打开之前费了很长一段时间，最终门打开时，一道琥珀色的光穿过地板向他洒过来。他的父亲是第一个进入的，陪同他父亲的还有四五个斯凯叫不出名字的成年人。他们看上去是些高大的身影，弯着腰，举着手电筒。他们的脸在手电筒光下变得苍白，像童话里的国王一样严肃。进入房间的空气比平时更冷，这让他颤抖得更厉害，成年人的呼吸声像是巨龙的吐息声般刺耳。

“他很安全。”他的父亲对一个成年人说。

“很好，提图斯，”一个男人回答道，“让我们把他带到安全的地方，然后我们继续往下走。”

“斯凯勒[1]，过来。”他的父亲跪下来，张开双臂，“过来，我的孩子。你现在安全了，没必要害怕了。你一直在哭，是不是？”

“小丑不见了。”斯凯勉强说出了一句。

“小丑？”另一个人问。

他的父亲转向那个人说：“育儿室的主教育程序，仅此而已。肯定是第一批被终止的非必要流程之一。”

“让小丑回来，”斯凯说，“求你了。”

“等等吧，”他父亲说，“小丑得……休息一下，就是这样。它很快就会回来的。而你，我的孩子，可能想吃点什么或喝点什么，是不是？”

“妈妈在哪儿？”

“她……”他父亲顿了一下，“她现在来不了，斯凯勒，但她向你问好。”

他看到另一个人碰了碰他父亲的胳膊。“提图斯，他和其他孩子在主托儿所里会更安全。”

“他不像其他孩子。”他的父亲说。

然后他们簇拥着他走出去，到了寒冷的外边。育儿室外面的走廊两头，远离大人们的手电筒所照亮的那一小片区域之外的地方都陷入了黑暗中。

“发生了什么事？”斯凯问。他第一次意识到，被打乱的不仅仅是他自己的小小世界；不管发生了什么，那都已经影响到了成年人的世界。他以前从未见过飞船变成这样。

“非常非常糟糕的事情。”他父亲说。

1. 斯凯的全名。

第五章

我从斯凯·奥斯曼的梦中骤然惊醒，一时之间以为自己依然身在另一个梦中，一个以可怕的失落感和错位感为主要特征的梦。

然后我意识到，这根本不是梦。

我完全醒了过来，但又感觉好像有一半头脑仍然在沉睡：那部分头脑中保存着我的记忆、身份，以及所有能让我安心些的关于我是如何到了我现在所处的地方的认知，所有与我的过去的联系。什么样的过去？我希望能回首往昔，然后到了某个位置，会遇到个鲜明的细节，比如一个名字，比如暗示我是谁的线索，但现在感觉就像在盯着一片灰雾试图看个清楚明白。

可我仍然能叫出事物的名称，语言仍然存在于我的思维当中。我正躺在一张硬板床上，盖着一条薄薄的棕色针织毯。我感到思维清晰，精力充沛，同时又完全茫然无助。我环顾四周，什么也没有唤起我的记忆，没有在任何方面有丝毫熟悉的迹象。我把手放到面前，研究着手背上血管凸起的轮廓线，连这看起来也只是稍微不那么陌生一点。

然而我对梦的细节倒记得很清楚。它鲜明得令人目眩，不像是一个梦境应有的那样——内容不连续，视角多变，逻辑混乱——倒像是一部严格按时间线编排的纪录片。仿佛我和斯凯·奥斯曼一起去过那里，观看的视角不完全和他相同，而是像个附体的幽灵般紧随其后。

我鬼使神差般地把手翻了过来。

我的手掌中间有块锈色的血渍，整整齐齐，已然干涸；而后我查看了身下的床，看到了更多斑斑点点的血渍，肯定是我醒来前流的血沾到了上面。

在迷雾中有什么东西近乎要显形，有段记忆呼之欲出。

我下了床，赤着身子环顾四周。我所在的房间墙壁看起来凹凸不平——不是从岩石中开凿出来的，而是由类似干黏土的东西形成的，上面涂有亮白色的灰泥。床旁有一个凳子和一个小橱柜，两者都是由一种我不认识的木材制成的。除了一面墙上有个壁龛，里头放有一个棕色的小花瓶，这里再没有任何装饰。

我惊恐地盯着那个花瓶。

那边有某种东西让我心中充满恐惧，我立即意识到这种恐惧是不理智的，却无能为力。那么也许还是有神经损伤了，我听到自己说："你的语言文字功能还在，但在你的边缘系统某个区域，或者大脑内部古老的哺乳动物新皮层中处理称为恐惧的那种东西的位置，有些部分被搞得一塌糊涂了。"不过，当我找到恐惧的焦点所在时，我意识到我怕的根本不是花瓶。

是壁龛。

有什么东西藏在里面，可怕的东西。在我意识到这点的同时，我就陷入了崩溃。我的心脏在狂跳。我必须离开房间，我必须远离那让我浑身发冷的事物，尽管我知道那完全是非理性的。房间一端有一个开着的门，通向"外面"——不管那是什么地方。

我跌跌撞撞地冲了出去。

我的脚碰到了草叶，我正站在一片湿润的草坪上，草坪修剪得很整齐，两侧为杂草和岩石所包围。我醒来的小屋在我身后，位于坡上，几乎要被杂草淹没。斜坡不断上升，看起来角度在不断变陡，直至垂直于地面，然后再倒弯过来，形成一条令人目眩的绿色穹窿，让山坡上的绿色植物看起来就像些粘在碗边的苋菜。要准确判断距离很难，但这世界的天花板肯定高出我头顶有一千米左右。在第四个方向上，地面先是略为走低，然后转而向上，朝着玩具般的山谷对面攀升。它一路升高，升高，直至与我身后的地面相接。

在我两侧，在杂草和岩石之外，我依稀可以看到这世界远方的尽头，中间空气的干扰让它们略呈蓝色，有些模糊。乍一看，我似乎是在一个很长的圆柱形太空定居点中，但其实并非如此：两侧的世界边缘都收缩成一点，这表明该结构的整体形状是个纺锤形——两个圆锥体背靠背放在一起，而我醒来的小屋就在直径最大的位置附近。

我绞尽脑汁寻找太空定居点设计的相关知识，结果一无所获，只有一种感觉挥之不去：这个地方和普通的定居点有些不一样。

有一条炽热的蓝白色发光管贯穿整个定居点，某种封闭的等离子发光管，应该可以变暗和关闭，以模拟日落和黑夜。小瀑布、陡峭的岩壁和绿色植被相互映衬，越发显得生机勃勃，犹如日本水彩画中被精心安排的细微部分的景物。我看到在世界对面有层层叠叠的装饰性花园，不同植物交错拼合成一张像素矩阵般的地毯。我看到其他的小屋，偶尔还有些更大的住所甚至村落，像是些白色的卵石散布在各处。沿着山坡等高线蜿蜒的石板路连接着小屋和居民社区。两个圆锥体尖端附近的那些屋子更接近这个定居点的自旋轴，那里的虚拟重力感一定会弱一些。我不知道这个定居点的奇特设计是否有部分动因就在于此。

正当我开始认真思考下我在哪里的时候，有个东西从灌木丛中爬了出来，一套精巧的多关节金属腿起起落落，让它闯入了空地。我的手围绕着一把不存在的枪合拢，就好像它有某种肌肉记忆，预期会发现一把枪。

机器停了下来，自顾自地嘀嗒作响。八条蜘蛛腿支撑着一个卵形的绿色躯体，上面除了一个发光的蓝色雪花符号之外没有别的特征。

我向后退去。

“坦纳·米拉贝尔？”

这声音来自眼前的机器，但当中有些东西让我知道，这声音不属于这台机器人；听起来像是个人类女性的声音，而且此人对自己说的话并不确信。

“我不知道。”

“哎哟喂。我的卡斯提拉语[1]只是勉勉强强……”她这句话是用诺特语说的，但随后她改用了我所说的语言，听起来语气比以前更犹豫不决，“我希望你能听得懂。我很少说卡斯提拉语。我……嗯……希望，你能记得起自己的姓名，坦纳。啊，我应该说，坦纳·米拉贝尔。是的，米拉贝尔先生。我说的话听起来还算清楚吧？”

“是的，”我说，“不过如果你觉得方便的话，我们可以说诺特语。只要你能忍受我这边的拙劣运用。”

“你两种都说得很好，坦纳。对了，你不介意我叫你坦纳吧？”

“我恐怕你叫我什么都行，随你喜欢。”

“啊。那么你是有一点记忆缺失，我这样认为对吗？”

“老实说的话，我得说可不止一点。”

我听到一声叹息。“嗯，这就是为什么我们会在这里。我们来这里确实就是为了这种事。当然，并不是说我们希望我们的客户这样……但是如果上帝见宥，他们碰巧这样了，那他们真的是正好来对地方了。当然，他们也并没有太多选择……天哪，我又在胡言乱语了，是吗？我总是这样。没有我瞎唠叨，你肯定也已经很困惑了。你看，我们没想到你这么快就醒了。这就是为什么没有人来迎接你，你知道的。”又是一声叹息，但这一声显得更加冷静理智，好像她正在让自己做好准备，投入工作中。“那么，好啦。你没有危险，坦纳，但你现在最好待在屋子里，直到有人来。”

“为什么？我现在有什么不对吗？”

1.作者虚构的未来语言，由南美拉丁语，特别是智利西班牙语变化而来，主要流行于主角出生地。

“呃，首先，你身上完全没穿衣服。”

我点了点头。“那么你不只是个机器人，对吧？我很抱歉。我通常不会这样的。”

“没必要道歉，坦纳。完全不需要。你有点晕头晕脑是完全正常的。毕竟，你已经睡了很长时间了。身体上，你可能没有遭受明显的损伤……事实上，我完全没看到什么……”她停顿了一下，然后似乎从她的不知什么遐想中一跃而出，“但精神上，嗯……这样完全是意料之中的，真的。这种短期失忆比人们乐于让我们相信的要普遍得多。”

“我很高兴你用了‘短期’这个词。”

“噢，通常确实如此。”

我笑了，有些好奇这是在试着幽默一下，还是仅仅在大略陈述统计结果。

“我们刚才说的‘他们’指的是谁？”

“啊，很明显，是那些带你来这里的人。超空人。”

我跪下来，用手指摸了摸草，来回捻一片叶子，直到它在我的拇指上留下些绿色的汁液。我闻了闻那些残留物。如果这是个虚拟实境的话，那可真是做得非常之精细。哪怕是那些作战参谋也会对此大为佩服的。

“超空人？”

“你是搭乘他们的飞船来的，坦纳。你在旅途中被冷冻了起来。现在你得了复苏失忆症。”

这个词让我的一块记忆碎片歪歪倒倒地落下就位。有人对我讲到过复苏失忆症——要么是最近，要么是很久以前。似乎两种可能性都可能是正确的。那人是艘星际飞船上的赛博格船员。

我试图回忆起人们到底告诉过我些什么，但那感觉还是和之前一样，像是在灰蒙蒙的迷雾中摸索，只不过这次我确实感觉到雾中有些东西——参差不齐的记忆碎片，如脆弱不堪的石化树丛，从中探出僵硬的树枝，要与现在重新连接。迟早我会一下子跌撞进大片的丛林主体之中的。

但现在我能想起来的只有些安抚的话，说我不必为他们即将对我进行的操作感到不安，说复苏失忆症是个当代神话，概率比我之前听信的那些描述要低得多。这起码是对事实进行了一点歪曲。但话说回来，事实是——出现不同程度的失忆症几乎是司空见惯的——这不会有助于生意兴隆。

“我想我没料到会这样。”我说。

“说来有趣，几乎没人对这种情况有所预料。最棘手的情况下，那些人甚至都不记得自己曾经和超空人打过交道。你的情况没那么糟糕吧，对不对？”

“没有，”我坦白承认，“而且，你知道吗，这让我感觉开心多了。”

“为什么开心？”

“知道有些可怜的浑蛋比我更惨。”

“噢，”她的语调听起来带着些非难，“我不觉得一个人该抱有这样的心态，坦纳。另外，我不认为你需要很长时间才能完全恢复健康。肯定不需要很久的。好啦，你为什么不回屋里去呢？你会在那里找到些合身的衣物。这倒不是说我们在安养院里要特别讲规矩什么的，但像你那样会冻病的。”

“相信我，这不是故意的。”

我有些好奇，如果我告诉她我不得不跑出屋子，是因为我被建筑中的某个细节给吓坏了，她会怎么看待我在短时间内康复的可能性。

“嗯，当然不是，”她说，“但请务必试着穿下这些衣服——如果你不喜欢的话，我们随时可以修改。我很快就会来看看你的状况。”

“谢谢。顺便问一下，你是谁？”

“我吗？哦，恐怕不是什么特别的人物。或许可以说，是台巨大机器中的一个非常细小的齿轮。修女阿米莉娅。”

那么我应该没听错，她刚才确实管这个地方叫作安养院。“还有，我们到底在哪儿，修女阿米莉娅？”

“哦，很简单。你在爱德怀德安养院，处于神圣冰封托钵修道会的照料之下。有些人喜欢把这地方叫作失忆症宾馆。”

这在我听来仍然没有任何意义。我从未听说过“失忆症宾馆”这地方，那个更正式的名称也一样，更不用说“神圣冰封托钵修道会”了。

我走回小屋，机器人跟在我后面，彬彬有礼地保持着一段距离。当我走近房门，回到屋里时，我放慢了速度。这很愚蠢，尽管我几乎刚一出门就能将那些恐惧尽数驱散，它们这会儿又回来了，强度几乎原封不动。我看着壁龛。在我看来，它充满了深深的邪恶感；好像有什么东西盘踞其中，正不怀好意地打量着我。

“穿好衣服，离开这里，”我用卡斯提拉语大声对自己说，“等阿米莉娅来的时候，告诉她你需要一些神经学快检。她会理解的。这种事情肯定经常发生。”

我检查了放在柜子里给我的衣服。没什么太花哨的，也没哪件我看着眼熟。衣物都很简单，有手工制作的感觉：一件黑色V领运动衫；一条宽松的长裤，没有口袋；一双软鞋，足以让我在空地周围转悠，但不适合走太远。它们穿起来都非常合身，但即使这样我也还是觉得不对劲，似乎它们并非我习惯的着装打扮。

我往柜子深处翻了翻，希望能找到一些更具私人意味的东西，但里面除了那些衣服什么也没有。我茫然失措地坐到床上，闷闷不乐地盯着墙壁上灰泥的纹理，直到我的目光越过那个小小的壁龛。在被冷冻多年后，我的大脑化学物质一定还在努力恢复平衡的过程当中，在这段时间里我所体味到的这种滋味应该是种精神病态的恐惧感。我感到有种强烈的诱惑，让我只想蜷缩起来，将整个世界摒诸自己的感知外。我还没有完全失去理智，只因为我平静地意识到，我曾经历过更糟糕的处境——当时我面对的危险，其恐怖程度绝不亚于我精神错乱的头脑朝那个空荡荡的壁龛中植入的任何东西——而我活了下来。此时此刻，我想不起任何事件的具体细节，这并不重要。我知道它们发生过，知道如果我现在就此崩溃，就等于背叛了深藏在我体内的另一部分的我，那就足够了；那部分的我仍然理智完好，而且也许还记得那所有的一切。

我没等多久，阿米莉娅就来了。

她走进屋里的时候气喘吁吁，满脸通红，好像刚从我醒来后看到的山谷或是裂缝的底下快步爬上来。但她面带笑容，好像很享受这样的劳累。她穿着一件黑色的褶裥法衣，脖子上挂着条雪花吊坠项链。她长袍的衣摆下露出的靴子上满是灰尘。

“衣服怎么样？”她说，把手放在机器人的蛋状头上。这可能是为了站稳，但看起来也像是在表达自己对机器人的喜爱。

“很适合我，谢谢。”

“你确定吗？改起来一点也不麻烦，坦纳。你只需要把它们脱下来……我们分分钟就能把它们改好。”她笑了。

“很好，不用改。”我边说边端详着她的脸。她肤色十分苍白，比我以前见过的任何人都白。她的眼睛也近乎缺乏色素，眉毛非常细，看起来像是专业书法家的笔触。

“哦，太好了，”她说话的样子看起来似乎并没有完全信服，“你有再想起什么吗？”

“我似乎想起了自己是从哪儿来的。我想这是个好的开始。”

“尽量不要强求。杜莎——我们的神经专家——说你很快就会开始想起来的，但如果需要一点时间，你也不用担心。”

阿米莉娅坐到了床尾，几分钟前我还睡在那张床上。我已经把毯子翻过来，盖住我手掌上的斑斑血渍。不知为什么，我对所发生的事情感到羞愧，想要尽最大努力确保阿米莉娅不会看到我手掌上的伤口。

“老实说，我认为这可能需要一段时间。”

“但你还记得是超空人带你来的。就像我先前说过的，这就比其他许多人的情况要好啦。而且你回忆起自己是从哪里来的了吧？”

“斯凯先手星，我是这么觉得的。”

“没错。天鹅座 61-A 星系。”

我点了点头。“不过我们管我们的太阳就叫天鹅星。顺口很多。”

“是的，我也听到过别人这么说。我真的应该记住这些细节，但经过我们这里的人实在是来自太多不同的地方。老实说，我在努力记住哪里是哪里，什么是什么的时候，脑子完全被搅糊涂了。”

“我同意你的说法，不过我仍然不清楚我们在哪儿。在我的记忆恢复之前我无法肯定，但我怀疑我从前听说过，你刚才说的那个，你们是什么……”

“冰封托钵僧。”

“嗯，我一点也想不起来。”

“可以理解。我不认为我们修道会在斯凯先手星星系中有任何影响。只有某个星系有大量人员进出流动的情况下，我们才会存在。”

我想问她这里是哪个行星系，但我想她会在适当的时候谈到这一细节问题的。

“我想你得多告诉我一点，阿米莉娅。”

“我不介意。如果听起来有点像准备好的演讲稿，那请你原谅。我不得不对很多人解释这一切，恐怕你不是第一个，也不会是最后一个。”

她告诉我，冰封托钵僧的修道会大约有一个半世纪的历史——可以追溯到二十四世纪中叶。大约在那个时候，星际飞行打破了政府和超级公司的垄断，基本成了一项很平常的业务。在那时，超空人开始作为一个独立的人类分支出现，他们不仅仅驾驶飞船，而且会在飞船上度过他们的一生，其跨度在时间膨胀影响下被拉长，远远超出了任何正常人类的寿命。他们不断地将付费乘客从一个太阳系运送到另一个，但他们也免不了会对承诺的服务质量打折扣。有时他们答应了将人们带到某个地方，然后飞向另一个完全不同的太阳系，让他们的乘客要多经过好几年的航程才能抵达想去的地方。有时他们的冷冻休眠设备太旧，或者是维护太差，以致他们的乘客在到达后醒来时已经年华老去，甚或已经完全丧失了记忆。

冰封托钵僧乘运而来，进入了这个客户关怀的真空地带；他们在几十个太阳系中建立了分支机构，为那些复苏并不顺利的休眠者提供帮助。他们照料的不仅仅是星际飞船上的乘客，因为他们的相当一部分业务对象是那些在低温地窖中沉睡了几十年，跳过经济衰退或政治动荡时期的人。这些人醒来后，往往积蓄已被洗劫一空，个人财产尽遭查没，自身的记忆也已残破不堪。

“好吧，”我说，“我猜下面你要告诉我合同当中的陷阱所在了。”

“有件事需要你从一开始就明白，”阿米莉娅说，“没有陷阱。我们会照料你，直至你康复到可以离开。如果你想在那之前离开，我们也不会阻止；而如果你想待得更久，我们的田地里永远都需要帮手。一旦你离开安养院，你就不再欠我们任何东西，也不会再听到我们的消息，除非你自己希望如此。”

“如果是这样的话，你们要怎么收回业务成本？”

“哦，我们自有办法。我们的许多客户在痊愈后真的会自愿捐款，但我们并不指望他们会这样做。我们的运营成本非常低，而且我们没有为了建造爱德怀德对外举债。”

“像这样的太空定居点肯定便宜不了，阿米莉娅。”每样东西都有代价，甚至由那些会自我增殖的无脑机器人制造成形的物质也一样。

“它比你想象中要便宜得多，虽然为此我们不得不在基本设计上做出些妥协。”

“那个纺锤状的外形？我正觉得奇怪呢。”

“等你再好一点的时候我会带你去看看，然后你就能明白了。”她停了下来，让机器人往一个小杯子里倒了些水，“喝些吧。你一定很渴了。我猜你会想多了解自己一点。比如说，这里是什么地方，你又是怎么到这儿来的。”

我拿起杯子，满怀感激地喝了下去。这水有种陌生的味道，但并不令人讨厌。

“很明显，我不在斯凯先手星。此地肯定是个重要的交通中心，否则你们一开始就不会建造此地。”

“是的。我们在黄石行星系——在天苑四附近，”她似乎观察了下我的反应，“你似乎不太惊讶。”

“我知道肯定是这样的地方。我完全想不起的是我为什么会来到这里。”

“迟早会想起来的。从某种角度而言你是幸运的。我们的一些客户非常健康，但就是太穷了，负担不起移居到这个行星系内的费用。我们允许他们在这里赚取少量的薪水，直到他们至少能够负担得起把他们带到腐锈带的班船费用。或者我们安排他们为某些别的组织做一段时间的契约奴工——攒钱更快，但那日子通常相当令人不快。但你不需要选择这两条路，坦纳。以你抵达这里时所携带的资金来看，你似乎是个相当富有的人，而且很神秘。下面的话在你听来可能没什么印象，不过当你离开斯凯先手星的时候，你是个英雄人物。”

“我是个英雄？”

“是的。发生了一场事故，而你在其中拯救了许多人的生命。”

“恐怕我是想不起来了。”

“甚至连新瓦尔帕莱索城这个地名都想不起来？事情是在那里发生的。”

这名字我确实隐隐约约感觉意味着什么，就像一个有些熟悉的引用，激起了对多年前看过的一本书或一出戏的回忆。但其中的情节和主要角色，更不用说结局，仍不明朗。我仍在凝望着迷雾。

“我恐怕仍然全无头绪。无论如何，先跟我讲讲我是怎么来的吧。那艘飞船叫什么名字？”

“奥维多号。大概在十五年前离开了你原本的行星系。”

“我当时搭上它肯定有很充分的理由。我是一个人旅行吗？”

“据我们目前所知是的。我们还在处理船上的载荷。船上有两万名休眠的乘客，目前只有四分之一已被升温复苏。仔细想想，没什么好着急的。如果你准备花十五年的时间穿越茫茫太空，那么在任何一端有个几周延迟都不值得担心。”

古怪的是，我还真觉得有某件迫切需要完成的事情，尽管我说不上来到底是什么。这种感觉让我想起了从梦中醒来时的那种感觉，梦中的细节我无从忆起，但让我在几个小时后依旧非常紧张。

“那么，告诉我你们对坦纳·米拉贝尔的了解吧。”

“远没有我们希望的那么多。但这本身不应该让你惊慌。你的世界在打仗，坦纳，已经打了几个世纪了。那边的档案记录和我们这边的一样混乱，而且那些超空人对自己携带的乘客是什么人没多大兴趣，只要他们付钱就好。”

这名字听起来很舒服，就像戴旧了的手套，而且搭配得很好。坦纳是个工人的名字[1]，是个勤勤恳恳，直奔主题，会把事情做完的人。相比之下，米拉贝尔则略微带点贵族式的自命不凡。

这是个我可以接受的名字。

“你们这边的记录为什么乱掉了？别告诉我你们这里也打仗了。”

“不，”阿米莉娅小心翼翼地说，“没有，原因完全不同，大不一样。为什么？在那一瞬间，你听起来几乎像是很高兴。”

“也许我曾经是名军人。”我说。

“在犯下一些恐怖至极的暴行后，带着战利品逃之夭夭？”

“我看起来像是个会犯下暴行的人吗？”

她笑了笑，但表情中明显缺乏幽默。“你大概会难以置信，坦纳，但来我们这里的什么人都有。你可能是任何人，可能做过任何事，而长相与此几乎毫无关联。”然后她的嘴吃惊地微微张开，“等等。这屋里没有镜子，是不是？你醒来后见过自己吗？”

我摇摇头。

“那就跟我来。散散步对你大有好处。”

我们离开小木屋，沿着一条蜿蜒的小路走进山谷，阿米莉娅的机器人像只兴奋的小狗一样在我们前面飞奔。她和机器人相处得很自在，但机器人让我感觉受到了威胁，就仿佛她身边带着条毒蛇一般。我回想起机器人第一次出现时我的反应：不自觉地伸手去拿武器。这并非仅仅是个夸张的做戏姿态，而是个感觉上曾反复演练过的动作。我几乎能感觉到我手中没有抓住的那把枪的重量，它在我掌中的精确形状，感觉到有一套弹道学专业空间格点在我的潜意识中呼之欲出。

我很懂枪，而且我不喜欢机器人。

“再告诉我些我是怎么到达这里的吧。”我说。

1.这个名字源于名词，意为“皮匠”。

“我说过，带你来这里的船是奥维多号，”阿米莉娅说，“当然，它还在这个行星系内，因为还在卸载当中。如果你愿意的话，我可以带你去看看。”

“我还以为你会拿面镜子给我看。”

“一石二鸟，坦纳。”

这条路越走越深，盘转向下通进了一个幽深的裂口中，上方倒挂着一层绿色植物，纠缠在一起形成了一层天棚。这肯定就是我在小屋下看到的那个小山谷了。

阿米莉娅说得没错，到达此地花了我这么些年，那额外花在恢复记忆上的几天是无关紧要的。但我现在感觉自己最缺乏的就是耐心了。自从我醒来后，有什么东西一直让我的神经紧绷着；我有种感觉，我有某件必须去完成的事，事情非常紧急，以至于哪怕是现在，几个小时的差别也可能决定成败。

“我们要去哪儿？”我问。

“一个秘密场所。一个我本不该带你去的地方，但我忍不住要这样做。你不会说出去的，对吧？”

“这下我可被勾起兴趣了。”

那道避光的裂缝把我们带到了谷底，到了距离失忆症宾馆的自旋轴最远的地方。我们此刻位于定居点的两个圆锥结构的底面相互连接处的外缘。人工重力在这里达到了最大值，我感觉走动起来格外地费力。

阿米莉娅的机器人在我们前面停了下来，转过身子把它那张没有五官的卵形面孔朝向我们。

“这是怎么回事？”

“它不会再往前走了，程序不允许。”机器人挡住了我们的道，所以阿米莉娅往小路边上迈了一步，从齐膝高的草丛中走过。“为了我们的安全，它不想让我们通过，但如果我们刻意绕过它，它也不会主动阻止我们。好孩子，你不会的吧？”

我小心翼翼地走过机器人。

“你之前说我是个英雄什么的。”

“当新瓦尔帕莱索城的太空桥崩塌时，你救了五个人的命。太空桥坠落的消息在新闻网上传得到处都是，甚至传到了这里。”

听到她这些话，我随之感觉自己想起了以前别人告诉我的一些事情，似乎我距离靠自己回忆起一切总是差那么一步。这座太空桥在当中某个地方被核爆炸切断了，导致断口下方的缆绳落回地面，而上方的部分则急剧回缩反抽。官方解释说那是枚失控的导弹造成的；某个雄心勃勃的军事组织的武器实验，它严重偏离了轨道，穿过了太空桥周围的反导弹保护屏障，但是——虽然我难以解释根据——我坚持认为事情没那么简单。我当时正好在太空桥上，那并不仅仅是走背运。

“到底发生了什么？”

“你搭乘的轿厢在断口上方。它在缆绳上静止了下来，在那里它本来是安全的——如果不是有另一个轿厢正从下面冲过来的话。你意识到了这个问题，并让和你在一块的人相信，他们活下去的唯一希望就在于跳进太空中。”

“这听起来可不像个好选择，即便穿着太空服也一样。”

“确实不是，但是你知道，这样一来他们就还有点生还的机会。你们离高层大气很远。在坠入大气层之前，你们有超过十分钟的下落时间。”

“真了不起。可如果无论如何都要死的话，多出十一分钟有什么用？”

“让上帝赐予的生命又多出了十一分钟，坦纳，而且这段时间刚好够救援飞船来把你们捞上去。他们不得不从大气层顶部掠过，抓住你们所有人，但最终他们把每个人都捞了上去，甚至包括已经死去的那位男士。”

我耸了耸肩。“我当时多半想的只是我要怎么保全自己的性命。”

“也许吧，但只有一个真正的英雄才会承认自己有这种想法。这让我越发认为你可能真的是那个坦纳·米拉贝尔。”

“不管怎样，肯定已经有数百人死了，”我说，“作为英雄壮举这可有些差劲，不是吗？”

“你已经尽力了。”

之后我们默然无语，又往前走了几分钟，道路越来越杂草丛生，崎岖不平，最后地面开始进一步缓缓下降，比谷底还要低。走动需要的能量更多了，我的体力渐渐见底。

我现在走在前面，阿米莉娅有一阵子在我身后徘徊不前，好像在等候别的什么人。然后她追了上来，走到了我前面。我们头顶上的植物弯成弧形，逐渐封闭，形成了一条幽暗的绿色隧道。我们继续向前推进，周围并非完全漆黑一片，我落脚时有点迟疑，阿米莉娅则比我有自信。周围实在太黑了之后，她打开一个小手电筒，将它细细的光柱戳在她前方；但我怀疑，用这手电筒照明主要是为了我，而不是为了她自己。直觉告诉我，她经常来这里，知道地板上每一处会让人跌倒的坑洼，清楚要怎么越过它们。不过，最终手电筒的光线几乎完全被掩盖了：我们前方有个乳白色的光源，周期性地暗而复明，大约每分钟循环一次。

“这是什么地方？”我问道。

“一段原来的施工隧道，建造爱德怀德那个时候留下的。这些隧道大部分都被填埋了，但这个肯定被人们忘掉了。我经常一个人来这里——当我需要好好思考一下的时候。”

“那么，你带我到这里来，表示你对我格外信任了。”

她回头看着我，那张脸几乎全然隐没在阴影当中。“我带到这里来的不止你一个。但我确实信任你，坦纳。奇怪的是，这和你是不是英雄没什么关系。你看起来是个好人，你身上有种平静的气息。”

“他们对精神病患者也是这么说的。”

“嗯，你还真是妙语连珠啊。”

“抱歉，我闭嘴。”

我们二人默默地继续走了几分钟，不过没走多久，隧道就通到了一个像是山洞的房间里，底下的地面是水平的，明显是人工所为。我小心翼翼地踏上光滑的地板，然后往下看。它是玻璃的，下面有东西在移动。

是恒星，还有行星和卫星。

定居点每转一圈，一颗美丽的黄褐色行星就会映入眼帘，还有颗小得多的红色卫星跟它一道。现在我知道那周期性的光源来自何方了。

“那就是黄石星，”阿米莉娅指着大些的行星说道，“上面有一大串环形山的卫星，那是马可之眼，名字源于在黄石星上发现那条大裂缝的人——马可·菲利斯。”

某种冲动让我跪下来想看得更清楚。

“那么，我们离黄石星很近了。”

“是的。我们在卫星和行星间的拉格朗日点；引力平衡点位于马可之眼轨道后方六十度的位置。这也是大多数大型飞船停泊的位置。”她稍微等了下，“看，它们来了。”

一大片飞船集群进入了视野：修长而精美，就像些仪礼性的匕首。每艘包裹在钻石和冰层中的飞船都有一个小城市那么大，长三四千米，但巨大的数量和距离让它们显得很小，犹如一群五彩斑斓的热带鱼。它们群集于另一个定居点周围，较小的飞船停在那个定居点边上，看上去像是海胆的长刺。整个集群离这里肯定有两三百千米。一些飞船已经在随着对面太空旋轮[1]的转动从视线中消失，但阿米莉娅还有足够的时间把带我来这里的那艘飞船指给我看。

“在那儿。我想，停在那边的飞船当中，边上的那艘就是奥维多号。”

我想着那艘飞船高速穿越星际虚空，以接近光速的高速航行了将近十五年；然后恍然间我对自己从斯凯先手星来这里所跨越的时空有多么广阔有了种近乎本能的把握，哪怕这个过程在主观上是一场被压缩成了瞬间的无梦酣眠。

“现在我已经没有回头路了，对吧？”我说，“哪怕那些飞船当中刚好有一艘要回到斯凯先手星，并且我正好有办法上船，我也不会返回家乡。我在那里是个三十年前的英雄——多半早已被遗忘。某些在之后出生的人可能已经决定将我归为战犯，并下令在我醒来的那一刻就执行处决。”

阿米莉娅缓缓点头。“大多数人都再也不会返回家乡，这是千真万确的。即使没有战争，也会有太多的事情发生改变。但大多数人在离开之前就已经让

1.在本书中对靠自旋提供人工重力，活动区域呈轮状的空间站的称呼。

自己接受了这个现实。”

“你是说我没有？”

“我不知道，坦纳。你看起来确实有些与众不同，这点是肯定的。”她说话的语气突然变了，“啊，快看！有个蜕下的船壳！”

“有个什么？”

虽然不明所以，我还是顺着她的目光看去。我看到了个中空的巨大圆锥壳体，看起来跟停在那边的飞船一样大——不过这点很难确认。阿米莉娅说：“我不太了解那些飞船，坦纳，但我知道它们从某种角度而言几乎是活的，能够改变自己，随着时间的推移自我改进，所以它们永远不会过时。有时这些变化完全发生在船体内部，但有时会影响飞船的整体外形，例如让飞船变得更大，或者更细长，好进一步逼近光速。通常当飞船这样做时，它们会将旧的钻石铠装整个丢掉，这样比一块一块地拆卸然后重建开销更少。他们管这个过程叫作蜕皮——就跟蜥蜴蜕皮一样。”

“啊，”我懂了，“我想，他们会乐意以骨折价卖掉那套铠装？”

“他们甚至不卖，只是把这个有福之物留在轨道上，等着被什么东西撞上。我们接管了它，稳定了它的自转，然后从马可之眼取来岩石碎屑给它做填充。我们不得不等待很长时间，直到另一个与之匹配的壳体出现，但最终我们获得了两个壳体，我们可以将其连接到一起，建成爱德怀德。”

“捡了大便宜啊。”

“哦，还是有很多后续工作的。但这个设计对我们来说非常合适。首先，填充这种形状的定居点需要的空气比同样长度的圆柱形定居点少得多。其次，当我们年龄越来越大，越来越虚弱，越来越不能在壳体结合的地方履行我们的职责之际，我们可以把更多的时间用来在低重力的高地工作，逐渐接近两端的终点，用我们的话说——渐渐接近天堂。”

“我希望不要太近。”

“哦，那上面也没那么糟糕啦，”阿米莉娅笑了，“毕竟，那些亲爱的老人可以在那里居高临下看着我们余下的人。”

我们身后传来一个声音，轻柔的脚步声。我紧张起来，我的手似乎又一次抽搐起来，期望能抓到一把武器。一个几乎看不见的人影偷偷溜进了山洞。我看到阿米莉娅紧张起来。这个身影等待了一会儿，除了呼吸没发出任何声响。我什么也没说，只是耐心地等待外面的星球转回来，往这个陌生人身上投去几缕光芒。

他说话了："阿米莉娅，你明知道你不该来这里的，这是不允许的。"

"阿列克谢兄弟，"她说，"你应该知道，我并不是一个人。"

他的笑声在洞壁上激起了回音，虚伪而夸张。"说得好啊，阿米莉娅。我知道你是一个人。我跟在你后面，你没看见吗？我看到了，没人和你在一起。"

"然而确实有人和我在一起。你一定是在我殿后的时候看到我的。我当时觉得你在跟踪我们，但我不能肯定。"

我暂时什么也没说。

"你从来都不擅长说谎啊，阿米莉娅。"

"大概是吧，但现在我说的是实话。不是吗，坦纳？"

就在我开口的同时，光线又回来了，照出了那人的样子。阿米莉娅问候他的方式已经让我知道，他也是一名托钵僧，但他的穿着不同于阿米莉娅。他披着件简单的黑色连帽长袍，雪花图案被缝在衣服的胸口部位。图案下方是他的双臂，漫不经心地交叉在胸前。他的表情不那么平静，更多的是饥渴。他整个人看起来也很饥渴：形容枯槁苍白，颧骨和下巴都凹进去很深。

"她说的是实话。"我说。

他走近了一步。"让我好好看看你，满身雪泥的小狗崽。"他深陷于眼窝里的双目在黑暗中闪闪发光，审视着我，"你醒来很久了吗？"

"只有几个小时。"我站着不动，让他看清我的体格。他比我高，但我们的体重多半差不多。"不长，但足够让我知道自己不喜欢被人叫作'满身雪泥的小狗崽'。那是什么——托钵僧内部的俚语吗？你并不像你假装的那么圣洁，对吧？"

阿列克谢做出个鬼脸。"你又知道什么了？"

我走向他，我的脚压在玻璃上，星辰在我的双足下回旋。我觉得我现在明白这是怎么回事了。“你喜欢来骚扰阿米莉娅，不是吗？这就是你寻求刺激的方式——跟踪她下到这里。阿列克谢，你逮到她一个人的时候会做什么？”

“某些神圣的事情。”他说。

我现在明白为什么阿米莉娅先前徘徊了一会儿了，是为了让阿列克谢窥探她，并得出结论，她是独自一人。这次阿米莉娅一定希望这家伙跟上来，因为她知道我也在。这种情况持续多久了——在复苏一个她认为可以信任的人之前，她不得不等待了多久？

“小心啦，”阿米莉娅说，“阿列克谢，这个人是新瓦尔帕莱索城的英雄。他在那里救了不少人的命。他可不仅仅是个温顺的游客。”

“那他是干什么的？”

“我不知道。”我替阿米莉娅回答道。就在说话的同时，我越过了我和阿列克谢之间的两米距离，把他紧紧地按在洞壁上，用一只胳膊箍在他的下巴底下，施加了适当的力道，足以让他以为我正要扼杀他。

这套动作做下来，我感觉轻松流畅得就像打了个哈欠。

“住手……”他说，“求你了……你弄伤我了。”

有样东西从他手里掉了下来，一件开刃的农具。我把那东西踢到一旁。

“阿列克谢，你这傻孩子。如果要武装自己的话，就不要扔掉你的武器。”

“你要勒死我了！”

“如果我真要勒死你，那你就不会还能说话。那你现在应该已经昏过去了。”但我还是松开了手，把他推向隧道的方向。他被不知什么绊到了，重重地摔倒在地。有什么东西从他的口袋里滚了出来，我猜是另一件被临时拿来充当武器的东西。

“求你了……”

“听我说，阿列克谢。那只是一个警告。下次我们要再碰上的话，你就得带着条断掉的胳膊离开，听懂了吗？我不想你再来这里。”我捡起那件农具朝他扔去，“回去摆弄你的花园吧，大男孩。”

我们看着他站起来，声音低不可闻地咕哝了一句什么，然后狼狈逃向后方的黑暗中。

“这种事持续多久了？”

“几个月。”阿米莉娅的声音现在非常平静。我们看着黄石星和停泊的船群再次进入视野，然后她继续往下说：“他所说的那种事——他所暗示的——从来没有发生过。他所做的只是吓唬我。但每次他都更进一步。他把我吓坏了，坦纳。我很庆幸有你和我在一起。”

“这是故意设计的，不是吗？你预料他今天会有所行动。”

“刚才那阵子我还怕你会杀死他。你本来可以的，不是吗？只要你想的话。”

现在她提出的这个问题让我也不得不反躬自问。我发现杀了他对我来说很容易。只要对我用出的力道进行点小小的改动。那不会让我多费什么事，也几乎不会破坏我在整个过程中感受到的平静心态。

“他不值得我费那个事。”我边说边伸出手去，捡起了从阿列克谢口袋里滑出来的那件东西。我现在看出，那不是武器，或者至少不是我认识的武器。

它更像是个注射器，里面装着些液体，应该是黑色或是暗红色的，不过更大可能是后者。

“这是什么？”

“一些他在爱德怀德不该持有的东西。把它给我，好吗？我会把它销毁。”

我主动把皮下注射器递了过去，这东西对我毫无用处。阿米莉娅带着几近厌恶的表情把它装进口袋，对我说：“坦纳，等你离开我们之后，他还会回来的。”

“我们以后再担心这个吧，而且我一时也不会急着去任何地方，不是吗？以我现在的记忆状况是不会的。”为了让气氛轻松些，我又加了一句，“你先前说过要让我看看自己的脸来着。”

她回答时有些迟疑：“是的，我确实说过，我还没给你看吗？”然后她熄灭了在隧道里用过的那个小手电筒，指引我再跪到地上，看着玻璃。等黄石星和它的卫星离开，洞穴再次变得黑暗时，她把手电筒照到了我的脸上。我望着玻璃中自己的倒影。

没有强烈的陌生感。既然我醒来后已经用手指描摹了十几次我的面部轮廓，又怎么可能会有？我早就感觉自己这张脸会很英俊，事实也是如此。这张脸像是一名相当成功的演员，或是个蛊惑人心的可疑政客。一个四十岁出头的黑发男子——我知道在斯凯先手星，这表象差不多就意味着实际状况；我不可能比我看上去的年龄要大很多，因为我们那边的延寿疗法比其他人类落后了几个世纪，虽然我不知道自己是从哪里汲取到这些知识的。

又一块记忆碎片咔的一下到位了。

“谢谢，”我在看够了之后说道，“我觉得这很有帮助。我不认为我的失忆症会一直持续下去。”

“几乎从来不会。”

“实际上我那是在说大话。你是说，有些人会永远无法恢复记忆？”

“是的。”她说，流露出毫不掩饰的悲伤，“大多数情况下，那些人一直也恢复不到可以正常移民的地步。”

“如果是那样的话，他们之后会怎样？”

“他们留在这里。他们学着帮助我们，耕种梯田。有时那些人甚至会加入修道会。”

“可怜的家伙们。”

阿米莉娅站起来，招手让我跟上她。“哦，总有些人命运多舛，坦纳，我早该知道的。”

第六章

十岁大的他和父亲一起走过货舱弧形的抛光地板，脚下的靴子踩在高反光率的甲板表面上，发出吱吱嘎嘎的声响。他们两人仿佛悬浮在自己幽暗的倒影之上。一个男人，一个男孩，不停向前走着，脚下看起来像是越来越陡峭的山坡，但感觉却总是百分之百地平坦[1]。

“我们要出去，是吗？”斯凯说。

提图斯低头看着他的儿子。“你为什么这样觉得？”

“否则你不会带我来这里。”

提图斯什么也没说，但这论点是无法否认的。斯凯以前从未到过货舱，甚至在康斯坦札违规带他进入圣地亚哥号上的禁地时也没有。斯凯还记得自己被她带去看海豚，以及随之而来的惩罚，以及随后的痛苦经历：那道闪光，然后

1. 暗示此处为飞船外缘部分，由离心力充当人造重力。

他独自一人被困在全然黑暗的育儿室中的那段时间，与之相比，惩罚显得微不足道。那似乎是很久以前的事了，但有一些那天发生的事他现在还没有完全搞清，一些他从未能说服父亲开口提起的事。那不仅仅是因为他父亲顽固不化，不仅仅是因为提图斯对斯凯母亲去世的悲痛。有种无意识的略去机制——比简单地拒绝讨论那些事更微妙——遍及每一个与斯凯交谈过的成年人。没人会提起那一天，整艘船变得又黑又冷的那一天，然而对斯凯来说，那些事依然清晰地铭刻在他记忆里。

过了似乎是好几天之后——现在他回想起来，确实可能是过了几天之后——大人们又让主照明系统亮了起来。然后他注意到了空气循环系统开始工作，带来一股微弱的背景气流，之前在空气循环系统没有停过的时候，他实际上从未注意到过这股气流。他父亲后来告诉他，在那段时间里，他们一直在呼吸着未经循环净化的空气；随着一百五十个醒着的人将越来越多的二氧化碳排放出来，封闭的空气越来越不新鲜。再过几天那就会开始引发严重的问题，但现在空气渐渐清新起来，飞船里也慢慢暖和起来，可以在走廊里行走而不会被冻得瑟瑟发抖了。停电期间无法使用的各种辅助系统也渐渐尝试重新上线了。沿着中轴柱上下运送设备和技术人员的列车也开始恢复运行。飞船上的信息网络之前一直陷入沉默，现在也可以进行查询了。食物有所改善，尽管斯凯几乎没有注意到他们在停电期间其实一直在吃应急口粮。

但仍然没有哪一位成年人愿意谈谈当天到底发生了什么。

当船上的生活看似已经恢复正常之后，斯凯最终设法溜回了育儿室。房间里的灯亮着，但一切看起来都和他离开时差不多，这让他大为惊讶。小丑还是闪光后呈现出的那副奇怪样子，仿佛被冻结凝固了似的。斯凯蹑手蹑脚地靠了过去，仔细打量他朋友扭曲的外形。他现在看明白了，育儿室墙壁、地板和天花板上布满了彩色的小方块，小丑就是这些小方块形成的图案。小丑其实是种特殊的动画图片，只有刚好以斯凯的视角看去时才看得出合理的样子——看起来是对头的。小丑看起来就在房间里，而不是简单地画在墙上，因为它的脚和腿虽然也是画在地板上的，但扭曲的透视效果导致从斯凯当时所在的位置上看过去会觉得它非常真实。这个房间肯定是对斯凯的位置和他视线的方向进行了测绘。如果他能够足够快地改变自己的视点——比这房间重新计算布置小丑的形象还要快，那他也许能看穿这个透视把戏。但小丑总是比斯凯快得多。三年来，他从未怀疑过小丑是真实存在的，即使小丑一直都无法触及任何东西，也不会被任何东西触及。

他的父母把照料他的责任丢给了一个幻象。

然而，现在——带着急切地想要宽恕他们的情绪——他把这些思绪统统抛诸脑后，满心都是对巨大的货舱和眼前景物的敬畏。他们两个形单影只，只有一小片光亮随着他们移动，这就让此地的空间显得更加巨大了。舱房中的其余部分有多大根本看不清楚，只能间接推测；幽暗中，隐约可见货物集装箱的形体轮廓，还有相关的运管机器，它们由近及远，沿着弧线逐渐隐没在黑暗之中，船舱的三维尺度由它们的体积可见一斑。有些位置上停着各种各样的太空飞行器；有些比单人滑翔机或是飞天扫帚也大不了多少，是设计来用于紧挨着船体外侧飞行的；还有些则是全封闭的加压小的士，专为将人员摆渡到大船团中的其他飞船上而建造。这些的士可以在紧急情况下进入大气层，但它们设计上没有考虑返回太空的航程。三角翼登陆舱可以多次下降，往返于旅途终点星的地表，但它们的体积太大，无法存放在圣地亚哥号内部；那些大家伙被固定在飞船外部，人们几乎没机会见到它们，除非在某个外部工作专班里工作——就像他母亲去世前那样。

提图斯在一艘小型穿梭机附近停下脚步。"是的，"他说道，"我们要出去。我想是时候让你看清这一切的真实面目了。"

"什么的？"

但提图斯对此唯一的反应只是掀起他制服的袖口，对着他的手环轻声说话："启动15号短途飞行器。"

没有丝毫迟疑，也没对他的权限进行查询，那辆的士立即对他做出了响应，楔形的车身上闪烁起灯光，光滑的活塞连杆顶开驾驶舱门，车下的托盘旋动，让车门朝着他们靠近，同时让车辆与发车轨道对齐。蒸汽开始从沿着车辆侧面等间隔排列的排气口喷出，斯凯都能听到这台机器棱角分明的外壳内部某处的涡轮机发出的呼啸声变得越来越响。几秒钟前这东西还只是块光滑的金属，死气沉沉，但现在它内部有可怕的能量正要喷涌而出，只是被勉强压制住了。

他在车门旁犹豫不决，直到他的父亲示意要他先上去。

“我跟在你后面，斯凯。往前去，坐在仪表柱的左边。注意进去的时候不要碰任何东西。”

斯凯跳进这台飞行器时，感觉脚下的地板正在震动不休。的士内部比先前看上去的感觉要拥挤得多，外部包有厚厚的船板和护甲，他不得不低下头才能钻进前排的座位，脑袋还擦上了舱内半软半硬、纠缠不清的管线。他找到自己的座位，摆弄着经过烤蓝[1]的钢质搭扣，最终成功地把它在胸前扣紧。他面前是一个冷光蓝绿显示屏，上面的数字在不断变化，还有些复杂的图表，再往上是弧形的车窗玻璃，泛着金光。他左手边是一根控制柱，那上面嵌有控制杆和开关，排列得整整齐齐，还有一根黑色的操纵杆。

他的父亲在最右边的座位上坐定。舱门在他们头顶上合拢，周围骤然间变得安静了许多，只有的士的空气循环系统仍在不断发出刺耳的声响。他父亲用手指触碰绿色的屏幕，让上面的显示出现变动，聚精会神地仔细研究结果。

“给你个建议，斯凯。永远不要相信这些该死的东西告诉你它们是否安全，要自己去确定。”

“你不相信机器自身告诉你的结果吗？”

“我曾经信过。”他的父亲轻轻向前推动操纵杆，的士开始沿着出发轨道滑行，掠过停在路边的其他飞行器。“但机器不是绝对可靠的。我们曾经骗自己说，它们是绝对可靠的，因为在这里，我们的每一次呼吸都依赖于机器，要在这样的地方保持精神健全，唯一的办法就是像那样自欺欺人。不幸的是，那从来都并非事实。”

---

1. 对钢铁零件表面进行处理的一种防腐蚀的工艺。

“发生了什么让你改变了看法？”

“你很快就会明白的。”

斯凯对着他自己的手环说话——它提供的功能有限，是他父亲手环能力的一个子集——要求飞船为他连线康斯坦札。“你绝对猜不到我是在哪儿打给你的。”等到康斯坦札小小的发光面孔浮现之后，他开口说道，“我要到外面去。”

“和提图斯在一起？”

“是的，我父亲就在边上。”

康斯坦札现在十三岁，不过她经常被认为比实际年龄大——斯凯也一样。这种印象和两人的长相没有太大关系，因为康斯坦札看起来并不比她的真实年龄大，而斯凯看起来甚至比他的实际年龄还要小得多：瘦小，苍白，很难想象他在不久的将来就要经受青春期的烦恼。但两人在智力上早熟，康斯坦札现在差不多是全职在提图斯的安保机构中工作。在一艘船员如此之少的船上，她的职责通常与执行条例沾不上边，更多的是监督复杂的安全流程，研究和模拟操作场景。虽然这是一项艰巨的工作——要将圣地亚哥号作为一个整体来了解把握是件极其复杂的事，但几乎可以肯定，这项工作绝不会要求康斯坦札离开飞船外出。自从她开始为他的父亲工作以来，他们的朋友关系变得更加脆弱，她承担着斯凯没有担当的责任，并在成人世界里活动，但眼下他将要到飞船外面去，这件事肯定能让康斯坦札不得不大吃一惊，肯定能提升斯凯在她眼中的地位。

他期待着康斯坦札的回答，但他听到的和他所期待的大不一样：“我为你难过，斯凯。我知道这不容易，但我认为你必须去面对它。”

“你在说什么？”

“提图斯将要带你去看的那些。”她停顿了一下，“我一直都知道，斯凯，自从我们从海豚那边回来的那一天，那件事发生后。但一直都没有合适的方式来说起。如果你愿意的话，你回来后可以跟我谈谈。”

斯凯胸中怒火翻腾，康斯坦札说话的方式不像一个朋友，而像是，他觉得像是个居高临下的大姐姐。这时他父亲把一只手放在他的小臂上，这安抚的举动越发火上浇油。“她说得对，斯凯。我犹豫过是否应该给你个预警，但最终决定不这样做——可康斯坦札说得没错。那不会令人愉快，但真相很少会令人愉快。我觉得，你现在应该已经准备好了。”

“准备好什么？”斯凯问道。然后他意识到和康斯坦札之间的视频通话仍然开着。他向康斯坦札发问：“你事先就知道这次出行，对不对？”

“她多多少少知道我会带你出去的，”女孩还没来得及为自己辩解，他父亲就抢先说道，“仅此而已。你绝对不该——不能——为此责备她。只是去飞船外面飞一圈，安全机构的每个人都肯定知道，以及考虑到我们并不会跑到其他飞船上去，他们知道我们这样做的原因。”

“那是？”

“去了解你母亲当年遭遇了什么。”

说话的同时他们一直在移动，这会儿他们到达了货舱纯粹由金属构成的外墙。墙上一扇圆形大门飞快地打开，放他们进去；的士滑下托盘，进入一个狭长的舱室，里面充满红光，比这台机器本身宽不了多少。他们在里面等了一分钟左右，等待舱室中的空气被抽走；然后的士骤然间向下运动，沉入一个竖井中。

斯凯的父亲趁机侧过身去调整了一下斯凯的安全带，然后他们抵达了飞船之外，下方一片黑暗，船体微微弯曲的外廓位于他们的头顶上方。哪怕下方没有任何东西能标示出高度，眩晕的感觉还是非常强烈。

他们在下坠。虽然那只是一瞬间，但那种恶心作呕的感觉也够人受的；类似于斯凯记忆里，他偶尔靠近飞船中心区域，周围的重力几乎减到了零时那种感觉。然后的士的引擎启动，某种类似重力的东西再度出现[1]。他的父亲熟练地引导着的士飞离巨大的飞船——那巍然矗立在他们上方的灰色船身，时不时轻敲调节转向引擎来调整他们的路线，他的手指在控制柱上飞舞，灵巧而精确，犹如一位在音乐会上表演的钢琴家。

1. 飞行器加速时出现的加速力。

"我感觉很不舒服。"斯凯说。

"闭上眼睛。要不了一会儿就好了。"

尽管他对母亲的死感到不安，而且这次外出与此有关的事实让他越发不安，但一想到此刻自己身处飞船之外，斯凯还是无法完全按捺住兴奋之情。他松开安全带扣，开始在的士上爬来爬去，以便看得更清楚。他父亲不温不火地责备了他几句，要他回到自己的座位上，但并没太多怪罪的意思。然后他让的士掉了个头，看着他们先前所离开的那艘巨船进入视野之中，他露出了笑容。

"好的，看，那就是它了。你过去十年的家园，斯凯，也是我唯一知道的家园。我懂的，没有必要隐藏你的感觉。它其实并不太漂亮，不是吗？"

"但是它很大。"

"它最好够大——它几乎是我们所拥有的一切。当然，你比我要幸运些。至少你会看到旅途终点星。"

斯凯点了点头，但他父亲平静地断定自己会死在那之前，这让他不禁悲从中来。

他把目光转回到那艘飞船上。

圣地亚哥号长达两千米，比在地球的任何海域中航行过的任何一艘船都长，大船团出发前在太阳系往返的飞船中，那些最大的多半也不过与此相当。事实上，圣地亚哥号的骨架来自一艘老旧的核聚变驱动太空货船，然后为星际旅行进行了些改装。大船团中的飞船多半由同样来源的旧船改造而成，只是细节略有不同。

在离任何恒星都如此遥远的地方，几乎没有星光会落到飞船上；要不是从沿着船身星罗棋布的细小窗口中射出的那些光线，肉眼是看不到飞船的。飞船最前方是个硕大的圆球，周围满布灯火。那是指挥区，舰桥所在，当值船员们的大部分时间都在那里度过，导航设备和科学仪器也保存在这里。它永远指向作为目的地的恒星；人们给它起了个昵称叫天鹅星，但斯凯知道它实际上有一个没那么富有诗意的名字，天鹅座 61-A——一个双星系统中温度较低的红色恒星，该双星位于一堆偶然成团的恒星当中，这些星辰在古代被总称为天鹅座[1]。只有在航行接近尾声时，飞船才会转动船身，让它的船尾朝向天鹅星，这样它就可以利用发动机的反冲推力来减速。

在控制球的后面是个直径与其相同的圆柱体，内部是货舱，他们刚从那里面出来。再后头是又细又长的中轴柱，上面布满了间隔规律的模块，活像一根巨大的恐龙脊骨。在中轴柱的最末端是推进系统，那里令人望而生畏的复杂引擎曾经熊熊燃烧，以加速飞船，让它达到现在的巡航速度；它们还会在某个遥远得难以估量的日子里再次点燃，那时斯凯应该已经完全长大成人。

对圣地亚哥号的这所有情况，斯凯都一清二楚，它的模型和全息图斯凯都看过很多次了；但这还是他第一次从飞船外面亲眼看到它，这是不一样的。整艘飞船围绕着它的长轴在旋转，速度缓慢，但带有一种无休无止的庄严气氛，自转会在弯曲的内甲板上营造出存在重力的幻觉。斯凯看着飞船转过身躯，看着灯光晃进视野，十秒后又消失不见。他可以看到货舱圆柱上的细小开口，那是的士出发的地方。出口看起来相对很小，但也许实际上更小，因为这艘船就是他的全部世界。几乎是全部。他现在还小，只被允许探索圣地亚哥号上的一小部分区域，但用不了多久，他就会对它的一切都了如指掌的。

他还注意到了其他一些东西，一些模型和全息图上没能准确呈现的现象——飞船在转动的时候，有一侧看起来比另一侧要暗些。

那是怎么一回事？

这不一致的景象令人不安，但斯凯几乎是在刚开始为之困扰的同时就把它给忘了。这艘飞船的巨大让他惊叹，远隔数千米的真空，飞船上的细部依然可以看得一清二楚，他努力想象船上他最喜欢的地方在这个陌生新视野中的位置。他从未沿着中轴柱走出多远，这点毫无疑问，即便当初在康斯坦札的引导下，在大人们抓住他们之前进行的几次大胆的冒险中也没有。话说回来，也没人真的因此责怪他。一旦知晓了那些“死者”的存在，生出好奇想要去看看他们也是很自然的。

1.构成星座的恒星实际上多数情况下相距遥远，只是在地球上看来它们偶然位于相近的方位。

当然，其实那些人并没有真的死亡，只是处于冷冻中。

中轴柱长达一千米——飞船总长度的一半。它的横截面是六边形，有六条狭长的侧边。每个侧边分布有十六个休眠模块，两两分开；每个休眠模块都是个圆环状的结构，依靠脐带式结构附着在脊柱上。斯凯知道，在总共九十六个圆环中，每一个都包含十套三角形隔间，每个隔间容纳一个“木乃欧”——休眠者，以及照顾他们所必需的笨重机器。那么被冻住的乘客就有九百六十个。总数接近一千人，全部深深地沉入冰冷的睡眠中，在前往天鹅星的整个航程中一直如此。不用说，这些休眠者是船上的全部载物中最珍贵的，是它存在的唯一理由。船上生活着合计一百五十人的船员，就是为了确保这些冷冻休眠者的健康，并保持飞船的航向不变。斯凯又一次比较了一下他眼下对这艘船的熟悉程度与他成年后应当可以达到的程度。此刻他认识的人也就十几个，但那只是因为他在成长过程中被有意地遮蔽在了小圈子里。很快他就会认识许多其他的人。他父亲说，船上有一百五十名鲜活的人类，是因为从社会学的角度来看，一百五十是个神奇的数字：人类社会趋向于以这个人口规模聚集为村庄；这个大小的社区中的成员，他们的内部和谐和普遍福祉也可以有着最好的预期。这个数字足够大，允许个人在略有不同的圈子里活动——如果他们愿意的话，但又没有大到会出现导致危险的内部分裂。从这个角度而言，老巴尔卡扎尔就相当于部落的领袖，而提图斯·奥斯曼，凭借他对那些保密知识的深刻了解，还有对民众安全的持久关注，也许该算是首席巫医，或者顶级猎人。不管怎样，斯凯的父亲身居要职，大人们有时把这种人称为“考迪罗”，意思是大人物，而这意味着他自己的未来一片光明。他的父母和其他成年人之间会公开谈及巴尔卡扎尔船长现在是个“老家伙”了。老巴尔卡扎尔和斯凯父亲在职业上关系密切：提图斯总能得到船长的信任，巴尔卡扎尔也经常征求斯凯父亲的意见。这次外出旅行需要巴尔卡扎尔的许可，因为对圣地亚哥号上飞行器的使用要保持在最低限度，这些飞行器本身都是稀缺资源。

他感觉到的士在减速，虚假的重力感又消失了。

“好好看看吧。”提图斯说道。

他们正经过飞船引擎：一大堆部件纠缠成团，让人眼花缭乱，有燃料箱、管道，还有形状像张开的喇叭口似的喷口，里面火光摇曳。

“反物质。”提图斯嘴里念出这个词的语气就像在平静地赌咒发誓，“你知道吗，这玩意儿麻烦得不得了。我们搭乘的这艘摆渡艇里也携带了少量反物质，只是为了启动核聚变反应。但即便是这一点也让我不寒而栗。我只要一想到圣地亚哥号上这种东西有多少，连脖子后面的汗毛都会竖起来。”

提图斯指着飞船尾部的两个电磁储存瓶：那是两个巨大的储存容器，可以将大量的纯反锂元素圈禁其中。两个储存器中较大的一个现在空了，里面所含的燃料在航行开始时将飞船加速到星际巡航速度前的助推阶段完全耗尽了。虽然从外表上完全看不出来，但第二个瓶子中仍然满载反物质，它们在真空之中保持着微妙的平衡，那是比这艘巨大飞船穿行其中的真空还稍微完美一点的真空。这个瓶子比较小，里面的反物质也少些，因为飞船在减速阶段的总质量要比加速阶段的小，但这里的反物质仍然多到足以令任何人噩梦连连。

没人敢拿反物质开玩笑，至少斯凯从没见过。

“好了，”他父亲说道，“现在，回到你的座位上，系好安全带。”

等他系好安全带之后，提图斯加大的士的油门，将推力升到最大。圣地亚哥号逐渐变小，直到变成了一块纤长的灰色薄片，再然后除非在背景星空中仔细搜索，不然很难看到它的存在。看着它背后固定不动的星空，你简直难以相信这艘飞船其实一直在移动。它是在动的，但是八百分之一光速的速度，虽然已经比以前任何载人飞船都要更快，但与恒星之间的巨大距离相比，仍然几乎等于零。

这就是为什么乘客们会处于冷冻中，这样他们就可以在休眠中度过整个航程，与此同时，上下三代船员几乎得一辈子忙着照顾他们。乘客们被严严实实地封闭在他们的低温休眠舱里头，因此被船员们戏称为木乃伊，用卡斯提拉语说就是“木乃欧”——人们在飞船里头随意闲谈时会使用这种语言。

斯凯·奥斯曼是名船员。他认识的每个人都是。

“你能看见其他飞船吗？”他父亲问道。

斯凯朝着前方搜索了好长时间才找到一个目标。很难看清，但他的眼睛肯定是在离开家园后逐渐适应了黑暗。即便如此，他还是吃不准，那会不会是他的幻觉？

不——它又出现了，一个袖珍玩具般的独立“星座”。

“我看到了一艘。”斯凯伸出手指。

他父亲点点头。“我想那是巴西利亚号。巴勒斯坦号和巴格达号也在那个方位，但要远得多。”

“你能看到吗？”

“要有点辅助才行。”提图斯的手在黑暗中划过的士的控制面板，在前窗上绘出彩色的线条，叠加到视野上后，它们在漆黑太空的映衬下显得格外鲜明，就像是黑板上的粉笔彩绘。这些线条把巴西利亚号和另外两艘更远的飞船框了出来，不过只有在把巴西利亚号放大到相当程度之后，斯凯才觉得自己可以分辨出另外两艘船——另外两块薄片。这时候，巴西利亚号看起来已经和它的母舰一模一样了，甚至连中轴柱上的那些圆盘都一样。

他往的士的前窗上看了一圈，想要找到标识出第四艘飞船的彩色线条交叉点，但什么也没找到。

“伊斯兰堡号在我们身后吗？”他朝父亲问道。

“不，”他父亲语声轻柔，“它不在我们身后。”

父亲的声音里有种令斯凯不安的气氛。但是在昏暗的的士内很难看清他的表情。也许他是故意的。

“那它在哪儿？”

“哪儿都不在，”他的父亲缓缓说道，“一段时间之前它就已经不存在了，斯凯。现在只剩下四艘飞船了。七年前，伊斯兰堡号上发生了灾难。”

的士里久久无声，直到最后斯凯终于找回了做出回应的意志力。

“发生了什么？”

“一场爆炸。你根本无法想象那是什么样的爆炸。”他父亲停顿了一小会儿，然后再度开口，“就像百万个太阳，在最短的一刹那间同时闪耀。眨眨眼，斯凯——然后想象一下，上千人就在那一瞬间化为灰烬。”

斯凯回想起他三岁时在育儿室中看到的闪光。那道闪光原本会更加令他困扰——如果没有小丑那天的怪异崩溃盖过它的话。尽管他并没有完全忘记闪光，但当他回想起那天的事情时，更重要的从来都不是那道闪光，而是他同伴的背叛；是他痛苦但无法回避地意识到，小丑只不过是墙壁上闪动的像素所制造出的幻象。那道短暂而明亮的闪光无论如何都不比这个更让他困扰。

“是有人制造的？”

“不，我不这么认为。至少，应该不是有意的。不过，他们可能在做实验。”

“拿他们的引擎做实验？”

“有时候我想，事情可能就是这样，”他父亲的声音变得低沉，几乎是阴沉，“我们的飞船都很旧了，斯凯。就像你一样，我也是生在我们的船上。我父亲和第一代宇航员离开水星轨道时，他还是个年轻人，甚至才刚成年。那是一百年前的事了。”

“但飞船没有老化啊。”斯凯说。

“确实，”提图斯肯定地点了点头，“我们飞船的状况几乎和建造时一样好。问题是也不会变得更好些。在身后的地球上仍然有些人在支持我们，希望能在旅途中对我们有所帮助。这些年来，他们对我们飞船的设计方案上下求索，努力想找出一些改善我们生活的小窍门。他们会把建议发送给我们：改善我们的生命支持系统，改进我们的休眠舱。斯凯，在航程刚开始的几十年中，我们损失了数十位休眠者，但在多次技术改进之后，我们得以渐渐将状况稳定下来了。”

这对他来说也是新闻：某位休眠者已经死亡的想法乍听起来并不那么容易理解。毕竟，被冻住的人本身不就是死的吗？但他的父亲解释说，被冷冻者身上还是可能会发生各种各样的事情，导致他们无法被正常解冻复苏。

“不过最近……至少自你出生以来，情况已经好多了。过去十年中只出现过两次死亡事件。”斯凯过后在心中暗自寻思：那些死者后来怎么样了？他们是否还在飞船上？大人们非常关心那些木乃欧，就像是个受托照管圣像的宗教组织，那些圣物极其罕见，而又精美绝伦。“但还有另一种技术改进。”他的父亲继续说道。

“引擎？”

“是的，”他父亲的语声中带有明显的自豪，“我们现在没有使用引擎，而且在抵达目的地之前也不会用得上，但是如果有办法让引擎更高效地工作，我们就可以在到达旅途终点星时更快地减速。事实上，我们必须在抵达天鹅星之前好多年就开始减速，但如果有更好的引擎，我们就可以更多地保持在巡航模式下。那会让我们更快到达那里。即使改进不大——将任务时间缩短个几年——做起来也是值得的，尤其是如果我们又开始损失休眠者的话。”

“会吗？”

“未来几年我们都不会知道。但是再过五十年，我们就相当接近我们的目的地了，而那些休眠者维持冬眠状态的设备到时候会严重老化。那是少数几套我们无法持续升级或者修复的系统——太复杂，太容易出事了。但是能减少点飞行时间总是一件好事。记住我的话——在未来五十年里，你会希望尽可能从旅程中削减每一点时间的。”

“家乡的人们想出了让引擎更高效运转的方法？”

“没错，正是如此，”他父亲很高兴他能猜出这么多，“当然了，大船团中的所有飞船都收到了信号传输，我们也都有能力实施建议中的改进。起初，我们都犹豫不决。大船团的全体船长开了一次大会。巴尔卡扎尔和其他四人中的三人都认为这很危险。他们主张要谨慎行事，他们指出，我们可以把这个设计再研究个四五十年，之后再做出决定也不晚。如果地球那边发现他们的蓝图中有错呢？出错的消息可能正向我们传来——一个要我们‘停下’的紧急消息；又或者，再过个一两年，他们会想到某个更好的主意，只是现在还无法实施。也许如果我们遵循了第一个建议，我们就永远无法遵循另一个了。”

斯凯再次想起了那道闪光，那净化一切的光芒。“那么，伊斯兰堡号上到底发生了什么？”

“就像刚才说的，我们永远都无法确定了。会议结束时，大船团的船长们同意在我们得到进一步的信息之前不采取行动。一年过去了，我们一直在争论这个问题，卡恩船长也参与了争论，然后就发生了那件事。”

“也许那终究只是场意外。”

“也许吧，”他父亲有些迟疑，“也许吧。那之后……爆炸没有造成任何严重的损害。我们或其他人都没有，这算是幸运的。哦，一开始看起来相当糟糕。电磁脉冲让我们有半数系统都崩溃了，甚至有些执行关键任务的系统也没能立即恢复运行。我们失去了电力，只有为休眠者和我们自己的反物质电磁储存瓶服务的辅助系统还在供电。但我们这里——飞船前部——完全没电了。甚至无法启动空气循环系统。这可能会要了我们的命，不过走廊里还有很多空气，让我们有了几天的宽裕：有足够的时间来连线修复电路，把替换的零部件给暂时绑上去。我们让系统逐步恢复了运转。当然，我们被碎片击中了——伊斯兰堡号并没有完全被自己的爆炸摧毁，一些碎片以二分之一光速穿过了我们。灰烬在我们的船体护盾上留下了严重的灼痕，这就是为什么飞船的一边比另一边要黑些。”他父亲沉默了，好一阵子都没说话，但斯凯知道，他还没有说完。“你母亲就是这么死的，斯凯。事发时卢克丽霞在飞船外面。她正和一组技术人员一起检查飞船外壳。”

他早就知道他的母亲那天死了，甚至知道她死在了外面，但从来没有人告诉他当时到底发生了什么。

“这就是你带我来这里的原因吗？”

“差不多吧。”

的士来了个侧身大转弯，开始返回圣地亚哥号。斯凯只是觉得略有失落。的确，他曾大胆地想象这次旅行实际上可能会把他带到另一艘飞船上，不过那样的飞航真的很少见。他有些犹疑，既然提到了母亲去世的话题，那他是否应该试着挤出一些眼泪，尽管他实际上并不想哭。——他没有，只是耐心地等待着，等待着他的家园圣地亚哥号从黑暗中浮现，显得越来越大，就像是一条亲切的海岸线，在夜里的暴风雨中出现。

“有些事你必须明白，”提图斯最后说道，“伊斯兰堡号的消失并没有真正威胁到任务的成功。现在还剩下四艘飞船，换句话说，四千名殖民者将踏上旅途终点星，但即便只有一艘飞船安全抵达，我们依旧可以建立殖民地。”

“你是说，我们可能是唯一抵达那里的飞船？”

他父亲的回答是：“不，我的意思是，那些永远无法抵达的飞船中可能也包括我们。你要理解这点，斯凯，你要明白，我们中的任何一员都是可以被牺牲的，然后你就能很好地理解大船团行事的原则，明白在今后的五十年内，如果最坏最坏的情况发生，可能必须做出什么决定。只需要有一艘飞船到达就好。”

“但如果再有一艘飞船爆炸……”

“也一样，这次多半伤不到我们。自从伊斯兰堡号爆炸后，我们将所有飞船彼此之间的距离加大了许多。这样更安全，但也让不同飞船间的实体旅行更加困难。从长远来看，这主意可能并没有那么好。距离会滋生猜疑，它会让人们觉得不值得将敌人也作为人来考虑。更容易想到杀戮。”提图斯的声音变得冰冷而遥远，几乎像是个陌生人，但随后他的语气又柔和了，“记住这点，斯凯，不管未来事情变得多么艰难，我们都是一个集体。”

“你认为未来会很艰难吗？”

“我不知道，但肯定不会变得更轻松。等到这些问题真的需要解决之际——当我们接近这次横跨太空之旅的终点之际——你应该跟我现在一样大了，也会身处肩负重担的岗位，哪怕你没能成为真正掌管这艘船的人。”

“你认为我可能掌管飞船吗？”

提图斯笑了。“我本来会说那是一定的——如果不是我还认识一位年轻的天才，一位名为康斯坦札的女士的话。”

就在他们说话时，圣地亚哥号变得越来越大了；不过现在他们接近它的角度和先前离开时不同，导致指挥区那个泡泡球看起来像是个微型的灰色月亮，表面装点着成排的面板和凸起的方形传感器模块。刚才他的父亲提到了康斯坦札，于是斯凯现在又想起了她，想知道这次旅行是否会给那姑娘留下深刻的印象。毕竟他来到了飞船之外，哪怕这并没有像他最初希望的那样，能让康斯坦札大吃一惊。他所看到的，他被告知的，真的没有那么难以接受，不是吗？

但提图斯要带他看的——要告诉他的，不只是这些。

“好好看看。”他父亲说道。指挥球更黑的一面转了过来，进入他们的视野。“这是你母亲所在的检视小组工作的地方。他们通过磁性安全带固定在船体上，在离船壳表面很近的地方工作。这艘飞船当时当然也在旋转——就像现在这样——如果他们够走运的话，当伊斯兰堡号爆炸的时候，你母亲的团队完全可能正在另一边工作。但爆炸发生的那一刻，旋转刚好把他们转了过来，完全暴露在光芒下。他们承受了全部的威力，而且当时他们只穿着轻便太空服。”

他现在明白为什么父亲要把他带出来了。不仅仅是为了告诉他母亲是如何去世的，也不仅仅是为了告知他大船团的五分之一已经不复存在这一令人不寒而栗的事实。那些只是一部分原因，核心信息在这里，在船壳上。

刚才的一切都只是铺垫。

当那道闪光击中他们时，他们的身体暂时遮挡住了船壳，让它没有承受最强大的过量辐射。他们很快就被烧尽——斯凯后来得知，这样他们多半没有疼痛——但在死亡的那一刻，他们留下了自己的负片阴影；浅色斑块，映衬在烧焦的船体上。七个人形，被凝固在那一刻；他们的姿态看起来很痛苦，但这也可能只是他们在工作中被闪光击中那一刻原有的姿态。除了姿态，他们看起来全都差不多，无从判断哪个阴影是他母亲投下的。

“你知道哪个是她的，是吧？”他说。

“是的，”提图斯说，“当然，不是我找到了她，而是别人找到的。但是，是的，我知道哪个是你母亲的。”

斯凯再一次望着那些阴影，将它们的形状铭刻到自己的大脑中，因为他知道，自己再也不会有勇气到这里来了。后来他会知道，从来没有人认真地试图除去这些阴影；它们是一组纪念，所纪念的不只是这七名遇难的船员，还有在那道夺魂摄命的闪光中死去的上千名罹难者。这艘飞船带着这些阴影，就像是人带着一道永志不忘的伤疤。

“然后？”提图斯的语气中带着一丝微不可察的焦躁，“你想知道是哪个？”

“不，”斯凯说道，“不，我永远也不想知道。”

第七章

次日阿米莉娅把我的个人物品带到了小屋，然后让我一个人留在屋里翻看那些东西。尽管我对它们非常好奇，却很难把注意力集中在这件事上。我正为别的事困扰不已：我又梦见了斯凯·奥斯曼，作为一名并不心甘情愿的观察者，目睹了他生活中的另一个事件。我能清晰忆起的关于他的第一个梦肯定是发生在我复苏期间，现在我体验到了又一个这样的梦。虽然两个梦中他的人生看起来跳过了很长的一段距离，但先后显然是遵循时间顺序的，就像是连载小说。

还有，我的手掌又流血了，伤口上有一层新结的血痂。血弄脏了床单。

不需要想象力的大步跃进也能看出，这两者是有联系的。我记得自己从某处得知，奥斯曼是被钉死在十字架上的；我手掌上的印记是他死亡的标志，而且我遇到过另一个有类似伤口的人——这件事似乎同时发生在最近和无限遥远的过去。我似乎记得那个男人也苦于类似的怪梦，而且同样不是特别愿意接受这些梦。

但是也许阿米莉娅带给我的东西可以解释这些梦境。我努力暂且把奥斯曼摒弃到脑海之外，专注于手头要做的事情。我现在拥有的一切——在天鹅星周围可能拥有的财产除外——都放在一个不起眼的公文包里，这个公文包是我乘坐奥维多号过来时随身携带的。

有一些斯凯先手星的货币，是大额的南方钞票，大约五十万南方元。阿米莉娅告诉我，至少，按照她所掌握的信息，这在斯凯先手星是笔相当可观的财富，尽管在黄石行星系中其价值基本为零。那我为什么要带着这些玩意儿？答案似乎很明显。即便考虑到通货膨胀，这些斯凯先手星的钞票在我出发三十年后应该仍然是值钱的，尽管有可能只够在宾馆住上一夜。我随身带着这笔钱，这一事实表明，我计划未来某天要返回家园。

所以我并不是要移民到这里的。我是来这里办事的。

来做某件事的。

我还带来了些体验棒：铅笔大小的数据棒，里面塞满了记忆存档。肯定是我打算在复苏之后拿去兜售的。除非你是个超空人商人，专精只有极少数人才懂的高科技，否则体验棒基本上就是有钱人在跨越星际空间之后保留部分财富的唯一方式。这东西的市场总是有的，无论买家多么先进或原始都有——当然，前提是要有基本的科技，能够使用体验棒。这方面黄石星不会有问题。在过去两个世纪里，它曾是人类居住的太空中所有重大技术和社会进步的源泉之地。

体验棒被密封在透明的塑料里。没有播放设备，我无从知道那里面装着的是什么。

还有什么？

一些对我来说非常陌生的钞票：质地奇特的纸币，上面印着些我不认得的脸，面额大小不一，但都很奇怪。

我问阿米莉娅这些是什么。

“这是本地的货币，坦纳。来自渊堑城。”她指着每张钞票边上都印着的一个男人，“我觉得那应该是洛兰·西尔维斯特。也可能是马可·菲利斯。反正肯定是个古代的历史人物。”

“这些钱肯定是从黄石星跑到了斯凯先手星，然后又跑回来——至少是三十年前的了。现在它们还值钱吗？”

“哦，还值点。当然，我不是这方面的专家，但我觉得这应该够你抵达渊堑城的。不过也剩不下什么了。”

“那我要怎么去渊堑城？”

“即使现在也不难。有艘低航速[1]穿梭机往返于这里和新温哥华之间，后者在环绕黄石星的太空轨道上。到那里以后你需要在一艘贝西摩斯——巨型空艇上头买个座，才能降到行星地表去。我认为你的钱应该足够了，只要你做好准备，放弃某些奢侈享受。”

“比如？”

“嗯，首先是放弃能安全抵达的保险。”

我笑了。“那我最好是指望我的好运还在。”

“不过你还没有打算离开我们，对吧，坦纳？”

“对，”我回答，“目前还没有。”

公文包里还有另外两件东西：一个深色的信封，扁扁的，另一个要鼓些。阿米莉娅离开之后，我把较扁的那个打开，往小木屋里的床上一倒。里面的东西掉了出来，比我预期的要少，而且没有哪一件看起来像是来自过去的自己的提示。要说有什么特殊之处的话，里面的东西似乎是刻意要让我越发迷惑：十几本护照，还有多层材料叠印而成的身份证，全是我自己的；所有证件在我登上飞船时都是有效的，全都在斯凯先手星及其周边一定范围内的太空适用。有些只是简单的印刷，其他的在其中嵌入了计算机系统。

我估计对大多数人而言，考虑到有不少地区反正是不能合法进入，这类证件只要有一两份就够了；但以我从证件上的那些小字中收集到的信息来看，我

1.指远低于光速，只适合用在同一恒星系内部航行的飞船航速。

应该可以在一定程度上自由旅行，进出战区和国民军控制的国家，进入中立区，以及进入行星周围的低轨道太空。这些证件属于某个需要能畅通无阻地四处走动的人。不过有个地方很不寻常：各份证件中的个人状况、出生地点和去过的地方似乎有一点点不太一致之处。在有些证件中，我被列为南方国民军的一名前军人，而在另一些证件中，我又成了一名隶属北方邦联的战术专家。其他一些证件上根本没有提到任何从军史，只记载着我是一名私人安保顾问，或者进出口公司的代理。

突然间，这些证件不再是令我困惑的一团乱麻，它们拼成了一个整体，清晰地显示出我曾经是个什么样的人。我是那种需要像幽灵般悄然越过边境的人，一个有着许多伪装和历史的人——其中大部分可能都是捏造的。我意识到我是一个活在危险中的人，一个可能像大多数人广交朋友那样四面树敌的人。我估计自己并不会太为之困扰。这个人可以一滴汗也不冒地冷静考虑杀死一个变态僧侣，然后又克制住自己的行为，因为这个僧侣不值得我耗费精力，哪怕是那么一点都不值得。

但信封里还有另外三样东西，它们被塞在了最里头，这样就不会一开始就掉出来。我小心翼翼地把它们扯了出来，我的手指感受到照片的光滑表面。

第一张照片上是个引人注目的黑肤美女，脸上带着紧张的微笑，背景看起来像是一片丛林空地的边缘。这张照片是在晚上拍的。我侧过照片想看到更多她之外的内容，结果只看见个正在检查一把枪的男性背影。几乎可以肯定那就是我——但是谁拍摄了这张照片？而我又为什么会随身携带着它？

“吉塔，”我说，我毫不费力地记起了她的名字，“你是吉塔，对吗？”

第二张照片上是个男人，他脚下可能曾经是条马路，但如今只不过是条坑坑洼洼的小道，两边都被丛林遮住了。他肩上挎着硕大的黑色武器，正走向拍照者。他穿着件衬衫，戴着头巾，虽然身材和年龄都跟我差不多，但长相很不一样。在这人身后的道路被什么东西挡住了，似乎是棵倒下的树，但末端的“树桩”看起来血迹斑斑，一大片路面都被厚厚的凝血所覆盖。

“迪特林，”我说道，这名字不知从哪儿一下冒了出来，“米盖尔·迪特林。”

并且我还知道，他是我的一位好友，现在已经身故。

然后我看向第三张照片。它丝毫没有第一张照片里的那种亲密气氛，也没有第二张照片里似乎存在的那种凯旋氛围，因为照片上的人看起来就没有意识到自己被拍下了照片。那是张低反差图像，用长镜头拍的。那个男人正快速穿过一个购物中心，商店霓虹灯上的字符在全景式曝光中糊成了一片。人像也有点模糊，但足够清晰，能够认得出来。足够清晰，能够让我找到他。我在心中想。

我也同样想起了他的名字。

我拿起两个信封中较重的那个，把里面的东西统统倒在床上。从里面掉出来些边缘锋锐、形状复杂的碎片，似乎在邀请我把它们拼到一块。我似乎能感觉到手掌里已经握住了拼好的那件物品，随时准备动用。它应该很难看清；色若珍珠，就像是不透明的玻璃。

或者钻石。

“这是个固锁动作，”我对阿米莉娅说，“你现在把我固定住了。我或许比你更高，比你更壮，但此时此刻，我做出任何动作都会给我带来巨大的痛苦。”

她期待地看着我。“接下来呢？”

“接下来你就夺走我的武器。”我朝我们用来充当假想武器的小铲子低了低头。她用空着的手轻轻地把它从我的掌中抽出，随后立刻如避蛇蝎般丢开了它。

“你太容易就松手了。”

“不，”我说，“因为你往那根神经上施加了压力，我没直接松手让它落地已经是极限了。这是简单的生物力学，阿米莉娅。我想，你会发现阿列克谢更加容易对付。”

我们站在小屋前的空地上，爱德怀德安养院此刻时值下午，已近傍晚，充当“太阳”的中央灯管发出的光从白色变成了暗橙色。这里的下午很奇怪，因为光源总是停在头顶上，完全不会出现那些行星上的日落必定会有的现象：让人显得更好看的正面来光，或是长长的影子。但反正我们也都没太在意。在刚刚过去的两个小时当中，我一直在向阿米莉娅展示一些基本的自卫技巧。头一个小时，用在了让阿米莉娅试着攻击我上面，只要她用小铲子的边缘碰到我身体任何部分就算数。从头到尾她一次都没能成功，即便我故意放开防御让她过来都没用。无论我如何咬牙切齿地说这次我一定会让她获胜都没用。但这段时间的努力至少证明了一件事，那就是正确的技术几乎总能击败笨拙的攻击者。不过她越来越接近成功了，而且在我们交换攻防位置后，第二个小时里状况明显有所改善。现在至少我能强忍住不要动作太快，让阿米莉娅足以学会在每种情况下正确地锁住对手的动作。她是个非常好的学生，在一小时内完成了通常需要两天的学习内容。她的动作还不够优雅——还没有形成肌肉记忆——而且她会把自己的意图明显表露出来，但这些缺点在面对像阿列克谢修士这样的外行时不会有太大影响。

“你也可以教我怎么杀死他，对不对？”当我们在草地上休息的时候，或者更确切地说，当她休息而我在等着她平稳呼吸的时候，她说道。

“你是想要学那个吗？”

“没有，当然不是。我只想制止他。”

我将目光越过爱德怀德弯曲的大地，看着对面农作梯田里那些小点状的身影，他们正趁着还有足够光线的时候加紧干活。“我想他不会再来了，”我说，“在山洞里发生了那些事情之后。但就算他又来了，对上他你也会占据上风——而且我非常肯定，那之后他不会再来了。我了解他那种人，阿米莉娅。他会瞄准一个更容易的目标。”

她一时间陷入了沉思。毫无疑问，她在同情那个将不得不和她承受同样遭遇的人。“我知道我们修女不该说这种话，但我真的憎恶那家伙。我们明天能再练一遍这些动作吗？”

“当然了。事实上，这也是我的坚决要求。你仍然很弱，尽管你比一般人学得快很多。”

“谢了。坦纳，你介意我问问你是怎么知道这些事的吗？”

我回想起我在信封里找到的那些证件。“我是名私人安保顾问。”

“然后？”

我苦笑起来，不知道她对那信封里头的内容知道多少。“然后还有别的一些身份。”

“他们告诉我你曾是名军人。”

“是的，我想我是的。但是几乎所有生活在斯凯先手星的人都和战争有关联。那可不是件你能轻易置身事外的事情。那里人们的态度是，如果你不是解决方案的一部分，那你就是问题的一部分。如果你没有支持某一方，那你就被默认为同情另一方。当然，这种描述过度简化了事实，因为它忽略了那些富有的贵族阶层花钱就能马上买到中立的地位，就像购买一件新家具一样，但对普通的，并不富裕的大半岛居民来说，这与事实也相差无几。”

“看起来你现在回忆起往事来还挺清晰的。”

“是开始恢复了。看到我的个人物品确实有所帮助。”

她鼓励地点了点头，而我因为对她撒了谎，内心有些微懊悔的刺痛。这些照片不仅仅是唤起了我的记忆那么简单，但目前我选择保持部分失忆的假象。我只希望阿米莉娅不至于精明到识破我的托词，但我在未来采取任何行动时都会小心，不低估冰封托钵僧们的能耐。

我确实是名士兵。但正如我从信封里的大量护照和身份证件中推断出的那样，我的才能远不只是从军服役，那只是联系起我其他技能的中心所在。并不是所有的记忆都已经变得绝然清晰了，但我知道的比昨天要多得多。

我出身于一个处于贵族内部财富等级底端的家庭：并不真的贫穷，但要有意识地竭力维持富有的外表。我们住在大半岛东南海岸旁的新伊基克。这是个在逐渐衰落的定居点，有一系列险峻的山脉庇护着它远离战争；即便在战争最黑暗的岁月里，这里也寂然无声，漠不关心局势。北方人时常会沿着海岸乘船南下进入新伊基克，并不用担心遭遇暴力袭击；哪怕我们理论上算是敌人，大船团不同飞船家族间的通婚也并不罕见。我长大后，阅读敌人的混合语文字几乎和阅读我们自己的文字一样流利。在我看来，奇怪的倒是我们的领袖鼓励我们去憎恨这些人。甚至历史书都一致同意说当大船团离开水星启程之际，大家本为一体。

但是后来发生了许多许多的事情。

随着年龄的增长，我开始意识到，虽然我并不反对那些结成北方邦联者的基因或是信仰，但“他们”仍然是“我们”的敌人。他们在他们那边犯下了若干暴行，我们也一样。虽然我并不是非要鄙夷敌人不可，但我在道义上仍然有责任帮助我们这方取得胜利，尽快结束战争。所以在我二十二岁的时候，我报名参加了南方国民军。我不是个天生的士兵，但我学得很快。也不能不快，尤其是在第一次握枪后仅仅几周就被丢进实战的情况下。我变成了一个训练有素的神枪手。后来，接受了相应的训练之后，我成为一名出色的狙击手——非常幸运的是，我所在的部队也正好需要一名狙击手。

我还记得我杀死的第一个人，确切地说，是杀死的第一批人。

我们潜藏在丛林密布的山丘高处，俯视着一片空地，北方邦联的部队正在那里从地面效应运输机上卸载补给。我冷酷而平静地举枪瞄准，眯起眼睛看着瞄准镜，用准星一次瞄准队伍中的一个人。枪支使用的是亚音速微型弹药，完全静音，编程起爆，延时十五秒。时间足够给空地上的每个人一颗蚊蚋大小的子弹——我看到中弹的每个人都以为自己是被虫子咬了，漫不经心地抬起手去挠自己的脖子。当第八个也是最后一个人发现不对劲的时候，已经太晚了。

整支小队怪异地同时倒在了地上。过了一会儿，我们从山上下去，将那些补给收归我们自己的部队。我们从尸体上跨过，在体内发生的爆炸让它们肿胀起来，形状怪诞。

那是我第一次朦朦胧胧地体味到死亡。

有时我会想，如果延时被设置为少于十五秒，那么第一个人在我用子弹射中其他所有人之前就会倒下。那之后会发生什么？我会有真正的狙击手的那种坚韧，那种不管发生了什么都会继续射击的冷酷意志吗？或者，我行为的后果会沉重地打击我的良心，让我在自我厌恶中把枪扔掉？我不知道，但我总是告诉自己，纠结于可能会发生什么是没有意义的。我只知道，在那缺乏实感的初次行刑杀戮之后，那再也不会成为问题了。

几乎不会。

狙击手这活计天然就决定了我们只会把敌人看成跟木头靶子一样非人的东西；距离太远了，当子弹抵达目标时，你无法从面部细节或者痛苦的表情想起那是人类。几乎每个目标我都不用开第二枪。有段时间我觉得自己已经找到了安全的舒适区，缩在其中我就可以免受战争对人们在心理层面上产生的最坏的影响。我被我的部队重视，被当作制胜法宝悉心保护。虽然我从来没有做出过任何英雄事迹，但我凭借我百发百中的技术成为一名英雄。我大概过得挺快乐的——如果说快乐这种事情在战争中居然是可能的话。事实上，我知道这是可能的：我见过某些男男女女，对他们来说，战争就像是个反复无常，以折磨他们为乐的情人；他们总在被这爱人伤害，但又必然会回到爱人身边——带着辘辘饥肠，浑身青肿。有人说，战争让我们每个人都很痛苦；如果能由我们自己选择的话，我们可以永远摆脱战争。要我说，这是有史以来最大的谎话。真要是那样，大概人类得比现在更高尚些。但如果战争不是有某种古怪而阴暗的诱惑力，那为什么我们似乎总是不愿意为了和平而放弃战争？习惯了战争常态之类的庸常说法远不足以解释这个问题。我知道有些男人，还有些女人，他们会得意扬扬地吹嘘自己在杀死敌人后出现了性冲动，沉迷于他们杀戮暴行中潜藏的情欲。

不过，我的快乐要简单淳朴些：因为意识到我找到了最幸运的职位。我在做我认为道德上正确的事情，同时又免冒通常伴随着前线部队的那种真真切切的死亡风险。我认为这样的日子会一直持续下去；我觉得最终我会被授予勋章；如果我没有继续当狙击手直到战争结束，那只能是因为军方认为我的技能太有价值了，不能再在前线冒险。我估计我有可能被升职，加入某个秘密刺杀小组——当然，那样风险会更高——但在我看来，最有可能的结果是去一个新兵训练营中担任训练职位，然后提前退休，自鸣得意地断言我帮助加快了战争的结束——即使这个“结束”似乎照样遥遥无期。

当然，实际上事情并没有那样发展。

一天晚上，我们的部队遭到了伏击。我们被北方邦联一支深入敌后队伍的游击队白刃突袭，于是我在几分钟内就明白了被人们委婉地描述为“近距离战斗”这种事实际上意味着什么。没有视距瞄准粒子束武器，没有延时引爆纳米炸弹。近距离战斗的含义对一千年前的士兵来说肯定更容易理解：狂叫着的人类怒火中烧，紧紧地挤作一团，近到要杀死对方，唯一有效的方法是使用锋利的金属武器——刺刀和匕首，甚或赤手掐住对方的喉咙，手指抠进对方的眼窝。想要活下去，唯一的办法就是按下大脑所有高级功能的中止键，回归到野兽的思维状态。

我也这样做了。然后在这么做的过程中，我对战争的真面目有了更深刻的了解。她会惩罚那些和她调情的人，方式就是让他们变得跟她一样。一旦你为兽性打开了门，那道门就再也关不上了。

当形势需要时，我从未拒绝充当一名高超的射手，但我再也不是一名纯粹的狙击手了。我假装我已经失去了锐气，假装再也不可以被托付最关键的任务。这是个有足够可信度的谎言：狙击手们迷信得要死，许多人确实产生了一些心理上的障碍，使得他们无法再正常工作。我在不同的部队中换来换去，请求调动参与各次军事行动，每一次调换都让我更接近前线。我渐渐熟悉了各种武器，远远超出了单纯的“神枪手”，就像一位天赋过人的音乐家，随手拿起任何乐器便能让它唱鸣。我志愿参加深入敌境的穿插任务，每次任务会将我置于敌后数周，依靠仔细测量的口粮生活（斯凯先手星的生物圈和地球的极为相似，但在细胞化学的水平上则完全不兼容，本地生物圈中几乎所有的植物都无法安全食用，要么是提供的营养为零，要么会引发致命的过敏反应）。在那漫长的孤独中，我让兽性再度出现，在这种野蛮的心智状态中，我的耐心和对痛苦的忍耐几乎是无限的。

我成了一名孤独的枪手，接受指令也不再通过正常的指挥链，而是透过国民军组织当中某些神秘而难以追踪的来源。我的使命变得越来越古怪，它们的目的越来越难以捉摸。我的目标范围开始时显而易见是北方邦联的中层军官，后来看上去显得毫无规律，但我从不怀疑这些杀戮背后是存在逻辑的，这一切都是某个精心策划的迂回计划中的一部分。我还不止一次被要求向某些和我穿着同样制服的目标发射子弹，甚至在这种时候，我也会认为他们是间谍，或者潜在的叛徒，又或者——这种结论是最令人不快的——这是些忠诚的人，他们必须死，只因为在某种程度上他们活着就会跟计划中某些神秘莫测的环节冲突。

我甚至不再关心我的行动是否有助于某种大善。最终，我不再接受指令，而是开始索求指令——我切断了与组织的联系，从所有愿意付钱给我的人手中接过合同。我不再是军人，而是成了一名雇佣兵。

就在那个时候，我头一回见到了卡乌拉。

“我是修女杜莎。”两名冰封托钵修女中年纪较大的一名说道。这女人身材瘦削，表情严肃。“你可能听说过我，我是安养院的神经学专家。坦纳·米拉贝尔，我恐怕你的脑子里头有很严重的问题。”

杜莎正和阿米莉娅一道站在小屋的门口。在半个小时前，我刚告诉阿米莉娅我打算当天离开爱德怀德。阿米莉娅此刻的表情十分不好意思。“非常抱歉，坦纳，但我必须告诉她。”

“没必要道歉，姐妹。”杜莎边说边从她下属身旁挤了过来，态度专横。“不管他喜不喜欢，你把他的计划告诉了我，这完全是正确的。现在，坦纳·米拉贝尔，我们该从哪里说起呢？”

“随你喜欢，反正我这就要离开。”

一台蛋头机器人跟在杜莎后面走了进来，踩得地板咔嗒作响。我想起身下床，但杜莎用一只手坚决地按住了我的大腿。“没门，我们不会容许那种愚行的。你暂时哪儿也不能去。”

我看着阿米莉娅。“不是说我想什么时候离开就什么时候离开的吗？”

“哦，你确实可以随意离开，坦纳……”尽管阿米莉娅现在还是这么说，她的语气听起来并不那么令人信服。

“但当他知道真相后，他就不会想离开了。”杜莎在床铺上方俯下身子，

“让我解释一下，好吗？在你被升温解冻期间，我们对你做了一次非常彻底的医学检查，坦纳，特别关注你的大脑。我们怀疑你患了失忆症，但我们必须确定没有重大损伤，或者任何可能需要移除的植入物。”

“我没有安装任何植入装置。”

“确实，你没有。但我恐怕你的大脑受到了损伤——某种特别的损伤。”

她用手指轻点了一下机器人，让它快步靠近床边。现在床上什么都没有，但一分钟前我还在组装发条枪，通过反复试错我已经把一半的零件组装到了一起。当看到阿米莉娅和杜莎大步穿过小屋外的草坪时，我就赶紧把所有碎片都塞到了枕头下面。我想到埋在那下头的那个半成品，现在它很难被误认为除武器之外的任何东西了。当初他们检查我的物品时，可能对这些形状奇怪的钻石碎片感到困惑不解，但我很怀疑他们能意识到这些碎片意味着什么。现在的话，应该就几乎不会再有那样的疑惑了。

“什么样的破坏，杜莎修女？”我说道。

“我可以展示给你看。”

机器人的卵状头部弹出了个屏幕，屏幕上显示出一个缓慢旋转的淡紫色头骨图像，其中塞满了若隐若现的组织结构，就像是乳白色的墨水形成了错综复杂的云团。当然，我认不出那是不是我自己的，但我知道她们给我看的这个头骨肯定就是属于我的。

杜莎在这堆旋转的结构上用手指勾勾画画。“这些光点就是问题所在，坦纳。在你醒来之前，我给你注射了溴脱氧尿苷。那是种胸苷的化学类似物，胸苷也就是胸腺嘧啶核糖核苷，脱氧核糖核酸链中的一种核苷酸。这种化学物质会取代部分新生脑细胞中的胸苷，从而标识出神经发生，新脑细胞生成。这些光点显示了标记物积聚的位置——最亮的地方就是近期细胞生长的中心点。”

“我想，大脑里应该不会长出新的细胞。”

“这是个五百年前就被我们埋葬了的迷思，坦纳，但从某种意义上说，你是对的，那种过程在高等哺乳动物中仍然是相当罕见的。但你在这个扫描结果中看到的是比那要活跃得多的现象：在高度集中的、特异性的区域内神经近来出现了新生，并且还在持续。这是一批有正常机能的神经元，组织成复杂的结构，并与你现有的神经元相连。考虑周到。你能注意到那些光点的位置多么靠近你的知觉中枢吗？恐怕这是个非常奇特的现象，坦纳，如果不是你的手让我们对此已经有所预料的话。”

“我的手？”

“你的手掌上有个伤口。这是被奥斯曼家族[1]的一种教化病毒感染的症状。”她停顿了一下，“然后我们在你的血液中一查，就找到了病毒。这种病毒会插入你的脱氧核糖核酸链，生成新的神经结构。”

现在再虚张声势已经没意义了。“我很惊讶你们能认出这是什么玩意儿。”

“这玩意儿多年来我们已经见过多次了，”杜莎说，“我们接待的来自斯凯先手星的每批雪泥……每批休眠者中都有一小部分被它感染。当然，起初，我们被搞糊涂了。我们对奥斯曼邪教有所了解——不用说，我们不赞成他们盗用我们信仰体系的象征符号——但我们花了很长时间才意识到这是种病毒感染机制，我们看到的那些人是受害者而不是邪教徒。”

“这可真是个令人遭殃的讨厌玩意儿，”阿米莉娅说，“但我们能帮你，坦纳。我想你一直在梦见斯凯·奥斯曼吧。”

我点了点头，但什么也没说。

“嗯，我们可以消灭病毒，”杜莎说，“这种毒株比较弱，它会随着时间推移而自行消失，但如果你愿意的话，我们可以加快这个进程。”

“如果我愿意？我很惊讶你们居然一直没把它清理掉。”

“天哪，我们绝对不会那么做的。毕竟，你可能是有意选择感染的。那种情况下我们是无权移除它的。”杜莎拍了拍机器人，机器人收回了屏幕，又咔嗒咔嗒爬向屋外，那样子就像只精致的金属螃蟹。“但如果你想把它移除的话，我们可以立即施用清理疗法。”

“需要多长时间才能发挥作用？”

---

1. 基督教系的小型宗教团体往往以“家人”互称，邪教尤甚。

“五六天。当然了，我们希望随时监控进度，有时需要做点微调。”

“那我恐怕就得等它自个儿按部就班地消失了。”

“归到你们自己头上，与我无干[1]。”杜莎嘟哝了一句。她从床边站起身来，气呼呼地走了，她的机器人忠实地跟了过去。

“坦纳，我……”阿米莉娅开口说道。

“我不想再谈这事，可以吗？”

“我必须告诉她。”

“我知道，而且我没有为这事生气。我只是不希望你再试图说服我不要离开，明白了吗？”

她什么也没说，但态度很明显。

之后我花了半个小时陪她做更多的练习。我们几乎全程沉默，这让我有足够的时间去思考杜莎向我展示的东西。这会儿我已经想起了血手瓦斯奎兹，也想起了他保证说自己已经不再具有传染性。他是最有可能的病毒来源，但我也不能排除另一种可能：我完全是因为运气不好而在太空桥里头染上了病毒，毕竟在那附近有那么多奥斯曼教信徒。

不过杜莎说这是种温和的毒株。也许她是对的。到目前为止，我身上呈现出的症状也就是那个“圣痕”和两个晚上的怪梦。我没有在光天化日之下看到斯凯·奥斯曼，也没有做和他有关的白日梦。我没有感觉到任何挥之不去的对斯凯的痴迷，没有丝毫这样的迹象；我并不想让自己被与他的生活和时代相关的物品包围，也不会一想起他就有种宗教性的敬畏感。他在我心目中依旧是一直以来的老样子：一个来自历史记载的人物，他做出了恐怖的行径，并因此受到了恐怖的惩罚，但绝不会轻易被遗忘，因为他同时也赠予了我们一整个世界。历史上还有些更古老的人物，名声同样毁誉参半，事迹也被涂抹成了同样暧昧不清的灰色。我不会因为奥斯曼的人生在我睡觉时重演就开始崇拜他。我没那么脆弱。

1.出自《圣经·新约·使徒行传》，意谓“自作自受”。

“我不明白你为什么要这么急着离开我们。”我们休息的时候，阿米莉娅推开她额头上的一缕湿发，对我说道，“你花了十五年才抵达这里，再多几个星期又怎么样？”

“我估计我不是个很有耐心的人，阿米莉娅。”她怀疑地看着我，所以我试图给出些合适的理由，“你看，这十五年对我来说就跟没有过一样，就好像昨天我还在等着登船。”

“问题仍然存在。你晚到一两个星期也完全不会有什么影响。”

我在心中默默回答：其实是有影响的。整个局面将会完全不同——但不可以让阿米莉娅知道全部的真相。我只能够在回答她的时候，尽可能装出漫不经心的样子。

“实际上……我有充分的理由要尽快离开。我记得我是和另一个人一起上路的，虽然你们的记录里不会有记载，但他肯定早就复苏了。”

“我认为有这个可能。只要另外那个人比你先上船。”

“我也是这么想的。事实上，如果没有出现什么精神问题，那他可能根本就没来过安养院这里。他姓瑞维奇。”

她似乎很惊讶，但并未起疑。“我记得有个人是姓瑞维奇。他确实来过这里。阿尔根特·瑞维奇，是他吗？”

我笑了。“没错，就是他。”

第八章

阿尔根特·瑞维奇。

这个名字肯定曾经有那么一段时间对我来说毫无意义，但我现在感觉很难相信那段时间真的存在。因为长久以来，这个名字——他的名字——他依旧存活——已经成为我整个世界的中心。太久了。然而，我还清楚地记得我第一次听到这个名字的时候。那天晚上，在爬虫馆，我教吉塔如何用枪的时候。在我指导阿米莉娅如何保护自己对抗阿列克谢修士的时候，我回忆起了那个时刻。

卡乌拉在斯凯先手星的豪宅是栋又长又低的工字形建筑，被杂草丛生的丛林包围。豪宅的顶上矗立着又一个楼层，形状也是工字形，但所有尺寸都略小，等于四周都被一圈有围墙的露台给包了起来。从露台上往下看，爬虫馆周围数百米的空地根本看不到，除非你站到墙边，越过墙头往外看。阴暗的丛林看上去拔地而起，仿佛一股浓绿的潮水，即将吞没露台的护墙。在夜晚，丛林化作一片无垠的暗渊，不见半点色彩，却充满了上千种本地生物发出的怪异声音。往任何方向都要走出数百千米才会有其他人居住。

我教吉塔用枪的那个晚上异常晴朗，从树顶到天顶的天空中布满了星星。斯凯先手星没有大的卫星，行星周围几个很亮的太空轨道定居点此时都在地平线以下，但平台上灯火通明，沿墙的石头基座上摆放着几十座金色的哈玛德律阿得斯雕像，雕像嘴里的火炬熊熊燃烧。卡乌拉当时痴迷于打猎。他的目标是要给自己抓一条哈玛德律阿得斯，要接近成年的，而不是他前一年设法捕捉到的那种远未成熟的，那条现在生活在爬虫馆深处。

参加那次狩猎旅行的时候，我为他工作还不太久。在旅途中我才第一次见到他妻子。她有一两次拿起过卡乌拉的猎枪，但没有任何迹象表明在那次旅行之前她曾接触过武器。卡乌拉让我在郊外临时给她上几堂射击课，我照办了；然后，她虽然有所进步，但很明显永远都没法成为射击高手。这本来也几乎没啥关系，她对打猎毫无兴趣。虽然她不以苦乐为意，安安静静地接受了这次旅行，但她感受不到卡乌拉那种对杀戮的原始热情。

很快，就连卡乌拉也意识到，试图把吉塔变成另一个猎人是在浪费时间。但是他仍然想让妻子懂得如何使用枪支——这回是小型的，旨在自用。

“为什么？”我对他说，“你雇用像我这样的人，不就是为了像吉塔这样的人可以不必担心自己的安全吗？”

当时我们正在一间空着的生态室内，边上没有第三个人。“因为我有敌人，坦纳。你很棒，你手下的人也很棒，但他们并非一定不会出错。我们的防线仍然可能被某个刺客突破。”

“是的，”我说，“但厉害到这种程度的人，也就厉害到了能随便干掉你们哪一个，你们事先甚至根本不会有所警觉。”

“某个像坦纳你这样优秀的人？”

我考虑了一下我在爬虫馆周围和内部安排的防御措施。“不行，”我答道，“需要比我优秀得多的人才行，卡乌拉。”

“那么，真的有这样的人吗？”

“一山更比一山高。问题只在于会不会有人愿意为他们的服务付费。”

他把一只手放到一个空着的水陆箱上。“到那时候她就更加需要这种能力了。有自卫的机会总比没有好。”

我不得不承认这是有一定道理的。“那我会指导她的……如果你坚持的话。”

“你为什么不情愿？”

“枪是种危险的东西。”

卡乌拉笑了，装在空箱子里的发光管射出的淡黄色光线照在他脸上。

“我也觉得关键正在于此。”

之后不久我就开始授课了。吉塔是一个非常愿意学习的学生，但学得远没有阿米莉娅那么快。这与她的智力无关，只是她的运动技能里有个根本的缺陷——手眼协调的基础薄弱。如果不是卡乌拉坚持要上这门课的话，这问题永远也不会暴露出来。这倒并不是说吉塔没指望了，只不过她花了一整天才勉勉强强达到最基本的及格线，要换了阿米莉娅，那点东西一个小时就能掌握。我不得不大费周折——要是换成我原来部队里的一名见习士兵，那绝对不会这样。为此伤脑筋的本该是其他人，他们该去找到更适合她能力的任务——情报收集，或其他的什么。

但是卡乌拉希望让吉塔知道怎么用枪。

所以我服从命令。对此我没有意见。卡乌拉要怎么利用我取决于他。而且和吉塔在一起算不上是个多么让人焦心的任务。卡乌拉的妻子是个可爱的女人：一位妩媚惊人的北方血统美女，有着高高的颧骨，身姿轻盈婀娜，有着舞蹈演员的肌肉组织。在这次射击课之前，我从未触及过她的身体，也几乎没有理由与之交谈，尽管我没少白日做梦。

现在，每当我不得不轻轻按压她的手臂、肩膀或后背以矫正她的姿势时，我都感觉到自己的心跳快到荒唐。每当开口说话的时候，只要情况允许，我都会尽可能让自己的声音保持柔和、平静，但我自己听来却还是觉得紧张得不行，像个青春期的毛头小子。吉塔没有注意到我的状况，即使注意到了也没有表现出来。她的注意力都集中在手头的练习上。

我在露台的这一区域安装了一个射频信号发生器，用来向吉塔佩戴的防闪光护目镜中的处理器发送信号。一套标准的军事训练设备，卡乌拉多年来从贼赃或黑市渠道中囤积了大量各种设备，这是其中之一。一些幻影会出现在护目镜中，映射到吉塔的视野中，看上去就像真的在露台上移动一样。并非所有的幻影都是敌对目标，但吉塔只有几分之一秒的时间来决定自己需要射杀哪些。

其实这就是个笑话。只有非常熟练的刺客才有机会进入爬虫馆，而任何一名如此优秀的刺客都根本不会给吉塔留出那点宝贵的决策时间。

但吉塔到了第五节课表现得就很不错了。她至少在百分之九十的时间里能把枪口对准正确的目标开火，我目前觉得这样的误差在可以忍受的范围之内，同时暗自希望我永远不会倒霉到成为那并不打算杀死她的百分之十中的一个中弹者。

但她击倒目标的时候仍然没有任何效率可言。我们用的是有杀伤力的实弹，因为我们拥有的光束武器作为自卫枪械太大，也太重了。为了安全起见，我可以把枪设置成平时无法开火，除非吉塔和我自己都不在枪口对准的方向——不必多说，卡乌拉那些宝贵的哈玛德律阿得斯雕像也一样。但我觉得，枪被禁用的那些瞬间会使训练过程太不真实，没有多大用处。于是我没这么干，而是往枪里装上了智能弹药，每颗子弹里都埋进了一颗微处理器，同样接收训练场的射频信号发生器的信号，与吉塔的护目镜对话。处理器控制着微气流喷射，如果目前的弹道看起来有危险，就会将子弹推出这样的弹道。如果所需的偏转角实在太大，子弹会自毁，变成一团高速飞行的灼热金属蒸气——虽然不能说完全无害，但如果它碰巧直接射到了你脸上的话，这总比一颗小口径子弹好得多。

“我学得怎么样？”在我们给枪重新装弹的时候，吉塔问道。

“你在目标搜索上有所进步。你仍然需要瞄低点——要瞄准胸口，而不是脑袋。”

“为什么要瞄胸？我丈夫说，坦纳你可以一枪爆头一个人。”

“我比你更有经验。”

“但这么说来那话是真的了，不过——他们还有个说法，是什么来着？说你开枪打人的时候……”

我帮她说完了后面的话：“我能一枪只打掉大脑里特定的某些功能区。他们告诉你的那些话你不该全都相信，吉塔。我也许可以把一枚弹头打进一个脑半球而不是另一半，但要更精密……”

“不过带着这样的名声也并不坏。”

“我想是的，不坏。但也就是不坏而已。”

“如果他们像这样说我丈夫，他会竭尽全力从中榨取出每一分好处的。”她警惕地回头看了看上一层的屋子。“但你总是努力解释事情没那么夸张。在我看来，这倒让那些说法更有可信度了，坦纳。”

“我努力解释事情没那么夸张，是因为我不想让你把我误当成某个并非我的人物。”

她看着我。“我完全不认为会有那样的风险，坦纳。我觉得我很清楚你是个什么样的人。一个有良知的人，碰巧为一个夜里难以安寝的人工作。”

“相信我，我的良心也并不洁白无瑕。”

“你应该先看看卡乌拉的再说。”她的目光牢牢地盯着我的眼睛，片刻之后我打破了对视，低头看向那把枪。吉塔把声音提高了一个八度：“噢，说曹操曹操就到。”

“又在谈论我了？”那个男人正从台上的屋子里走到露台上。他手里拿着一个闪闪发光的东西，是杯皮斯科鸡尾酒。“嗯，我也不能因此责怪你们，是不是？算了。课上得怎么样了？”

“我认为我们目前取得的进展还算合理。”我说道。

“噢，他说的这些一个字都别信，”吉塔说道，“我学得糟透了，只是坦纳太有礼貌了，这话他说不出口。”

“有用的东西学起来都不容易。”我回了她一句。然后我对卡乌拉说：“吉塔现在能开枪了，而且大部分时间都能分辨出敌友。这并没有什么神奇的，只是她确实非常努力，所以取得了现在的成绩，她应有的成绩。但如果你还想要更进一步，可能就没那么容易了。”

“她总能继续学习提高的。毕竟，你是个技术高超的老师。”他朝那把我刚刚换上了新弹夹的枪点了点头，“嘿。让她看看你的好戏法吧。”

“是哪一个？”我说话时努力控制住自己的情绪。通常情况下，卡乌拉知道不该把我辛苦获得的技能贴上“戏法”的标签。

卡乌拉抿了口手中的鸡尾酒。“你知道我指的是哪个。”

“好吧，我来猜猜看。”

我给枪重新编了下程，让处于危险弹道中的子弹不会再偏折。他想要戏法，那么就给他一个——不管他会不会损失惨重。

通常当我用小型武器射击时，我会采用经典的打靶高手站姿：双腿稍微张开以保持平衡，单手握枪，另一只手从下方支撑；手臂向前平伸，跟眼睛平齐，如果枪发射的是实弹而不是能量弹的话，要顶住反冲，稳住不动。现在我则是单手举枪齐腰，就像古代那种参加快枪对决的左轮枪手。我低头看着枪，而不是顺着枪身看向目标。但这个姿势我已经练得烂熟于心了，我完全清楚子弹会飞去哪里。

我扣下扳机，把子弹送进了他的一座哈玛德律阿得斯雕像里。

然后我走过去检查破坏状况。

在子弹的冲击下，雕像上的黄金像黄油般向周围漾开，而且是环绕着子弹的进入点漾开，带有一种优美的对称感，仿佛是朵黄色的莲花。而且我让子弹命中的位置也带有优美的对称——精确地位于哈玛德律阿得斯的额头；要不是这种生物的眼睛位于它下颌里面的话，就恰好是两眼正当中。

“太棒啦，”卡乌拉说，“我是这么想的。你知道那条蛇值多少钱吗？”

“比你付给我的服务费少。”趁我还记得，我边说边把枪重新设置成安全模式。

他盯着被毁坏的雕像看了好一会儿，然后摇了摇头，轻笑起来。“你多半是对的。并且我估计还绰绰有余，对吧，坦纳？”他朝妻子轻点手指。“好啦，下课，吉塔。我有些事要跟坦纳谈谈——所以我才会过来的。”

“但我们才刚开始。”

“还会有时间的。你也不会想一口气学会所有的东西吧，是不是？”

不，我在心中答道，我希望她永远也不会学完，因为到时候我就再没有理由待在她身边了。这个想法很危险——卡乌拉就在爬虫馆里，仅仅是在另一间屋子里，隔着这么点距离，我难道真的想要试着跟她做点什么吗？很疯狂，因为直到今晚吉塔所做的一切都没有显示出她同样有被我吸引的感觉。但她说的有些话让我好奇。也许她只是在丛林中央感觉寂寞了。

迪特林从卡乌拉身后冒了出来，护送吉塔回到楼里，同时另一个人则着手拆除训练场发生器。卡乌拉和我走向露台的护墙。空气温暖而潮湿，没有一丝微风。这里白天潮气大得几乎让人无法忍受，跟我度过童年时代的新伊基克那温暖的海滨气候完全不同。卡乌拉身躯高大，肩宽体壮，裹着一件黑色的和服，衣服上绣着交错镶嵌在一起的海豚图，光着脚踩在露台开着波浪槽的地砖上。他的脸很宽，嘴角总带着一丝奇怪的表情，在我看来似乎是在闹别扭。就是那种绝对不肯优雅地接受失败的人的表情。他浓密的黑发永远从额头往后梳得整整齐齐；在哈玛德律阿得斯雕像嘴里的光芒照耀下，发型中那些凹槽闪闪发亮，就像是一片片金叶子。他摸了摸被损坏的雕像，然后弯腰从地板上捡起几块黄金碎片。这些碎片薄如草叶，有些像书籍装潢家们当年用来装饰圣书的金箔。他悲伤地用手指把它们揉成一团，然后试图将其塞回雕像的破口当中。雕像上的这条蛇盘绕在它的树体上，其形态正处于树栖融合期之前还会运动的最后阶段。

“我很遗憾造成了这样的破坏，”我说道，“但是你要求我进行演示的。”

他摇了摇头。“没关系，我在地下室还有几十个。也许我甚至可以把它就这么留着，当成特色展示，你说呢？”

“威慑？”

“总得让它派上点用场吧，是不是？”然后他降低了音量，“坦纳，出了点事。我需要你今晚和我一起出去。”

“今晚？”已经很晚了，但是卡乌拉一贯作息非常不规律。“你打算做什么——一次深夜狩猎之旅吗？”

“我倒是有那个兴致，但要做的是另外一件事。我们有客人来了。我们需要去见见他们。在原来的丛林公路前方大约二十千米处有一片空地。我想让你开车送我去那里。”

我仔细考虑了一会儿，然后才回答他：“这里谈到的客人是什么样的客人？”

他抚摸着哈玛德律阿得斯雕像被打穿的头部，动作中几乎充满爱意。“很不寻常的那种。”

不到半小时后，我和卡乌拉就开着一辆地效飞行器从爬虫馆出发了。时间刚够卡乌拉为外出换身衣服——卡其布裤子和衬衫，外面套上一件精心缝上了若干口袋的棕色狩猎夹克。我在爬虫馆周围被废弃的藤蔓缠绕的建筑外壳之间开着车来回试探，最后总算找到了那条旧路，它马上就要被森林掩埋了。再过几个月，这趟旅行就根本不可能了——丛林正在慢慢愈合贯穿其心脏的伤口。得用喷火器才能把路面给清理干净。

爬虫馆及其周边地区曾经是一个动物展览园的一部分，有过不少次充满希望的停火，这里就是在一次停火期间建造的。那次停火只持续了十年左右，但在当时，看起来似乎和平大有机会持续下去；足以让人们建造像动物园这样在军事上毫无价值，只是体现文明进步的东西。原本的想法是将地球生物和本地生物标本放在相似的环境中展出，强调地球和斯凯先手星二者间的相同与差异。但动物园压根就没能完全建成，现在唯一完整的部分就是爬虫馆，还被卡乌拉变成了他的私人住所。这里很适合他：与世隔绝，容易修建加固工事。他雄心勃勃地想在地下室里的生态缸中重新装满他捕获的私人动物藏品，其中最重要的就是即将成年的哈玛德律阿得斯——哪怕他还没能捕获这个目标。那条青春期的哈玛德律阿得斯已经占据了地下室很大一部分容积；他需要一个全新的地下室才能装进一条更大的——更不用说要照顾这么一条在生物化学上与早先阶段有着重大不同的生物会需要大量全新的专业知识。爬虫馆里别的地方早就堆满了他带回来的战利品——动物毛皮、牙齿或是骨骸。他并不喜欢活着的生物，他想要件活标本的唯一原因是有客来访，很显然捕获这些动物比在野外当场杀死它们所需的技术要高超得多。

我沿着车轮留下的印迹飞驰，树枝和藤蔓啪啪抽打在车身上，涡轮机的叫声盖过了周围数英里[1]内的所有生物。

“给我讲讲这些来访者吧。”我说。我的喉音麦克风通过包夹着卡乌拉头骨的耳机把我的语声传了过去。

“你很快就会见到他们的。”

“是他们建议把那块空地作为会面地点的吗？”

“不——这是我的主意。”

“他们知道你说的是哪块空地吗？”

“他们不用知道。”他往上方扬了扬头。我冒险朝森林上方的树冠投去一瞥。在树冠变薄、露出天空的那个瞬间，我看到个亮得可怕的东西正在我们上方游荡，仿佛是从苍穹中切出来了一块三角形的楔子。“自从我们离开爬虫馆，他们就一直在跟着我们。”

“那不是本地的飞行器。”我说。

“它不是飞机，坦纳，是艘太空飞船。”

在茂密的森林中行驶了一个小时后，我们抵达了那块空地。这必定是在几年前被什么东西烧出来的空地——可能是枚严重失控的导弹。它甚至可能本来的目标就是爬虫馆；卡乌拉的敌人多得可以，这种可能也相当合理。幸好，那些敌人中的大多数根本不知道他住在哪儿。如今森林已经在长拢，但空场中的地面仍然很平坦，可以着陆。

太空飞船像一只蝙蝠般静静地在我们上方停住不动。三角形的飞船现在高度降了下来，我得以看到它的下面覆盖着成千上万个耀眼的炽热元件。它直径五米，是这块空地直径的一半。我感觉到一股热浪扑面而来，然后是一阵隐约的嗡嗡声，处于听觉范围的边缘，几乎是次声波了。

我们周围的丛林陷入了寂静之中。

三角形飞船继续下降，三个顶点上流畅地拱出了三个倒置的半球。它降到

1. 英美制长度单位，1 英里合 1.6093 千米。

了树线以下。散发出的热量让我出汗了。我举起手来挡住太阳般明亮的强光。

然后强光消失，变成了暗砖红色的微光，飞船在自身重量的作用下降下了最后几米，落在那三个半球上，冲击力通过肌肉鼓动般的过程被顺畅吸收。又安静了一会儿之后，飞船前方滑下一道斜坡，像是条舌头。坡道顶端，一道门中发出蓝白色的强光，将周围的植被照得格外鲜明。我瞥见有些东西在慌忙逃窜，缩进阴影之中。

两个身影步入坡道顶部的亮光中，被光线拉得细长细长的。

卡乌拉朝前迈出一步，走向坡道。

"你要登上那东西？"

他回头看向我，灯光映在他的侧脸上。"我当然是要上船，并且我希望你跟我一起去。"

"我以前从未和超空人打过交道。"

"哦，那现在对你来说正是大好机会。"

我下了车，跟在他身后。我身上带着枪，但把它拿在手上想想就感觉很可笑。我把枪收进了腰带里，在回去之前再也没有碰过它。坡道顶部的两个超空人静静地等待着，站立的姿势略显无聊，其中一人靠到了门框上。卡乌拉走向停着的飞船，在半路上跪下来，在地面上摸了摸，拨开灌木丛。我向下瞥了一眼，觉得看到了一个突出的东西，像是一块破碎的金属；但我还没来得及把注意力转移过去，去琢磨下这东西到底是什么，卡乌拉就在催我继续向前了。

"快来。他们可并不以有耐心而闻名。"

"我都不知道轨道上有一艘超空人飞船。"我压低声音说道。

"没多少人知道。"卡乌拉开始走上斜坡。"这些人现在行动非常隐秘，好能够进行某些特定类型的业务，如果人人都知道他们来了那就不行了。"

这两名超空人是一男一女。他们都很瘦，两副近乎骷髅的身板被包裹在若隐若现的外部支撑机械和假体当中。两人都很苍白，高颧骨，嘴唇和眼眶墨黑，似乎是用黑色眼影粉勾勒出来的，让形容枯槁苍白的他们看起来像是洋娃娃一般。两人都留着精心打理过的黑发，一撮撮刚硬的头发并起，状若毒蛇的巢穴。男人的手臂是烟熏玻璃的，上面镶嵌着闪亮的机械和流动着光波脉冲的馈线；女人的肚子上有一个长方形的开孔，前后通透。

“别被他们给吓唬到，”卡乌拉小声说道，“吓唬人是他们商业技巧的一部分。我敢打赌，船长派来了他手下最诡异的两个怪人，就是为了让我们提心吊胆。”

“要是这样的话，那他达到目的了。”

“相信我，我和超空人打过交道。他们就是些软蛋，真的。”

我们缓步走上斜坡。靠在门框上的女人挺直身子，打量着我们，不自觉地噘起了嘴唇。“你是卡乌拉？”她说道。

“是的，而这位是坦纳。坦纳跟我一起去。这没有商量的余地。”

她打量了我一番。“你带着武器。”

“是的。”我说道。她透过我的衣服看到了枪，我略微感到不安。“难道你要告诉我你没带武器？”

“我们另有手段。请上来吧。”

“枪不是问题？”

这个女人露出个怪笑，这是她第一次真正表现出情绪反应。“不是，我真的觉得不是。”

我们上去之后，他们就收起舷梯，关上了门。这艘飞船里面气温凉爽，有种诊所般的氛围，到处都是淡雅的色彩，带着玻璃光泽的机器。有另外两名超空人在里面等着我们。他们斜靠在一对巨大的指挥椅上，几乎被淹没在读数表和精细的控制杆当中。主副驾驶都光着身子，这两个紫色皮肤的生灵手指异常灵巧。他们和另外两名超空人一样留着死硬的小辫发型，但头上小辫的数量明显更多些。

肚子上有个洞的女人说：“把我们带上去，佩莱格里诺，要慢慢地，稳稳地。我们可不想让客人在我们船上失去知觉。”

我转向卡乌拉那边，用口型发问：“我们要上去？”

他点头回应。

“好好享受吧，坦纳。反正我会的。有传言说再过不久我就没法离开行星地表了——即便是超空人也不想再惹上我这个麻烦。”

我们被领到一对空着的座椅前。几乎是我们刚一系好安全带，飞船就开始拉升。透过排列在墙壁周围的透明窗块，我看到那片丛林空地一路下坠，最后它看起来就像是个脚印，沐浴在一团朦胧的光晕中。在地平线的远方有个光点，那肯定就是爬虫馆了。丛林的其余部分都像大海一样漆黑。

“你为什么要选择那块空地来跟我们会面？”女超空人问道。

“把飞船停在树顶上会显得很傻。”

“我不是这个意思。我们本可以不费吹灰之力就自己弄出着陆场地来。不过那块空地很重要，对不对？”从语气听起来，似乎这女人对解决这个问题的兴趣只是暂时的。“我们在接近的时候扫描过了。它下面埋着什么东西，一个有着规则边界的空间。某种密室，里面塞满了机器。”

“我们每个人都有自己的小秘密。”卡乌拉说。

那个女人仔细地打量了下他，然后摆了摆自己的手腕，不再理会这件事。

这时飞船上升得更快了，重力把我强压在座位上。我努力克制自己，不表现出任何不适，但这感觉实在谈不上令人愉快。超空人看起来都冷若冰霜，相互之间以晦涩的技术行话轻声交流——空速和上升矢量之类的。先前下去见我们的那两人已经把自己塞进了座位里，座椅上连着些粗大的银色脐带缆管，大概是在上升阶段辅助他们的呼吸和循环系统的。我们摆脱了星球的大气层，然后继续攀升。此时我们已经进入了行星的昼侧。斯凯先手星看上去像是颗脆弱的蓝绿色宝石，表面貌似一切平静，圣地亚哥号首次环球飞行那天看到的样子想必也是如此。从这里根本见不到战争的迹象，直到我看到地平线附近，着火的油田上空羽毛般的黑色痕迹。

这是我头一回看到这样的景色。我以前从未到过太空。

“即将抵达奥维多号。”那个叫佩莱格里诺的驾驶员宣告道。

他们的主船迅速驶近，黝黑、巨大，就像是一座沉睡的火山；一个四千米长的圆锥体，轮廓分明。近光船，这是超空人对他们的飞船的称呼——线条优美的夜之机械，能够以仅仅比光速略低一丁点的速度穿行太空。看到它很难不为之动容。让那艘船飞起来的机制极为先进，几乎胜过我在斯凯先手星见识过的任何事物，胜过我能想象的任何东西。

在超空人眼里，我们的星球看起来肯定像是个社会工程学实验品：一个不完美的时间胶囊，保存着已经过时三四个世纪的技术和意识形态。当然，这不全是我们的错。当大船团在二十一世纪末离开水星时，船上的技术是当时最尖端的。但船队之后在太空中龟速前行，花了一个半世纪才到达天鹅星系；在此期间，在太阳系周边新技术纷纷涌现，而大船团上的科技水平则停滞不前。

等我们着陆的时候，其他世界已经发展出了接近光速的太空旅行手段，让我们的整个旅程看起来像是某种自我惩罚，可悲的清教徒式行为。

最终，那些高速飞船抵达了斯凯先手星，船上的数据库中蕴藏着众多技术模板。如果我们愿意的话，这些模板可以让我们的技术跃进到当代。

但那时我们陷入了战争。

我们知道我们可能达成怎样的成就，但我们缺乏时间或资源来复制别处已经实现的成果，也缺乏从路过的交易者那里购买现成技术奇迹的资金。我们偶尔会购买某项新技术，那只会是在它们可以直接用在军事上的时候，即使如此也几乎使我们破产。于是我们选择用步兵、坦克、战斗机、化学炸弹和粗陋的核装置进行了几个世纪的战争，很少会升级到动用那些眼花缭乱的高技术武器，比如粒子武器或是基于纳米技术的小型装置。

难怪超空人会如此不加掩饰地蔑视我们。与他们相比，我们是些野蛮人；最残酷的是，我们知道这是事实。

我们停到了奥维多号上。

在里面看来，它就像是这艘太空飞船的一个翻版，只是要大得多。所有的通道都是彩色的，弯弯曲曲，散发着异常整洁的纯净气息。超空人通过让他们飞船的一部分在船壳内部旋转来制造重力；这种力比斯凯先手星上要稍微重一点，但走动起来多花的力气也就是在地上背着沉重的背包那种程度。这艘近光船也是艘大型渡轮：一艘载客船，船腹内装有数以千计的低温休眠舱。有些人正在被带上飞船，还完全醒着的贵族在大声抱怨自己所受的待遇。超空人似乎不在乎。这些贵族一定花了很多钱来换取搭乘奥维多号去下一站的权利，但对超空人来说，他们仍然是野蛮人——只是稍微干净和富有一些。

我们被带到了船长面前。

他坐在一张巨大的电动宝座上，座位悬挂在一根多节吊杆下方，这样他就可以在舰桥中巨大的三维空间里四下移动。其他高级船员也坐在类似的座位上，但我们进去时，他们都小心翼翼地操控座位避开我们，朝向嵌在墙壁中的显示着一些复杂图表的显示屏幕。我和卡乌拉站在一条可延伸的人行便道上，它边上有着低矮的栏杆，一直伸到舰桥当中。

“这位……卡乌拉先生，”坐在宝座上的船长打了个招呼，“欢迎登上我的飞船。我是船长奥卡尼亚。”

奥卡尼亚船长的外观之奇比起他的飞船也只是稍逊半分。他穿着件从脖子包到脚的光滑黑色皮衣，脚上蹬着双长及膝盖的尖头黑靴。他双手也戴着黑色的手套，交叉撑在下巴底下。脑袋悬在他黑色外衣高高的领口上方，那样子就像是个鸡蛋。与他的船员不同，船长的头顶光秃秃的，完全没有头发。那张没有皱纹、毫无特色的脸像是属于一个孩子——或者一具尸体。他的声音尖细，像是女高音。

“而你又是？”他朝我的方向点了点头。

“坦纳·米拉贝尔，”我还没来得及说话，卡乌拉就先开了口，“我的私人安保专家。我去哪儿，坦纳就去哪儿。这没有……”

“……没有商量的余地。是的，我猜到了。”奥卡尼亚漫不经心地朝半空中投去一瞥，瞧了瞧只有他能看到的某个东西。“坦纳·米拉贝尔……有了。我看看，曾经当过兵——直到被卡乌拉雇用。给我说说心里话吧，米拉贝尔，你是个完全没有道德观念的人吗？还是你居然能无知到不晓得你在为什么样的人干活？”

卡乌拉再度替我做出了回答：“他的工作里并不包括夜不能寝，奥卡尼亚。”

“但如果他知道你是什么样的人的话，他到底会不会呢？”奥卡尼亚又看了看我，但那副表情中解读不出来什么。在跟我们对话的甚至可能只是个傀儡，无形无质，在飞船电脑网络中运行的人工智能。“告诉我，米拉贝尔……你知道你为之工作的这个人在有些地方被视为战犯吗？”

“不过是些伪君子的说法，那些人很乐意从他那里购买武器，只要他不把武器卖给别人。”

“势均力敌的杀戮场比一边倒的要好得多。”卡乌拉说。这是他最喜欢的格言之一。

“但你不只是卖武器。”奥卡尼亚说。他似乎又在浏览着某些我们看不到的东西。“为了武器你还会盗窃和杀人。书面证据显示你在斯凯先手星上涉嫌至少三十起谋杀案，都与军火黑市有关。根据和平协定收缴的武器被重新分发的事件中有三起应由你负责。有证据显示，你间接地延长了——甚至重新挑起——接近于协商解决的地方领土争端，四到五次。成千上万的人因你的行为而丧生。”这时卡乌拉试图开口抗议，但奥卡尼亚毫不在意地继续，“你是个完全受利益驱使的人，完全没有道德感，没有任何基本的是非观。你是个痴迷于爬虫的人……或许就是因为在那些爬行动物身上你看到了自己的影子，而在你的内心深处，是无限的空虚。”奥卡尼亚摸了摸自己的下巴，露出一丝淡淡的微笑。“所以，简而言之，你是个跟我相当类似的人……我相信可以与之做生意的人。”他的目光再次盯上了我。“那么，请告诉我，米拉贝尔，你为什么为他工作？在你的履历中，我没有看到任何表明你和你雇主有共同之处的东西。”

“他付钱给我。”

“仅此而已？”

“他从没要求我做任何我不愿意做的事情。我是他的安保专家。我保护他和他周围的人。我为他挡过子弹，还有激光攻击。有时我安排交易，会见潜在的新供应商。那也是些危险的工作。但那些枪转手后会发生什么与我无关。”

“嗯。”他把小拇指点到了自己的嘴角上，“也许就该这样。”

我转向卡乌拉：“这次会面有什么意义吗？”

“有的，一如既往，”奥卡尼亚恼火地说道，“当然，是做交易，你这个无趣的家伙。不然你觉得我为什么要冒让我的飞船被行星尘埃污染的风险？”

所以这到头来还是个商务会晤。

“你卖什么？”我问。

“哦，很普通的——武器。你的雇主想从我们这里获得的只有武器。当地人常见的态度。我的贸易伙伴们一次又一次地向你们的星球推销在其他星球上常见的延寿技术，但每次都遭到了拒绝，你们更喜欢丑恶的军用物资……”

“那是因为你们对延寿技术的索价能让半个大半岛破产，”卡乌拉说，“这也会对我的资产造成相当大的损害。”

“损害总不会有死亡那么大。”奥卡尼亚低声嘀咕了一句，“话说回来，反正后果你们自己承担。不过，我有句话要说清楚：我们给你的东西你要好好保管，行吗？如果东西再次落入坏人之手，那也太糟糕了。”

卡乌拉叹了口气。“恐怖分子打劫了我的客户，那也不是我的问题啊。”

他所说的那件事发生在一个月前。即便是现在，对斯凯先手星的黑市交易网络有所了解的人群中还会谈起这个话题。我与一个遵守公约的正规军事派别达成了协议。交易是通过一系列精心策划的幌子进行的，武器的最终来源——卡乌拉——被谨慎地隐藏在了幕后。最后的交货也是我处理的，地点是一片空地，跟超空人与我们相会的那块地方差不多，我的参与也就到此结束了。但有人向某个不太正规的武装派别透露了武器转让的消息，后者在前一个派别完成交易返回的路上伏击了他们。

卡乌拉称新来的那派为恐怖分子，但这是夸大了他们和他们打劫的正规部队之间的差别。在一场交战规则和犯罪定义每周都在变化的战争中，一个正规军事派别和不那么正规的派别之间的差别往往只在于前者法律顾问的水平更高。合纵连横变动不休，过去的行动不断被重新书写，各方参与者被以修正主义的视角重新解读。的确，现在许多观察者都认为卡乌拉是个战犯。一个世纪后，他们可能会用盛大的节日来纪念他这位英雄……而我则是他可靠的战友。

比这更奇怪的事情也不是没发生过。

但是，要从那次恐怖分子伏击中看出点积极的后果来确实会无比艰难。在那次伏击后的一周内，他们用劫来的那批武器谋杀了新圣地亚哥城一家贵族的大部分家族成员。

“我记不得那家人姓什么了。”

“瑞维奇，或者别的什么，”卡乌拉说，“但是，听我说。没错，那些恐怖分子是帮畜生。如果办得到的话，我会剥下他们的皮做墙纸，抽出他们的骨头做家具。但这并不意味着我对瑞维奇家族充满同情。他们足够富有，完全可以离开这颗行星。整个世界就是个大粪坑。他们想找个安全的地方生活的话，外面有一整个银河系呢。”

“我们有些你可能会感兴趣的情报，”奥卡尼亚说道，“幸存的家族幼子——阿尔根特·瑞维奇，他起誓要向你复仇。”

“起誓复仇。这是什么，道德剧吗？”卡乌拉把一只手抬到自己面前，“嘿，你看，我都吓得发抖了。”

“这没有任何意义，”我说，“如果我认为这事值得打搅你，那你早就会知道了。这是你付钱给我的另一个目的：这样你就不必去操心每一个对我们怀恨在心的怪人。”

“但我们并不觉得这个家伙是个普通的，用你的话说，怪人。”奥卡尼亚检查着他裹在黑色手套里的手指，依次拉动每个手指，直到关节噼啪轻响。“我们的情报显示，这位先生从杀害他家人的那帮民兵手里找到了些武器。重型粒子武器，适用于对强化堡垒的全面攻击。我们检测到了这些设备的信号，表明它们仍在运行。”这名超空人停顿了一下，然后几乎是漫不经心地补充道，“有件你们可能会感兴趣的事情。这些信号正在大半岛上一路向南移动，朝着爬虫馆。”

“把位置给我，”我说，“我去见见那小子，搞清楚他想要什么。有可能他只是想谈判，要更多的武器——他或许并没有确认你就是那个供应商。”

“是啊，”卡乌拉说，“我还经营美酒呢。算了吧，坦纳。你认为我需要像你这样的人来对付像瑞维奇这样的虫豸？人们不会派专家去对抗一个业余选手的。”他转向奥卡尼亚：“你是说他在野外？走了多远了？在什么样的地域上？”

“这些信息，当然，是可以提供的。”

“该死的吸血鬼。”卡乌拉有一小会儿面无表情，然后他指着超空人笑了起来，“我喜欢你，我真的喜欢你。你真是个该死的吸血鬼。那你开价吧。我不需要知道他的确切位置。给我一个能精确到——嗯，几千米内的定位。否则就没意思了，不是吗？”

“见鬼，你到底在想什么？”我还没来得及细想，这些话已经从嘴里蹦了出去，“瑞维奇或许是缺乏经验，但这并不意味着他不危险——特别是如果他拥有那些武装分子用来杀死他家人的那种武器。”

“所以这才算是场公平对决。一场真正的游猎。也许我们还可以顺手抓到一条哈玛德律阿得斯。”

“你喜欢公平对决？”奥卡尼亚明显是故意这么说的。

于是我明白了。如果卡乌拉眼前没有这个观众的话，他绝对不会这么做的。如果我们回到爬虫馆，他会做合乎逻辑的事情：命令我或我手下的某个人去解决瑞维奇，就像去冲个厕所，不会有更多的仪式感。在瑞维奇那种人身上浪费时间对他来说有失身份。但在这位超空人面前，他不能表现出任何软弱。他不得不扮演猎人的角色。

我们对瑞维奇的伏击失败了，吉塔被杀了，卡乌拉也随之而去，而迪特林和我都身受重伤，在这一切尘埃落定之后，有件事变得很清楚，比我这辈子从前知道的任何事都更清楚。

都是我的错。

我让吉塔因为我的无能而死去。同时我还导致了卡乌拉死亡。两起死亡，骇人地成双成对。而瑞维奇，双手沾满他发誓复仇的那个男人妻子的鲜血，像个勇士般毫发无伤地离开了。他肯定认为卡乌拉会活下来——他的伤口不像我的那样会危及性命。如果卡乌拉活了下来，瑞维奇就能让他在最长的时间内承受最大限度的疼痛；杀死他本人比起这样的胜利而言实在微不足道。按照瑞维奇的计划，卡乌拉将会在对吉塔的思念中度过。这种损失带来的痛苦无以言表。我认为，吉塔是卡乌拉在这宇宙中唯一能够投以爱情的生物。

但是瑞维奇却把她从我这里夺走了，而不是从卡乌拉那里。

我想起了卡乌拉嘲笑瑞维奇发誓复仇时的样子。妄举与侠行，从来隔一线。但我要做的也正是如此：我发誓我将奉献我的余生来杀死瑞维奇，为吉塔报仇。如果有人告诉我，我必须自己先死，然后才能杀死瑞维奇，我觉得我也会平静地接受这桩交易的。

在新瓦尔帕莱索城，他从我的指缝中溜走了。这样一来，我被迫要做出一个沉重的决定——是放过瑞维奇，还是继续追逐他，哪怕要去到外星系。

事后看来，做出这个决定并不太难。

“我不记得瑞维奇先生有什么特别的问题，”阿米莉娅说，“他也有些暂时性失忆，但不像你的情况那么严重——只持续了几个小时，然后他就开始逐渐拼凑起自我认知了。杜莎想让他留下来检查一下体内的植入装置，但他实在急着要走。”

“真的吗？”我尽力让自己听起来很惊讶。

“是的。天晓得我们在哪里冒犯到了他。”

“我敢肯定你们并没有。”我有些好奇他的植入装置是出了什么问题需要修复，但还是判定这个问题可以等等，“我想他很有可能已经到黄石星了，或者快到了。我不想太晚才跟过去。我不能让他独享乐趣，对吧？”

她看着我，机智地做出了判断：“你跟他是朋友，坦纳。”

“嗯，某种意义上算是吧。”

“那么，是旅伴？”

“是的，我想这个概括差不多。”

“我懂。”她的表情平静安然，但我能猜得出她在想什么：瑞维奇从未提起过自己还有旅伴，因此如果我们之间存在友情的话，那必定也是我单方面的。

“事实上，我更希望他会等等我。”

“他可能不想让并无需求的人给医疗机构增加负担。可能是这样，又或者他其实还是失去了部分记忆。当然，我们可以试着联系他。有些麻烦，不过我们一直都会尽最大努力密切关注那些在我们这里复苏的人，以防出现并发症的情况。”

我在心中想着：还因为有些人到黄石星后安全无虞，身家丰厚，他们当中有些会回报爱德怀德安养院。这些人会把他们的修道会视为影响新来者的一个途径。

但我只说：“不必了，你们太好心了，但完全没那个必要。我想我最好直接自己去见他。”

她仔细地打量了我一会儿，然后答道：“那么，你会想要得到他在星球上的地址。”

我点点头。“我知道有些保密问题需要考虑，不过……”

“他会在渊堑城。”阿米莉娅说话的语气仿佛这个陈述本身就是异端邪说，好像这个地方是所能想象到的最糟糕的堕落渊薮。“那是我们最大的定居点，也是最古老的。”

“没错，我之前就听说过渊堑城了。你能把范围缩小点吗？”我尽力不让自己的语气听起来是在挖苦，“缩到一个区会有所帮助。”

“我真的不太能帮得上你——他没有告诉我们他具体要去哪儿。但我想，你可以从天篷区找起。”

“天篷区？”

“我也没去过那里。但是人们说到了城里你就不会找错地方的。”

第二天我就自个儿出院了。

我心里丝毫没有自己已经完全康复的幻想，但我清楚，如果我再等下去的话，再次找到瑞维奇踪迹的机会将会减小到零。虽然我记忆中有些部分还没有完全清晰起来，但已经足够用了，足以让我继续手头的工作。

我回到小屋收拾我的东西——文件、他们给我的衣服和那把钻石枪的碎片，这时我又一次发现，自己的注意力被凹进去的壁龛吸引了；在我刚醒来时，那东西也曾令我大为不安。那天之后我勉强继续睡在小屋里，我没法说自己的梦境是宁静的，梦中闪过的画面和想法全都是关于斯凯·奥斯曼的。每天早上我床单上的血迹都在证明这一点。但我醒来的时候，仍会觉得壁龛里有某种东西让我感到不寒而栗，并且这种感觉和早先一样，毫无理性。我想到了杜莎告诉我的关于教化病毒的事情，有些怀疑是否我感染之后发生了什么导致这样一种毫无根据的恐惧症——也许是病毒产生的神经结构连接到了错误的脑中枢。但与此同时，我又怀疑这两件事可能根本没有联系。

收拾好后阿米莉娅过来接我了。她和我一道走上了那条蜿蜒曲折“通往天堂”的漫漫小径，朝着定居点一个圆锥体的顶点攀爬，越爬越高。坡度很小，我走起来几乎毫不费力，而且随着我的体重减轻，每一步似乎都迈得更远，让我爬得更高，有种如释重负的欣快感。

我们一路默然不语，走了十或十五分钟后我才开口说话：“你先前暗示的是真的吗，阿米莉娅？你曾经也是我们中的一员？”

“你是说，一名乘客？是的，但事情发生时我还是个孩子——我几乎还不会说话。带我们来的那艘船坏了，船上大部分休眠者的身份记录全都丢了。而且他们沿路在不止一个太阳系里搭客，所以根本没办法知道我从哪儿来。”

“你是说你不知道自己出生在哪个世界？”

“哦，我可以猜，有几个怀疑对象——不过这些年来我对此不太感兴趣。”前面一段路比较陡，阿米莉娅突然冲到了我前面，带头爬坡。“现在这里就是我的世界，坦纳。这地方非常小，但我认为并不坏。别处有谁能说他们已经看遍了他们的世界所呈现的一切呢？”

“那肯定很无聊。”

“一点也不。世界一直在变化。”她伸手朝着定居点的弧面指指点点，“以前那里并没有瀑布。哦，那下头曾经有个小村庄，现在我们把那里变成了一个湖。一直都会有这样那样的改动。我们一直都必须要不断改变这些路径，好阻止风化侵蚀——每年我都要重新记住这地方的样子。我们有季节变换，庄稼收成也有大小年之分。在有的年头里，如果上天庇佑，我们的产出会有富余。而且总有需要探索的东西。当然，我们这儿一直都会有新人前来，并且其中一些会加入我们的修道会。”她放低了声音，“谢天谢地，他们不都像阿列克谢兄弟。”

“哪儿都免不了会有害群之马。”

“我知道。而且，有句话我本不该说……但在你给我上过课之后，我几乎希望阿列克谢来再试一次。”

我理解她的感受。“我很怀疑他有那个胆子，但如果他真的这么做了，我可不想跟他交换角色。”

“别担心，我会对他下手轻柔些的。”

在令人有些不适的沉默当中，我们爬上了通往圆锥尽头的最后一段斜坡。我的体重可能已经下降到在小屋时的十分之一，但还是可以走路的，只是感觉好像每次落脚时地面都在往后飘退。前方有片在低重力环境中杂乱无章地肆意生长的树丛，隐隐掩盖着一道厚重的装甲门，通往气闸室。

“你真的要离开了，是不是？”阿米莉娅说。

“我越早到达渊堑城越好。”

“事情不会都尽如人意的，坦纳。我希望你能和我们多待一会儿，以便我们能让你多了解些现在的……”她的声音越来越小。显然她也意识到我是不会被说服的了。

“不必为我担心，我会去补上历史课的。”我冲她笑了笑，与此同时在心里因为不得不对她撒谎而感到自我厌恶，但又知道我别无选择。“谢谢你的好意，阿米莉娅。”

“我很荣幸，坦纳。”

“其实……”我环顾四周，想看看是否有人在观察我们，不过这里确实只有我们俩。“有件东西，我非常希望你能收下。”我把手伸进裤兜，掏出了组装好的发条枪。“你最好别问我为什么带着这个，阿米莉娅。我觉得继续带着它对我也没多大用处了。”

“我不认为我应该从你那里接过这种东西，坦纳。”

我把枪塞进她的手中。“那就把它没收。”

“我觉得那倒是应该的。这东西好用吗？”

我点点头，觉得没有必要细说。“如果你真的遇到了麻烦，这对你会有用处的。”

她轻轻抽走了那把枪。“我在此将其没收，别无他意。”

“我明白。”

她伸手和我握别。“上帝与你同在，坦纳。我希望你能找到你的朋友。”

我转过身去，不让她看到我脸上的表情。

第九章

我迈步穿过有防护板的大门。

门后是条走廊，墙壁是光滑的钢板。如果有人始终怀疑爱德怀德是个天然场所，而并非一个在真空中旋转的人造建筑，这种印象至此也不能继续存在了。我听到的不再是远处景观瀑布的潺潺水声，而是循环风扇和发电机的嗡嗡声。空气中有种刚才还闻不到的药物气味。

“米拉贝尔先生？我们收到了你要离开的消息。请这边走。”

有两名托钵僧正在等着我，领头的那名示意我跟上他前往走廊深处。我们步伐轻快地穿过了走廊。那尽头是一部电梯，它会笔直向下，把我们带到爱德怀德真正的旋转轴处，然后我们还要在水平方向移动相当长的距离，才能到达构成定居点这一半的废弃船体真正的顶端。我注意到，我们乘坐电梯的过程中一直默默无语。我猜想，这些托钵僧可能已经穷尽了与复苏者之间所有可能的对话；所有问题的所有答案他们都已经听过了成百上千次，我不可能给出任何新鲜东西。但如果他们问我是来干什么的，我照实回答了会怎么样？

“我来做什么？实际上，我打算杀死某人。”

我觉得完全值得一试。只要能看到他们那时候的表情就值回票价了。

但他们可能会认为我只是个妄想症患者，早早地就要出院离开。

不久电梯就钻进了一条玻璃管道当中。管道从爱德怀德的外部延伸出去。现在几乎没有重力了，所以我们不得不用四肢钩住钉在电梯壁上包有软垫的U形钉才能站稳身子。托钵僧们做起这事显得驾轻就熟，看着我手忙脚乱挣扎着固定自己的行动暗自偷笑。

不过，远方的景色足以让我觉得值回票价了。

我可以看到阿米莉娅两天前指给我看的那群停泊的飞船了，现在看上去它们清晰多了——一个巨大的星舰集群，其中每一根细小的带刺长条其实都几乎跟爱德怀德一样大，但由于舰群本身实在太大，反而让它们显得很小。时不时其中会有某艘飞船点燃它船身外的喷气推进器，以调整它相对附近其他飞船缓慢偏移的轨道，这时就会有阵阵紫光瞬间掠过整个星舰群；可能是礼仪问题，或是在灵巧定位，又或是紧急避碰策略。我感觉远方飞船的灯光有种令人心碎的美。它一头连接着人类取得的成就，一头连接着让那些成就在其中显得如此脆弱的浩瀚寰宇。无论这些光是属于一艘在风暴中的地平线上与巨浪搏斗的卡拉维尔帆船，还是一艘刚刚高速穿越星际空间拥有钻石外壳的星际飞船，这点都一般无二。

在舰群和爱德怀德之间可以看到一两个更亮的斑痕，那肯定是喷出的尾焰。来自转运穿梭机，要不就是有星舰新到或是离开。在近一点的地方，爱德怀德的中心——圆锥的锥顶位置——港口泊位、服务区、检疫隔离和医疗区乱纷纷地纠合在一起。这里停着十几艘飞船，其中大多数都在安养院周围，不过看起来主要都是小型维修船——冰封托钵僧们需要到他们的世界外进行维修的时候就会使用这种飞船。这里只有两艘大型飞船，而跟停在那边的舰群中随便哪艘近光船相比，这两艘都只能算是小杂鱼。

其中的第一艘船身修长，状若鲨鱼，肯定是为出入大气层而设计的。黑色的吸光船身上印着银色的文字：哈比鸟与涅瑞伊得斯。我立即认出，那就是在新瓦尔帕莱索城的太空桥那会儿，我们获救后把我从桥顶送到奥维多号上的穿梭机。穿梭机正通过一根透明的脐带管跟爱德怀德相连接，我能看到管道中一队休眠者正缓缓流过，速度稳定。他们仍是冰冷的，还躺在低温休眠舱中，脐带管通过一波波的蠕动压缩推着这些装置前行。这景象看起来有些恶心，就好像这艘穿梭机正在下蛋似的。

“他们还在卸人吗？”我说道。

“还有几个休眠舱需要清空，然后就完事了。”第一名冰封托钵僧说道。

“我敢打赌，看到那些满身雪泥的小狗崽被送进来，你们肯定会感到沮丧。”

“一点也不。”第二名冰封托钵僧说话的语气显得没多少兴趣，“不管发生什么，都是上帝的旨意。”

第二艘大型飞船——我们乘坐的电梯前往的那艘——跟穿梭机大相径庭。乍看上去它就像一堆随机飘浮的垃圾，不知怎的飘浮物居然能达成一致，一块飘移。它看起来在静止的情况下都只能勉强算完整，一旦动起来那自不待言。

“我要坐那东西下去吗？”

“斯特列利尼科夫号是艘好船，”第一名冰封托钵僧说，“高兴点吧。它比表面上看起来要安全得多。”

“还是说它远没有看上去那么安全？”另一名冰封托钵僧问道，“我总是记不得，兄弟。”

“我也是。噢，我干吗不查一下呢？”

他把手伸进外套里抽出件东西。我对那会是什么并无预料，但他拿出来的居然是一根木制警棍，这可确实完全出乎我的预料。那东西看起来是由一件园艺工具的手柄做成的，较细的一头装上了条皮带，另一头有些很有意思的划痕和污渍。另一名冰封托钵僧从后面抱住了我，而他的朋友则给我留下了若干瘀伤，主要集中朝着我的面部下手。我对此基本上无能为力——他们在失重状态下比我占优势，而且他们的体格更像摔跤手而不是修士。我觉得那个拿警棍的人没有打碎我的筋骨，但当他打完之后，我感觉自己的脸成了个熟过头的大苹果。我的一只眼睛几乎看不见东西了，我的嘴里满是血水，还有些细小的牙釉质碎屑。

“这是怎么回事？”我问道。我的声音含糊不清，像是个低能儿。

“阿列克谢兄弟给你的送别礼物。”第一名冰封托钵僧说道，“没什么大不了的，米拉贝尔先生。只是提醒下你别再干涉我们的事了。”

我吐出一团深红色的血珠，看着它从电梯的一边跑到另一边，全程始终保持球状。

“你们甭想得到捐赠了。”我说道。

他们讨论了下是否要对我再粗暴些，然后决定最好不要冒让我的神经系统遭受损害的风险。也许他们对杜莎修女有些忌惮。我试图做出些感激的表示，但我的情绪实在不支持这样做。

电梯渐渐靠近斯特列利尼科夫号，我趁机仔细看了看，那样子还是好不到哪儿去。这玩意儿差不多像块砖头，两端之间长度大约二百米，由好几十个被捆绑在一起的控制单元、生活单元和推进单元构成，嵌在蜿蜒的燃料管道和鸡胗状的燃料槽罐当中，就像一团炸开的内脏。上面四下散落着些残片，看起来它们似乎原本是船壳板；一些边缘参差不齐的金属板，就像一具爬满了蛆的尸体上残存的一丝血肉。飞船的某些部分覆盖着闪闪发光的环氧树脂涂层，看起来算是被粘好了；飞船那难以界定的“表面”以下很深的地方仍然有维修团队在忙着把另一些部位给焊回去。有六七个位置正在源源不断地往外冒气，但似乎没人对此有多么担心。

我对自己说，这艘船哪怕比现在看起来再糟糕个几倍，也没什么大不了的。去往熠耀带——黄石星周围低轨道定居点的聚集地带——的路线是条典型的下驷赛道。在斯凯先手星周围也有十来家公司在运营同样的业务。在旅途中的任何一点都完全不需要太大的加速度，这就意味着，只要有适度的维护，飞船可以连续数百年在相同的路线上行驶，在重力井中颠簸上下，直到一些致命的系统故障最终将它们变成一些可怕的雕塑碎块，在太空中漂流。基本的管理费用很少，因此，虽然这些航线上总是会有个把声名显赫的企业用豪华穿梭机运营高燃耗航班，但同时也会有一些越来越不稳定的业者，削减起成本来一个比一个厉害。在最底层将会是使用化学火箭或等离子引擎的渡船，它们在不同的轨道之间进行转移，慢得令人痛苦——我被分到的这艘慢船没有那么糟糕，但在整个序列中也绝不会处于奢侈的顶层。

但是，尽管这艘船很慢，它仍然是到达熠耀带的最快路线。高燃耗穿梭机可以更迅速地跑完这段路，但没有哪艘高燃耗穿梭机会接近爱德怀德。你即使不是一名经济学理论家，也不难理解其中的原因：爱德怀德的大多数客户几乎连支付他们自己复苏的全程费用都勉强，更别提走捷径前往渊堑城的昂贵费用。我必须首先前往停泊的舰群，然后找某艘高燃耗穿梭机去订个位置，还未必马上就有能订的空座。阿米莉娅曾建议我不要这样做，她说现在不比那事之前了，没有那么多的高燃耗穿梭机在运行——“那事”具体是什么，我没有机会问——而且与直接乘坐低速穿梭机相比能节省的时间顶多也就那么一点点。

电梯终于抵达了通往斯特列利尼科夫号的连接通道，我的冰封托钵僧朋友们在此与我道别。此刻他们都面带笑容，就好像我脸上的瘀伤只是奥斯曼病毒身心失调症的又一种症状，完全无须他们为此负责。

“祝你好运，米拉贝尔先生。”拿着棍子的那名冰封托钵僧愉快地向我挥了挥手。

“谢了。我会寄张明信片给你们的。又或者我会回来告诉你们我过得怎么样。”

“那就太好了。”

我吐出了嘴里最后的凝血，红色的小球飞了出去。“别太期待。”

在我前面，另有几位可能是移民的人被拖上了飞船，他们正恍恍惚惚地用陌生的语言喃喃自语。登上飞船之后，我们被带进一个让人晕头转向的迷宫，在狭窄的人行通道中穿行，最后走到了位于斯特列利尼科夫号船舱腹地深处的枢纽地带。在那里给我们分配了前往熠耀带一路上住宿的隔间。

我走进我的房间里，疲惫不堪，而且身上疼得厉害，感觉就像只在战斗中惜败的野兽，爬回了自己窝里舔舐伤口。让我高兴的是，这小隔间的隐私性还可以。它不太干净，但也算不上太肮脏，只是个泛黄的，介于二者之间的混合体。斯特列利尼科夫号没有人造重力，我很庆幸如此；让这样一艘飞船旋转或使劲加速是不明智的，所以隔间里配备的是零重力双层床，还有各种饮食和卫生设施，都在设计时考虑到了失重问题。有个普通的联网控制台，我觉得它应该被周到地保存到某个电子工学博物馆里才对；墙面上每片空位都贴着染污褪色的警示通知，告诉我在飞船上可以做什么，不可以做什么，以及如果出现问题如何尽快离船。船上的广播系统里隔段时间就会传出一个口音浓重的声音，宣布飞船将推迟起飞；但最终这个声音告诉我们，我们已经离开了爱德怀德，上路了。出发的动作太轻柔了，我完全没注意到。

我剔出了自己嘴里的牙齿碎屑，确定了下托钵僧们打伤我的位置周边肿痛的范围，然后渐渐沉入了梦乡。

第十章

在那名乘客醒来的那天——从此之后一切都大不一样的那天——斯凯和他最亲密的两个伙伴正在乘坐一辆沿圣地亚哥号的中轴柱行驶的通勤列车。车子沿着一条狭窄的通道隆隆向前，从船头一直要开到船尾。列车的行驶速度只有每小时几千米，时不时还停下来让乘务人员卸货，或是等待另一趟列车让出前面的隧道通路。像往常一样，斯凯的同伴们会用荒诞的故事和自我吹嘘来打发时间，而斯凯则会扮演魔鬼代理人的角色——他无法全身心地享受这种谈话的乐趣，但只要看到有机可乘，他非常乐意去破坏同伴们的谈话。

“维列蒂昨天告诉了我一件事，”尼奥金科说话时提高了音量，好让同伴们能在列车行进的轰鸣声里听见，“他说他其实不信，但他知道有一些人相信。实际上，是一件跟大船团有关的事情。”

“来让我们大吃一惊吧。”斯凯说道。

“问个简单的问题：在伊斯兰堡号消失之前，大船团里原本有多少艘飞船？”

“当然是五艘啊。”戈麦斯说。

“啊，但如果并非如此呢？如果原来有六艘呢？一艘炸毁了——这个我们知道——但如果外面还有另一艘呢？”

“那难道我们看不到它吗？”

“如果它一片死寂就看不到，只是一个跟在我们身后航行的船壳，像鬼影一般。”

“很方便的解释，”斯凯说，“它不会碰巧还有一个名字吧？”

“事实上……”

“我就知道。”

“人们说，它叫卡洛奇号。”

斯凯叹了口气，知道这次旅程会是一次旧日重来。曾经有段时间——离现在有好些年了——他们三个人把船上的列车交通网看作有趣的、被精心控制着的惊险故事之源；在这里他们进行冒险游戏，对虚构故事假装信以为真；在这里他们互相讲述鬼故事，比试胆量。主干道上有些废弃的分支隧道，据说通向隐藏的货舱或秘密藏匿休眠者的地方——敌国政府在发射前的最后时刻把它们给偷运上船。他和他的朋友们会互相挑战，在有的地方爬到列车外头去，让自己的背部在飞驰而过的隧道墙壁上摩擦。如今长大后，他回顾这些游戏时有种啼笑皆非的迷乱感，一半为他们敢于像这样冒险而感到自豪，一半又为他们曾如此明显地接近可怕的死亡而感到恐惧。

那些都已恍如隔世。他们现在是稳重的小大人了，在为这艘飞船尽自己的一份力量。在这个形势紧张的新时代，每个人都必须承担起自己的责任；斯凯和他的同伴们经常被分派去和中轴柱、引擎区域的工作人员对接，收取或者输送物资。他们常常要协助现场人员卸下货物，并将其通过人行通道和下行竖井送到需要物资的地方，所以这项工作远非表面上看起来那么简单。每次上完班之后，斯凯身上几乎都会多出一些新的伤口和瘀青，多天的劳累下来，他长出了一身壮得他以前想都不敢想的肌肉。

他们这个三人组显得格格不入。戈麦斯正在努力争取去引擎区工作，在神圣的飞船推进团队中获得一个正式职位。他时不时会搭乘列车前往那边，甚至与一些在小声聊天的发动机技术员进行交谈，试图用他掌握的约束物理学知识或者反物质推进理论的其他奥秘来打动他们。斯凯旁观了其中几次交流，并观察到戈麦斯的问题和回答并不是每次都被技术人员一顿猛批。有时，他们甚至对戈麦斯产生了一定的好印象，这意味着戈麦斯总有一天会被允许在毕业后加入他们，成为一名说话细声细气的正式职员。

尼奥金科则完全是另一种人。他有种特殊的能力，可以彻底如痴如醉地沉迷于一个问题中，任何一个足够复杂和有层次的问题都能让他为之痴狂。他是个勤勉的记录保存狂，对序列号和分门别类倾心不已。他最喜欢的研究领域，毫不奇怪，是圣地亚哥号那复杂得可怕的神经系统——像血脉般贯穿全船的计算机网络。这些网络自从发射升空后被一再修改，重连，复写了无数次，就像一张被反复刮去旧有图文，写上新文书的羊皮纸；最近一次就在那场大停电之后。大多数理性的成年人在努力尝试理解该结构的一鳞半爪之后都打了退堂鼓，但尼奥金科则是真的被这个复杂的整体所吸引，为大多数人认为的和疯狂相去无几的举动感到兴奋不已。

所以他会让人们感到恐惧。处理计算机网络问题的技术人员对大多数故障都有相对固定的解决方案，他们最不需要的就是有人来告诉他们怎么把完成工作的效率提高一点点。他们开玩笑说这会让他们失业的，但这其实是在婉转地表示尼奥金科让他们感到不安。所以他得跟斯凯和戈麦斯一起乘车，待在他不会构成威胁的区域。

“卡洛奇号，”斯凯复述了一遍这个名字，“我估计这个名字大有深意。”

“确实，”尼奥金科读懂了斯凯脸上那深深的蔑视，“我的祖先来自一个小岛，岛上有很多鬼怪故事。卡洛奇号是其中之一。”尼奥金科现在说得十分认真，通常他说话时那种紧张不安的神情都消失得无影无踪。

“我想你要给我们讲解一下它的情况了。”

“它是艘鬼船。”

“有趣，这我事先可绝对没猜到哟。”

戈麦斯捶了他一下。“嘿，闭嘴，让尼奥金科继续说下去，好吗？”

尼奥金科点了点头。“人们曾经听到过卡洛奇号的声音，在夜晚的海面上传来手风琴的音乐声。有时它甚至会驶入港口，或是从其他船只上带走水手。它船上的死人们一直在开派对，永不停息。它的船员都是巫师，黑魔法师。他们弄出了一团云雾，笼罩着卡洛奇号，到哪儿都跟着它。人们偶尔会看到这艘鬼船，但永远无法接近它。它会沉入海涛之下，或者变作一块岩石。”

“啊，”斯凯赞叹了一声，“所以这艘船人们没法看得很清楚，因为它被云雾所覆盖，还有能力在他们靠近时变成一块古老的岩石？真了不起啊，尼奥金科，典型的存在魔法的‘证据’，跟其他的一模一样。”

“我不是说真的有那么一艘鬼船，”尼奥金科烦躁地说，“那时候没有。但现在，谁知道呢？也许这个神话里说的是尚未发生的故事。”

“这就更好啦，真的是大有进步啊。”

“听我说，”戈麦斯说，“忘掉卡洛奇号，忘掉那些关于鬼船的胡说八道吧。在某种意义上而言，尼奥金科最后的话没错。这种事可能确实发生过，不是吗？完全有可能真的存在第六艘船，而对它的了解可能已经随着时间的流逝而混乱不堪。”

“随你怎么说吧。你也可以主张整个事情都是由一艘世代飞船上无聊至极的船员们编造的谎言，他们搞出这堆故事来让他们生活中的神话体系更丰富一点。只要你乐意。”这时列车转入另一条隧道，斯凯闭上了嘴巴。列车在转向导轨上咔嗒作响，它向着飞船外表稍微靠近了一点，重力也随之升高。

“啊，我知道你的问题出在哪儿，”尼奥金科似笑非笑地说道，“是你家老头子，没错吧？你不愿意相信这些，因为你父亲的身份。你无法容忍他不知道这种重要信息的可能。”

“也许他知道，你想过这个问题吗？”

“所以你也承认那艘鬼船可能真的存在。”

“不，实际上……”

这时戈麦斯打断了斯凯，显然他对这个话题很感兴趣。“事实上，我发现要接受有过第六艘飞船的可能并不困难。发射六艘而不是五艘并不会多费太多事，不是吗？在那之后——在飞船达到巡航速度之后——可能发生了些灾难……某些悲剧性的事件，或许是有意制造的，或许不是，导致第六艘船基本陷入了死寂。它仍在漂流，但已被遗弃，上面的船员全都死了，那些木乃欧多半也是。当然，肯定还有足够的剩余能量来约束余下的反物质，但并不需要很多。”

“怎么可能？”斯凯说，“难道我们之后就这么把它给忘了？”

“如果其他飞船也参与了第六艘飞船的毁灭，那么编辑整个大船团的数据记录，删除任何提及罪行本身的记录，甚至是受害者曾经存在的事实，都不是什么难事。那一代的船员可能一起发誓，不把犯罪的信息传给他们的后代，也就是我们的父母。”

戈麦斯热情地点了点头。“所以到现在我们只剩下些许流言，半被忘却的真相掺杂在神话之中。”

“恰如我们现在所听到的。”尼奥金科说。

斯凯摇了摇头，他知道再争论下去只是徒劳。

列车在一个为中轴柱这部分提供服务的装卸间里停了下来。他们三人小心翼翼地走出车厢，让他们的黏底鞋嘎吱嘎吱地踩到地板上，提供附着摩擦力。现在他们离旋转轴太近了，几乎完全感觉不到重力。物体仍然会向地面坠落，但明显有些勉强；如果步子迈得太大，就很容易一脑袋撞到天花板上。

船上有许多这样的装卸间，每个为一批木乃欧服务。中轴柱的这段周边附有六个休眠模块，每个模块包含十个独立的低温休眠铺位。列车无法再靠近那边了，几乎所有的设备和物资都必须从这地方通过梯形井和蜿蜒的人行通道搬运。这里有货运电梯和搬运机器人，但都用得不太频繁。机器人还特别需要勤勤恳恳地编程维护，哪怕是最简单的任务也必须给它们交代得一清二楚，就像一群头脑特别迟钝的孩子一样。通常情况下自己动手更快些。这就是为什么这里有那么多的技术人员，虽然他们通常靠在货物托架上，看起来百无聊赖，要么在抽着自制的香烟，要么用电针笔在笔记簿上戳戳点点，尽力装出一副很忙的架势，哪怕其实根本就无事发生。技术人员一般都穿着蓝色的工作服，上面贴着部门的标记，但工作服往往都被按照某种风尚修改或者扯破，露出有粗糙刺青的皮肤。当然，斯凯认得他们所有人的长相——在一艘只有一百五十名体温正常的人的飞船上，认不得才怪。但他对这些人的名字只有个模糊的印象，对这些技术人员在工作之余的生活也几乎一无所知。不当班时，这些技术人员往往只待在圣地亚哥号上他们自己的地盘里，倾向于只在自己人的圈子里进行社交活动，甚至生育后代的事也一样。他们还说自己的方言，里面充斥着精心保密的各种术语行话。

但现在这里有点异于寻常。

没人在闲晃，也没人在努力装着很忙。事实上，房间里几乎没有任何技术人员，仅有的几个人看起来都很紧张，仿佛在等待警报响起。

“怎么了？”斯凯说。

从最近的那堆设备托盘架后面蹑手蹑脚地走出来一个人，但并不是技术人员。他似乎想要找个东西扶一下，手擦过了一台蹲在地上的搬运机器人的铬合金肩头，额头上汗珠直爆。

“爸爸，”斯凯说，“你在这儿干什么？”

“我也想问你同样的问题。除非这是你的勤务工作。”

“当然是。我告诉过你的，我们时不时会在列车上工作，不是吗？”

提图斯看起来心不在焉。“是的……是的，你说过。我忘了。斯凯，帮这些人把货物卸下来，然后你和你的朋友们就离开这里，好吗？”

斯凯看了看父亲。“我不明白。”

“照做就是了，好吗？”然后提图斯·奥斯曼转向离他最近的一名技术人员，那是个满面千思的家伙，双手抱胸，那对小臂肌肉发达得简直荒唐，跟两条火腿似的。“沙维尔，你和你的手下也是一样。让所有不必要的人员远远离开，回到中轴柱那边。事实上，我希望在我们行动的时候，引擎区域也进行疏散。”他翻起袖子，对着他的手环低声发出命令。更准确地说应该是建议，斯凯暗自想——但巴尔卡扎尔老爷子绝不会不听从提图斯·奥斯曼的建议。然后他再次转向斯凯，眨了眨眼睛，似乎才看到他的儿子还在。“我刚才不是告诉你要去动手干活吗，儿子？我没在开玩笑。”

尼奥金科和戈麦斯道了声别，跟几名技术人员一起去到等在一旁的列车上，翻开其中一个货箱的盖子，开始卸下物资的繁重工作。他们把包装盒传递到每个人手上，然后一起离开了房间，那些盒子之后应该会被送到下面休眠铺位所在的楼层。

“爸爸，出什么事了？”斯凯说。

他以为会迎来父亲的一顿叱责，但提图斯只是摇了摇头。“我不清楚。目前还不。但我们的一位乘客有些不对劲，这让我有点担心。”

“不对劲指的是什么？”

“那些木乃欧当中有个浑蛋正在苏醒。”提图斯抹了把前额上的汗水。“这种事理论上不该发生。我去过下面，到休眠铺位去看过了，到现在也搞不明白。但这让我非常不安。这就是为什么我想把这个区域清空。”

这真是个奇迹，斯凯想道。从来不曾有哪个乘客提前苏醒过——哪怕其中有少数人肯定已经死了。但他的父亲似乎对这种状况并不感到高兴。更确切地说，他表现得忧心忡忡。

“这为什么会成为问题，爸爸？”

“因为他们就不该醒过来。这就是原因。如果真的发生了这种事，那就意味着这肯定是从一开始就被计划好了的。早在我们离开太阳系之前。”

“但为什么要清空这个区域？”

“因为我父亲告诉我的一些事，斯凯。现在照我刚才说的做，去把车上的货都卸下来，然后就离开这里，好吗？”

这时另一辆列车从相反的方向滑入装卸间，顶着斯凯他们来时乘坐的那列火车停下。车里出来四名提图斯手下的安保人员，三男一女，下来就开始往身上披挂塑料护甲——那东西体积太大，在车上没法穿。实际上，这已经是飞船上可动用的全部民兵队伍，也是全部的警察队伍和军人。这些人甚至都不是全职的安保人员。这支小分队走向列车前方的另一部位，卸下了若干枪支：一堆反光的白色武器。他们拿枪的动作谨慎得近乎惶恐。他的父亲一直都跟他说船上没有枪，但这说法从来都不那么能令人信服。

事实上，船上安保的方方面面，斯凯都想要有更多了解。他父亲这规模小、效率高的紧密组织令他着迷。但斯凯从未被允许跟父亲一起工作。提图斯对此给出的解释合情合理：如果让他的儿子在组织中占据一席之地，那他就再也不能宣称自己是公平公正不偏不倚的了，无论斯凯有多大的能力都一样。但这解释丝毫也不能减轻斯凯感受到的苦楚。同样的原因，提图斯还会尽可能确保斯凯只会被分配到那些与安保关联最不密切的工作。他们俩都明白，只要提图斯仍然是安全主管，这种状况就不会，也不可能改变。

斯凯去了他的朋友们那边，帮忙卸下物资。他们迅速地推进工作进程，而没有像往常一样，在过程中用堪称千锤百炼过的技巧磨蹭一番。他的朋友们都有些紧张；不管这里发生了什么，事态必定异乎寻常。提图斯·奥斯曼不是个会在无事发生的时候假装出现危机的人。

斯凯一直在分心盯着安保小队的动向。

那些人在剃光了头发的脑袋上戴上了编织线耳麦，敲了敲麦克风，检查通信频道。接着他们从列车里拿出强化头盔，戴到自己头上，调整了下盖住一边眼睛的下拉式单片镜。每个头盔上都有根细长的黑线延伸到枪管上方的瞄准器，这样不必目视瞄准方向也能开火。头盔很可能还提供红外线或声呐视图。那些在阴暗的底层甲板会很有用。

摆弄好了自己的设备之后，小分队走到了他父亲身边；他父亲快速而平静地给他们做了个简要介绍，丝毫没有仓皇失措。斯凯看着他父亲的嘴唇嚅动。此刻站在自己的队伍面前，他脸上的表情一片平静。偶尔他会做出个精确而紧凑的手势，或者略为摇首。简直好像他在给这些人说的是首童谣一般。连他额头上的汗水似乎也都干了。

然后提图斯·奥斯曼离开了队伍，回到他们乘坐的那列班车上，从车上抽出自己的枪械。他没有盔甲或头盔，只有武器。和其他的枪一样，是把明晃晃的白枪，下面装着一个镰刀状的弹夹和框架式枪托。他父亲摆弄这把枪时是平静而尊重它的，而不只是熟练的样子：就像一个人处理一条刚挤完毒液的毒蛇那样。

这一切仅仅是为了一名失眠的乘客？

“爸爸……”斯凯再次停下了他的工作，“这是怎么了？到底是怎么一回事？”

“没什么需要你来操心的。”他父亲说道。

提图斯带走了小队中的三名成员，留下第四人，在卸货间里站岗。出发的队伍消失在通往休眠铺位的通道中，他们前进时发出的铿锵声越来越小，但一直没有完全消失。等确定他父亲已经听不到这边的响动之后，斯凯朝着在房间内静立不动的那名守卫走去。

“这是在干什么，康斯坦札？”

她掀开了脸上的单片目镜。“你父亲都没告诉你，你怎么就觉得我会告诉你？”

“我不知道你会不会告诉我。我只是想到，我们俩曾经是朋友，于是来了次大胆的妄自揣测吧。”

在列车到达的那一刻，他就知道这名女安保是康斯坦札；考虑到情况明显很严重，那自然可以肯定她会在队伍当中。

“我很抱歉，”康斯坦札说道，“只是……我们现在都有点焦躁，你能理解吗？”

“当然。”斯凯端详着她，她的面容像从前一样美丽而又充满活力。真想知道沿着她的下颌轻抚过去会是什么感觉。“听说是关于一名乘客过早苏醒的事。真是这样？”

“差不多吧。”她说话时似乎都在咬牙切齿。

“为此你们就需要这样的火力？这么多的武器，我在飞船上从没见过，甚至都不知道居然有这么多。”

“决定我们如何处理每个事件的是你父亲，不是我。”

“但他肯定说了些情况吧。这名乘客到底怎么了？”

“听着，我不知道，好吗？不过，无论到底是怎么回事，这情况都不应该发生。木乃欧不应该早早醒来。那是不可能的，除非有人给他们的休眠铺位设置了程序让这种事发生。然后，没人会无缘无故这么做的。”

“我还是没明白，为什么有人想提前苏醒？”

“当然是为了破坏我们的任务。”她压低了声音，用指甲焦躁地叩击枪管，“有名休眠者并不是作为乘客被安置在船上的，而是作为一个定时炸弹，一个执行自杀任务的志愿者，比如说一名罪犯，或者已经没有什么可失去的人。某个愤怒到想要杀光我们的人。别忘了，在大船团离开太阳系的时候，要弄到一个登船名额可并不容易。联盟在建造船队的时候结下的仇敌可不比盟友少。要找到一个乐意赴死的人并不难，只要能让我们大吃苦头就好。”

“不过要做到这点还是很困难。”

“如果你能想出该去贿赂的正确对象就不难。”

“我想你说得对。你刚才说的定时炸弹，并不是字面意思上的，对吗？”

“不是，但现在听你这么一说，这样设想倒也并没有多么荒诞。如果他们——不管他们是谁——设法在每艘船上都安插了一名破坏者呢？也许伊斯兰堡号上的那名破坏分子只是第一个醒来了，而且他们也没有得到任何预警。”

“在这种情况下，有预警对他们大概也没多少帮助。”

她咬紧牙关。“我想我们很快就会搞清楚的。话说回来，也可能这只是有套休眠舱设备失灵了。”

就在这时，他们听到了第一声枪响。

不管发生了什么，总之是在卸货间底下几十米处，但枪声听起来仍然响得可怕。还有人在叫喊。斯凯觉得自己听到了父亲的声音，但很难分辨：船舱的声学效果让传来的声音带上了一种金属的质感，使话语变得无法辨识，而且还模糊了音色的差异。

“该死的。”康斯坦札说。她呆愣了一小会儿，然后就走到了通道井旁。她在井口转过身来，望向斯凯，眼神无比坚定。“你待在这里，斯凯。”

“我和你一起下去。在下面的那是我父亲。”

枪声已经停了，但下面仍然很嘈杂，主要是人的声音，非常响，到了歇斯底里的程度，还有些听起来像是在投掷东西的声音。康斯坦札又检查了一遍她的枪，然后把枪在肩头挂好。她朝着通道井走去，准备爬上梯级，前往回音阵阵的飞船深处。

“康斯坦札……”

斯凯抓住了枪，在康斯坦札来得及做出反应之前把枪从她肩头夺了下来。康斯坦札愤怒地转过身来，但斯凯已经开始缓缓从她身边走过，枪口并没正对着她，但也没完全离开她的方位。斯凯不知道要怎么使用这把枪，但他看起来十分坚决。康斯坦札向后退去，她的眼睛朝那把枪瞥去。枪仍被那根黑色的皮线拴在她的头盔上，现在已经被拉长到了极限。

“把头盔给我。”斯凯朝她点了点头。

“做出这种事你会有大麻烦的。”她说道。

“怎么，就为了在我父亲有危险的时候去找他？我不这么觉得。我想，最坏的情况也就是一番轻微的训斥。”他又点了点头，“头盔，康斯坦札。”

她苦着脸把头盔从头上摘了下来。斯凯把它戴到了自己的头上，没费事再找她要底下的包头垫布。头盔对他来说有点小，但现在没时间去调整了。他翻下单片目镜，很高兴地看到它亮了起来，显示出枪口所见的景象。图像是灰绿色的，上面有十字线、测距仪读数，还有武器状态摘要。这些显示在他看来都毫无意义，但当他看向康斯坦札时，他看到对方的鼻子是个引人注目的白色热斑。红外线视野，这就是他需要知道的一切了。

他朝井里爬了下去，并发现康斯坦札正跟在他身后，谨慎地保持着一段距离。

现在喊叫声停了，但仍有人在说话。他们的声音很小，很安静，但语气极不平静。他现在可以很清楚地听到他父亲的声音，他说话的方式有些不太对劲。

他抵达了连接这个模块里各个休眠铺位的枢纽结点。通道朝着十个方向延伸出去，但只有一个连接休眠舱的门是开着的。声音就是从那里发出来的。他把枪口对准前方，沿着管道密布的走廊朝那边的铺位走去。通往那里的走廊通常一片漆黑，但现在闪动着病态的灰绿色光影。他这时意识到，自己很害怕。恐惧其实一直存在，但只是到了现在，在他拿到了枪爬下来之后，他才有时间注意到。恐惧对他来说基本上是种陌生的感觉，但也不是完全陌生。他想起了自己第一次真正尝到恐惧的滋味的时候——遭到背叛，被人遗弃，独自一人待在育儿室里。此刻，他看着自己的影子在墙壁上绘出变幻的形体，在一瞬间居然希望小丑现在和他在一起，给予他指导和友谊。回到育儿室的想法忽然间变得很有诱惑力。那个世界是完美的，没有幽灵船或破坏分子的流言，也没有迫在眉睫的真实艰险。

他蹑手蹑脚地绕过走廊中的拐角，前方就是休眠舱：一个巨大的、塞满了机器的房间，专用于为一名休眠者提供生命支持。这里就像是教堂里的专用墓室，有种古老而令人崇敬的气息。这个房间直到不久前还是冰冷的：在他的视野中，大部分地方仍然呈黑色或者橄榄绿色。

他听到身后的康斯坦札在说话。“把枪给我，斯凯，这样就没人会知道你抢过枪了。”

“等危险过去后我就还给你。”

“我们甚至还不知道到底是什么危险。也许只是有人的枪意外走火。”

“而这个休眠舱位也恰好发生了故障？是哟，是哟。”

他进入休眠舱中，将迎接他的场面尽收眼底。三名安保人员都在里面，他的父亲也在——四团淡绿的色块，渐渐变成白色。

“康斯坦札，”其中一个色块说道，“我想你应该在负责掩护……该死的。你不是康斯坦札，是吧？”

“不，是我。斯凯·奥斯曼。”他翻开单片目镜，房间里瞬间显得更加阴暗了。

“康斯坦札呢？”

“我夺走了她的头盔和枪，完全是违背她意愿的。”他瞧了瞧身后，希望康斯坦札听到了这试图为她开脱罪责的话。“相信我，她确实进行过反抗。”

这样的舱位有十个，排成一圈，每个都有走廊通往中心结点。自从大船团启航以来，人们进入这里的次数只有一两次。休眠者的生命支持系统和反物质引擎同样精细复杂，如果被专家之外的人妄加摆弄，同样有可能出现可怕的错误。这些休眠者就像被埋葬的法老，并不认为他们的安息之地会被侵犯，直到他们到达相当于他们“来世”的地方——抵达天鹅座 61-A 星系。踏足此地就会有种糟糕的感觉。

但远远不及看到他父亲时的感觉那么糟糕。

提图斯·奥斯曼正躺在地上，上半身被一名安保人员抱在怀里。他的胸部覆盖着一片黏糊糊的黑色液体，斯凯知道那是血。他的制服上有很多裂口，丘壑纵横，里面积聚着黏稠的血液，随着他每一次费力的呼吸发出令人厌恶的咕咕声。

“爸爸……”斯凯喃喃道。

“没事的，”一名安保人员回应道，“有支医疗队伍正在赶来。”

斯凯觉得，就圣地亚哥号上医疗队伍的总体水平而言，这话就像说牧师或者殡葬人马上就来一样，全然于事无补。

他看了看休眠者的棺椁，这个长长的低温棺椁样子类似基座，被机器包围，占据了房间的相当一部分空间。它的上半部裂开了，断口上有着粗大的锯齿，就像破碎的玻璃。尖锐的碎片在地板上形成了一片杂乱无章的玻璃马赛克。就好像棺椁里有什么东西曾经强行挣脱出来。

里面现在确实有东西。

这名乘客已经死了，或者几乎死了，这一点很明显。

乍一看，除身上的枪伤外，这人看起来还算正常：一个赤身裸体的人，胴体上遭到了一堆监控线、输血管和导管的侵入。斯凯觉得这人比大多数休眠者都要年轻些，换句话说，他是极好的狂热耗材。但只看他的光头和像面具一样缺乏张力的面部肌肉的话，这个人也完全可以混进其他近一千名休眠者中。

如果不是他已经失去了一只前臂的话。

事实上，那只胳膊正躺在地上——一个残缺的物体，样子像个手套，末端挂着几片破烂的表皮。但那里没有骨头或肌肉露出来，而且肢体断面中渗出的血水极少。残存的臂根也很不对劲。人类的皮肤和骨头只到肘部以下几寸处，然后就变成了一条逐渐变细的金属假肢：一个复杂的东西，上面沾满了鲜血，闪动着令人厌恶的光，最前端不是钢制的手指，而是一堆凶恶的刀片。

斯凯想象了一下事情是如何发生的。

那个人在他的棺椁里醒来。很可能是按照大船团离开水星之前制订的计划。他肯定本来打算在无人注意的情况下醒来，砸开一条路获得自由，然后开始暗地里破坏飞船；如果康斯坦札的理论是正确的，伊斯兰堡号上发生的事情可能正是如此。一个人足以造成巨大的破坏——只要他不在意保障自己的生存。

但他的复苏并非无人察觉。当安保小组进入舱位时，他肯定还在苏醒的过程中。大概正当斯凯的父亲俯身到棺椁上方进行检查时，那人用他前臂上的武器破开了棺盖。他很容易就可以刺中提图斯，即便其他队员正在尽力把满弹匣的子弹都射入他身体也一样。他被注射的复苏药物有镇痛作用，可能几乎没有注意到这些子弹正咬进他的肉体。

他们阻止了他，甚至可能杀死了他，但没能在他对提图斯造成极大的伤害之前。斯凯在父亲身边跪下。提图斯的双眼仍然睁着，但似乎已经失去了焦点。

“爸爸？是我。斯凯。努力坚持住，好吗？医务人员正在赶来。会没事的。”

其中一个安保人员摸了摸他的肩膀。“他很强壮，斯凯。你知道的，他必须第一个进来。那就是他从前一贯的风格。”

“你是说，他一贯的风格吧。”

“当然。他会挺过去的。”

斯凯正准备再说点什么，在脑海中组织着语言，但突然间，那名乘客动了起来，先是如梦游般迟缓，然后迅捷得可怕。有那么一瞬间，斯凯甚至难以相信看到的一切，这个人的伤势太严重了，他应该根本就动弹不得，更不要说做出迅速而猛烈的动作。

乘客从棺椁里翻滚出来，动作轻盈，犹如一头猛兽；然后他站了起来，用他那镰刀般的手臂优雅地一挥，就切开了一名安保人员的喉咙；安保人员跪倒在地，血如泉涌。乘客停了下来，把他那只利器手臂举到自己的面前，然后那些复杂的刀片呼呼飞旋，咔嗒作响，有个刀片缩了进去，然后另外一个填补了空位，像手术刀般闪动着纯净的蓝光。乘客端详着这些刀片的动态，脸上似乎有种平静的迷恋之情。

他迈步向前，朝着斯凯走来。

斯凯还拿着康斯坦札的枪，但恐惧到了甚至无法举起武器来威胁这名乘客。乘客看着他，皮肤下的肌肉纤维诡异地荡漾起来，仿佛有几十条行动协调一致的蛆虫在他的头骨上爬行。肌肉的荡漾停了下来，有那么一刻，回望着斯凯的那张脸大体上跟他自己的差不多。然后荡漾又开始了，那张脸跟斯凯所认识的任何面容都不再相同。

那人笑了笑，把他手里干净的新刀片送进了斯凯的胸口。奇怪的是，斯凯一时间并没有感到疼痛，瞬间的感受就像那人只是在他的肋骨上狠狠地敲了一下。他喘不过气来，向后倒去，给乘客让开了通路。

后面两名没有受伤的安保人员举起了手中的枪支，准备开火。

斯凯倒在地上，努力让自己吸进空气。疼痛非常剧烈，吸气本来应该让他轻松一点，可他丝毫没有这种感受。他判断乘客的刀肯定是刺穿了他的肺部，而且这一击很可能顺便打碎了根肋骨。但刀锋似乎没有刺中他的心脏，而且他的腿还能动，所以他的脊椎应该也没有被伤到。

又过了一小会儿，他有些奇怪为什么安保人员还没有开火。他能看得到乘客的背影，安保人员眼里目标肯定明确。

当然是因为康斯坦札。她就在乘客前方，如果安保人员朝着敌人开枪，他们的子弹很可能直接穿过对方的身体，把康斯坦札打个稀巴烂。她虽可以撤退，但由于通往其他铺位的连接门都是关着的——而且匆忙中也没有机会打开——唯一的出路就是沿着梯子往上爬。而这名乘客马上就能追到她身后。通常情况下，任何人失去一只手臂都会很难爬上梯子，但正常的生理规则似乎在这个人身上并不适用。

“斯凯……”康斯坦札说道，“斯凯。你拿着我的枪。你的射界比另两个人更好。现在就开枪吧。”

他仍然躺在地上，仍然在挣扎着呼吸，他能听到自己肺部伤口的响动，像是婴儿发出的咯咯笑声，他举起枪，大致对准了乘客所在的方向。那人正平静地朝着康斯坦札走去。

“现在就动手，斯凯。”

“我做不到。”

“动手。这问题关系到大船团的安危。”

“我做不到。”

“动手！”

他的手在剧烈地颤抖；他现在只能勉强握住枪，完全谈不上精确瞄准了；他把枪口大致朝向乘客的背部，然后闭上眼睛——尽管此时他正眼前发黑，艰难地对抗着如潮水般涌来的昏迷——扣动了扳机。

开火的爆炸声短促而尖锐，像个响亮而深沉的嗝。伴随着枪声响起的是一阵金属的轰鸣声：子弹没有打在肉体上，而是打在走廊装甲板上的声音。

那名乘客停了下来，仿佛要转过身来，回头找什么遗漏了的东西，然后这怪物倒了下去。

前方的康斯坦札仍然站着。

她往前走来，踢了踢那名乘客。看上去没有任何反应。斯凯任凭手中的枪支滑落，不过这时候另外两名安保人员已经来到了他身边，都用武器瞄准了那名乘客。

斯凯挣扎着说：“死了吗？”

“我不知道，”康斯坦札说，“反正一时之间是。你还好吗？”

“喘不过气来。”

她点了点头。“你会活下去的。你知道吗？我说话的时候你应该向他开枪的。”

“我照做了。”

“不，你没有。你胡乱开枪，跳弹很幸运地击中了他。你这样干的结果可能会杀死我们所有人。”

“并没有嘛。”

她弯下腰，收回了枪。“我觉得，这是属于我的。”

这时医疗队伍已经到达，沿着梯子向下爬来。当然，没时间给他们做简报，一时间他们犹豫不决，不知道该先治疗谁。在他们面前，有一名受人尊敬的船员高层受了重伤，另外两名船员的伤势也可能危及生命。但这里还有一名受伤的乘客，一名他们一生都在为之服务的、比船员等级更高的精英人士。他们并没有立即意识到，这位木乃欧的身份并不像乍看起来那样简单。

一名医护人员找上了斯凯，经过初步检查后，往他脸上戴了一个呼吸面罩，将纯氧灌入他正每况愈下的呼吸系统。他感觉那片黑色的潮水退却了几分。

“先救提图斯，”斯凯指了指他父亲，“但也要尽可能救治乘客。”

“你确定？”这名医生问道。到这会儿他肯定已经多少明白了之前的状况。

斯凯把面罩按回脸上，在脑子里飞快地预设着他能对那名乘客做些什么，他可以用多少复杂的方式给这个杀手带来痛苦。然后他给出了回答。

“是的，我非常确定。”

第十一章

我浑身颤抖地醒来，竭力把自己从奥斯曼梦境的旋涡中解救出来。梦境留下的残影依旧生动得令人不安，我能感觉到自己还在那里，跟斯凯一道看着他受伤的父亲被带走。我在卧室隔间昏暗的灯光下检查了自己的手，右手掌心中的凝血黑乎乎的，像一坨焦油。

杜莎修女之前告诉我说，这种毒株比较温和，但我显然完全不可能靠自己的力量克服它。她建议我在爱德怀德再待上一周左右，让专业人员来清除病毒；我是绝无推迟追捕瑞维奇的可能的，不过她的建议现在忽然间看起来比我靠自己扛过去要好得多。虽然与某些同类相比这种病毒毒株可能要弱得多，但谁也不能保证我的病情已经过了最严重的阶段。

然后我有一种熟悉的、不太讨喜的感觉：恶心反胃。我根本不习惯零重力环境，冰封托钵僧们也没给我什么能让这趟旅行更好受些的药物。我思考了几分钟，盘算了下是否值得为此离开我的隔间，还是干脆躺下，忍受这种不适，一直忍到抵达熠耀带。最终我的内脏赢得了争论，我决定前往船上的公共枢纽区。船舱里有张指南标签告诉我，我在那里可以买到些东西来减轻不适。

只是要前往公共区域，我就得冒些没必要的风险。那是一个加压球体，空间宽敞，装修齐全，在靠近船头的某个部位。那里提供食物、药品和娱乐，但要去那里就必须从一堆乱七八糟的人行通道中穿过，这些仅容一人通过的路径狭小得能引发幽闭恐惧症，在引擎部件当中盘来绕去。我隔间里的说明只建议在钻过船上的某些部分时不要拖拖拉拉，让读者对这些区域的内部核辐射屏蔽状况自己做出结论。

在前往那边的路上，我琢磨了下之前的梦境。

那个梦里有些东西让我相当困扰，我不断地问自己，那里面发生的事是否与我以前了解的斯凯·奥斯曼的那些事迹相吻合。我现在不是研究此人的专家（话说回来，以前我也不是），但有些关于他的基本事实，只要你是在斯凯先手星长大的，你就很难不知道。我们都知道，他变得害怕黑暗是在圣地亚哥号的大停电之后，当时另一艘飞船被炸毁了；我们还知道，他的母亲也在同一事件中死去。卢克丽霞在各种意义上都是个好女人，在整个大船团中广受欢迎。斯凯的父亲提图斯受人尊敬，也令人畏惧，但从来没有谁真正恨过他。人们称他为“考迪罗”——强人。每个人都同意，虽然斯凯的成长经历或许非同寻常，但他的父母并不应该为后来的罪行受到责备。

我们都知道斯凯的朋友不多，尽管如此，我们还是记得他有两位朋友名为尼奥金科和戈麦斯，也知道他们在后来发生的事件中如何成为斯凯的同谋——如果不是真正平等的合作伙伴的话。我们都知道，提图斯被安插在乘客中的一个破坏者打成了重伤。他死在个把月之后，当时那个破坏者在飞船上的医务室里挣脱了束缚，杀死了正在附近复健的提图斯。

但现在我陷入了迷惘。梦境进入了一片对我来说陌生的领域。我不记得有任何人提到过那个还存在另一艘船的传闻，一艘跟在大船团后面，像传说中的卡洛奇号一样的邪恶鬼船。卡洛奇号这个名字甚至都没能勾起我的半点记忆。

到底发生了什么？是教化病毒中包含的对斯凯生平的认知详细到这种地步，以至于暴露了我之前对历史事件的无知？还是我感染了一种没有记载的病毒，这种病毒给出的故事包含着一些隐秘的曲折情节，而其他大多数版本的病毒都把它们给漏掉了？这些修饰是符合历史事实的（但不太为人所知），还是纯粹出于虚构——无聊的邪教分子为了给自己的宗教增添色彩而加入的润饰？

我完全无从知晓——在眼下没办法。不过无论我喜不喜欢，似乎再睡下去我都会继续梦见奥斯曼今后的人生。虽然我不能说我真的喜欢这些梦境，它们似乎扼杀了我自己可能打算做的任何别的梦，但至少目前我得承认，我对它们接下来会如何发展稍微有那么点好奇。

我继续往前爬，强迫自己不去琢磨那些怪梦，转而专心想想斯特列利尼科夫号的最终目的地。

熠耀带。

我听说过这个地方，甚至在斯凯先手星上就听说过。谁没听说过呢？有那么三十个地方，其声名显赫到了即便在其他的太阳系中也广为人知，即便远隔若干光年也对人有相当的吸引力。在数十个有人定居的世界当中，熠耀带这个名字就代表着一个拥有无限的财富、奢华和个人自由的地方。渊堑城所拥有的一切那里都有——唯独免受地面上无处不在的重力压迫。人们在开玩笑的时候会说，如果他们发了大财，或者跟豪门联姻，就要搬到那里去。对许多人来说，这个地方就像是个神话，同样是根本不可能抵达的地方。

但熠耀带是真实存在的。

那是上万个优雅而富裕的太空居民点，环绕着黄石星，连缀成串：有生态建筑，有太空旋轮，还有圆筒形的太空城，它们美妙地连成一体，就像一个由星尘缀成的光环，被套在了行星周围。虽然渊堑城是行星系中财富的最终积淀之地，但这个城市的保守是出了名的，根源在于其三百年的历史和强烈的自负感。熠耀带则与之恰成对比，这里在不断地被重塑，其构成一直都在被洗牌，那些太空居民点时时会被拆解或者重新建造。各种亚文化百花齐放，直到它们的支持者决定转而试试别的东西。渊堑城的艺术形式近乎死板，而在熠耀带中，几乎任何新事物都会得到鼓励。有位艺术家的杰作是用夸克胶子等离子体雕刻出来的，它们只能在最最短暂的一瞬间保持稳定，其存在都必须要通过一条精妙的推理链条来证明。另一位艺术家会使用特殊形状的裂变装药来制造出在短时间内与某些名人的长相十分近似的核火球。人们进行了各种荒唐古怪的社会实验。有自愿僭主制，成千上万的人自愿服从政府的专权控制，这样他们在自己的生活中就可以不必做出任何道德上的选择。有的居住点里所有人的大脑高级功能都被关闭了，他们可以像绵羊一样生活在机器的照管之下。还有的地方人类的大脑被植入猴子或海豚体内，迷失在复杂的丛林权力斗争或是哀愁的声呐幻想中。另外有个地方，一些被图式幻戏藻重塑了思维的科学家在深入探索时空的基础结构，他们策划出精巧的实验方案，要从最底层摆弄物理存在的根本。据说，他们总有一天会发现一种超光速推进技术，并把这个秘密传给他们的盟友，让盟友在自己的居住点上安装必要的设备。等到一半的熠耀带突然在闪烁之间消失不见之后，其他人才会初次知晓这一突破。

简而言之，熠耀带是个可以让任何有一定好奇心的人轻易地浪掷半生时光的地方。但我认为瑞维奇在那里应该待不了多长时间就会前往黄石星地表。他应当想尽可能快地消失在渊堑城当中。

无论怎样，我都不会被他甩开太远的。

我在与晕船感的搏斗中钻进了公共区域，环顾球形空间中的十来名乘客。尽管每个人都可以自由地以他们喜欢的任何角度飘浮（此刻这艘慢速船的引擎处于关闭状态），但每个人都把自己以同样的方式固定在墙上。我在墙上找到个空着的拉手环带，把胳膊肘伸了进去，用据我所知会显得只是带点漫不经心的兴趣的神情观察我的“雪泥狗崽”同类。他们三三两两聚在一起，小声交谈；有个球形的机仆由小螺旋桨驱动，在空中跑来跑去。机仆在不同人群间来回移动，从围绕着它身体的一圈舱口给人们发放餐具。它让我联想起了一台狩猎无人机——闷声不响地选择自己的下一个目标。

“你不必这么紧张，朋友，”有人用嘶哑含糊的俄利语[1]说道，“不过是个机器人。”

我现在没从前那么警觉了。我都没有提前发现有人在朝我靠近。我懒洋洋地转过身去，瞧向那个说话的人。我面前是堵肉墙，遮挡了一半的空间。他三角形的脸部看起来又红又肿，通过比我大腿还粗的脖子固定在他的躯干上。他的发际线低到了眉毛上方仅仅一厘米左右，长长的黑色头发被定型向后，盖过他的头皮，那脑袋就像颗被粗粗凿了几下的大卵石。他的大嘴两角下弯，边上围着一圈浓密的黑色胡须；下面的胡子跟他异常宽大的下巴比起来，不过是由一丁点毛发勾勒出的细细轮廓。他双臂交叉在胸前，摆出哥萨克舞者般的姿态，过度膨大的肌肉把外衣的面料撑得鼓鼓胀胀。那是件长大衣，缝有内衬，面上缝着些剪裁粗糙、闪闪发亮的硬质面料；它们将照上去的光线反射回来，化作上百万七彩缤纷的光点。他的目光更像是在盯着我的身后，而不是盯着我；那双眼睛似乎都没有对准同一个焦点，有一只好像根本就是个玻璃球。

麻烦来了，我想。

“没人紧张。”我说。

“嘿，嘴巴利索的伙计。”那人把自己固定在我旁边的一片墙上，“我只是在找人聊天，好呗[2]？”

“很好。那你去别的地方聊吧。”

“你为什么这么不友好？你不喜欢瓦迪姆吗，朋友？”

“我本打算要相信你说的话。”我用诺特语回答他，尽管我的俄利语差不多能应付对话，“但综合考虑之后……不，我认为我不相信你。还有，在我们更为熟悉对方之前，我不是你的朋友。现在，走开吧，让我静静思考。”

“我先考虑一下。”

机仆在我们附近徘徊。显然，它那愚蠢的处理器无视我们之间越来越大的距离，仍然坚持把我们当作一对同行上路的旅伴，继续询问我们可能需要什么

1.作者虚构的一种语言，大致由俄语和英语混合演变而成。

2.此处原文为俄语。

服务。那个大块头还没来得及说什么，甚至还没来得及动弹一下，我就告诉机仆给我打一针东莨菪碱葡萄糖注射液。这是药品名录中最古老和最便宜的抗呕药。像所有的乘客一样，我在船上建立了一个信用账户，用于支付在旅途中的开销；不过我并不能完全确定我有足够的资金来为这支针剂付账。但机仆响应了我的要求，一个舱门突然打开，露出一支一次性的皮下注射器。

我接过皮下注射器，卷起袖子，将针头刺入静脉，就像在为可能遭遇生物武器攻击做准备一样。

“嘿，你这样做很专业啊。毫不犹豫。”那人改用缓慢而含糊不清的诺特语说话，语气听起来有些像是他真的在感到钦佩，“你是什么人，医生？”

我把袖子卷上，盖住肿起来的进针位置。

“不完全是。不过，我的工作是和病人有关的。”

“这样啊。”

我点了点头。“我很乐意在你身上示范下。”

“我没生病。”

“相信我，这点从来都不是个问题。”

我不知道他这会儿是否明白了我给出的信息，明白了找我作为他的长谈对象绝非理想的选择。我把用过的皮下注射器还给了机仆；东莨菪碱已经开始把我的恶心感炸得粉碎，化作只让我略感不快的一团烟雾。可以肯定还有更有效的太空病治疗方法——抗晕眩剂——但即使这飞船上有，我也很怀疑我手头的钱是否买得起。

“强硬的家伙，”那人边说边点头，他的脖子并不怎么适合这样的动作，“我喜欢。但你到底有多强硬呢？”

“我认为，我到底有多强硬不关你的事，但我欢迎你来试试。”

机仆在我们附近又徘徊了一会儿，然后决定飘往下一群人那边。刚刚又有几个人进入公共区域，正带着虚弱的神情四处张望。具有讽刺意味的是，在跨越了星际这么多光年的距离之后，这次小小的慢船转移才让我们当中很多人第一次清醒地体验到太空旅行的滋味。

那家伙凝视着我。我几乎可以听到他头骨里那些生锈的小齿轮在不停地工作，在艰难地摩擦转动。毫无疑问，他接触过的大多数人都比我更容易被吓到。

“刚才我说过，我是瓦迪姆。大家都这么叫我。就叫瓦迪姆[1]。我大小算是个人物——你可以把我当作地方特色的一环。而你是？”

“坦纳，”我说道，“坦纳·米拉贝尔。”

他缓缓点点头，满脸精明，搞得好像我的姓名对他来说有什么特殊意义似的。

“那是真名？”

“是的。”

这是我的真名，但我说出它不会有任何损失。眼下瑞维奇绝不可能知道我的名字，尽管很明显他知道有人在跟踪他。卡乌拉把自己公司的情况捂得严严实实，他的雇员们的身份都对外保密。瑞维奇能做到的顶多就是从冰封托钵僧那边骗出一份名单，知道当时还有哪些人在奥维多号上，但那不足以让他知道这些人中有谁打算杀了他。

瓦迪姆试图在他的声音中注入一种对同志的事感兴趣的腔调。“你从哪儿来，咪拉－贝儿？”

“你不需要知道，”我说，“还有，拜托，瓦迪姆，我刚才是认真的。我不想跟你讲话，不管你是不是什么地方名人。”

“但我有个商业提案，咪拉－贝儿。我觉得你应该听一下的提案。”他继续用一只眼睛盯着我身后，另一只眼睛斜对着我的肩膀之外，目光没有焦点。

“我没兴趣跟你做生意，瓦迪姆。”

“我认为你应该有兴趣才对。”他这会儿压低了声音，“我们要去的地方很危险，咪拉－贝儿。是个非常危险的地方。特别是对新来的人。”

“熠耀带有什么危险的？”

1. 瓦迪姆是名，而不是姓氏。陌生人互相称呼往往用姓氏。

他笑了起来，随即又敛起了笑容。“熠耀带……嗯。那真的很有意思。我相信你会发现那地方与……你的期望大不一样。”他停顿了一下，用一只手抚摸着下巴上的胡楂。“我们甚至还没有提到渊堑城，没提吧[1]？”

“危险不危险是相对的，瓦迪姆。我不知道这个词在这里是什么意思，但在我的家乡，它绝不会意味着仅仅是在社交中犯错这种永远存在的风险。相信我，我认为熠耀带我完全应付得来。还有渊堑城在这点上也一样。”

“你以为你很懂‘危险’？我认为，你根本不知道你正在走进什么地方，咪拉-贝儿。我认为你这人非常无知。”他停顿了一下，玩弄着他大衣的硬质布料格子，那些折射图案在他指尖的压力下飞快地变幻，“这就是为什么我现在要找你说话，明白了吗？我对你来说就是个好撒玛利亚人。”

我明白这是怎么一回事了。“你要为我提供保护，对吗？”

瓦迪姆大皱眉头。“多么粗俗的用语。拜托，请别再这样说了。我更希望我们来谈谈双边安保协议的好处，咪拉-贝儿。”

我点了点头。“让我来大胆推测一下，瓦迪姆。你真的是个‘本地人’，对吗？你根本就没有下过船。我猜你大概是这艘慢速船上的一名固定成员。——我说的对吧？”

他飞快地咧嘴一笑，有些紧张不安。“可以这么说，比起一般刚解冻的雪泥小狗崽，我更了解飞船上的状况。我还可以告诉你，我在黄石星附近有些有影响力的友人，有实力的友人。这些朋友可以照顾新人，确保他——或者她——不会有任何麻烦。”

“那么如果这个新来的人拒绝你的服务，之后会发生什么？同一伙人是否可能同样成为那些麻烦的来源？”

“你这也太不相信人了。”

这回咧嘴一笑的换成了我。“你知道我怎么想吗，瓦迪姆？我认为，你只是个狡猾的小骗人精。你的这个关系网并不真正存在，没错吧？你的影响力所

1.原文为俄语。

及仅限于这艘飞船的船壳之内——即使在这个范围之内，它也并非无孔不入，不是吗？”

他展开自己粗大的双臂，然后重新环抱在胸前。“注意你的言行，咪拉－贝儿，我要警告你。”

“不，我要警告你，瓦迪姆。要不是我认为你只是个恼人的玩意儿，我可能已经把你给宰了。滚吧，去别人那儿试试你的套路。”我转头冲着大厅示意，“这里的备选对象多的是。还有个更好的办法，你为什么不爬回你那臭气熏天的小屋里，去多练习一下你的技术呢？你知道吗？我真的认为你需要想出些比‘熠耀带的暴力威胁’更有说服力的言辞。也许你给人提供点时尚建议会更好些。”

“你真的不知道，是吗，咪拉－贝儿？”

“我不知道什么？”

他怜悯地看着我。有那么极为短暂的一瞬间，我有些怀疑我是否对形势做出了严重的误判。但随后瓦迪姆就摇了摇头，把自己从公共区域的墙上摘下来，推了把墙，飞向球状大厅中央，大衣在他身后啪啪飘荡，宛如幻景。慢速船现在又加大推力了，所以他飞过的轨迹略带弧线，他老练地靠近了另一位刚到的人，一位孤独的旅行者：矮小，超重，秃顶，看上去脸色苍白，神情颓丧。

我看着瓦迪姆与那人握手，开始讲他在我身上试过的那些套话。

我几乎在希望他这次能有好运。

其他乘客中男女各半，各种基因型的人数也大致均等。我觉得其中有两三个人肯定来自斯凯先手星，而且从外表看就知道都是贵族，但没有一个能让我感兴趣。无聊之余，我试图倾听他们的谈话，但公共区域的声学特性让他们的话语变得模糊不清，只有在一方或另一方提高嗓门时才会偶尔能听清个把词语。我可以听出他们说的是诺特语。在斯凯先手星很少有人能流利地讲诺特语，但几乎每个人都能在某种程度上理解它：它是唯一一种跨越所有派别的语言，因此被用于与外部各方进行外交交涉和贸易。在南部，我们讲卡斯提拉语，圣地亚哥号上主要使用的语言，当然，也受到了大船团中使用的其他语言的部分干扰。在北方，他们说的是一种变化不定的混合语，其包含希伯来语、波斯语、乌尔都语、旁遮普语，还有被称为英语的诺特语的远祖，不过主要是葡萄牙语和阿拉伯语。贵族对诺特语的掌握往往比普通公民更好，熟练掌握诺特语是一种成熟的标志。职业原因，我必须说好诺特语——我还会说大多数北方语言，并且俄利语和加拿亚语能力都还行，也是由于职业。

俄利语和诺特语在熠耀带和渊堑城几乎肯定能被人听懂，尽管中介翻译是由机器完成的；但二次建立黄石星殖民地的民主全权主义者默认使用的语言是加拿亚语，一种十分棘手的魁北克法语和粤语的混合体。有人说，除非塞了满脑子的语言学处理器，不然没人能够真正熟练而流利地掌握加拿亚语——这种语言从根上就很奇怪，与人类深层语法的硬约束相抵牾。

如果民主全权主义者不是如此完美的商人，我现在就该为此忧虑不安了。两个多世纪以来，黄石星一直为蓬勃发展的星际贸易网络充当枢纽，向新生的殖民地输送技术创新，当这些殖民地的技术基本达到成熟之际，又像吸血鬼一样反过来汲饮鲸吞。对黄石星人来说，应付几十种其他语言是商务上的必需能力。

当然，前方是存在危险的。在这个意义上，瓦迪姆是完全正确的，但存在的危险不是他所暗示的那种。危险来自我本身对黄石星文化中的细微曲折之处缺乏了解，毕竟我所属的文化比起它至少落后两个世纪。这种细微之处的冲突更可能导致我受伤，但不至于让我的任务彻底失败。这种危险完全有理由让我提高警惕。但我不需要从瓦迪姆这样的暴徒那里购买虚假的安全保证——无论他的关系网是真是假都一样。

一阵动静吸引了我的注意。又是瓦迪姆，这次他引起的骚动可不小。

他正跟刚进入公共区域的那个人打作一团，他们两个人互相扭打，同时让自己牢牢定在墙边。另一个人看起来面对瓦迪姆游刃有余，但瓦迪姆的动作中有些东西——一些慵懒到近乎无聊的小动作——告诉我，瓦迪姆只是让那个人误以为自己占据优势。其他乘客都十分到位地忽略了这场打斗，也许他们甚至在庆幸这个暴徒盯上了其他人。

突然间瓦迪姆的情绪发生了变化。

眨眼间瓦迪姆就把那个新来的人按到了墙上，用他的额头狠狠地顶到那人惊恐的脸上，这下显然很疼。那人想要说什么，但瓦迪姆捂住了他的嘴，他嘴里只冒出了一声咕哝。然后冒出来的就变成了他刚吃的那顿饭，那些恶臭的呕吐物从瓦迪姆的指缝间流淌而出。瓦迪姆厌恶地缩回手，撑起自己的身子，跟那人拉开了点距离。然后他用干净的手臂固定住自己的身体，用另一只拳头狠狠地击中那人的腹部，紧挨着肋骨下方。那人声嘶力竭地咳嗽起来，眼睛里布满了血丝，拼命想在瓦迪姆再打一拳之前喘过气来。

但瓦迪姆已经打完了。他停下来，在公共区域的墙布上擦了擦胳膊，然后松开拉环，准备朝墙踢上一脚，飘往这片空间的某个出口。

我计算了一下我的弧度，抢先一脚踢墙，落到了离瓦迪姆和他的受害者一米远的墙边，在这一瞬间我享受到了零重力环境下微风拂面的感觉。瓦迪姆一时之间目瞪口呆地看着我。

“咪拉－贝儿……我觉得我们之间的谈判已经结束了吧？”

我笑了笑。

“我刚刚重开了谈判，瓦迪姆。”

我把自己固定得很好。瓦迪姆殴打那人时有多轻松自在，我打瓦迪姆时就有多轻松自在，而且打的位置也差不多。瓦迪姆像个受了潮的折纸人一样缩起身子，发出软弱的哀鸣声。

到这会儿，其余的人已经不再那么一心沉浸于做自己的事情当中了。

我对他们大声宣告：“我不知道你们当中是否有人被这个人找上过，但我认为，他并没有他想让你们以为的那么专业。如果你给他交了保护费，那你的钱肯定是被浪费掉了。”

瓦迪姆挣扎着吐出一句话：“你死定了，咪拉－贝儿。”

“那我更没什么好怕的了。”我看了看挨打的那人。他现在脸上已经恢复了几分血色，正用袖子擦嘴。“你还好吗？我没有看到打斗是如何开始的。”

这人说的是诺特语，但有浓重的口音，我花了点时间才听懂。他是个小个子，有着牛头犬般的结实身板。像牛头犬的还不只是他的体格。他有着好斗的面相，那样子肯定常年跟人争辩，鼻子扁平，头皮上只有稀稀拉拉的短毛。

他掸平了衣服上的褶皱。“是的……我完全没事了，谢谢你。这个蠢货开始是用语言威胁我，然后开始实际伤害我。在那一刻我还希望有人能做点什么，但我就像突然间变成了室内装潢的一部分。”

“是的，我注意到了。”我轻蔑地环视着其他乘客，“不过，你还击了。”

“对我并没多大好处。”

“恐怕瓦迪姆看起来不是那种看到英勇姿态就能识别的人。你确定你没事了吗？”

“我想是的。有点恶心，仅此而已。”

“等一下。”

我冲着机仆打了个响指。那玩意儿正在几米之外盘旋，它的电子控制线路在犹豫不决。它靠近后，我想再买一针东莨菪碱葡萄糖注射液，但我飞船账户中的资金已经用完了。

“谢谢，”那人扬起头来，“但我想，我自己的账户里有足够的资金。”他用加拿亚语对机器说话，速度太快，声音太小，我听不懂；然后一支新的注射器弹了出来，供人取用。

那人摸索着将皮下注射器插入静脉中，我则转向瓦迪姆说：“瓦迪姆，现在我准备宽宏大量地让你离开。但我不想再在这个房间里看到你。”

他看着我，嘴角微微上翘，脸上还沾着些自己的呕吐物，像雪片似的。

“我们之间的事情还没完，咪拉 – 贝儿。”

他放开固定自己的拉环，暂且停在原地，环视周围的其他乘客，显然是想在离开之前恢复几分尊严。这个努力注定徒劳无功，因为我对他另有安排。

瓦迪姆绷紧身子，准备开溜。

“等等，”我说道，“你不会以为我会让你在把欺诈所得吐出来之前就离开吧？”

他犹豫了下，回头看了看我：“我没从你那里骗到任何东西。”然后他对另一个人说：“你也一样，奎伦巴赫先生……”

“是真的吗？”我朝他刚才的说话对象问道。

奎伦巴赫也犹豫了一下，瞥了一眼瓦迪姆才说：“是的……是的。他没从我这里弄到任何东西。我之前根本就没搭理他。”

我提高了声音：“那你们其他人呢？这个浑蛋有没有骗到你们什么？”

沉默。这多多少少在我预料之中。既然现在大家都已经看到了瓦迪姆这等可悲可笑的样子，就不会有人打算头一个承认自己被这样的小混混骗了。

“看，”瓦迪姆说，“没人受害，咪拉－贝儿。”

“也许这里没有。”我说。我伸出空着的手，抓住他大衣的面料。硬质衬垫块像蛇皮一样凉爽干燥。“但慢船上的其他乘客呢？很可能在离开爱德怀德后，他们当中有些人已经被你敲诈过了。”

“就算我有又怎么样？”他几乎是在跟我窃窃私语，“这跟你没关系，不是吗？”现在他的语气每秒钟都在变化。他在我面前一个劲蠕动着，变得比他刚进入公共区域时要柔顺不知多少倍。“你怎么才肯袖手旁观？要你退出放我一个人在这里需要付出什么代价？”

我忍不住笑了。“你真的想要收买我？”

“这办法总是值得一试的。”

我内心有什么东西绷断了。我把瓦迪姆拽了回来，狠狠地摔到墙上，摔得他再度蜷成一团，然后我开始挥拳猛击。怒火像是团红色的烟雾笼罩住我，一阵温暖亲切的雾气冲刷全身。我感觉得到他的肋骨在我的拳锋下碎裂。瓦迪姆试图反击，但我动作更快，力气更大，我的愤怒也更有正义性。

“住手！”这个说话的声音像是从通往无限远方的路上传来的。“住手，这已经够了！”

是奎伦巴赫，他把我从瓦迪姆身边拉开。另外几位乘客已经在暴力现场上方围成了一道弧线，用惊恐的眼神打量着我对瓦迪姆造成的伤害。他的脸上有一道道难看的伤痕，他的嘴里流出闪亮的猩红血珠。当冰封托钵僧结束对我的折磨时，我的样子肯定也差不多是这样。

“你想让我对他宽大处理？”我说。

“你做的已经谈不上宽大处理了，”奎伦巴赫说道，“我不觉得你有必要杀了他。万一他说的是实话，他真的有关系网呢？”

“他不值一提，”我说道，“他的影响力并不比你我多。即便他真有……我们要去的是熠耀带，又不是什么无法无天的边疆定居点。”

奎伦巴赫以极端怪异的表情看着我。“你是认真的，是吗？你真的以为我们是要前往熠耀带。”

“难道不是？”

“熠耀带早就不存在了，”奎伦巴赫说，“好多年了。我们要去的是个完全不同的地方。”

从瓦迪姆那团青肿得不成样子的脸上出乎预料地传出了些声响：可能是他在清理嘴里的血水时发出的咕噜声，也可能是为自己的正确得到证明发出的咯咯笑声。

第十二章

“你刚才那话是什么意思？”

“什么话，坦纳？”

“你刚才脱口而出的那句，关于熠耀带不复存在的。你打算就这样让它对我而言一直是个谜团？”

奎伦巴赫和我正艰难地在斯特列利尼科夫号的羊肠小道中穿行，前往瓦迪姆的窝点；我带着自己的手提箱，这让行进越发艰难。我们没带别人，在瓦迪姆说出自己的铺位所在之后，我就把他锁在了我的单间里。我觉得，我们只要搜查一下他的宿舍，就会发现他从其他乘客那里骗取的东西。我已经取走了他的大衣，并且暂时没有归还的打算。

“这么说吧，情况发生了一些变化，坦纳。”奎伦巴赫在我身后笨拙地扭动着身子，就像只钻进洞里追逐猎物的狗。

“我什么都没听说。”

“你肯定不会听说的。这些变化发生在不久前，那时候你正在来这里的路上。我恐怕星际旅行难免会伴随着这种危险。”

“星际旅行伴随着好些危险，这是其中之一。”我想起了自己脸上的瘀青。“那么，是什么样的变化？”

“恐怕变化相当大。”他停顿了一下，剧烈地喘着气，发出粗重的声音，“听着，我很抱歉一下子打碎了你全部的既有认知，但你最好开始认清这样一个事实：黄石星已经完全不是从前那个星球了。而且，坦纳，这样子说都算是轻描淡写的了。”

我回想了一下阿米莉娅当时说我将在什么地方可以找到瑞维奇。“渊堑城还在吗？”

“在……在的。它没有那么大的变化。它仍在那里，仍然有人居住，仍然相当繁荣——按照这个星系的标准。”

“我怀疑，你马上又要给这个说法再加点限制。”我朝前望去，可以看到通道越来越宽，扩展成一道圆筒形的走廊，一侧有很多椭圆形的门。走廊依旧幽深阴暗，整个感觉依旧跟之前一样让人很不舒服。

“很遗憾……确实如此。”奎伦巴赫说道，“这个城市变得大不相同了。几乎认不出来就是过去那个渊堑城，熠耀带的情况我觉得也是如此。那里曾经有上万个太空定居点，环布黄石星周围，就像——这里且容我沉浸于修辞，将一堆比喻不伦不类地混用——一个花冠，上头的每一颗宝石都极其稀有，切割都极其精妙，每一颗都在放射出璀璨的烈烈光焰。”奎伦巴赫停了下来，喘了几口气，然后继续往下说：“现在，那里也许还有一百来个定居点仍然保有足够支持生命的气压。其余的都只是些被人遗弃的空壳，内部完全是真空的，像浮木一样宁静而死寂，伴随着它们的是大片要命的太空轨道垃圾群。人们现在管那里叫作‘腐锈带’。”

这段话我咀嚼了一下才完全明白，然后我说：“发生了什么？一场战争？是不是有人侮辱了其他定居点的设计品位？”

“不，不是什么战争。不过，要是战争的话可能会更好些。毕竟，战争之后人们总是可以恢复过来。战争，这种东西并不像传说中那么可怕……”

“奎伦巴赫……”我的耐心快要耗尽了。

“是场瘟疫，”他急忙说道，“非常严重的瘟疫，但也还是场瘟疫。不过，在你开始问些深奥的问题之前，请记住，我知道的细节不比你多——你知道的，我也是才来。”

“你比我知道的多多了。”我走过了两间房门，来到第三个房间前，比对了下门上的号码跟瓦迪姆给我的钥匙。“一场瘟疫怎么能造成这么大的破坏？”

“这不仅是场瘟疫。我是说，不是通常意义上的。它更……我想应该说，它更富于创造力，善于想象，有艺术性，有时还相当狡猾。嗯，我们到了吗？”

“是的，我想这就是他的隔间。”

“小心，坦纳。可能有陷阱之类的玩意儿。”

“我很怀疑，瓦迪姆看起来不像是那种能长期沉浸在任何计划中的人。你得有一套发达的额叶皮层才能做到。”

我把瓦迪姆的通行证塞进电子锁里，高兴地看到门打开了。我推门而入，一堆照明灯磕磕绊绊地亮了起来，上面沾满了恶心的垃圾，微弱的灯光照亮了一个比分配给我的地盘大三四倍的圆柱形铺位。跟在我后面的奎伦巴赫在船舱顶头停住了脚步，就像一个在下水道口还没做好心理准备要爬进去的人。

我实在不能因为他不想再往里走而责怪他。

这地方有股累积了好几个月的人体代谢物的臭味，一层油腻的死皮细胞沾满了每一寸发黄的塑料表面。墙上的色情全息图随着我们的到达活动起来，十二个裸体的女人将自己扭曲成解剖学上不可能的姿态。她们还开始说话了，一打有着微妙差别的女低音对瓦迪姆的性能力进行了一番狂热的赞美。我想起来那家伙还在我房间里，被捆绑着，还塞住了嘴巴，这番奉承他可听不到。那些女人一直讲个不停，但过了一阵子之后，她们的手势和咒语重复得太厉害了，我们可以置若罔闻了。

“总的来说，我觉得，多半就是这里，不会错了。”奎伦巴赫说道。

我点了点头。“对也无奖，是吧？”

“哦，我不知道，有些污渍的排列还挺有意思的。但遗憾的是被他给弄成了这大粪涂墙的样子，这简直是上个世纪的做法。”他把他那头的一个小滑动门拉向侧边——全程只用指尖与之略微接触——露出了一扇脏兮兮的舷窗，外面被微陨石打得坑坑洼洼的。“不过，他有一个能看到风景的房间。虽然我不太确定这是否值得。”

我也看了会儿外面的风景。从这里可以看到一部分船壳，上面不时地有明亮的紫光闪动。即便我们正在航行当中，斯特列利尼科夫号外面还是一直有工人在焊接修理。

“嗯，除非绝对必要，我们还是不要在这里多待了。我从这头开始搜，你从那头开始搜，我们看看能不能找出什么有用的东西。”

“好主意。”奎伦巴赫说。

我开始动手搜索，这个房间的墙面上到处是凹进去的储物柜——这里肯定曾经是个储藏室。东西太多了，没法一一详查，但我把任何看起来稍微有点价值的东西都装进了我的手提箱和瓦迪姆大衣深深的口袋里。我捧起成把的珠宝、单片数据眼镜、微型全景相机，还有翻译胸针，正是我预期中瓦迪姆会从斯特列利尼科夫号上比较富有一点的乘客那边诈得的东西。我找了好半天都没找到一块手表——太空旅行者在跨越不同太阳系时往往都不戴手表。最后我总算找到了一块被校准到黄石星时间的手表，正面的表盘由一系列同心圆构成，周围有微小的翡翠行星在嘀嗒作响，标出当下的时间。

我把表戴到了手腕上，沉甸甸的，很舒服。

“你不能随便偷他的东西。”奎伦巴赫柔声说道。

“我很欢迎瓦迪姆提出申诉。”

“这话说得可不在理。你所做的事并不好过……”

“听我说，”我打断了他，“你真以为这些东西是他买来的吗？这些东西都是赃物，多半来自那些已经不在船上的乘客。”

“即便如此，其中有些东西可能是他最近才弄到手的。我们应该尽一切努力将这些财物归还给它们的合法主人。难道你不同意这个观点吗？”

“也许，在某些遥远的理论层面上，也只是也许。”我继续我的搜索行动，“但我们不可能知道那些赃物的主人是谁。在公共区域我没发现有任何人站出来。不管怎样，这跟你又有什么关系呢？”

“这叫作天良未泯，坦纳。”

“在那个暴徒差点杀了你之后？”

“原则仍然适用。”

“好吧——如果你认为这有助于你夜晚安寝的话——在我搜查他的物品时你尽可以让我自己做自己的。仔细想想，我真的有让你跟我到这里来吗？”

“不该是这样的，不……”他的脸在痛苦中扭曲了，他瞥了眼一个打开的抽屉，从里头扯出只袜子，他忧郁地冲着袜子打量了好一会儿。“该死的，坦纳。我希望你说他缺乏影响力的看法是正确的。”

“哦，我不认为我们需要担心这个问题。”

“你有把握？”

“相信我，我对那些卑劣的家伙相当了解。”

“好吧，嗯……我假定你可能是对的。为了避免争论。”奎伦巴赫开始动手翻查瓦迪姆的战利品，起初速度很慢，但热情越来越高涨，目标主要对准了一沓沓的黄石星货币。我伸手过去，在奎伦巴赫把钱全部弄走之前抓了两沓。

“谢谢。这些钱会很有用的。”

“我正准备递给你些。”

“当然，没错。”我扒拉了下那些钞票，“这些玩意儿还值钱吗？”

“值的，”他若有所思地说道，“至少在天篷区是这样。我不知道地沤区那边用什么作为货币，但我觉得拿些应该是没坏处的，不是吗？”

我又给自己拿了一些。“谨慎过头胜过事后追悔，这是我的哲学信条。”

我继续搜寻——在更多类似的垃圾和珠宝中发掘——直到我找到了一个看起来像是体验棒播放设备的东西。它比我在斯凯先手星上看到的任何同类产品都更纤巧优美，而且巧妙的设计使得它折叠起来之后不比一本《圣经》大。

我找到个空的口袋，把这装置塞进去，捎带了些我认为或许本身就有些价值的体验棒。

“我们在谈论的这场瘟疫……”我说。

“怎么？”

“我不明白它怎么能造成如此之大的破坏。”

“那是因为它不是生物性的——我是说，不是我们通常以为的那种生物。”他顿了一下，然后停下了手头的动作，“机器，这才是它攻击的目标。几乎所有复杂到超过一定程度的机器都停止了运作，要不就是按照它们本来不应有的方式开始运作。”

我耸了耸肩。“这听起来并没多么糟糕。”

“如果机器只存在于机器人和周围的系统中，像这艘船里那样，确实不会。但这场瘟疫发生在黄石星。大多数机器都是微型装置，存在于人类体内，早已和人们的心灵与血肉密不可分。发生在熠耀带的事只是在人类身上发生的更可怕的事情的表征，打个比方，就像是十四世纪末，欧洲各地的灯火熄灭表明了黑死病的到来一样。”

“我需要了解更多。”

“那就去你房间里的电脑系统查询。或者用瓦迪姆的也一样。”

“或者你也可以现在就告诉我。”

他摇了摇头。“办不到，坦纳。因为我知道的比你也就多这么点。别忘了，我们都是在同一时间抵达的。没错，我们乘坐的飞船不同，但这一切发生的时候，我们都同样在星际空间中穿行。我只是比你多了点适应时间。”

我平心静气，轻声发问：“你是从哪儿来的？”

“大提顿星。”

他的世界跟黄石星、约塞密提、冰河星和其他两三个我不记得的地方类似，也曾是一个后美利坚人[1]的初创殖民星。这些地方的殖民行动都是在四个

1. 作者虚构的一个人类分支，主要是美国人的后裔，以在一段时间内向太空进行了大量无计划的星际殖民行动而著称。

世纪前由机器人完成的；会自我复制的机器携带着必要的模板，在抵达目的地时制造出活生生的人类。这些殖民地没有一个是成功的，全都在一两代人之后归于失败。生活在这些世界上的人，有少数家族很罕见地能将自身的血统一直追溯到最初的后美利坚人移民，但大多数人的祖先都是在此后的一系列殖民浪潮当中，搭乘近光船到来的。其中大多数国度也都跟黄石星一样，属于民主全权主义者。

当然，斯凯先手星则完全是另一种情况。它是唯一一个靠世代飞船进行移居殖民的世界。

有些错误人们是不可能犯两次的。

“我听说大提顿星是个比较宜居的地方。”我说道。

“是的，所以我猜你正在好奇，我为什么会来到这里。”

“不，我真的没有。这压根不关我的事。”

他翻找瓦迪姆战利品的手慢了下来。我看得出来，我这样缺乏好奇心让他很不习惯。我一边继续自己的探索工作，一边默默记下秒数，等着他打破沉默。

“我是个艺术家，”奎伦巴赫说，“确切地说是个作曲家。我正在创作一部交响乐套曲——我的毕生大作。这就是我来到此地的原因。”

“音乐？”

“是的，音乐——尽管用这个可鄙的寻常字眼完全不能概括我心中的想法。我的下一首交响乐作品的灵感恰好将来自渊堑城。”他笑了，“那本来将会是一部光芒万丈、令人振奋的作品，赞颂这个城市美好时代中的灿烂辉煌，一首充满了活力和能量的乐曲。而现在我觉得，它必然要整个大变样，变成一部更阴暗的作品；庄严肃穆，肖斯塔科维奇式的作品；历史的车轮最终转动，将我们凡人的梦想碾成尘埃，让人们意识到这一巨大而可怕的现实的沉重作品。一首瘟疫交响曲。”

“你大老远过来就是为了这个？就为了唰唰几笔写下几个音符？”

“是的，就是为了写下几个音符。为什么不呢？毕竟这件事总得有人做。”

“但你要花几十年时间才能回家。”

“在你如此友善地向我指出这点之前，我早就出人意料地意识到了这一点。但我往返此地的旅程不过是区区前奏，我确信，在我的全部工作接近完成之前要经过好几个世纪，与这整个时间相比，几十年就显得无关紧要了。在这段时间里，我可能要老上大半个世纪——相当于任何一位伟大作曲家创作生涯两到三倍的时间。当然，我将访问好几十个行星系，并且会在别的某个行星系变得重要的时候将其加入我的行程表。肯定会有更多战争、更多瘟疫、更多黑暗时代。当然，也会有更多奇迹、更多惊喜。所有这一切都将成为我伟大作品的素材。当它完成之际，在对它还没有完全厌倦和幻灭之际，我很可能会发现自己已进入暮年。你看，我根本没有时间去了解最新的延寿技术，我的精力都倾注于我的创作之中了。我只能看什么容易到手就用什么，然后希望我能活到完成我的巨作的那一天。然后，等我将作品修订完成，在这段时间里我写下的粗糙的音符和在我生命结束时将会诞生的那部无疑是大师级的、优美流畅的作品之间达成某种形式的妥协时，我将乘船回到大提顿星——假设它届时仍然存在——在那里我将宣告这部伟大作品的首次公演。首演本身还要再过起码五十年的时间，具体多长时间取决于届时人类在太空中扩张到了什么范围。这样就有时间让消息传到最遥远的殖民地，让人们动身齐集大提顿星，去观看那场演出。在此期间要建造场馆，对此我心中已经有了些设计方案，要适度地奢华，并组建一个与该活动相称的管弦乐队，或者培养一支，克隆一支，怎样都好，而我将进入休眠。在那五十年过去之后，我将从沉睡中醒来，走到聚光灯下，指挥演出我的杰作，然后，在我所剩无几的时间中，享受过去或者将来任何著名作曲家都无法想象得到的盛名。那些伟大的作曲家的名字将沦为脚注条目，只不过是些闪烁微光的恒星雏形，映衬着我那灿烂辉煌、犹如宝石般的群星光焰。我的名字将像一段永不衰灭的和弦，响彻一个又一个世纪。”

我沉默了很久才能做出反应。

“好吧，我觉得，你确实是目标远大。”

“我猜你心里肯定在想我的虚荣心强得可怕。”

“我不认为我有过这样的想法，奎伦巴赫。”说这话的时候，我在一个抽屉深处摸到了什么。我一直希望能找到某种武器——比发条枪效果更好些的——但瓦迪姆似乎没能弄到这种武器。不过我觉得，这也算是有所收获了。“这东西有意思。”

“你发现了什么？”

我从抽屉里拿出个亚光的黑色金属盒，跟雪茄盒差不多大小。盒子打开后露出了六个猩红色的小瓶，都单独塞在小袋子里。盒子里还有个像是皮下注射器的东西，钢质的，相当华丽，有个枪状手柄，上面有个精心着色的眼镜蛇半浮雕标志。

“我不知道这是什么。你有什么看法吗？”

“不，不太清楚……”他检查了下那批小瓶，神情看起来真的很好奇，“但有件事我可以告诉你。无论是什么，这东西看起来都是非法的。”

“跟我的想法差不多。”

我伸手拿回这件藏品时，奎伦巴赫问我：“你为什么对这东西如此感兴趣？”

我想起了在阿米莉娅的山洞中从那名修士的口袋里滑落出来的注射器。我没办法肯定，但我在那个注射器里看到的内容物——我得承认，山洞里的光线挺昏暗的——看起来跟瓦迪姆藏品中的那些化学物质十分相像。我还记得当我问起那注射器的事情时阿米莉娅跟我是怎么说的：那是爱德怀德的修士们不应拥有的东西。那大概是某种麻药——也许它不仅在冰封托钵僧的安养院，在整个行星系中都属于违禁品。

“我估计这东西也许可以为我大开方便之门。”

“会大开的也许不只是方便之门，”奎伦巴赫说道，“首先打开的或许就是地狱之门。我想起了些事。我在泊港船群那边听到的一些事。据说有些非常糟糕的玩意儿，流毒甚广。”他朝着那排猩红色的小瓶点了点头。“其中有种东西被人们称为‘梦幻燃料’。”

“而这可能就是？”

“我不知道，但我们亲爱的朋友瓦迪姆在交易那种东西的话，也完全符合我的预期。”

“他从哪儿弄来的？”

“我可没有说我是这问题的专家，坦纳。我只知道，那东西有些令人不快的副作用，而且这个系统中的任何当局都不怎么鼓励使用这东西——实际上，拥有它也同样受人忌讳。”

“不过，它肯定是有用的。”

“是的——但他们到底用这玩意儿做什么，我不知道。顺便说一句，那个装置是把缔婚枪。”

他肯定是看出了我脸上的茫然之色。

“这是本地之前的一个习俗，丈夫和妻子按某种仪式互换些神经材料——真的是从对方大脑中培养出来的。他们用那个东西——缔婚枪——把那些东西植入彼此的体内。”

“他们现在不再那样做了？”

“我想，自从瘟疫之后就不做了。”他的样子相当沮丧，“事实上，仔细想想，在瘟疫之后，他们有很多事都再也不做了。”

奎伦巴赫带着他的收获离开了，我有理由相信，他是回去琢磨他交响乐套曲的下一小节去了，而我则走向瓦迪姆的网络终端。斯特列利尼科夫号执行了一次加力点火，略微调整了它向腐锈带的下落航线，于是自出发以来，我第一次又有了重量。我听到别处的船身结构传来低沉的抗议声，好似蜥蜴的悲鸣，不禁怀疑我选择的这次航行是否将以飞船的躯壳最终放弃了自己的灵魂而告终。然而，至少眼下那吱吱嘎嘎的怪响停了下来，飞船上的背景噪声恢复了正常，而我也得以集中精力处理手头的事情。

这个终端看起来很古老，像是孩子们会在博物馆里冲着它哈哈大笑的那种类型。屏幕是扁平的，周围按键上的标识都已经被手指磨坏了，底下有个字母键盘。我不知道黄石星附近的技术水平如何，但就算按照斯凯先手星的标准，这也是个劣质品。

按这里的标准也是才好。

我找到了打开终端的按键，屏幕上断断续续地冒出一系列的开机信息和广告，然后显示出一棵复杂的选项树，是船上的数据服务。实时网络——数据流网络，限于在斯特列利尼科夫号周围一光秒左右范围内，好让正常的交互变得可行。深空系统网络，典型的时滞从几秒到几十小时不等，取决于查询的复杂度。没有显示访问响应时间比这更长的网络的选项，这是有道理的：任何向本太阳系的柯伊伯带定居点发出的查询都会在发送者的旅程结束，离开慢速船后很久才得到回复。

我输入选项，选择了深空系统网络，然后等了几秒钟，屏幕在这期间一直在忙着推送更多的广告节目；又出现了一个树形子菜单，还有星际飞船抵达和离开的消息，其中包括奥维多号的条目。黄石行星系仍然是一个繁忙的星际枢纽——这也有一定的道理。如果瘟疫发生的时间大约是在最近十年当中，那么许多飞船当时就已经在来这里的路上了。瘟疫的消息需要几十年才能传到大多数有人定居的星际空间。

我大致浏览了下这页面上的选项。

深空系统网络传输通信信号的对象主要是这个太阳系中气态巨行星周围轨道上的定居点：通常是比较隐秘的派别的独立村镇或者采矿场。那里有联合体的巢穴，有天矿师[1]们的飞地，还有半自动的军事或是实验设施。我搜寻了下提及瘟疫的信息，但徒劳无功。偶尔有关于收容流程或危机管理的讨论，但在大多数情况下，似乎瘟疫，或者它的后果，已经成为人们生活中的一个基本要素，以至于很少有必要再特地提起了。

本地网络告诉我的信息略多一些。至少有一两次，我发现有人提到了这场危机的名称，从中我了解到人们给它起了一个令人不寒而栗的专名——融合疫。但大多数信息中都预设读者完全熟知和这场瘟疫有关的基本事实。他们提

1.作者虚构的一个人类分支。主要从事太空采矿业，基本不回到行星表面上。

到了隐匿者、天篷区和地沤区，有时还提到了叫作“狩猎游戏”的东西，但这些术语都没有详细的说明。

不过，我听说过天篷区。阿米莉娅说过，我有很大机会在那里找到瑞维奇。那是渊堑城里的一个区域。

但她告诉我的部分是不是没我以为的那么多?

我把终端调到发送模式，编写了一个关于瘟疫的询问，要求获得向新来者提供的一般信息。我不相信我是第一个在被丢进腐锈带中心之前想索要这些信息的人，但完全有这样的可能：或许没人愿意费事回复我，而且现在也没有任何自动处理系统还在运作。

我发送了我的询问，然后盯着终端看了几秒。显示屏回望着我，没有任何变化。

没有消息过来。

丝毫没能离真相更近一步让我大为失望。我把手伸进从瓦迪姆那里夺来的大衣的口袋里，拿出整整齐齐收在那里的回放工具。这装置全自动地伸展开来，细长的黑色部件以令人愉悦的精确性滑动就位，就像枪支零件一般。最终的结果是个黑色的框架式头盔，上头有一堆小模块，应该是场效应发生器和输入端口，还饰有发光的绿色和红色眼镜蛇。一对立体目镜从头盔的前面翻折下来，镜片周围的材料形成了自动与眼睛周围皮肤相吻合的边框。一对耳塞，也有类似的功能，甚至还有嗅觉输入的鼻塞。

我掂了掂头盔，然后把它放到自己头上。

头盔像是件刑具，牢牢抓住了我的头皮。那对小目镜移动到了合适的位置，附着在我的眼眶周围。每个目镜当中都有一套高分辨率成像系统，现在显示的和我没戴头盔的情况下看到的景象完全一致，只是多了点可能是故意添加的颗粒感。要效果更好的话，我需要神经植入装置，还得有个更复杂的播放系统，一个能以军用搜思机那种方式探询和调校大脑信号的东西。

我打开自己的手提包。

在里面，我找到了我从斯凯先手星带来的那批体验棒，它们仍然被包裹在透明塑料膜中。我揭开塑料膜，检查了下这六根类似钢笔的存储棒，但上面什么也没写，完全无从知道里面是什么。它们仅仅是用于交易的商品吗？还是包含了失忆前的我给自己留下的忠告？

头盔的眉心处有个接口，可以将体验棒的金属尖端插入其中，戳在那儿就像是一根细小的独角。我拿起我六根体验棒中的一根，把它按进了接口里。

我面前冒出来个菜单，给出了一些选项，可以在进入模拟时选择不同的艺术风格和不同的进入点。我用手势做出了选择：接受默认设置，随机进入体验。头盔产生了一个低水平的电场，我的身体会调整改变电场，从而让系统得以读取任何较大的动作。

瓦迪姆的房间流畅地变成了一片灰色，我耳边传来一阵沙沙声，是静电噪声。噪声渐渐消失，近乎寂静，比在慢速船上任何时候都更安静。灰色变浅，形体和颜色浮现，犹如幻影从雾中显形。

我正在一片丛林空地上射杀敌军士兵。

我上半身的衣服褪到了腰间，身上的肌肉即使作为一名士兵也显得过于发达；我胸口有涂鸦，一只手握着一把老式粒子束步枪，另一只手则握着一把小一些的发射实弹的机枪。我用过类似的武器，我知道这两把武器中任何一把都无法单手持握射击，人类的体质做不到，更不用说几乎是以双手平伸的姿态了。两把武器突突个不停，我用它们朝着无穷无尽的敌军人流倾泻弹雨。这帮人看起来十分乐意冲出灌木丛，怪叫着向我跑来，尽管他们当中随便哪个都完全可以从掩体中用一发精心瞄准的子弹干掉我。我也在大声怪叫。或许是拿着这两把枪就必须这样吧。

这很可笑，但我毫不怀疑这样的玩意儿会有市场。毕竟在斯凯先手星，这种东西都是有市场的——哪怕我们已经在打一场真正的战争。

我试了试下一根。

这次我坐在一辆有骨架式外框的单座滚轮车里，驾驶它在一片滩涂上疾驰，还有十几辆滚轮车试图从两侧超过我。我在进入这个游戏时将体验性设置为互动，所以我能够操纵滚轮车，并调节油门，让它的涡轮发动机增压或是减压。我玩了几分钟，一直保持领先；最后我严重误判了一段沙坝的角度，结果车子失去了控制。另一辆车撞上了我的车，游戏中瞬间出现了一场无人痛苦的大屠杀；然后我再度回到了起点线，开动了我的引擎。这玩意儿很难说会卖得怎么样。人们可能会把它当作一款独特的斯凯先手星产品欣然接受，也可能会认为这玩意儿古怪得无可救药。

我继续试用了剩下的四根体验棒，但结果同样令人失望。其中两根呈现的是由我的星球历史上的真人真事改编的剧集：其中之一是关于斯凯·奥斯曼在圣地亚哥号上的生活的传奇剧——真的，再没有比这个对我更没用的了——而另一个是以他被监禁、审判和处决那段时间为背景的爱情故事，但斯凯在其中只是个背景人物，很不重要。另外两根体验棒呈现的是冒险故事，都涉及猎蛇，尽管编写剧本的人对哈玛德律阿得斯生物学知识的了解实在是马马虎虎。

我本指望能有更多收获，找到来自我的从前的某种特定信息。虽然现在我比在爱德怀德刚醒来时回忆起了多得多的事情，但我的过去仍有些不清楚的地方，有些画面就是怎么都不肯清晰起来。如果我是在熟悉的地方追踪瑞维奇的，这样的缺失我应该还可以忍受，但我对前方城市的了解也同样是不准确的。

我转向我从瓦迪姆那里拿的那批体验棒。它们外头全是空白的，只在每根顶部附近有一个小小的银色图案。我没法对自己有更多的了解，但我至少可以多了解下在渊堑城被当作娱乐的是什么样的活动。我把其中一根插进了播放器里。

这是个错误。

我预期的是色情内容，或是无脑的暴力——来自人类经验中的极端，但仍然可以辨识得出来。但我体验到的东西实在是太怪异了，怪到我刚开始都很难表达出自己体验到的是什么，甚至开始怀疑这些体验棒和头盔之间是否存在某种兼容性问题，以至于让我大脑中错误的位置受到了刺激。但这两者源出一处：瓦迪姆的房间。

它本来就是这个样子。

黑暗，阴冷，污秽，有种可怕的、压倒性的幽闭恐惧感——这种情绪强烈至极，甚至我的头骨也好像正在缓缓地收紧，挤压着我的大脑。我的身体完全不对头：修长而没有四肢，苍白而柔软，并且无比脆弱。除非这个设备刺激了大脑中某个古老的区域，使其回忆起靠着蠕动或者游泳而非行走来移动是什么样的滋味，否则我真的猜不出这样的感觉从何而来了。然而，我实际上并不孤单，黑暗也没有它最初看上去那么绝对。我的身体占据了一个温暖、潮湿的空洞，这个空洞所在的空间中被挖去了许多部分，形成了迷宫般的黑色隧道和腔室。还有其他伙伴和我在一起，其他苍白、修长的存在。我看不到他们——他们一定是在相邻的腔室中——但我可以品尝到他们的接近，吞咽他们情绪和思维的化学物质汤流。在某种意义上他们也是我，是我独立的化身。他们会应我的吩咐移位和颤动，而我会感知到他们所感知的。

这种幽闭恐惧感是彻底的、令人崩溃的，但它也令人放心。坚硬的、岩石般的容器，我们被囚禁其中，而那之外是一片绝对的空虚，这让我的思绪望而却步。那空虚比这恐怖的幽闭更加可怕；更可怕的原因在于，它并不是真正的空虚；那空虚里有可怕的、无声的、无比耐心的敌人。

正在向我靠近的敌人。

我感到为恐惧所震撼，那感觉强烈到让我尖叫着摘下了头盔。有一阵子我只是飘浮在瓦迪姆的隔间中，剧烈地喘息着，茫然于自己刚才体验到的究竟是什么。那种强烈的幽闭恐惧感与更可怕的广场恐惧感，好几秒才消退，每一秒都显得那么漫长，就像令人畏怖的钟声过后那袅袅余音。

我的双手还在颤抖，不过我开始恢复了些对它们的控制，我取出那根体验棒，更仔细地观察它。这次我好好地注意了下靠近棍子顶端的小图案。

它看起来很像一条蛆虫。

我透过瓦迪姆隔间里的观察窗看着渐渐接近的腐锈带。

现在我对前方的状况有所了解了。在我尝试过那根令人不安的体验棒后不久——事实上，当时我还在为它的影响头晕脑涨——终端就响起了铃声，宣布我先前的询问收到了回应。我吃了一惊，根据我的经验，回应这种东西要么转瞬即至，要么就根本不来，这样的延迟只能凸显出这个太阳系中的数据网络遭到了何等严重的破坏。

之后我发现，这条信息是一份标准文档，而不是一份个别编写的答复。肯定有某种自动机制判定这份文档就足以回答我的大部分疑问——这个设想之后被证明是相当准确的。

我开始阅读文档。

亲爱的新至来宾：

欢迎来到天苑四太阳系。

无论之前发生了什么，我们还是希望在此处的逗留能令您愉悦。我们编纂了这份文档，向您介绍我们近期历史中的一些关键性事件，供您参考。希望这份文档能让您更容易地进入一个可能与您在离港启程时的预期大相径庭的文明之中。有一点很重要，您应当认识到，在您之前就已经有人抵达……

这份文档很长，我先快速浏览了一遍全文，然后从头细读了一遍，挑出其中可能对我寻找瑞维奇有帮助的那些要点。我先前已经被告知过瘟疫的影响范围之大，所以文件中披露的情形对我来说也许没有像对刚解冻的人那样令人震惊。但看到文中以如此漠然冷静的方式将状况条分缕析，令人不寒而栗；不难想象，对那些来到黄石星寻找财富而不是复仇的人来说，这些消息会有多么令人焦心。冰封托钵僧们显然选择不把这个消息太快地告诉他们的满身雪泥的小狗崽们；毫无疑问，如果我在爱德怀德多待段时间，他们就会开始温柔地渐渐向我透露这一切。但也许这份文档的内容是正确的：有些真相无论会多么令人厌恶，还是早说早好。

我不知道自己需要多长时间来适应，或者我是否会成为那些不幸的少数人之一，他们一直也没能完成心理上的过渡。

我觉得，或许实际上他们才是更理智的一方。

在窗外，腐锈带中较大的定居点已经开始呈现出清晰的形体，而不仅仅是些轨道上模糊不清的斑块。我试着想象在七年前，在瘟疫发生前的最后几天，这里会是什么样子。

熠耀带当中有上万个定居点，每个都像吊灯一样富丽堂皇，每个定居点的建筑风格都狂野异常，与近邻之间差别明显；这些风格与结构设计的实用方面关系不大，与美学和声望关系很大。它们在低轨道上环绕黄石星陨星，几乎是首尾相接，每个宏伟堂皇的建筑都时不时使用微小的推力修正轨道，与自己前后两方的建筑保持适当的距离。贸易物流不间断地沿着短程交通线路在各定居点之间穿梭，于是从远处看过去，这些定居点的本体仿佛被缠绕在闪闪发亮的丝线之中。随着不断变化的立场和纠纷，这些定居点之间或者通过量子加密激光的复杂网络相互沟通，或者保持沉默。这种沉默并不罕见，因为即便在理论上同属一个典型的民主全权主义者社会，成员之间也同样存在着深刻的竞争关系。

在那上万个定居点中，人类可以想象到的各种分化应有尽有：所有的专业门类，所有的意识形态，所有的扭曲变态。民主全权主义者万事皆允，甚至允许进行政治模式上的试验，哪怕这些试验与他们的绝对无等级民主制[1]的基本范式相抵牾。只要这些试验仍然是试验，就可以被容忍，甚至会被积极鼓励。只有军备的发展和储存是被禁止的——除非它们被用于艺术方向。西尔维斯特家族，这个太阳系里最为声名显赫的家族，让他们声名远扬的许多工作正是在熠耀带进行的。加尔文·西尔维斯特在熠耀带尝试了自超升觉悟事件[2]以来的第一次神经下传。丹·西尔维斯特在这里对所有关于天幕人的已知信息进行了整合，这一成就最终促使他前往拉斯凯尔天幕，进行了那次致命的考察[3]。

但那些都已是遥远的过去。历史已经把光辉灿烂的熠耀带变成了……眼前

1. 民主全权主义者的制度。
2. 联合体前身在火星上进行的令联合体诞生的实验。详见作者其他短篇作品。
3. 上述事件详见《天启空间》。

这幅光景。

当融合疫来袭时，熠耀带继续安然无恙的时间远远超过了渊堑城，因为环带中的大多数定居点本来就具备有效的隔离措施。有些地方自我封闭，自给自足，甚至几十年都没有外人进入。

然而，到头来，它们也无法幸免于难。

只要一个定居点落入瘟疫的魔爪就够了。定居点中的大多数人会在几天内死去，定居点内的大部分能自我复制的系统也开始陷入疯狂——似乎是有着恶毒意图的疯狂。定居点的生态系统陷入致命崩溃状态。在失去控制的情况下，定居点像一大块被凿下的冰一样飘离自己在轨道上的位置。通常情况下，发生碰撞的概率很小……但熠耀带本来就拥挤到离灾难只有一线之隔。

轨道运行体之间碰撞的第一法则是，这种事确实非常罕见……直到发生一次。然后被摧毁的运行体会朝着四面八方碎裂开去，大大增加了再次发生撞击的可能性。发生下一次碰撞就不需要等待那么长的时间了。再次碰撞，碎片的数量再次增加……如此往复，继续发生碰撞实际上是必然的……

在几周内，碰撞产生的太空垃圾就将熠耀带中大多数定居点致命地击穿了……即使那些撞击碎片本身并不足以杀死定居点中的所有人，它们也往往是被污染的，第一个坠落的定居点的瘟疫在它们身上留下了印记。定居点纷纷化作轨道上的废墟，黑暗，死寂，犹如太空中的一根根浮木。到这年的年底，仅有两百个定居点还保持完好：主要是些最古老，结构也最坚固的，它们用岩石和冰层的护盾抵御辐射风暴。它们靠着在其外壳周围布置的防撞激光器阵列成功地抵御了大多数大块垃圾。

那已经是六年前的事了。奎伦巴赫告诉我，在这段时间里，腐锈带已经稳定下来，大部分碎片都被清理了出来，人们将其聚结成危险的垃圾块，丢进了天苑四烈焰翻腾的日面。现在，至少腐锈带不会变得更加支离破碎了。大多数残骸都处于控制之中，由自动拖船定期调整轨道。只有少数几个残骸成功地恢复了内部气压，又住进了人；不过还有些顺理成章的流言说，各个邪恶的派系都偷偷摸摸地潜藏进了废墟之中。

我从网络上了解到了这些。现在初次亲眼看到这些废墟，感觉则完全不同。黄石星是一大团赭色，遮住了半边天，现在它不再像是星空中一个苍白扁平的盘子，明显能看出和我离开的那个世界是同类了。当斯特列利尼科夫号向预定停靠的定居点俯冲过去时，其他被荒废的定居点的侧影随之横越黄石星的面孔。它们形态扭曲，被开膛破肚，可怕的撞击在它们身上留下了麻点和巨坑作为证据。我试图在脑海中估计出腐锈带这副样子所代表的死亡人数：尽管许多定居点在被撞到时已经处于疏散当中，但在如此短的时间内移走上百万人是不可能的。

我们要去的定居点形状像一支肥大的雪茄，它与爱德怀德一样，围绕自身的长轴旋转以获得重力。阿米莉娅修女之前告诉过我，我们要去的地方叫新温哥华太空旋轮。它覆盖着冰层的表面大部分都是脏灰色的，但偶尔会有大片明亮的新冰，我想应该是新近修补的撞击点。它静静地旋转着，从外壳上缓缓抛出十几条蒸汽螺线，就像是螺旋星系的旋臂。一个巨大的航天器附着在它边上，形状像条蝠鲼，双翼的边缘有几十个细小的窗口。但斯特列利尼科夫号则划出一道弧线，飞向那“雪茄”的一段；三片一组的巨颚张开，将它接纳进去。我们钻进了一间库房，这里墙上的内部管道和燃料箱盘成了一片迷宫。我看到还有另外几艘穿梭机正被固定在泊位上：两艘造型纤长的“大气切入者”，看着像是酒瓶绿色的箭头；还有几艘看起来像这艘慢速船的表亲，都是钝角三角形，引擎部件暴露在外。所有飞船周围都围着大群身穿太空服的身影，手中拿着脐带缆管和修理工具箱。有少数机器人正在忙着进行船体维修工作，但完成大部分工作的都是人类，或者是由生物工程学创造出的动物。

我不禁回想起了我之前关于这个行星系的忧虑。我本以为自己会进入一个先进的文明，它几乎全方位地领先我所处的文明几个世纪；我就像一个乡巴佬，在万花筒般的奇观中跌跌撞撞。结果正好相反，我看到的场景完全可以属于我自己世界的过去……甚至像是大船团启航时代的产物。

船颠簸了下之后停稳了。我收拢我的个人物品——包括我从瓦迪姆那里抢来的东西——然后开始像虫子似的一路钻向飞船上方的出口。

“我想，这就是再见了。”奎伦巴赫说道。他也在排队等待进入新温哥华的人群中。

“是的。”如果他期望得到任何其他类型的回应，那他可没这个好运。

“我——嗯，回去看了看瓦迪姆。”

“你知道吗，像那样的一坨垃圾总可以照顾好自己的。我们也许应该一有机会就把他从气闸里扔出去。”我强行挤出个笑脸，“不过，正如他所说，他是当地特色的一部分。我不想剥夺任何人体验特色文化的机会。”

“你会在这里待很久吗？我是说，在新温？”

我花了好一会儿才意识到他指的是“新温哥华”。

“不。”

“那就是搭乘第一班巨空艇下到地上去？”

“很有可能。”我望向他的身后，人群正在挤过出口。透过另一扇窗户我可以看到斯特列利尼科夫号的一部分船体，外面有些护板在对接过程中出现了松动，现在正被推回原位，用环氧树脂粘好。

“是的，尽可能快点下去，我也是这么打算的。”奎伦巴赫拍了拍自己的公文包，他把那东西紧紧贴在胸口，看上去就像是个徽章。“我想，我越早开始创作我的瘟疫交响曲越好。”

“我确信它的成功会是轰动性的。”

“谢谢。你呢？如果不嫌我太多管闲事的话？你下去之后有什么特别的计划没有？”

“是的，有一两个。”

毫无疑问，他本来会继续追问我——也继续原地踏步——但我们前方拥堵的人群没那么挤了，打开了一个小缺口，我见缝插针地钻了进去。不一会儿我就离开了奎伦巴赫言语相接的范围。

新温哥华内部看起来与爱德怀德安养院完全不同。这里没有人造阳光，也没有一整块充满大气的空间。相反，这里整体上是个蜂巢结构，由众多小得多的封闭空间密密麻麻地堆在一起，像古董收音机里的零部件挤在一块似的。我认为完全不能指望瑞维奇仍然在这个定居点里。每天至少有三趟航班出发飞往渊堑城，而他，我相当肯定他会搭乘最早的航班下去。

不过我还是保持着警觉。

阿米莉娅的估计准确无误：我带来的黄石星货币资金刚够我去渊堑城的费用。我在斯特列利尼科夫号上已经花了一半，剩下的刚够支付下行费用。的确，我从瓦迪姆那里缴获了些现金，但我好好检查了一下就发现，那沓钞票只相当于我自己所剩资金的零头。他的受害者们显然也都是新来的，没带多少本地现钞。

我看了看时间。

瓦迪姆的手表上有两个同心圆表盘，分别显示黄石星当地二十六小时每天的时间和二十四小时的系统时间。我搭乘的航班还有几个小时才来。我打算用这段时间在新温四处走走，寻找下当地的信息来源，但我很快发现，定居点中大片面积对我都不开放，任何搭乘像斯特列利尼科夫号这样的低端飞船到达的人都不让进。坐高燃耗穿梭机进来的人与我们这样的渣滓被装甲玻璃墙隔离开来。我找了个地方坐下来，喝了一杯难喝的咖啡（这种商品似乎全宇宙到处都是），看着这两股人流泾渭分明地流过。我坐的这里是条喧闹的大道，桌椅在这里从约一米粗的工业管道那里争来了一点空间。那些管道从地板一直延伸到天花板，和哈玛德律阿得斯树很像。主管道上有些细小的管道分出，在空中盘曲，犹如锈色的肠脏。它们在令人不安地抽动着，似乎里面巨大的压力让那层薄薄的金属和摇摇欲坠的铆钉控制起来十分勉强。为了美化环境，人们在管道周围编织了一些树叶，但效果显然很值得怀疑。

在这一块走动的人并非每个看起来都很穷，但几乎每个人看起来都希望自己在另一边。我认出有几张面孔和我来自同一艘慢速船，也许其中一两个就来自爱德怀德安养院，但我肯定以前没有见过大多数人。我怀疑他们所有人都来自天苑四太阳系之外，新温也同样可能是本地太阳系内旅行者的门户。我甚至看到了几个超空人，他们趾高气扬地走着，炫耀着他们身上的嵌合体改造，不过在玻璃另一边也有很多。

我想起来我曾跟超空人打过交道。奥维多号上的奥卡尼亚船长的船员——被派来见我们的肚子上开了个洞的女人。想起瑞维奇预先就知道了我们的伏击，我不由得想知道，到头来，我们是不是全都被奥卡尼亚出卖了。也许奥卡尼亚甚至安排好让我在复苏时失忆，以延缓我的追猎。

又或者，只是我过度猜疑了。

近光船船员组里的那些黑皮衣赛博格就够奇怪的了，而现在我看到玻璃对面有些比他们更奇怪的存在：像是些竖起来的箱子，在人群中以不祥的姿态滑行。其他人似乎对这些箱子视而不见——几乎完全不在意，只有这些箱子在他们中间移动时才会小心避让。我小口喝着咖啡，注意到有些箱子的前面装有笨重的机械臂——但大多数没有，以及几乎所有的箱子前方都有黑色的窗口。

“我想，那些玩意儿是轿子。”

我叹了口气。这声音我认得，是奎伦巴赫，他本人正快乐地坐进我旁边的座位。

“很好。你的交响乐完成了吗？”

他完美地假装出没听到我话的样子。“我听说过这些轿子。轿子里的人被称为‘隐匿者’。他们是些体内仍有植入装置并且不想去除的人。这些箱子就像一个个四处旅行的微型世界。你认为这种瘟疫真的有那么危险吗？”

我恼火地放下手中的咖啡杯。“我怎么知道？”

“对不起，坦纳……我只是想找点话说。”他盯着我周围的空座，“你看起来也不像是对友情不堪重负的样子，不是吗？”

“也许我并不急着要什么友情。”

“哦，别这样。”他打了个响指，把那台脏兮兮的分配咖啡机仆叫到了我们桌旁，“我们是一道的，坦纳。我保证，只要我们到了渊堑城，我就不会再跟着你了，但在那之前，对我有点礼貌难道不好吗？世事难料啊，我甚至或许能够对你有所帮助。我对这个地方的了解或许不多，但似乎刚好比你知道得多一丁点。”

“‘一丁点’这个词很准确。”

他从机器上拿了杯咖啡，问我要不要再来一杯。我拒绝了，但暗自希望他会再勉强殷勤一下。

“天哪，这味道太糟了。”他试喝了一小口之后说道。

“至少我们在这方面达成了一致。”我努力试着想幽默一把，“我想，我现在知道那些管道里头是什么了。”

“那些管道？”奎伦巴赫环顾四周，“哦，我明白了。不，那些是蒸汽管道，坦纳。它们也是非常重要的。”

“蒸汽？”

“新温人用自己的冰来防止过热。斯特列利尼科夫号上的人告诉我说，他们会把冰从外壳上抽下来，以雪泥那种状态，在定居点周围循环，穿过主要居住区之间的所有间隔——我们现在就在其中一个间隔当中——然后雪泥吸收了所有多余的热量，逐渐融化，直到沸腾，直到他们的管道里充满过热蒸汽。然后他们把蒸汽喷回太空。”

我想到了我在临近新温时看到的那些蒸汽喷泉。

“这可相当浪费啊。”

“他们以前并不用冰。他们曾经有巨大的散热器，形状像飞蛾的翅膀，展宽一百千米。但在熠耀带崩溃的时候，他们失去了翅膀。改用雪冰是种应急措施。现在他们必须要有稳定的供应，否则整个定居点就会变成一个大烤炉。他们从这里的卫星马可之眼获取冰块。卫星两极附近有些陨石坑，永远不见阳光。他们也可以使用来自黄石星的甲烷冰，但没办法以足够低廉的成本把甲烷冰运上来。”

“你知道得真多。”

他笑了，拍了拍他腿上的公文包。“细节，坦纳。细节。除非你对一个地方有深入的了解，否则你不可能为它写出一部交响乐。你知道吗，我已经有了第一乐章的方案。一开始是非常阴郁、凄凉的木管乐，渐渐变成节奏感更强的韵律。”他用手指在空中勾画，仿佛在描画着一幅无形的地形图。“慢板——有力的快板[1]。题名就是‘熠耀带的毁灭’。你知道吗，我认为这本身就该写成一部完整的交响乐才对……你怎么想？”

“我不知道，奎伦巴赫。音乐并不是我的强项。”

“你是个受过教育的人，是不是？你说话很简练，但你的话背后却思想深刻。有人说过，智者在有话要说的时候才会开口，而愚人则是为说而说。那是谁说的来着？”

“我不知道，但此人多半不怎么健谈。”

我看了看我的手表——现在感觉这就是我的手表了——希望那些绿色宝石的相对位置能马上就转到标志着启程前往地面时间的状态。和我上次看的时候相比并没有明显的变化。

“你以前在斯凯先手星是做什么的，坦纳？”

“我是名士兵。”

“啊，不过这其实并没什么不寻常的，对吗？”

出于无聊，以及认为这样做不会有什么损失，我回答时做了点详细阐述：“战争渗透进了我们的整个生活。那是件人们无从躲避的事。即便我出生的地方也一样。”

“那是哪里？”

“新伊基克。那是一个冷清的滨海城镇，离主要中心战场很远。但每个人都认识几个被敌人杀害的人。每个人在理论上都有理由憎恨敌人。”

“你恨敌人吗？”

“其实不。宣传的目的是让你恨他们……但如果你停下来仔细想想，很明显，他们给自己的民众讲的那些关于我们的谎言大概也差不多。当然，其中有些可能是真的。那么反过来，不需要太多想象力就可以怀疑到我们自己也犯了一些暴行。”

“这场战争真的可以一直追溯到大船团里发生的事情吗？”

1.原文为意大利语。英文在音乐方面常用意大利词语。

“一直追溯的话，最终确实如此。”

“那么它与其说是关于意识形态，不如说是关于领土，是这样吗？”

“我不知道，也不关心。这一切都发生在很久以前了，奎伦巴赫。”

“你对斯凯·奥斯曼了解得多吗？我听说你们星球上依然有人崇拜他。”

“是的，我对斯凯·奥斯曼的事略知一二。”

奎伦巴赫看起来很感兴趣。我几乎能听到他心里在为新的交响乐写下音符的唰唰声。“你是说，那是你们大众文化教育的一部分？”

“不完全是，不是。”我让奎伦巴赫看了看我掌心的伤口，反正给他看也不会有什么损失。“这是个标记。这意味着斯凯教会找上了我。他们用一种‘教化病毒’感染了我。那东西让我梦见斯凯·奥斯曼，哪怕我并不想这样。不是我要求的，这东西需要一段时间才能从我的神经系统中消失，但在那之前，我必须忍受这个浑蛋的陪伴。每次我闭眼睡觉的时候，我都会梦到一次斯凯。”

“那太可怕了。”他试图让自己听起来不那么兴趣盎然，但做得很糟糕。“但我想，一旦你醒了，你就会基本……”

“恢复理智？是的，完全正常。”

“我想知道更多关于他的情况，”奎伦巴赫说，“你不会介意讲一讲的，是吧？”

在我们附近有一根粗大的管道开始尖啸着漏出滚烫的蒸汽。

“我想我们在一起的时间不会太长。”

他看起来很沮丧。“真的吗？”

“我很抱歉，奎伦巴赫……你得知道，我最好独自工作。”我想方设法让我的拒绝听起来不那么刺耳。“而且你也需要独处的时间，好创作你的交响乐曲……”

“是的——之后是这样。但现在呢？我们还有很多事情要面对，坦纳。我还在为瘟疫担心。你觉得在这里瘟疫真的还很危险吗？”

“嗯，他们说周围仍然有微量的病毒。你有植入物吗，奎伦巴赫？”他面无表情，于是我继续往下说，“阿米莉娅修女——在安养院照顾我的那个女人——告诉我说，他们有时会取出移民体内的植入物，但我当时不明白她是什么意思。”

“该死，”他说，“在船群里头那会儿我应该把它们取出来的，我知道这事。但我犹豫了——所有可以进行这项操作的人，他们的样子我都不喜欢。而现在，我不得不在渊堑城找个浑身血迹的屠夫来做了。”

“我相信这事会有很多人愿意帮忙的。碰巧，我也需要和那些人谈谈。”

这个矮胖子挠了挠头顶的发楂。“哦，你也？那么我们一起旅行真的很合适，不是吗？”

我正准备回答——准备试着摆脱他的陪伴——的时候，一条胳膊锁住了我的喉咙。

我被往后拽去，离开了座位，摔到了地上，很疼。吐气时空气像群受惊的小鸟一般从我的肺部流出。我几乎要陷入昏迷，窒息让我动弹不得，尽管每一分本能都在大喊着提醒我，动起来可能才是我最好的行动方案。

但瓦迪姆已经在我上方俯瞰下来，他的膝盖压在我的肋骨上。

“你没想到会再次见到瓦迪姆，没错吧，咪拉－贝儿？我想你现在很后悔没有杀死瓦迪姆。”

“我没有……”我挣扎着想说完这句话，但我肺里剩下的空气不够了。瓦迪姆检查着自己的指甲，做出一副无聊的样子。我的视野边缘正逐渐变暗，但我还可以看到奎伦巴赫正站在一旁，他的手臂被扭到了身后，另一个人挟持了他。再远些有一群冷漠路人模糊的身影。没人对瓦迪姆的突袭有丝毫的关注。

他放松了点对我的压制。我喘了口气。

“你没有什么？”瓦迪姆说，“继续，说吧。我洗耳恭听。”

“我没有杀你，你为此欠我个感谢，瓦迪姆。而且你也知道这一点。不过像你这样的渣滓也不值得我杀。”

他假装笑了笑，重新把体重压上我的胸口。我对自己先前关于瓦迪姆的判断开始有些怀疑了。既然现在我看到了他有一名同伙——按住奎伦巴赫的那个人——他有着一张更大的关系网的故事看起来也开始有那么一点可能了。

“渣滓，是吗？我看你还不忘清洁我的手表嘛，你这个腌臜的小贼。”他拨弄了下我手腕上的表带，带着胜利的微笑把表摘了下来。瓦迪姆把它举到自己一只眼前，就像个钟表师在端详着美妙的机芯。“我希望上面没有划痕……”

“欢迎你拿走。那并不真的属于我。”

瓦迪姆把手表戴回自己手上，来回转动手腕，查看他重新获得的奖品。“很好。你还有什么要声明的吗？”

“确实有的。”

因为我一直没试图用另一只手把他从我身上推开，所以他完全忽略了那只手。我从椅子上向后摔落时就把那只手揣进了口袋，之后甚至都没把手拿出来过。瓦迪姆或许确实有点关系，但论起打架，他仍然跟在慢速船上时一样，是个门外汉。

我挥动那只手臂。动作迅捷、流畅，就像一条猛然出击的哈玛德律阿得斯。完全出乎瓦迪姆的预料。

我掌中握着一根他的黑色体验棒。他配合得十分完美——我的手臂抬起来时，他的视线微微偏移，刚好把他离得近的那只眼睛带到我的手前。那只眼睛在惊讶之下瞪得老大，作为目标越发容易击中了，那样子几乎就像瓦迪姆很清楚我要对他做什么似的。

我把体验棒按进了他的眼珠子里。

我还记得之前怀疑他那只完好的眼睛是玻璃的，但当体验棒的白色把手陷进他眼球的时候，我就看出来了，它只是像玻璃的而已。

瓦迪姆从我身上滚落，开始惨叫，血从他的眼睛里向外狂喷，那道红色的喷泉颜色就像是行将入夜的夕阳。他疯狂地四处逃窜，完全不想伸手去面对停在他眼窝里的那个异物。

“该死的！”另一个人说。我趁机挣扎着站了起来。奎伦巴赫跟他扭打起来，很快就挣开身子，跑开了。

瓦迪姆呻吟着趴在我们的桌面上，整个人弯成了只大虾米。另外那人抱住他，在他耳边疯狂地说着什么。看样子他应该是在说他们俩该离开了。

我还有个信息要给他。

“我知道这下疼得要命，但有件事你需要知道，瓦迪姆。我可以把那东西直接推进你的大脑。这对我来说完全不会更费事。你知道这意味着什么吗？”

他现在没了眼睛，脸上满布血污，但他仍然能转过头来面对着我。

“……什么？”

“这意味着，你又欠我一笔人情了，瓦迪姆。”

然后我小心翼翼地从他的手腕上摘下那块表，挪到了自己手腕上。

第十三章

如果说在新温哥华这管道满布的区间夹缝里有任何执法行动的话，那执行的方式必定微妙到了人不能见的地步。瓦迪姆和他的同伙跌跌撞撞地离开了现场，无人盘问。我在原地逗留了一阵子，主要是觉得自己有义务做出些解释——但什么也没发生。几分钟前我和奎伦巴赫喝咖啡的那张桌子现在已是一片狼藉，但我该做什么？清洁机仆无疑很快就会过来，那个头脑简单的家伙大概会干净利落地把那些血迹、水和玻璃状体液清理掉，就像处理咖啡污渍一样，无动于衷。要不我给它留点小费？

没人阻止我离开。

我溜进洗手间，往脸上泼了些冷水，洗掉了我拳头上的血迹。我强迫自己在房间里不慌不忙，慢慢地平静下来。这屋子是空的，里面有一长排盥洗室，门上标了些复杂的图表，告诉人们要怎么使用。

我在自己的胸口上戳戳按按，直到确信顶多就是点瘀伤，然后走完了通往离港区剩下的路程。巨空艇——那艘蝠鲼状的航天器——就像一条七鳃鳗一样，牢牢吸在居民点的旋转外壳上。在近处这东西看起来不像从远处看那么光滑，符合空气动力学。船体坑坑洼洼、伤痕累累，不少地方都有一道道变成了煤黑色的印子。

两股人流正从相对的两侧分别涌进船身。我所在的人流磨磨蹭蹭的，像是条阴暗而绝望的泥石流：人们沿着螺旋形的登船通道步履迟迟，就跟上绞刑台似的。另一股人流看起来只是稍微热情一点，不过通过透明的连接管壁我可以看到那边的人有陪护者、机仆、改造强化过的宠物，甚至被改造得半人半兽的人类。隐匿者们的轿子在他们中间滑行，黑色的盒子直立在地上，就像是一个个节拍器。

我身后传来一阵骚动，有人从人群中挤了过来。

“坦纳！”那人语声嘶哑，大声嘀咕道，“你也到了！你消失的那段时间，我还担心是有更多瓦迪姆的打手找上了你！”

“那家伙在插队，”我听到有人在我身后小声念叨，“你看到了吗？我很想……”

我回过头去，凭直觉锁定了刚才说话的人，与之四目交接。“他是跟我一起的。如果你有意见的话跟我谈。否则的话，闭嘴，排你的队。”

奎伦巴赫溜进了队伍中，站在我身后。“谢谢……”

“不用谢。不过请你小声点，也别再提起瓦迪姆了。”

“所以你觉得，他真的可能在这里到处有朋友？”

“我不知道。但我可以暂时不惹任何麻烦。”

“我能想象，尤其是之前……”他脸色变了，“我甚至不愿意去回想那段遭遇。”

“那就别回想。运气好的话，可以永远都不必想起。”

队伍向前推进，走完了最后一圈螺旋线，进入了巨空艇顶部。里面很宽敞，照明颇有雅趣，感觉就像个分外堂皇的酒店大厅。走道往下绕了几个圈通往地板。人们在四处闲逛，手里拿着饮料，行李在他们身前自己跑来跑去，或是在由猴子处理。两侧都有倾斜的开窗，沿着机身的弧线展开，透过窗户大致可以看出这条蝠鲼翅膀的边缘线。巨空艇的内部肯定是几乎完全中空的，不过从我所站的地方能看到的还不及其中十分之一。

四周各处散布着一簇簇座位，有些适合聚拢谈话，有些围绕着一个滴水的人工泉，或是一丛奇特的植物。时不时会有个轿子在地板上滑过，那方方正正的形体动作犹如国际象棋的棋子。

我走向其中一个窗户口上方一对无人的座位。我已经累得只想安安静静地小憩片刻了，但又不敢闭上眼睛。万一没有更早班次的巨空艇离港，而瑞维奇甚至现在就在飞船上某处呢？

“心事重重啊，坦纳？”奎伦巴赫出溜进了我旁边的座位，“你满脸都写着这样的表情。”

“你确定这地方最适合你观赏景物？”

“问得好，坦纳，问得非常好。但如果我不坐在你旁边，我怎么能听到关于斯凯的信息呢？”他开始摆弄自己的公文包，“现在有大把时间，够你把剩下的事全都告诉我的。”

“你差点被杀，可你还满心想着那个疯子？”

“你不明白。我现在在想——为斯凯写首交响乐怎么样？”然后他伸出根手指比向我，做了个用枪瞄准的动作。“不，不是交响乐，是部弥撒曲。一部宏大的赞美诗，史诗性的广度……结构用精心安排的古风……连续五度，交错关系[1]，伴着一曲深沉的圣乐卡农……一曲挽歌，为纯真的失落；一首颂歌，献给斯凯勒·奥斯曼的罪行与荣耀……”

“根本没有荣耀，奎伦巴赫。只有罪行。”

“除非你告诉我剩下的故事，不然我怎么会知道呢？”

巨空艇抽出和定居点的连接插头时，飞船连连颤抖，发出一串闷响。透过窗户我可以看到定居点迅速消失，有几分头晕目眩。但是几乎在身体开始感受

1.一种在和弦中加入有所差异的音符（常为不同声部）制造特殊效果的手法。

到这一刻的变化之前，定居点就再度在下方俯冲而过，它的外壳从高大的窗户外掠过。然后外面只余太空。我环顾四周，人们居然都不受影响地仍在大厅里走来走去。

“我们不应该是处于零重力状态下吗？”

“在巨空艇里面不会这样，”奎伦巴赫说道，“从新温上脱开的那一瞬间，它沿着切线方向离开定居点表面，就像被甩出去一样。但那只持续了一瞬间，然后它就会加大推力，加速度一个 g。然后，它不得不稍微拐下弯，以避免撞上沿途的定居点。据我所知，这是整个旅程中唯一真正棘手的部分——只有在这个时候，你的饮料才有那么一点可能会被甩飞。但那头飞行员似乎很了解自己在做什么。”

“那头？”

“我相信，人们用经过基因改造的鲸类动物来驾驶这些东西。鲸鱼或鼠海豚吧，和巨空艇的神经系统永久连接在一起。不过别担心。它们从来没害死过人。下降的沿路上大部分时间感觉就像刚才这样顺畅。飞船就像是把自己放低，沉入大气层中，非常轻柔和缓慢。一旦进入有一定空气密度的区域，巨空艇就跟一艘巨大的硬式飞艇类似。当它接近地表时，它受到的正向浮力非常大，以至于它实际上不得不使用推进器才能不让自己上浮。我想，这就跟游泳很像。”奎伦巴赫对着一台路过的机仆勾勾手指，“我想这是送饮料的。要我帮你点什么，坦纳？”

我看着窗外。黄石星的地平圈此刻垂直于我们，让这个星球看起来就像一堵纯黄色的高墙。

“我不知道。周围那些人在喝什么？”

随着巨空艇将与太空旋轮匹配的轨道速度补偿消除，黄石星的地平圈慢慢向水平方向倾斜。整个过程十分平滑，但肯定经过精心策划——当我们最终相对于行星静止的那一刻，我们正好悬在渊堑城上空，而不是偏出个几千千米。

这时候，虽然我们离地表有几千千米，但黄石星的引力仍然几乎和地面上一样大。我们完全就像是坐在一座非常高，高到突破了大气层的山峰之巅。不过，巨空艇开始下降了，动作缓慢——带着一种不慌不忙的恬静，迄今为止的整个旅程都带有这种引人注目的特征。

奎伦巴赫和我默默观看着眼前的景色。

黄石星就像是太阳系里泰坦星的表亲，只是分量更重一些；这是个羽翼丰满的行星，而不是卫星。氮气、甲烷和氨气混杂，混乱不堪的有毒化学反应产生出了大气层，仿佛被涂满了乱七八糟的黄色系颜料，你能想象得到的每种色调都不缺；赭色、橙色、棕褐色，转动着扭成美丽的气旋柱，带有弯曲和褶皱，好似最精致的笔触。黄石星的大部分地表都非常寒冷，时常遭到凶猛的暴风、洪水和电磁风暴鞭挞。在遥远的过去，这颗行星曾和本地太阳系中的气态巨行星橘梦星发生过近距离遭遇，导致它围绕天苑四的轨道被扰乱。尽管这一事件肯定发生在数亿年前，但黄石星的地壳迄今仍在释放遭遇时产生的地质构造张力，向地表流泄能量。有一些猜测认为，马可之眼——这颗行星唯一的卫星——甚至就是它从气态巨行星那边俘获而来的；这样的历史可以解释该卫星偏居一侧的奇怪陨石坑[1]。

黄石星不是个宜居之地，但人类照样来到了此地。我试着想象在美好时代的巅峰期前来此地会有什么样的感受：你潜入黄石星的大气层，知道在那些金色的云层下有着美好如梦幻般的城市，其中最为非凡的就是渊堑城。那里的辉煌延续了两百多年……即使在最后的那几年，也没有任何迹象表明辉煌不能再延续几个世纪。没有出现腐朽的颓势，人们依旧不乏胆魄。但之后，那场瘟疫降临。所有的黄色都变成了疾病的色调——属于呕吐物、胆汁和感染的色彩；遮蔽整个世界的天穹在发烧，散落在地表的城市都已染病，就像是一块块下疳。

不过，曾经的那段日子确实美好。我喝着奎伦巴赫给我买的饮料想。

巨空艇并非冲入大气层，它是缓缓潜入其中的，下降慢到船外几乎看不出

---

1. 气态巨行星体积大、引力大，卫星容易处于潮汐锁定状态，仅有背对行星的一面会受到太空陨石袭击。

和大气的摩擦。上方的天空不再是纯黑色，开始略微有点发紫，然后变成了赭色。这会儿我们的重量时不时地有所波动——大概是由于巨空艇遇到了它无法完全挤过去的高压或者低压气团——但变化幅度只在百分之十到百分之十五。

“这里仍然很美，”奎伦巴赫说，“你不这么觉得吗？”

他是对的。此际，当一些混乱的暴风雨或潜在的大气化学变化在黄色的云层中暂时打开一道裂缝时，我们偶尔可以看到地表。波光粼粼的氨冰湖；荒地上怪诞的风蚀地貌；残破的尖峰，还有高达数里的拱门，犹如半埋在地底的巨兽骨骸。我知道，那下面有些单细胞生命形式——它们在地表形成了大片大片带有紫色和翡翠色光泽的薄层，或是在深处的岩层中形成血管般的脉络——但它们在这样的冰川期气候下几乎可以认为没有生命活动。地面上散布着若干小型的穹顶前哨站，但没哪个的规模可被称作城市。黄石星上只有少数几个定居点，其规模也只有渊堑城的十分之一，完全不能与之相提并论。即使是第二大城市菲利斯城，与首府相比也只是一个乡镇。

“适合游览的好地方。”我说。这句老话我没必要说完[1]。

“是的……你多半是对的。”奎伦巴赫说，“一旦我从周围环境中吸收到的养料足够支撑我的创作，并赚到足够的钱来支付乘船离开这里的费用……我很怀疑我是否还会继续逗留。”

“你打算怎么赚钱？”

“作曲家总是能找到工作的。你所需要做的就是，找到些有钱的赞助人，想要赞助一件伟大的艺术作品的人。他们觉得，由此他们自己也获得了少许某种意义上的永生。”

“如果他们已经是永生的，或者是超越死亡者，或者他们会用别的什么叫法的那种？”

“即使是超越死亡者也不能确定他们不会在某个时刻死去，所以在史上留痕的本能仍然很强烈。除此之外，在渊堑城有许多人曾经已超越死亡，但他们

1.俗语，没说完的后半句是“但我不会想在此定居”。

现在不得不去面对时时迫近的死亡，如同我们中有些人一直以来不得不面对。”

“我的心好疼。”

“事实……好吧，我们这么说吧，对许多人来说，死亡现在又回到了日程表上，这是几个世纪以来都没有过的。”

“即便如此，如果这里根本就没有任何富有的赞助人呢？”

“哦，有的。你也看到那些轿子了。渊堑城仍然有富人，尽管现在没多少人们所说的经济基础设施了。但你可以肯定，这里还是有人坐拥大把的财富和影响力，而且我敢打赌，有少数人比他们以前更富有，更有影响力。”

“灾难总是这样的。”我说。

“什么？”

“它们并非对每个人都是坏消息。总有些东西会乘流上浮。”

我们还在继续降低高度，这时我想到了掩饰身份和伪装的问题。我之前对这两个问题都没有多加考虑，但这正是我通常的行事方式：我更喜欢随机应变，而不是事先多做筹谋——撇开武器和后勤不谈的话。但是瑞维奇呢？他不可能知道瘟疫的事，这意味着，无论他制订了什么样的计划，在他得知发生的事情后计划就都被打乱了。但这里有个重要的区别。瑞维奇是贵族，而贵族的关系网会延伸到其他的世界——往往是基于几个世纪前的家族关系。瑞维奇有可能——甚至是很有可能——在渊堑城的精英[1]中有些人际关系。

即便他在抵达之前没有设法与那些人联系，这些人际关系对他也会很有用的。但是，如果他能够在来这里的路上向他们发出信号，预先警告他们，那好处就更大了。近光船移动的速度近乎光速，但在旅程的两端它必须要加速和减速。从斯凯先手星发出的无线电信号——在奥维多号出发前发出——会比飞船本身提前一两年到达黄石星，给他的盟友充分的时间准备迎接他的到来。

或者他也可能没有盟友。或者盟友确实存在，但信息从未被送达——在这

1.此处原文为法语。

个太阳系通信网络的混乱中迷失了路径，注定要在失灵的网络节点之间被没完没了地踢皮球。又或者，他也许根本就没时间安排发送信息，或是根本就没有想到这一点。

我很想从这些可能性中得到安慰，但有件事我是从来没有指望过的，我不能指望运气。

虽然通常那样会比较轻松。

我再次望向窗外，云层散开之际我第一次看到了渊堑城。我想着：那家伙就在下面，在某个地方……警觉地等待着。但即便如此，这座城市还是大得让人难以接受，摆在面前的艰巨任务让我有种要崩溃的感觉。现在就放弃吧，我这么想；那是不可能的。你永远也找不到他。

但这时我又想起了吉塔。

这座城市坐落在一个巨大的火山口内，火山外壁参差不齐，直径六十千米，最高点近两千米。当第一批探险家到达这里时，他们为躲避黄石星的狂风进入了火山口，搭建起一些轻薄的充气建筑，那些玩意儿在外面真正的恶劣环境中大概只能撑个五分钟。但他们同时也被这里的大裂谷——“渊堑”本身所吸引：在火山口的地理中心位置，有条深不见底、云遮雾障的陡峭深沟。

渊堑中喷出的气体永远是温暖的，这里是与气态巨行星相遇时被注入地核的构造能量的一个宣泄口。这些气体仍然是有毒的，但比起黄石星表面任何其他地方来说都更富含自由氧、水蒸气和其他微量气体。这些气体需要通过机器进行过滤，才能用于呼吸，但过程比起其他地方要简单得多，而且滚烫的热气可以用来驱动巨大的蒸汽涡轮机，提供的能量足够任何一个新兴殖民地使用，且绰绰有余。城市蔓延扩张到了火山口中的整个底面，包围了火山口中心的渊堑，甚至多多少少还侵入了渊堑深处。在渊堑边沿下数百米的险恶岩架上搭建起了许多建筑，由电梯和人行道互相连接。

不过，这座城市的大部分还是位于一个环绕着渊堑的巨大环状穹顶之下。奎伦巴赫告诉我，当地人管这个穹顶叫“大蚊帐”。严格来说，它实际上是十八个独立的圆顶，但由于它们浑然融为一体，很难说出彼此之间的界线到底在哪里。它的外表面已经有七年没有清洗过了，现在被染成了深深浅浅的棕黄色，脏兮兮的，几乎完全不透明了。穹顶上有些区域仍然干净得足以显示出它们下面的城市，不过基本纯粹出于偶然。从巨空艇上看过去，城市几乎像是正常的：高得吓人的大厦数量惊人，被压缩在都市之中，建筑密度日益恶化——这景象类似于对一台复杂得难以置信的机器内部所做的惊鸿一瞥。但这些建筑上有一些地方令人不安，它们的外形有些失常，形体扭曲到了任何正常建筑师都不会选择的程度。建筑在地面之上不断地分支，再分支，融合成了一整片的支气管状结构。这些建筑都黑乎乎的，看起来死气沉沉，只有在最高和最低两端还有少许灯光——仿佛是若干散落在这片支气管结构里的小灯笼。

“嗯，你知道这意味着什么吧。”我说。

“什么？”

“他们没开玩笑。那不是骗局。”

“是啊，”奎伦巴赫说，“他们当然没开玩笑。我也曾允许自己愚蠢地心怀妄想，认为有那样的可能；认为即便在腐锈带变成这样之后，即使在我亲眼看到了那些证据之后，这个城市本身或许依旧是完整的，就像个离群索居的隐士，将自己的财富秘密藏起，远离好奇者的探求。”

“但这里仍然有个城市，”我说，“下面仍然有人，仍然有某种形态的社会。”

“只是与我们所期望的不太一样。”

我们从穹顶上方低空掠过。这是片由金属和建筑用金刚石制成的格构建筑，格子的边框沿下垂帷幕的测地线伸展，整个帷幕绵延许多千米，一直伸入棕色大气层形成的背景之中消失不见。穹顶上零星散布着一队队维修工人，身穿太空服，看起来细小得跟蚂蚁一样，焊枪断断续续的火花显示出他们正在忙碌。我看到到处都有一团团灰色的蒸汽从穹顶的裂缝中喷流而出，穹顶内部的空气高高越过火山口的热阱顶部，撞入黄石星的大气层，然后低温凝结，犹如血块。下方的建筑几乎顶到了穹顶本身的底部，像是一堆在摸索向上的手指，患有关节炎的手指。这些痛苦地肿胀扭曲的手指间有黑色的线条延伸，就像是几乎彻底烂光了的手套残余的痕迹。在那些指尖有灯光群集，沿着它们之间最粗的连接网线伸展出去，形成一根根长而曲折的丝线。靠近些之后，我看到其中还有更精细的网眼花纹，那些建筑都被包裹在纤细的黑色纤维当中，纤维卷曲纠结在一起，仿佛有群发狂的蜘蛛曾经试图在其间织网。但它们制造出来的只是一大堆不连贯的线头，悬挂在空中，灯光在其间移动，轨迹好似醉鬼的踉跄。

我想起了斯特列利尼科夫号上收到的欢迎词，当中告诉我了一些关于融合疫的情况。建筑物的形体变化异常迅速——事实上，迅速到了变形的建筑物以比瘟疫本身要粗暴得多的方式杀死了大量人口。这些建筑物被设计成具备自我修复的能力，并且可以按照民意的奇思妙想重塑自身的形体——只要希望某栋建筑物改变形状的人口数量足够多，它就会服从；但瘟疫造成的变化是不受控的，而且突如其来，更类似于一系列地震引发的骤变。这个城市灵活多变到了如此完美而理想的境界，它可以一次又一次地被重新塑造，像冰雕一样被冻结、融化和重新冻结——然后就会有这样的隐患。没人告诉这个城市，它里面有人类居住，一旦它开始重塑自己的形体，这些人就可能会被碾碎。有许多死者都葬身于城市的畸形结构中，至今仍然在那下面。

然后我们下方不再是渊堑城，而是火山口外壁参差不齐的边缘；边墙上有个看起来宽度将将能容巨空艇通过的缺口，巨空艇从这里技巧娴熟地钻了进去。

我可以看到前方有一片黄油色的湖泊，湖边有一簇装有防护板的建筑。巨空艇降低高度，靠近湖面；现在它天然有种向上飘浮的趋势，为了抵抗这种趋势，努力保持自己的这个高度，它开动了助推器，尖啸声清晰可闻。

“离船时间到。”奎伦巴赫说。他从座位上站了起来，示意我看向大厅，所有人大致朝着同一方向走去。

“这些人都是要去哪里？”

“去空降舱。”

我跟着他穿过大厅，那里有十几组螺旋形的楼梯通向下方，那边整整一层都是离船甲板。人们正在玻璃气闸旁等待着搭乘水滴形的空降舱，前方有几十个空降舱正沿着导轨慢慢向前推进。前方有一道不长的坡道，一直通到巨空艇船腹外头；空降舱沿着坡道滑下，然后自由落体走完剩下的两三百米距离，在湖中溅起巨大的水花。

“你是说这东西实际上并不着陆？”

“天哪，当然不。”奎伦巴赫冲我笑了笑，“他们不会冒险降落的。现如今可不会。”

我们搭乘的空降舱从巨空艇的船腹滑出。里面有四个人：奎伦巴赫、我，还有另外两名乘客。另外两人正在热烈地谈论一位叫沃罗诺夫的当地名人，但他们说的诺特语带有很浓重的当地口音，我大约只能听懂三分之一的单词。在从巨空艇上降落的这段过程中他们全程泰然自若，甚至当我们深陷湖中，看起来可能会无法浮出水面时也一样。不过后来我们还是浮出了水面，由于空降舱的外壳是透明的，我还可以看到其他的空降舱在我们周围载沉载浮。

两台巨大的机器人涉过湖水来迎接我们。它们有三只脚，高高矗立在我们头顶上，靠三条框架式活塞驱动机械腿走动。它们开始用类似起重机吊臂的附肢收集浮在水面的空降舱，一个个放进各自主体下方的收集网里。我能看到每台机器人的顶部都有个人，在加压舱里拼命操作着杠杆的驾驶员看上去显得十分细小。

机器人走到湖边，将捞上来的空降舱全都放到一条皮带上，皮带转动，将我们送进了从巨空艇上看到的一栋建筑物中。

在建筑物内部，我们被送入了一个加压接待室，在那里空降舱被从传送带上取下，由一群神情厌倦的工人打开。空舱被传送到另一片登船区，样子跟巨空艇上的差不多，有乘客带着行李在那里等待。我推测那些三脚机器人会把他们带到湖中央，然后把空降舱一一举起，抬到让巨空艇能够捞起的高度。

奎伦巴赫和我离开了空降舱，跟随着乘客人流从接待室出发，穿过一条条冰冷、昏暗的隧道。空气有股陈腐的气息，仿佛我每次吸进肺部的气体都已经不知道从第几个人的肺里呼出来过了。但确实是可以呼吸的，这里的重力感觉不比在腐锈带的定居点强到哪儿去。

“我之前并没有一个清晰的预想，”我说，“但这完全出乎预料。没有欢迎标语，看不到保安，什么都没有。这让我有些好奇海关入境管理区会是什么样了。”

“你不必好奇，”奎伦巴赫说，“你刚从那里离开。”

我想起了我给阿米莉娅的那把钻石枪，当时我给得毫不犹豫，因为反正明知我不可能把它带进渊堑城去。

“那就是？”

“好好想想。你会发现，要想找样渊堑城里头没有的东西带进去其实是超级困难的。检查武器毫无意义——他们已经有足够多的武器了，再多一件又有什么区别？他们反倒更有可能拿走你所拥有的武器，然后按以旧换新算个折扣，卖给你更高级的。对疾病的筛查也同样毫无意义。太麻烦了，而且比起你将疾病带入城市，你在这里染上疾病的可能性要大得多。或许少数外星益生菌实际上反而会对我们有好处。”

“我们？”

“他们。一时口误。”

我们进入了一片照明充足的区域，那里有宽大的窗户，可以俯瞰湖面。巨空艇正在装载空降舱，这台状如蝠鲼的机器的背脊表面仍然光焰四射，因为它必须让助推器向上喷火才能保持现在的位置。每个空降舱在进入巨空艇船腹之前，都要从一道紫色的焰环中穿过，进行消毒。也许这个城市并不关心有什么从外头进去，但外面的宇宙似乎还是理所当然地关心有什么从那里出来。

“我们从这儿要怎么去城里？我觉得你应该有所了解。”

“据我所知，实际上只有一个办法，那就是搭乘渊堑城和风号。”

下一段连接隧道里有顶轿子在缓缓移动，奎伦巴赫和我从它旁边擦身而过。竖立的箱子上装饰着黑色的浮雕图案，展示着这个城市过去的浮华场景。

我们越过这架慢速移动的载具时，我冒险回头看了一眼，我的目光对上了一个充满恐惧的眼神，来自里面的隐匿者：那人坐在厚厚的绿色玻璃后面，脸色苍白。

有一些步行机仆在搬运行李，但它们身上有些地方相当原始。它们不是线条流畅的智能机器，而是笨重的、容易出错的机器人，笨得跟狗一样。这里现在已经没有真正聪明的机器了，那种玩意儿只有在那些轨道飞地中才有可能存在。但剩下的这些机仆尽管质量低劣，也受到了明显的重视：作为还残留几分财力的标志。

此外，还有那些富人——那些不在轿子的庇护下旅行的人。我认为这些人体内应该没有任何复杂的植入装置，至少肯定不会有任何可能受瘟疫孢子影响的植入装置。他们行色匆匆，紧张不安，每个人身旁都围着成群结队的机仆。

前方的隧道变宽，连到了一个地下洞穴，墙上有好几百盏灯台，灯火闪动，光线暗淡。空气里有股稳定的暖流吹过，带着一股机油的臭味。

有个巨大、相当狂野的玩意儿在洞穴里等待着。

它被架在四组双轨条轨道之间，轨道环绕在它周围，互相间隔九十度：一组在机器下面，一组在上面，两侧也各有一组。轨道本身由钢架结构支撑，不过在洞穴两端它们穿入了环形隧道中，被固定在墙壁上。我不禁想起了圣地亚哥号上的列车，那东西在关于斯凯的某个梦中出现过，也是被包夹在一套类似的轨道当中——虽然那些轨道只是用来引导感应电磁场的。

这里的情况则不同。

列车本身的构造是四重对称的。正当中是个圆柱形的核心，顶端有个子弹状的车头，车头中心装有一个巨大的头灯。从这个核心伸出四组独立的巨大双排铁轮，每组有十二个轮轴，分别锁定在一组轨道上。每组十二个主轮边上都插着三对巨大的汽缸，每对汽缸对应四组车轮，连接机构由锃亮的活塞和足有大腿那么粗、涂有润滑油的铰接式曲柄组成，布局复杂到让人眼花缭乱。大量的管路装置在机车周围蜿蜒盘旋，它原本的设计格局可能是富于对称而颇为优美的，但完全被那些看起来随意排布的排气口给破坏了。所有的排气口都在朝着洞穴的天花板猛喷蒸汽。这机车在嘶吼着，好似一条忍耐力已经濒临极限的龙。它就像是真的生物，像得令人不安。

后面是一连串的客车车厢，有着同样的四重对称性，也同样被那四组轨道笼在当中。

“那就是……”

“……渊堑城的和风号，”奎伦巴赫说，“相当狂野，不是吗？”

“你是说那东西真的会开走？”

“如果不开那才不合情理。”我盯着他，于是他继续说道，“我听说他们从前有磁悬浮列车，开进渊堑城，以及其他殖民地。有专门的真空隧道。但在大疫之后，它们肯定已经没法正常运行了。”

“然后他们认为拿这玩意儿代替是个好主意？”

“他们没有多少选择。我觉得，现在也没人需要很快到达某个地方了，所以列车无法像过去那样以超声速运行并不重要。每小时一两百千米的速度就绰绰有余了，即便是要前往其他定居点也一样。”

奎伦巴赫迈步走向列车后方，通往客车厢的活动坡道在那边。

“为什么是蒸汽动力？”

“因为黄石星上没有任何化石燃料。有些核电机组仍在工作，但总的来说，渊堑本身是这里唯一被广泛应用的能量来源。因此，如今这城市里的很多东西都是靠蒸汽动力运行的。”

“我还是无法接受，奎伦巴赫。人们不会因为无法再使用纳米技术就跳回六百年前。”

“也许会的。瘟疫发生后，它影响的范围比你想象中要大得多。几个世纪以来，几乎所有的制造业都是靠纳米技术完成的：材料的生产，塑形。这一切突然变得粗糙了许多。即使本身没有使用纳米技术的东西也是依赖纳米技术制造出来的，设计公差精细得难以置信。这些材料都无法再复现了。这不仅仅是一个用稍微不那么复杂的东西来完成任务的问题。他们必须达到一定的技术高度，然后才能开始重建，那之前他们只能大开历史倒车。那就意味着使用粗陋的方式对金属进行熔炼和加工。还有，别忘了，与此有关的大量数据也已经丢失了。他们是在盲目摸索。就像是一个二十一世纪的人，在压根对冶金学一无所知的情况下试图弄懂该如何制造一把中世纪的剑。你得知道，某个技术是原始的，并不一定意味着它就更容易被重新发现。”

奎伦巴赫停下来喘口气，站在原地不动，头顶上是一块哗啦啦翻动着的目的地指示牌。上面显示有班次前往渊堑城、菲利斯城、罗瑞恩城、新欧罗巴及其他地方，但渊堑城以外的地方每天基本上只有一趟。

“所以他们已经尽力而为了，”奎伦巴赫说，“当然，在瘟疫中还是有些高科技制品幸存。这就是为什么你仍然会看到文明的遗存，甚至这里就有——机仆、飞船——但它们多半是富人的私有物。富人掌握着所有的核能发电机，以及城市中剩下的少数反物质发电厂。我想，在下面的地沤区情况就大不一样了。那里也会很危险。”

在他说话的时候，我一直在看指示牌。如果瑞维奇坐火车前往某个较小的定居点，那我的工作就会容易得多，因为在那里他会很显眼，而且难以脱身。但我认为，他很有可能会搭乘第一班火车前往渊堑城。

奎伦巴赫和我缴纳了费用，登上火车。挂在火车头后面的车厢看起来比其他地方要旧得多——也先进得多，它们是从原来的磁悬浮列车上拆下来的，被废物利用装上了轮子。光圈式车门内收关闭，然后整个列车组在哐当声中启动，开始缓缓向前，速度跟步行差不多，然后艰难地加快。车轮打滑的吱嘎声断断续续地响了一阵子，然后车身运动平稳了下来，蒸汽从我们身边飘向后方。火车钻进了一条狭窄的隧道，隧道里又有一个巨大的光圈式活门，然后我们又穿过了一系列的气闸，最终我们行驶的环境肯定接近真空状态了。

旅程变得安静得可怕。

客车厢拥挤得像是监狱的转送车辆，乘客看样子都压抑到了昏昏欲睡的地步，就像一群被打了药物，正运往羁押所的囚徒。天花板里掉出来一堆屏幕，现在上面正在循环播放广告，但里头提到的那些产品和服务看样子都不太可能在瘟疫中幸存。我可以看到在靠近车厢顶端的区域有些轿子挤在一起，活像是殡仪馆里的棺材。

“我们要做的第一件事就是把这些植入物拿出来。”奎伦巴赫偷偷倾身靠近我说道，“现在我一想到我脑子里还有那些玩意儿就受不了。”

“我们应该能找到个人把这事很快搞定。”我说。

“不仅要快，还要安全——二者缺一就没多大意义了。”

我笑了笑。“我认为，现在担心安全问题可能有点太晚了，你觉得呢？”

奎伦巴赫瘪了下嘴。

我们身旁的屏幕上正在播放一个广告，推销一款外形极其流畅优美的飞行器，跟我们那边的喷气飞车类似，只是那样子看起来似乎是由昆虫的不同部分拼成的。但这时屏幕出现一阵静电噪声，随后有名打扮得像艺伎的女人出现在屏幕上。

“欢迎乘坐渊堑城和风号。”这女人嘴唇上涂着唇彩，脸颊红润，让人联想起瓷娃娃。她身披一件精致得不可思议的银色外套，高高的领子弯曲到她的脑后。“我们目前正在穿过跨火山口隧道，将会在八分钟后抵达大中心火车站。我们希望您和我们共处的这段旅途愉快，也希望您在渊堑城的时间心情快乐，万事顺遂。同时，在等待我们到站期间，我们邀请您来与我们共享这座城市的一些亮点。”

“这段节目应该会很有趣。”奎伦巴赫说。

火车车厢的窗户闪动起来，变成了全息显示屏，我们看到的不再是疾驰而过的墙壁，而是令人惊叹的城市美景，就好像火车刚才穿过了七年的时光隧道，回到了过去。列车穿行于美如梦幻的建筑之间，两边都是壁立千仞的高楼，好似用整块的纯欧珀或黑曜石雕刻出来的群峰。在我们下方是一系列梯田般的楼层，上面有美丽的花园和湖泊，人行道和市政交通管道交织其间。远方的建筑渐渐隐没在蓝色的雾气中，直落万丈的深渊将它们分隔成一个个孤岛，深渊中到处都是霓虹灯、巨大的多层广场和未经雕琢的岩面。空中五颜六色的飞行器熙熙攘攘，其中有些形状类似异星的蜻蜓或蜂鸟。载客飞艇在这些小玩意儿的蜂拥之中悠然自得；几十个细小的身形在飞艇吊舱的栏杆边上探头探脑，恣意狂欢。在飞艇上方隐约可见最高大的那些建筑物，恍如一团团形状规则的云朵。天空是一片纯粹的电光蓝，交织在穹顶那精巧而规整的点阵之间。

然后城市周围的一切朝着遥远的彼方退去，一个又一个的奇迹从我们的视野内渐渐隐去。它的范围只有六十千米，但看上去似乎是无穷无尽的。渊堑城的奇观似乎足以让人看上一辈子，甚至是当代人的一辈子。

但没人告诉这个模拟程序瘟疫的事情。我不得不自己提醒自己，我们仍在迅速穿过火山口外壁下的隧道；事实上，我们还没有到达城市本身所在。

"我现在明白为什么他们把那个年代称为'美好时代'了。"我说道。

奎伦巴赫点了点头。"他们曾拥有这一切。你知道最糟糕的是什么吗？他们很清楚这一点。与历史上任何其他的黄金时代不同……他们知道自己正活在这个最好的时代。"

"那一定让他们非常难以忍受。"

"嗯，他们无疑已经为此付出了代价。"

差不多就在这时，我们忽然之间进入了渊堑城白昼的天光之中。火车肯定已经穿过了火山口的边缘，并通过了穹顶的边界。它正在穿过一根悬空的管道，就跟先前全息图所显示的情况类似，但这根管道周围几乎全是脏污，只偶尔在一瞬间能看到外面；刚能让我看出我们正穿过的区域看起来像是一系列密集的贫民窟。全息录像仍在播放，于是旧日的城市被叠映在新的城市上，就好像是一层模糊的鬼影。前方的管道拐了个弯，通入一栋分成好几层的圆柱形建筑中。这里还向外辐射出其他的管道，穿过整个城市。随着我们靠近这栋建筑，火车的速度渐渐减慢。

渊堑城大中心火车站到了。

我们进入大楼时全息幻象也消失了，对美好时代最后的一点稀薄回忆也随之而去。然而，虽然全息图那么辉煌灿烂，但似乎除了奎伦巴赫和我，没人怎么注意它。其他乘客只是默默站在那里，反复审视着满是垃圾，还被烧焦了的地板。

“你还认为你能在这里取得成功吗？”我朝奎伦巴赫发问道，“在你看到眼下的状况之后？”

他回答之前沉思了许久。

“谁又能保证我不能呢？也许现在的机会比以前更大了。也许只是个适应的问题。不过有一点是肯定的。”

“那是？”

“我在这里写出的音乐，绝不会让任何听众欢欣鼓舞。”

大中心火车站就跟大半岛丛林深处一样潮湿，也像密林树荫下的地面一样缺乏光线。我热得汗流浃背，脱掉了瓦迪姆的大衣，把它夹在一只胳膊下。

“我们必须把植入装置取出来。”奎伦巴赫扯了扯我的袖子，又说了一遍。

“别担心，”我说，“这事我没忘。”

支撑着天花板的支柱上开有凹槽，它们拔地而起，状若哈玛德律阿得斯树，直到尖端穿过屋顶，伸向外面阴暗的棕色天空。在这些柱子之间是个人口密集的集市：一片由帐篷和摊位组成的杂乱城区，其间只有最狭窄和最曲折的通道可供穿行。摊位被建在，或者说堆在一起，层层叠叠，结果让有些通道变成了低矮得要命的隧道，依靠灯火照明，人们不得不弯腰驼背地在里面钻来钻去。这里有几十家摊贩，有好几百人，当中很少有人带有陪同的机仆。这里有被拴着的异国宠物，有经过基因强化的仆人，还有关在笼子里的鸟和蛇。有几个隐匿者犯了个错误，他们试图强行通过集市，而不是绕过去另寻他途，于是现在他们的轿子进退不得，被商人和骗子骚扰个没完。

“如何？”我说，“我们是冒同样的风险呢，还是找条路绕过去？”

奎伦巴赫把他的公文包紧紧抱在胸前。“我认为我们应该冒险，虽然我也知道这很不明智。我有种直觉——注意，只是直觉——我们可能会被引向我们都迫切需要的服务。”

“这可能是个错误。”

“并且很可能不是今天的第一个错误。反正我也快要饿得受不住了。这附近必定会有些东西可以吃——而且应该不会让人立刻中毒。”

我们挤进了集市。奎伦巴赫和我刚走了十几步路，就引来了一群快活的孩子和暴躁的乞丐。

“我的额头上是用醒目的霓虹灯字母写着‘人傻钱多’吗？”奎伦巴赫说。

“是我们的衣服。”我边说边把又一名顽童推回包围的人群中，“我都认出了你的衣服是冰封托钵僧出品，哪怕我当时甚至都没怎么仔细看你。”

“我不明白，那能有多大影响。”

“因为它意味着我们来自外面，”我说，“这个太阳系之外。不然还有谁会穿冰封托钵僧做的衣服？这就自动保证了一定程度的富有，或者至少是有这种可能。”

奎伦巴赫又恢复了自我保护意识，把他的行李紧紧地抱在胸前。我们向集市深处一路挤去，直到我们找到了个摊位，上面卖的东西看起来可以吃得进口。在爱德怀德安养院，他们对我的肠道菌群进行了调整，以适应黄石星的环境，但那是一种泛用疗法，不能保证对特定的某样东西有用。现在我有机会测试一下它到底有多大的非特异性了。

我们买了些热乎乎、油腻腻的糕点，里面灌着些半熟的肉馅，看不出是什么肉。调料加得很多，可能是为了掩盖肉里隐隐的酸臭味。但我在斯凯先手星上吃过更难吃的口粮，现在这玩意儿倒是让我觉得多少还算可口。奎伦巴赫狼吞虎咽地吃完了他那份，然后又买了一份，不管不顾地吃完了。

“嘿，你，”有个声音说道，“植入物，取出？”

一个小孩拽住了奎伦巴赫的冰封托钵僧外套的下摆，把他往集市更深处拖。这孩子的衣服再过一两个星期就会变成烂布条，但现在还徘徊在破败的边缘。

“植入物，取出。”那孩子又说，“你们新来这里，你们不需要植入物，先生们。多米尼加夫人，她可以把它们弄出来，价格好，速度快，没有太多出血和痛苦。你也一样，大块头。”

那孩子的手指钩住了我的腰带，也在用力拖动。

“这……没有必要。”奎伦巴赫无力地反对道。

“你们新来这里，有冰封托钵僧的衣服，现在就需要取出植入物，在它们发癫之前。你们知道那意味着什么吗，先生们？很大声地尖叫，脑壳爆炸，脑浆飞散，衣服一片狼藉……我想，你们不会希望那样的。”

“是的，非常感谢。”

另一个孩子冒了出来，拽着奎伦巴赫的另一只袖子。“嘿，先生，别听汤姆的，来找胡狼大夫看吧！二十个人中他才杀死一个！死亡率在大中心站最低！不想发癫，去见胡狼吧！”

“去吧，然后免费得到永久性脑损伤，”多米尼加的孩子说道，“别听他的，在渊堑城，人人都知道多米尼加最棒！”

我说：“你为什么犹豫不决？你不正是希望找这种地方？”

“没错！”奎伦巴赫恼火地小声说道，“但不是这样的！不是在某个脏得要死的帐篷里！我所期待的是一个好好消过毒的设备齐全的诊所。事实上，我相信我们可以找到更好的地方，坦纳，你相信我……”

我耸了耸肩，让汤姆拖着我向前走去。“也许一个帐篷已经是最好的了，奎伦巴赫。”

“不！这不可能。城里肯定有……”他无助地看着我，希望我控制住他，把他拖走，但我只是笑了笑，朝帐篷点了点头，那是一个蓝白相间的亭子，顶部略微倾斜，固定绳被拴在插进地面的铁销上。

“快请进吧。”我示意请奎伦巴赫走在前头。我们进入了帐篷，所在之地是个接待室，不是主体，房间里只有我们和那个孩子。我现在看得到，汤姆有种精灵般的美，性别难以分辨，因为穿着那身破烂的衣服，脸部又被长长的黑发遮住。这孩子的全名可能是托马斯，又或者是托马斯娜，但我觉得更可能是前者。这里有张桌子，上面放着香薰蜡烛，还有个孔雀石小盒子，盒子里传出西塔琴演奏的乐声，汤姆和着音乐节拍摇动起身子。

“这还不算太糟。”我说，“我的意思是，这里没有血，没有到处都是大脑组织。”

“不，”奎伦巴赫突然做出了决定，“不要在这里，不是现在。我要走了，坦纳。你可以留下或跟随我，随你的便。”

我尽可能小声地对他说：“汤姆说的是真的。你现在需要把你的植入物取出来——如果冰封托钵僧之前没给你取的话。”

他抬起手，挠了挠头皮上的短毛，发出刺耳的刮擦声。“也许，他们只是想用这些故事来吓唬人，招揽生意。”

“或许吧——但你真的想冒这个险吗？那硬件留在你的脑袋里，就像颗定时炸弹。还是把它拿出来的好。毕竟，你随时都可以再把它放回去。”

“由一名在帐篷里自称多米尼加夫人的女人？我宁愿用把生锈的铅笔刀和镜子来自个儿碰碰运气。”

“那也行。只要你在发癫之前完成就好。”

那孩子已经拖着奎伦巴赫穿过隔断，进入前方的隔间。“说起来，还有钱的问题，坦纳——我们俩都不太富裕。我们不知道我们能否负担得起多米尼加的服务费用，不是吗？”

“此话非常有理。”我抓住汤姆的衣领，温柔地把他拖回接待室。“我和我朋友需要尽快卖掉一些货物，除非你的多米尼加夫人是做慈善生意的。”看到汤姆对这句话毫无反应后，我打开了我的手提箱，给他看了看里面的部分物品。“卖，换现金。哪里？”

这样似乎算是让他听懂了。“绿色和银色的帐篷，穿过市场。说是多米尼加让你去的，你就不会有大麻烦。”

“嘿，等--下。”奎伦巴赫现在已经走到了两个隔间之间。我可以看到主间里的情形：一个体形硕大的女人坐在一张长长的诊疗台后面，正在研究她的手指甲；诊疗台上方的铰接式吊杆下悬挂着一堆医疗设备，金属在烛光下闪闪发光。

“怎么？”

“为什么是我来当小白鼠？我记得你说过，你也需要移除你的植入物。”

“你记得没错。所以我很快就会回来。我只是需要把我的一些财产换成现金。汤姆说我可以在集市里完成这件事。”

他的脸色从困惑不解变成了愤怒。

“但你不能现在去啊！我以为我们是一起的！旅行的伙伴！不要这么快就背叛我们的友谊，坦纳……”

“嘿，冷静点。我没有要背叛任何东西。等她给你做完手术，我应该也已经弄到了足够的现金。”我朝那个胖女人点了点手指，“多米尼加！”

她无精打采地转过身来面对我，张开嘴唇发出了一个无声的问询。

“给他做手术需要多长时间？”

“一个小时。”她回答，“多米尼加，真的快。”

我点了点头。“这时间绰绰有余了，奎伦巴赫。你只管坐下，让她完成她的工作就好。”

他看了看多米尼加的脸，似乎稍微平静了点。

“真的吗？你会回来？”

“当然了。我不会在脑子里还有植入物的情况下踏入城市。你认为我是什么人，疯子吗？但我确实需要钱。”

“你打算卖什么？”

“一些我自己的货物。一些我从我们共同的朋友瓦迪姆那里拿来的东西。这种东西肯定有市场，否则他就不会囤积。”

多米尼加正试图把奎伦巴赫拉到她那张诊疗台上，但后者仍然顶住拉扯，成功地站在原地。我想起了我们最开始劫掠瓦迪姆的住所时，他是如何冲动地改变主意的——一开始抵制盗窃行为，然后自己热情地投身其中。我看得出，现在也在发生类似的一百八十度大转弯。

“该死的。”他嘟哝着摇了摇头。他神情古怪地看了看我，然后打开自己的包，在乐谱堆里翻找，最后打开了公文包底部的一组隔层。他从里面抽出了几根从瓦迪姆那里拿到的体验棒。“反正我也不擅长讨价还价。把这些东西拿去，卖个好价钱吧，坦纳。我想应该足够支付这手术的费用。”

“你相信我能办得到？”

他眯缝起眼睛看着我。“卖个好价钱。”

我接过那些物品，把它们跟我自己的放到一起。

在他身后，那个大块头女人在房间中盘旋飞动，脚离地面几寸高，那样子活像艘没拴好的飞艇。一副黑色的金属背带包裹着她，靠一根复杂的多节气动臂和一面墙壁连接，气动臂的关节开合转动时蒸汽往外嗞嗞直冒。一卷卷的肥肉遮住了她难以分辨界限的头部和躯干之间的过渡区域。她的双手张开，就好像在晾晒刚刚涂好的指甲。只不过每根指尖都被套上了——或者也许是变成了——指套。每个指套顶端都有些专业医学装备。

“不，他先来。”女人朝我这边伸出一根小指，那根指套上装着的设备看起来像个小小的无菌穿刺叉。

“谢谢你，多米尼加，”我说，“但你最好先去照料奎伦巴赫。”

“你会回来吗？”

“是的——一旦我获得了资金就回。”

我笑了笑，离开了帐篷，与此同时，我耳中听到了电钻开启加速的声音。

第十四章

翻看我物品的人头上绑着的眼镜咔嗒咔嗒响个不停。他光秃秃的头皮上布满了细密的疤痕，就像个被不专业地勉强补起来的破花瓶。他将我给他看的所有东西一件件用镊子夹起，举到眼镜跟前仔细检查，那副做派就像是个鳞翅目昆虫老专家。在他旁边有个年轻人，在抽着手工制作的香烟，头上戴着个头盔，和我从瓦迪姆那里拿的那个一样。

“这堆破烂里头有一些我可以派上用场，”戴眼镜的男人说道，“大概吧。你说这都是真的，嗯？都不是虚构的？”

“那些军事场景是在相关战况发生后对士兵的记忆进行搜思而来的，那是常规情报收集操作的一环。”

“是吗？然后它们是怎么落到你手里的呢？”

他没等我回答就把手伸到了桌子下面，拿出个用弹性带密封的小罐子，从里面数出几十张钞票，都是当地的货币。正如我之前注意到的那样，这些钞票上印着的面额相当古怪——十三，四，二十七，三。

“我从哪儿弄到的这些东西跟你他妈的无关。”我说道。

“确实无关，但这并不妨碍我问。”他抿了抿嘴唇，“现在你都开始浪费我的时间了，是没别的东西了？”

我让他检查了下我从奎伦巴赫那里得到的体验棒，然后看到他噘起了嘴，先是摆出蔑视的姿态，然后变成一副厌恶的样子。

“怎么？”

“你这是在侮辱我，而我不喜欢这样。”

“如果这些东西毫无价值，”我说，“你告诉我就好，我马上离开。”

“这些东西倒并非毫无价值。”他又检查了一遍之后说道，“实际上，它们正是我可能会买下的那种物品——如果是一两个月前的话。大提顿星很流行。人们对那些史莱姆塔构造百看不厌。”

“那问题出在哪儿？”

“这些鬼东西早就进入市场了，这就是问题所在。这些体验棒外面到处都是，天天贬值。这些肯定是——怎么说呢？第三代或第四代盗版？真正便宜得要死的垃圾。”

他仍然扯出了几张钞票，但远不及他为我自己的体验棒所付的那么多。

“你还能给我什么惊喜吗？”

我耸了耸肩。“那要看你在寻求什么了，不是吗？”

“发挥你的想象力。”他把一根军事体验棒递给他的助手。那个年轻人下巴上的胡须刚试探着冒出了头，只能算是些绒毛。他弹出了自己正在运行的体验棒，然后把我那根体验棒塞了进去，全程没把护目镜从自己眼睛上移开。“有没有黑色的东西。亚光黑色。你明白我的意思，对吗？”

“我有个相当不错的想法。”

“那就把它吐露出来，要不就离开这屋子。”在他身旁，那个年轻人开始在座位上抽搐。“嘿，那是什么鬼玩意儿？”

“那个头盔有足够精细的空间分辨率来刺激快乐和痛苦中枢吗？”我说。

“如果它有？”他斜过身子，在抽搐的青年头上狠狠地拍了一下，将回放头盔给打飞了出去。青年滑进了自己的座椅里，仍然在抽搐，眼睛瞪得大大的，口水直往外流。

“那么他大概不该随意访问它。”我说道，“我的猜测是，他刚好撞上了一场北方邦联的刑讯。你曾经被切掉过自己的手指吗？”

眼镜男嘎嘎怪笑。“真糟糕。太糟糕了。但这种东西是有市场的——就像那些黑色的玩意儿一样。”

要看看瓦迪姆的商品质量如何，再没有比现在更好的时机了。我递上了一根黑色的体验棒，是那些上头压印着小小银色蛆虫图案的体验棒之一。“你的意思就是指这个吧？”

他起初满面狐疑，直到他更仔细地把这根体验棒反复检查了一番。在一双训练有素的眼睛看来，那上面大概有些难以言喻的细微指征，能供人区分正品和低质假货。

“如果是盗版，那也是高质量盗版，这意味着里面的东西肯定很值一笔。嘿，满脑屎的小子，试试这个。”

他跪下来，捡起那个破旧的回放头盔，把它扣回年轻人的脑袋上，然后准备插入体验棒。年轻人这会儿刚开始恢复几分活力，一看到那根体验棒就用手在空中胡乱虚抓，试图阻止那人把它按进头盔。

“把那条见鬼的蛆虫拿开……”

“嘿，”那人说，“我只是想给你看个好宝贝，丑八怪。”他反手把那根体验棒塞进了自己的外套里。

“你为什么不自己试试呢？”我说。

“和他不想让那鬼玩意儿靠近他头骨的原因他妈的一样。那感觉可不好。”

“北方邦联刑讯的感觉也不好。”

“相比之下，那只算是去蛋糕店里游玩。那只是痛苦而已。”他小心翼翼地拍了拍胸前的口袋，“这里头的东西可能比那要更加不愉快个九百万倍。”

“你的意思是内容并不总是一样的？”

“当然不是，否则就不会有风险因素了。而这些玩意儿产生的作用，永远不会给你两次完全相同的旅行。有时里面只是些蛆虫，有时你就是蛆虫……有时还会更糟糕，糟糕许多……”突然间，他显得很高兴，“但是，嘿，这玩意儿有市场，我算老几，有什么资格说三道四？”

“为什么人们会想体验这样的东西？”我问道。

他朝那年轻人露出个怪笑。“嘿，这算什么，他妈的哲学问答时间？我凭什么会知道答案？这要谈到人性问题了，而这里的人性已经是他妈的被深深扭曲的了。”

“跟我多讲讲这玩意儿吧。”我说道。

在广场中心，有座装饰着华丽珠宝的高塔，高高矗立在集市上方，看起来宛如一座宣礼塔。塔顶上安着一个四面钟，被设置为显示渊堑城本地时间。大钟刚刚敲响，宣告黄石星一天二十六个小时中的第十七个小时到来，一群穿着太空服的活动小像从表盘下冒了出来，做出一番复杂的动作，可能是某种准宗教性质的仪式。我查看了下瓦迪姆的手表——我自己的手表，我强迫自己这么想，毕竟我现在已经第二次将其“解放”到自己手中，发现两者显示时间大体还算一致。如果多米尼加的估计准确，那她应该还在忙着给奎伦巴赫动手术。

那群隐匿者现在已经通过了集市，大多数看起来有钱的人也已经离开了，但这里仍有不少应该是新近才变穷的人——至今他们的脸上还略带一丝震惊的表情。大概七年前他们只是比较有钱，不是那种神通广大，足以让自己免于瘟疫的人。我怀疑当时在渊堑城是否有真正的穷人，但人们的社会影响力总还是有高低之别的。尽管这里很热，人们还是穿着厚重的深色衣服，大部分还戴着些珠宝首饰。女性基本上都戴着手套和帽子，在宽边帽、面纱或是头巾下大汗淋漓。男人们穿着厚重的大衣，衣领上翻，脸部被巴拿马帽或形状丑陋的贝雷帽所遮盖。许多人脖子上都挂着小小的玻璃盒，里面装着的东西看起来像是宗教圣物，但其实是原本的植入物，它们被从宿主体内取出，然后被作为从前财富的象征随身携带。虽然人们的年龄看上去各不相同，但我没看到任何一个样子真的很老的。或许是这里的老人都不愿意冒险前来集市，但我还记得奥卡尼亚所说的其他世界的延寿疗法状况。我在这里看到的某些人完全有可能已经有两三百岁了，他们的记忆可以追溯到马可·菲利斯和后美利坚人时代。他们一定有过很多离奇的经历……但我怀疑他们所有人见证过的所有事都比不上最近的大变这么离奇：这是他们城市的大变容，是整个社会的崩溃，这个社会的福祉绵长、人民富足，之前看起来似乎坚不可摧。无怪乎我看到了那么多人面带戚容，就好像他们都心知肚明，哪怕形势再怎么天天向好，过去的美好时光也不会重来了。目睹这般无孔不入的忧郁氛围，谁都不能不心生几分同情。

我开始踏上返回多米尼加帐篷的路途，但又忽然怀疑起我何必费这个事。

我有些问题想问多米尼加，但这些问题同样可以问她的某个对手。到头来我总是免不了得跟他们谈谈的。唯一能把我和多米尼加联系起来的是奎伦巴赫……即便我已经开始容忍他的存在，但我一直都知道，我最终还是必须甩掉他。我可以就这样走掉，完全离开车站，然后我们很可能从此再也不会见面了。

我一直往前走，直到抵达集市对面。

对面没有墙，而是敞开的出口，通过出口可以看到城市的低层，从车站一侧流下的脏水形成一道无休无止的雨幕，遮挡在城市之前。待客的黄包车歪歪扭扭地勉强排成一条线。它们基本上就是个直立的箱子，被两个宽大的车轮稳稳架在当中。有些黄包车装有发动机，它们前方连接着蒸汽机，或是突突作响的甲烷动力发动机。司机们懒洋洋地躺在车上，等待着车费到手。其他的则要靠脚蹬，里头有几辆看起来还是由旧轿子改装的。在这排黄包车后面还有些更豪华些的交通工具：两架蹲踞在机坪上的飞机，跟我在斯凯先手星熟悉的喷气飞车很像；还有三架飞行器看起来像是直升机，只是为了停放方便将旋翼折叠了起来。一队工人正把一顶轿子送上其中一架飞机，为了通过入口把轿子略为倾斜了一下。我见到的这一幕是一起绑架案，抑或是一次租机接送？我无从得知。

虽然我可能租得起一架喷气飞车，但看起来还是去雇辆黄包车最靠得住。

就算我心里没有任何特定的目的地，至少我还可以感受一下城市这一区域的氛围。

我迈步前行，径直穿过人群，目光坚定，凝视前方。

然后，我走到一小半就停了下来，转身回到多米尼加的帐篷。

“奎伦巴赫先生的手术做好了吗？”我问汤姆。这孩子一直在随着西塔琴的音乐摇摆；看他的样子，有人在未被要挟的情况下进入多米尼加的帐篷让他也大吃一惊。

“先生，他还没做完呢——还要十分钟。你弄到钱了？”

我不知道奎伦巴赫的手术要花多少钱，但我估计他那些大提顿体验棒换来的钱可能刚好够用。我把那些钞票和我自己的分开，放到桌上。

“不够，先生。多米尼加夫人，她想再要一张。”

我不情愿地从自己的钞票中抽出一张面值较低的，把它加到奎伦巴赫的那堆里。“最好老实点，”我说，“奎伦巴赫先生是我的朋友，所以如果我发现你打算等他出来时再要更多的钱，我会回来找你算账的。”

“老实，先生。很老实。”

我看着那孩子穿过隔板跑向里间，趁机瞅了一眼多米尼加盘旋的身影和她动手术的诊疗台。奎伦巴赫正趴在诊疗台上，衣服被褪到了腰部，一堆看起来很精致的探针将他的脑袋笼罩其中，若隐若现。他的头发全都被剃光了。多米尼加正用手指做些奇怪的手势，就像个正在操纵着隐形细线的傀儡师。那些小探针随着她的动作在奎伦巴赫的头颅上翩翩起舞。他的皮肤上没有血迹，甚至没有任何明显被刺伤的痕迹。

也许多米尼加的水平比看起来要高明些。

“好吧，”等汤姆重新出来之后，我对他说，“我想请你帮个忙，值得这么一张东西的忙。”我给他看了看我手上最小面额的钞票。“不要说我在侮辱你，因为你不知道我想要你帮什么忙。”

“说吧，大块头。”

我朝黄包车那边比了比。“那些玩意儿，整个城市都到吗？”

“地沤区的大部分地区都到。”

“地沤区是我们所在的区域？”我没有得到答案，于是就离开了帐篷，汤姆跟在我身后。

“我需要从这里——不管这里到底是哪里——到这个城市中的某个特定区域。我不知道那有多远，但我不想被欺骗。我相信你可以为我安排，对吗？尤其是在我知道你住在哪儿的情况下。”

“价格会合适，你不用担心。”这时他脑壳里显然冒出了个想法，“不等朋友了？”

“不——恐怕我在别处还有事要做，奎伦巴赫先生也一样。我们一段时间内都不会再见面了。”

我真心希望这话将成为现实。

大多数黄包车的动力都来自某种毛茸茸的灵长类动物，一截人类的基因片段被嫁接到了所需的同位序列中，让这种动物的腿长得比标准的人猿要更长些，也更直些。汤姆与另一个孩子用难以理解的加拿亚语飞快地进行了一番谈判。他们两人几乎可以互换身份——要不是这个新来的孩子头发要短点，以及或许可能大一岁的话。汤姆向我介绍说，那个小孩叫胡安；从他们之间的交流看得出，他们俩在生意上是老伙伴了。胡安与我握手，然后带着我走向最近的车辆。我有些急躁地回头看了一眼，希望奎伦巴赫还在昏迷中。我可不希望他出来得太快，从汤姆那儿听到我马上就要搭车离开车站，然后我就得为自己辩护。有些痛苦是无法用甜言蜜语缓解的，而被你心目中新找到的旅伴抛弃的痛苦就是其中之一。

不过，也许他可以把被拒绝的苦痛写进他即将诞生的那部经典作品[1]之中。

“去哪里，先生？”

胡安说话的口音和汤姆是一样的。我猜他们说的是某种瘟疫后的方言，是俄利语、加拿亚语、诺特语及其他十几种在美好时代广为使用的语言混合而成

1.原文此处为德语。

的洋泾浜语。“带我去天篷区，”我说，“你知道那是什么地方，对吗？”

“当然，”他说，“我知道天篷区在哪儿，就像我知道地沤区在哪儿一样。你认为我是个白痴，跟汤姆一样？”

“那么，你可以带我去那里了。”

“不，先生。我不能带你过去。”

我动手又抽出一张钞票，然后才意识到我们遇到的问题不是资金不足，而是源于某个更基本层面的沟通问题，而且问题几乎肯定出在我这边。

“天篷区是本市的一个区吗？”

这问题迎来了好一阵猛烈的点头。“你是新来的，嗯？”

“是的，我是新来的。那么，你为什么不帮我个忙，解释下为什么带我去天篷区是你力所不及的呢？”

我已经抽出一半的那张钞票从我手中消失了，然后胡安示意我坐进黄包车的后座，那模样就好像它是个用豪华丝绒装点的宝座。“我带你看，伙计。但我不会带你到那里，你明白吗？你要去那儿，黄包车是不够的。”

他跳到我身旁，然后俯身向前，在司机耳边说了些什么。这只灵长类动物开始蹬车，嘴里嘟哝着什么，可能是在对自己的遗传基因表现于外的结果大为愤愤不平。

我后来了解到，瘟疫之后有少数产业繁荣起来，对动物进行生物工程操作就是其中之一，它有效地利用了所有精细机器都开始失效后所出现的市场利基。

正如奎伦巴赫不久前说的，无论发生什么事，都不会对每个人只有坏处。

哪怕这场瘟疫，也是如此。

少掉的那部分围墙为喷气飞车（我估计，应该还有其他的飞行器）提供了出入口，但黄包车则是通过一条倾斜的混凝土衬砌隧道进出停车场。阴暗的墙壁和天花板上有黏稠的液体滴落，像是来自内脏黏膜。至少这里要凉快些；进去不久终点站的噪声就听不到了，取而代之的是齿轮和链条的轻响，人猿踩车的运动靠这些机构传递到车轮上。

“你是新来的，”胡安说，“不是来自菲利斯城，也不是腐锈带。甚至不是来自太阳系里其他地方。”

我的无知是如此露骨，甚至到了一个孩子都能看出来的地步？

“我猜你们最近没多少游客。”

“那段糟糕时期以来一直没有。”

“那段糟糕时期什么感觉？”

“我不晓得，先生，那时我才两岁。”

当然了。那是七年前了。从一个孩子的角度来看，那已经是他大半辈子之前的事了。胡安、汤姆和其他街头的孩童几乎不可能记得瘟疫发生前在渊堑城的生活是什么样的。那几年中无限的财富和无限的可能在婴儿质朴的柔焦视野中只会是一片模糊。他们所知的，他们确实记得的，只有这个城市现在的模样：广阔，阴暗，再度充满了各种可能——只不过现在的可能指向的是危险、犯罪和无法无天；这个城市属于小偷、乞丐，还有那些能靠着自己的智狡而非信用等级生活的人。

发现自己身处这样一座城市之中简直令人震惊。

我们沿路遇见了些别的黄包车，它们是返回车站广场的，光滑的车身侧面在雨水中闪闪发亮。只有几辆车上载着乘客，一个个都闷闷不乐地蜷缩在雨衣当中，那副样子好像他们宁愿身在宇宙中的任何地方，只要不是渊堑城就好。我能体会到这种心情。我也很累，很热，汗水在我的衣服下积聚，我的皮肤痒得像有虫子爬，急需洗个澡。我自己都闻得到自己身上的臭味。

见鬼，我到底来这里干吗？

我追逐着一个男人的踪迹，跨越了超过十五光年的距离，冲进了一个已经扭曲到变态程度的城市。我在追的这个人甚至也不是真的有多坏——连我也能看出这点。我憎恨瑞维奇是因为他做出的事情，但我在同样处境下大概也会做出差不多的行为。他是贵族，不是军人，但如果我们星球的历史走向沿着另一条路线，在那另一个世界里，他和我甚至可能成为朋友。我现在无疑对他充满了敬意，即使这种敬意是源于他在摧毁新瓦尔帕莱索城的太空桥时的行动完全出乎我的预料。如此漫不经心的残暴行径是值得钦佩的。任何一个让我出现如此严重误判的人都值得我尊敬。

然而我知道，尽管如此，要动手杀他时我也不会有任何疑虑。

“我想，”胡安说，“你需要上上历史课，先生。”

我在斯特列利尼科夫号上所学到的东西并不多，但我现在已经觉得对历史再没有多余的胃口了。“如果你认为我不知道瘟疫的事……”

前方隧道的亮度在渐渐增加。虽然还是不太亮，但足以预示我们即将进入城市地表。弥漫在隧道中的光线与我从巨空艇上看到的一样，呈焦糖棕色的质地：本来就很浑浊的光线透过更浑浊的空气之后的样子。

“瘟疫来袭，让建筑都发了疯。”胡安说。

“这个我听说了。”

“你听说的还不够多，先生。”他的语法很简单，但我怀疑这已经超过任何一个黄包车司机的能力了。“它让建筑变化，真的很快。”他双手向外摊开做了个手势，“许多人死了，被碾碎了，或者死在墙里。”

“这听起来可不太温柔。”

“我给你看墙里的人，先生。那样你就没法再开玩笑了。你会拉自己一裤子。”我们拐了个小弯，避开了另一辆黄包车，跟它险险擦过。“不过现在听着——这些建筑，它们在顶部变化得最快，明白吗？”

“我不明白。”

“那些建筑，就像树。有大量的根，扎进地上，明白？”

“建筑馈线，是这样吗？从基岩中提取原材料用于修复和再生？”

“是呀。我就是说这个。像大树一样。但在其他方面也像大树。总是往上面生长。”他又做了更多的手势，好像在用手勾勒出一团蘑菇云的轮廓。

我或许明白了。“你是说，生长系统集中在建筑结构上部？”

“是的。”

我点了点头。“当然了。这些建筑是被设计成在向上生长的同时自我拆解的。不管怎么说，人们总是更想从顶部增加或移除材料。因此，那些自我复制机器的神经中枢将总是随着建筑物的升高而升高。低层需要的神经系统较少，只需最低限度的神经来维持它们的运转、修复和老化，以及定期重新设计。”

很难说胡安的笑容是在祝贺我总算自己想通了这个问题，还是在同情我居然花了这么长时间才想通。

“瘟疫首先到达顶部，由根部带上去，开始让建筑物顶部发疯。下面的地方，还跟以前一样。在瘟疫到达那里之前，人们切断了树根，饿死了大楼。不再有任何变化。”

“但那时上面的部分已经变化得面目全非。”我摇了摇头，“那段时间一定很恐怖。”

“那还用说，先生。”

我们进入了天光之下，然后我终于明白了胡安先前是什么意思。

第十五章

我们正身处渊堑城底部，比火山口边缘要低很多。我们经过的道路架在一系列的趸船平台上方，横穿一片黑色的湖面。细雨从天空中落下，确切地说，是从我们头顶上好几千米高处的穹顶上落下。四面八方都有巨大的建筑物矗立于积水之中，这些庞然大物的侧面都覆盖着厚厚的护板。无论往哪边看，我能看到的全都是这些大楼；它们在我的视野尽头，像森林里的树木那样融会成一堵遥远的高墙，看不出任何细节，就好像一道雾的堤坝。这些大楼——至少是底部的六七层楼——都像是被藤壶覆盖的船体一般；一堆破破烂烂的住宅和市场包裹大楼，互相之间依靠看着就不牢靠的人行道和绳梯提供通道，并把它们连接在一起。这片贫民窟里到处生着火堆，空气比车站广场那里更加刺鼻。但这边要略微凉快一点，而且由于这里一直有微风吹拂，感觉也没那么令人窒息。

“这地方叫什么？”我问道。

“这个，地沤区，”胡安说道，“这下面的一切，街道层，都是地沤区。”

这时我才明白，地沤区与其说是城市的一个分区，不如说是一个分层。其中大概还包括高于水线的前六层或者前七层楼层。这是一片贫民窟组成的草毯，都市森林高高矗立在上。

我抬起头来，伸长脖子，从黄包车的车顶旁向上望去，看到这些装有护板的大楼直冲云霄，透视效果使得它们仿佛在我头上至少有一千米的高处聚拢成团。在这个高度，它们的几何形状基本上还是和建筑师当初的意图差不多：外形笔直，上面开了一排排互相平行的窗户，现在里头黑乎乎的。只偶尔有些杂乱无章的突起，或是状如帽贝的瘤疣，让大楼的形状不再完满。然而，再往上一些景象就出现了令人恶心的变化。虽然没有两座建筑变异的方式完全相同，但它们的外形变化当中有某种共同的特征，就像是种一致的病征，一位外科医生或许可以由此认出这些变化出于同一病因，做出诊断。有些建筑物在半截忽然分叉为二，另一些则出现了难看的鼓包，像是得了肥胖症。还有些长出了自己的细小分身，就像童话故事里的城堡，长着一堆肘状的塔楼和地牢。在更高的地方，这些建筑上的赘生物分叉再分叉，又相互渗透、连接，就像是支气管结构，或是某些奇形怪状的脑珊瑚变种；最终所有的枝丫融合成一片排筏，水平悬挂在离地一两千米的高度。当然，我以前从天空中看到过这东西，但它的内涵外延，以及它这覆盖整个城市的巨大规模，直到现在，从这个有利的视角看过去时，才清晰可见。

天篷。

“现在你明白为啥我没法子带你去那儿了，先生。”

“我开始明白了。它覆盖着整个城市，对吗？”

胡安点了点头。“跟地沤区一样，只是高些。”

从巨空艇上看的时候，其实有件事看不出来，那就是天篷区中那些疯狂变形后密密纠缠在一起的建筑物其实垂直方向上差异不大，相对来说都局限在同一层内。天篷区就像是某种悬在空中的生态圈，在它下面完全是另一个世界——另一个城市。现在可以看得很清楚，它的内部结构极度复杂。有整片整片的社区飘浮其中，它们由封闭的建筑结构组成，像鸟巢一样嵌在天篷区里头，每个社区的体量都像是一片宫殿。大量细若游丝的网状条带充斥于较为粗大的“树枝”之间，并且垂向下方，几乎直抵街道所在的高度。很难判断这些“气根”是由瘟疫期间的异变所生，还是人们后来有意添加的。

整个天篷区的外观就像是个巨大的蛛网，由一群比房子还大的隐形昆虫织就。

“住在那里的是什么人？”我相信这不会是个彻头彻尾的傻问题，因为我已经看到在“树枝”上有明亮的灯光；这个证据表明，哪怕这些死气沉沉的建筑躯壳扭曲成了如此恶心的几何形状，它们仍然被人类用作居所。

“不会有你想认识的人，先生。”胡安考虑了一下他的话，然后又加了段补充说明，“也不会有想认识你的人。两句，都不是侮辱。”

“我不介意，但请回答我的问题。”

胡安回答了很久，在此期间，我们的黄包车继续在那些巨大建筑的根部穿行，车轮经过道路上灌满水的裂缝时会剧烈颠簸。雨当然一直没停，但当我把头伸到遮阳篷外时，我感觉到的是温暖和柔软，这根本不是什么困难。我想知道它是否已经结束，或者穹顶上的凝结模式是否是昼夜交替的，如果这一切是按照某种时间表进行的。不过，我的印象是，在渊堑城发生的事情很少是由任何人直接控制的。

“那些富人，”那孩子说，“真正的富人——不是像多米尼加夫人那样稍微富的。”他屈指敲了敲自己瘦骨嶙峋的脑壳。“他们也不需要多米尼加。”

“你是说，在天篷区有些飞地，是瘟疫从未触及的？”

“不，瘟疫触及了所有地方。但在天篷区，在建筑停止变化后，他们会把瘟疫清理干净。有些人很有钱，他们待在轨道上。有些人从没离开过渊堑城，或是死到临头才下来的。有些人是被驱逐出来的。”

“在瘟疫之后，为什么还会有人在并非被迫的情况下来到这里？即便天篷区上部分地区是安全的，没有融合疫残存，我也看不出为什么会有人选择住在那里，而不是留在腐锈带剩下的那些居民点中。”

“被驱逐出来，他们没有多的选择。”孩子说道。

“确实，这部分我可以理解。但另外那些人为什么会来这里？”

“因为他们认为情况会好起来的，而他们想在关键时刻身处现场。一旦情况好转，有很多方法可以赚钱，但只有少数可以发大财。现在也有很多方法可以赚钱——这里条子没上头那么多。”

“你是说这里没有规则，是吗？没什么东西是买不到的？我想象得出，在经历了民主全权主义的束缚之后，这肯定十分诱人。”

“先生，你说话真有意思。”

我接下来该问什么是显而易见的。“我怎么去那里？我是说，去天篷区？”

“你没有去过那里，你就去不了。”

“你是说我不够富有，是这样吗？”

“光有钱还不够，”那孩子说，“需要联系。必须和天篷区有紧密联系，不然你就啥都不算。”

“假如我有关系的话，我该怎么去那里呢？有没有穿过建筑物的路线？没有被瘟疫封住的旧有通道？”我猜想，像这类街头常识是会暗地里在孩子们之间传播的。

“你不会想用里面的路线的，先生。有很多危险。下来狩猎的时候特别危险。”

“狩猎？”

“这地方在晚上可不好，先生。”

我环顾四周，一片阴暗。“你怎么会知道的？不，不必回答这个问题。你只要告诉我我该怎么上去就好。”我等了会儿，但答案迟迟没有出现的迹象，于是我决定换个角度来提问。“天篷区的人下到地沤区过吗？”

“有时。特别是在狩猎的时候。”

有进展了，我暗自想。尽管难得像在给人拔牙。“那他们是怎么来这儿的？我见过有些像是飞行器的东西，我们习惯管它们叫作喷气飞车，但我无法想象任何一架那种东西能在不撞到那些网的情况下在天篷区里飞翔。”

“我们也叫它们喷气飞车。只有富人才有——它们很难修，如果一直飞的话。在城市里有些地方不好使。大多数天篷区的小子，现在都是坐缆车下来的。”

“缆车？”

有那么一瞬间，他的脸上掠过一丝急于助人的神情；于是我意识到，他已经在拼命地想要让我满意。只是我提出的询问远远超出了他通常会遇到的范围，以至于压力大到要引发他身体上的疼痛了。

“那些网，那些缆线？悬挂在建筑物之间的？”

“你能带我看看缆车吗？我想亲眼看到一辆。”

“这不安全，先生。”

“嗯，我也不是个安全的人。”

我用另一张钞票解决了这个问题，然后坐回到座位上，我们继续在轻柔的帐内雨中飞驰，在地沤区中疾行。

最后，胡安让车放慢了速度，转过身来看着我。“那里，缆车。他们经常在这里下来。要再靠近些吗？”

起初我不太确定他是什么意思。前方破碎路基的斜对面停着辆线条流畅的私人交通工具，我在车站广场里面和周围也看到过这种车辆。侧面有扇打开的车门，折叠的形状就像是海鸥的翅膀。门旁有两个穿着大衣的人站在雨中，脸被挡在宽边帽下，看不清楚。

我看着他们，不知道我接下来该做什么。

“嘿，先生，我已经问过你了，你想要我们再靠近些吗？”

缆车旁的两人中有一个点燃了一支烟，于是一瞬间，我见到火光驱走了他脸上的阴影——那是张贵族式的面孔，有种我来到这个星球后从未见过的高贵气质。一副结构复杂的护目镜遮住了他的双眼，让他线条清晰的颧骨越发显得突出。他的朋友是个女人，双手修长，戴着手套，拿着一副玩具般的双筒望远镜，对着自己的眼睛。她踩着脚下那双像刀子一样的高跟鞋，旋转身子扫视街道，直到她的目光扫过我。我看得出这时候她的身子往后一缩——尽管她努力想要控制住自己。

“他们很紧张，”胡安小声说道，“大部分时候，地沤人和天篷人总离得很远。”

“有什么特别的原因吗？”

“是的，有个很好的原因。”现在他的声音低得像是耳语，在无休无止的雨声中我几乎听不到他在说话。“地沤人靠太近，地沤人就被消灭。”

“被消灭？”

他用手指划过自己的喉咙，不过动作相当隐秘。“天篷人喜欢那个游戏，先生。他们很无聊。那些不死的人，他们都很无聊。所以他们玩游戏。麻烦的是，不是每个人都事先被问过要不要参加。”

“就像你提到过的狩猎？”

他点了点头。“但现在不要说起这个。”

“好吧。那就停在这里，胡安，如果你愿意的话。”

如果说黄包车之前还有那么一点点向前的趋势，现在也没有了；灵长类动物背部每块凸起的肌肉都在显示着焦虑不安。我观察着两名天篷区居民脸上的反应——他们在试图让自己看起来很冷静，而且接近成功了。

我走下黄包车，双脚接触到了泥泞的路基，发出嘎吱嘎吱的声响。“先生，”胡安说，“你接下来要小心。我还没挣到回家的车费。”

“哪儿都别去。”我说，然后想了想，改变了主意，“听着，如果你实在太紧张，那就离开，五分钟后再回来。”

这建议显然让他觉得很好。拿着望远镜的女人把望远镜放回了她那件花纹繁复的大衣里，而那个戴眼镜的男人则伸手对他的光学仪器进行了明显的调整。我平静地朝他们的方向走去，更注意他们的车。那是一辆有光泽的黑色菱形车，放在三个可伸缩的车轮上。通过一个有色的前窗，我瞥见了软垫座椅，上面有复杂的手动控制装置。顶上似乎有三个旋翼被卷起。但当我更仔细地检查连接状况时，我看到这不是任何种类的直升机。叶片没有通过旋转轴连接到车体上，而是消失在一个圆顶的三个圆孔中，这个圆顶从车体本身无缝地升起。而且，现在我走近一看，我看到这些叶片根本就不是真正的叶片，而是机械臂，每条臂的顶端都有一个镰刀般的钩子。

我的观光时间到此结束。

“不许再靠近了。”那女人说道。她用的是完美无瑕的加拿亚语，同时还拿出了一件只比胸针大一丁点的微型武器来支持自己的话。

“他没有武器。”那男人说话的声音大到让我都能听到，应该是故意的。

“我对你们没有任何恶意。”我以缓慢的动作张开双臂，“我身上穿着的是冰封托钵僧的衣服。我刚来到这个星球。我希望能知道要如何抵达天篷区。”

“天篷区？”那个男人说话的语气好像这话很有趣似的。

“人人都想要知道。”那女人说道。那件武器纹丝不动，她握着它的手太稳了，让我怀疑它是否装有微型陀螺仪，或者某种按照她手腕肌肉动作做出补偿的生体反馈装置。“我们为什么要跟你讲？”

“因为我全然无害——正如你的伙伴所观察到的那样，我手无寸铁——而且很好奇，以及，这可能会让你们觉得有趣。”

“你并不知道让我们觉得有趣的是什么。”

“确实，我大概不知道。但是，正如我刚才所说的，我很好奇。我是个颇有身家的人。”我说出这句话的时候自己听着都觉得可笑，但我坚持继续往下说，“但我很不幸地来到了地沤区，在天篷区里没有认识的人。”

“你的加拿亚语说得相当好。”那男人在做出评论的同时，把自己的手从护目镜上放下，“大多数地沤人对他们母语以外其他语言的掌握，顶多就是勉强能骂个人的程度。”他扔掉了剩下的烟头。

“但有种奇怪的口音，”女人说道，“我不知道那是什么地方的——某个外星世界的，但我觉得完全陌生。”

“我来自斯凯先手星。你们可能遇到过来自这个星球其他地方的人，他们的说话口音跟我不同。人们在那里定居的时间已经很长了，足以发生语言漂移[1]。”

1. 指语言在长期使用中偏离原有规范或者出现分化的现象。

“黄石星也是如此。”那人装出一副对沿着这条路线辩论下去并没有多少兴趣的样子，“但我们大多数人还是生活在渊堑城。在这里，唯一的语言漂移是垂直方向上的。”他笑了起来，似乎这句话不仅仅是在陈述事实。

我擦了擦眼皮上温暖而黏稠的雨水。“司机说，要到达天篷区唯一的办法就是搭乘缆车。”

“说得十分准确。但这并不意味着我们可以帮助你。”那人摘下帽子，露出向后束起的金色长发。

他的同伴补充说：“我们没有理由相信你。一个地沤人完全可以偷到冰封托钵僧的衣服，并且学会几句加拿亚语。没有哪个神志正常的人会不跟天篷区事先联系好就跑来这里。”

我权衡了一下，决定冒个险。“我弄到了些梦幻燃料。你们对这东西有兴趣吗？”

“啊，是的，不过这可真活见鬼了，一个地沤人手上是怎么会有梦幻燃料的？”

“说来话长。”我边说边把手伸进瓦迪姆的大衣里，取出那盒装着梦幻燃料的小瓶，“当然，你首先得相信我，相信这是真货。”

“我的习惯是在任何事情上都不会轻信任何人的话，”那人说，“给我一小瓶。”

我再度权衡了下风险。那人可能会带着那瓶样品跑掉，但其他的仍然在我手里。

“我扔一瓶给你。这样如何？”

那人向我走近了一两步。“丢过来吧。”

我把小瓶抛向他。他灵巧地抓住瓶子，然后钻进车里消失了。那个女人留在外面，仍然用那把小枪瞄着我。过了没多久，那个男人就从车里冒了出来，这回没有费心戴好帽子。他举起小瓶：“这……似乎是真货。”

“你做了什么？”

“当然是用灯光透射了下。”他看着我，就像我是个傻瓜似的，“梦幻燃料有独特的吸收光谱。"

"很好。现在你知道它是真的了，把这瓶扔回给我，然后我们来谈谈条件吧。"

那人做了个抛出瓶子的动作，但在最后一刻收回了手，把小瓶举到自己面前，神情嘲弄。"不……我们不要草率行事，好吗？你刚才说，你有更多的这种东西？最近，梦幻燃料供不应求。至少上等货是这样。你肯定是碰巧找到了一大批赃物。"他停顿了一下，"我已经帮了你个忙，我们认为，那可以算是这瓶东西的公平报酬。我已经呼叫了另一辆缆车，它很快就会到这里来接你。你之前说你颇有身家，你最好没撒谎。"他摘下护目镜，露出铁灰色的眼睛，异常残忍。

"我很感激，"我说，"但如果我撒谎了，那会有什么后果呢？"

"这问题可真奇怪。"那女人让她的武器隐没消失了，动作宛如精心排练过的魔术戏法。也许它是瞬间回到了袖管里的枪套中。

"我跟你们说过，我很好奇。"

"这里是没有法律的，"她说道，"在天篷区里有某种形式的法律，但只适用于我们，为我们服务，就像是儿童游乐场的规则。但我们现在不在天篷区里。在这下面，万事皆允。而且我们对那些欺骗我们的人可没有什么耐心。"

"好极了，"我说，"我自己也不是个有耐心的人。"

他们俩都爬上了他们的交通工具，但车门暂时还敞开着。"也许我们会在天篷区里见到你。"那男人说完对我笑了笑。这不是那种让人高兴的笑容，是我在爬虫馆生态箱的蛇脸上看到的那种笑容。

门关上了，他们的车发出几不可闻的嗡嗡声，动了起来。

缆车顶上的三条机械臂向外上方摆去，然后以惊人的速度继续向外延伸，长度增加到之前的两倍，三倍，四倍。它们直朝天空伸去。我抬起头来，用手遮住眼睛，挡住那没完没了、带着防腐剂气息的雨水。黄包车司机曾指出，那些遍及天篷区扭曲结构的缆线偶尔会垂下来，垂到地沤区所在的高度，就像悬垂下来的藤蔓，但我当时没太注意他的话。现在我看得出来，这点十分重要，因为缆车的一条机械臂用它的爪钩抓住了最低的缆线。另外两条手臂朝着更远处延伸，延伸到原来长度大概十倍的地方，最终各自找到自己的那根悬挂线，并牢牢抓住。

然后缆车把自己拉向高空，速度不断加快，平稳得就跟在用推进器提升一样。最近的一条机械臂松开了对缆绳的抓握，缩回然后再度弹出，上刺云霄，速度快得像是变色龙弹出的舌头，直到它的爪钩在另一条缆绳周围锁定合拢。在这一过程中，缆车还在继续上升；然后另一条机械臂更换了抓握的缆绳，接下来是另外一条……直到车子比我高出好几百米，渐渐从我视野中消失。整个过程中这台交通工具的运动一直都出奇地平稳，虽然它看起来总是处于完全失去抓握点，然后朝着地沤区坠落的边缘。

“嘿，先生。你还在这儿。”

在那辆车还在上升的时候，黄包车不知何时已经回来了。我本以为这位小司机会做出看起来更为明智的举动——返回广场，保证自己多多少少有所收获。但胡安遵守了他的诺言；我如果表示出哪怕半点惊讶，都可能让他觉得受到了侮辱。

“你是真的认为我不会在了吗？”

“天篷人在下面的时候，天晓得会发生什么。嘿，为什么你还站在雨里？”

“因为我不和你一起回去。”他几乎还没来得及表现出失望——尽管他脸上开始浮出的表情似乎像是我刚刚恶语中伤了他的整个家族——我就递给他一笔慷慨的小费，用于终止我们的契约。“这比你带我回去赚的钱还要多。”

他看着那两张七块钱的菲利斯钞票，有些闷闷不乐。“先生，你不该待在这里。这地方什么都没有，不是地沤区上好的地方。”

“我不怀疑。”我说。我正逐渐接受这样的想法：即使是像地沤区这样一个乱七八糟、穷困潦倒的地方，街区也有好坏之分。然后我又说：“那两个天篷人说，他们给我叫了辆缆车下来。当然，他们有可能在撒谎，但我想我迟早会发现的。如果他们没给我叫车的话，我就只能进这些大楼里头找路上去了。”

“这可不好，先生。天篷人，他们从来不帮人忙。”

我决定不提梦幻燃料的事。“他们多半不愿意排除我并非虚言夸示的可能性。如果我就像我所说的那样是个强有力的人物呢？他们不会想多出我这么一个敌人的。”

胡安耸了耸肩，似乎认为我这种观点在理论上有那么一点微小的可能，但顶多也就那么一丁点。“先生，我现在就走了。不赶紧留在这里，你就来不了了。”

“没问题，”我说，“我明白。我很抱歉先前让你等我。”

我们的雇佣关系就此结束。胡安摇摇头，但还是接受了他无法说服我的现实。然后他离开了，黄包车哗啦啦地驶向远方，留下我一个人独自淋着雨，这次我真的是独自一人了。那孩子已经不在附近，于是我失去了——或者更准确地说，是摆脱了——我在渊堑城找到的最接近盟友的人。这种感觉相当奇怪，但我知道，我所做的是必要的。

我等待着。

时间过去了大概半个小时，这段时间已经长到足以让我意识到这城市正在渐渐变暗。天苑四的阳光之前就被穹顶变成了深褐色，随着太阳渐渐沉到地平线以下，阳光又变成了陈年血迹的颜色。阳光要抵达我这里还必须穿过途中众多纠缠不清的大楼，如果说它先前还对照亮大地的任务多少有几分热情，现在看起来也已经被这种磨难剥夺殆尽。我周围的大厦越来越暗，最终它们看起来完全就像是一些巨大的树木；天篷区那些纠结的“枝丫”被里面有人的住宅点亮，就像是挂着小灯笼和仙女灯的树枝。这景象犹如怪诞的噩梦，但又美丽非常。

最后，有一盏吊在树枝下的灯笼脱落下来，就像是一颗星星从苍穹坠下，离我越来越近，光芒也越来越强。随着我的眼睛适应了夜色，我看出来那道光是辆正在下降的缆车，正冲着我所站的位置。

我浑然忘掉了雨水，目不转睛地看着这辆缆车放慢速度，然后降到几乎和街道齐平的高度；缆绳被拉紧，松开，在我上方发出鸣响。车头上的独灯发出的光线扫过被雨淋湿的道路，让表面的每一条裂缝都纤毫毕现——然后朝我扫了过来。

在离我脚下不远的地方，有什么东西让水坑里的水戏剧性地往上跃起。

随即我听到了一声枪响。

我没有停在原地考虑状况，或是确定下袭击我的这件武器是何类型，口径多少，枪手的位置又在哪里，甚至没花半点时间确定下我是否真的是袭击目标，而不是个倒霉的替死鬼。我做出了任何前军人在这种情况下都会做出的行为。

我非常迅速地跑向最近的大楼笼罩在阴影中的底层。惊吓反射告诉我扔掉自己的行李箱，我抵制住了这个合情合理的要求，因为我知道如果没有它，我将很快落得跟地沤区底层的寂寂无名之辈一般无二。丢掉它的话，我还不如被一枪打死。

枪击紧随我的脚步而来。

每一枪都落在我脚后跟一米左右的地方，由此我可以看出，朝我开枪的人绝非生手。要杀死我对他们来说毫不费力——只需要将他们的射击路线往前移一点点而已，而我意识到，他们的枪法要做到这点绰绰有余。只是他们更乐意耍弄我。他们并不急于一枪打中背后，了结我的性命，尽管这点他们随时都可能做到。

我冲到大楼旁时，双脚已经完全被水淹没了。这座建筑的墙面也装有护板，没有任何细小的凹陷或缝隙可供我藏身。射击停止了，但聚光灯的椭圆形光斑仍然稳定地笼罩着我，刺眼的蓝光照出了我和缆车之间的重重雨幕。

一个身穿大衣的人影从黑暗中出现。起初我以为是之前和我说话的那个男人或女人，但当那个男人出现在聚光灯下时，我意识到这是张我之前没有见到过的面孔。这人是个秃头，下巴方得几乎像是卡通人物；他的一只眼睛被挡在了单片眼镜后，眼镜上有光芒脉动。

“站好了，一点都别动，”他说道，“那么你就不会受伤。”然后他的大衣豁然中分，露出一件武器，比之前那位天篷区的女人携带的玩具枪要大得多，不知怎的看起来也严肃许多。这把枪基本上是个带手柄的黑色长方体，在顶端有四个黑色的喷嘴。他紧紧抓住握把，用力大到指关节泛白，用食指钩着扳机。

他把枪放在齐腰的高度开火了，有东西从枪里朝我的方向嗡然飞出，像是道激光束。它连接到了大楼的侧面，打出一蓬火星。我开始发足狂奔，但他第二次开火的时候瞄得更准了。我的大腿感到一阵刺痛，然后突然间我就没在奔跑了。突然之间我别的什么也做不了了，只在一个劲地惨叫。

然后即使是惨叫也变得太过艰难了。

医生们已经做得很好了，但你不能指望任何凡人创造出奇迹。挤在他父亲病床周围的监测机器可做见证：它们此刻正以缓慢而庄严的声音，宣告生命指标的衰退，像是在举行一场宗教仪式。

从那名沉睡者醒来，重创了斯凯的父亲后，六个月已经过去了；能让提图斯·奥斯曼和袭击者活到现在，每个参与者都值得表扬。然而，在医疗用品和专业人员都已达到极限的情况下，使他们两人恢复健康这种事实际上是毫无任何可能实现的。

最近飞船之间发生的一系列争端自然也绝不会让事态有所好转。在沉睡者苏醒事件几周后，巴西利亚号上发现了一名间谍，局面越发混乱。安全组织追查这名间谍的出身，追到了巴格达号上，但巴格达号的管理机构则宣称，这名间谍根本就不是在他们船上出生的，可能是来自圣地亚哥号，或者沿途一直在巴勒斯坦号上。其他一些人也被指认为可能是特工，还有人哭诉出现了错误监禁和违背船队法律的事情。飞船之间的正常关系急剧降温，形成了一个冷若冰霜的四方僵局，于是现在飞船之间的贸易几乎完全终止了，人员往来也已停顿，只剩下心灰意懒的外交使团还在活动，而他们的外交使命总是以失败和自责告终。

在这种背景下，获得更多医疗用品和知识以帮助护理斯凯父亲的请求全都被拒绝了。他们说，现在可不是其他飞船本身没有出现危机的时候。更何况，作为安全主管，提图斯也并未摆脱嫌疑：可能起初正是他煽动了这场谍报冲突。

“对不起，”他们说，“我们很想救他，我们真的很想……”

他的父亲挣扎着想要说话。

“斯凯勒……”他说话时嘴唇张开，就像羊皮纸上骤然被撕开一道裂口。“斯凯勒？是你吗？”

“我在这里，爸爸。我从未离开过。”他坐在床边的凳子上，端详着这副被痛苦扭曲的晦暗躯壳，它与他所认识的那个被刺伤之前的父亲几乎没有任何相似之处。这不是那个在全船被人敬畏和爱戴的提图斯·奥斯曼，不是那个在大船团中人们哪怕不情不愿也不得不尊重的人。这不是那个在大停电中把他从育儿室救出来的人，也不是那个手拉手把他带到的士上，将他第一次带到飞船之外，让他看到自己那无比孤独的家园，看到其中的神奇和恐怖的人。这不是那个比他的团队更早进入休眠舱的“考迪罗”，当时他心知肚明，自己可能正走进一个极端危险的地方。这是那人的一个模糊影像，就像是拿雕像做出的一张拓片。具备基本的特征，而且比例也很准确，但没有深度。与其说是实体，更像是薄薄的一张纸。

“斯凯，关于那个囚犯。”他的父亲挣扎着把脑袋从枕头上抬起来，“他还活着吗？”

“只是勉强还活着。”斯凯说。在他父亲受伤后，他强行挤进了安保队伍。“坦率地说，我不指望他还能坚持多久。他的伤势比你的严重得多。”

“但你还是设法跟他谈过了吧？”

“是的，我们已经从他那里问出了各种各样的东西。”斯凯内心叹了口气。这些他都已经告诉过父亲了，但提图斯要么是正在失去记忆，要么是想再听一遍。

“确切地说，他告诉了你什么？”

“都是些我们已经猜到的。我们仍然不清楚是谁把他送上船的，但几乎可以肯定，那些人属于希望给我们添麻烦的那些派别中的一个。”

他的父亲举起了一根手指。“他的那个武器，植入他手臂中的机械……”

“并没有你以为的那么不同寻常。在战争结束前后，这样的人显然有很多。

我们很幸运，他们没有往他的手臂里头安个核弹。——话说回来，那东西要隐藏起来的难度就大太多了。”

“他以前是个普通人吗？”

“我们大概永远无法知道了。他的有些同类是在实验室里被设计出来的。其他一些则由囚犯或志愿者改造而成。他们被做过脑部手术和心理调整，以便他们可以被某些对此感兴趣的势力用作战争武器。他们就像是机器人，只不过他们主要由血肉构成，并且具备与其他人产生一定限度共情的能力——在共情适合他们任务所需的时间和地点。他们可以令人毫无怀疑地融入人群，开开玩笑，分享小道消息，直到他们达到目标；到那时候，他们会瞬间重新切回没有意识的杀手模式。他们中有些人还为特殊任务往体内移植了武器。”

“那条前臂里有很多金属。”

“是的。”斯凯听出了他父亲所说的意思，“如果没有人睁一只眼闭一只眼，带着这么多的金属他是不可能上得了船的。这只能证明确实有个阴谋存在——但这点之前我们就清楚。”

“不过我们找到的是仅有的一个。”

“是的。”在袭击发生后的这些日子里，其他休眠的乘客已经全部被扫描过，以搜寻被埋在体内的武器——这个过程很困难，也很危险——但什么都没找到。“这说明他们当时一定很有把握。”

“斯凯……他有没有说过他为什么这么做，或者别人为什么让他这么做？”

斯凯的眉毛一跳。这样的提问方向倒是诚然新奇。他父亲以前一直都只专注具体细节。

“嗯，他确实提到了一些。”

“继续。”

“在我看来，那些话似乎并没有多大意义。”

“或许是那样，但我还是想听听。”

“他说，有个势力发现了某样东西。他说不出那些人是谁或者什么派系，也说不出他们的基地在哪里。”

他父亲的声音现在非常虚弱，但仍旧在勉强发问："然后，那些人到底发现了什么？"

"那说法很荒诞。"

"告诉我那是什么，斯凯。"他的父亲停了下来。斯凯察觉到他父亲是口渴了，让房间里的机器人朝他干裂的双唇间喂了一杯清水。

"他说，就在大船团离开太阳系之前，人们取得了一个突破——-实则是一种科学技术，在战争临近结束时得到了完善。"

"然后，那技术是？"

"人类的永生不朽。"斯凯小心翼翼地吐出这些字眼，仿佛它们当中潜藏着神奇的魔力，不可以被随随便便念出。"他说，那个势力整合了上百年中人们实行过的各种研究线路和过程，将它们结合到一起，创造出了一种可行的疗法。其他人这方面的工作要么失败了，要么是由于政治原因遭到了打压，但他们取得了成功。他们找出的方法很复杂，而且不是简单地吃下一粒药丸就能一劳永逸了。"

"继续。"提图斯说道。

"那是一整套不同技术的紧密结合，其中有些是基因工程，有些是化学药物，有些要依赖于肉眼看不到的微小机器。总体上复杂得要命，施用也很难，而且这种疗法还需要定期进行——但如果操作得当，确实能够发挥作用。"

"然后你的看法是？"

"我的看法当然是这很荒唐。哦，我不否认这样的事情可能会发生——但如果有这样的突破，难道不该尽人皆知吗？"

"不一定。毕竟，那是在一场战争临近结束之际。正常的通信线路已经全都中断了。"

"那么，你是说这个派别可能真的存在？"

"是的，我相信它确实存在。"他的父亲停了下来，积攒说话的力气。

"实际上，我确实知道它是存在的。我觉得那个嵌合体怪物告诉你的大部分内容都是真的。这项技术并不是神奇的魔法，有些疾病是无法战胜的，但它比进化赋予我们的任何机制都要优秀得多。它最多可以将人们的寿命延长到一百八十年左右，有些极端情况下可达到二百年——当然，这些数字都是推断出来的——不过这点并不重要，重要的是它会让你有机会活到更好的办法出现的时候。”

他精疲力竭，再度瘫倒在枕头上。

“有谁知道这些？”

他父亲笑了。“还能有谁？有钱人。那些被战争眷顾的人。还有那些身处合适位置的，或者认识贵人的人。”

下一个问题的答案显而易见到无须出口，也令人不寒而栗。大船团是在战争仍处于结束阶段时启动的。事实上，许多弄到了休眠铺位的人都在寻求逃离太阳系，在他们眼中那是个被毁坏了的危险星系，它陷入另一场大规模的流血冲突只是个时间问题。但对这些位置的竞争是十分激烈的，尽管据称分配是按照贡献来的，但那些有足够影响力的人肯定有办法挤上船。如果斯凯曾经对此有过任何怀疑，破坏者的出现也已经成为铁证。肯定有某人在某处牵线搭桥，让那名嵌合体上船。

“好吧。那些休眠者的情况如何？他们中有多少人知道这个不朽技术的突破？”

“他们全都知道，斯凯。”

斯凯望着躺在那里的父亲，不知道这个男人到底有多么接近死亡。那些刺伤本该已经痊愈了——其实伤情并没有那么严重——但他身上出现了并发症：轻微感染，但一直缠绵不愈，蔓延恶化。大船团的医疗手段先前或许可以治好他，可以让他在几天内站起来，顶多是有那么一点不适。但现在，除协助他的自愈过程外，人们基本上已经无计可施。在这场战斗中，他们正在渐渐走向失败。

他琢磨了下提图斯·奥斯曼刚才说的话。“那么，他们中有多少人实际接受了那种疗法？”

“答案和刚才一样。”

“所有人？”他摇了摇头，几乎无法相信听到的话，“我们船上携带的全部休眠者？”

“是的。有少数几个例外，比如说有些人出于道德或医学上的原因选择不接受治疗，不过那无关紧要。总之，他们中大多数人在上船前不久确实接受了治疗。”他的父亲再度停了下来，“这是我这辈子心里最大的一个秘密，斯凯。我知道这件事很久了——自从我父亲告诉我之后。相信我，我也并不觉得这件事有多容易接受。”

“你怎么能把这样的秘密藏在心里？”

他的父亲挣扎着耸了耸肩。“这是我工作的一部分。”

“别这么说。这并不能成为借口。他们背叛了我们，不是吗？”

“那要看从什么角度考虑了。诚然，他们没有把他们的秘密给予船员。但我认为，那是心怀善意的表现。”

“你为什么这么说？”

“想象一下，如果我们长生不死会怎么样。我们将不得不在这艘飞船上忍受一个半世纪的监禁生涯。那将驱使我们渐渐走向疯狂。他们就是害怕出现这样的事。最好是让船员们活过常人的寿命，然后让下一代人来接班。”

“你把这叫作心怀善意？”

“为什么不呢？我们大多数人都不知道更好的办法，斯凯。哦，我们为休眠者服务，但因为我们知道，在我们到达旅途终点星时，他们并非全都能安全苏醒，所以就不容易有太多的嫉妒感。而且我们也同样要照料自己。我们维持这艘飞船的运行，是为了那些休眠者，但也是为了我们自己。”

“是的。非常合理。可你必须承认，知道他们对我们隐瞒了长生秘密之后，这种关系确实有那么一点不同了。”

“也许吧。这就是为什么我总是小心翼翼地保守着这个秘密，没让其他任何人知道。”

“但你刚刚告诉了我。”

“你想知道那个破坏者所说的故事里是否有几分真实，不是吗？喏，现在你知道了。”他父亲的脸一时之间变得分外平静，仿佛刚刚从身上卸掉了一个沉重的负担。斯凯有一瞬间以为他的父亲已经悄然逝去了，但不久之后，提图斯的眼珠子动了动，然后舔了舔嘴唇，再次开口。他说话仍然非常吃力。“还有一个原因……我非常难以启齿，斯凯。我不确定我把这件事告诉你是对是错。”

“为什么不让我来判断对错呢？”

“很好。现在也该讲给你听了。我在另外无数个场合都几乎要对你开口，但始终没有勇气相信自己的判断。有句老话说得好，一知半解，危险愈增。”

“所谓一知半解指的到底是什么？”

“这和你自己的身份有关。”提图斯又停下来，要了些水。斯凯琢磨着杯子里的水，那些在他父亲的唇间滑过的水分子。船上的每一滴水最终都被循环利用，被反反复复喝进人体内。在星际空间绝不能有任何浪费。在某个时候，在几个月后或者几年之后，现在减轻他父亲痛苦的同一批水又会有一部分被他自己饮下。

“我的身份？”

“我恐怕你不是我的儿子。”提图斯严厉地看着斯凯，仿佛在等待着他听到这个秘密之后崩溃，“好了，我说出来了。现在没有回头路了。你必须继续听完剩下的部分。”

斯凯觉得，也许他父亲失去理智的速度比机器显示的还要快。他体内循环的血液已遭毒化，他的大脑在挣扎着抓住每个氧分子，他的意识在迅速地朝着痴呆状态那漆黑无光的深沟滑落。

“我是你的儿子。”

“不，不，你不是。我知道的，斯凯。是我把你从那个休眠舱里拉出来的。”

“你在说什么？”

“你是他们中的一员——我们的木乃欧，我们的休眠者当中的一员。”

斯凯点了点头，瞬间就接受了这个事实。在某个层面上他很清楚，正常的反应应该是拒绝相信，甚至可能是愤怒，但他丝毫没有那样的感觉；只有一种深切而平静的感觉：这就对了。

“我当时多大？”

“几乎连个孩子都算不上，你被冻住时才生下来几天。那里只有少数几个人跟你一样年幼。”

他听着他的父亲——不是他父亲的这个人——解释说，卢克丽霞·奥斯曼——斯凯以为是他母亲的那个女人——在船上产下了一个婴儿，是个男孩，但这个孩子不到几个小时就死了。悲痛欲绝的提图斯对卢克丽霞隐瞒了这件事，先是拖了几个小时，然后是几天，将聪明才智发挥到了极致，以尽可能地让妻子保持镇静。提图斯害怕她如果发现了真相的话，将会心碎而死；也许身体并不会死，但他恐怕妻子的精神会为之崩溃。卢克丽霞是飞船上最受欢迎的女性之一。她痛失爱子会让他们所有人都遭受影响，就像是一剂毒药，或许足以让船员们的总体情绪都为之恶化。毕竟，他们这个社会很小。所有人都互相认识。失去一个孩子会是一件极为可怕的事。

因此，提图斯想出了一个可怕的计划，一个几乎在他将其付诸实施后就立刻让他后悔了的计划。但到那时，已然悔之晚矣。

他从休眠者当中偷出了个孩子。事实证明，比起成年人，孩子们对复苏过程的忍耐力要强出许多——这与身体体积和表面的比例有关——在给选定的孩子升温时他没遇到什么大问题。他从年幼孩子中挑选了一个可以混充他死去的幼儿的孩子。他不需要太精细。卢克丽霞看到自己孩子的时间还不够长，任何欺骗行径她都看不出来。

他把死去的孩子放到空舱里，重新给休眠舱降温，然后祈求得到宽恕。等到那个死去的孩子被发现的时候，他自己也早就死去了。这对那对父母来说是一件可怕的事情，但至少他们会在一个新的世界里醒来，有足够的时间去努力诞下另一个孩子。这对他们来说和对卢克丽霞来说是不一样的。如果是……好吧，如果他没有犯下这个罪行的话，飞船上的情况可能会恶化到让它永远无法抵达目的地。极端情况下才会那样，但这种可能性是无法排除的。他必须让自己相信这点。他必须让自己相信，在某种程度上，他所做的事是为了他们所有人的共同利益。

一次为了爱的犯罪。

当然，如果无人协助的话，提图斯是不可能完成这一切的；但他最亲密的朋友中只有少数人知道真相，而且他们都是好伙伴，再也没有提起过这件事。他们现在都已经死了，提图斯说。

这就是为什么他现在非常有必要告诉斯凯这件事。

“你现在明白了？”提图斯问道，“为什么我总是告诉你说，你是非常宝贵的……那是不折不扣的事实。你是我们中唯一的长生者。这就是为什么我把你和他人隔离起来养育，为什么你那么多时间都在育儿室里，远离其他孩子。部分原因是我想保护你免受感染——在病菌面前你并不比其他孩子更加健壮，现在你作为一个成年人也是如此。但更主要是为了让我自己弄明白一些事。我必须研究你的发育曲线。那些接受过延寿疗法的人，斯凯，你们的发育速度比较慢，而且随着年龄的增长，发育曲线还会越来越平缓。你现在二十岁了，但你完全可以冒充十一二岁的人，只是身材高大。等你三十或四十岁的时候，人们提起你会说，那是个外表年轻得非同寻常的人。但他们不会一开始就猜到真相——直到你的年龄再大上许多许多之后。”

“我是名长生者？”

“是的。这会改变一切，不是吗？”

斯凯·奥斯曼不得不承认，确实如此。

之后，他的父亲再度陷入了无梦的渊薮中，沉睡过去，就像在预演他不可避免的死亡一样；而斯凯去了破坏者那边。这个嵌合体囚犯躺在一张与他父亲的铺位一模一样的床上，由机器照料，但两边的相似之处也就这么多了。机器在观察这个人，但他足够强健，并不需要它们的直接帮助。事实上，这个男人太过强健了——哪怕是在人们从他身上挖出了足足一弹匣的弹头之后。他被塑料绑带捆在床上，有个较宽大的箍圈横跨他的腰部和腿部，两个较小的箍圈固定着他的上臂。他可以移动一只前臂，幅度足以让他摸到自己的脸；而另一只手臂，当然了，本来就只是他用来刺伤提图斯的武器。现在那武器也不见了，那赛博格的前臂只剩下一截断面被整齐缝好的残桩。人们搜遍了他的全身，看有没有其他类型的武器，但除了那些将他打造成一件工具，为他的主子们的目标服务的植入物之外，他身上没有携带任何其他隐藏的装置。

斯凯觉得，从某种意义上说，把这个破坏者送到船上的势力实在是惊人地缺乏想象力。他们对这人的关注点过于集中在让他能够破坏飞船上，可一个设计精细、易于传播的病毒也会同样有效。病毒可能不会直接伤害休眠者，但一旦飞船上没了活着的船员，他们成功抵达任何地方的概率都会小到完全可以忽略不计。

不过这倒不是说这嵌合体已经完全派不上其他用场了。

忽然间得知自己是个长生者，感觉真的很奇怪，奇怪透顶。斯凯并不关心有关“长生”定义的细节问题。确实，他并非不会受到伤害，但只要足够小心，再加上深谋远虑，他可以把自己的风险降到最低。

他从杀手的床前往后退了一步。人们认为，他们已经完全击败了这个破坏者，但这种事你永远无法完全肯定。尽管监控器显示这个人睡得至少和他父亲一样沉，但还是不能冒险。这些怪物，他们天生就是为了欺骗他人的。他们可以让自己的心率和神经活动表演出人类无法做到的戏法。那只未被捆绑的前臂可能会抓住斯凯，扼紧他的喉咙，直到他死亡；又或者把他拉得更近，近到那家伙能够把他的脸给啃掉。

斯凯在墙上找到了个医药箱。他翻开箱盖，端详着里面整齐排列的医用器具，然后抽出一把手术刀。灭菌刀刃在房间柔和的灯光下闪烁着蓝白色的光芒。他来回转动着手术刀，欣赏着刀刃在转到正对着他时消失不见的景象。

他觉得，这是把精巧的武器，是件极好的东西。

他拿着手术刀朝破坏者走去。

第十六章

“他醒过来了。”有个人在说话，声音让我迟钝的思维朝着清醒状态转变。

有件事作为一名士兵——至少在斯凯先手星上的士兵——人人都会学到：并不是每个向你开枪的人都想要杀死你，至少不是立刻杀死你。这是有原因的，通常是为了劫持人质，但也并不总是和这种手段有关。可以对被俘的士兵的记忆进行搜思，而不需要粗暴地动用酷刑，所需的只是相应的神经成像技术，超空人可以提供这种技术，给钱就行；当然首先要有值得了解的东西。换句话说，士兵的脑子里得有情报，他们必须对军事行动有所了解才会有这个价值。

但那种事我从来没遇见过。我曾被人拿枪打过，也被击中过，但每次发生这种事的时候，那些人从来没打算让我活着，即便是让我再活一小段时间以甄别我的记忆的打算也不曾有过。我从来没有被敌人俘虏过，所以也从来没有在醒来时发现自己并非身处安全环境，无从了解那种喜忧参半的感觉。

但现在，我正在切实了解到那是什么滋味。

“米拉贝尔先生，你醒了吗？”有人用什么柔软而冰冷的东西在擦着我的脸。我睁开眼睛，马上又眯起；在我昏迷了一阵子之后，这光线明亮得刺眼。

“我在哪儿？”

“在安全的地方。”

我迷迷糊糊地环顾四周。我正坐在一张椅子上，在一个狭长而倾斜的房间较高的一端。在我的两边，皱褶起伏的金属墙壁向下倾斜，就好像我身下是条自动扶梯，沿着一条角度平缓的隧道下行。墙壁上开着些椭圆形的窗户，但外面的黑暗中除了点缀着纠缠成一根根长链的仙女灯之外我基本上看不到什么。我现在所在地比城市地表要高出许多，那么几乎可以肯定这里是天篷区的某个区域。地板由一系列水平面组成，它们朝着房间的低端逐次下降，那一头离我肯定有十五米，比我低个两三米。看起来好像房间的坡度不是故意设计成这样的，那阶梯状的地面像是后来才形成的。

那个戴单片眼镜的方脸男人正站在我旁边，一只手摆弄着自个儿的下巴，似乎他需要不断提醒自己注意它有多方。他的另一只手拿着一块软塌塌的法兰绒，就是这东西轻柔地帮助我恢复清醒的。

“你可真够结实的，”那人说，“我计算错了眩晕光束的剂量。有些人可能会被那一枪杀死，我本来以为你会再昏迷好几个小时。”然后他把一只手搭在了我的肩膀上。“但我觉得，你已经好了。真是相当强壮啊，伙计。请务必接受我的歉意——我向你保证，这种事决不会再发生了。”

“你最好别再这么做事了。”有个女人走进我的视野，然后说道。我认出了她，当然了——还有她的同伴。那男人出现在我的右边，正把一支香烟塞到自己嘴边。“你越来越马虎了，韦弗里。这人一定以为你打算杀了他。”

“他难道不是这么打算的？”我说话时发现自己的声音远没有自己预料的那么含糊不清。

韦弗里严肃地摇了摇头。“完全不是。我是在尽力救你的命，米拉贝尔先生。”

“那你用的方法可真是很有趣。”

“我必须迅速采取行动。你即将被一群猪人伏击。你了解猪人吗，米拉贝尔先生？你或许并不想知道。自从熠耀带完蛋之后，我们就不得不面对一些令人不太愉快的移民群体，猪人就是其中之一。猪人在路边布置了一根绊索，连着一把十字弓。通常情况下猪人要再过会儿，到夜里才会盯上什么人，但今晚肯定是饿急了。”

“你是拿什么打的我？”

“就像刚才说的，一道眩晕光束。实际上是种相当人性化的武器。激光束只是一个前导——它在空气中建立了一条电离路径，可以顺着这条路径施放一道麻痹性电流。”

“还是很痛苦。”

“我知道，我知道。”他防御性地举起双手，“我自己也曾经挨过几下。我恐怕是把它调到了适合击晕一头猪人，而不是一个人的剂量。但或许这样更好。我怀疑，如果我没有把你一下放倒，你会继续抵抗的吧。”

“你到底为什么要救我？”

他看起来有些不高兴。“我认为，不那样做是不得体的。”

现在那个女人说话了：“起初我对你的判断有误，米拉贝尔先生。你让我太紧张了，我没有完全信任你。”

“我只是征求了下建议而已。”

“我知道，这都是我的错。不过近来我们都神经紧张。我们离开后，我为此感到很难过，然后告诉韦弗里要留意下你的状况。结果他就是这么办事的。”

“注意，是的，西比琳。”韦弗里说。

“那么，请问这是哪里？”我说。

“带他看看，韦弗里。他现在肯定也想伸伸自己的腿。”

我本来隐约以为自己是被固定在椅子上的，但其实我可以自由移动。韦弗里伸出一条胳膊扶着我，让我试了下自己的双腿还能不能用。腿上被光束触及的那块肌肉仍然感觉软得像果冻，但那条腿还是勉强能撑起我的身子。我从那女人身边走过，沿着一系列的水平面往下，最终走到了房间的最低处。那头的双开门通向外面的夜空。韦弗里领着我走了出去，外面是个倾斜的阳台，周围装着一圈金属栏杆。温暖的空气扑面而来。

我回头看了看。我醒来的那建筑物两侧都有阳台突出，将它环抱当中。但其实那并不是一栋建筑物。

那是艘飞艇的吊舱，正以一定角度斜斜翘起。在我们上方是飞艇的气囊，看起来黑乎乎的一大团，被夹在天篷区的枝丫之间。飞艇肯定是在瘟疫来袭时被困在了这里，就像是个被树冠困住的气球。气囊的气密性太好了，以至于在那场瘟疫发生七年之后仍然是完全鼓起的。但周围形成的枝丫已经把它给压得变形扭曲了；我不禁有些好奇它到底有多结实——还有，如果气囊被刺破了，那吊舱会怎么样。

“那肯定发生得非常快。”我说话时脑子里已经浮现出了飞艇试图操控自己，躲开建筑畸形生长的路径的场景。

“没那么快。”韦弗里说话的腔调好像我刚才的话极其愚蠢似的，“这是艘观光飞艇——从前的好日子里这种东西有好几十艘。麻烦临头之后，再没人有多少兴趣观光游览了。人们把飞艇停在了这里，然后它周围的建筑物生长起来，把它困在了里头。不过那些树枝用了大概一天的时间才完全合拢。”

“然后你们现在住在里面？”

“噢，并不是。这东西实际上并没有那么安全。这就是为什么我们不必太担心自己会被别人注意到。”

在我们后面的门又打开了，那个女人走了出来。“我承认，在这么个地方唤醒你是有些不合常规。”她走到韦弗里身旁，两人都斜靠在栏杆旁，大胆地把身子探过栏杆。从这里到地面的高度肯定超过一千米。“但这样做是有其用意的，谨慎就是其中之一。那么现在，米拉贝尔先生，我想你需要一些像样的食物和款待。——我说得对吗？”

我点了点头。我觉得如果我和这些人待在一起，他们可能会为我提供进入天篷区的途径。为此表示同意合情合理。表示同意还有其他的理由：纯粹的解脱和感激，以及我确实像她以为的那样又累又饿了。

“我不想强求。”

“胡说八道。我在地沤区的时候给你添了很大的麻烦，然后韦弗里笨手笨脚地把眩晕枪设置成那样，不但没有补偿，反倒加重了错误。——不是吗，韦弗里？好啦，我们别再多说了。若您容我们提供些许食物和休憩，诚然乃我等之荣幸。”女人从口袋里掏出一个折叠起来的黑色玩意儿，把它打开，从里面扯出根天线，然后冲着它说话：“亲爱的？我们现在已经准备好了。我们到吊舱高的那头会合。”

她啪地合上了手机，把它塞回口袋里。

我们从吊舱一侧绕了过去，抓着栏杆沿路上坡，一次也没滑倒。在最高处的栏杆被切断了，于是这里在我和地面当中唯有广袤的空间，没有任何阻隔。韦弗里和西比琳——如果她是叫这个名字的话——当中的任何一人如果企图害我，完全可以轻轻松松把我从边上推下去，尤其是在我还晕头转向的状况下。不仅如此，在我醒来之前，他们要做这种事更是有大把的机会。

“他来了。”韦弗里指着气囊一边高一边低的曲面下方说道。我望向那边，看到一辆缆车升入视野。它看起来很像我第一次看到西比琳时，她乘坐的那辆，但我还不打算假装已经成了缆车专家。缆车的机械臂抓住了缠绕在气囊上的缆绳，把飞艇拽得都变了形，但并没有戳破气囊。车子靠近，车门打开，一块跳板伸了出来，在缆车与吊舱间架起了一道便桥。

“你先请，坦纳。”西比琳说。

我越过了便桥。全程只有一米来长，但两边没有任何保护措施，要走过去实在是需要巨大的勇气。西比琳和韦弗里毫无挂虑地跟着我。住在天篷区里肯定会让所有人都对可怕的高度有非人的耐受力。

车厢后部有四个座位，我们和司机之间有道带窗的隔板。我在司机关窗之前看到了他，正是之前和西比琳在一起的那个高颧骨灰眼睛的男人。

“你要带我去哪儿？”我问道。

“你问去哪儿吃饭？还能有哪儿？”西比琳大大咧咧地把一只手拍到我的

前臂上，“这个城市最棒的餐厅，坦纳。当然也是风景最好的地方。”

我们在夜间于渊堑城中飞过。灯光只能勾勒出城市的大体区划，几乎可以假装瘟疫并没有发生。建筑物的形体隐没在黑暗中，只能分辨出部分顶部的枝丫，那些地方或是有着发光的窗户，连缀成明亮的触须和星流，或是有些霓虹灯涂鸦广告，用加拿亚语的神秘表意符号拼凑而成，个中意义我完全无从揣度。我们时不时地会经过一些没有遭受瘟疫影响的老建筑，它们僵硬而有规律地矗立在发生了变化的建筑群中。这些建筑中大多数即便没有被瘟疫引发形体异变，也遭到了损坏。那些受到感染的相邻建筑伸出枝丫，穿透了它们邻居的身躯，或是掘毁了它们的地基。有些甚至像葛藤一样把自己缠绕在别的建筑上。在经历了瘟疫期间的火灾、爆炸和骚乱之后，没什么建筑还能安然无恙。

“你看到那个了吗？”西比琳示意我去看一个金字塔形的建筑，它居然基本上是完整的。这栋楼相当低矮，几乎被掩埋在地沤区中，但从上方射下来的探照灯照亮了它。“那是八十子惨案纪念碑。我猜你应该知道那个故事。”

“完全不清楚细节。”

“那是很久以前的事了。有个人试图将人们扫描上传到电脑里，但所用的技术还不成熟。扫描过程会杀死那些人，这就已经很糟糕了，但还有更糟的，之后那些模拟人开始出毛病了。包括那人自己在内，一共有八十个。当一切尘埃落定，大多数模拟人都已经崩坏之后，他们的家人建造了那个纪念碑。曾经很棒，但如今已经门庭冷落了。”

“就跟这整座城市一样。”韦弗里说道。

我们继续穿过城市。我的内脏发现了一件事：乘坐缆车旅行是需要花点时间适应的。当缆车途经的地方有许多缆线时，旅程几乎跟乘坐喷气飞车一样平稳顺畅。但是，一旦缆线没那么密集，例如，当汽车穿越天篷区上没有粗大枝丫的部分时，车子的运行轨迹就不再像飞鸦飞得那般笔直，而更像是长臂猿在穿行：大幅度的弧线，令人恶心反胃，时不时向上猛地一蹿。这感觉本该非常自然，因为人类的大脑原本正是在这种树栖生活环境中演化出来的。

但对我来说，那是很久以前的事情了，好几百万年毕竟太长了。

最终，缆车滑过颠得人要吐的若干弧线后把我们带到了地面上。我想起来奎伦巴赫告诉过我，当地人把城市上空融合在一起的穹顶称为“大蚊帐”；而在这里，这巨大的“蚊帐”向下一路垂落，最终接触到渊堑边缘的地面。在火山口内缘附近的这片区域，城市的垂直分层并不明显。有些地方天篷区和地沤区混在了一起，形成一片不好界定的区域，地沤区在那些地方擦到了穹顶的底部；另外还有些区域的天篷区钻进了地下，通到一些防护充分、富人们可以在其中安然行动的广场。

西比琳的司机把我们带到了一块这样的飞地，放下缆车底部的起落架，操纵它落到了一片着陆甲板上，这里已经停了不少缆车。穹顶的边缘在这里是一堵倾斜的污褐色墙壁，倒扣在我们的头顶，看上去像是一道开花浪。透过上面或多或少透明的部分可以看到渊堑那宽阔的巨口，另一边的城市看上去只是远方一片灯光闪动的森林。

“我提前打过电话，为我们在花茎厅订了张桌子。”铁灰色眼睛的人走出缆车驾驶室说道，“有传言说沃罗诺夫今晚要来吃饭，所以这里门庭若市。”

“我很高兴，”西比琳说，“完全可以相信，沃罗诺夫会为这个夜晚添光加彩。”她随手打开车子侧边上的一个隔层，掏出一个黑色的钱包，打开了它。钱包里露出一些小瓶的梦幻燃料，还有一把我在斯特列利尼科夫号上见过的那种华丽的缔婚枪。

她扯下衣领，把枪抵在自己的脖子上，咬牙切齿地将一立方厘米的暗红色液体注入了自己循环着的血液中。接着她把枪递给了自己的搭档，后者也进行了注射，然后把这个巴洛克式的饰品还了回去。

“坦纳，”她说，“你要不要也来一针？”

“我就免了。”我说。

“好吧。”她把那套工具收好，放回了隔层里，就好像刚才发生的事情并没有什么特别的影响。

我们离开缆车，步行穿过着陆甲板，走上一条向下倾斜的坡道，坡道前方通往一片灯火通明的广场。迄今为止我在这个城市里看到的任何地方比起这里来都要糟糕得多：这里整洁而凉爽，挤满了看起来很有钱的人、轿子、机仆和由生物工程制造出的动物。音乐从墙壁跃动而出，墙上的屏幕在展示着瘟疫发生前的城市图景。有个奇怪的瘦高个机器人在中央大道上走来走去，踩着刀锋般的机械腿俯视人群。它浑身上下都是尖锐的棱角，闪闪发光，仿佛是一堆被施了魔法的利剑。

“那是架塞卡的自动机。”铁灰色眼睛的男人说道，“他从前在熠耀带工作，是胶子运动[1]的领军人物之一。现在他在造这些东西。它们非常危险，所以千万要小心。”

我们小心翼翼地绕过那个机器人，避开其致命肢体缓缓画出的弧圈。“我想，我没听过你的名字。”我对那人说。

他神情古怪地看着我，好像我刚刚在打听他的鞋子尺码似的。

“菲舍蒂。”

我们沿着大道前进，绕过了另一架自动机。这个机器人与第一个十分相似，只不过它一些肢体上有明显的红色污渍。然后我们经过了一系列装饰性的池塘，许多肥硕的金银鳞锦鲤聚集在池塘的水面附近，嘴巴一张一合。我试图弄清楚我们在哪里。我们在渊堑附近着陆，一直朝着它的方向走去，但我们离它一开始就很近，走的距离已经超过了。

最后这条路变宽了，连接到一间圆顶屋；房间很大，里面容纳着大约一百张餐桌。现在里面几乎座无虚席。我甚至看到有张桌子周围停着好几顶轿子，桌子上整齐地摆放着餐具，但我实在看不出他们打算怎么用餐。我们走下一段台阶，踏上房间的玻璃地板，然后被带到了房间边缘处的一张空桌；午夜蓝色的穹顶上开着若干大窗，其中之一就紧挨着我们的桌子。穹顶最高处吊着一盏枝形吊灯，造型异乎寻常地复杂。

“如我所说，渊堑城风景最好的地方。”西比琳说道。

1. 意味不明，可能指前文提到过的一种艺术形式。

我现在看出来我们身处何方了。这家餐馆坐落于一根长杆前端，长杆从渊堑一侧伸出，离顶上的地面有五六十米。这根“花茎”肯定有上千米长，看上去纤薄脆弱，就好像是用玻璃吹制而成的。它连接着渊堑壁的一端，被一个装饰华丽的水晶支架支撑着；那样子让它的其余部分看起来危如累卵。

西比琳递给我一份菜单。“点你喜欢的，坦纳，或者让我来为你选——如果你不熟悉我们这里的菜品的话。你不好好吃一顿休想我放你离开。”

我看着价格，有些怀疑是不是我的眼睛出毛病了，每个数字后头都加了一两个零。“我付不起这个价钱。”

“也没人要你付账。这是我们大家还你的情。”

我咨询了下西比琳的意见，选择了若干餐品，然后坐下来等待上餐。当然，我觉得自己在这里有些格格不入；但话又说回来，我很饿，而且和这些人待在一起，我可以更多地了解天篷区的生活。幸运的是，没人要我闲聊。西比琳和菲舍蒂正在对其他人评头论足，偶尔会悄悄冲着房间对面让他们在意的人指指点点。韦弗里时不时地插进对话说上一两句，但除偶尔礼貌表示一下之外，他们并不会向我征求意见。

我环顾房间，打量着顾客们[1]。哪怕是那些重塑了自己的形体和面容的人看上去也是美的，就像那些只是穿着动物化装服，但依旧魅力非凡的演员。有些人改变的只是皮肤的颜色，但另外一些人的整个生理结构都在转变成某种瘦小而完美的幻兽。我看到有个男人的额头上长着一圈放射状分布的突棘，棘身上有着精美的斑纹；他身边坐着的那个女人长着一双巨大的眼睛，眼睑五彩斑斓，那样子就像是飞蛾的一双翅膀，开合之间双眼忽隐忽现。那边有个看起来还挺正常的男人，偏偏一张嘴就会露出条分叉的黑色舌头，他一有机会就把芯子吐到外边，似乎在品尝空气的味道。还有个身材苗条的女人，身上布满了黑白条纹，近乎全裸。我深深地被吸引住了，和她瞬间四目相接；然后，我怀疑如果不是我移开了视线，她会一直盯着我的。

---

1. 原文此处为法语。

我转头向下望去，望向我们脚下热气腾腾的渊堑深处，眩晕感慢慢减轻。虽然是晚上，但城市的余光隐约照亮了我们周围。我们离一边的岩壁有一千米远，但渊堑的宽度能达到十五到二十千米，对面的岩壁看上去还是跟从登陆甲板上看到的一样遥远。岩壁基本上是笔直的一片，只偶尔有些地方部分岩石脱落，形成了些狭窄的天然壁架。有些壁架里嵌着建筑物，它们靠管道电梯或者封闭式人行通道和高处的楼层相连。渊堑的底部不见踪影，岩壁矗立在一片平静的白色云层之中，下方的深渊完全隐藏在云雾之中。有些管道向下朝着雾中延伸，我知道它们会一直向下，连到在下方的大气处理机器。这些隐藏在底部的机器为渊堑城提供电力、空气和水，而且它们非常皮实，甚至在瘟疫发生之后都还能继续正常运行。

我可以看到有些发光的东西在下面的深渊中飞行，是些细小而明亮的三角形，带有各种颜色。“滑翔机，”西比琳看出了我在盯着它们，“这是项古老的运动。我从前也玩过，但岩壁附近的热气流太疯狂了。再加上你必须穿戴沉重的呼吸装备……”她摇了摇头。“不过，最糟糕的还是那些雾气。贴在雾气上方飞行时，你会嗖嗖地飞得很爽，但一旦你落入雾气中，你就会失去所有的方向感。如果你走运的话，你会往上飞，然后你会发现空气清朗起来，接着你就撞到了岩壁上。如果你不走运，你会把下方当作上方，于是你朝着压力越来越高的区域飞行，直到你把自己给活活煮熟。或者你可以给渊堑的侧边新添几个有趣的色斑。”

“雷达在雾中不起作用吗？”

“起作用——但那不会让这项运动变得有趣，不是吗？”

餐点来了。我小心翼翼地吃着，不想让自己出洋相。食物也确实很好吃。西比琳说，最好的食物仍然是在轨道上种植培育，然后用巨空艇运下来。这就解释了为什么几乎每样东西后面都有额外的几个零。

“看，”我们吃到最后一道餐点的时候，韦弗里说道，“那是沃罗诺夫，对吧？”

他小心翼翼地指向房间对面，那里有个男人，刚从一张桌边站起。

“是的，”菲舍蒂说话时露出个自鸣得意的笑容，“我就知道他肯定在这儿的某个地方。”

我看了看他们谈论的那个人。他可能是房间里样子最朴素的人之一，个子不高，看起来格外整洁，有一头整齐的卷曲的黑发，面无表情，但看着令人愉快，就像名默剧艺术家一般。

“他是什么人？”我说，“我听说过他的名字，但不确定是在哪儿了。”

“沃罗诺夫是个大名人。”西比琳说。她又碰了碰我的胳膊，像是透露出又一个机密的样子。“对我们中的有些人来说，他是个英雄。他是最古老的超越死亡者之一。他什么都玩过，精通每一种游戏。”

“他是个游戏玩家？”

“不仅如此，”韦弗里说，“他会探索人们能想象的所有极端状况。他是制定规则的宗师，我们其他人只是跟随者。”

“我听说他今晚有个计划。”菲舍蒂说。

西比琳啪地双手一合。“跳雾？”

“我认为我们可能是交好运了。要不然他为什么要来这里吃饭？对这里的景色他肯定腻味得要命了。”

沃罗诺夫正起步离开他的桌子，之前一直跟他坐在一起的一男一女也和他一道离开。房间里的每个人现在都在看着他们，人们都感觉到有大事要发生了。甚至连那些轿子都转向了他。

我看着他们三个人离开房间，但那种万众期待的气氛依然存在。几分钟后，我明白了其中的原因：沃罗诺夫和另外两人出现在餐厅外面一个围绕着餐厅穹顶的环状露台上。他们穿着防护服，戴着面具，面孔几乎完全被遮盖了起来。

“他们是要飞滑翔机吗？”我说。

“不，”答话的是西比琳，“对沃罗诺夫来说，那种玩意儿已经完全过气啦。跳雾是种更危险的游戏，危险得多。”

现在那几个人在腰间系上了发光的安全带。我努力瞪大眼睛看个清楚。每个安全带上都连有一根盘绕着的绳索，绳索另一端被固定在穹顶一侧。现在一半的食客都已经挤到了餐厅的这头，以获得更好的视野。

“你看到那盘绳子了吗？”西比琳说，“每个跳雾者要自己算好绳子的长度和弹性。然后，他们必须根据对渊堑中热气流的了解，来决定他们跳雾的时机。看到了吗？他们在密切关注下面的滑翔机的动向。”

就在这时，那个女人从边上跳了下去。她肯定是认为现在就是她一跃而下的好时机。

我透过地板看着她身形急降，渐渐缩小，变作一个人形的小点，朝着下方的雾气坠落。她身后拖着的绳圈几乎细到目不能见。

“这运动的要点在于？”我说。

“这一跳是会很刺激的。”菲舍蒂说，“但真正的关键在于，坠落得足够深，进入雾中，完全从视野中消失。但你又不能坠落太深。而且即便你对绳子长度的计算是正确无误的，你也可能被热气流打败。”

“她判断失误了，”西比琳说道，“哦，傻姑娘。她被吸过去了，离那块隆起的岩石越来越近了。”

我看着那个光点，那个坠落的女人撞上了裂谷的侧壁。餐厅里一时之间鸦雀无声，仿佛发生的事情糟糕到不忍言语。我以为打破这沉默的会是恐惧和怜悯的叫声。但相反，出现的是礼貌性的掌声和一些细小的同情之声。

“我就知道会发生这种情况。”西比琳说。

“她是谁？”菲舍蒂问道。

“我不清楚，大概是叫奥利维娅之类的。”西比琳又拿起菜单，开始浏览甜点。

“当心啊，你会错过下面的好戏的。我想接下来会是沃罗诺夫……没错！”菲舍蒂猛地一拍桌子。他的英雄一步迈向露台之外，优雅地落向雾气。“看到他有多酷了吗？真是优雅，真的是。”

沃罗诺夫像名游泳高手般坠向下方，身后的绳子笔直，不偏不倚，仿佛他是在真空中坠落一样。我可以看得出，这完全是个时机问题：他一直在等待准确的时机，在这一刻热气流的动向完全如他所想，它们在协助他，而不是在跟他作对。他越坠越深，就像是在热气流的帮助下，他成功地和渊堑的岩壁保持距离。屋子正当中有个屏幕，上面正在转播沃罗诺夫的侧拍影像，肯定是有个飞行摄像机，在一路深入渊堑，跟着他进行追拍。其他食客在用观剧望远镜、单筒望远镜或是造型精美的长柄望远镜跟踪他的运动轨迹。

“这背后有什么特别的意义吗？”我问道。

“风险，”西比琳说，“然后是尝试新鲜和危险事物带来的刺激感。如果说瘟疫对我们有所馈赠的话，那就是这个了：有机会去测试自己，去面对死亡。如果你以每小时两百千米的速度撞上岩壁的话，生理上长生不死对你来说基本上于事无补。”

“可他们为什么要这样做？有可能长生不死难道不是会让人们的生命更加宝贵吗？”

“是的，但这并不意味着我们就不需要时不时地提醒自己死亡的存在了。你击败了一个宿敌，但如果你拒绝让自己回忆起当初的感觉，品味那种刺激，那么这样的胜利又有何意义呢？不去回忆你所克服的事物，那胜利也会失去意义。”

“但你们可能会死掉啊。”

她抬起头来，不再看着菜单。“那就更有理由不要错失时机了。”

沃罗诺夫已经接近了他坠落的终点。我现在只能勉强看到他的位置。

“他现在开始绷紧了，”菲舍蒂说，“开始减速了。你看到了吗？他对时间的把控多么精彩啊。”

绳子几乎被拉长到了极限，现在开始阻止沃罗诺夫的坠落了。但他对时机的把握显然正如他的崇拜者们所期待的那样精准。他消失在白茫茫的雾气里，踪影全无；过了三四秒钟之后绳索开始收缩，把他拖回上方，拖向我们。

“完美的典范。”西比琳说道。

又是一阵掌声响起，但与先前不同的是，这次的掌声热情洋溢。人们开始敲击自己的餐具，以感谢沃罗诺夫的坠雾表演。“猜猜接下来会怎么样？现在他已经完全掌握了跳雾的技巧，那么他将会感到厌倦，然后去尝试别的更加危险的疯狂游戏。你们记住我这话。”韦弗里说道。

“另一个人也出发了。”西比琳说。最后一名跳雾者也从露台往前迈了一步。“时机看起来不错——反正比那个女人的好。你们本来还以为他会彬彬有礼地等沃罗诺夫回来，对不对？”

“他要怎么回来？”

“自己把自己拽上来。他背上的装备里有个电动绞盘。”

我看着最后一名跳雾者直插深渊。在我未经训练的眼睛看来，这次跳雾至少不亚于刚才沃罗诺夫的那次——热气流看上去并没有将他引向两侧的悬崖，他下落时的姿势看起来惊人地舒缓优雅，犹如芭蕾。人群现在已经安静下来，聚精会神地看着他向下坠落。

“噢，这可不是个生手。”菲舍蒂说。

“他只是照搬了沃罗诺夫捕捉时机的办法。”西比琳说，“我刚才就在观察旋涡对滑翔机的影响。”

“不能为此责备他。你知道的，原创性并不会给你加分。”

那人还在继续下降，他背上的装备在发光，看起来像个绿色的小豆点，正在迷雾中隐去。“等等，”韦弗里指着露台上还在继续松开的那盘缆绳，“现在他的缆绳应该已经放到头了啊，不是吗？”

“沃罗诺夫的绳索在这个位置就已经到头了。”西比琳表示同意。

“愚蠢的傻瓜，给自己准备的绳子太长了。”菲舍蒂说。他拿起酒杯喝了一小口，然后带着全新的兴趣继续打量着深渊。“现在要到头了，但已经太晚了。”

他是对的。那个发光的绿点到达雾气的顶上时，下降的速度几乎还是跟之前一样快。他的侧影在屏幕上最后一次出现，然后就消失在白茫茫的雾气之中，能看到的只剩下他那根绷紧的缆绳。几秒钟过去了——先是三到四秒，沃罗诺夫在出现之前就是过了这么久，然后是十秒……再然后是二十秒。三十秒之后，人们开始有点不自在了。显然，他们以前见过这种事，所以已经明白了会发生什么。

过了将近一分钟那个人才再度出现。

我已经听说了驾驶滑翔机潜得太深会有什么遭遇，但想来那也不至于太过糟糕。但这个人往雾里冲得实在太远了。深处的压力和温度超过了他那套单薄装备的防护限度。他死了，在几秒钟内就被活活煮熟了。镜头在他的尸体上钟情地徘徊，细细描绘出他身上发生的恐怖变化。我感觉有些反胃，于是把目光从画面上移开。在我当兵的那些年里，我见过不少糟心事，但从来没有哪回是在餐桌前，正消化一顿丰盛的美味佳肴的当口。

西比琳耸了耸肩。“哎呀，他真该用根短些的绳子。”

吃完后，我们穿过茎柄，走回登陆甲板。西比琳的缆车还在那里等着。

“嗯，坦纳，接下来要我们带你去哪儿吗？”她说道。

我必须承认，我并不真的喜欢他们的陪伴。我们之间的关系一开始就很糟糕，而且虽然我很感激这次前往花茎厅的观光，但他们对跳雾者死亡的冷漠反应让我怀疑，我和他们提到的那些猪人在一起是不是会更好。

但我不能放弃这么好的机会。“我猜，你们会在某个时候返回天篷区？”

她看起来很高兴。“你想跟我们一起去，那绝对没问题。事实上，我坚决想要你来。”

“呃，千万别觉得有什么义务。你真的已经够慷慨的了。但如果不会给你带来不便的话……”

“一点也不。上车吧。”

车门在我面前打开，菲舍蒂进了驾驶室，我们其他人坐在后排。我们一飞冲天；我开始感觉对缆车的运动有些熟悉了，虽然还完全谈不上舒适。地面迅速下降，我们钻进了天篷区的空隙中。车子在沿着一条主缆道行驶，我们的运动节奏几乎有点规律。

就是在那个时候，我第一次觉得自己当初其实应该去找那些猪人碰碰运气。

"嗯，坦纳，你这顿饭吃得如何？"西比琳问我。

"就像你说的，风景真的是太有冲击力了[1]。"

"很好。你需要能量。或者至少你很快就会需要能量。"她动作娴熟地把手伸进车厢绒毯里的一个夹层，抽出一把不太友善的小枪，"嗯，显而易见，这是件武器，我正用它瞄准你。"

"观察力满分。"我看了看那把枪。它看起来像是用玉石制成的，上面有若干红色的恶魔浮雕。它的枪口很小，里面黑黝黝的；西比琳握枪的手非常稳定。

"重点是，"西比琳继续说，"你不应该想要做出任何不听话的举动。"

"你们如果想杀了我的话，早就可以把我杀上好几十回了。"

"没错。但你的思维中有那么一个漏洞。我们确实想杀了你。只不过得用个不那么老套的方式。"

她一掏出枪的时候，我就应该立即感到恐惧，但我的大脑拖拉了几秒钟才理解眼下的状况，判定它实际上可能正如看起来这么糟糕。

"你们准备把我怎么样？"

西比琳冲韦弗里点了点头。"你能在这里做吗？"

"我带了工具，但我还是强烈希望能回飞艇上再做。"韦弗里对她点了点头，"在那之前，你可以一直拿枪瞄准他，可以的吧？"

我问他们打算把我怎么样，但突然间，似乎他们对我在说什么都不太感兴趣了。很明显，我这回麻烦大了。韦弗里为了从猪人手中保护我而向我开枪，那套故事听起来没有半点可信度，但我又有什么资格去跟他争辩？我一直告诉自己，如果他们想让我死……

这个考量不错。但就像西比琳说的，我的这种思维存在一个漏洞……

没过多久，我们就到达了那艘被困住的飞艇。我们朝它荡去时，我得以把这架被囚禁的飞行器看了个一清二楚。它高悬在城市上空，摇摇欲坠；附近的

1. 原文此处用语就和前文不同，有正反两面意思。

天篷区区域没有半盏灯火，支撑它的枝丫上毫无人居的迹象。我记得他们曾说过，这地方很好，不显眼。

我们着陆了。到这会儿，韦弗里也拿出了一把枪，而当我踏上通往吊舱的连接坡道时，菲舍蒂也用第三把枪对准了我。我唯一能做的事就是从那边上跳下去。

但我并没到那么绝望的地步。目前还没有。

我被押进吊舱，又回到了椅子上，就是几小时前我醒来时坐的那把椅子。这次韦弗里把我绑在了座位上。

“好了，继续吧。”西比琳说道。她侧扭着腰胯站在那里，一手持枪，那样子就像是拿着个造型别致的烟嘴。“你知道吧，这不是脑外科手术。”

她大笑起来。

接下来的几分钟里，韦弗里围着我的座椅转来转去，发出奇怪的咕哝声——或许是在表示厌恶。他时不时地摸摸我的头皮，温柔地用手指触摸检查。最后他看样子是满意了，这才从我身后某个地方取来了一些设备。不知道是什么，但看起来是些医疗用品。

“你们打算干什么？”我提出问题，再次试图从他们那里得到回应。“如果你们是想拷问我的话，那你们不会有多少收获的。”

“你认为我会拷问你？”韦弗里现在拿起了一件医疗器械，是个结构相当复杂的东西，像根镀铬探针，上面嵌有一堆状态指示灯，正在闪烁不休。“我承认，那会让我很开心的。我是个非同寻常的虐待狂。但除了能让我获得自我满足，那不会有任何作用。我们已经对你的记忆进行过搜思了，所以你在痛苦中会告诉我们的一切，我们现在就知道。”

“这是在吹牛。”

“不，我们没有。我们有没有专门问你的名字？不，我们没有。但我们知道你叫坦纳·米拉贝尔，不是吗？”

“那样的话，你们就该知道我说的都是实话。我没有什么能交代的了。”

他向我靠近，他的镜头咔嚓作响，飞旋呼啸，天晓得这东西汲取光学数据的电磁波谱范围有多宽。"我们真的不知道我们该知道什么，米拉贝尔先生——假设你真的叫这个名字的话。你看，你脑子里面的东西实在像是一团迷雾。记忆的轨迹混乱不堪——你的过去有大片大片的区域我们压根就无法访问。这可不会让我们对你抱有最大的信任，这你应该能理解吧。我的意思是，你会认同我们这样的反应是合理的，不是吗？"

"我刚复苏不久。"

"啊，是的——冰封托钵僧们干这种活通常都干得很棒，不是吗？但在你这里，甚至他们的精湛手艺也无法重建记忆整体。"

"你在为瑞维奇工作吗？"

"我很怀疑。我从来没听说过这个人。"他瞥了眼西比琳，似乎在征求她对此问题的意见。她尽力想要掩饰自己的表情，但我看到她脸上出现了相当于耸了耸肩的变化——眼睛一瞬间瞪大了，似乎在说，她也从没听说过瑞维奇这人。

看起来确实如此。

"好的。"韦弗里说，"我想我可以把这事做得干净利落。幸好他脑子里没有任何其他的植入物来碍事。"

"那就动手吧，"西比琳说，"我们不能把整个晚上都耗在这事上。"

韦弗里把手术装置顶在我的颅骨侧面，我能感觉得到那东西冷冰冰地紧压在我皮肤上。他扣动扳机时我听到咔嚓一声……

第十七章

安保长官站在自己的囚犯面前，研究着他，就像个雕塑家研究着自己还在创作中的才粗粗凿出形体的作品，对已经完成的工作感到满意，但也清楚地意识到前面还有很长的路要走。虽然还有很多事要做，但他向自己保证，决不会出现任何差错。

此地除了斯凯·奥斯曼和这个破坏者，再没有别人。这间刑讯室位于飞船上一个偏僻的角落里，一栋基本上已被人遗忘的附属建筑中，只有一条列车路线通达，而其他人都以为这条路线已遭废弃。斯凯自己动手对这个房间和周围的船舱做了些装修，利用飞船供应管线的淋巴微循环系统为其供暖供气。理论上对电力和空气消耗量进行一番详细计算可能就会发现这个房间的存在，但是，作为一个潜在的安全问题，事情只会被报送到斯凯本人这里。那样的情况还从未发生，他怀疑以后也不会。

他面前的囚犯被固定在一面墙壁上，四肢大张，周围满是机器。神经线直接插进这人的头骨，与植入他体内、深埋在他大脑中的控制装置相连接。这些植入装置极其粗糙，即使以嵌合体的标准来看也是如此，但它们很好地完成了自己的任务。主体是个网状结构，埋藏在与强烈的宗教体验相关的颞叶区域。长期以来，一直有癫痫患者报告说，当强烈的电信号在这些区域一闪而过之际，他们会产生神圣感；植入装置所做的只是让这个破坏者感受到同样的宗教冲动，不过是温和可控版的。他原本的主人很可能就是用这种方式控制他的，因此他才能够如此忘我地将自己奉献给他们的自杀任务。

现在斯凯也同样通过这些“虔诚频道”对他进行控制。

“你知道吗？这些天都没人提起你了。”斯凯说。

破坏者朝他翻起沉重的眼皮，露出充血的月牙形眼睛。“什么？”

“就好像船上的其他人已经决定，悄悄地忘掉你曾经存在过的事实。从公共记录中被抹去，这感觉究竟是什么样的？”

“你还记得我。”

“是的。”斯凯朝着房间另一端点了点头，那里有个苍白的流线型身体，飘浮在绿色的装甲玻璃当中。“还有他也记得。但只被折磨你的人记住，这并没有多大意义，不是吗？”

“总比没有好。”

“他们当然会怀疑。”他想到了康斯坦札，唯一让他觉得芒刺在背，需要认真应对的人。“或者至少他们会怀疑，如果他们曾经考虑过这个问题的话。毕竟，你确实杀死了我父亲。我在道德上完全有权对你施加折磨，不是吗？”

“我没有杀……”

“哦，但你确实杀了。”斯凯笑了。他正站在让他与破坏者的植入物对话的控制终端前，漫不经心地抚弄着黑色的厚重旋钮和用玻璃罩住的显示指针。他亲手建起了这台机器，从全船搜罗部件，将它们拼凑到一块，并给它起了个名字叫“神盒”。它的作用归根结底正如这个名字所示：一个在杀手脑袋里创造神祇的仪器。起先他只用这东西来制造痛苦，但一旦击垮了潜入者的人格，他就开始将其按照自己的理想重塑——通过在神经回路中精心制造出一些恍惚狂喜的感觉。此刻，只有最细微的电流点滴渗入此人的颞叶，在这种输入为零的状态下，他对斯凯的感觉不太敬畏，近乎疑神论。

“我记不得我做过什么了。”那人说道。

“是的，我也不觉得你还记得。要我提醒你吗？”

破坏者摇了摇头。“也许我确实杀死了你父亲，但肯定是有人故意让我做到的，肯定是有人割断了我的束缚，还将那把刀留在我床边。”

“那是把手术刀，一件非常锋利的物品。”

“当然，你是知道的。”

斯凯转动一个黑色的旋钮，把输入调高了几挡，看着颤动起来的显示指针。“我为什么要故意让你能够杀死我父亲？我得是疯了才会这样。”

“反正他也快死了。你恨他，因为他对你所做出的事。”

“你是怎么知道的？”

“是你告诉我的，斯凯。”

当然，那是完全可能的。把这个人逼迫到无比恐惧的绝望边缘，吓得他要屎尿齐流，然后再施与慈悲，这很有趣。如果他愿意的话，他可以动用机器来做到这点，或者也可以仅仅解开一些手术工具给犯人看到。

“他没对我做出任何会让我恨他的事情。”

“没有吗？你之前可不是这么说的。你毕竟是名长生者之子。如果提图斯没有横插一杠——没有把你给偷出来的话——你仍然会和其他乘客一道处于休眠中。”破坏者用他略带古意的口音继续说道，“而如今，你将在这个可悲的地方度过许多岁月，年复一年，日渐衰老，每天都冒着死亡的危险，永远不知道你是否能到达旅途终点星。更何况，如果提图斯搞错了呢？如果你根本就不是长生者呢？你要过好多好多年才能够确定。”

斯凯把旋钮转到了更高挡。“你觉得我看起来跟实际年龄一致吗？”

“不……”他看到破坏者的下唇颤抖起来，进入迷醉狂喜之境有若干明确的迹象，这是第一个。“但那可能只是你的基因够好。”

“我可以碰碰运气。”他把电流强度进一步加大，“你知道的，我可以折磨你。”

“啊啊……我知道。噢，天哪，我知道。”

“但我选择不那么做。你现在是否感受到某种相当强烈的宗教体验？”

“是的，我觉得我在面对着某个……某个……啊啊。耶稣啊。我无法表达了。”那人的脸以一种非人的方式荡漾起来。他的面部有二十块额外的肌肉固着在头骨上，在需要的时候能够很大程度上改变他的外表。斯凯认为，他当初就是改变了自己的脸，替代了本该拥有那个休眠舱的人溜上了飞船。现在他在模仿斯凯的面孔，人造肌肉在不自觉地扭动，以形成新的布局。“这太美了。”

“你看到明亮的光了吗？”

“我无法表达。”

斯凯又把旋钮调高了几挡，直到接近允许范围的最大值。指针几乎全都打到了满格。

但还没满。因为指针的指示是按对数来的，最后再转动的那一丝可能就意味着“强烈的灵性感受”和“天堂与地狱在眼中一览无余”之间的差别。他还从来没有把这囚徒送上那样的巅峰，而且他也不完全确定自己是否真的想冒这个险。

他离开机器，走到破坏者面前。在他身后，水箱里的斯栗克颤抖起来，这海豚的身体怀着一波又一波的期待在起伏。那人口水直流，失去了基本的肌肉控制。他的脸现在已经融化，肌肉无望地下垂。斯凯用双手抱住那人的头，强迫他看自己的脸。他几乎能感觉到他的手指因电流进入那人的头骨而产生的刺痛感。有那么一瞬间，他们的瞳孔对视着，但这对这个破坏者来说太过分了。他想，这一定就像看到上帝一样，纵使心中充满敬畏，也不会是多么愉快的经历。

“听我说，”他轻声说，“不，别试图说话，只听。我本来可以杀了你，但我没有。我选择放过你。我选择了大发慈悲。你知道这表现出了我的什么特性吗？怜悯[1]。我想让你记住这点，但我也想让你记住些别的东西。我亦能忌邪，

1.“怜悯”和后文的“忌邪”“施报”均为《圣经·旧约》形容耶和华之用语。

亦能施报。”

就在这时，斯凯的手环响了。这是他在当上安全部门指挥官时从他父亲那里继承来的。他轻轻咒骂一声，松手让囚犯的头耷拉下去，然后接听来电。

他小心翼翼地转身背朝着犯人。

“奥斯曼？你在吗？”

是老巴尔卡扎尔。斯凯面带笑容，尽力让自己的表情和声音显得非常职业化。

“是我，船长。有何吩咐？”

“有事，奥斯曼。重要的事。我需要你护送我。”

斯凯用空闲的那只手开始调低机器的增益，然后没调到太低就停了下来。一旦电流完全切断，囚犯可能会恢复说话的能力。他在说话的时候让电流一直开着。

“护送你，先生？到飞船上的某个地方？”

“不，奥斯曼。到飞船外。我们要到巴勒斯坦号去。我希望你和我一起去。这要求不过分吧？”

“我三十分钟后到的士机库，先生。”

“你十五分钟内要到那里，奥斯曼，然后你让一辆的士做好出发准备。”船长在这里很无趣地停顿了一下，“巴尔卡扎尔结束通话，无须回复[1]。”

船长的图像消失后，斯凯依然站在原地盯着手环看了一会儿，琢磨着这到底是怎么回事。由于剩下的四艘船现在实际上是陷入了冷战僵局，巴尔卡扎尔刚才所说的那种出行是极其罕见的，通常都要提前数天制订出对每个细节都一丝不苟的计划。一般来说，任何高级船员要去到另一艘飞船上都会有一整支安保队伍同行，斯凯本人则留在后方协调。但这次巴尔卡扎尔只提前了若干分钟通知他，而且在船长打来电话之前，船上也没有会发生什么大事的流言。

十五分钟——其中至少有一分钟已经被他浪费掉了。他放下卷起的外衣

1. 原文船长这里停顿了一下后开了个双关语玩笑，也可以理解成“巴尔卡扎尔要离船外出”。

袖口，起步离开房间。走到门口的时候他才想起那个囚犯仍然连在“神盒”上，他的思维仍然沐浴在电流带来的狂喜中。

斯栗克的身子又抖动起来。

斯凯回到机器前，调整设置，让海豚获得对刺激电流的控制权。

斯栗克的抖动趋于疯狂；这生物被限制在狭窄水箱里的身体东摇西撞，将整个躯体都包裹在疯狂涌起的泡沫中。海豚头骨中的植入装置现在可以与眼前的机器通话，能够让囚犯在痛苦中发出尖叫，也能让他在快乐的高潮中喘息。

不过，斯栗克的操作通常都只会是前者。

他先听到那老人的声音——呼哧呼哧直喘，关节嘎吱作响，沿着机库甲板朝他靠近，之后过了好一会儿才看到人。船长的两名专职医护人员——瓦尔迪维亚和伦戈——走在他们的照料对象身后，保持着谨慎的距离，略微有些佝偻，用手持式仪表时刻监测着他的生命体征。他们那忧心忡忡的神情就好像老人的生命只剩下最后几分钟。但是斯凯完全不担心船长会马上死亡：这两个人挂着这副表情已经好几年了，个中意味只在于精心维护一层光鲜亮丽的“职业精神”假象。瓦尔迪维亚和伦戈必须给大家一个印象，那就是船长已经快要躺上灵床了，否则他们就不得不去其他地方施展他们那并不十分熟练的医疗技能。

但这绝不意味着巴尔卡扎尔依旧春秋鼎盛。一个箍在胸口的医疗设备维持着这位老人的生命，把外套胸口的扣子绷得紧紧的，让他看起来胸口鼓鼓囊囊，活像一只营养充足的雄鸡。再加上他那硬邦邦的灰色鸡冠头，以及那两只分得很开还闪烁着可疑光芒的黑眼珠，就更像了。巴尔卡扎尔多半是船员中最年长的，他就任船长的时间在提图斯上任之前很久；虽然他无疑曾经有个机敏如捕兽夹般的头脑，曾以冷酷的手腕指挥他的船员们渡过不知多少次大小危机，但同样毫无疑问的是，那些日子早就过去了；那个捕兽夹般的头脑现在已生了锈，成了当年的自己的一个拙劣仿品。人们在私下里会说，他已经几乎丧失心智了；在公开场合则会说，他体弱多病，需要把控制权交给年轻一代了，应该用一名中青年船长取代他，这样当大船团抵达目的地时，新船长才刚进入老年。他们说，等得太久的话，在那些无疑会万分艰难的日子到来之前，老船长的继任者会来不及学到必要的本领。

曾有过谴责和不信任案投票，也有过以健康原因强迫他退休的说法——当然，并没有发生实际的叛乱——但这个老顽固一直守住了自己的位置。不过，他的地位还从来没有像现在这样不稳过。他最坚定的盟友日渐凋零。提图斯·奥斯曼也在其中——斯凯至今仍然会情不自禁地把那个人当作自己的父亲。失去提图斯对船长来说是一个重大打击，他长期以来一直依靠此人提供战术建议，并且收集船员的真实感受。船长似乎完全无法适应失去这位心腹的感觉，因此非常乐于让斯凯取代提图斯的角色。迅速晋升为安全主管并不是全部。船长偶尔还会把他叫作提图斯而不是斯凯；他起初以为那只是个单纯的口误，但仔细想想，这种失误反映出的问题其实很严重。船长就像人们所说的那样，正在失去理智；他脑子里的事情渐渐混成一团，最近的经历对他来说忽而清晰忽而模糊[1]。这样还掌管一艘飞船可不是个办法。

斯凯已经下定决心，必须对此采取一些措施。

“我们当然得陪他过去。”一号助手小声说道。瓦尔迪维亚和另外那位长得很像，伦戈跟他简直就像是两兄弟。他们头上的白发都剪得很短，额上都布满了忧心忡忡的皱纹。

“不可能。”斯凯说，“现在能用的只有一艘两座穿梭机。”

他指了指离他们最近的那艘飞行器，它正停在转运托架上。

这艘双座穿梭机周围还停着其他一些更大的飞船，但那些要么是缺少部件，要么是检修盖板被翻起来敞开着。飞船上的设备功能正普遍恶化，这只是其中一角，到处都有本应能坚持到任务完成的东西提前失效。

如果大船团中的飞船之间能互相交换部件，交流专业技能，问题就不会这么严重；但在目前的外交氛围下，那种事压根想都别想。

1.阿尔茨海默病常见的症状之一，中短期记忆能力严重衰退，长期记忆则相对完好。

“把一艘大些的船拼凑完好需要多长时间？”瓦尔迪维亚说。

“最快也要半天。”斯凯说道。

巴尔卡扎尔肯定听到了他们的部分对话，因为他嘴里嘟哝起来。

“该死的，不能有任何延误，奥斯曼。”

“你看到了吗？”

伦戈跑到了前方。“那么，船长，可以吗？”

这是套他们以前进行过很多次的仪式。伴随着一声长长的叹息，巴尔卡扎尔让医生解开了他的侧扣外套，露出了闪烁着大片光辉的医疗衫。这台机器在呼呼地喘着粗气，就像是台年久失修的空气净化设备。机器上开着好几十个小窗，有些是数字显示或者指针表盘，有些则是脉动的液体线路。

伦戈从他的手持设备上拉出一根探头，把它插入各式各样的孔隙中；数字和图表在设备的屏幕上流动，他随之缓缓地或是点头或是摇头。

“有什么不对吗？”斯凯说。

“他回来之后，我希望他能马上躺进医疗舱里，做一次彻底检查。”伦戈说道。

“脉搏有点微弱。”瓦尔迪维亚说。

“能保持住的。我会给他增加弛缓剂用量。”伦戈按动自己手持终端上的控制键，“他在路上会有点昏昏欲睡，斯凯。不要让其他飞船的浑蛋刺激到他，好吗？如果他有任何紧张的迹象，用健康原因带他回来。”

“我肯定会的。”斯凯搀扶着已经昏昏欲睡的船长走向双座穿梭机。自然，那些较大的飞船都没准备好，这是个谎言；但在场的人中有相应技术知识、能抓到斯凯在说谎的只有他自己。

离开时一切顺利。他们清出了进出通道，解开锁扣，划出一道弧线离开圣地亚哥号，开动引擎将穿梭机推向他们的目的地——巴勒斯坦号。船长坐在斯凯前面，他在驾驶舱窗玻璃上的影子就像是幅来自另一个世纪的人像画，一位八九十岁的专制君王的官方画像。斯凯本以为他会犯困，但他似乎相当清醒。他有个习惯，就是每隔几分钟就会在连串的咳嗽声中夹杂几句像煞有介事的念叨。

“你知道吗，卡恩是个鲁莽的傻瓜……在一五年的动荡之后，他根本就不该还被留在指挥岗位上……该死的，如果按我的意思，家伙[1]在剩下的旅程中就该被冻起来，或者被扔进太空……失去他的那份质量会在减速时带来优势，他们一开始想要的不就是那个……”

“真的吗，先生？”

“你这个该死的蠢货，不是真的要那么做！一个人能有多重，我们一艘飞船质量的千万分之一？那他妈的能带来多少优势？”

“没多少，先生。”

“该死的，我也不觉得会有多少，是的。你的问题是，提图斯，你把我说的每句话都看得太他妈重了……就像一个他妈的书记官，把我的每句话都抓着不放，羽毛笔随时悬在羊皮纸上方……”

“我不是提图斯，先生。提图斯是我父亲。”

“啥？”有那么一小会儿，巴尔卡扎尔瞪着他的眼神怯懦而狐疑，“哦，别在意，该死的！”

但今天巴尔卡扎尔的状态实际上还算是比较好的，还没有彻底陷入脱离现实的境地。他的状态还可以糟糕得多：情绪上来的时候，他会像斯芬克司那样满嘴拐弯抹角的韵文。也许从前存在那么一个语境，即便他最疯狂的陈述在其中也可能有其意义；但在斯凯听来，它们只像是些提前发出的临终呓语。这不是他的问题。当处于独白模式时，巴尔卡扎尔几乎从不欢迎任何形式的反驳。如果斯凯真的胆敢回嘴——或者，只要他敢于质疑巴尔卡扎尔那意识流独白中的某些微不足道、无关宏旨的细节——造成的冲击就可能会使船长出现多器官衰竭，哪怕有伦戈施用的弛缓剂也一样。

要能那样做就太省事了，斯凯想。

过了几分钟后，他说：“我估计，你现在可以告诉我这是怎么一回事了吧，先生。”

1.原文如此，老船长说话有些糊涂。

“当然，提图斯。当然可以。”

船长跟斯凯说话的语气平静，就好像他们两个是老朋友，边对饮几杯皮斯科酒边叙述上次分别后各自的人生经历。他说，他们要去参加大船团高级船员的会议。多年来还是第一次召开这样的会议，契机来自他们意外收到了太阳系发来的又一个更新包。换句话说，一条来自家乡的信息，其中有着复杂而详尽的技术蓝图。这种来自外部的大事，足以推动大船团走向某种程度的大团结，即便他们正处于冷战之中。斯凯还很年少的时候，正是这样的一份礼物可能导致了伊斯兰堡号的覆亡。即便时至今日，也没人能完全确定卡恩是否选择了啜饮毒酒，又或者当时事故的发生出于偶然，出于这个反复无常的宇宙一时的恶意。现在那边承诺说，只要他们对磁约束瓶[1]的拓扑结构进行某些细微的改变，就可以进一步压榨出发动机的潜在效能。消息里说，整个过程非常安全——在老家人们用大船团的全尺寸发动机模型孜孜不倦地进行了测试，只要采取些基本的预防措施，出错的可能性真的可以忽略不计……

但与此同时，大船团还收到了另一条信息。

这条信息说：不要那么做，那些人在试图欺骗你们。

这条信息没有提供任何有说服力的理由，来告诉他们为什么会有这样的骗局，但这无关紧要。它所带来的疑虑足以引起一场轩然大波，让这个会议气氛紧张起来。

最终，他们飞到了能看得到巴勒斯坦号的地方。会议将在那艘飞船上举行。一大群的士穿梭机从其他三艘飞船汇集到这里，载着各自船上的高级官员。会议地点的选择是在匆忙中达成的，但这并不意味着这个过程就一帆风顺。不过巴勒斯坦号是理所当然的选择。斯凯认为，在任何形式的战争中，不管是冷战还是热战，协商选定一个中立地点总是对所有参与者都有利的，无论你是想要谈判、交换间谍还是——如果其他一切努力都已失败——提前展示新武器。而巴勒斯坦号就是适合承担这一角色的飞船。

1. 同前文出现的“电磁储存瓶”，原文如此。反物质无法以普通形式储存在任何正物质材料容器中，需要用电磁场约束让它们在真空中悬浮，不与容器接触。

“你认为这真的是个骗局吗，先生？”等巴尔卡扎尔又咳完一阵之后，斯凯问道，“我的意思是，他们为什么要这样做？”

“他们为什么要他妈的做什么？”

“为什么要试图通过传输错误的技术数据杀死我们，先生？对母星上的人来说，这样做没有任何好处。他们居然会费那么大劲给我们发送信息，这本身就是个奇迹。”

“正是如此。”巴尔卡扎尔吐出这句话的语气就好像这事情已经明显到了不足挂齿的地步，“给我们发送些有用的信息也没有任何好处，而且比发来些危险的信息要费劲得多。你这小蠢蛋，连这都看不出来吗？如果哪天轮到你们这代人中的谁来担任指挥官，希望上帝会保佑我们大家……”他的声音越来越小。

斯凯等着他咳完以及喘息了一阵子。“但肯定得有个动机……”

“纯粹的恶意。”

他现在的行为危险得如履薄冰，但他还是坚持继续。“同样地，恶意也完全可能存在于警告我们不要实施改进的信息中。”

“噢，然后你愿意用四千条生命去冒险，好对那点小学生级别的猜测进行检验，是吗？”

“做出这样的决定不是我的工作，先生。我只能说，我不羡慕你肩头的责任。”

“你这个无礼的小浑蛋，你又知道什么是责任了？”

现在我确实所知甚少，斯凯想。但有一天……也许就在今天之后某个不太遥远的日子里，这一切可能都会改变。他觉得，这时最好不要回答，于是只驾驶着的士继续前进。穿梭机里一片寂静，只有老人的心血管辅助系统艰难工作的声音。

但他在默默深思，在想巴尔卡扎尔刚才说过的话；老人说，最好把死者葬在太空中，而不是把他们带到目的地行星去。这点细想来确实也有一定的道理。

飞船上每多运载一千克的质量，就多一千克物质使星际巡航速度有所降低。这些飞船的质量接近一百万吨——正如巴尔卡扎尔所说，是一个人质量的一千万倍。牛顿物理学的简单定律告诉斯凯，假设发动机的效率不变，把飞船的质量减少这么多，就会让飞船的速度加快相应的比例。

一千万分之一的效率提高几乎微不可察……但谁说过在这个问题上你只能够抛弃仅仅一个人的质量吗？

斯凯想到了圣地亚哥号上携带的那些已死的乘客：那些健康状况已经让他们无法复苏的休眠者。把他们带到旅途终点星唯一的理由在于人类的情感。更何况，他们的支持系统，那些巨大而沉重的机器也可以一并抛弃。

他又仔细考虑了一下，然后开始认为，从飞船的总质量中减掉几吨也不是不可能的。这样一看，这办法听起来很有说服力。收益仍将远远低于千分之一。不过，在未来的岁月里，谁又能保证不会有更多的休眠者死去？有无数的环节都可能出错。

冷冻休眠是件很危险的事情。

“也许我们应该干脆静观其变，提图斯。”船长忽然开口，惊醒了沉浸在思考中的斯凯，“这办法不会太坏，不是吗？”

“静观其变，先生？”

“是的。”船长现在的思维状态冷静而清晰，但斯凯知道，这种状况来得快去得也快。“我是说，等着看他们怎么做。你知道的吧，那些人也会收到这个消息。当然，他们也会争论该怎么做——但他们不可能和我们任何人讨论这个问题。”

船长听起来很清醒，但这些话斯凯却听不太懂。他尽力隐藏起这种状况，只说：“你已经很久没有提起他们了，不是吗？”

“当然了。这可不能到处乱说，提图斯——这点你应该再清楚不过了。所谓口风不紧舰船沉之类的。或者会让他们被发现。”

“先生，被发现是？”

“嗯，我们很清楚，我们在其他三艘飞船上的朋友们似乎都对他们一无所知。我们已经有间谍渗透到了其他船上的最高职阶，依旧没发现任何提及他们的只言片语。”

“但我们能确定他们的存在，先生？”

“哦，我想是的，提图斯。”

“你真的确定，先生？”

“当然了。你在圣地亚哥号上处处耳目灵通，不是吗？你知道船员们对第六艘飞船的传言起码都听说过，尽管他们中的大多数压根不相信这种说法。”

斯凯尽最大努力掩饰自己的惊讶。“第六艘飞船对他们中的大多数人来说只是个神话，先生。”

“我们也正希望他们保持这种状况。而另一方面，我们则知道真相。”

斯凯默默地对自己说：所以那说法是真的。一直以来，那该死的玩意儿都是真的存在的。至少在巴尔卡扎尔的脑海中是这样。但按照船长说的话，提图斯本人似乎也知道这个秘密。由于第六艘飞船可能事涉安全——不管人们对这个问题的了解多么少——他完全有可能是知情的。然后，提图斯死了，没来得及将这条特殊信息传递给他的继任者。

斯凯想起了尼奥金科，之前跟他一起乘坐列车的朋友。他清楚地记得尼奥金科当时完全相信第六艘飞船是真实存在的。戈麦斯也很轻易就相信了。他已经有一年多没再跟这两个人交谈过了，但斯凯现在想象着他们两个人也在这里的样子：不出声，只点头，对他被迫平静地接受这个事实乐在其中；这个他曾经那么强有力地争辩说并不存在的东西真的存在。

自那之后，对那次对话他几乎都是不屑一顾的；但现在他绞尽脑汁，竭力要回想起尼奥金科当时是怎么说的。

“大多数相信这个流言的船员都认为第六艘飞船上已经没人了，只是在我们后面漂流。”他说道。

“这只能说明，流言背后有一丝真相。当然，那艘飞船漆黑一片，没有灯光，根本没有任何强有力的证据显示那里有人类存在，但所有这些都可能是伪装出来的。船员们可能仍然活着，在悄悄地维持飞船运作。当然，我们无法揣度他们的心理，而且我们仍然不知道到底发生了什么。”

“如果能知道就好了。特别是眼下。”斯凯停顿了一下，然后继续开口，心知肚明自己这是在冒相当大的风险，“鉴于目前局势的严重性，母星又发来了这么个技术信息，关于第六艘飞船还有没有什么别的信息需要我了解？有没有什么可能帮助我们做出正确选择的信息？”

船长摇了摇头，没有口出恶言，这让他大大松了口气。

“我所知道的你都已经知道了，提图斯。我们真的不知道更多了。恐怕那些流言中所包含的真知和我们实际所知的也相差无几。”

“一次考察就能解决这个问题。”

“你总是不厌其烦地对我这么说。但考虑下这样做的风险吧：是的，它就在我们穿梭机的航程范围之内。在我们最后一次获得准确的雷达定位时，它落后于我们大约半光秒，尽管从前肯定更近些。如果我们到了那里还能获得燃料补给，那事情就更简单了。但如果对方并不想要有人到访呢？他们维持自身并不存在的假象已经超过一代人的时间了。他们也许并不愿意改变这种状况，为此不惜一战。”

“除非他们都已经死了。有些船员认为我们攻击了他们，然后把他们从历史记录中抹去。”

船长耸了耸肩。“也许事情的真相正是如此。如果你能从记录中抹去这样的罪行，你也会的，不是吗？不过，他们中的一些人可能幸存了下来，并选择低调行事，好让自己可以在航程末期给我们来个惊喜。”

“你认为来自家乡的这个消息可能足以让他们打破自己的伪装？”

“也许。如果他们受到这个好消息的鼓舞，动手摆弄他们的反物质引擎，而这个消息又真的是个陷阱……”

“他们会照亮半边天空的。”

船长吃吃笑了起来，声音显得愚蠢而残忍，似乎是在提示斯凯他即将迷糊过去了。剩下的旅程太平无事，但斯凯的大脑一路都在飞速运转，试图消化刚刚得知的信息。他在心里反复念诵着那些字眼，每个词都仿佛是个耳光，漫不经心地抽打在他脸上，仿佛是在惩罚他对尼奥金科和其他那些相信流言者的妄自怀疑。第六艘飞船是存在的。那见鬼的第六艘飞船真的存在……

而且，一切都可能会因此而改变。

第十八章

他们把我带下去，送回地沤区。我在缆车中醒来，它正在夜色中下落，雨水拍打着缆车的玻璃窗。我一时之间有种错觉，觉得自己是和巴尔卡扎尔船长在一起，正护送他在太空中穿行，去参加在大船团另一艘飞船上举行的会议。这些梦似乎变得越来越真切，连续不断地把我朝着斯凯的思维越推越深，当我醒来时也越来越难以摆脱它们的影响。但这里只有我和韦弗里身处缆车车厢中。

我不确定这是好是坏。

“你感觉如何？我觉得我应该干得不错。”

韦弗里正坐在我对面，手里还拿着枪。我想起来之前他用探针顶着我的脑袋。我伸手去摸了摸我的头皮。我右耳上方有一小块被剃光了毛发，结痂了，还有血，感觉皮肤下包着什么硬邦邦的东西。

疼得要命。

“我认为你还需要多加练习。”

“我这辈子老是被人这么说。不过，你这人相当古怪啊。你手上老在冒血是怎么回事？我可以问下这是身体有什么特殊状况吗？”

“为什么？我的身体有没有状况会有什么不同吗？”

这个问题让他思考了一会儿。“不，大概没什么不同。只要你还能跑，你的身体状况就算是适合。”

“适合什么？”我又摸了摸那块血痂，“你往我体内植入了什么？”

“好吧，让我来解释下。”

我没想到他会这么健谈，但我开始察觉他是想让我了解下情况，其中大概自有道理。这些话与其说是出于对我健康的关心，不如说是为了让我能正确地做好准备。以前我打过猎，那些经历让我清楚地知道，如果猎物能确切地知道面临的危险有多大，以及自身的机会所在，那会使整个过程变得更加有趣。

“总的来说，”他彬彬有礼地说道，“这是一场狩猎。我们称之为‘游戏’。官面上它是不存在的，哪怕是在天篷区相对来说算是无法无天的环境中。那些人知道它的存在，会说起它，但谈论的时候总是很小心。”

“哪些人？”我这其实是在没话找话。

“超越死亡者，不朽者，随便你怎么称呼他们。并不是所有人都玩这个游戏，甚至有些人压根就不想玩，但他们多少会认识些玩过这个游戏的人，或是跟那张令这个游戏成为可能的关系网有着联系。”

“这游戏进行很久了吗？”

“只在最近七年。也许有人会认为，这是种野蛮的行径，与黄石星在大崩溃前普遍存在的优雅高贵恰成对照。”

“野蛮？”

“哦，非常野蛮。这就是我们崇拜它的原因。这狩猎游戏没有任何复杂或微妙之处，无论是方法上还是心态上都没有。它必须要能够在极短的时间内，在城市中任何地方组织起一局来。当然，规则是存在的，但那些规则人们不需要跑去拜访图式幻戏藻也能理解。”

“告诉我这些规则，韦弗里。”

“哦，你不需要操心那些规则，米拉贝尔。你需要做的就是逃跑。”

“然后呢？”

“去死。并且死得漂亮。”他语声和蔼，像个溺爱侄子的叔叔，“这就是我们对你的全部要求。”

“你们为什么要做这种事？”

“夺取另一个人的生命是种特殊的经历，令人格外兴奋，米拉贝尔。不朽者做这种事又将这一行为提升到了一个全然不同的崇高水准。”他停顿了一下，好像在整理思绪，“即便在如今这样艰难的时代，我们也没有真正理解死亡的本质。但是，通过夺取生命——尤其是某个并非长生不朽的生命，这样的人对死亡有着更为敏锐的知觉——我们可以对死亡的意义获得某种间接的感受。”

“那么，你们狩猎的对象从来都不是不朽者。”

“嗯，通常都不是。我们通常从地沤区中选人，挑选出相当健康的个体。当然了，我们希望他们能提供一场精彩的追逐，好让我们的钱花得值得，所以我们事先绝不会吝惜一顿好饭。”

他又告诉了我更多信息，这个游戏是由一个保密订户网络资助的。订户大部分都是天篷人，有传言说外来的追求快乐者也对订户数有所贡献，他们或许来自腐锈带，那里仍然有些更为自由的太空旋轮，或许来自黄石星上其他的定居点，比如罗瑞恩城。网络中的任何人都只认识少数几个其他订户，他们的真实身份被隐藏在精心设计的重重诡计和假面具之下，以保证所有人都不会被暴露到天篷区社会的公众舆论之中，毕竟这里虽则每况愈下，大家依然装出一副彬彬有礼的样子。狩猎只在临近举办时才发出通知，每次告知少数订户，让他们在天篷区某些废弃的区域集合。在当天夜里——或是一天之内——会从地沤区中抽选出一个牺牲品，为游戏做好准备。

那个植入装置是最近更新的。

这种装置允许狩猎的进程被分享到更多的订户群体中，极大地增加了可能的收益。其他订户也可以帮助扩大地面覆盖范围，冒险前往地沤区，将狩猎的视频图像带回天篷区，那些带回了最精彩镜头的人会为人称道。简单的几条游戏规则——执行得比这个城市实际施行的任何法规都更加严格——决定了进行狩猎的规范，允许使用哪些追踪设备和武器，如何才算一次符合规则的击杀。

“只有一个问题，”我说，“我并非来自地沤区。我不熟悉你们的城市。我不确定你们的钱是否花得物有所值。”

“哦，这问题我们会处理的。你会比猎人们提前出发一段时间。坦率地说，你不是本地人实际上对我们来说是件好事。当地人知道太多的捷径和藏身之所了。”

“他们可真没体育精神啊。韦弗里，有件事我想让你知道。”

“什么？”

“我会回来杀了你的。”

他笑了。“抱歉，米拉贝尔，但这话我之前真的听过太多次了。”

缆车着陆，车门打开，他请我下车离开。

*

我开始奔跑，而缆车打小了灯光，在我的头顶向上攀爬，返回天篷区。空中出现了一条条乳白色的光带，还在上升的缆车像是个暗色的小点；更多的缆车在下降，就像是一大群飞来的萤火虫。它们并没有朝我直奔而来——那样也太没有体育精神了——但肯定是朝着地沤区里我大致所在的区域。

狩猎游戏开始了。

我继续奔跑。

如果在地沤区里黄包车小子离开我的那片地方是糟糕的，那这里完全是另一种状况：人烟稀少到压根谈不上会遭遇类似的危险——除非你正巧心不甘情不愿地参加了一场夜间狩猎。这里的大楼低层没人生火，围绕着大楼周围的那些棚屋看起来都已荒废，无人居住——接近坍塌，根本进不去。地面破损甚至比我之前经过的地方更加严重，道路像一根根开裂扭曲的太妃糖条，时不时横穿一段深不见底的积水，这时它们常常忽然在积水里中断一截，或者干脆就一头扎进了水中。周围很黑，我必须时刻注意脚下。

韦弗里算是帮了我个忙：他在我们降落的时候把车内的灯光调暗了些，这样我的眼睛至少提前适应了黑暗。但我心中并没有一股势不可当的感激之情油然而生。

我脚下不停，扭回头看了看，那些缆车降得更低了，朝着最近的大楼后方落去。现在这些载具离我很近了，我都能看到里面的乘客。出于某种原因，我曾以为来追我的只会是那一男一女，但事实显然不是这样。也许——按照网络中处理此类事务的规则——该轮到他们找一个受害者了，而我乐呵呵地闯进了他们的计划当中。

我会这样死去吗？我暗自想。在战争中，我有几十次都差点丧命；在为卡乌拉工作的时候也有好几十回。瑞维奇至少两度曾试图杀死我，而且两次都差点就成功了。但如果在早先那些和死亡擦身而过的遭遇中，我未能成功幸存的话，我至少可以勉强承认我对我的敌手怀有几分惺惺相惜，至少会觉得和他们战斗是我自己的选择，于是可以安然接受命运为我安排的一切。

但眼下这种事绝非我的选择。

我琢磨着要找掩体。我周围到处都是高楼大厦，虽然我一时还不清楚要怎么才能进入其中一座。一旦我进入大楼，我的活动就会受到限制，但如果我待在外面，追杀者们能够清楚瞄准我的机会就太多了。而且我心中始终抱着一个希望——虽然没有任何证据支持——如果我躲藏到封闭的空间里，植入的信号发射器的工作效果可能就不那么好了。此外我还怀疑，近距离战斗并不是我的追求者真正想要的结果，他们宁愿在开阔地带从远处射杀我。如果是那样的话，我会非常乐意让他们失望的，哪怕只能为自己多赢得几分钟的时间也好。

我全力涉过齐膝深的积水，尽快抵达了最近的大楼没被光照到的侧边。这是栋边上有槽纹结构的建筑，它拔地而起，向上七八百米后发生了变形，朝着四面八方散开，融入天篷区。与我见过的其他一些大楼不同的是，它在街道的这层遭受了相当大的损坏，满目疮痍，好似一棵被雷劈过的大树。有些破口只是外部的凹陷，但另一些肯定已经深入本体，直达大楼死寂的中心，从那里我或许能抵达更高的楼层。

光柱像镰刀般划过外围的废墟，刺目而悲凉。我在积水中蹲下，直到胸部完全淹没到水面以下，那股恶臭几乎让人无法忍受，我等待着探照灯扫过。我现在可以听到人声，沸沸扬扬，像是群追逐麝鹿的豺狼。纯黑色的人形斑块在附近的大楼间闪动，互相呼唤应答，手持游戏规则允许的各式各样的杀人工具。

几发漫无目的的子弹泼洒在大楼上，石灰化的砖石被打下些碎片，落进水中。另一片光斑开始扫过大楼侧面，从我头顶上只有几寸的高度掠过。肮脏积水的压力让我的呼吸吃力起来，喘息的声音本身也像是一件武器在发出吠叫。

我吸进些空气，向下潜入水中。

当然，我什么也看不见，但这几乎不构成障碍。我依靠触觉前进，手指沿着大楼侧面摸索，直到我发现了一个墙壁急剧向内弯曲的地方。我听到更多的射击声通过积水传来，还有溅起水花的声音。我恶心得想吐。但此时我想起了那个安排让我被抓的人，想起了他的笑脸，意识到我想让他先死——菲舍蒂，然后就轮到西比琳了。接下来我会杀死韦弗里，同时一点一点地将整个狩猎游戏的机制摧毁。

在这一刻，我意识到，我对他们的憎恨超过了对瑞维奇的。

但瑞维奇也会得到他应得的报应。

我依旧匍匐在水线以下膝行，用手指抓住入口的边缘，将自己拽进了大楼内部。我在水下的时间顶多也就几秒钟，但我猛地向上冲去时，胸中已充满了怒火和对解脱的期待，以至于空气灌进我的嘴里，我差点就大喊大叫起来。但我除了喘气尽量没有发出任何声响。

我找到一片相对干燥的窗台，脱离了黑暗中的臭水。我在那里很长一段时间只是静静地躺着，直到我的呼吸已经稳定下来，足够多的氧气已经到达我的脑部，能让它恢复思考，而不是仅仅维持我的生存。

我听到外面的声音和枪声，现在比先前更响了。还有零星的蓝光透过大楼的缝隙刺进来，晃得我眼睛痛。

大楼里恢复黑暗之后，我抬头向上望，看见了些东西。

非常暗淡——事实上，比我想象中的任何可见物体都要暗淡。我曾在书上读到过一种说法，在特定的条件下，人类视网膜的灵敏度可以非常之高，理论上可以探测出每次两到三个光子的亮光。我也听说过——还见过——一些自称拥有非凡夜视能力的士兵；这些士兵因为害怕失去这种环境适应能力，每时每刻都在黑暗中度过。

我从来都没他们那个本事。

我看到的是一套楼梯，或者说是曾经是一套楼梯的已经报废的骨架。一个螺旋形的东西，侧面有一道道凸起的横梁，一直通到一个平台，然后爬向更高处，那里有道不规则的裂缝，有惨白色的光线从中漏出，照出了楼梯的轮廓。

“他在里面。水中有热痕迹。”

这是西比琳的声音，或是某个语气跟她很像，同样带着傲慢的自信的人。然后有个男人心领神会地接过话头：“这对地沤区来说可不寻常。他们通常不喜欢大楼内部。有太多鬼故事了。”

“那可不仅仅是鬼故事。这里有猪人。我们也应该小心。”

“我们怎么进去？我不会下水的，不管杀了他赏金有多高都不会。”

“我有这里的建筑结构图。另一边还有一条路。不过，最好快点。斯卡麦松的团队只差一个街区就要追上我们了，他们有更好的嗅探器。”

我从窗台上撑起身子，走向破败楼梯的底端。我对距离的判断很糟糕，抵达目的地的时候比以为的要早得多。但随着距离接近，它越来越清晰。现在我可以看出，它向我上方爬升了十到十五米，然后消失在像生面团般软绵绵垂下的天花板当中。天花板看上去完全不像是建筑结构，倒更像是胃隔膜。

我的视野有限，既不知道追赶我的人离我有多近，也不知道楼梯的结构会有多结实。如果它在我攀爬的时候坍塌，我会掉进水里，但积水对这样的落差来说太浅了，我肯定会受伤。

我还是向上爬去，尽可能利用忽有忽无的楼梯扶手，跳过踏板的缝隙或者根本没有踏板的缺口。楼梯嘎吱作响，但我还是坚持向上——哪怕我刚刚踩着的踏板碎裂开来，掉进水里。

在我身下的房间被光线充盈，然后几个身穿黑衣的人影从一面墙上的洞里钻了出来，涉水而入。我可以很清楚地看到他们：是菲舍蒂和西比琳，两人都戴着面具，携带的火力足够来一场小规模战争。我已经爬到楼梯平台上，就地停了下来。我左右两侧都是一片漆黑，但随着注视的时间延长，场景细节开始从黑暗中浮现，就像是在渐渐凝实的幻影。我考虑着要不向左或向右去，而不再向上爬了；我知道我必须迅速做出决定，我不想陷入死局。

然后黑暗中出现了别的东西。那东西佝偻着身子，起初我还以为是只狗。但要是狗的话它也太大了，而且那张脸看起来更像一头猪。这怪物开始在低矮天花板的限制下尽可能站直身子。它的体形和人类差不多，但双手上没有手指，而是各长着五只细长的猪蹄趾，用那两组蹄子抓着一把看起来很是凶险的十字弓。它穿着的衣服看起来像是用皮革和粗陋的金属片连缀而成，类似中世纪的盔甲。它的肌肤惨白无毛，脸相介于人猪之间，两边的属性各具若干，分量刚好足以让合成的结果令人大为恐慌。它的眼睛像是两个小小的黑色凹陷物，它的嘴巴弯曲，露出个恒久不变的贪婪笑容。我可以看到它身后有另外两头猪人在靠近，同样也是在四足着地行走。它们后腿的关节看起来顶多能让它们姿态丑陋笨拙地勉强直立行走。

我大叫一声，一脚踢了出去，脚底正正踩到猪人脸上。那头怪物愤怒地喷着鼻息，仰面倒地，十字弓落在了地上。但另外两头怪物也带着武器，它们各拿着一把长长的弯刀。我抓起掉落的十字弓，希望我扣动扳机时它能正常工作。

“退后。该死的，离我远点。”

被我踢倒的那头猪人又开始用后腿站立起来。它动了动下巴，仿佛想要说话，但发出的只是一连串呼哧呼哧的鼻音。然后它朝我伸出前肢，那些猪蹄在我面前虚握。

我扣动十字弓的扳机，箭矢扎进了这家伙的腿里。

它一把攥住箭矢突出的尾部，尖叫着向后倒去。我看到有血滴洒落，亮得几乎像在发光。另外两头猪人朝我靠近，但我向后挪去，手中依旧拿着十字弓。我从弓托上的箭匣中拿出一支新的箭矢，苦苦摸索着把它放置到位，将机括再度拉开。猪人举起了手中的长刀，但踌躇着没有进一步靠近。然后它们愤怒地喷着鼻息，开始把受伤的同伴拖回黑暗之中。我原地僵立了一小会儿，然后继续往上爬，希望在猪人或猎人抓到我之前抵达上面的开口。

我差点就要成功了。

西比琳首先看到了我，快乐或是愤怒地尖叫起来。她举起一只手，那把袖珍枪出现在手里，我猜是从她的袖内枪套里弹出来的。几乎就在这一瞬间，枪口闪起了火光，强光把枪膛照得雪亮，带着痛楚直戳我的双眼。

她的第一枪打碎了我下面的楼梯结构，整个构件轰然崩塌，像是一场螺旋形的暴风雪。她不得不暂且低头避开碎片，然后又开了一枪。我半边身子都钻过了天花板，到了天花板之外的地方，我伸出手摸索着想抓到个发力点。然后我感觉到她的枪击中了我的大腿，起初像是轻柔一咬，然后中弹的疼痛像黎明时开放的花朵一样盛放开来。

我丢开了十字弓。它沿着楼梯滚了下去，落到平台上，我看到有头猪人从黑暗中伸手攫走了它，还得意地哼了一声。

菲舍蒂举起自己那把武器，又开了一枪，这回他把剩下的楼梯也给打掉了。如果他的准头再准一点——或者如果我动作略慢一分——我的腿或许也会被他给一枪炸烂。

但我没有中枪，而是忍住痛苦，挣扎着爬到了天花板上，然后一动不动地躺倒。我不知道那娘们儿用的是什么武器，不知道我的伤口是由实弹还是激光或者等离子脉冲造成的，也不知道伤口有多严重。我大概正在流血，但我的衣服都湿透了，而且我身下的地板也潮得要命，让我无法分辨这到底有几分是血水，几分是雨水。而且暂时而言，这也无关紧要。我已经摆脱了他们，哪怕只是暂时的——在那些家伙能找到路抵达大楼这一层之前。他们有这栋大楼的蓝图，所以如果确实存在通路的话，那用不了很长时间。

“起来，如果你能站得起来的话。”

这个声音平静而陌生，而且并非来自下方，而是来自比我更高一点的位置。

“赶快，时间不多了。啊，等等。我该想到你看不见我。这样会不会好些？”

然后强光骤然亮起，一时之间我唯一能做的就是紧紧闭起自己的眼睛。一个女人站在我上方，穿着和其他天篷游戏玩家一样幽暗的黑色套装：长及大腿的黑色奢华高跟靴；乌油油的军大衣，下摆擦到了地上，领子环绕着她的脖子，遮住了后脑；脑袋被包裹在一个黑色镂空的头盔里，头盔的材质与其说是固体，倒不如说更像是一层薄纱；一副昆虫复眼般的护目镜遮住了她的大半张脸。在这深深浅浅的黑色之中，我能看到的那部分面孔显得如此苍白，简直苍白如纸，好似一幅尚未落笔的素描。两边颧骨上都有黑色斜纹的文身，线条越接近她的嘴唇就越细，那双红唇的色调浓厚得无以复加，类乎胭脂虫。

她一只手里拿着一把硕大的步枪，释放能量的枪口已经被烧焦了，此刻正对着我的脑袋。但是她的样子看起来并不是在瞄准我。

她的另一只手此刻正伸向我，手上也戴着黑色的手套。

“我是说，你最好赶紧动起来，米拉贝尔。除非你打算死在这里。”

她对这栋楼，或者至少其中的这一区域颇为了解。我们不需要走太远。这很好，因为现在运动不再是我的强项。只要我让一面墙承受我的大部分重量，解放那条受伤的腿，我就勉强可以继续前行，但动作笨拙，也快不起来，我觉得我顶多坚持个几十米就得因为失血或是休克或是疲劳倒下。

她拖着我上了段楼梯——这一段是完好无损的——然后我们出现在外面的一片夜色之中。空气冲进我的肺部，我感觉异常地凉爽、新鲜、干净——由此可见过去几分钟的环境有多么污浊。但我觉得自己随时都会昏迷过去，而且仍然不知道发生了什么。甚至当她指给我看大楼侧面，一个布满碎石的洞穴里停着一辆小缆车时，我都无法好好调整自己的认知，完全接受我正在被营救的事实。

“你为什么要这样做？”我问。

“因为这游戏太让人恶心了。”她说了一句就停下来，用口型对这辆车发出了一个无声的命令，它骤然苏醒，朝着我们溜过来，缩回了爪钩，在洞穴天花板下挂得到处都是的建筑残片间寻找着力点。“那些玩家以为他们得到了天篷区所有人心照不宣的支持，但他们没有。也许从前，当它没这么野蛮的时候是那样——但现在不是了。”

我跌进车内，趴在后座上。现在我可以看到，我的冰封托钵僧长裤上沾满了锈色的血渍。但出血似乎已经止住了，尽管我觉得头重脚轻，但最近几分钟里情况并没有变得更糟。

“有一段时间这游戏并不野蛮？”在她坐进驾驶座启动控制装置时，我问道。

“是的，曾经如此——在瘟疫刚刚过去之后。”她戴着手套的双手抓住两根成对的黄铜操纵杆向前推去，然后我察觉到缆车在机械臂急速挥动的嗖嗖声中溜出了洞穴。“牺牲品原本都是罪犯——他们抓到的侵入天篷区或对同胞犯罪的地沤人——杀人犯、强奸犯或强盗。”

“那就让这种行为正当化了。”

“我不是说那就值得原谅了。一点也不。但至少，那时候有某种道德上的平衡。那些家伙都是败类。然后他们被败类追杀。”

“现在呢？”

“你很健谈，米拉贝尔。大多数挨了一枪的人除了惨叫什么都不想做。”她说话的空当我们离开了洞穴；缆车找到附近的缆线，调整下降趋势花了一点时间，在这期间我又感受到了那种令人恶心的失重感。然后我们向上升去。“继续回答你的问题，”她说，“要寻找合适的牺牲品开始有些麻烦了。因此，组织者开始变得不那么——我该怎么说呢？差别对人？”

“我明白，”我说，“我明白了，因为我只不过是不小心走进了地沤区错误的街区而已。顺便问一下，你是谁？还有，你要带我去哪儿？”

她伸出一只手，摘下了薄纱样的头盔和复眼护目镜；这样一来，她转过身来面对我时，我就能清楚地看到她了。“我叫塔琳，”她说，“但我在破坏运动中的朋友都叫我斑马。”

我意识到，当天晚上早些时候我见到过她，就在花茎厅的顾客群体当中。她那时看起来美丽动人，有种奇特的风韵，现在看来更是如此。在我刚刚被击中的伤口还疼痛不已，因意外幸存产生的肾上腺素而发着烧，只能躺在座位上的当下，这大概不无小补。美丽，而且奇异非常——在光线合适的情况下，看上去或许甚至不像人类。她的皮肤有些地方白得像石灰，有些则是有棱有角的黑纹。黑白斑纹覆盖了她的前额和颧骨，按我记忆里在茎柄中看到的情况，也覆盖着她身体其余区域的很大一部分面积。她的眼眶边缘延伸出黑色的弯曲细纹，就像是夸张而又涂抹得极度精准的眼妆。她的头发像是顶硬直的黑色羽冠，向后垂下，可能长及整个背部。

“我想我以前没见过像你这样的人，斑马。”

“这没什么，”她说，“我的一些朋友认为我相当保守，标新立异的精神不足。你不是地沤人，对不对，米拉贝尔先生？”

“你知道我的名字。我的情况你还知道多少？”

“没我希望的那么多。”她将车子设置到某种自动驾驶模式，让它在天篷区的缝隙中自主选择穿行路径，然后松开了操纵杆。

“你不用驾驶这辆车吗？”

“这很安全，坦纳，相信我。缆车的控制系统相当智能——几乎和瘟疫之前我们拥有的机器一样聪明。但最好不要让这样的机器在下面的地沤区待太长时间。”

“关于我之前的问题……”

“我们知道你穿着冰封托钵僧的衣服来到这个城市，以及有个名为坦纳·米拉贝尔的人在冰封托钵僧中颇有名气。”我正要问斑马她是怎么知道这么多的，但她已经在继续往下说了，“我们不知道的是，这个身份是不是为了满足某些其他的目的而精心构建出来的。你为什么让自己被抓住，坦纳？”

“我很好奇。”再度说出这句话的感觉像是在复诵一部三流交响乐中的副歌，也许奎伦巴赫的早期作品中就有这种东西，“我不太了解黄石星的社会分层。我想要到天篷区去，但我不知道如何在不威胁任何人的情况下做到。”

“可以理解。没有任何这样的办法。”

“你是怎么查到这些的？”

“通过韦弗里，”她仔细地打量着我，眯起那双深邃的黑眼睛，这导致她脸上一侧的条纹聚拢到了一起，“我不知道他有没有向你自我介绍过，反正，韦弗里就是用眩晕光束枪射中你的人。”

“你认识他？”

她点点头。“他是我们的一员——至少是我们的支持者，我们有办法确保他合作。他有些特别的口味需要满足。”

“他告诉我他是个虐待狂，但我觉得这是在开玩笑。”

“相信我，那并不是玩笑。”

一阵剧痛从我的腿上传来，疼得我龇牙咧嘴。“你是怎么知道我名字的？”

“韦弗里发给我们的。在此之前，我们甚至从未听说过坦纳·米拉贝尔。然而一旦我们拿到了名字，我们就可以着手追查并确认你的行踪。不过，他也没查到多少。要么他在撒谎——我不排除这种可能性，我并不特别信任那个独眼浑球——要么就是你的记忆真的混乱一片。”

“我有复苏失忆症。这就是我跟冰封托钵僧在一起待了那么久的原因。”

“韦弗里似乎认为事情远不只如此。他认为你可能有所隐瞒。可能吗，坦纳？如果想要我帮你的话，让我信任你也许会有好处。”

“你们觉得我是什么样的人，我就是。”我说道。此刻我似乎也只能这么说了。最诡异的是，我也不确定我是否能相信自己。

这时发生了一件奇怪的事情：我的思维出现了急剧而强烈的中断。我仍然有意识，仍然意识得到自己正坐在斑马的缆车上，仍然意识得到我们正在穿行于晚间的渊堑城，以及她刚刚把我从西比琳那场让人讨厌的狩猎派对中救了出来。我还意识到我的腿在疼——尽管此刻痛楚已经减弱，只是一阵阵隐隐作痛，不适感高度集中在一小块区域。

然而，斯凯·奥斯曼的大幅生活画卷也同时在我眼前展开。

前几幕他的人生经历都像是一场场精心安排的梦境，在无意识状态下降临到我的脑海里，但这一幕则是突然爆发，瞬间完完整整地轰入其中。其效果令我惶恐难安，打断了我正常的思维流程，就像是引爆了一颗电磁脉冲弹，在瞬间就对计算机系统造成了破坏。

幸运的是，这一幕并不长。斯凯仍然和巴尔卡扎尔在一起（天哪，我甚至都记得配角的名字——我在心中想）；仍然在送后者穿越太空前往另一艘飞船巴勒斯坦号，去参加会议——秘密会议。

上次发生了什么？啊，对了，巴尔卡扎尔告诉斯凯说，第六艘船，那艘幽灵船真的存在。

被尼奥金科称为卡洛奇号的那艘。

等他把这个被揭开的真相在脑子里翻来覆去，从各个角度审视一轮之后，他们就差不多到了。巴勒斯坦号矗立前方，看起来硕大无朋，跟圣地亚哥号很像——大船团的所有船只都是按照差不多的设计建造而成的——但旋转船壳上没有那么严重的变色。伊斯兰堡号爆炸的时候距离这艘飞船很远，能量闪光按照辐射传播的平方反比定律被削弱，到了这里几乎只是一股温暖的微风，而不是足以把他母亲的影子灼印到他自己的飞船壳上的杀人热浪。当然，他们有自己的问题。病毒暴发，精神病，还有叛乱，死在这艘飞船上的休眠者和圣地亚哥号上的一样多。他想象着它背负着自己船上的死者；一串串冰冷的尸体从前往后挂在它的中脊旁，犹如腐烂的果实。

一个刺耳的声音在说："外交航班 TG5，将指挥权转移到巴勒斯坦号泊船对接网络。"

斯凯照要求做了，穿梭机猛然颠簸了一下，巨大的飞船接管了电子设备，将其安排到一条进场航路中，这过程似乎丝毫没有考虑到人类乘客的舒适问题。进场走廊飘浮在空中，橙色的霓虹灯框出它的边缘，灯光照射在驾驶舱的窗玻璃上。星空背景开始翻转；他们现在与巴勒斯坦号在同一个旋转坐标系中运动，朝着一个开放式泊船场滑去。有些身影在那里迎候他们，穿着陌生样式的太空服，用武器瞄准了他们，看起来不太有做外交接待的热情。

的士找到泊位后，他转头面向巴尔卡扎尔。"先生？我们快到了。"

"什么，哦？你这浑蛋，提图斯……我在睡觉！"

斯凯有些好奇，他父亲当年对这个老人有何感觉。他不知道提图斯是否考虑过杀死船长。

他觉得，要这么做并不存在什么难以克服的困难。

第十九章

“坦纳？振作起来。我可不想你不省人事地倒在我身上。”

我们现在正接近一座建筑——如果那还可以被称为建筑的话。它看起来更像是一棵中了魔法诅咒的大树，巨大的树枝弯弯曲曲，上面开着些杂乱无章的窗户，在枝丫间有供缆车着陆的平台。索道缆绳在粗大树枝的缝隙间延伸，斑马无所畏惧地引导着我们的车子向前冲去，好像她已经在这条路上穿行了好几千回似的。我向下望去，透过令人眩晕的层层树枝可以见到下方的地沤区，火堆似乎闪动着不祥的光亮。

斑马在天篷区的寓所靠近城市的中部，在渊堑的边缘上方，靠近环绕黄石星地壳上整个巨大火山口内部的穹顶上界。我们先前等于是绕着渊堑走了一段。从着陆甲板上我可以看到细小的、镶着宝石的茎柄，水平伸出上千米长，在我们下面很深的位置，靠近渊堑边缘的巨大弧线。我往下望向渊堑，但我看不到那些发光滑翔机的踪影，也看不到有其他跳雾者纵身一跃的迹象。

“你一个人住在这里吗？”她带我走进她的房间时我问道。我希望我的口气像是合乎礼仪地好奇一下。

“没错，现在是我一个人。”回答来得很快，几乎可算是脱口而出。但她还没说完：“我以前和我姐姐马芙拉一起住在这里。”

“然后马芙拉离开了？”

“马芙拉被杀了。”她说完这句话停了好一会儿。“她离一些不该接近的人太近了。”

“对不起，”我搜肠刮肚地想找点话说，“那些人也是像西比琳一样的猎人吗？”

“不，确切说不是。她对她不应该好奇的东西感到好奇，又向那些不该去接近的人提出了些不该问的问题，但那事情跟狩猎没有直接关联。”

“那跟什么有关？”

“你为什么这么想知道？”

“斑马，我算不上什么大好人，但我也不喜欢仅仅因为人们好奇就要人去死的想法。”

“那你最好小心，不要问出那种不该问的问题。”

“具体是关于什么的问题？”

她叹了口气，显然很希望我们的谈话从来没有谈到这一步。“有那么一种物质……”

“梦幻燃料？”

“那么你已经见到过那玩意儿了？”

“我见过人使用，但我所知的也就那么多了。西比琳当着我面用的，但我没注意到她使用前后的行为有任何变化。那到底是什么东西？”

“很复杂，坦纳。在他们抓到她之前，马芙拉只拼凑出了整个故事中的局部。”

“显然，这是某种成瘾性药物。”

“远不只如此。听着，我们能谈点别的吗？对我来说，谈及她的去世并不轻松，而你现在只是在揭我的旧伤。”

我点点头，同意暂且作罢。“你们很亲近，是吗？”

“是的。”她说话的神情就仿佛我刚刚发现了她们关系中的重大秘密，“马芙拉喜欢这里。她说除了花茎厅，这是本城里风景最好的地方。但她还在的时候，我们一直都负担不起去那里用餐的费用。”

“这里也并不太差。如果你喜欢高处的话。”

“你不喜欢吗，坦纳？”

“我想，这需要些时间来适应。”

她的寓所坐落在一条主要的枝丫上，这里有多个房间和走廊，像肠道般盘曲纠结，更像是个动物的巢穴，而不是人类会选择作为居所的地方。房间在较窄的树枝上，高悬于地沤区上方两千米处，天篷区较低的几层在其下方，通过垂直的细线宽绳以及中空的树干与我们这层相连。

她把我带进了一个房间，可能是她的起居室。

我感觉就像走进了一个巨型人体解剖模型的内部。墙壁、地板和天花板都圆融地相互连为一体。在这些建筑结构中通过剪切创造出了水平面，但它们的高度无可避免地各自不同，靠着坡道和楼梯连接。墙壁和天花板的表面是坚硬的，但带有一种令人不安的生物特征，上面满是脉络或者不规则血小板样图案。在一面墙上，有件看起来像是价值不菲的原位雕塑：一组三个略具人形的雕像，被塑造成正挣扎着要从墙里挤出身子，竭力想要逃脱的样子，就像是几个试图从海啸的水墙中脱身的游泳者。他们的身体大部分都隐没在墙体中；你所能看到的只有半张脸或是手脚的末端，但营造出的效果足够强烈。

“你的艺术品位很独特啊，斑马，”我说，“我想那些只会让我做噩梦。”

“那并不是艺术品，坦纳。”

“那些难道是真人？”

“按照某些定义，他们至今还是真人。失去了活力，但也没完全死掉。更像是化石，但这些‘化石’的结构极其精细，你几乎可以绘制出神经元来。我不是唯一一个跟他们住在一起的。没人会真的想把他们给切除掉，万一有人想出办法能让他们恢复原样呢。所以我们就和他们一道生活。有段时间没人乐意和他们共处一个房间，但现在我听说，在寓所里有几个这样的化石人是件很时髦的事情。在天篷区甚至有个人专门制造赝品，提供给那些实在想要得不得了的人。”

“但这些是真的吗？”

“相信我的品位吧，坦纳。现在，我想你需要坐一会儿。不用动，就待在原地。”

她冲着她的沙发打了个响指。

斑马的家具里那些较大的都会自主动作，对我们的存在做出反应，就像是些神经紧张的宠物。沙发从它所在的位置漫步而来，巧妙地降低高度，走到我们所在的水平面。在地沤区，你没法指望能有什么比蒸汽动力更先进的东西，天篷区则明显不同，仍然有些相当复杂的机器。斑马的房间里到处都是这样的东西；不仅仅是家具，还包括各式各样的机仆，有小白鼠那么大的无人机，也有在天花板下的轨道上移动的装置，样子像是苍蝇，但足有拳头大小。你只要朝着某样东西伸手，它就会友好地靠近。这些机器与瘟疫暴发之前的相比肯定很简陋，但我仍然觉得，自己好像走进了一个在闹鬼的房间。

“很好，坐下，”斑马说，把我挪到了她的沙发上，“然后躺着别动。我一会儿就回来。”

“相信我，我并没什么急着要去的地方。”

她从房间里消失了，我懒洋洋地躺在沙发上，尽管我不愿意让自己这么容易就向睡神屈服，还是时昏时醒。我没再做关于斯凯的梦了。斑马回来时，她脱掉了外套，拿着两杯热乎乎的东西，像是汤药。我让杯中物流过自己的喉头，虽然我不能说它让我感觉大有好转，但起码比起我之前在地沤区尝了个够的雨水味道要好得多。

斑马不是独自回来的，在她身后有台更大一号的机仆，沿着天花板下的轨道滑行而来。这是个多肢的白色圆柱体，有张闪着绿光的卵形面孔，上头还有些数字闪动不休的医学仪表。机器人降低高度，直到它的传感器能够得到我的腿部，诊断我伤口的严重程度，吱吱鸣叫着投影出若干数据图表。

“如何？我会死会活？”

“你很幸运，”斑马说，“她用来打你的枪，是把低当量的激光枪，决斗用的武器。它被设计成除非触及重要器官，否则不会造成严重伤害，而且光束准直性高，因此对周围组织的伤害非常小。”

“你说得跟真的似的。”

“嗯，我可没说这不会痛得要命啊。但你会活下去的，坦纳。”

“尽管如此，”机器探测我创口时的动作极不温柔，我疼得面孔扭曲，“我觉得带着这伤我是没法行走了。”

“你也不需要。至少明天之前不需要。这台机器可以在你睡觉的时候帮你疗伤。”

“我不太肯定我是否乐意睡觉。”

“为什么？你睡觉会有麻烦？”

“说起来可能会吓你一跳，但，是的，确实如此。”她茫然地看着我，于是我想了下，判定告诉她教化病毒的事情有益无害。“在爱德怀德安养院，他们本可以把那玩意儿清理干净的，但我不想等。所以现在每当我睡着的时候，我都会飞快地钻进斯凯·奥斯曼的脑袋里逛上一圈。”我给她看了我手掌中心的血痂。

“一个身带创伤的男人，到我们这道德卑下的街区来纠正一些错误[1]？”

“我只是来完成一些任务的。但是你能明白吧，想到去睡觉我心中并不会充满热望。斯凯·奥斯曼的脑袋可不是个会让人想久待其中的好地方。”

“我不太了解那人。就算不考虑地点在另一个星球，时间上那也是古老的历史了。”

“对我来说可不像是古老的历史。我感觉他像是条慢慢钻进我身体的蠕虫，我脑海中仿佛有个别人的声音，越来越响。我遇到过一个比我更早感染那种病

1.这里斑马在开玩笑，以主角比附耶稣。

毒的人——事实上，我可能就是被他传染的。他的病情发展到了严重得多的阶段。他不得不用斯凯·奥斯曼的圣像把自己保卫起来，要不他就会开始瑟瑟发抖。”

“你并不一定会病成那样，”斑马说道，“这种教化病毒已经存在若干年了吗？”

“不同的毒株早晚不同，但这一类病毒本身是个古老的发明。”

“那你可能走运了。如果这类病毒在瘟疫来袭前就出现在黄石星的医学数据库中的话，这台机仆就能对其有所了解。它甚至有可能拼凑出一套治疗方案。”

“冰封托钵僧们认为，治疗要好几天才会生效。”

“他们大概是过于谨慎了。一天，或者两天——应该顶多也就花这么长的时间。如果机器人能查得到的话。”斑马拍拍那台白色机器人，“但它会尽力而为的。现在你是否愿意考虑下去睡觉？”

我告诉自己，我必须找到瑞维奇。这意味着绝不能虚掷我能够支配的任何时间，一个小时都不行。来到渊堑城后，我已经浪费了半个晚上了。但我知道，要找到他的踪迹还需要几个小时。或者几天。必须给我新近的伤口一点时间去愈合，我才能够坚持到那个时候。如果我在准备杀死瑞维奇的时候自己先累死了，那可就成了天大的笑话了。至少对他来说应该是。而我那时候已经笑不出来了。

“我会考虑的。”我说。

奇怪的是，在我和斑马说过斯凯·奥斯曼之后，这一次我根本就没梦见他。

我梦见了吉塔。

自从在爱德怀德醒来之后，我就总在想她。光是想到她的美丽，以及她已经死去的事实，我就像是在精神上受到了鞭挞，在那尖锐的痛苦面前我的感官似乎永远都不会麻木。我能听到她说话的方式，闻到她的香气，就好像她正站在我旁边，正在聚精会神地听我讲课——卡乌拉坚持要我给她上的那些课。我觉得，在我抵达黄石星之后，吉塔从不曾有哪一分钟完全离开过我的脑海。当我看到另一个女人的长相时，我会用吉塔作为标准去衡量——即使这种衡量几乎完全是在潜意识层面上进行的。她确实已经死了，我对此的感受无比深切，而且我对此负有责任，为此我无法原谅自己——但真正害死她的还是瑞维奇。

然而，我很少忆及导致她死亡的那些事件，几乎从不去想她的死亡本身。

现在那些记忆如潮水决堤。

当然，我的梦境内容并不这么单纯。斯凯·奥斯曼生活中的那些场景会以整齐的线性排序在我脑海中播放——即便这些片段中的一些事件让我觉得跟我对他的认知相互矛盾，但我自己的梦境，就像任何普通人的一样，杂乱无章，不合逻辑。因此，虽然我梦见了大半岛上的那次旅程，还有结果导致了吉塔之死的那次伏击，但情节并不像奥斯曼的生活场景那样清晰。但在醒来之后，我感觉就好像通过这次做梦解锁了一大堆记忆，之前我几乎没有意识到自己丢失了的记忆。等到早上，我就能够详细地回想起所发生的一切了。

之前我记忆里最后一件清晰的事是我和卡乌拉被带上了超空人的飞船，当时奥卡尼亚船长警告我们，要当心瑞维奇对爬虫馆发动袭击。船长说，瑞维奇正穿越丛林向南移动。超空人在通过瑞维奇的队伍所携带的重型武器发出的信号对他进行追踪。

幸好卡乌拉以最快速度完成了与超空人的交易。即便在那时他前往轨道上的太空飞船是冒着巨大的风险，但只要再过仅仅一周，这就几乎根本不可能了。对他的赏金那时候就增加到了足以让一些中立的旁观派宣布，他们将拦截任何已知载有卡乌拉的飞船；如果无法逮捕他，他们将会击落飞船。如果利害关系更小些的话，超空人可能会忽略这种威胁，但现在他们已经让自己的存在广为人知，并同样在和那些势力进行敏感的贸易谈判。卡乌拉事实上等于被囚禁在了地表，并且活动范围还在稳步缩小。

但奥卡尼亚依然信守了他的诺言。他继续给我们提供瑞维奇的位置信息——后者正在向南面的爬虫馆移动——但精度按照卡乌拉的要求，相当毛糙。

我们的计划很简单。爬虫馆北面的丛林中能够通行的路径寥寥无几，瑞维奇已经选择了其中一条较宽的小路。这条小径有一段地方已被丛林严重侵蚀，而我们将在那里设下埋伏。

“我们要对它进行一次探险。”卡乌拉说，当时他和我正在爬虫馆地下室的一张地图桌上仔细看着。“那里是头等的哈玛德律阿得斯之乡，坦纳。我们以前从未去过那里——从来没有机会。现在瑞维奇把机会送到了我们手边。”

“你已经有一条了。”

“一条幼体。”他语气轻蔑，就好像那猎物几乎不值得拥有似的。我想起他抓住那玩意儿时有多么得意扬扬，就忍不住笑了。活捉任何大小的哈玛德律阿得斯都是一个不小的成就，但现在他的眼光更高了。他是典型的猎人，永远也无法满足。总有更大的猎物在外面挑逗他，而他总是在哄骗自己说，在这个猎物之后还会有另一个猎物，现在做梦也想不到的猎物。

他又戳了下地图。“我想要一条成体。不，应该说，一条接近成熟的个体。”

“从来没人活捉过接近成熟的哈玛德律阿得斯。”

“那我就得成为第一个了，不是吗？”

“别管它，”我说，“我们现在要去狩猎瑞维奇，这已经够我们忙活的了。我们完全可以利用这次出行来观察地形，几个月后再带着一支完整的狩猎探险队回去。哪怕一条死掉的成体哈玛德律阿得斯我们也没有能装载它的车辆，更不用说活着的了。”

“我一直在考虑这件事，”他说道，“并针对这个问题做了一些准备工作。跟我来，让我给你看点东西，坦纳。”

我有种可怕的不祥之感。

我们穿过连接走廊，走进爬虫馆地下楼层中的另一区域。在地下室的生态区里有数百个大型陈列柜，配有独立的加湿器和温度控制装置，好让爬行动物来宾们感觉舒适。大多数用来填充展览的都是在低光照条件下沿着森林地面移动的生物。这些生态箱为它们提供了相当逼真的栖息环境，其中还包含种类完全合宜的植物。最大的一个生态箱里是一系列阶梯状的水潭，用岩石堆砌而成；本来里面打算放进一对红尾蚺，但它们的胚胎早几年前就损坏掉了。

以严格的定义而言，斯凯先手星上没有任何一种真正的爬行动物。爬行动物，即使在地球上，也只是演化的众多可能性中一种可能的结果而已。

地球上最大的无脊椎动物是水中的枪乌贼，但是在斯凯先手星，大型无脊椎动物也侵入了陆地。没人真正知道为什么生命会沿着这条路径发展，但最好的猜测是，某些灾难性的事件令海洋面积缩小，大概只剩下原有的一半，露出了大片新生的干燥陆地。在海洋边缘的生物被赋予了适应陆地的巨大动力。脊椎从来没有被进化出来，演化通过缓慢、笨拙、毫无心智的创造，成功地不靠脊椎解决了问题。斯凯先手星上的生物实际上都是无脊椎动物。其中最大的动物——哈玛德律阿得斯——保持结构刚性完全依靠循环系统中的流体压力，这种生物体内有数百颗心脏，散布全身，不断泵出体液。

但它们是冷血动物，依照周围的环境温度来调节体温。斯凯先手星从未有过冬天，没有会选择出类似哺乳动物的生物的机制。它们最像爬行动物的正是冷血这点。这也意味着斯凯先手星的动物移动缓慢，进食不频繁，并且活得很久。其中体形最大的动物——哈玛德律阿得斯，甚至不会以通常意义上的方式死去。它们只是会改变生命形态。

连接走廊的出口通往地下室最大的房间，那条幼体哈玛德律阿得斯就被我们关在那里。最初这个区域是为一个鳄鱼家族准备的，但那些鳄鱼现在被低温储存了起来。分配给它们的整个展示区对这条哈玛德律阿得斯幼体来说刚刚够大。幸运的是，它在被囚禁期间并没有明显长大，但是如果卡乌拉真的想捕获一条接近成熟的个体，那我们就必须新建一个更大的房间。

我已经有几个月没见过这条幼体了。坦率地说，我对它不感兴趣。我们最后出乎预料地发现，这种生物实际上不太动弹。它吃饱一次之后，几乎就再没有胃口。它通常会蜷成一团，进入某种跟死了差不多的状态。实际上，没有什么动物能捕食哈玛德律阿得斯，所以它们尽可以安安静静地消化食物，储存能量。

我们此刻正俯瞰着这个原本为鳄鱼准备的白壁深坑。我的一个手下罗德里格兹正在坑边上，向下探身用一把十米长的扫帚清扫坑底。我们到坑底地板的距离也正是十米，坑四周都是白色的陶瓷墙。有时罗德里格兹不得不进到坑里去维修东西，对这种活计我实在是从来都不怎么羡慕的，哪怕当时那条幼体在屏障的另一边也一样。人生在世，有些地方还是不去为好，蛇窝就是其中之一。罗德里格兹撇着小胡子冲我咧嘴一笑，把扫帚从坑里拽了上来，挂到他身后的墙上，那里还有一系列类似的长柄工具：夹爪、麻醉标枪、电棒等等。

“你去圣地亚哥这趟感觉如何？”我说。他被我们派去那里出差，探索新的贸易路线。

“很高兴回来，坦纳。那个地方到处都是些浑球贵族。他们嚷嚷着要以战争罪起诉我们这样的人，同时却又希望战争永远不要结束，因为这给他们那可悲的富裕人生增添了一些色彩。”

“我们中有些人已经被起诉了。”卡乌拉说。

“是的，我听说了。尽管如此，今年的战犯明年又会成为人民的救星，对吧？此外，我们都知道，杀人的并不是枪，不是吗？”罗德里格兹边摘下粘在扫帚刷毛上的树叶边说。

“是啊，执行击杀任务的通常是小小的金属弹丸。”卡乌拉笑着说。他动情地抚摸着赶牛棒——大概是回忆起了当初，他用这工具把那条幼体赶进运输笼的时候。“好啦，我家孩子现在状况如何？”

“我有点担心皮肤感染。这些玩意儿会蜕皮吗？”

“我想没人知道。如果它们真会蜕皮的话，我们可能会成为首先发现的人。”卡乌拉俯身在齐腰高的墙上，向下看着深坑。它看起来还未完工。我们在里头尝试性地稀稀拉拉种上了几片植物，但我们很快发现，哈玛德律阿得斯的行为似乎与周围环境没有什么关系。它呼吸，嗅探猎物，偶尔进食。除此之外，它总是盘在地上不动，就像艘巨大的海船上的一卷缆绳。

就连卡乌拉在一段时间之后也开始对它感到厌烦了，毕竟，这还只是条幼体：等到他死，这东西也长不到接近成年。

坑里现在看不到哈玛德律阿得斯的身影。我把身子探过栏杆往下看，但看样子它压根不在里头。下面的墙上有一个壁龛，凉爽而黑暗，通常那东西在睡觉时我们都能在那里找到它。

“它睡着了。”罗德里格兹说。

“是的，”我说，“一个月后再来吧，或许到那会儿它会动几下。”

“不，”卡乌拉说，“瞧好了。”

我们这边的墙上有个白色的金属盒子，我之前从没注意过那东西。他翻开上头的盖子，拿出了一个类似对讲机的东西——一个带有天线和好几排控制按钮的控制终端。

“你不是认真的，是吗？”

卡乌拉站在原地，双腿微微分开，用一只手拿着那个控制装置。他用另一只手犹犹豫豫地戳了几下按钮，好像不太确定自己输入的顺序是否正确。但他的行动确实产生了效果：我听到了那种干涩的滑行声，那是我们下面那条大蛇展开身子时发出的独一无二的声响，有些类似一块防水油布被用力拖过混凝土地面时的声音。

“这是怎么一回事？”

“猜猜看。”他快活地俯身到栏杆之上，看着那动物从隐藏处出现。

这条哈玛德律阿得斯固然只是幼体，但它仍然大到我绝不会想要接近。蛇状的身躯长达十二米，大部分地方都跟我的躯干一样粗。当然，它的移动方式就跟蛇一样：对一条修长而没有肢体的掠食者来说，实际上就只有这么一种移动方式，尤其是这条掠食者的体重还超过一吨。它的躯干上没有纹理，几乎是毫无血色的一片惨白，因为这个生物正在调整自己的肤色，使之与房间的白色墙壁相匹配。它们没有天敌，但它们是伏击战的大师。

它的头上没有眼睛。没有人确切知道这些大蛇是如何在没有视觉的情况下做到变色伪装自己的，但在它的皮肤周边肯定存在光学器官，只不过纯粹是为着色功能服务，而不与更高级的神经系统相连。这倒不是说哈玛德律阿得斯真是瞎的，它们实际上长有一双眼睛，有着非凡的敏锐度，并且相互隔开了一定距离，以提供双目视觉。但这双眼睛被安置在它的上颌内顶，就像是毒蛇口中的热传感器[1]。这种动物只有在张嘴攻击时，才能看清外面的世界。在此之前，许多其他的感官——主要是红外线和嗅觉感知——将确保它锁定可能的猎物。上颌里的眼睛只是在攻击的最后时刻指引方向。这听起来奇怪透顶，但我听说过，有种突变会让青蛙的眼睛长到嘴里，但并不严重损害它们的健康。陆栖蛇类中盲蛇也几乎跟有视力的活得同样好。

现在那东西停了下来。它整个身子都从壁龛里爬了出来，躯体微微盘曲。

“哟！”我说，“这把戏可真是不错。你能告诉我这是怎么做到的吗？”

“思维控制，”卡乌拉说道，“我和骆马大夫给它下了些药，然后做了点神经学方面的实验研究。”

“那个食尸鬼又到这里来了？”

骆马是本地动物医学专家。他也是一名前审讯专家，有传言称他曾经犯下多起战争罪行，和用囚犯进行医学实验有关。

“食尸鬼是神经编组训练方法的专家。是骆马定位出了哈玛德律阿得斯那相当初级的中枢神经系统的主要控制节点，也是他开发了一种简易电刺激植入装置，我们将这些装置放置到了那些关键部位——我个人比较乐意放宽标准，将它们算作动物的大脑。”

他告诉我，他们对这些植入装置进行了多次实验，直到他们能诱导巨蛇做出一系列简单的有规律行为。这当中并没有什么太微妙的地方——这条蛇的行为模式一开始就很简单。一条哈玛德律阿得斯不管长得有多大，归根结底还是一部狩猎机器，只带有若干非常简单的子程序。鳄鱼也是一样的——直到我们把它们束之“冰阁”。它们很危险，但一旦你理解了它们的思维运作方式，就很容易应付。同样的刺激对鳄鱼总是产生同样的结果。哈玛德律阿得斯的运作

1.指蛇芯。实际上蛇芯主要是气味传感器，此处当是坦纳认知错误。

规程和鳄鱼有所不同——它们所适应的是斯凯先手星上的生活——但并不比鳄鱼复杂多少。

“我所做的只是触动告诉这条蛇是时候醒来去寻找食物的节点。”卡乌拉说，“当然，它并不真的需要进食——一周前我们给它喂了一只活山羊——但它那一丁点大的脑子不记得这些了。”

“太惊人了。”这是我的真情实感，但我同时也感到很不舒服，“你还能让它做些什么？”

“这是个好问题。看着。”

他用力按下一个控制键，哈玛德律阿得斯随即以闪电般的速度朝着墙壁冲去。下颌在最后一刻张开了，它圆滚滚的脑袋撞上了瓷砖，力道大得足以撞碎牙齿。

晕头转向的巨蛇身子往后退去，又缩成了一团。

“让我猜猜。你只是让它以为它看到了值得吃的东西。”

“小孩子的把戏。”罗德里格兹见到这表演只是微微一笑。显然他以前就看过了。

“看，”卡乌拉说，“我甚至可以让它回到洞里去。”

我看着那条蛇收拢自己的身体，干净利落地再次钻进壁龛，直到它那和人类大腿一样粗的身体连最后一圈也从我们的视野中消失。

“这有什么特别的意义吗？”

“是啊，当然。”他看着我，一副因为我没能早点领会关键所在而大失所望的样子。“接近成熟的哈玛德律阿得斯的大脑并不比这个复杂。如果我们能抓到一条大些的，我们可以在丛林里就给它下药。我们从对这条幼蛇的研究中已经得知何种镇静剂能对它们的生物化学机制起效。一旦这东西昏了过去，骆马就可以爬到它身上，给它植入同样的硬件，连接到另一个像这样的控制单元上。然后我们要做的就是把蛇头朝向爬虫馆，告诉它在鼻子前方有食物。它会自己一路滑行到家。”

“穿过几百千米的丛林？”

“有什么能阻止它？如果它开始出现营养不良的迹象，我们就给它喂食。除此之外，我们就让那家伙一直滑行。——对不对，罗德里格兹？”

“他说得对，坦纳。我们可以开车跟着它，保护它不被其他猎人开枪袭击。”

卡乌拉点点头。“等它到了这里，我们就把它放到一个新的蛇坑里，让它蜷缩起来睡一阵子。”

我笑了笑，想要从技术层面找出某个明显的缺陷——结果一无所获。这乍听起来很疯狂，但当我试图在其中某个方面找出漏洞时，却发现卡乌拉的计划很难找到毛病。对接近成熟期哈玛德律阿得斯的行为我们已经有了足够的了解，至少知道捕猎该从哪里下手；我们可以按照它们的体积比相应地增加镇静剂的剂量。我们还必须放大注射针头——可能必须大到更像鱼叉，但同样，这并不是我们力所不能及的。在卡乌拉武器库的某个地方肯定有现成的鱼叉炮。

“我们还得挖个新蛇坑。”我说。

“让你的部下这就动手。我们回来之前他们就能挖好了。”

“瑞维奇在这里根本就无关紧要，对不对？即使明天瑞维奇掉头回去了，你还是会找借口去那里找你的大蛇。”

卡乌拉把控制盒关好，背靠着墙，很严肃地打量着我。“不。你以为我是什么人，强迫症患者吗？如果这对我有那么重要的话，那我们早就该到猎场去了。我只是说，浪费这样好的机会就太蠢了。”

“一石二鸟？”

“二‘蛇’，”他仔仔细细地给最后那个字加上了重音，“一条是字面意义上的，一条是比喻意义上的。”

“你不会真的把瑞维奇当作条毒蛇吧？在我看来，他只是个被吓坏了的富家子弟，做着他自以为正确的事情。”

“你为什么要在意我到底怎么想他？”

“我想，我们需要弄清楚是什么在驱使着他。这样我们就能了解他，然后就能够预测他的行动。”

“有什么必要？我们知道那小子会在哪里。我们去设下埋伏，然后就完事了。”

在我们下面，那条巨蛇挪了挪自己的身子。“你恨他吗？”

“瑞维奇？不。我可怜他。有时我甚至想我或许对他有些同情。如果他是因为自己的家人被杀——顺便说一句，我没有遇到这种事——而去攻击其他人，那我甚至会祝他好运。”

“他值得这么大动干戈吗？”

“你想到别的替代方案了吗，坦纳？”

“我们可以阻止他。先下手为强，干掉几个他的手下，打掉他的士气就行。或许连那都没有必要。我们可以设置某种物理屏障——引发一场森林大火，或者其他什么。雨季要过几周才会到来。我们肯定还有很多别的办法。不一定要让那小崽子去死。”

“不，你错就错在这里了。没人可以来攻击我然后继续活下去。我才不管他们是不是刚刚埋葬了自己的所有亲人，包括他们见鬼的宠物狗。我就是这个意思，明白吗？如果我们现在不这么干，我们未来就不得不一次又一次地这么干——每当某个贵族贱种开始觉得自己运气爆棚的时候都会这样。”

我叹了口气，心知肚明这场辩论我必败无疑。我早就知道事情会发展到这一步：卡乌拉不会被人说服放弃他的狩猎远征。但是我觉得有必要表示一下不同意见。我在他的雇员中资历够深，所以质疑他的命令几乎是我的一个义务。他付钱给我，有一部分目的也正在于此——让我来扮演他的良心——当他寻找这东西，然后发现在那个位置只有一个化脓的烂洞的时候。

“但这不一定是私人恩怨，”我说，“我们可以干净利落地干掉瑞维奇，而不会把它变成一场针锋相对的大屠杀。你曾经说过，我可以用枪打掉别人大脑里特定功能区域，当时你以为你只是在开玩笑。但其实不是。如果条件合适的话，我是能做到的。”我想到了我被迫暗杀的那些己方士兵；那些无辜的男男女女，他们为了某种高深莫测的计划必须去死。我总是会使尽浑身解数，努力让他们死得迅速而没有痛苦，尽管那并不能让我所犯下的罪孽有所减轻。我当时觉得，瑞维奇应该得到同样的善待。

如今在渊堑城，我的感受则完全不同了。

“别担心，坦纳。我们会让他死得又快又好的。一次真正的外科手术式打击。”

“很好。当然，我会亲自挑选我自己的队伍……骆马和我们一起去吗？”

“当然了。”

“那我们需要两个帐篷。我不会和食尸鬼在一张桌子上吃饭，不管他能在蛇身上玩出多少把戏都一样。”

“会有不止两个帐篷，坦纳。当然，迪特林会跟我们一道去——他比任何人都更懂蛇——我还会带上吉塔。”

“有件事我想让你明白，”我说，“仅仅进入丛林就会有风险。从吉塔离开爬虫馆的那一刻开始，她所遭遇的危险自然就比她留下时更大。我们知道有些敌人在密切关注我们的行动，我们也知道丛林中有些事物我们最好还是要避开。”我顿了一下，“我不是在推卸责任，但我想让你知道，在这次行动中我无法保证任何人的安全。我所能做的只有尽力做到最好——但我的最好可能还不够好。”

他拍了拍我的肩膀。“我相信你会尽力的，坦纳。你还从来没有让我失望过。”

“什么事情都会有第一次的。”我说。

我们的小规模狩猎车队由三辆装甲地效车组成。卡乌拉、吉塔和我坐在打头的车上，迪特林也和我们在一起。他手握操纵杆，熟练地引导车辆沿着杂草丛生的小道前进。他熟悉地形，也是研究哈玛德律阿得斯的专家。想起他的死，我现在还是很难过。

乘坐第二辆车的是骆马和另外三名安保人员——莱特列尔、欧松诺和施密特，他们都是长期野外工作的专家。第三辆车上装载着重型武器，其中包括食尸鬼的鱼叉炮，以及弹药、医疗用品、食水配给，还有没充气的气泡帐篷。它由卡乌拉信任的一名老部下驾驶，罗德里格兹坐在后排操纵机枪，枪口沿途扫动，以防有人试图从后面袭击我们。

仪表板上是张划分成网格的大半岛地图，我们当前的位置由一个脉动的蓝点标出。北面有个脉动的红点，隔着好几百千米，但每天向南移动一点，其轨迹最终将会和我们的重合。那是瑞维奇的人马，他们自以为行踪隐秘，但被奥卡尼亚追踪的武器信号暴露了位置。他们一天前进五六十千米，这个速度差不多任何人在丛林中都能坚持下来。我们的计划是在瑞维奇南面还有一天路程的地方扎营。

与此同时，我们正穿过哈玛德律阿得斯山脉地势较低的外缘。卡乌拉凝视着丛林深处，试图找到有某个大而缓慢的东西在移动的迹象，他眼中的兴奋简直呼之欲出。接近成年的哈玛德律阿得斯行动非常笨拙缓慢——对自然界中任何种类的捕食者来说它们都无懈可击——以至于它们从未进化出任何战斗反应。让哈玛德律阿得斯移动的原因只会是饥饿，或是在它们的繁衍周期中需要迁徙。骆马说，它们甚至没有我们所说的求生本能。它们并不需要那种东西，就像冰川也不需要。

“有一棵哈玛树，”天色将晚时迪特林忽然说道，“看起来是才融合不久。”他指向车旁一片看起来似乎根本无法穿透的黑暗之中。我的视力很好，但迪特林的显然已经超乎人类。

“上帝啊……”吉塔把一副带有图像增强功能的迷彩眼镜戴到眼睛上，发出一声惊叹，“它可真大。”

“这种动物个头从来都不小。”她丈夫说。他和迪特林看着同一个方向，聚精会神地眯起眼睛看着什么东西。“你说得对。那棵树一定经过了——嗯，八次或者九次融合？”

“至少，”迪特林说，“最近一次融合可能仍处于过渡阶段。”

“你是说，还热乎着吗？”卡乌拉说。

我能看出他脑子里在想着什么。这里既然长着棵有生长层的树，那么也就很可能有接近成年的哈玛德律阿得斯存在。

我们决定沿着林间道路再往前开个几百米，在下一片空地扎营。司机们在林间道路上开了一天车之后需要休息，车辆也往往会积累一些小的损伤，必须在下段行程之前将其修复。我们也并不急于到达我们的伏击点，而且卡乌拉喜欢每天晚上睡前先在营地周围打一两小时的猎。

我用一把单分子线镰刀拓宽空地，然后帮助其他人给气泡帐篷充气。

“我要去丛林里一趟。”卡乌拉拍拍我的肩膀说。他穿上自己的狩猎夹克，肩上挂着一把步枪。“大约一个小时后回来。”

“如果你发现了哪条接近成体的大蛇，对它不要太残忍。”我半开玩笑地说道。

“这只是一次飞行旅行，坦纳。”

我把手伸向我在帐篷外撑好的牌桌，上面放着我们的一些装备。“喏，别忘了带上这个，尤其是如果你要走得很远的话。”我拿起图像增强眼镜。

他犹豫了一下，然后接过眼镜，塞进自己衬衣口袋。“谢谢。”

他迈步离开帐篷周围灯光照亮的圈子，边走边卸下背上的枪。我完成了第一个帐篷，吉塔和卡乌拉睡觉的那个，然后去找她，告诉她帐篷已经充好了气。她坐在车上，腿上放着一台奢侈品级的平板电脑。她懒洋洋地移动手指，翻动页面，浏览着看起来像是诗歌的玩意儿。

“你们的帐篷完工了。”我说道。

她关上平板电脑，带着种像是松了一口气似的神情，然后让我带她走向帐篷的入口处。我已经检查过这片空地，细细查找有没有那种讨厌的东西潜伏——一种我们称之为“落地卷”的东西，是哈玛德律阿得斯的带毒小表亲——但这个地方是安全的。尽管我一再保证，吉塔走起路来还是犹犹豫豫的，任何一片没有灯光照亮的地面她都惮于落足。

“你看起来很开心。”我说。

“这是在讽刺吗，坦纳？你难道以为我会喜欢这里？”

“我跟他说过，如果你留在爬虫馆，对我们大家都会更好。”

我拉开了帐篷入口的拉链。里面是个配膳室大小的气闸间，用来防止有人进出时帐篷里的气跑掉。我们搭起的三个帐篷位于一个三角形的三个顶点上，三条加压走廊把它们连接在一起，长度几大步就能走完。给帐篷充气的微型发电机又小又安静。吉塔走了进去，然后说："坦纳，你脑子里是不是在想着——'这里没有女人插足之地'？我还以为这种观念在人们让大船团出航之前就已经消亡了呢。"

"不……"我努力让自己的声音听起来不太像急于自我辩护，"我根本没有这样的想法。"我开始动手封上气闸室外侧位于我们之间的拉链门，好让她可以进入帐篷，自己一人独处。

但她抬起一只手，抓住了我的手，不让我拉上拉链。"那你的想法是什么？"

"我是认为，这里将要发生的事情不会太令人愉快。"

"你是说伏击？有趣，我自己从来没那么觉得过。"

"吉塔，你必须意识到，有些事情你并不了解，关于卡乌拉，或者关于我，关于我们要做的事，我们做过的事。我想你很快就会对这些事情有更好的了解。"我鲁莽地说道。

"你为什么要跟我说这些？"

"我想你应该为此做好准备，就这样。"我扭过头，望向她丈夫消失其中的丛林，"我该去整理其他帐篷了，吉塔……"

她答话时，声音里有种说不清道不明的味道："是的，当然。"她聚精会神地注视着我。也许是因为光线照射的角度问题，总之，当时她的脸在我看来美丽非凡，就像是高更的画作。我想，就是在那一瞬间，我明确了自己要背叛卡乌拉的想法。这个念头肯定早已存在，但直到那个美丽灼人的瞬间它才显现出来。我有时候会想，如果当时光影落在她脸上的角度稍有不同，我还会做出那个决定吗？

"坦纳，你知道吗？你是错的。"

"关于什么？"

"卡乌拉。我对他的了解比你想象中要多得多，比这里任何人认为的都多。

我知道他是个凶暴的男人，我也知道他做过些可怕的事情，邪恶的事情，甚至会让你难以置信的事情。”

“会让你震惊的事情。”我说。

“不，这正是问题的关键——我不会震惊。我在说的不是你认识他之后他所犯下的小小暴行。与他以前做过的事情相比，这些根本不值得考虑。除非你意识到这些，否则你真的一点都不了解他。”

“如果他那么坏，你为什么还要和他在一起？”

“因为他不再是从前那个邪恶的人了。”

有什么东西在树间闪烁，一阵断断续续的蓝白光，又过了一小会儿，有激光枪开枪的响声传来。有什么东西穿过树木枝叶，掉到了地上。我想象着卡乌拉走向前去，最终找到他杀死的猎物，可能是一条小蛇。

“有些人会说，一个邪恶的人永远不会真正改变，吉塔。”

“那他们是错的。会让我们邪恶的是行为，坦纳；是行为定义了我们的正邪，而非其他，不是我们的意图或者感受。在一个人的一生中，几件小小的恶行算得了什么呢？特别是在我们现在可以活得那么久的情况下。”

“我们中只有一部分可以活得很久。”我说。

“卡乌拉比你想象中还要老，坦纳。他做出真正的邪恶行径是很久很久以前的事了，那时他还很年轻。最终，正是那些事让我遇到了他。”她停了下来，朝树林里看了一眼，但我还没来得及问她这是什么意思，她又开始说话了，“但我遇见的那个人并不邪恶。他残忍、暴力、危险，但他也有能力爱人，有能力接受另一个人的爱。他能察觉到事物中的美好，辨识出他人的邪恶。他不是我期望找到的那个人，而是个要好得多的人。他并不完美——还差得远——但也不是什么恶魔，完全不是。我发现，要憎恶他并不像我原本以为的那么容易。”

“你本以为自己会憎恶他？”

“我本以为会远甚于此。我本想杀了他，或者将他绳之以法。结果则大大不然……”吉塔又停顿了一下。森林中又发出一道蓝光，另一只动物被击杀了。“我发现，我在问自己一个问题，一个我以前从未想到过的问题。你要做多久的好人，做多少的好事，才能用你累积的善行补偿掉你曾经做过的可怖恶事？一个人的一生是否足够？”

“我不知道，”我如实回答，“但有件事我是知道的。卡乌拉或许比从前要好得多，但他仍然不会是任何人心目中的月度最佳公民，不是吗？如果你把他现在这样子定义为在行善积德，那我可不愿意去想象他以前会是什么样子。”

“是的，你不会的，”吉塔说，“我也不认为你有那个能力。”

我向她道了声晚安，然后转头去准备其他帐篷。

第二十章

上午十点左右的时候，其他人都留在营地里，只有五个人徒步沿路往回走，一直走到头天我们从路上看到哈玛德律阿得斯树的地方。我们从那里开始在疯长的植物中艰难地跋涉，走了一小段之后，就抵达了喇叭状巨树的底部。我走在队伍最前头，用单分子线镰刀在前方左右扫荡，划出一道道弧线，清除了沿途的大部分植被。

“它看上去比从路上看过来更大。”卡乌拉说。他今天早上面色红润，心情愉快，因为他昨晚的狩猎相当成功——有在空地外挂着的那些动物尸体为证。“你认为它有多少个年头了？”

“人类在此着陆之前它肯定就在了，”迪特林说道，“也许有四百年了。我们要搞清楚的话需要把它砍倒。”他开始绕着大树四周慢慢走动，时不时用指关节背面轻轻叩击树皮。

吉塔和罗德里格兹也跟我们在一起。他们抬起头，伸长脖子看向巨树的顶端，透过丛林树冠天篷的阳光让他们眯起了眼睛。

“我不喜欢这里，”吉塔说，“要是……”

迪特林马上给出了回答，虽然以他的位置他似乎应该听不到她的话。“有另一条蛇经过这里的概率非常小。尤其是这棵树似乎不久前刚融合过。”

“你确定吗？”卡乌拉说。

“你自己来看看。”

他几乎都已经绕到巨树对面去了。我们艰难地从茂密的植被中挤到了他那边。

在第一批探险者的眼中，哈玛德律阿得斯树是一个谜。在战争开始前的那段美好岁月里，他们匆匆忙忙地跑遍了大半岛的这一区域，为新世界的美好瞪大了眼睛，四处寻找各种奇观，擅自认定一切都将在未来被更详细地研究。他们就像是些在忙着扯开礼物包装的孩子，几乎都懒得看一眼包装纸里到底是什么，就动手去拆下一份了。值得一看的东西实在太多了。

他们如果进行了系统的研究探索，就会发现这些奇树，并判断出它们值得立即进行更深入的研究，而不是简单地将它们归入这颗行星上非常之物的清单，一张越来越长的清单。如果他们当时着手研究了，只需要对几棵树进行数年的研究，个中秘密就会展现在人类眼前。但实际上，这些树的本质是在战火燃起数十年之后才得到确认。

它们很罕见，但在大半岛上很大一片区域都有分布。早期它们成为人们的关注焦点正是因为这种稀有性，这些树与其他森林物种有着显著的不同。每棵都长到丛林天篷层的高度，不会再高——比地面高出四十到五十米，具体取决于周围树木的生长情况。每棵树的形状都一样，类似螺旋烛台，底部越来越粗。在接近顶部的地方，这些树像喇叭口那样四面绽开，形成一个宽而扁平的结构，看上去像是个深绿色的蘑菇，直径可达数十米。当第一批探险者搭乘圣地亚哥号上的一艘穿梭机飞越丛林上空之际，正是这些显眼的“蘑菇”让他们看到了哈玛德律阿得斯树。

他们经常就在这样一棵树旁找到一块空地降落，然后进行徒步调查。探险队里的生物学家们一直在努力想要给树木的奇怪形状找出合理的解释，同样让他们大惑不解的还有在树干外围和径线上的细胞类型存在着的奇怪差异。树心的纤维质明显是死物质，有生命的物质存在于外壳周围相对较薄的一层中。

把它比喻成螺旋烛台在某种程度上相当准确，但我觉得，更好的描述是一个异常高且细的螺旋滑梯；我记得，新伊基克一个废弃集市上就有个破旧的螺旋滑梯，每过一个夏天，它淡蓝色的油漆就剥落几分。这棵树下半截的形状大致上是根逐渐变细的圆柱形树干，但树干被包裹在几道互相之间并不接触，盘旋缠绕而上的螺旋当中。这套螺旋结构相当光滑，表面有棕色和绿色的几何图案，像是金属箔般闪闪发光。螺旋间有些让树干本体露出来的空隙，那里通常有些痕迹表明原本就存在类似的结构，只是已经被风化磨损，要不就是被吸收融合到了树干，或者背后其他层的螺旋当中——尽管只有训练有素的植物学家才有眼力辨别出树上那些生长结构中的微小细节。

迪特林已经找出了环绕这棵树的主螺旋。它在底部，在看起来似乎应该会像树根一样扎入地面的地方骤然终止，留下一个中空的开口。

他指着那个开口让我看："从这里一直到顶部几乎全是空的，兄弟。"

"什么意思？"罗德里格兹说。虽然知道如何操控这种生物的幼体，但在它们的生物学周期方面他并不是专家。

"这意味着它已经孵化了，"卡乌拉说，"这根里出来的幼体已经离窝了。"

"它们从自己母亲的体内一路吃出来。"我说。我们还不知道哈玛德律阿得斯是否有不同的性别，所以完全有可能，这些幼体也是从它们的父亲体内一路吃出来的——又或者谈不上父母。等战争结束后，对哈玛德律阿得斯的生物学探索将足以提供成百上千的研究岗位。

"它们有多大？"吉塔问道。

"和我们家里那条一样大，"我边说边踢了踢螺旋底部的空洞入口，"也许小一点。但在手上没有重火力的情况下，你肯定不会希望遇到它们的。"

"我还以为它们行动非常迟缓，对我们构不成任何威胁。"

"那是接近成年的，"迪特林说道，"即便如此，你也不一定能逃得掉——

特别是像这样长得过大的。”

“它会想吃我们吗？——我的意思是，它会把我们当成可以吃的东西吗？”

“大概不会，”迪特林说，“但当它爬到你的身体上时，这恐怕并不能让你有所宽慰。”

“放松点，”卡乌拉边说边用一只手搂住吉塔，“它们就跟任何野生动物一样——只有当你稀里糊涂不知道自己在做什么的时候才是危险的。而我们是知道自己在做什么的，不是吗？”

有什么东西在我们身后的灌木丛中哗啦啦穿行。我们都被吓了一跳，转过身去，心里多少预期会看到一条接近成年的哈玛德律阿得斯，看到它那没有眼睛的脑袋像一列缓慢移动的货运列车般朝着我们碾轧过来，嘎吱嘎吱地穿过丛林，要不是这些植物的妨碍，它那不可阻挡的滑行可以像雾气一样毫不滞涩。

然而我们看到的是骆马大夫。

当我们离开营地时，医生并没有表现出要跟我们一道的意思，我不知道是什么让他改变了主意。有食尸鬼同行一点都不会让我感到高兴。

“怎么了，医生？”

“我感觉无聊了，卡乌拉。”医生从被我砍过后剩下的灌木丛中走了出来。他的着装像往常一样无懈可击——哪怕在战场上，大家的衣服都满是破口和污渍的时候也是如此。他穿着一件长及膝盖的风衣，前方的拉链敞开着。他脖子上挂着一副精致的图像增强眼镜。他的刘海垂在脸前，让他看起来有点像个营养不良的儿童。“啊——这就是那棵树了！”

我给他让开了路，心里想象着如果我不小心将单分子线切割弧伸展开去，从食尸鬼的身上一穿而过，他会是什么下场，我攥着镰刀中段的手心直冒汗。我觉得，无论他在那样的过程中要遭受多么大的痛苦，跟他在职业生涯中给他人造成的痛苦总量比起来都会相形见绌。

“真是个好样本，不是吗？”卡乌拉说道。

“最近一次融合可能就发生在几周前。”迪特林说。他就跟他的雇主一样，和食尸鬼相处完全不会不自在。“看看这里的细胞类型梯度分布。”

医生缓步上前，好看清迪特林所说的状况。

迪特林从他打猎夹克的腰袋里拿出一个细长的灰色装置。这件超空人制品的大小和一本没打开的《圣经》差不多，装有一面屏幕和几个标有神秘符号的控制按钮。迪特林将设备的一侧安到螺旋结构上，用拇指按下上面的一个按钮。屏幕上出现了深浅不同的淡蓝色图像，被放大后显得相当巨大的细胞出现在屏幕上。这些边缘模糊的圆柱体随机聚拢成团，像是停尸房里的裹尸袋一般。

“这些本质上是上皮细胞。”迪特林边说边用一根手指在图像上勾画了下，“注意细胞膜，柔软的脂质结构——非常典型的特征。”

“什么的特征？”吉塔说。

“动物细胞的。如果我从你的肝内膜采取些样本，看起来和这个不会差别太大。”

他把设备移到螺旋结构上离树干更近些的另一区域。“再看。完全不同的细胞——排列更加规则，几何形状的边界环环相扣，以获得结构刚性。看到细胞膜外面包围着的附着层了吗？基本成分是纤维素。”他碰了下另一个按钮，那些细胞变成了透明的，里面有些若隐若现的形体。“看到那些豆荚状的细胞器了吗？新生叶绿体。还有这边的迷宫结构，内质网的一部分。所有这些都很明确，是植物细胞的特征。”

吉塔轻轻拍了拍迪特林第一次扫描的树皮。“所以，这棵树这部分更像动物，而——这部分则更像植物？”

“当然，这是种形态梯度。树干中的细胞纯粹是植物细胞——木质部圆柱体，围绕着核心早先生长出的部位。当蛇刚开始缠绕树干，附着到树身上时，它仍然是动物。但在蛇接触到树的部位时，其自身细胞就开始发生变化。我们不知道是什么引发了这种变化——或许触发信号来自蛇自身淋巴系统中的某种物质，又或许是树干本体发出了开始融合的化学信号。”迪特林指了指螺旋结构与树干天衣无缝地融合为一的部位。“整个细胞统合的过程需要几天时间。结束后，这条蛇就密不可分地固着到了树上——事实上，它已经成为树的一部分。但到这个时候，蛇身的大部分仍然是动物。”

“它的大脑会怎么样？”吉塔问。

“它不再需要大脑了。坦率地说，它甚至不再需要任何被我们称为神经系统的东西。”

“你还没有回答我的问题。”

迪特林冲她笑了笑。“幼体吃到的第一样食物就是母体的大脑。”

“它们吞吃自己的母亲？”吉塔被吓坏了。

这些蛇和它们的宿主树木融合到一起，变成了植物。只有在哈玛德律阿得斯接近成年阶段，大到足以把从地面到树冠的树身一路缠起来时才会发生这种变化。到这个时候，新一代哈玛德律阿得斯已经在这生物体内相当于子宫的部位里开始发育了。

这棵宿主树肯定已经经历了几次融合。也许最初的，真正的树早已腐烂，剩下的只是死哈玛德律阿得斯们形成的螺旋锁链。然而，很可能最后一条附到树上的蛇实际上仍然活着，哪怕它已经在树顶上张开它有着光合作用的“兜帽”，汲饮阳光。没人知道这些蛇在最后无脑的植物阶段能活多久。我们只知道，另一条接近成熟的哈玛德律阿得斯迟早会来到这里，将这棵树据为己有。它会爬上树顶，把脑袋从前一条的兜帽里钻出，然后用自己的兜帽将其覆盖。失去阳光之后，被遮蔽的兜帽会很快枯萎。新来者会和树融合，大部分身体都变成植物。所剩无几的动物组织只能为融合后再过几个月出生的幼体提供食物。某些化学触发物会让它们从子宫中吃出一条路，沿路消化掉它们的母亲。它们在吃掉母体的大脑之后，会沿着母体的螺旋躯干向下咀嚼，直到在地面冒头，成为完全成形的贪婪的幼年哈玛德律阿得斯。

“你认为这种事难以接受。”卡乌拉看来对解读吉塔的思维非常熟练。“但地球上有些动物的生命周期也同样令人不快，甚至有过之而无不及。随着幼蛛的成熟，母澳大利亚群居蛛[1]会变成一堆糊状的食物。你不得不承认，这种现

1. 澳大利亚一种巨蟹蛛科动物，以群居捕猎的特征闻名。

象是纯粹达尔文主义式的。演化并不关心生物的遭遇，只要它们能将自己的遗传基因传递下去就好。正常情况下，成年动物必须继续存活足够长的时间来抚养它们的后代，并保护其免受捕食者的伤害，但哈玛德律阿得斯不受这些因素的限制。即使是它们的幼体也比这里任何其他动物都更凶猛，这意味着它们并不需要保护。它们也不需要学习任何没有业已固化在它们体内的东西。几乎没有任何会阻止成体在生产的那一刻死去的选择压力。因此，这些幼体吞吃它们的母亲是完全合理的。”

这回轮到我笑了。“听起来你好像对此颇为赞赏。”

“确实如此。这种纯粹性——谁能不为之击节赞叹？”

随后发生了什么，我至今也不太清楚。当时我正看着卡乌拉，眼角瞥着吉塔，然后骆马忽然有了动作。但第一个动的似乎并不是骆马，而是我自己的部下，罗德里格兹。

骆马把手伸进夹克里，掏出一把枪。

“罗德里格兹，”他说，“从树旁走开。”

我不知道发生了什么事，但我现在看到，罗德里格兹的手埋在口袋里，好像正要伸手掏出什么东西。骆马晃了晃他手里的枪，以示强调。

“我说了走开。”

“大夫，”我说，“你能解释一下你为什么要威胁我的部下吗？”

“我很乐意，米拉贝尔。不过要等我搞定他之后。”

罗德里格兹看着我，眼睛睁得大大的，看起来像是大惑不解。“坦纳，我不知道他在说什么。我只是想拿出我的口粮包……”

我看了看罗德里格兹，然后望向食尸鬼。

“你怎么说，大夫？”

“他口袋里没有口粮包。他是伸手去拿武器。”

这并不合理。罗德里格兹本来就有武器——他跟卡乌拉一样，肩头挎着一把猎枪。

他们俩四目相对，一动不动。

我需要做出决定。我朝卡乌拉点点头。“让我来处理。你和吉塔离开这里，远离可能被火线波及的地方。我会回营地找你。”

“是的，”骆马嘶声说道，“在罗德里格兹杀了你们之前离开这里。”

卡乌拉犹犹豫豫地带着他的妻子退开。“你是认真的吗，大夫？”

“在我看来，他相当认真。”迪特林低声说道。他已经在朝着边上移动了。

“然后？”我走向食尸鬼。

骆马的手在颤抖。他不是个好射手——但以他们之间的距离，干掉罗德里格兹也不需要任何高明的枪法。他勉强以平静的语气慢慢说道：“这个罗德里格兹是冒牌货，坦纳。你们在这边的时候，我收到了爬虫馆发来的一条信息。”

罗德里格兹摇摇头。“我没必要听这种胡说八道！”

我意识到，骆马完全有可能确实从爬虫馆收到了信息。通常，我在离开营地前都会戴上通信手环，但今天早上匆忙中我忘了。有人从爬虫馆打电话过来的话只能联系到营地。

我转向罗德里格兹。“那么，慢慢地把你的手从口袋里拿出来。”

“别告诉我你相信那个浑蛋！”

“我也不知道我相信什么。但如果你说的是实话，你手里应该只有一盒口粮。”

“坦纳，这太——”

我提高了音量：“他妈的快点照做！”

“小心！”骆马轻声说道。

罗德里格兹从口袋里抽出手，动作慎重而缓慢；他的眼睛一会儿瞟着我，一会儿又瞥向骆马。他抽出个黑色的细长东西，夹在拇指和食指之间。在森林地面永远不变的幽暗光线中，他拿着那东西的样子，几乎会让人相信那就是个口粮包。有那么一会儿我就这么以为。

直到我看清那是一把枪，小巧、精美而凶险，专为暗杀而设计。

骆马开火了。也许我低估了要让人真正失能所需的射击技能，即使他们站得这么近也一样：因为医生的子弹只打中了罗德里格兹的另一边肩膀，让对方踉踉跄跄后退了几步，咕哝了一声，但也就仅此而已。罗德里格兹开火了，医生向后倒下，跌倒在地表的杂草和腐叶中。

在空地边缘，卡乌拉把他的步枪从肩头甩下，准备让它发挥作用。

“不要！”我开始大喊，希望我的雇主能尽可能远离罗德里格兹，保全自己，但是——正如我后来所意识到的——卡乌拉不是那种会逃避战斗的人，即便是在他的生命可能受到威胁的情况下也一样。

吉塔尖叫着让丈夫跟她走。

罗德里格兹把枪对准卡乌拉，然后开火……

没打中，子弹划破了附近一棵树的树皮。

我试图为发生的一切找到合理的解释，但没有时间了。骆马似乎是正确的。罗德里格兹这几下动作完全符合食尸鬼的指控……意味着罗德里格兹是——是什么？

是个冒牌货？

“这是为了阿尔根特·瑞维奇。”罗德里格兹边说边再次瞄准。

我知道，这一枪他不会打偏了。

我举起单分子线镰刀，用拇指将看不见的切割线调到最大长度：一条利用压电效应维持超刚性的单分子线向我前方延伸出十五米之远。

罗德里格兹用眼角的余光捕捉到了我要做的事情，然后他犯了一个错误，这意味着他不是个职业杀手，而是个业余的。

他犹豫了。

我挥动镰刀，扫过他的身子。

当他意识到发生了什么的时候——可能一时还没有痛感，因为伤口像外科手术的刀口一样整齐——他丢下了枪。有一瞬间一切似乎都凝固了，我惊恐地想着我是否犯下了和他的犹豫一样严重的错误：我不知怎的并没有把镰刀无形的细线延伸到我想象中那么远。

但我并没有犯错。

罗德里格兹倒了下去，分成两截落地。

“他死了。”迪特林说。此时我们已经回到营地中，在一个没放气的帐篷里。在那棵树旁发生的事已经过去三个小时了，现在迪特林正俯身看着骆马医生的尸体。“要是我明白他的这些工具该怎么用就好了……”迪特林把食尸鬼的一堆手术用的高级小玩意儿都铺在了他身边，但它们拒绝乖乖透露自己的精微奥妙。普通的医疗用品不足以将被罗德里格兹击中的医生给抢救回来，但我们希望医生自己的神奇道具——以高昂代价从超空人那里搜集到的——会足够强大。也许在合适的人手里它们确实可以，但这里有能力使用这些工具的人恰好就是最需要它们的人。

“你尽力了。”我说，一只手搭在迪特林的肩膀上。

卡乌拉低头看着骆马的尸体，脸上带着毫不掩饰的愤怒。“典型的浑蛋，在我们能让他好好派上用场之前就死在我们面前。现在我们他妈的要怎么才能把那些植入装置放到一条大蛇的体内去？”

“也许，抓蛇并不是我们现在优先级最高的任务。”我说道。

“你以为我不知道这个吗，坦纳？”

“那就别搞得像你不知道似的。”我的顶嘴引来了他的怒目而视，但我不管不顾地继续，“我不喜欢骆马，但他是为你以身犯险的。”

“那罗德里格兹是冒牌货又是他妈的谁的错？我以为你招人的时候都做过审查的，米拉贝尔。”

“我确实审查过。”我说。

“什么意思？”

“我杀死的那个男人不可能是真正的罗德里格兹。骆马看样子也持相同观点。”

卡乌拉看着我，那样子好像是看着某样忽然间被发现粘在自己鞋底的脏东西。然后他气冲冲地离开了，只留下我和迪特林两人。

“那么，”迪特林说，“我希望你对外面的状况有所了解了，坦纳。”他扯了条被单过来，盖在死去的骆马身上，然后开始收拾那些一尘不染、闪闪发光的手术工具。

“我没有。目前还没有。那人是罗德里格兹……至少看起来是。”

“再给爬虫馆打个电话试试。”

他是对的，距离我上次尝试通话已经过去一个小时了，当时我没能打通。斯凯先手星周围的通信卫星环带一向都是不完整的，并且还受到军方持续干扰，各个派别总有些不可告人的计划，为此会让他人的通信单元莫名其妙地崩溃，又莫名其妙地恢复。

这次线路连通了。

“坦纳？你们都没事吧？”

“大部分都没事。”我打算稍后再详细说明我们的损失，现在我需要先搞清楚骆马医生被告知的信息。“你传达给我们的那个警告，跟罗德里格兹有关的，内容是什么？”

与我通话的那人叫骚塞，我认识多年的一个人。但我从未见过他像现在这样惊慌失措。“坦纳，我真心希望……唉，我们这边得到了警告，来自卡乌拉的一个盟友。关于罗德里格兹的密报。”

“继续。”

“罗德里格兹死了！他们在新圣地亚哥发现了他的尸体。被人杀死后抛尸荒野。”

“你确定是他吗？”

“我们有他的脱氧核糖核酸链档案。我们在新圣地亚哥的联络人对尸体做了分析——结果完全匹配。”

“那么从新圣地亚哥回来的这个罗德里格兹肯定是另一个人，你是这个意思吗？”

“是的。我们认为，那不是克隆人，而是个刺客。被用手术改造成了罗德里格兹的样子，肯定还改变了他的声音和体味。”

我思考了一小会儿，然后才做出回应：“斯凯先手星没人有能力办到这样的事情。尤其是罗德里格兹离开爬虫馆的区区几天里更不可能。”

“没错，我同意。但超空人就可能做到。”

我知道，确实如此，奥卡尼亚的超级科技对我们完全是贴脸嘲讽。“不仅仅是表面整形。”我说。

“你指的是？”

“罗德里格兹——那个冒牌货——的行为举止依然跟本人一样。他知道那些只有罗德里格兹才知道的事情。我可以确认——在过去的几天里，我经常和他交谈。”现在回过头来考虑那些次交谈，罗德里格兹有时候是表现得有些闪烁其词，但显然没有任何一次严重到足以引起我的怀疑。有很多事情他都非常乐意加以讨论。

“所以他们还利用了他的记忆。”

“你认为他们活捉了罗德里格兹。”

骚塞点了点头。“肯定是专家干的，因为没有迹象表明他是死于搜思本身。但同样，超空人有这个能力。”

“你认为他们有办法把这些记忆植入杀手体内吗？”

“我听说过这样的事情。”骚塞说，“一些微小的机器，在受试者的大脑中成群游走，铺设新的神经连接。他们称之为遗觉刻印。北方邦联那边为了培训尝试过这种技术，但他们一直没能让它实际正常工作起来。但如果有超空人参与其中……”

“那就会变得轻而易举。不过，那家伙不仅仅能接触到罗德里格兹的记忆——效果比那更加深刻。就好像他在这个过程中几乎真的变成了罗德里格兹。”

“也许这就是他能让人信以为真的原因。不过那些新生的记忆结构应该很脆弱——刺客自己的个性迟早会开始显现。但到那时，假罗德里格兹已经赢得了你的信任。”

骚塞是对的：只有最近一天左右，罗德里格兹才显得比平时更加闪烁其词。是在这个时候，刺客被埋藏的思维开始透过伪装记忆的遮蔽流露出来了吗？

“他收获颇丰。”我说，“如果不是骆马给了我们警告……”我把在那棵树周围发生的事情告诉了他。

“把尸体带回来吧。”骚塞说，“我想看看那家伙身上的伪装到底做得有多彻底——仅仅是外部整形，还是连他的脱氧核糖核酸链也被试着修改过了。”

“你认为他们会那么大费周折？”

“重点就在于此，坦纳。如果他们找对了人，那这事就根本算不上大费周折。”

“据我所知，目前行星轨道上只有一伙超空人。”

“是的。我非常肯定，奥卡尼亚的人肯定与此有关。你见过那帮家伙，对吧？你认为他们可信吗？”

“他们是超空人。”我说，好像这就足够回答一切疑问了，“和卡乌拉通常接触的那些人不同，我看不懂他们。不过，这并不意味着他们自然就会背叛我们。”

“不背叛我们对他们能有什么好处？”

我意识到，这是我从未真正思考过的一个问题。我犯了一个错误，对待奥卡尼亚就像对待卡乌拉的其他商业伙伴一样——那些人都不会想排除在未来与卡乌拉再次交易的可能。但是如果奥卡尼亚的船员们几十年，甚至几个世纪内都没有再回到斯凯先手星的打算呢？他们尽可以断掉自己的全部后路，不会有任何损失。

“奥卡尼亚可能不知道刺客的目标是我们，”我说，“只是某个和瑞维奇有着密切关联的人给他们介绍了一个需要改变外貌的人；另一个人需要把他的记忆转移到第一个人体内……”

“你认为奥卡尼亚甚至不会想到要问一下目的吗？”

“我不知道。”我说。我的论点即便自己听起来也很没有说服力。

骚塞叹了口气。我知道他在想什么。我自己也有同样的想法。“坦纳，我认为从现在开始，我们做事需要格外小心了。”

“至少这件事还有那么一个好的影响，”我说，“现在医生死了，卡乌拉不得不放弃他的猎蛇任务。他只是还没有意识到这一点。”

骚塞勉强挤出一丝苦笑。“新蛇坑我们已经挖到一半了。”

“我并不担心我们回来时剩下的工作还做不完。”我停了一下，再次检查了一下地图上那个代表着瑞维奇行程的闪光点，“今晚我们会再扎一次营，在这里以北大约六十千米处。明天我们将踏上归途。”

“今晚动手？”

罗德里格兹和医生都死了，我们发动伏击的人手有所不足。但我们的人数仍然足以取胜，其确定程度近乎数学公式。

“明天早上。如果瑞维奇继续这样前进，他应该在午前两小时进入我们的伏击圈。”

“祝你好运，坦纳。”

我点点头，关闭了与爬虫馆的通信连接。我到帐篷外面找到了卡乌拉，告诉他我从骚塞那边得知的信息。卡乌拉已经比之前我们谈话时平静了一些，他的部下正在我们周围忙着把营地的其他帐篷给收拾起来。他肩腰之间挎着条黑色的皮质武装带，上面有许多小皮口袋，里面装着弹药筒、子弹夹、能源匣，以及其他的弹药补给品。

“他们还能做到那种事？记忆转移？”

“我不确定能持续多久，但，是的，我有理由相信，他们应该对罗德里格兹进行了搜思，好让瑞维奇的人了解足够多的信息，能让我们不起疑心。他们可以改变那家伙的外貌，做得那么天衣无缝，这点倒是不太能让你感到惊讶？”

他一时间似乎不太愿意回答我的问题。“我知道他们可以……改变很多东西，坦纳。”

有时候，我觉得我对卡乌拉的了解不亚于任何人，觉得我和他就像兄弟一样亲密无间。我知道，他残忍起来特别有创造力，有种近乎本能的直觉，是我的策划能力所远远不及的。我必须努力才能残酷起来，就像是个靠勤奋吃饭的音乐家，缺乏真正的天才所具有的那种举重若轻、出神入化的技艺。但我们看待事物的方式相似，同样会带着偏见来评断他人，并且用起武器来都仿佛拥有与生俱来的高超技能。然而有的时候，就像现在，我感觉好像从来没见过卡乌拉这个人，感觉他藏起了无穷多的秘密，永远也不会和我分享。我回想起吉塔前一天晚上告诉我的话，她暗示，我对她丈夫的了解只是冰山一角。

一个小时后，我们上路了，把两具尸体——骆马和变成两截的罗德里格兹——装在冷藏棺椁里，放在最后一辆车上。那些硬壳棺材之前一直是折叠起来，用来放口粮的。果然不出所料，这趟狩猎之旅再也不像是轻松愉快的度假了。当然，我一直都没这么以为过，但卡乌拉之前肯定是这么想的；当他沿着小路向前看时，我能从他脖子上的肌肉读出他紧张的情绪。瑞维奇已经占了一次先手了。

稍后，在我们停下来修理一台涡轮机的时候，卡乌拉说："对不起，我刚才不该责怪你的，坦纳。"

"换了我也会那样的。"

"不是像那个样子，对吧？我信任你，就像信任自己的兄弟。以前如此，现在亦然。你杀死了罗德里格兹，救了我们所有人。"

某个绿色的皮质物体飘过路面。"我不想把那个冒牌货当成罗德里格兹。罗德里格兹是个好伙计。"

"当然了……那只是说起来方便。你——嗯，觉得不会再有这样的人了，对吗？"

这件事我已经考虑过了。"我们不能排除这种可能性，但我认为可能性不大。罗德里格兹是出去了一趟，而探险队中的其他人已经几个星期没有离开过爬虫馆了——当然，你我除外，我们去见过奥卡尼亚。我想我们可以不把自己算作嫌疑人。骆马或许也有可能，但他已经彻底消除了自己的嫌疑。"

"好吧。还有一件事。"他停了下来，用警惕的目光看着他的部下。那些家伙正在发动机罩下敲敲打打，一看就不是什么专业的维修人员。"你觉不觉得那家伙实际上有可能就是瑞维奇呢？"

"伪装成罗德里格兹的那个？"

卡乌拉点点头。"他确实说过要来杀我。"

“是的……但我猜他应该跟大队人马在一起。奥卡尼亚也是这么跟我们说的。那个冒牌货甚至可能本来计划要保持低调，一直混在我们当中，并不暴露他的身份，直到其他同党到来。”

“不过，那仍然有可能是他。”

“我不这么认为，除非超空人比我们以为的更加高明。瑞维奇和罗德里格兹的身材完全不一样。我相信他们能修改他的面孔，但我不认为他们来得及改变他的整个骨骼和肌肉组织——在几天内是做不到的。而且他们还得调整他对自己身体的印象，以免他总往天花板上撞。不会的，他们这个刺客肯定是个和罗德里格兹身材差不多的男人。”

“不过，有没有可能他已经向瑞维奇发出了警告？”

“是的，有可能，但即便他这么做了，瑞维奇也并没有采取什么行动。那些武器的信号轨迹仍以正常速度朝着我们而来。”

“那么——基本上——什么都没有改变，对吗？”

“基本上，是的。”我说。但我们都知道，我们两人都觉得并非如此。

过了不久，他的部下又让涡轮机欢快鸣唱起来，于是我们再度出发。我一直很重视这次远征的安全，但现在我加倍用心，重新考虑了全盘布置。除非带着武器，否则谁也不准离开营地，并且谁也不准单独离开——当然，卡乌拉本人除外，他仍然坚持在夜间出营，潜行捕猎。

我们今晚设置的营地将成为我们伏击的基地，所以我决定花比平时更多的时间来寻找放置气泡帐篷的最佳地点。营地必须从路上几乎看不到，但又离道路够近，好方便我们对瑞维奇的队伍发起攻击。我不希望我们离弹药储备地太远，这意味着得把帐篷放置在树林里顶多五六十米的深处。夜幕降临前，我们应该能在林中清理出战术射击路径，并安排好自己的撤退路线，以防瑞维奇的人以重武器压制还击。如果时间允许的话，我们会在其他更明显的路径上设置陷阱或地雷。

当那条蛇开始从我们的道路上穿过时，我正在脑海中绘制地图，在上面画上纵横交错的死线。

我的注意力不完全在前面的路面上，所以直到卡乌拉喊出“停下来！”时我才意识到发生了什么非同寻常的事情。

涡轮机关闭，我们的车辆趴到了地下。

前方两三百米处，就在道路开始拐弯，离开我们视野范围的地方，一条哈玛德律阿得斯从标志着丛林边缘的绿色帘幕中探出了头。这东西的颜色是种让人恶心的灰绿色，外面包裹着有感光机能的皮褶，像眼镜蛇的头冠一样伸缩不定。它正从右向左越过路面，朝着大海而去。

“接近成熟期。”迪特林语气平淡，仿佛我们看到的不过是只粘在风挡玻璃上的虫子。

那个脑袋几乎跟我们的一辆车体积相当。在它后面露出了这生物蛇形躯体最前端的几米。身上的图案和我在哈玛德律阿得斯树的螺旋结构上看到的一样，跟蛇皮上的图案很像。

“你认为它有多大？”我问道。

“三十米到三十五米。不是我见过的最大的——我在七一年见过条六十米长的大蛇——绝对不是幼体了。如果它能找到一棵高出森林天篷，并且又不比它的长度高多少的树，它可能就会开始融合。”

蛇头已经到了路的另一边。它缓缓移动，从我们面前蜿蜒而过。

“带我们靠近点。”卡乌拉说。

“等下，”我说道，“你确定？我们在这里很安全。它很快就过去了。我知道，它们没有任何深植体内的防御本能，但它仍然可能觉得我们看起来像是值得一吃的东西。你确定要冒这个险吗？”

“带我们靠近点。”

我启动涡轮机，调到足以让我们离地升起的最低转速，然后让车子向前掠去。人们认为哈玛德律阿得斯感知不到声响，但地面的震动则另当别论。我有些好奇，我们车子的气垫拍击地面的动静，在那条蛇听起来是否完全就像是顿正在自己送上门的美餐。

这条蛇弓起了直径两米的身子，横跨路面的那段总是悬在空中。它继续缓慢而平稳地移动，丝毫没有显露出已经注意到我们存在的迹象。也许迪特林是对的。也许这条蛇感兴趣的只有一件事——找棵合适的大树把自己卷上去。这样它就可以放弃这乏味的蛇生，不必再长着大脑，也不必再四下奔波。

我们现在离它还有五米远。

“停下。”卡乌拉又发话了。

这一次我没有提出异议，直接照办了。我转过头去看他，但他已经跳出车外。我们现在能听到那条蛇穿过灌木丛时发出的声响：低沉的隆隆声，连绵不绝。这根本不像是动物所发出的声音。听起来更像是一辆坦克，在不断前进，碾碎沿途的一切。

卡乌拉重新出现在车旁。他绕到后面存放武器的位置，抽出了他的十字弓。

“哦，别……”我开口阻止，但为时已晚。

他已经给十字弓装上了一支镇静剂飞镖，是用来对付三十米长的成体哈玛德律阿得斯的。这件武器从表面上看，似乎是件华而不实的玩意儿，但这当中其实是有道理的。要麻倒一条成体，我们注射的镇静剂分量要比对付幼体时大很多很多。普通的猎枪不能胜任这样的工作。十字弓则不然，它可以发射大得多的飞镖，而且，虽然它有着明显的缺陷——射程有限，精度不佳。但当你对付的目标是条三十米长、又聋又瞎的大蛇，移动一下它的整个身体需要足足一分钟的时候，这些根本就无关紧要。

“闭嘴，坦纳，”卡乌拉说，“我这么大老远出来，可不是为了看到一条这样的杂种，然后什么都不做就走开的。”

“骆马死了。这意味着我们没人能植入那些控制电极。”

我这些话就跟没说一样。他出发了，沿路向前，一手拿着十字弓，他在武装带下压着的衬衫汗湿了，被他背部发达的肌肉绷得紧紧的。

“坦纳，”吉塔说，“在他受伤之前阻止他。”

“他并没有真正的危险……”我开口说了半句。

但那是谎言，并且我对此心知肚明。如果离一条幼体这么近，那他可能会比较安全，但接近成熟的哈玛德律阿得斯则是另一码事，我们对它们的行为知之甚少。我嘴上咒骂着打开了车门，蹦到车后，拿了把激光步枪。我检查了下能源匣的电量，然后大步追了上去。卡乌拉听到了我踩在泥地上的脚步声，恼怒地扭头回望。

“米拉贝尔！该死的，滚回到车里去！我不许任何人来破坏我的这次猎杀！”

“我会保持距离的。”我喊道。

哈玛德律阿得斯的头部已经消失在另一边的森林中，身体依然有一段呈弧形横跨在道路上方，像座优雅的拱桥。走近之后，它发出的声响听起来分外清晰。我能听到蛇身沿路压断树枝的声音，还有它干燥的外皮摩擦树干的声音。

还有另外一阵噪声——音色相同，但来自完全不同的方向。我的大脑有那么一小会儿慵懒地拒绝得出显而易见的结论，试图想出丛林的声学特性要怎么能够如此有效地将哈玛德律阿得斯的运动声响反射出回音。我还在这么纳闷的时候，第二条大蛇从我右边的树林里冲了出来。它移动的速度和第一条一样并不快，但它离我要近得多，这让同样是每秒大约半米的速度看起来似乎比那条要快得多。它比我们看到的前一条蛇要小，但无论以什么标准来看，还是相当巨大。我想起了关于这种生物的一个令人不安的事实：它们越小，就可以移动得越快……

但那条巨蛇把它长有头冠的三角形脑袋停了下来，停在离我几米远的地方，高出我的头顶上方几米。那没有眼睛的头部看上去像是一只飘浮在天空中的风筝，拖着粗粗的尾巴，恶意满满。

当兵的那些年里，我从未因恐惧而浑身瘫软，动弹不得。我知道有些人发生过这样的情况，但我不明白那怎么可能，不明白那些人到底是怎么回事。如今，在多年以后，我终于深切地体会到这是如何发生的。逃跑反射并没有完全脱离意志的作用：我心里有几分明白，逃跑可能和待在原地不动一样危险。在锁定目标之前，这些大蛇是瞎的，但它们的红外线和嗅觉感官非常灵敏。毫无疑问，它知道我正站在它下方，否则它不会停下来。

我完全不知道该如何是好。

开枪吧，我想……不过现在看来，激光步枪并不是我可以选择的最佳武器。几个穿过它身体的铅笔粗细的小洞对这种生物的行动不会有多少妨碍。瞄准大脑特定功能区的技巧也没有意义：它几乎就没有大脑，哪怕在会吃掉那一小块神经元的幼体诞生之前也是如此。激光是一种脉冲武器，光束持续时间太短，不能当作刀刃。我本该带上我用来对付冒牌货的镰刀……

“坦纳。别动。它锁定了你。”

我从眼角的余光里——现在我根本不敢移动自己的脑袋——看见卡乌拉正以近乎蹲在地上的姿势朝我靠近。他把十字弓架在肩头，眯起眼沿着武器的长柄瞄向前方。

“那只会激怒它而已。”我说话的音量差不多是在窃窃私语。

卡乌拉回我以高声的旁白：“嗯哼。高潮时刻。剂量是准备给第一条的。这条不超过十五米……体积是百分之十二，也就是说剂量大了八倍……”他顿住了话语，停了下脚步。“或许是八倍左右。”

他现在已经进入射程范围。

在我上方，蛇头正左右摇摆，品尝着风中的气味。也许，跟在另一条更大的成体身后的它正迫不及待想要继续前行。但它不能允许自己不调查一下就放走可能存在的猎物。或许它已经几个月没吃东西了。迪特林曾说过，它们在融合之前总是要吃最后一顿的。也许这条太小了，还没准备好去把自己缠到树上，但没有理由假定说它就不饿。

我尽可能缓慢平稳地移动自己的双手，拉下了步枪的保险，感觉着电池放电功率增大时那微不可察的颤抖，还有音量在微微升高的呜呜声。

哈玛德律阿得斯被步枪的声音吸引，朝我垂下了头。

“本武器现已可以使用。”步枪快乐地发出通告。

巨蛇向前扑来，张开大嘴，两只攻击冲刺阶段专用的眼睛在嘴里红色的上颌下朝我闪动光芒，开始进行三角测距。

我开火了，直接一枪打进它嘴里。

蛇头撞上了我旁边的泥土，激光脉冲打乱了它的冲刺。这条大蛇被激怒了，直立起来，嘴张得大大的，发出一声可怕的咆哮，伴着一股满是尸体的屠宰场般的臭气。我一连发射了十次快速脉冲，这一轮速闪齐射在它口腔顶部，打出了十个黑色的弹坑。我可以看到光束造成的伤口，散布在它的后脑上，每个都有手指粗细。我已经打瞎了它。

但它还有足够的记忆力，大致能记住我在哪里。那蛇头再度垂下，我跌跌撞撞向后退去，就在此时，一道明亮的金属闪光从空中划过，卡乌拉的十字弓那里传来嗖的一声。

他的飞镖深深扎进了这条巨蛇的脖子，立即释放出其中储存的镇静剂。

“坦纳！他妈的快躲开！”

他把手伸进武装带，抽出另一枚飞镖，然后将弩机复位，装上第二枚飞镖。片刻之后，这枚飞镖和前一枚在蛇脖上胜利会合了。如果他的计算无误，并且这两枚飞镖都是按照那条更大的成体准备的，那就意味着这个样本被注入了大约十六倍于沉睡所需剂量的药物。

我现在脱离了危险，但我仍在继续开火。现在我意识到我们还有另一个麻烦……

“卡乌拉……”我说道。

他一定也发现了我在看着远处，而不是看着他。因为他停了下来，回头看了看，伸出去要拿另一枚飞镖的手僵在了半空中。

另一条蛇绕了个大圈，现在它的脑袋从路左边冒了出来，离卡乌拉只有二十米远。

“求救讯号……”他说道。

在此之前，我们甚至完全不知道这种动物之间会互相通信。但他是对的：我打伤了一条较小的蛇，引来了第一条蛇的兴趣，于是现在卡乌拉被困在了两条哈玛德律阿得斯之间。

但这时那条较小的蛇开始倒下。

它死去得一点也不突然。更像是一艘飞艇，缓缓下坠。它的头部沉向地面，脖颈已经无法提供支撑了，因为它自身已经无可挽回地耷拉下去。

有什么东西碰了下我的肩膀。

“站到边上去，兄弟。”迪特林说。

我感觉自己离开车子好像已经有一年了，但实际上可能只有半分钟。迪特林不可能在我身后很远，但在刚才那段时间里，我和卡乌拉都感到完全孤立无援。

我看了看迪特林携带的武器，与我想象中最适合眼下任务的武器比较了下。

“真不错。”我说。

“适材适所，仅此而已。”

他挤到我身前，肩上扛着他从武器架上抽出的亚光黑色火箭筒。火箭筒侧面有个天蝎座浅浮雕，还有个不对称的半圆形突起，是个硕大的弹匣。一个瞄准屏幕飞快地在他眼前旋转就位，上面数据和靶心覆盖图滚滚而过。迪特林把它推到一边，向后面瞥了一眼，确信我在反后坐力喷流的范围之外，然后扣下了扳机。

他射出的头一发就在第一条蛇身上炸出了一个大洞，前后对穿。他从这条“隧道”中走过，靴子咯吱咯吱地踩在那恐怖的猩红色地毯上。

卡乌拉将最后一枚飞镖射到了那条大些的蛇身上，但这会儿他剩下的镇静剂分量仅够放翻体形小得多的动物了。大蛇看样子都没注意到自己被击中了。我知道，它们浑身上下几乎都没几个痛觉感受器。

迪特林走到了他跟前，靴子直到膝盖上都一片血红。那条成体还在靠近，它的头部离他们俩不到十米了。

两个人握了握手，交换了手中的武器。

迪特林转过身背对着卡乌拉，平静地迈步回头向我走来。他把十字弓夹在臂弯里，因为它现在已经派不上用场了。

卡乌拉举起火箭筒，开始对那条巨蛇输出巨大的伤害。

那样子并不赏心悦目。他将火箭筒设置为快速开火模式，迷你火箭弹川流不息地从炮口吐出，每秒钟两枚。他对这条巨蛇所做的一切更像是在一点点地修剪植物。他首先炸掉了蛇头，让被截断的脖子悬在空中，圆形的外缘血淋淋的。但那生物仍在继续移动。显然，失去大脑对它来说其实并不算严重的残缺。它滑行前进时发出的呼啸声丝毫没有减弱。

所以卡乌拉继续射击。

他站在原地，双脚分开，将一枚又一枚火箭弹送进蛇身上的伤口，给他两旁的树木涂抹上越来越多的血肉。巨蛇还在继续靠近，但是现在过来的部分越来越少，躯体随着接近尾部越来越细。最终，只剩下十米长的躯体抽搐着倒在了地上。卡乌拉又补了最后一发火箭弹，然后转身朝我走来，迈着和迪特林同样干净利落的步伐。

当他靠近我时，我看到他的衬衫现在蒙上了红色的血膜，脸上仿佛抹了一层薄薄的胭脂。他把火箭筒递给我。我关上了武器保险，虽然几乎没有必要：我看得出，他之前打出的最后一发火箭弹，同时也是弹匣里的最后一发了。

回到车上后，我打开装有备用弹匣的箱子，往火箭筒里安进一个新弹匣，然后把它和其他武器放到一块。卡乌拉看着我，好像期望我对他说些什么。但我能说什么呢？他的狩猎技能我实在难以恭维。只要有足够的勇气，还有能拿稳火箭筒的体力，一个孩子也能以完全相同的方式杀死这条蛇。

所以我只是看着横在我们面前的那两只被残忍屠杀的动物，它们已然面目全非。

“我认为即使骆马还活着也帮不上什么忙。”我说。

他看着我，然后摇了摇头，既厌恶我所犯下的错误——我迫使他为拯救我的区区性命，失去了捕捉猎物的机会——也承认我说的是实话。

“开车吧，坦纳。”他说。

那天晚上，我们建立了伏击营地。

奥卡尼亚提供的轨迹表明，瑞维奇的队伍在我们阵地以北三十千米处向南移动，维持着他几天来一直如此的稳定速度。他们似乎没有像我们一样休息一整夜，但由于平均速度没我们的这么快，他们一天走出的距离也并不比我们远多少。在我们双方之间有条河需要涉水而过，但是如果瑞维奇没有犯什么严重的错误，或者决定不按常规停下来过夜，他在黎明前仍然会抵达离我们五千米的地方。

我们搭起了气泡帐篷，这次把每个都用迷彩变色面料包裹了起来。我们现在已经深入到哈玛德律阿得斯出没之地，所以我仔仔细细地用深度感知热视仪和声波传感器搜索了周围的区域。它们能感知任何中等大小的成体碾轧植被的运动。幼体则另当别论，但至少幼体不会把我们整个营地碾个稀巴烂。迪特林检查了这一片的哈玛德律阿得斯树，确认它们在最近一段时间内都没有释放出过幼体。

“所以，只需要担心其他十几种本地掠食者就好。”他在一个气泡帐篷外面跟我和卡乌拉会面时说道。

“也许这事是季节性的，”卡乌拉说，“我是说那些家伙生崽的时间。那对我们下一次的狩猎之旅可能会有影响。我们应该合理规划。”

我心知肚明他的打算，不以为然地看着他。“你还是想把骆马那套玩具派上用场？”

“对那位好大夫，这是最好的致敬了，不是吗？他一定会喜欢的。”

“也许吧。”我回想起那两条在我们面前横穿道路的大蛇，“我还知道，我们之前差点就被杀了。”

他耸耸肩。“教科书上说它们不会成对旅行。”

“所以你事先做了功课。但那没用，不是吗？”

“我们逃脱了厄运。而且并不是因为你，坦纳……”他狠狠地看着我，然后朝迪特林点点头，“至少这个男人知道需要什么样的武器。”

“火箭筒？”我说，“是的。很好用，对吧？但在我看来那不能叫作打猎。”

“到那个时候本来就不是打猎了。”卡乌拉说。他的情绪突然转变，把手放在我的肩膀上。“尽管如此，你用那把激光枪已经做到最好了。而我们学到了宝贵的经验，我们下个狩猎季节回来时这些都会大有裨益。”

我看出他非常严肃。他真的很想抓到近乎成熟的哈玛德律阿得斯。“好吧。”我扭动身子挣脱了他的手，“但下次我会让迪特林负责整个探险。我会留在爬虫馆，完成你付钱让我做的那份工作。”

“是我付钱让你来这里的。”卡乌拉说。

“是的。来干掉瑞维奇。但按我上次检查雇佣合同时所见，猎杀巨蛇并不在我的工作范围之中。”

他叹了口气。“瑞维奇仍然是我们的首要目标，坦纳。”

“真的吗？”

“当然。其他的都只是……沿途的风景。”他点点头，然后钻进他的气泡帐篷中。

迪特林张开了口。“听我说，哥们儿……”

“我明白的。你不必道歉。你选择火箭筒是对的，而我犯了个错误。”

迪特林点点头，然后走到武器架旁，挑出另一把枪。他拿枪虚瞄了下，然后把枪带挂到自己肩头。

“你要干什么？”

“我准备把这片区域再巡查一遍。”

我注意到他身上没带图像增强眼镜。“米盖尔，天快黑了……”我朝着我自己的那副眼镜点点头。放着眼镜的桌子紧挨着地图，地图上正显示出瑞维奇的行程进度。

但米盖尔·迪特林只是笑了笑，然后转身离去。

过了很长一段时间，在我设置好了大约一半的死亡陷阱和伏击圈套之后（剩下的我会在日出时进行布置，如果现在做的话，会有很大危险伤害到我们自己），卡乌拉邀请我到他的帐篷里。

“怎么？”我已经准备好听到又一个新命令了。

在气泡帐篷的辉光灯发出的乏味绿光中，卡乌拉伸手指向一个棋盘。

“我需要一名对手。”

棋盘放在一张折叠式牌桌上，两边各有一张帆布靠背的折叠式座椅。我耸耸肩。我下棋，甚至还下得很不错，但这游戏对我来说没什么吸引力。我就像对待任何其他任务一样开始挪动棋子，心知肚明我不可以让自己取得胜利。

卡乌拉俯看着棋盘。他穿着一套有绑带的迷彩服，腰带上系着些大大小小的匕首和手雷，脖子上挂着个海豚吊坠。他的手在棋盘上移动，那样子让我觉得他像个古代的将军，正往巨大的沙盘上摆放小坦克和步兵。在下棋的时候他的面孔始终保持着冷静沉着，那些辉光灯的绿色光芒在他的眼睛里映出奇怪的反光，就好像那些光芒部分来自他的体内。吉塔一直坐在我们旁边，几乎不言不语，只偶尔给她丈夫倒一丁点皮斯科酒。

这局棋对我来说很艰难——难点在于我要强迫自己出现战术失误。我作为棋手要比卡乌拉高明得多，但他不太喜欢输棋。另外，他又足够精明，能估量出对手是否全力以赴，所以我必须同时满足他这两方面的欲求。我行棋凶狠，把卡乌拉逼进死角，但同时在我的棋子走位当中藏进一个弱点——非常微妙，但确实足以致命的弱点。然后，就在我看似马上要将死他的时候，我再让自己的弱点暴露出来，就像突然间绽开一道细细的裂口。不过，有时他没能发现我的弱点，我除了让他输掉之外别无选择。在这种情况下我就无能为力了，顶多也只能尽量看起来只是勉强取胜。

“你再次击败了我，坦纳……”

“不过你下得很不错。你总得允许我偶尔取得胜利吧。”

吉塔出现在她丈夫身边，又往他的杯子里倾入了少许皮斯科酒。

“坦纳一直都下得很好，”她看着我说道，“所以他才是你的好对手。”

我耸了耸肩。“我尽力而为。”

卡乌拉把桌上的棋子一把扫开，好像个闹脾气的小孩，但他的声音却依然平静：“再来一局？”

“为什么不呢？”我说话时心中索然无趣地确信，这一局我必须输掉才行。

我们下完了棋。卡乌拉和我喝干净了最后几滴皮斯科酒，然后对我们的伏击计划进行了复盘，尽管我们已经反反复复检查过几十次，已经没有什么可发现的了。但这是种仪式，我们不得不忍受。之后我们最后对武器做了一次检查，然后卡乌拉拿起他的枪，在我耳边轻声说话。

“我要出去一会儿，坦纳。我想要最后练习下枪法。我希望在练完之前不被打扰。”

“瑞维奇可能会看到闪光。”

“恶劣天气即将来临，”卡乌拉说，“他会以为那是闪电的。”

我点了点头，坚持检查了一下枪械设置，然后放他溜了出去。他没有带电筒，背上斜挎着微型激光发射器，很快就消失不见。今晚夜色漆黑，我希望他能切实找到穿过这片空地周围丛林的道路。像迪特林一样，他坚信自己在黑暗中也能够看得清楚。

几分钟后，我听到了他用武器打出的节拍：有规律的发射，隔一两秒一次，然后会停顿比较长时间，那表明他正在检查自己的射击模式，或是选择新的目标。每次激光脉冲都制造出一阵强烈的闪光，令树冠上的野生动物纷纷惊起，一道道黑色的身影在星空下掠过。然后我看到了另一个东西——同样是黑色的，但尺度巨大得多——正渐渐挡住西面的一整片星星。那是一场风暴，正如卡乌拉预测的那样，从海洋中悄然而来，准备让整个大半岛进入雨季。夜晚的空气先前平静而温暖，现在渐渐开始骚动，微风舞弄着树梢，仿佛在认可我的判断。我回到帐篷，找出个手电筒，开始追寻卡乌拉走过的路径；他的枪还在断断续续地发出激光脉冲，像是一座灯塔，为我指明了方向。前方树下的灌木丛越来越危机四伏，我花了好几分钟才找到卡乌拉，他正站在一块空地上，还在开枪。我把灯光照到他身上，告知他我的到来。

他依旧在扣动扳机，发射脉冲。“我告诉过你别打扰我的，坦纳。”

“我知道，但暴风雨要来了。我担心在下雨之前你都注意不到，然后你可能会找不到回营地的路。”

“是我告诉你暴风雨要来的。”他说话时没有转身面对我，仍然全神贯注于他的打靶练习。我几乎看不清他在打什么；他的激光脉冲切入漆黑的夜色中，远处看不到任何细节，仿佛一片虚无。但我注意到，每发脉冲都非常精确地追逐着前一发的弹道，即使在他调整姿势，或者松开枪托让另一个能源匣滑入枪中之后也一样。

“不管怎样，已经很晚了。我们应该去睡会儿。如果瑞维奇途中耽搁了，明天可能会是漫长的一天，为此我们需要保持敏锐。”

“当然，你是对的。”他斟酌了一番之后说道，“我只想确保如果我愿意的话，我能把这个浑蛋给打残。”

“打残他？我还以为我们是准备干净利落地杀了他。”

“那有什么意义？”

我走向他。“杀了他是一回事。他绝对是想杀了你，所以这样做是有道理的。但他没做任何会让你如此仇恨他的事情，不是吗？”

他顺着枪身看了看，又扣动扳机发出了一道脉冲。“谁规定他必须要做什么才会这样了，坦纳？”

然后他把枪托和瞄准器调整到存放模式，让枪滑回背上的枪带里；那样子看起来就像是一根细弱的绳索，绑在一头巨鲸身上。

我们默默无言地朝着营地走去，暴风云团在我们头顶不断膨胀，犹如一道黑曜石的峭壁，其中孕育着闪电惊雷。我们到达营地时，第一批雨点正好在穿过树顶的枝叶落下。我们检查了枪支是否做好了风雨防护，打开了我们的周界入侵探测器，然后把自己封闭到帐篷里。雨水开始敲打篷布，就像无数不耐烦的手指在敲击桌面，雷霆在南方某处咆哮。但我们准备完毕，就回到了我们的铺位上，在我们必须起床去逮住我们的目标之前能睡一会儿是一会儿。

“今晚睡个好觉，”卡乌拉从我帐篷的开口探出了头，“为了明天的战斗。”

天还是黑的。暴风雨仍在肆虐。我醒来了，听着密集的雨点击打在气泡帐篷布料上发出的声音。

有件事让我心中烦乱，烦到甚至从睡梦中醒来。这样的状况偶尔发生。我的头脑在努力解决一个问题，这问题原本在白天看起来十分简单明了，直到我的大脑在其中发现了一个意想不到的麻烦。爬虫馆有些甚是细小的安全漏洞我就是通过这种方式给填补上的，我想象自己是一名入侵者，然后设计出方法，穿破一些在之前我一直认为绝对安全的屏障。我醒来时的感觉正是如此：有些隐而不显的东西忽然在我眼前现形。我先入为主地犯了一个可怕的错误。但有一阵子我不太想得起梦中的细节，哪怕那是我孜孜不倦运转的潜意识赐予我的知识。

然后我意识到我们正在遭到攻击。

“不……”我开口说道。

但那时已经太迟了。

关于战争及其影响我们的方式，有条最切实不过的真理：许多陈词滥调离现实并不遥远。战争是不活跃的巨大深坑，短暂而让人惊愕的行动穿插其间。在那些令人惊愕的短暂插曲到来的时候，事情发生得既迅如闪电又缓若幻梦，每一个瞬间都会被深深烙入记忆之中。在像伏击突袭这样紧张激烈的场景当中，情况尤其如此。

没有任何警报。也许有什么东西进入了我的梦中，引发了我的警觉，于是突袭和对自己错误的认知一道将我从睡梦中唤醒，但是当我醒来时，我已经不记得那是什么东西了。也许是他们在关闭周边入侵警报系统时发出了响动，或者可能只是一只脚踢到了灌木发出咔嚓一响，抑或是某只动物受到了惊吓，发出一声警号。

反正结果都没差别。

前来袭击的有三个人，我们这边有八个，但他们极其轻松地将我们一一放倒。这三个人穿着迷彩战斗服，这种能变化形状、改变质地和颜色的装备将他们从头到脚包裹其中：像这样的全身套装比一般民兵拥有的更先进，是只能从超空人那边才能买到的技术。这是自然的——瑞维奇也在和那艘近光船的船员打交道。也许他还额外付钱给那些人，让他们欺骗卡乌拉，提供错误的位置信息。此外，还有一种可能，我的大脑在睡眠期间想到了的可能。

也许瑞维奇的人马分成了两支队伍，其中一支带着被奥卡尼亚监视的重武器向南移动，现在在这里北面三十千米的地方。我曾经以为他们只有那一支队伍。但如果有第二支队伍走在他们前方呢？也许那些人携带着不会被超空人发现的轻型装备。出其不意的优势可以大大弥补火力上的不足。

事实也正是如此。

他们的武器并不比我们的更加先进，或是更加致命，但他们用得极其精准。营地外面站岗的守卫还来不及拿起自己的武器举枪瞄准，就被射杀了。但到了这一步我仍然没有意识到攻击已经开始；我仍在挣扎着从睡眠中醒来，起初还以为外面的激光脉冲和能量释放的爆裂声都不过是风暴进入大半岛深处时的垂死痉挛。这时我听到了惨叫声，然后才开始意识到发生了什么。

当然，到那时，不管想做什么都为时已晚。

第二十一章

我总算醒了。我在洒进斑马房间的金色晨光中又躺了好久，任那些梦境在我的脑海里反复播放，直到最后我终于可以让它们安歇，然后开始检查我的伤腿。

那台治疗机器人所利用的医疗科技水平远远超出我们斯凯先手星，它在这一夜之间就创造了奇迹。之前的伤口现在只不过是皮肤上一片新长出来，还有些发白的星形痕迹，残余的伤害主要是心理上的——我的大脑拒绝接受我现在已经完全有能力发挥出这条伤腿的正常功用的事实。我从沙发上站起来，试着笨拙地迈了几步，最终成功地穿过崎岖不平的梯田式地板，走到了最近的窗户前；沿途的家具会友好地向旁边移开，方便我通行。

在白天，或者说在渊堑城被当作白天的这个时段，城市中心的巨大空洞看起来更近了，更加让人头晕目眩。不难想象，它对首次来到黄石星的探险者会具备何等巨大的吸引力，无论他们是诞生自机器人子宫中，抑或是晚些时候搭乘着第一艘安全堪虞的星际飞船都一样[1]。当大气层中的各种条件合适之际，从渊堑中外逸的暖湿气体形成的斑块甚至从太空中就肉眼可见。

不管他们是乘坐爬行车在路上穿行，还是破云而出低空掠过，第一眼看到渊堑时都不可能不为之神魂摇荡。上千个世纪前，有什么东西重创了这颗行星，制造出这个巨大的伤口，至今仍未愈合。据说，有些人已经装备着脆弱的压力服潜入深渊底部，在那里发现了足以成为立国之基的宝藏。如果是这样的话，那他们肯定是将这些财宝珍之重之，秘密收藏起来了。但这种传说并没有阻止其他人——其他的投机者和冒险家——继续前来此地；他们围绕这里渐渐积累起来一星半点的财物，那些活动最终孕育出了这座城市。

对这个巨洞的成因，没有哪个理论被人们普遍接受，尽管周围的破火山口——渊堑城就位于其中，靠它遮蔽狂风和山洪的袭击或是甲烷氨冰川的侵蚀——暗示发生过一次相当可怕的灾难，并且在地质时间尺度上那仅仅是不久之前——离现在足够近，形成的地貌才不会被风化和地壳构造重塑过程抹去。黄石星可能与它的气态巨行星邻居有过一次亲密接触，后者将能量注入了行星的核心，而这条裂口就是能量慢慢流回太空的途径之一。但首先必须有什么东西打通这条逃逸路线。有理论认为，可能有微小黑洞撞到了地壳，又或者是夸克物质的碎片，但没人真正知道发生了什么。也有些荒唐的流言和神话，说是有外星人在地壳下打洞，说有证据表明渊堑在一定程度上是人为的，虽然不一定是故意的。也许那些外星人来到这里的原因和地球人一样，是要开发渊堑中的能源和化学资源。我可以非常清楚地看到城市那些触手般的管道，像无数贪婪的手指向下延伸，一直伸到深渊之底。

“别假装你没被震撼到，”斑马说，“有些人会为了看一眼这样的景色动手杀人。仔细想想，我认识的人里面很可能就有人已经这么做过。”

“这倒并不会让我感到惊讶。”

斑马不知何时悄然无声地走进了房间。乍看起来她似乎一丝不挂，但随后

1.后美利坚人的殖民活动往往通过发射携带胚胎的无人飞船进行。

我看出，她其实穿着一整套衣服，但这件礼服的透明度高得惊人，让我觉得它完全可能是由轻烟所制[1]。

她带来了我的冰封托钵僧病号服，洗得干干净净，叠得整整齐齐。

我现在可以看出，她很瘦。在那薄薄的蓝灰色礼服下，她的整个身躯上都覆盖着黑色的条纹，条纹走向和她的身体曲线一致，遮住了她的私密区域。条纹对她身体的玲珑凸凹同时有隐藏作用和强调作用，让她在向我走来时每迈出一步形体都会发生变化。她的头发梳成一条僵直的麻花辫，在后背一直下垂到臀部隆起的条纹上方。她走路的时候，姿态接近于芭蕾舞演员的滑行，那双蹄状的纤足主要是用来将她固定在地面上，而不是支撑她的体重。我现在看得出来，如果她选择加入狩猎游戏，她会成为一个技术相当不凡的猎人。毕竟，她猎获了我——虽然只是为了破坏她的敌人的娱乐活动。

“在我来的那个星球上，”我说，“这会被认为是挑逗。”

“嗯，这不是斯凯先手星的作风，”她边说边把我的衣服放到沙发上，“甚至也不是黄石星式的。在天篷区，我们基本上是随自己喜欢做事。”她把双掌按在自己身上，一路下抚，直至臀部。

“如果我下面的话听起来粗鲁无礼，尚请见谅，但……你是天生就这样吗？”

“完全不是。值得一提的是，我也并非一直都是女性，并且我很怀疑我余生都会保持现在的状态。我当然也不会一直被称作斑马。谁会选择被一副躯壳、一个身份所束缚？”

“我不知道，”我小心翼翼地说，“但在斯凯先手星，大多数人根本没能力以任何方式像这样改变自我。”

“是的。我的印象是你们一直都在忙着自相残杀。”

“对我们的历史而言这个总括可谓相当简略啊，但我不觉得它离事实太远。无论如何，你对我们的历史到底了解多少？”我又想起了那个令人不安的关于

1.从描述看，这是用气凝胶制成的衣服。

卡乌拉营地的梦境，想起了吉塔在梦里看着我的样子；自从斑马进入房间以来已经好几次了。吉塔和斑马在细节上没有太多共同点，但在我大梦初醒，脑子还有些迷糊的状态下，我发现很容易将吉塔的一些属性移到斑马身上：轻盈的身材，高高的颧骨，深色的头发。我并不是没有发现斑马本身的魅力。但她比我曾与之共处一室的任何生物——不管是人类还是其他——都更离奇古怪。

“我知道的够多了，”斑马说，“我们中有些人对你们的历史非常感兴趣，一种变态扭曲的兴趣。我们发现它既有趣又古怪，同时还很可怕。”

我对着被夹在墙里的人们点点头，我觉得这群像应该是件艺术品。

“而我发现，这里发生了些相当可怕的事情。”

“哦，确实如此。但我们熬过来了，而且我们这些活下来的人从来没有真正体验过瘟疫最凶猛的攻击。”她现在站得离我很近，我第一次感到自己被她唤起了欲念，“与那场瘟疫相比，战争看起来显得离奇古怪。我们的敌人是我们的城市，是我们自己的身体。”

我抓住她的一只手，握在自己的手中，按到我胸口上。“你是什么人，斑马？还有，你到底为什么想要帮我？”

“我想，这个问题我们昨晚已经讨论过了。”

“我知道，但是……”我的声音自己听起来都底气不足，“他们还在追我，是吗？追猎不会因为你把我带到天篷区就结束。”

“你只要待在这里就是安全的。我的房间有电子屏蔽，所以他们无法准确定位你的植入物。此外，天篷区本身是游戏禁区。玩家们不想太过引人注意。”

“所以我必须要在这里度过余生？”

“不，坦纳。再过两天，你就安全了。”她从我的手中抽出了自己的手，轻轻抚摸我头部侧面，找到了植入物所在的鼓包。“韦弗里放在你脑袋里的东西有内置程序，会在五十二小时后停止信号传输。他们喜欢这样的玩法。”

“五十二小时？韦弗里提到的小规则之一？”

斑马点点头。“当然，他们也尝试过不同的持续时间。”

太久了。瑞维奇给我留下的踪迹现在就够难追踪了，如果我再等两天，我就连半点机会都没有了。

“他们为什么玩这个游戏？”我边说边暗自忖度她的回答是否会和黄包车小子胡安告诉我的相符。

“他们太无聊了，”斑马说，“我们这里很多人都已超越死亡。即便是现在，即便有了瘟疫，死亡对我们大多数人来说仍然是件在遥远的未来才需要担心的事情。也许现在不像七年前那么遥远了，但对我们来说，它仍然不会成为生机活力的来源，不像在你们凡人身上那样。那个细小的，几乎听不到的声音会敦促你，今天就做，因为明天可能就太晚了……而我们大多数人都不会这样。两百年来，黄石星的社会几乎没有变化。再伟大的艺术作品也犯不着明天就去动手创作。反正你总可以花上五十年设计出一个更好的。”

“我理解了，”我说，“至少，理解了一部分。但现在应该不一样了。瘟疫不是让你们大部分人又变成凡人了吗？我以为它让你们的医学疗法失效了，似乎是干扰了你们细胞内的机器？”

“是的，确实如此。必须指示医疗微械自行分解，变成无害的尘埃，否则它们就会杀死你。而且还不止于此。基因工程也很难实施了，因为它们在重写脱氧核糖核酸链的过程中进行的调控严重依赖于医疗微械。唯一没问题的人是那些从父母那里继承了超长寿基因的人，但这部分人从来都不占多数。”

“不过，并不是所有人都必须弃绝长生之道。”

“对，当然不是所有……”她顿了一下，似乎在整理思绪，“你应该看到过的，隐匿者——他们体内仍然保留着所有的机器，不断修复细胞损伤。但是他们为此付出的代价是他们不能在城市里自由行动。一旦他们离开轿子，他们必须将自己限制在少数环境中可以保证没有残留瘟疫孢子的区域里，而且即便如此还是有点危险。”

我看着斑马，试图判断她的状况。“但你不是个隐匿者。你不再长生不朽了吗？”

“不，坦纳……事情远没有那么简单。”

“那么实际上是？”

“瘟疫过后，我们中某些人发现了一种新技术。它使我们能够保留自己体内的机器——至少是大部分——并且在城市中行走时无须额外保护。它是一种药物疗法，一种药剂。它有很多功能，没有人知道它是如何起效的，但它似乎能保护我们的机器免遭瘟疫侵害，或者在有瘟疫孢子进入我们身体时，降低它的效力。”

“这种药物……是什么样的？”

“你不会想知道的，坦纳。”

“假如我也对长生不朽感兴趣呢？”

“真的吗？”

“只是假设如此，仅此而已。”

“我想也是，”斑马睿智地点了点头，“在你来的地方，长生不朽是种毫无意义的奢侈，不是吗？”

“对那些并非木乃欧后裔的人来说的确如此。”

“木乃欧？”

“在圣地亚哥号上时我们是这么称呼那些休眠者的——他们是长生不朽的，而船员们不是。”

“我们？你说得好像你真的在那里一样。”

“口误。关键是，如果你甚至没法活过十年而不吃枪子，或不在某次冲突中被炸飞，那长生就没什么实际意义。此外，超空人要的那个天价，就算有人想要也没人买得起。”

“那么你想要吗，坦纳·米拉贝尔？”她吻了我一下，抽身后退，和我四目相对，那样子跟我梦里的吉塔太像了。“我想和你做爱，坦纳。你觉得很震惊吗？你不该那么觉得。你是个有魅力的男人。你跟我们不一样。我们的游戏，你并不参与，甚至都不理解；尽管我认为如果你愿意的话，我们的游戏你可以玩得很好。我不知道该怎么才能真正了解你。”

“我也有同样的问题，”我说，“我的过去远在异域他乡。”

“不错的台词，只是毫无独创性[1]。”

“抱歉。”

“但在某种程度上，这是老实话，不是吗？韦弗里告诉我，他对你进行搜思时，提取不到任何界限清晰的记忆。他说感觉就像是在努力把打碎的花瓶拼起来。不对，他当时并不是这么说的。他说，感觉几乎就像在努力试图把两个，甚至三个被打碎的花瓶拼回去，而且还不知道哪块碎片属于哪个花瓶。”

“复苏失忆症。”我说。

“嗯，也许吧。韦弗里说，你脑子里的混乱局面看起来比那要更复杂一点……但我们先别谈他了。”

“好的。不过你还是没有告诉我那种药物疗法的详情。”

“你为什么对它这么感兴趣？”

“因为我觉得我可能已经遇到过它了。那就是梦幻燃料，对不对？你姐姐就是在调查这东西的时候惹上了麻烦而被杀的。”

她回答时语速慢而审慎：“那件大衣……那不是你的，对吗？”

“不，我从某位好心人那里得到的。那有什么关系吗？”

“让我觉得你可能想骗我。不过，你是真的不太了解梦幻燃料，对吗？”

“直到几天前我还从没听说过这玩意儿。”

“那么有件事情可能应该让你知道，”斑马说，“昨晚我给你注射了少量的梦幻燃料。”

“什么？”

“我向你保证，真的不多。我大概应该先问你，但你受伤了，很累，而且我知道风险很小。”然后她让我看了看那把小小的青铜缔婚枪，她刚用过，在弹匣里还有满满一小瓶梦幻燃料。“梦幻燃料保护着我们这些体内仍有纳米机器的人，但它对所有人都有治疗作用。所以我给你来了些。我得再去弄一些来。”

1. 前文主角的话系引用英国小说名作《送信人》（后改编成电影，影片名或译《幽情密使》）开篇名句，略有改动。

“容易搞到吗？”

她对我露出个似笑非笑的表情，然后摇了摇头。“现在不像以前那么容易了。除非你有基迪恩的热线电话。”

我正要问她关于大衣的那些话是什么意思，但这时她的话让我的注意力转移了。我觉得这个名字我以前从没听到过。

“基迪恩？”

“他是个黑帮老大。没人了解他，谁都不知道他长什么样，住在哪里。只知道他完全控制了整个城市的梦幻燃料供应，以及他手下的人对待他们的工作非常认真。”

“现在他们限制了药品供应？趁着所有人都渐渐沉迷其中的时候？也许我应该和基迪恩谈谈。”

“如果不是迫不得已，就别跟他们扯上更多关系，坦纳。基迪恩会带来厄运。”

“你听起来好像是有切肤之痛。”

“我的确有。”斑马走到窗前，一只手滑过玻璃，“我之前告诉过你马芙拉的事，坦纳。我的姐姐，她以前很喜欢这里的风景。没错吧？”我点点头，回忆起我们抵达这里之后不久的交谈。“我也告诉过你，她已经死了。嗯，我姐姐就是跟基迪恩的人扯上了关系。”

“是他们杀了你姐姐？”

“我永远无法确定，但我是这么认为的。马芙拉认为他们通过扣留一种这个城市必需的物资，扼住了我们的咽喉。梦幻燃料这东西很危险，坦纳——完全不够分的，而且对我们大多数人来说，它是可以想象到的最珍贵的物质。它不只是一种可以让人们为它互相残杀的东西，还是一种可以让人们为它掀起战争的东西。”

“所以她想说服基迪恩放开供应？”

“她没这么天真，马芙拉是个很现实的人。她知道基迪恩不会轻易放手的。但如果她能搞清这东西是如何制造出来的——甚至只要搞清楚它到底是什么——她就能把这宝贵的知识传授给其他人，这样他们就能自己合成这种材料。至少她可以打破垄断。”

“她的努力让我肃然起敬。她一定知道这或许会要了她的性命。”

“是的。她就是那样的人。她一旦开始探求就不会放弃。”斑马愣了会儿神，“我一直向她保证，如果发生什么事，我会……”

“从她停下的地方继续前行？”

“差不多吧。”

“也许还不算太晚。当这一切都过去之后……”我摸了摸自己的脑袋，“也许我会帮你找到基迪恩。”

“你为什么要这么做？”

“你帮了我，斑马。我起码要为你做点事。”而且，我想，因为马芙拉听起来跟我很像。也许她已经快要找到她所追索的目标了。如果是这样的话，那些还记得她的人——我现在也算其中之一——应该把她的工作继续下去。还有些别的因素。

关于基迪恩的一些描述，以及他让我想起的那个人——像只蜘蛛一样，在黑暗里盘踞于大网中央，掌控一切，幻想着自己完全无懈可击。我又想起了卡乌拉，想起了在睡眠中从我脑海里流过的事情。“你给我打了梦幻燃料。所以我才会做那么奇怪的梦吗？”

“有时候会这样。尤其是你第一次用药的时候。它会在你的大脑中展开工作，修补神经连接。这就是为什么他们称它为梦幻燃料。但这只是它作用的一部分。”

“那会让我也长生不朽？”

斑马让那烟灰色的外袍从自己身上脱落，我把她拉进怀中，看着她的脸。

“就今天而言，是的。”

我比斑马先醒来，穿上她洗干净的冰封托钵僧衣服，悄然无声地在她的屋子里走来走去，直到找齐自己要找的东西。我的手在她用来救我的那件大型武器上徘徊；她之前把它随手放在了她公寓的门口那里，就像丢下一根拐杖。等离子步枪在斯凯先手星上可算是相当实用的重火力，在城市里使用它看起来简直想想就让人害怕。同样，死亡也是如此。

我举起了这把武器。它跟我用过的所有枪械都有些不同，但控制按钮的排布一目了然，上面显示的读数也是我很熟悉的那些状态数值。这是件非常精巧的武器，我认为只要接触过痕量的瘟疫病原体，这东西就撑不了很久。但这并不是把它就这么放在那里的理由，这样子几乎是在引诱我把它偷走。

“斑马，你太大意了，”我说，“真的非常粗心大意。”

我回想起前天晚上的情景，当时她的脑子里肯定主要是在考虑我的伤势。她把枪扔在门口，然后就把它忘得一干二净，这看起来或许并不难理解，但仍属轻忽大意。我把枪重新放下，没发出半点声响。

我回到了房间里，这时斑马还在睡觉。我不得不小心翼翼地走动，尽量避免让家具有不必要的动作，以防微弱的噪声和运动吵醒她。我找到了她的大衣，翻遍了所有口袋。

现钞，而且有很多。

还有一套那把等离子步枪的能量电池匣，都充满了电。我把钱和电池塞进从瓦迪姆那里弄来的大衣口袋里——斑马之前还对这件衣服很感兴趣——然后犹豫着要不要留张字条。最后，我找到了纸和笔——瘟疫过后，老式的书写材料肯定是又开始流行起来——草草写下几行文字，大意是我对她所做的一切表示感谢，但我不是那种在明知道自己被追捕的情况下还能安然待个两三天的人，哪怕她给我提供了庇护所也一样。

出去的路上我顺手拿上了那把等离子枪。

她的缆车还停在离开时的位置，就在她屋子附近的一个停车位里。她在这里也粗心大意了一次——车子仍处于启动状态，它的控制面板依旧亮着，在等待指示。

我观察过她怎么操纵控制车子，并且从中判断出，驾驶是半自动的——司机不必具体选择利用哪根缆绳，只需使用操纵杆和油门控制器将车辆指向特定的方向和设定速度。缆车的内置处理器会完成剩下的工作：选择能够实现要求的路线，并让效率达到或者接近最佳的缆绳。如果司机试图将车子开向天篷区中没有缆绳的区域，缆车可能会拒绝这个指令，或者选择一条迂回路线来抵达同样的目的地。

也许操作缆车的技巧不止我以为的这么一点，因为一上路我感觉晕得厉害，就像乘着一艘在狂风暴雨中颠簸的小船。然而，我还是成功地让缆车继续前进，从天篷区晶体点阵般的网格中穿行而下，尽管我压根不知道我具体在去向何处。我心中确实有个目的地——事实上，是个非常具体的地点——但夜间的一番移动已经把我的方向感搅得稀烂，而且我也不知道斑马的公寓所在的方位，只知道它靠近渊堑。现在总算是天亮了，清早的阳光正从“大蚊帐”的侧面升起，让我得以看到城市的远方，渐渐从扭曲变形的建筑中辨认出某些独具特色的大楼，我昨天肯定从其他角度和高度看到过它们。那边有栋建筑，看起来诡异得像是只人手，从空中向下抓去，向外延伸的“手指”化作卷须，迅速地和来自相邻建筑的其他卷须融合到一起。这边的另一栋大楼会让人联想起一棵橡树；还有其他一些建筑，向外扩展蔓延，形成一大片破碎的泡沫，好似一张受鼠疫严重感染的面孔。

天篷区已经到了我的头顶上，像是一片纹理怪异的云层般越升越高；我让缆车继续向下，进入将天篷区与地沤区分隔开来、无人居住的荒凉地带。现在缆车颠簸得越发厉害了——它可以抓住发力的位置更少了，沿着单条缆绳滑降的那些让人加倍反胃的路程更长了。

到这会儿，我觉得斑马应该已经注意到我消失不见了，只要花个几分钟她就足以查实自己的武器、金钱和缆车都已丢失。但接下来她会怎么做呢？如果狩猎游戏在天篷区社会中有广泛的影响，那么斑马和她的盟友就不太好去举报我的盗窃行为。否则斑马就必须解释我在她那里干吗，然后韦弗里就会被牵连进去，他们俩作为破坏分子的身份就会曝光。

下方的地沤区升入了我的视野，其间到处都是扭曲的道路、积水和藤壶样的贫民窟。有些地方点着火堆，将烟柱送向空中，火光照亮了周围的地面；至少我是奔着一片居民区而去。我甚至可以看到外面有人，有黄包车，还有些动物；我觉得，如果我打开车门，我应该能闻到他们在火堆里烧着或者烤着的东西发出的气味。

缆车摇晃了一下，开始下坠。

以前也有过这样令人晕眩的时刻，但这次似乎持续的时间长了点。而且现在驾驶舱里响起了警报声。然后，缆车的运动似乎又恢复了正常，但明显颠簸得更厉害了，车子的下降速度似乎也快得太不谨慎了些。发生了什么事？是缆绳断了，还是缆车一时间没有抓住缆绳，在找到新的缆绳前正垂直坠落？

最后我看向控制面板，在那上面我看到了一张闪动着的缆车结构示意图，上面有个红色的方框，框出了损坏区域。

有一条机械臂消失了。

第二十二章

有什么人正在攻击我。

我相信这辆车自己会找到尽可能快、尽可能安全的迫降路线，于是我拿起了斑马的等离子步枪，在车身的颠簸摇晃中稳住身子，顶着刺耳的警报声集中注意力。我回到后座，从前天晚上我躺着的客座上爬过。我撑住身子，跪倒在地，按键开门，看着鸥翼门缓缓扬起。然后我探身过去，把它对侧的门也打开，开始尽可能地向外探出身子，探入外面的大风中，下方的地面仍离我有好几百米。我冒了下险，飞快地瞥了眼那些机械臂组件，注意到其中一条已经被某种光束武器切断了，只剩下一截被烧焦的残肢。

然后我抬起头，沿着我下降的路线往回看。有另外两辆缆车跟在我后面，在我上方大约二百米处，离我的距离也就是这么远。有个黑色的身影正从较近的一辆车上斜探出来，肩头扛着的某件物品——就在我看过去的时候——强光闪动，亮得简直难以言喻。一条粉红色的电离空气路径从我身边像火花塞般一闪而过，光束武器劈开的真空隧道崩塌时发出的雷鸣随之而来，臭氧的刺鼻气味几乎在那之前就冲进了我的鼻腔。

我低下头。我和地面之间的距离又少了一百米，但在我看来这个高度还是太过了。我有些好奇这辆缆车只剩一条机械臂的话该如何行驶。

我拨开斑马的步枪的开关，暗自祈祷这件武器没有配备用户识别设备。看样子是没有，要不就是被她给关掉了。这件武器感觉到被我抬到了齐肩高的位置后，自动调整了目镜系统，让它的视网膜投影系统跟我的双眼对齐。陀螺仪和蓄能器连接上线时，我感觉到武器在颤抖，好像有某种神奇的能量正在贯穿它的身躯。我口袋里的后备能源匣感觉就像压舱的铅块般沉重；我等待着视网膜瞄准系统对准我的眼睛，然后我就可以开枪了。系统有一阵子似乎陷入了迷惑，也许是因为它是按斑马特有的那双属于马科动物的黑色眼睛来设置参数的，所以很难适应我的这双眼睛。视网膜图案不断涌现，差一点就完成对焦——然后崩解开去，化作一片乱七八糟、难以辨认的错误符号。

又一条粉红色的气流从我身边掠过，接着又来了一条，在缆车的侧面划出一道银色的痕迹。一时间车里满是灼热的金属和塑料发出的恶臭。

“该死。”我说。视网膜瞄准系统完蛋了，但现在我的目标并非远在天边，我也不指望打得无比精准。我只想把这些浑蛋从天上打下来，如果这一行为最终导致一片混乱，并产生了比通常更多的附带损害，那也无所谓。

我扣动扳机开了一枪，感觉自己的肩膀被后坐力轻轻推了一下。

我的射束轨迹向后刺入天空，刚好从较近的那辆缆车边上擦过。没问题。我本来就打算第一枪打偏的。这枪招来了还击，我飞快地缩进了车里，等着对方的射束从边上飞掠而过。现在我在迫使我的对手分散火力，迫使他在摧毁我的车辆和干掉我之间做出抉择。我探出身子，扛起武器，动作迅捷而流畅，几乎不假思索，这次我不打算再打偏。

我开火了。

因为我瞄准的是近的那辆车的前方，所以我比对手更容易打中，目标也更脆弱。我看着带头的那辆缆车爆炸，变成一片灰色的云团，云团翻涌不休。我认为司机肯定是当场死亡了，但枪手则在爆炸的第一时间就掉到了车外。我看着那个穿着黑衣的身影向地沤区坠落，他的武器也在他边上一起下坠。然后，当这个人撞到地面，落入一片混乱的摊位和被捆扎在一起的居所当中的时候，我什么也没听到。

我感觉有些不对劲。我能感觉到有东西正在降临，正在我的思维中展开。奥斯曼生活的又一幕场景。我奋力反抗，拼命想把自己锚定在当下，但感觉就像是我正在渐渐被第二层模糊的“现实”笼罩其中。

“该死。”我说。

另一辆缆车一时间踌躇不决，继续下降，然后它迅速而优雅地切换了一下抓住缆绳的机械臂，掉头转身。我看着它升向天篷区，然后——自从我发现被攻击以来第一次——意识到警报的尖啸声仍在车舱中回荡。不过现在它变得更加急迫了。

我放下武器，然后穿过剧烈颠簸的车身，来到控制台前。我能感觉到奥斯曼的生活剧正在朝着我的意识前端艰难前行，就像是癫痫即将发作的感受。

地面朝我升来的速度太快了。我意识到，我们几乎是在自由坠落——可能车子只抓住了一根缆绳，正在沿绳下滑。下面的人、黄包车和动物正四散奔逃，躲开落点，虽然对我到底会在哪里着陆他们并没有达成一致。我坐在椅子上，摆弄着操纵杆——很大程度上是随机的，希望我的某个动作能够让下落速度平稳一些。然后，地面离我已经近到了让我足以看到下面地沤区人们脸上的表情，看样子没有任何人因我的到来而感到欣喜。

然后，我一头栽进了地沤区。

闭门会议室位于巴勒斯坦号深处，将它与飞船的其余部分隔离开来的是巨大而厚重的舱门，门上装饰着合金藤蔓般的华丽金属涡纹。房间里有一张巨大的长方形桌子，周围摆放着二十张高背椅，现在只有不到十二个座位上有人。来自母星的消息属于密级最高的事项，每艘飞船都只派了两到三名代表与会，这很正常。此刻，围坐在桌子周围的人穿着制服的身影正一动不动地倒映在抛光的桃花心木桌上，黑黝黝的桌面平滑如镜，犹如一汪月光下的泉水，安然静谧。从桌子中央升上来一个投影设备，正循环播放第一条信息中包含的技术示意图，一幅幅复杂得令人眼花缭乱的结构图在轮番闪动。

斯凯坐在巴尔卡扎尔身旁，听着这位老人的医疗外袍工作时发出的微弱声音。

“……而这一修正似乎会让我们能比之前更加灵活地控制磁约束瓶的拓扑结构。”巴勒斯坦号的首席推进理论家让其中一个示意图静止不动，对其他人介绍道，“配以我们已经看到的其他改进，它可以让我们获得更陡的减速曲线……更不用说中断引擎但不引发磁力反冲的能力了。这将让我们可以在燃料箱中仍有燃料时关闭反物质引擎，并在以后重启引擎——我们目前的设计是无法做到的。”

“即便说这是可信的，我们真的有能力实施那些改进吗？”巴格达号的指挥官恩图曼问道。他穿着一身反光的黑色长袍，上面灰色和白色的等级标志熠熠生辉。再加上苍白的皮肤，深黑的发须，他完全是个单色系的范本。

“原则上是的，”推进技师挂着满脸的冷汗，不动声色地说道，“但我要对各位说句实话。我们得在距离磁约束瓶几厘米的区域内进行大规模改造，在我们工作的整个过程中，磁约束瓶的运作必须一直完满无缺。在我们完成之前，我们无法把反物质分流到别的地方。只要当中有一步出了差错，下次闭门会议就不需要这么多席位了。”

“去他妈的下次闭门会议。”巴尔卡扎尔嘟哝了一声。

斯凯叹了口气，往自己潮乎乎的衣领和脖颈表面的皮肤之间插进一根手指。秘密会议室内温度高得让人难受，令人昏昏欲睡。巴勒斯坦号这里一切感觉都不太对劲。这艘飞船上有种斯凯始料未及的奇怪氛围；有些事物确实感觉并不陌生，但反倒让这种氛围更加突出。飞船的设计布局非常眼熟，以至于当船长和他被带出穿梭机后，他感觉自己完全清楚自己在哪里。虽然他们是外交访客而不是囚犯，但他们一直被荷枪实弹的护卫看管着；不过假如监管有所松懈，让他有机会溜进飞船，利用他对圣地亚哥号上的监视盲点和捷径的了解——所有那些在巴勒斯坦号上多半也是一模一样——他有把握找到去船上任何地方的道路，无须他人帮助，甚至闭着眼睛大概也行。但除了基本的拓扑结构，这艘船和圣地亚哥号之间几乎在每个方面都有微妙的不同，就好像他一觉醒来，进入了一个在各种普普通通的细节上几乎都一样，但又不完全一样的世界。装修风格大相径庭，标志和标记使用的是陌生的语言文字，圣地亚哥号上在一片空白的墙壁上涂抹着壁画和宣传标语。船员们穿的制服也不一样，上面那些闪闪发光的军衔标志他看得似懂非懂；那些人互相交谈的内容，他几乎一句也听不明白。他们的装备也不一样，而且他们一有机会就互相敬礼，动作夸张。他们的肢体语言就像一首有点走调的曲子。这艘船里感觉比他自己的船上更暖和，湿度也更高；而且无论走到哪里，都闻得到一股同样的气味，就像是有人在附近做饭。这感觉实际上并不令人讨厌，但加重了他那种与此地格格不入的陌生感。还有，或许也可能是出于他的想象吧，连人造重力感觉也更强些，他迈出每一步时鞋子都会重重地敲在地板上。也许他们稍微提高了飞船的旋转速度，这样一来等抵达旅途终点星之际，他们相比其他殖民者就略有优势。也许他们这样做仅仅是为了在秘密会议期间让每个人都不舒服，好让开会的气氛更加紧张。又或许，这仅仅是他想象出来的错觉。

会议本身的气氛也确实紧张，但还没有紧张到会让他担心——如果可以这么形容的话——船长健康的程度。到这会儿，巴尔卡扎尔已经警醒多了，几乎完全清醒了过来，因为伦戈给的镇静剂，正如设计的那样，在他们抵达时药力就消退了。斯凯观察到，另一些高级船员也几乎和他自己的船长一样年老体弱，靠着他们的生物医疗设备和助手才能支撑下来。这里很像是一家古怪的五金店，店里的破料在不断呼哧喘息；甚至，像是那些机器决定要聚在一起开会，然后把它们有血有肉的寄主们给一路拖了过来。

自然，他们主要谈论的就是来自家乡的信息。每个人都同意，这两条信息即便无法保证内容真实，至少它们的来源是真实的，不可能是某艘飞船针对大船团中的其他船只策划实施的复杂骗局。由于存在于太阳系和大船团之间的星际电子云团，每条无线电信息中所包含的各个频段信号都会出现一定延迟，相邻频段之间的延迟各不相同。这种信号污染很难伪造得令人信服，即便你可以把一个发射器丢到离飞船足够远的后方来发送信息也一样。没人提到第六艘飞船，他的船长也一直没有提及与它有关的任何话题。也许真的只有圣地亚哥号上的人才知道第六艘飞船的存在。换句话说，这是个值得保守的秘密。

“当然，”推进理论家说，“这可能完全是个骗局。”

“但为什么会有人给我们发送有害的信息呢？”身为地主的萨穆迪奥船长问道，“不管我们遭遇什么，都不会对家乡的任何人产生影响，所以何必要试图伤害我们？”

“同样的论点也适用于有益的数据，”恩图曼说，“他们也没有任何理由要发信息帮助我们。除了人类共同的行为准则。”

“见鬼的‘人类行为准则’……见鬼的扯淡。”巴尔卡扎尔说。

斯凯在这时出声发言，提高音量盖过了船长的声音：“事实上，这两种可能我都能想出合理的论证。”人们耐心地看着他，就像看着一个试图要讲笑话的孩子。房间里几乎没人知道他是什么人，只知道他应该是提图斯·奥斯曼的儿子。这正好合他心意：在眼下这种状况下，被人低估再好不过。

他继续往下说道：“发射大船团的组织可能仍以某种形式存在于母星之上，也许在暗中行事。哪怕仅仅是为了确保他们之前的努力不至于白费，他们也会有兴趣帮助我们前行。也不要忘了，我们可能仍旧是唯一正在途中的星际探险队伍。可能全人类当中仍然只有我们才有希望抵达另一颗恒星。”

恩图曼摸了摸自己满是胡须的下巴。“我觉得很有可能。我们就像一座正在修建中的大清真寺：一项要耗时数百年的大工程，没人能活着看到它完工……”

“见鬼的……见鬼去吧。”

恩图曼被噎了一下，但假装没听见，继续发言：“……然而，那些人虽然明知道自己会在抵达终点之前死去，却仍然会因为对项目整体有所贡献而感到某种程度的满足，哪怕只是最微不足道的贡献。麻烦在于，我们对母星上到底发生了什么知之甚少。”

萨穆迪奥笑了。“而且，哪怕他们真的发来了更全面的更新信息，我们也不知道该对他们有几分信任。”

“换句话说，又回到了起点。”来自巴西利亚号的阿梅斯托说。他是最年轻的船长，比斯凯大不了几岁。斯凯仔细地观察着对方，在心中勾勒出他的模型，一个要几年或几十年后才会被定义为敌手的人的模型。

“同样，我也能想出他们想要杀死我们的理由。”斯凯说。他转向巴尔卡扎尔：“您会允许我就此发言吧？”

船长猛然抬起头来，他刚才似乎快要睡着了。

“继续说，提图斯，我亲爱的孩子。”

“假设我们并非唯一的选择呢？”斯凯身体前倾，双肘用力抵在红木桌上。“我们启程离乡后已经过了一个世纪。现在他们可能已经设计出了更快的飞船，甚至可能有船已经上路了。也许有些势力想要阻止我们到达天鹅星，这样他们就可以把它据为己有。当然啦，为此他们可以来攻击我们，但我们这边是四艘大型飞船，而且我们还有核武器。”他所说的那些爆炸装置被装上船，本来是为了在抵达旅途终点星时用于地貌改造，炸开山口或挖掘“天然”良港，但它们也完全可以用作武器。“我们不会很好对付。从他们的角度来看，说服我们自我毁灭要轻松得多。”

“所以你的意思是，相信这条信息和不相信它的理由都十分充分？”

“是的。同样的推论也适用于第二条信息，那条警告我们不要采信改进方案的信息。”

推进理论家清了清嗓子：“他是对的。我们所能做的只有自行对信息中的技术性内容进行评估。”

“那可不容易。”

“那我们就要冒很大的风险。”

争议就这样一直继续，就是否要相信这些信息，支持和反对的双方没完没了地踢皮球。两边都有人在暗示对方隐瞒了某些宝贵的知识——斯凯认为，这应该是真的——但没人被直接点名，闭门会议结束时的氛围令人不安，但人们互相之间并没有公开表露出敌意。所有飞船都同意继续分享他们对信息的解读，并建立一支专门的大船团专家联合队伍，以核查建议做出的那些修改在技术上的可行性。大家一致同意，任何一艘飞船都不得单独采取行动，不得试图实施改进，除非能获得其他各方的明确同意。其实有人提出过，任何想要单干的飞船都可以自己动手，但必须远离飞船队伍，将与大船团主体之间的距离增加到目前的四倍。

“这建议太疯狂了。”萨穆迪奥说。他是个身材高大的英俊男人，看起来比实际年龄要年轻得多，伊斯兰堡号爆炸时的闪光弄瞎了他的眼睛。他的一边肩膀上绑着一架照相机，一会儿朝向这边，一会儿转向那边，看样子是在自顾自地选择目标，活像一只蹲在海盗肩头的鹦鹉。“我们启动这次探险是本着和平友爱的精神，而不是要把它变成一场比赛，只为争夺头名拿到大奖。”

阿梅斯托努了努下巴。“那为什么你们那么不情愿跟大家分享你们囤积的那些物资呢？”

“我们没有囤积物资。”恩图曼的话听起来他自己也并不怎么相信，“事实上，就像你们没有一直扣留休眠铺位的备件不给我们一样。”

萨穆迪奥的相机飞快地转过去朝向他。“什么啊，这样荒谬的……”他的语声越来越小，最后停了下来，然后又从头开始说道，“没人会否认，不同飞船上的生活质量参差不齐。完全不会。按照计划本当如此。一开始的计划就是希望每艘飞船各自独立处置自己的事务，哪怕仅仅为了确保所有飞船不会同时犯下同一个难以预见的错误也要这样。这会让我们每艘船上的基本生活水平都是一样的吗？不会，当然不会。如果是这样的话，那肯定是有什么地方出了严重的问题。船员们的死亡率无可避免地也会有细微的差别，那只是反映出飞船管理部门对医疗技术的重视程度有所不同。”现在人们的注意力都被他吸引过去了，所以他降低了音量，双眼凝视着前方不远不近的位置，相机镜头的朝向则不断从一张面孔切换到另一张面孔。“是的，休眠舱的死亡事故率会因船而异。但阴谋破坏？我不这么认为，尽管这种想法可能会让人感觉舒服些。”

“舒服？”有人说话的语气好像在怀疑自己的耳朵。

“是的，确实如此。执着于阴谋论的思维方式是最令人感觉舒适的，尤其是在它可以掩盖更深层次问题的情况下。忘了阴谋破坏的说法吧，想想看别的可能：糟糕的操作流程，对技术理解不充分……我还可以继续列举下去。”

“废话已经说得够多了，”巴尔卡扎尔突然暂时清醒过来，开口说道，“我们不是来讨论这些的。如果有人想按照那条该死的信息行动，随他们的便。我非常有兴趣看看结果如何。”

但看起来没人乐意当出头鸟。正如船长的话所暗示的那样，人们自然而然的想法肯定是让别人先去犯错。下一次闭门会议将在三个月后，在对这些信息进行更详细的审查之后举行。在那之后某个时候才会向飞船上的普通人群通告信息的存在。在秘密会议室内个人抛出的指控都被悄然忘却。有人谨慎地表示，整个事件完全没有加剧舰际的紧张关系，倒可能会使得关系适度解冻。

然后斯凯和巴尔卡扎尔坐上了返程的穿梭机。

“先生，我们很快就会回到圣地亚哥号了。你为什么不试着休息一下呢？”

“去你的，提图斯……如果我想休息，我自己会……”但巴尔卡扎尔还没说完这句话就已经睡着了。

母舰在太空的士的平视显示器上是个轮廓清晰的小点。有时在斯凯眼里，大船团就像是个不大的群岛，各艘飞船就是其中的小岛，被大片大片的水域隔开，几乎是故意要确保每个岛屿都位于最近邻居的视距之外。群岛中永远夜色茫茫，岛上的火光太过暗淡，除非靠得很近，否则根本看不到。从其中某个岛屿上离开，驶入茫茫黑暗，完全指望的士上的导航系统不会把他们带入浩浩汪洋之中，这需要有相当坚强的信心。斯凯按照往常的习惯，考虑了下暗杀方法，然后想到，可以破坏的士的自动驾驶仪。这必须在他想杀的人要前往其他飞船，启程之前完成。搅乱的士的系统，让它朝着完全错误的方向行驶，神不知鬼不觉地陷入黑暗之中，做起来是很容易的。还可以再加上点燃料泄漏或是生命维持系统故障……这种可能性真的很诱人。

但对他来说用不上。他总是陪着巴尔卡扎尔一道，所以这种暗杀方法的价值有限。

他的思绪回到了闭门会议当中。其他飞船的船长都注意到了巴尔卡扎尔注意力不集中，以及——偶尔——完全清醒；他们已经竭尽全力要隐藏自己的发现，但斯凯看到了他们隔着宽大的抛光红木会议桌在交换关切的目光，当时他们还以为斯凯在看着别处呢。他们当中有个人明显是在逐渐失去理智，这显然让他们非常不安。谁又敢说同样的疯狂没有在暗地里等待着自己，只等他们到了巴尔卡扎尔现在的年纪呢？当然，斯凯一次也没有承认他船长的健康状况有任何问题。那将是最严重的不忠行为。没有，斯凯所做的只是在他的船长面前保持着一张扑克脸，满面忠顺严谨，他主公每次做出离谱的发言时他都只会忠诚地点头，从来没有流露出他可能也认为巴尔卡扎尔像其他船长担心的那样，已经彻底疯狂。

换言之，他表现得正如一名忠实的仆从。

的士的控制终端响起了叮叮的提醒声。巨大的圣地亚哥号出现在远方，不过靠机舱里的照明还是很难看清。巴尔卡扎尔一边打鼾，一边流口水，一道银色的唾液流到了他的一个肩章旁，就像是添加了一个细小的等级标志。

“杀了他，”小丑说道，“动手吧，杀了他。现在还来得及。”

小丑并没有真的出现在太空的士里——斯凯很清楚这点——但从某种意义上说它确实在，它那颤抖的尖音似乎并非来自斯凯的颅内，而是来自离他的颅骨有一定距离的后方。

“我不想杀他。”斯凯说道。为了自己的利益起见，他又在心里默默加了一句：“目前还不想。”

“你知道，你其实是想的。他在碍事。他总是在碍事。他是个生病的老人。你现在杀了他，其实是帮了他大忙。”小丑的声音变得柔和了些，“看看他，睡得像个小婴儿。我想，他正在做着关于童年的美梦。”

“这种事谁都不可能知道。”

“我是小丑。小丑无所不知。”

控制终端上响起一个柔和的金属音，提醒斯凯，他们即将进入自己飞船周围的禁航球区。的士将很快被自动交通引导系统接管，然后被引导至其泊位。

“我还从来没杀过人。”斯凯说道。

“但你经常在琢磨这件事，不是吗？”

在这个问题上争辩是毫无意义的。斯凯一直在幻想着杀人。他想出各种各样的办法来杀死他的敌人——那些轻视他的人，或者他怀疑在背后说他坏话的人。还有些人在他看来也应该被杀死，无须别的理由，只因太过软弱或轻信他人。在像圣地亚哥号这样的飞船上，实施谋杀的机会很多，但不被发现的机会则微乎其微。尽管如此，斯凯已经用他丰富的想象力在这个问题上盘算了许久，久到足以想出十几种看起来可行的削减敌人数量的策略。

但是直到小丑刚才和他对话时，仅仅是享用那些幻想就已足够。在他的脑海里一遍又一遍地播放那些可怕的死亡场景，慢慢地描绘其中的细节，对他来说便已经获得了足够的奖励。不过，小丑是对的：如果一个人始终不去动手开始实际建造，那煞费苦心地绘制精细的蓝图又有何意义呢？

他又看了看巴尔卡扎尔。这老人正如小丑所说，那么宁静安然。

那么宁静安然。

也那么脆弱不堪。

第二十三章

情况本来还可以更糟。

我完全可能直接撞到地面上，而不是先撞进地沤区，撞穿了两层破烂不堪、构架外露的住宅和棚屋。缆车最终停下时，它大头冲下栽在那儿，周围有着微弱的灯火燃烧，并非全然黑暗。我可以听到有人在高声叫喊，但听起来更多的是兴奋和愤怒，而不是痛苦；所以我大胆地希望，我降落时没把谁给压个稀烂。过了几秒之后，我从座位中挣出身子，迅速评估了下自己的状况。我没有发现任何部位有明显的骨折，虽然所有可能骨折的地方一片青肿。然后我爬向车厢后部，此时我听到人们的声音在靠近车子，又听到有什么在躁动不安地扒拉着——可能是好奇的孩子在残骸中拾荒，又或者是被打扰的老鼠弄出的响动。我抓起武器，检查了一下我从斑马那里拿来的钱，然后走出车子，踩在了一个摇摇欲坠的竹制平台上，车头就整整齐齐地插在这个平台当中。

“你们能听到我说话吗？”我朝着黑暗中呼喊。肯定有人能听到。“我不是你们的敌人。我不是从天篷区来的。这一身是冰封托钵僧的衣服，我是从外星来的。我非常需要你们的帮助。天篷区的人想杀我。”

我是用诺特语说的。这比用加拿亚语说要有说服力得多——后者也是渊堑城贵族使用的语言。

“那就，放下武器，然后开始解释你是怎么得到它的。”这是个男人的声音，口音跟我见过的那些天篷区住民很不一样。他说的话听起来不太对，好像发音很有问题。他说的也是诺特语，但听起来有些磕巴——或许，该说是过于精确，没有真正熟悉这种语言的人那些习惯性的省略。他继续说：“还有，你是坐着缆车下来的。这也需要解释下。”

我现在看到那个男人了，他正站在竹台的边缘。不过其实对面那根本不是个“男人”。

我正看着一头猪人。

他[1]身材矮小，肤色苍白，用后腿站立的姿态和我记得的其他那些猪人一样笨拙。一副眼镜遮住了他的眼睛，靠绑在他后脑勺上的皮条固定。他穿着一件红色的庞乔斗篷，用一只长着猪蹄的手拿着把切肉刀，那种漫不经心的熟练劲足以表明他是使用这东西的专家，早已不再在乎锋利的刀口。

我没有放下武器，现在还不行。

“我的名字是坦纳·米拉贝尔，”我说，“我昨天才从斯凯先手星来到这里。我在找一个人，却进入了错误的区域。我被一个叫韦弗里的人抓住了，被迫参加了狩猎游戏。”

“然后你成功逃脱了，还开着缆车，带着这样一把好枪？对一个新来者来说，这可是相当了得啊，坦纳·米拉贝尔。”他一个一个音节地念出我的名字，就跟念咒似的。

“我穿着冰封托钵僧的衣服，”我说，“还有，你可能已经注意到了，我

1.虽为猪人，但进化得更接近人类，故用“他”，后文其妻子用“她”。原文如此。

的口音是斯凯先手星那边的。如果你觉得不太方便的话，我还会说一点加拿亚语。”

“说诺特语就好。我们猪人并不像你们所想的那样愚蠢。”他停了一下，“你是靠口音弄到了那把枪？那样的话你的口音可真不得了。”

“有人帮了我。”我说。我本打算提斑马的名字，但话到嘴边又改变了主意。“不是所有天篷人都赞同搞狩猎游戏的。”

“确实，”那猪人说道，“但那些人也还是天篷人，还是骑在我们头上拉屎撒尿。”

“他确实可能获得了帮助。”另一个声音说道。这次是女声。我向黑暗中望去，看到一头身材更高、看上去像雌性的猪人小心翼翼地穿过我到来时造成的瓦砾，朝着那个男猪人走来；她不动声色，就好像这种事她每天都会遇到一样。她伸出手握住前者的胳膊肘。“我听说过这样的人。他们自称‘萨博’[1]。破坏者。他看上去什么样，洛兰特？”

第一头猪人——洛兰特——摘下眼镜，递给了那个女猪人。她奇怪的样子显得颇为可爱，长着人类的头发，洋娃娃般的面孔上却有个猪鼻子，身体裹在一块油乎乎的窗帘布当中。她戴上眼镜，点了点头。“他看起来不像天篷人。首先，他是人类——长得正如他们的‘上帝’所望。他的眼睛除外，不过那可能是光线造成的错觉。”

“这不是错觉，”洛兰特说，“他不戴眼镜也能看到我们。你来的时候我注意到了。他的视线锁定了你。”他从女猪人那里拿回眼镜，然后对我说：“也许你告诉我们的有些是真的，坦纳·米拉贝尔。不过，我敢打赌，不是全部。”

你这个赌是赢定了，我在心里默默想着，差点没脱口而出。“无论如何，我确实无意加害你们。”我说完就把武器放到了身下的竹子上，动作夸张；如果那头猪人拿着切肉刀向我走来，我相当有信心可以及时再把它拿起来。“我现在麻烦缠身，天篷人要不了多久就会回来消灭我。我也不确定破坏者有没有

1.“破坏者”的英文词头简称。

成为我的敌人，因为我偷了他们的东西。”我冒了点风险，赌承认从天篷区偷东西在洛兰特眼里不会有损我的形象，反倒可能会对我有所助益。“还有一件事。我对你们这类人的事情一无所知——心无好恶。”

“但是你知道我们是猪人。”

“这点很难看漏，不是吗？”

“就像我们的厨房一样。你没看漏，还撞得挺准的，不是吗？”

“我会赔钱的，”我说，“我还拿了些钞票。”我把手伸进瓦迪姆的大衣宽大的口袋，从深处掏出一沓钱。“不多，”我说，“但大概能弥补你们的部分损失。”

“然而这并非属于我们的财产。”洛兰特打量着我伸出的手。如果他愿意接钱的话，他必须往前走几步，而此时此刻我们都还没有准备好达成这种程度的信任。“这间厨房的主人不在，去八十子纪念碑参拜他哥哥的神龛了。日落前他不会回来。他不是个倾向于宽宏大量的人。然后我将不得不用你造成了破坏的消息去烦扰他，而他自然而然会朝我倾泻他的愤怒。”

我又掏出半沓钞票——这回我从斑马那里拿走的储备金去掉一大半了。“也许这能让你少些麻烦，洛兰特。这又是九十到一百菲利斯马克了。再多的话，我可能要开始怀疑你在敲我竹杠了。”

这时他大概是笑了笑，但我不能确定。“我不能庇护你，坦纳·米拉贝尔。太危险了。”

“他的意思是，”另一头猪人说，“你的脑袋里应该有个植入装置。天篷区的人知道你在哪里，即使是现在也一样。如果你惹恼了他们，那我们都会有危险。”

“我知道植入装置的事，”我说，“我正是为此才需要你们的帮助。”

“帮你把它弄出来？”

“不，”我说，“我知道谁能帮我取出来。她叫作多米尼加夫人。但我不知道怎么找到她。你能带我去她那里吗？”

“你知道大致的位置吗？”

“大中心火车站。”我说道。

女猪人环顾着厨房的废墟。“好吧，我想我今天也用不着做很多饭，坦纳·米拉贝尔。”

他们是来自腐锈带的难民。

在此之前，他们是来自其他地方的难民——另一个太阳系，寒冷的彗星云边缘。但厨师和他的妻子——我现在没法不把他们当作人类看待了——并不确切知道自己的第一批同类是如何到达那里的，只知道些假说和神话。听起来最有可能的一种说法是，他们的远祖来自若干世纪之前，一个早已被废弃的基因工程项目。猪和人这两个物种之间的相似之处多于不同之处——前者的器官曾经被用于人类的移植手术——而这些猪人很可能就源于一个实验：通过将人类基因融入它们本身的脱氧核糖核酸链，让动物器官供体与人类更加接近。也许实验的结果比任何人预想中都要成功，成功到了一系列基因意外地将智力移植到了猪人身上。又或者那个半途而废的实验其初衷本就是如此，试图用猪创造出一个没有机械那些恼人的缺陷的仆从种族。

猪人肯定是在某个阶段被放弃了，被丢在太空深处，自生自灭。也许系统地追捕和处死猪人太麻烦了，又或者猪人自己逃出了实验室，并建起了自己的秘密殖民点。无论如何，按洛兰特的说法，那时的猪人都还算不上一个物种，每个种群当中人类和猪人的基因组合都各不相同，有些群体甚至缺乏说话的能力，尽管其相关的神经机制全都是正确的。我想起了被斑马救走之前遇到的那些猪人；想起了打头的那个对我发出的那些咕噜声，现在看来那很像是在试着说话。也许那次尝试比我想象中更加接近于成功。

“我遇到过一些你们的同族，”我说道，“就在不久前。”

“叫我们猪人好了，你知道的。我们不会感到难堪。我们本来就是。”

“好吧。那些猪人似乎想要杀死我。”

我告诉了洛兰特发生的事情，勾画出大致的场景，但没有解释我最初试图到达天篷区时到底做了什么。我说话时，他一直在聚精会神地听，然后他开始摇头，动作缓慢而悲伤。

“我不觉得它们是真想攻击你，坦纳·米拉贝尔。我认为它们可能想攻击的是那些在追你的人。它们应该是发现了你正在被追猎。它们多半是想说服你跟它们走，去避难所。”

我回想了下当时的状况，虽然不能完全信服，但我确实开始怀疑事情是否真的像洛兰特说的那样。

“我打伤了它们中的一员，”我说道，“不致命，但那条腿得做手术了。”

“嗯，也别太难过。它们或许也不是什么小天使，你知道的。这里有些年轻猪人拉帮结派，四处捣乱，造成破坏，给我们带来了很多麻烦。”

我估量了下我造成的损失。“我觉得，你最不想看到的就是我这样的。”

“我敢说，这一切都可以设法弥补。但我想，我还是在你造成更多伤害之前帮你上路离开比较好，坦纳·米拉贝尔。”

我笑了。“是的，那样应该会比较好，洛兰特。”

洛兰特和他的妻子从腐锈带下来之后，在这里找到了工作，他们的那位雇主肯定是这片土地上最富有的人之一。他们有自己的地面交通工具：一辆沼气驱动的三轮车，下面的气球轮非常大。上层的车身用塑料、金属和竹子混搭而成，外围用雨布和阳伞遮盖；看上去让我感觉，只要我朝它大致所在的方位吹口气，它就会一下子散架了。

“你不用露出这副厌恶的表情，”洛兰特的妻子说道，“它能开。而且我认为你也完全没有资格抱怨。”

“这话真是再真不过了。”

但它确实能开，而且那些硕大的气球轮在坑坑洼洼的路面上开行时起到了很好的减震作用。洛兰特同意了我的条件之后，我设法说服他先绕个道，去另一辆缆车的残骸坠落的地方。我们到达的时候，那里已经聚集了一大群人，于是我又不得不说服洛兰特等我一会儿，让我挤到中间去。在缆车的前部我发现了已经死去的韦弗里，他的胸部被一根地沤区的竹子捅穿了——那样子跟我曾为瑞维奇准备的一个死亡陷阱很像。他的脸上满是血污，要不是他原本单片眼镜所在的位置变成了一个血淋淋的大坑，我可能都认不出他来。看来那东西之前肯定是通过手术嵌入眼窝的。

“这是谁干的？”

“被摘走了，”我身旁一个弯腰驼背的女人从牙缝里挤出几个字来，“这是很好的光学器件，真的。他们拿去，会卖个好价钱的。”

我抑制住自己强烈的好奇心，没去设法找出“他们”是谁。

我走回洛兰特的三轮车，感觉自己的良心在某种意义上也被狠狠地撕裂了，伤口惨烈得跟韦弗里的目镜一个样。

“哦，”我爬上三轮车之后，洛兰特开口说道，“你从他那里获得了什么？”

“你觉得我是回去拿战利品的吗？”

他耸了耸肩，似乎觉得这事并不重要。但在我们离去的路上，我不由得扪心自问：如果不是他想的那个原因，那我过去这趟又是为了什么？

到大中心火车站的旅程花了一个小时，不过在我看来，这段时间大部分都花在了来回绕路，好避开地泯区中某些令人害怕或无法通行的区域上。我们可能其实只开了三四千米，就到了我被韦弗里的人袭击的地方。尽管如此，我在这里没能看到任何一个在斑马的公寓里看到的那些地标——又或者我其实已经看到了，只是从这个视角看过去完全认不出来。我早先的那种已经站稳脚跟的感觉——那种我已经开始在脑海中勾勒出这座城市的地图的感觉——消失无踪，就像是个荒唐的梦幻泡影。当然，如果我花上足够多的时间，那这幅地图最终还是会完成的。但不是今天，也不是明天，未来几周内大概都还不行。而且我也没打算待那么久。

当我们最终到达大中心火车站时，我感觉仿佛我离开那里只有一瞬间，当时我还在拼命想让自己甩掉奎伦巴赫。现在的时间比那天离开时要早得多——据我从网络上太阳的方位判断，还不到中午——但车站阴暗的内部你休想感觉出差别来。我对洛兰特带我走了这么远表示感谢，并问他是否能让我除付钱之外再请他吃一顿饭，但他婉言谢绝了邀请，拒绝离开他三轮车的驾驶席半步。戴上护目镜和费多拉帽并且把衣服领子拉上来，紧紧裹住面部之后，他看起来完全就是个普通人类，但我猜这种错觉进到室内会难以维持。看样子，猪人并不太受大众欢迎，在地沤区中有很多区域对猪人而言都是不得踏足的禁区。

我们握了握手——或者猪蹄，反正是握了——然后他驱车离开，返回地沤区。

第二十四章

我的第一站是旧货店帐篷，在那里我卖掉了斑马的武器，但价格可能比其真实价值要低得多。我也没什么好抱怨的；比起现金，我更感兴趣的是在武器被一路追踪到我这里之前甩掉它。旧货店老板问过我这玩意儿烫手不，但我从他的眼神里看得出，其实他对这问题并没多少兴趣。对追杀瑞维奇的行动而言，这把枪太狼犺，也太显眼了。你可以带着这样的重型武器走进去而不会引人扬眉注目的地方大概只有重炮崇拜者的集会。

我很高兴看到多米尼加夫人的店还在开门营业。这次我不需要有人把我拖过去，而是自愿地走了进去；我的大衣下摆来回晃悠，因为口袋里还装着步枪的能源匣，我忘记把它一道卖掉了。

“她不开门营业。”汤姆，当初冲我和奎伦巴赫软磨硬泡的那个孩子说道。

我在掌心中放了几张钞票，看着汤姆那张眼睛溜圆的脸，啪的一声拍到桌子上。“现在她开门了。”我说完就推开他，钻进了帐篷的内室。

里面很黑，但只花了一两秒钟，我就看清了房间内部的场景，感觉就仿佛是有人打开了一盏灰蒙蒙的灯笼，提供了些许微光。多米尼加正睡在她的手术台上，她那健壮的躯体裹着件衣服，看样子那可能是用一顶降落伞改成的。

“醒醒，”我说话的声音并不太大，“你有顾客上门了。”

她的眼睛慢慢睁开，像是蓬松的蛋糕上绽开了两道裂缝。“这算什么，你完全不懂礼貌的吗？”话说得很快，但听起来她实在困得厉害，并没有真正醒觉。“你不该闯进这里来。”

“我的钱似乎对你的助手很有用。”我又抽出一张纸币，在她面前晃了晃。“你觉得这玩意儿怎么样？”

“我不知道，我什么也看不见。你的眼睛怎么了？它们怎么会是这个样子？”

“我的眼睛没有任何问题。”我说道。然后我有些怀疑这话在她听来有多可信。毕竟，洛兰特也说过类似的话。我已经很久没有体验到在暗中视物艰难的感觉了。

我打断了这个令人不安的思绪，继续对多米尼加施加压力。“我需要你帮我做一件事，还有回答我几个问题。这并不过分，对吧？”

她从手术台上用力撑起自己笨重的身体，将下半身套进等候在旁边的蒸汽动力索具中。它承接住主人的巨体时，我听到了放出高压气体的嗞嗞声。然后，多米尼加离开了自己的床位，像一艘离港的驳船一样优雅。

“什么样的工作，什么样的问题。”

“我需要取出一个植入装置。然后我需要问些问题，跟我一个朋友有关的。”

“也许我也会问你些问题，关于你朋友的。”我听不懂她这话是什么意思，但不等我发问，她已经打开了帐篷内的电灯，露出了簇拥在手术台周围等待着她的手术设备；我现在看得到，那些设备上头布满了生锈的模糊血痕，来自不同年代，色泽也各有不同。“但这也要付费的。给我看看植入装置。”我照做了，她用锋锐的指尖插进我的头侧检查了好一会儿，然后似乎终于满意了。“有些像是狩猎游戏的植入信标，但你还活着。”

显然，她的言外之意是，这不可能真是狩猎游戏的植入信标，而且一时之间她的逻辑看起来毫无破绽。毕竟，有多少被追捕者有机会回到多米尼加夫人身边，要求拿掉脑袋里的追踪器？

“你能拿掉它吗？”

“如果神经连接很浅，没问题。”她边说边带我躺到手术台上，把一个仪器的目镜转到自己眼前，然后咬着自己的下嘴唇开始窥视我的颅骨内部。“是的。神经连接很浅，刚刚触及大脑皮层。对你来说是个好消息。但是看起来很像游戏信标。它是怎么跑到那里的？冰封托钵僧搞的吗？”然后她摇了摇头，脖子周围的一圈皮肉都左右晃动起来，跟一堆平衡配重似的。“不，不是冰封托钵僧，除非你昨天跟我说你没有植入物的时候是骗我的。而且这个插入切口是新的。还不到一天。”

“你只管给我把这该死的玩意儿拿掉就好，”我说，“不然我就走人，还要带走我已经交给那孩子的钞票。”

“你可以那么做，但你找不到比多米尼加做得更好的。这不是威胁，这是保证。”

“那就动手吧。”我说道。

“你先问问题。”她边说边在手术台边上飘来飘去，准备其他手术用品，过程中时不时切换下指尖套着的设备，动作灵巧得令人惊讶。她带着一个袋子，藏在腰上层层叠叠的褶子里，在靠触摸找到她想要的东西的过程中一次也没有割伤或刺伤自己的手指。

“我有一个朋友叫瑞维奇，”我说，“他比我早到一两天，我们就此失去了联系。冰封托钵僧们说是复苏失忆症。他们可以肯定地告诉我他在天篷区，但也仅此而已。”

“然后呢？”

“我认为他很有可能前来接受你的服务。”我在心里默默加了一句：或者躲不开，不得不接受。“他可能也有植入装置需要移除，就像和我一道旅行的那位绅士，奎伦巴赫先生一样。”然后，我向她描述了瑞维奇的样子，刻意把回忆的精确度限制在较为模糊的程度——显示出这是对友人的回忆，而不是刺杀目标的生理指标档案。“跟他取得联系对我们来说非常重要，而且到目前为止我还一直没能成功。”

“你凭什么认为我认识这个人？”

“我不知道。——你认为需要多少钱？一百？这会唤起你的记忆吗？”

“多米尼加的记忆，在早上这个时候转得没那么快。”

“那就两百。现在你想起瑞维奇先生了吗？”我看到她脸上出现了恍然大悟的神情，做得很夸张。这表演可真够行的，我简直不得不送上掌声。“太好了。我很高兴。”希望她真的知道吧。

“瑞维奇先生，他是个很特殊的案例。”

他当然是。一名像瑞维奇这样的贵族，即便是在斯凯先手星的，他体内的金属制品数量也会跟一名美好时代的豪客体内几乎没什么差别；也许甚至比一些顶级的民主全权主义者都要多。而且，跟奎伦巴赫一样，在到达黄石星之前，关于融合疫他应该甚至都没听说过。

太空轨道上剩下的能够做移除手术的诊所肯定寥寥无几，他也没时间去找。他应该很急着要下到地面，让自己消失在渊堑城之中。

多米尼加将是他第一次也是最后一次得救的机会。

“我知道他是个特殊案例，”我说，“这就是为什么我确信你有办法联系到他。”

“为什么我要跟他联系？”

我叹了口气，意识到这项说服工作将会相当艰苦，或者相当昂贵，又或者两者兼而有之。“假设你从他身上移除了一些东西，当时他看起来很健康，然后隔天你发现，你移除出来的植入物有些异常——也许带有瘟疫感染的痕迹。那么你有义务联系他，不是吗？”

她脸上的表情一直丝毫不为我的言语所动，所以我决定，试着说些无关痛痒的恭维话。

“任何有自尊的外科医生都会这么做的。我知道这里不是每个人都愿意费心去做客户跟踪，但正如你刚才所说，这里没谁比多米尼加夫人做得更好。”

她咕哝了声，表示感谢。“客户信息，保密。”多米尼加补充道。但我们俩都明白这话实际上意味着什么。

几分钟后，我又少了二三十张钞票，但我同时拿到了一个天篷区里的地址，一个名为埃舍尔[1]高地的地方。我不知道这个地址具体到了什么程度——是指向一间公寓，还是一栋大楼，或者仅仅是那些混乱地带中某片人为定义的区域。

“现在你闭上眼睛，”她边说边把一根钝头的指套抵在我的额头上，“然后多米尼加就施展她的魔法。”

她在开始工作前先做了个局部麻醉。这并没有花很长时间；随后她移除植入装置时，我并没有感到真正的不适。感觉就跟切掉个囊肿差不多。我不知道为什么韦弗里没有想到在植入装置中加入一套反破坏系统，但也许那就会被认为有点太没体育精神了。在任何情况下——按我基于从韦弗里和斑马那里收集到的信息所做出的理解——在正常的游戏规则中，真正执行猎杀的人是无法得到植入装置发出的遥测信号的。他们被允许使用任何他们喜欢的法医学技术来追踪猎物，但追踪一个埋藏在猎物体内的神经信号传输器也太容易了。植入装置纯粹是为了方便观众，以及像韦弗里这样监控比赛进程的人。

我躺在多米尼加的手术台上，思绪无拘无束地发散开去，考虑了下如果是我的话，可能会提出的新举措。首先，我会把植入装置做得更难移除，要像多米尼加之前担心的那样，跟深层神经连接上，然后还要安装反破坏系统；如果有人试图提前取出植入装置，它就会烧坏目标的大脑。我还会确保猎人们自己身上也带着植入物，同样难以移除。我会安排让这两种类型的植入装置——猎人的和猎物的——都发出编码信号，互相可以识别出来。当双方互相接近，进入某个预定的半径范围时，比如说，一个街区，或者更小些的范围，我就会让双方的植入装置通过我缝合上的深层神经连接通知携带者对方的靠近。我会把从旁窥视的人们完全排除在这个应答之外，他们得用自己的办法追踪比赛。我

1. 指著名画家莫里茨·科内利斯·埃舍尔。他以结合数学创造出光怪陆离的超现实场景而闻名。

会让整个事情更加私密，将猎人的数量限制到一个合适的数字，比如，一个。这样整个狩猎就会变得更加个性化。还有，为什么要把狩猎时间限制在仅仅五十个小时之内？我可以想见，在一座这样大小的城市里，如果目标有足够的时间逃跑，然后藏到迷宫般的地氹区里，狩猎可以轻松地持续好几十天，甚至还可能更久。更何况，我看不出有什么理由要将游戏的舞台仅限于地氹区之内，甚至也没必要局限于渊堑城。如果他们想要真正的挑战，为什么不把范围扩大到行星上的每个定居点？

当然，那些人是不会同意的。他们想要的是迅速的杀戮，一夜的嗜血狂欢，花费、危险和个人的参与都要尽可能少。

"好啦，"多米尼加边说边把一块灭菌止血垫压到我头部侧面，"你的事搞定啦，米拉贝尔先生。"她的两根手指之间夹着那件植入物，它闪闪发光，像一颗小小的灰色宝石。"如果这不是狩猎游戏的植入信标，那多米尼加就是渊堑城最瘦的女人。"

"谁知道呢，"我说，"奇迹确实是会发生的。"

"不会发生在多米尼加这里。"然后她把我从手术台上扶了起来。我觉得有点头晕，但我摸了摸脑袋，感觉伤口非常小，而且没有感染或结痂的迹象。"你没好奇吗？"她问道。我耸了耸肩，穿回瓦迪姆的大衣；尽管又潮又热，它能隐藏我的身份，这正是我急需的。

"你所谓没好奇——我想意思是，不好奇——的对象是？"

"我说的是我问你的关于朋友的问题。"

"瑞维奇？我们已经讨论过了啊。"

她开始取下她的指套。"不。奎伦巴赫先生。另一位朋友，前不久和你在一起的那个。"

"实际上，奎伦巴赫先生和我更多地只是熟人，而不是朋友。说到底，你到底想说什么？"

"他付钱让我不要告诉你这些，好多钱。所以我什么也不说。但你现在是富人，米拉贝尔先生。你让奎伦巴赫先生看起来好穷。你明白多米尼加的要点了吗？”

“你是说，奎伦巴赫收买你保守秘密，但如果我能拿出比他更多的钱，我就能收买你说出秘密？”

“你真聪明，米拉贝尔先生。多米尼加的手术操作，不会损伤你的大脑。”

“这话还真是迷人啊。”我长叹一声，再次把手伸进口袋，让她告诉我奎伦巴赫不想让我知道的到底是什么。我不确定我到底指望听到什么——也许就没指望什么，因为我的大脑其实一直以来都没花时间去思考奎伦巴赫可能有所隐瞒这个问题。

“他和你一起进来，”多米尼加说，“穿的跟你一样，冰封托钵僧的衣服。要求移除植入物。”

“告诉我些我不知道的事。”

多米尼加笑了，笑容猥琐，于是我知道，她很享受打击我的感觉。

“他没有植入物，米拉贝尔先生。”

“你这是什么意思？我看见他躺在了你的手术台上。你在给他做手术。你剃掉了他的头发。”

“他要我做得像模像样。多米尼加，她不问问题。照客户说的做。客户永远是对的。特别是当客户付钱的时候，比如奎伦巴赫先生。客户说做假手术，剃光头发，做完全套动作。但我根本没打开他的脑袋。不需要。我还是扫描了他，里面什么也没有。他本来就干净。”

“见鬼，那他为什么——”

然后突然间这一切都讲得通了。奎伦巴赫不需要移除他的植入装置，因为——如果他曾经有过的话——它们已经在几年前的瘟疫期间被移除了。奎伦巴赫根本不是来自大提顿星。他甚至就不是来自这个太阳系之外。他是本地的人才，他受人雇用来跟着我，好找出我前来此地的原因。

他是在为瑞维奇工作。

瑞维奇在我之前抵达了渊堑城，当冰封托钵僧们还在帮我找回记忆之际，他就已经下到了地表。他领先我一两天，这段时间并不多，但显然已经有足够的时间来募集些帮手了。奎伦巴赫可能就是他的第一个接头人。然后奎伦巴赫又回到了轨道上，与刚从星系外来到这里的移民混在一起。他的任务很简单。调查在奥维多号上复苏的人，从中找出谁可能是被雇用前来谋杀的杀手。

我回想起这当中所发生的一切。

首先，瓦迪姆在斯特列利尼科夫号的公共休息室找我搭讪。我对瓦迪姆不屑一顾，但几分钟后，我看到他正在殴打奎伦巴赫。我越过公共大厅，威逼瓦迪姆放开奎伦巴赫，然后我把瓦迪姆给痛打了一顿。我清楚地记得，当时奎伦巴赫是如何力劝我不要杀了瓦迪姆的。

当时我把这归因于他的宽大为怀。

那之后，奎伦巴赫和我一路爬进了瓦迪姆的住处。我再次记起，当我们搜查瓦迪姆的物品时，奎伦巴赫起初看起来是多么不安，甚至出言质疑我的行为是否道德。我和他争论了一番，然后奎伦巴赫被迫参与劫掠。

一直以来，我都没有看出那么明显的迹象：奎伦巴赫和瓦迪姆是一伙的。

奎伦巴赫需要某种途径来接近我而不引起我的怀疑，某种能对我有更多了解的途径。他们两个给我设了个圈套，瓦迪姆确实当众打伤了奎伦巴赫，但这只是因为他们需要来一出逼真的戏码。他们一定知道我会忍不住干预，尤其是在我早先和瓦迪姆有过摩擦的情况下。后来，当我们在太空旋轮上遭到袭击时，我还记得我看到奎伦巴赫站在一边，被另一个人给控制住——而我则独自承受着瓦迪姆的暴行。

那个时候我就该看穿的。

奎伦巴赫盯上了我，这意味着他相当擅长自己的业务，从船上的所有乘客中单单把我挑了出来，但也未必如此。瑞维奇或许还雇用了半打特工跟踪其他乘客，每个人使用不同的策略接近各自的目标。差别在于，其他人都跟错了目标，而奎伦巴赫靠着运气，或者直觉，或者推理，正中靶心。但他无法肯定。在我们全部的对话当中，我仍然小心翼翼地没有泄露任何可以证明我是卡乌拉的安保人员的信息。

我试着把自己放在奎伦巴赫的位置。

他和瓦迪姆一定很想杀了我。但他们不能这样做，在他们完全确定我就是真正的刺客之前不能。如果他们当时直接杀了我，他们就永远都无法确定他们是否真的抓出了他们要找的人，然后这种怀疑会一直笼罩在他们心头。

所以奎伦巴赫缠上我可能早有预谋，从他得以确认我的行为模式开始：我在追踪一个名叫瑞维奇的人，具体原因不明。拜访多米尼加是他伪装身份的重要一环。他肯定没有意识到，我作为一名士兵，身上居然没有植入装置，因此不需要这位女士的优秀才能。但他平静地接受了假手术——在他身处刀锋之下时，还把自己的东西托付给了我。干得漂亮啊，奎伦巴赫，我想。那些货物增强了他故事的可信度。

不过，事后看来，我本该意识到这里存在的问题。旧货商抱怨说奎伦巴赫的体验棒很糟糕，说那些玩意儿是他几周前过手的原件的复制品。然而奎伦巴赫却说他才刚刚到达。如果我检查一下上周到达的近光船的名录，我真的会发现有艘飞船来自大提顿星吗？也许有，也许没有。这取决于奎伦巴赫在制造假身份时有多精细。我很怀疑这项工作的深度，因为他只有一两天的时间，要从头开始造出整套材料。

综合考虑，他这活干得并不算糟了。

我和多米尼加谈完之后，在中午过后的某个时候，下一集奥斯曼连续剧开播了。当时我正背靠中央车站的墙，站在那儿无所事事地看着一个熟练的木偶师在为三五个孩子提供娱乐。木偶师从微型放映棚上方操控着一个细小的马可·菲利斯人偶，让那个身穿太空服有着精致关节的人偶沿着一堆破碎的砖石形成的“岩壁”往下爬去。这应该是在演示菲利斯爬入渊堑底部，因为在陡坡的底下有一堆珠宝，由一只凶猛的外星九头怪物守卫着。木偶师让怪物扑向菲利斯，孩子们纷纷鼓掌欢呼。

就在这一刻，我的思绪停滞了，奥斯曼的生活场景自顾自地挤了进来，全须全尾。

过后——当我有时间消化新看到的那些信息的时候——我联想起了先前看

到的那一集。奥斯曼的这些连续剧起初完全没什么大不了，只是复述了一遍斯凯的生活，跟我所知道的记载一般无二。但它们渐渐出现分歧：先是在小细节上，然后越来越明显。在我所听说过的任何官方历史记述中都不存在第六艘飞船的说法，斯凯也从没有让杀死他父亲的刺客活着，更遑论给刺客提供下手之机。但这些都还只是故事的细枝末节，重要性远比不上说实际上是斯凯谋杀了巴尔卡扎尔船长。巴尔卡扎尔在我们的历史书上只占一个脚注，是斯凯的前任之一——但从来没有人暗示说实际上是斯凯杀死了他。

我紧握拳头，鲜血如雨点般滴落在广场的地板上。我开始怀疑，自己到底是被什么感染了。

“对此我无能为力。他在那儿睡着了，没有发出一点声音——我从未怀疑过有什么不对劲。”

给巴尔卡扎尔做检查的两名医务人员在斯凯发出老人出了问题的警报后，等飞船一停好就立即登上了的士。瓦尔迪维亚和伦戈关闭了身后的气闸，好给自己留出做事的空间。斯凯目不转睛地看着他们。他们俩看上去都很疲惫，脸色蜡黄，眼睛下面都已经累出了眼袋。

“他没有大声叫喊，用力喘气，或者其他类似的表现？”伦戈说。

“没有，”斯凯说，“无声无息。”他装出一副心急如焚的样子，但小心翼翼地不演得太过火。毕竟，随着巴尔卡扎尔的离开，通往船长宝座的道路突然变得比以前更加清晰，就好像一个复杂的迷宫突然暴露出一条直通中心的路径。这点他心知肚明；他们也心知肚明——如果他没有因为自己这样的好运而在悲伤中流露出一丝喜悦，那反倒更令人怀疑了。

“我敢打赌，是巴勒斯坦号的那些浑蛋毒死了他，”瓦尔迪维亚说，“你知道的，我一直反对他去参会。”

“这场会议无疑压力很大。”斯凯说。

“可能这就是全部的原因，”伦戈边说边挠了挠自己眼睛下面生粉色的皮肤，“没必要责怪其他人。他只是无法承受会议带来的压力。”

“那么我当时确实是无能为力吗？”

另一名医生正在检查巴尔卡扎尔胸前绑在他们已经打开的侧扣束腰外衣下面的人工心肺膜。瓦尔迪维亚疑虑重重地戳了下这个装置。“这玩意儿应该发出警报才对。我估计你并没有听到警报吧？”

“正如适才所说，无声无息。”

“这该死的玩意儿肯定是又坏了。听着，斯凯，”瓦尔迪维亚说，“下面的话如果有一个字泄露出去，我们就死定了。那个该死的人工膜总是出毛病，但我和伦戈最近一直在超负荷工作……”他呼出一口气，摇摇头，怀疑着自己那许多个小时的工作是否有价值。“嗯，我不是说我们没修它，但显然我们不能把所有的时间都花在护理巴尔卡扎尔上，而对其他人不闻不问。我知道在巴西利亚号上人们有比这堆破旧垃圾好得多的设备，但那对我们能有什么用呢？”

“没用，”斯凯热心地点了点头，“如果你们把太多的注意力都投注到这位老人身上，可能会害死其他人。我完全明白。”

“我希望你真的明白，斯凯——一旦他的死讯泄露出去，就会有一场大风暴。”瓦尔迪维亚又看了看船长，但如果他是在指望出现奇迹般的康复，那并没有任何这样的迹象。“我们将迎来对医疗保障质量的审查。你将会被反复质询你在巴勒斯坦号之行中的各种举措。拉米雷斯和委员会里的其他杂种会试着指责我们搞砸了。他们会试图说你玩忽职守。相信我，我以前就见识过了。”

“我们都知道，这不是我们的错。”斯凯说。他低头看着船长，他手帕上快干的唾液像是蜗牛爬过的痕迹。“他是个好人，他早就该退休了，但依然尽心尽力为我们服务。但他太老了。”

“是的，无论如何，再过个年把他都会死的。但要试着向船上这么解释的话……”

“那我们就得时刻当心自己的背后了。”

“斯凯……我们刚才告诉你的那些……你一个字都不会说出去的，没错吧？”

有人在敲打气闸，试图进入的士。斯凯对外边的骚动充耳不闻。“你具体想让我怎么说？”

医生深深吸了口气说：“你一定要说，人工心肺膜向你发出了一次警告。你没有针对警告采取行动并不重要。你无计可施——你没有所需的资源和专业知识，而且你离飞船很远。”

斯凯点了点头，就好像这一切都完全合情合理，也正是他会说出的话。“只要我从来没暗示人工心肺膜一开始就没起作用？”

两名医生互相对望了一眼。“是的，”前一名医生说，“正是如此。没人会怪你的，斯凯。他们能看得出，你已经尽力了。”

斯凯现在觉得，船长看起来非常平静。他的眼睛是闭着的——一名医生合上了他的眼睑，让这个死人看起来显得不失尊严。他的这副样子，正如小丑所说，就跟在梦见自己的童年一样。尽管这个男人的童年也是身在船上，就跟斯凯自己的童年一样枯燥无味，一样封闭而压抑。

敲击气闸的声音响个不停。“我最好放那家伙进来。”斯凯说。

“斯凯……”前一名医生语带恳求。

他把一只手放到那人的前臂上。“不用担心。”

斯凯整理好自己的情绪，用手掌按下舱门开关。门外挤着至少有二十个人，人人都想头一个进入机舱。他们都争着想亲眼看看死去的船长，表达关切，同时暗暗希望这不是又一次虚惊一场。几年来，巴尔卡扎尔动不动就险死还生，简直让人头疼。

“天哪，”这群人当中一个来自驱动管理委员会的女人说道，“这是真的还是假的……看在上帝的分上，到底发生了什么？”

两名医生之一张口欲言，但斯凯更快。“他的人工心肺膜出故障了。”他说道。

“什么？”

“你听到我说的了。我一直都在留心巴尔卡扎尔。他很好，直到他的人工心肺膜开始发出警报。我解开他的外衣，看了看诊断读数，说是他犯心脏病了。”

“不……”一名医生开口说话，但房间里没人理会他在说什么。

“而你肯定他当时并没有犯病？”那个女人说。

“基本上。他当时正在和我说话，很清醒。没有不舒服的迹象，只是很恼火。然后人工心肺膜告诉我，它要尝试除颤。不用说，他在那一刻变得相当焦虑不安。”

“然后发生了什么？”

“我开始尝试移除人工心肺膜，但有那么多根线都连接在巴尔卡扎尔身上，我意识到在开始除颤前的几秒钟内，我是肯定办不到的。我别无选择，只能抽身离开。如果我一直跟他保持接触，我可能也会被电死。”

“他在撒谎！”医生喊道。

“不用管他，”斯凯平静地说道，“他肯定会这么说，不是吗？我并不是说这是有意为之……”他说完停了一下，留出点时间，以便在他继续往下说之前，最后这个词有机会在人们的思维中扎下根去。“我并不是说这是有意为之，只是一个可怕的失误，原因在于工作过劳。看看他们俩吧。这两个人已经接近精神崩溃了。他们会开始犯错，这实在是毫不奇怪。我们不应该为此过多责怪他们。”

瞧啊，当这段对话在人们的记忆中回放时，会凸显出来的并不是斯凯在试图逃避自己会受到的责备，而是斯凯在胜利时的宽宏大量，甚至是富有同情心。他们会看到这一点并为之鼓掌，同时不得不承认，如在梦游的医生们依然应当承担一部分责任。斯凯认为，他们不会觉得这有什么错处。一位伟大而受人尊敬的老人在令人遗憾的情况下去世了，有人要承担责任才是应该的，才是适当的。

他很好地掩饰了自己。

尸检将确定船长上尉确实死于心力衰竭，但无论是尸检还是从人工心肺膜内存中读出的数据都无法完全阐明他死亡过程的确切时间表。

“你做得很好。”小丑说道。

没错，但小丑也应该得到几分赞誉。是小丑叫他在巴尔卡扎尔睡着的时候解开外套的扣子，也是小丑告诉他如何进入人工心肺膜的私密功能设置，这样他就可以通过编程让它发出除颤脉冲，哪怕船长的身体状况其实跟先前一样没什么问题。小丑比他更聪明；虽然从某种程度上说，斯凯知道这些知识一直存在于他的脑海中。但是小丑把它们从斯凯的记忆中发掘了出来，对此他满怀感激。

“我觉得，我们组成了一个优秀的团队。”斯凯无声地说道。

斯凯看着那两人的尸体翻滚着坠入太空。

瓦尔迪维亚和伦戈死于航天器上最为朴素的处决方式：在气闸中被窒息，然后被抛入真空。对老人死亡的审判按照飞船时间计算花了两年；有人提出上诉，有人发现了斯凯的报告中存在矛盾之处，审判速度慢得磨人。但上诉失败了，斯凯成功地对那些矛盾做出了解释，几乎所有人对他的说法都感到满意。此刻，一小批高级船员正挤在挨着气闸的舷窗周围，竭力想从黑暗中窥见一鳞半爪。之前当空气从舱内被吸走时，他们听到了那两个垂死挣扎的男人竭力敲打气闸室舱门。

是的，这是个严厉的惩罚。他心中暗自思忖——鉴于船上的医疗资源业已捉襟见肘就更是如此。但这种罪行绝不能轻易放过。这些人玩忽职守害死了巴尔卡扎尔，并非主观故意这点并不重要——尽管他们是否真的缺乏主观意图这点本身仍然值得怀疑。是的，在飞船上，玩忽职守本身就是种罪，其严重程度几乎不亚于叛变。而如果其他人不将这些家伙处死以儆效尤，那也是种玩忽职守。

“你谋害了他们，”康斯坦札说话的声音很小，只有他一个人听得到，“你或许已经让其他人相信了你，但我没有。我太了解你了，斯凯。”

“你根本不了解我。”斯凯说话的声音轻如耳语。

“噢，可我确实了解你。我从你还是个孩子时就认识你了。”她表情夸张地笑了笑，仿佛他们俩正在聊着什么有趣的内容，“你从来都不正常，斯凯。你对真正的人兴趣全无，你更感兴趣的是像斯栗克这样扭曲的事物，或者像那个潜入者那样的怪物。你一直让那家伙活着，不是吗？”

“让谁活着？”他说话时脸上的表情和康斯坦札的同样做作浮夸。

“那个潜入者。”她眯起眼睛，怀疑地看着他，“如果他没死的话。无论如何，他到底去了哪儿？在圣地亚哥号上，有上百个地方可以藏起他或者类似的东西。你知道的，总有一天我会把他找出来，结束你正在进行的那些没意义的虐待狂式的实验。同样，我也会证明，是你构陷了瓦尔迪维亚和伦戈。你会得到应有的惩罚的。”

斯凯微笑着想起了他把斯栗克和嵌合体关在里面的刑讯室。这只海豚的疯狂程度他从来都望尘莫及：简直是个纯粹的仇恨引擎，仿佛它存在的目的就是给嵌合体施加痛苦。斯凯让斯栗克把自己被囚归咎于嵌合体，而现在在嵌合体眼中海豚则扮演了魔鬼的角色，与作为神明的斯凯恰成对照。这样一来，重塑嵌合体就容易多了：他获得了一个恐惧和鄙视的对象，同时也得到了一个崇拜的对象。嵌合体正在接近斯凯心中的理想，很慢，但确定无疑。在需要嵌合体的那个时候——未来几年内肯定还不到时候——这项工程肯定已经完工了。

“我不知道你是什么意思。”他说道。

一只手搭到了他肩膀上。是拉米雷斯，执行委员会的领导人。这个全船性的机构有权选举某人担当空出来的船长一职。据说，拉米雷斯很有可能成为巴尔卡扎尔的继任者。

“又在独霸他了，康斯坦札？”那人说。

“我们只是在回忆过去，”康斯坦札答道，“我向你保证，没什么不能等回头再说的。”

“他让我们感到骄傲，你不觉得吗，康斯坦札？换了其他人，可能就会让那些家伙疑罪从无了，但我们的斯凯可不会。”

“是的，他不会的。”康斯坦札说完这句话便转身离开了。

“在大船团中没有犹疑的余地。”斯凯边说边看着那两具尸体渐渐消失。他朝正静静躺在自己冰冷棺材里的老船长那边点了点头，“如果说那位亲爱的老人教给了我什么道理的话，那就是永远不要留有任何不确定的地方。”

“那位亲爱的老人？”拉米雷斯听起来像是被逗乐了，“你在说巴尔卡扎尔吗？”

“他对我来说就像父亲一样。我们再也见不到像他那样的人了。如果他还活着，这些人能够用窒息这种不怎么痛苦的方式收场就算是走运地逃过一劫了。巴尔卡扎尔会把痛苦的死亡视为唯一有效的威慑形式。”斯凯聚精会神地看着对方，“这点你也有同感吧，不是吗，先生？”

“我……我不会假装明白。”拉米雷斯似乎稍稍吃了一惊，不过他眨了眨眼就继续往下说道，“我对巴尔卡扎尔的思维没有太多深刻的了解，奥斯曼。据说，他在最后那段时间不再有那么尖锐的锋芒了。但我想你应该知道得最清楚，作为他的爱将。”那只手再次搭到了他肩膀上。“而这对我们中有些人而言有着特殊的意义。我们信任巴尔卡扎尔的判断，就像他信任你父亲提图斯一样。我坦率地说，你的名字已经被传得沸沸扬扬，关于那个……你自己怎么想？”

“关于船长的职位？”拐弯抹角毫无意义，“这有点太早了，不是吗？此外，有像你这样拥有杰出业绩和丰富经验的人在……”

“一年前，我或许也会这样想。是的，我多半会接任，但我不是年轻人了，我怀疑过不了多久，就会有人问起谁可能成为我的继任者。”

“你还有很多年的时间，先生。”

“哦，我可能会活着看到旅途终点星，但建立定居点最初的那些艰难岁月里，我不会再适合主管的位置。到那时你也不再是个年轻人了，奥斯曼……但你会比我们中许多人要年轻得多。重要的是，我看得出，你有胆量，也有远见……”拉米雷斯奇怪地瞥了一眼斯凯，“有什么东西在困扰着你，是吗？”

斯凯看着那两个小点，那两个被处决的人融入黑暗，就像两个小小的奶油点掉进了你可以想象得出的最黑最黑的咖啡中。当然，现在这艘船没有打开推进引擎——自斯凯出生以来，它一直在做无动力漂流——这意味着那些人要过很久很久才会被抛远。

“没什么，先生。我只是在想一个问题。现在那两个人已经被丢了出去，我们不必再带着他们了，那么，当启动减速喷射的时候，我们减速的幅度就可以稍微大那么一点了。这意味着我们可以在目前的速度下把巡航模式多保持一点点时间，也就意味着我们将更快地到达我们的目的地。这意味着那些人已经为他们的罪行向我们做出了补偿，虽然补偿得很少，很难说已经足够。”

“你说的这些可真是太奇怪了，奥斯曼。”拉米雷斯点了点他的鼻子，靠得更近了些。他们的交谈并不存在会被其他官员听到的危险，但现在他完全是在轻声耳语了。“给你个忠告。当我说你的名字被传得沸沸扬扬时，我并不是在开玩笑——但你并不是唯一的候选人，只要你说错一句话，你的胜出机会就会遭到灾难性的影响。我说得够清楚了吗？”

“无比清晰，先生。”

“很好。那就留心不要行差踏错，随时保持冷静，这样你可能会有机会的。”

斯凯点了点头。他觉得，拉米雷斯希望自己因为他保守了这点秘密而感激涕零，但斯凯实际感受到的以及他竭力掩饰的是无以复加的蔑视。说得好像拉米雷斯和他的亲信的意愿对他能有任何影响似的！就好像他们对他是否会成为船长有任何发言权似的！这些可悲的蒙昧愚人。

“他一点用都没有，”斯凯叹了口气，“但我必须让他觉得自己对我们有用。”

“当然，”答话的是小丑，因为小丑从来不会离开，“我会这么做的。”

第二十五章

这一集演完之后，我在大厅里走了半天，终于找到了一个帐篷，可以租用几分钟电话。现在城市原有的精密迅捷的数据网络已经停止工作，每个人都只能依赖电话联系。这里的机器曾经把通信技术提升到了毫不费力、表面上近乎心灵感应的程度，对这样的社会来说这样子是种倒退，但以电话本身作为配饰又已经成为一股小小的时尚潮流。穷人没有电话，所以富人就拿它们来炫耀，越大越显眼越好。我租的电话看起来像是个粗糙的、出于军用目的专门加固过的对讲机：一个笨重的黑色手持设备，会弹出个二维屏幕，还有一套标有加拿亚语字母的键盘，上面的按键都磨损了。

我问租用电话的人，我需要怎么做才能联系到轨道上的某个号码，还有天篷区上的某个人。他向我解释了好半天这两个问题，我费了好大劲才把细节记在脑子里。轨道上的号码既然我清楚就好办些——数字就刻在阿米莉娅修女留给我的冰封托钵修道会名片上——但我必须通过四五层爱闹脾气的通信网络中转才可以联系上。

冰封托钵僧们开展业务的方式颇为有趣。他们会在自己的客户离开爱德怀德安养院后的很长一段时间里，仍然与其中许多人保持着联系。这些客户中有些人在这个太阳系里地位攀升、身居高位之后，会对冰封托钵修道会进行回报——提供捐款，让他们能保持自己的居民点的偿付能力。但还不止于此。冰封托钵僧们还会接待回头客，为他们提供额外的服务——提供信息，还有某些行动，只能用“最优雅的谍报行动”来形容。因此，易于联系是符合他们自身利益的。

我不得不走出车站，走进雨中，电话才能够连接上本市某个幸存的数据系统。即便如此，我还是磕磕绊绊地试了好一会儿，才等到一条通往安养院的信息路线成功建立；而且我们的对话从一开始就时不时被明显的时滞和丢包打断——数据包在黄石星附近的太空中蹦跳的过程中，偶尔会进入抛物线形的轨道，从此就一去不回。

“我是冰封托钵修道会的阿列克谢修士，请问我能为您做些什么以服侍上帝？”

屏幕上出现的那张脸有些憔悴，下巴瘦长突出；他的眼中闪动着平静的仁善之光，像只猫头鹰。我注意到其中一只眼睛周围有一片深紫色的瘀伤。

“哎呀，哎呀，”我说，“阿列克谢修士。太好了。发生了什么？摔在你的小铲子上了？”

“朋友，我不太确定自己有没有听清你在说什么。”

“好吧，我来帮你回忆下。我的名字是坦纳·米拉贝尔。几天前我刚到过安养院，来自奥维多号。”

“我……不太确定自己是否记得你，兄弟。”

“有趣。你不记得我们在山洞里是怎么交换誓言的了吗？”

他咬紧牙关，同时保持着那种似笑非笑的慈悲面容。“不……对不起。我记忆中一片空白。但请继续。”

他穿着一件冰封托钵僧的制式罩衫，双手交握在自己腹部。在他身后我可以看到梯田式的葡萄园，它们一路升高，直到最终在头顶上倒弯过来，沐浴在定居点人工太阳屏镜面发出的光芒中。阶梯式坡面上散布着小木屋和休息点——在占据绝对优势的鲜艳绿色中几片清凉的白色斑块，仿佛一片咸海中的冰山。

“我需要和阿米莉娅修女谈谈，”我说，“在我逗留期间她对我非常好，我的个人事务也是由她处理的。我似乎记得，你是认识她的？”

他的表情依然平静。“阿米莉娅修女是我们最良善的灵魂之一。你想表达你的感激，这并不让我感到惊讶。但我恐怕她现在正在低温室里，不方便通话。也许我至少可以——以我自己的方式——为你提供些服务，哪怕我的服侍远远不能与神圣的阿米莉娅修女对你的奉献相提并论。”

“你伤害她了吗，阿列克谢？”

“愿上帝宽恕你口出恶言。”

“收起那套虔诚的把戏。如果你伤害了她，我会打断你的脊柱。这点你明白了没有？我真该在先前有机会的时候就动手。”

他仔细考虑了好一会儿，然后才回答：“不，坦纳……我没有伤害她。这样说你能满意吗？”

“那就给我找阿米莉娅。”

“为什么你这么急着要和她说话，而不肯跟我讲？”

“我从我们的谈话中得知，阿米莉娅修女经手处理过很多来到安养院的新人，我想知道她是否还记得经手过一位先生，名叫……”我正要说出奎伦巴赫时急忙刹住了话头。

“对不起，我没听清你说的名字。”

“没关系。你只要给我接通阿米莉娅就好。”

他犹豫了一下，然后让我再次重复自己的名字。“坦纳。”我咬牙切齿地说道。

搞得好像我们刚刚被介绍认识一样。“请你稍等——嗯，耐心点，兄弟。”他的表情依旧，但他的语声现在微微有些紧张。他掀开礼服的一只袖子，露出个青铜手镯，对着手镯说话，声音很轻，说的可能是一种只有冰封托钵僧才会使用的特殊语言。我看到手镯上出现了什么，但太小了，只能看到一团粉红色的模糊图像，那有可能是人脸，有可能是阿米莉娅修女。停了五六秒后，阿列克谢放下了他的袍袖。

“怎么样？”

“我暂时联系不上她，兄弟。她正在照顾雪泥……照顾病人，我们也强烈建议你不要在她正忙的时候去打搅她。但我被告知，她一直在找你，就像你在找她一样。”

“找我？”

“如果你愿意留个口信，告诉阿米莉娅要怎么找到你……”

我没等阿列克谢说完这句话就切断了与安养院的连接。我想象得出他现在的样子：站在葡萄园里，阴沉地盯着之前还在通话，如今已经不动的屏幕，语声渐渐消失。他失败了。他没能追查出我的行踪——他肯定想这么干。看样子，瑞维奇的人已经先跟那些冰封托钵僧联系过了，还渗透到了僧团当中。他们一直在等待我恢复联系，希望我会一个不小心暴露自己的位置。

他们差点就成功了。

我花了好几分钟总算回忆起，在说出她在破坏运动中的熟人们对她的称呼之前，斑马曾自称塔琳，这才得以找到她的号码。我不知道塔琳在渊堑城是不是个常见的名字，但这一次我的运气不错——以塔琳为名字的人只有十几个。我没有必要给其中每个人打电话，因为电话里显示出了城市地图，其中只有一个号码在渊堑城附近。通话线路连接比起与安养院的要快得多，但远远谈不上及时，而且仍然受到静电的干扰，就好像信号得沿着一条横跨大陆的电报电缆吃力地爬行，而不是从几千米烟雾弥漫的空气中飞跃而来。

“坦纳，你在哪里？你为什么要离开？”

“我……”我正准备告诉她我在大中心火车站附近时停了下来，虽然从我身后的景色来看，这点已经非常明显了，“不，我最好还是不说。我想，我是相信你的，斑马，但你离狩猎游戏的旋涡太近了。你还是不知道的好。”

“你认为我会背叛你？”

“并不。虽然如果你真的那么做了，我也不会怪你。但我不能冒险让别人有机会从你这里发现我的位置。”

“还有谁会发现呢？我听说了你对韦弗里所做的，相当干净利落啊。”她的条纹脸填满了屏幕，她充满血丝的粉色双眼让黑白两色的皮肤多了点色差。

“他同时从两边参与这场游戏。他肯定也知道这迟早会让他被杀的。”

“他或许确实是个虐待狂，但他也是我们中的一员。”

“我应该怎么做——礼貌地微笑并要求他们停止？”一阵温暖的雨水倾盆而降，我挪到了一栋大楼的窗台下躲雨，同时用双手罩在电话上方；斑马的形象在空中荡漾，恍如水中的倒影。“如果你要问我对韦弗里有没有什么私怨，我会说没有。至少没什么是一颗温暖亲切的子弹无法解决的。”

“据我所知，你并没有用子弹。”

“他让我陷入了除了杀掉他别无选择的境地。如果你要问我做得怎么样，我会说我干得很熟练。”我并没有告诉她我在地面上赶到韦弗里那边时发现的细节，知道他的器官其实是在地沤区被割走的并不会改变什么。

“你完全有能力照顾好自己，不是吗？当我在那栋楼里发现你时，我就开始怀疑了。大多数情况下，猎物们都走不到那么远。在被枪击的情况下肯定不行。坦纳·米拉贝尔，你到底是什么人？”

“一个在挣扎求生的人。”我说，“我从你那里不告而取，我很抱歉。你照顾了我，我很感激，如果我能找到什么办法回报你的照顾，还有赔偿我拿走的东西，我会去做的。”

“你没必要去任何地方的，”斑马说，“我说过的，我会为你提供庇护，直到这场狩猎游戏结束。”

“恐怕我有必须要去做的事情。”这是个错误，与瑞维奇的生意是最不该让斑马知道的，但现在我激发了她的好奇心，她开始猜测是什么样的事才会让一个人离开安全的藏身之所。

“真奇怪，”她说，“你说你会回报我的时候，我几乎就完全相信了。我不知道为什么，但我认为你是一个言而有信的人，坦纳。”

“你的看法没错，”我说道，“而且我想有一天，那将会成为我的死因。”

“这话是什么意思？”

“无须在意。斑马，今晚有狩猎活动吗？我想如果有人知道的话，那你或许也知道。”

“有的，”她思忖了一下说道，“但我不明白这跟你有什么关系，坦纳。你还没有吸取教训吗？你还能活着就已经很幸运了。”

我笑了笑。“我想，我只是相对渊堑城这地方来说还不够变态。”

我把租来的电话还给了它的主人，考虑了下我的选择。在我意识层面的每一道思绪后都潜伏着斑马的面孔和她的声音。我为什么要给她打电话？我没有任何理由这么做，只除了给她道歉，而且道歉也是毫无意义的；这种姿态更多的是为了让我的良心好受些，对那个遭我盗窃的女人而言并不会有什么帮助。我很清楚我的背叛会给她造成多大的伤害，也很清楚我在可预见的未来压根不可能有机会补偿她。然而我不知为何还是打了这个电话；我努力剥离我表面上的动机，找出那下面真正的动机所在时，我发现的只有一堆混沌不明的情绪和冲动：她的芬芳，她欢笑的声音，她臀部的曲线，以及在我们翻云覆雨后，她翻身离开时背上的条纹扭紧和松开的样子。我不喜欢这个发现，所以我啪地合上盖子，把这些想法关回去，就好像我刚刚打开了一个盒子，发现里面满是毒蛇……

我走回集市的人群中，让他们的喧嚣将我的思绪压下，好聚精会神于当下的要务。我还有些钱，无论这笔钱在天篷区能做的事有多微不足道，按地沤区的标准，我仍然是个有钱人。我四处打听，比较价格，选定了一间出租屋，在地沤区对面，和车站隔着几个街区，周围看起来属于不那么破败的区域之一。

即便按照地沤区的标准，这房间也够简陋的。它位于一个八层楼高的立方体的一个角上，立方体由一堆摇摇欲坠的屋子组成，它们附着在中央主楼基底的斜坡周围，勉强被绑扎到了一起。另外，它看上去建好已经很久了，本身外面也已经有了悬梯、楼梯、平台、排水管道、花架和动物笼子等组成的附属外壳。因此，虽然这个建筑群可能不是地沤区最安全的，但它显然已经撑了好些年，故而不太可能选择我的到来作为开始坍塌的信号。我爬过一系列楼梯和转换平台才进入我的房间，把双脚踩在瓦片状的竹制地板上，下方的街道平面远得让人头晕。房间里照明用的是煤气灯，不过我注意到建筑群的其他一些部分有电，下方某处有为它们供能的甲烷燃气发电机，轰轰响个没完，与本地街头的音乐演奏、广告喇叭、穆安津[1]、小贩和动物们始终处于激烈的竞争之中。但我很快就对这些声响充耳不闻了，而且我拉上房间的百叶窗后，屋子里就不怎么亮了。

房间里没有任何家具，只有一张床，但我也不需要别的。

我坐到床上，思索着近来发生的一切。我感觉自己暂时不会再看到奥斯曼剧集，这让我能够以一种类似临床医生的冷静疏离的态度来回顾我迄今为止所经历的一切。

这当中有某些地方很不对劲。

我是来杀瑞维奇的，然而，几乎纯属偶然，我瞥见了某个庞然大物的一角，某个轮廓让我很不喜欢的事物——那不仅仅是奥斯曼的生活剧集，不过它们是其中的重要组成部分。当然，它们开始的时候很正常。我并不怎么欢迎它们，但鉴于我已经大致知道它们将采取什么形式，我想我可以把它们置之度外。

但事情的发展并非如此。

那些梦——现在不是梦而是剧集了，因为它们已经开始闯入天光之下——正在揭示出被深深掩埋的历史：斯凯犯下的一些额外的罪行，从前甚至没人怀疑过。还有潜入者继续存活的问题，第六艘飞船——传说中的卡洛奇号的问题，以及提图斯·奥斯曼认为斯凯是那些长生不朽者中一员的事情。但斯

1. 阿拉伯语音译，意为“宣礼员”。

凯·奥斯曼已经死了，不是吗？我不是在新瓦尔帕莱索城看到过他被钉在十字架上的尸体吗？即便那具尸体是伪造的，但在登陆后的那段黑暗时代里，他被抓获、监禁、审判、定罪和处决的全过程都处于众目睽睽之下，被记载于公开记录之中。

那为什么我会怀疑他是否真的死了呢？

这只是教化病毒在扰乱你的大脑而已。我默默地对自己说。

但我睡着以后，来困扰我的并不只是斯凯的事情。

我正俯瞰着一个长方形的房间，这空间似乎是个地牢，或是诱食陷坑，而我则站在一条有阳台的观察走廊上。房间白得刺眼，墙壁和地板上都铺着闪亮的瓷砖，但四下散布着大片光彩夺目的绿色蕨类植物和精心安排的树木枝叶，创造出一片丛林植被布景。地面上有一个人。

我觉得，这个房间我很眼熟。

那人蜷缩着身子，姿势像个胎儿，赤身裸体，似乎他是被放置在那里的，等待自然醒来。他的皮肤苍白，身上有层像糖霜般反光的汗水。他缓缓抬起头颅，睁开眼睛，环顾四周，尝试着慢慢站起来——尝试了下，然后摔倒了，换了种姿势蜷缩在地。他是没法站起来的，因为他有条腿只到脚踝处，那里是一段没有血迹的残肢，干干净净，就像一根香肠的末端，被缝得整整齐齐。他又试了一次，这次在失去平衡之前，他成功地跳到了一面墙壁旁，靠在墙边。他的脸上有种难以形容的恐惧表情。那男人开始大声喊叫，然后那喊叫声越来越疯狂。

我看着他在瑟瑟发抖。这时在房间的另一边，在一面白墙上的一道黑乎乎的凹槽里，有什么东西动了起来。不管它是什么，总之它在缓慢而无声地移动；但那个人意识到了它的存在，然后他的喊叫声变成了尖叫，就像头待宰的猪。那东西从房间另一边的壁龛里钻了出来，掉在地上，像是一卷黑黝黝的缆绳，足有人大腿那么粗。它懒洋洋地继续移动着，圆滚滚的好像戴着个兜帽的头部抬起来，在嗅探着空气，与此同时身体更多的部分还在从壁龛里挣扎着向外。现在那个男人的尖叫声时不时会被呼吸打断，但这种突兀的沉默与他发出的尖叫形成的对比只会让那叫声更加令人毛骨悚然。而我感觉到的只有满满的期待，胸腔中的心脏都在收紧——哈玛德律阿得斯正朝着那人移动，而且他无处可逃。

我汗流浃背地醒来。

过了一阵，我出去逛街。我睡了大半个下午，虽然我并没有感觉神清气爽——我的思维无疑比睡觉之前更混乱了——但至少也没有那么疲惫不堪了。我穿行于地沤区慵懒的人流车流中，步行者、黄包车还有蒸汽和甲烷驱动的奇异机械装置从我身边经过，偶尔还有轿子、喷气飞车或是缆车，但它们从不会逗留太久。我注意到，与刚进城时相比，我引人注目的程度减弱了不少。我没刮胡子，眼睛深陷在疲惫的眼窝中，看起来更像是地沤区本地的人了。

午后，小贩们正在出摊，其中有些已经挂上了灯笼，准备迎接即将到来的黄昏。一艘形状诡异，看上去像是条大蛆的甲烷充气飞艇正在头顶上笨拙地航行，有人被绑在下面的吊篮上，用扩音器在喊着口号。吊篮下方的投影屏幕上闪烁着五颜六色、支离破碎的图像。我听到一阵呼唤声响彻整个地沤区，听起来像是穆安津的呼唤，呼唤信徒们去祈祷，或是他们在这里实行的什么别的仪式。然后我看到一个耳朵上打了孔，镶了宝石的人，他的流动摊位上挂着些小柳条篮，里面装着蛇，各种大小、各种颜色一应俱全。我看着他打开笼子，拨弄其中一条深色的蛇，它盘曲的身体不安地晃动着；这时我想起了我梦中的那个白色的房间，我现在可以确认，那就是卡乌拉饲养幼蛇的地坑。我打了个寒战，不知道这到底意味着什么。

之后我买了把枪。

这把枪与我从斑马那里偷来的武器不同，既不笨重也不显眼。只是把小手枪，我可以舒舒服服地把它塞进大衣口袋里。它是在太空中制造的，发射的是冰弹：纯水的冰弹被收纳在一个隔热套筒中，套筒则沿着枪管向前，被一系列电磁场波动依次加速。冰弹头造成的伤害不亚于金属或陶瓷子弹，但它们在人体中破碎后，那些碎片会完全融化消失。这种武器的主要优点是，它可以利用任何纯度足够的水来补给弹药——尽管它使用武器制造商提供的冷冻弹夹里那些精心预冻的弹头时效果最好。而且如果用这种枪犯下了罪行，想追踪到枪主几乎是不可能的，这使得它成为一种理想的暗杀工具。子弹没有自主寻找目标的能力，或许也不能穿透某些型号的防弹服，但这些都不重要。像斑马那把枪那样威力大得离谱的玩意儿，只有在一种情况下可以成为刺杀的工具：我得有机会隔着半座城市击杀瑞维奇，而这种可能微乎其微。这场杀戮绝不会是那种坐在窗前，眯着眼睛通过高功率步枪的望远镜观察，等待着目标与十字准星相交，其间他的影像被绵延好几千米温热的雾气扭曲，飘忽不定。肯定会是另外一种：你走进目标所在的房间，然后用一颗子弹完成任务，要靠近目标，近得足以看到他因恐惧瞪大的双眸中的眼白。

地沤区上空暮色垂落。除了紧挨着集市的那些街道，路上的行人渐渐稀少，高耸如云的天篷区的根部投下的阴影开始隐隐制造出一种阴沉恐怖的氛围。

我开始行动。

这名开黄包车的孩子简直跟最初带我进入地沤区的那个一模一样，或者是跟他的某个几乎可以互换身份的兄弟一模一样。他对我计划中的目的地也同样表示反对，不愿意把我送到我想去的地方，直到我承诺给他丰厚的小费。即便如此，他还是老大不乐意，不过我们还是动身出发了，在这越来越暗的都市丛林中穿行，车子的速度足以表明他有多么渴望尽快完成旅程，然后掉头回家。

他的部分紧张情绪应该也传染给了我，因为我发现自己的手正在大衣的口袋中徘徊不去，抚摸着枪身，那种冰冷的感觉令人舒心，效果就跟护身符一样。

“你想要干什么，先生？每个人都知道地沤区的这个地方不好，你最好不要去，你很聪明的。”

“人们一直都在跟我这么讲，”我说道，“所以我想，你最好是假设我并没有看起来那么聪明。”

“我没那个意思，先生。你给的钱很多，你是个很聪明的男子汉。我只是给你些好的建议，仅此而已。”

“谢谢，但我给你的建议是，只管开车，盯好路面。其他的事让我去操心。”

这话算是把天聊死了，但我本就没什么心情闲聊。我只是看着那些越来越暗的树干般的建筑物无声掠过，它们的怪异形状渐渐开始让我觉得是种奇怪的常态；我有种奇怪的感觉，似乎所有的城市到头来都会成为这副样子。

地沤区的有些地方相对来说没有完全被天篷区盖住，有些地方上头建筑的密度则高得不可能再高，连“大蚊帐”都完全被挡住了；哪怕日正方中的时候，阳光也一丝都漏不到地面上。据说，这些地方是地沤区最糟糕的区域：在这些永恒的暗夜之地，犯罪是唯一有效的律法，这里的居民们也玩“游戏”，其血腥和残酷程度毫不亚于住在头顶上的人们所喜欢的那种。我无法说服那个黄包车小子带我进入贫民区的中心地带，所以我选择让他把我在外围放下，口袋里的手握住了那把实弹枪。

我在没过脚踝的雨水中跋涉了几分钟，直到走到一栋建筑的边上——我依照斑马给我的描述分辨出了它，然后钻进一个可以遮挡几分雨的小神龛里蹲下。接下来我等待着，等待着，等到最后一丝微弱的日光从眼前消失，所有的阴影都在不知不觉间融合到了一块，化作一块暗灰色的巨大棺罩，将整个城市拥入怀中。

然后我继续等待，一直等待。

夜幕笼罩了渊堑城，我头顶上的天篷区亮起了灯光，建筑物互相挽着的臂膀上泛起了光的涟漪，就像是一些海洋磷光生物发光的触须。我看着一辆辆缆车在纷乱的缆绳网中移动，从一条缆绳荡到另一条上时，运动轨迹就像是在打水漂的卵石。一个小时过去了，我调整了几十次姿势，一直也没能找到哪个姿势让我能感觉舒服个几分钟而不开始抽筋。我拿出枪，沿着枪身瞄准，奢侈地允许自己浪费一颗子弹，射向我对面的大楼侧面，预估这把枪的后坐力，感受一下武器有多准或是有多不准。没人来打扰我，我怀疑附近可以听到这把枪尖厉射击声的范围内或许根本没人。

不过，最后他们终于来了。

第二十六章

我看着那辆车降落在了两三个街区开外：光滑、漆黑，像是抛光的煤精；车顶上有五条机械臂，正在回缩。侧门分开，有四个人从里面走出来，手里都抱着武器，每一件都让我的小枪看起来像个蹩脚的笑话。斑马告诉我今晚下面有场狩猎，不过这并不稀奇，狩猎更偏向于常规而非例外。但她也透露了——在被劝说了好半天之后——这场血腥狂欢可能发生的地点。这场狩猎关系重大：对那些关注着每一次追杀的付费窥看者而言，之前没能杀死我已经彻底毁掉了他们那一整夜的娱乐。

“我会告诉你它在哪里进行，”她说，“但前提是你要利用这一信息远远躲开。明白了吗？我救过你一次，坦纳·米拉贝尔，但后来你背叛了我的信任。那很伤人。它可不会让我再想去救你第二次。”

“你知道我会用这一信息做什么的，斑马。”

“是的，我想我知道。我只能说，至少你没对我撒谎。你真是个说到做到的汉子，不是吗？”

“我并不完全像你想的那样，斑马。”我感觉我对她有着深深的亏欠，无论她自己有没有察觉到这一点。

她告诉我，这片地区已经为这场追杀清扫了一遍。她说，目标人物早就被抓到了，并装好了植入装置——有时他们会在某一个选定的夜晚进行多次袭击，然后让受害者陷入沉睡，直到举办游戏的时机到来。

“有人逃脱过吗，斑马？”

“你就是啊，坦纳。”

“不，我的意思是，真正的逃脱，没有得到破坏者的帮助。这种事会发生吗？”

“有时会，”她说，“有时——或许比你想象中更频繁。不是因为被猎杀者设法骗过了追猎者，而是因为组织者偶尔会允许这样做。否则游戏就会变得太过无聊，不是吗？”

“无聊？”

“那就没有偶然因素了。天篷人会一直赢。”

“那确实不行。”我说道。

现在，我看着那些人在雨中佝偻着身子前进，枪口放在身前四下扫动，他们戴着面具的脸朝两边转来转去，检查着每个不引人注意的角落。目标肯定在几分钟前被丢进了这个区域，安安静静，也许甚至没有完全清醒，就像那个白墙房间里的裸体男人一样，慢慢地清醒过来，意识到他正在与某种可怕透顶的东西共享同一个容身之所。

这伙人有两女两男，他们走近了些之后，我看到他们的面具是有戏剧效果的装饰和实用性的结合。两个女人都戴着猫咪面具，长长的锥形猫咪眼罩里装着专门的透镜。她们的手套上带有爪子，当她们的黑色高背斗篷分开时，我看到她们的衣服上有虎纹和豹斑的图案。然后我意识到，那根本不是衣服，而是毛茸茸的合成皮肤，那些“爪套”也不是手套，而是露在外面的手爪。其中一个女人在跟她的朋友们分享一个残酷的笑话时，咧嘴一笑，露出宝石般的獠牙。男人们的形体改变则没有这么张扬，他们形象中的动物部分完全来自他们的服装。离我最近的那个男人戴着个熊头，他自己的脸从熊的上颚下伸了出来。他同伴的脸上突兀地长着两只丑陋的昆虫复眼，那些细小的平面不断捕捉和折射着从上空天篷区发出的光线。

我继续等待，直到他们离我的藏身之处还剩二十米远，然后开始动作，像螃蟹似的用低矮的蹲姿冲了出去，横穿道路；我相信他们没人会来得及把手中的武器对准我的。我是对的，不过他们的表现比我以为的要好——打得我脚后水花四溅，但直到我在街道的另一边隐蔽起来，他们也没能够到我的边。

“不是他。”我听到他们中的某人说道。大概是那两名女性之一。“他不该出现在这里！”

“我只知道，不管那是谁，他都欠好好吃一枪。分散开来，我们会抓住这个小浑蛋的。”

“我在告诉你，那不是他！他应该在南边三个街区开外，而且就算真是他，他为什么要离开藏身的地方？”

“我们快要找到他了，这就是原因。”

“这人的速度太快了。地沤区通常不会有这么快的。”

“所以你面临一个挑战。你在为此而抱怨？”

我冒险从保护着我的壁龛的边缘探头瞥了一眼。一道闪电也选择了这一时刻击下，他们的身影被极为清晰地定格在我的视野中。

“我刚刚看到他了！”我听到另一个女人喊道。紧跟着我听到了能量释放的呼啸声，接着是一阵投射武器的火光在夜色中飞驰而过。

“他的眼睛有些奇怪，”前一个女人说道，“它们在那张脸上发光！”

“你这是被吓坏了，香忒若。”这是个男人的声音，也许是那个戴熊头的，现在离我很近了。我的思维中保留着他们的形象，烙印在我的记忆中，不过我现在让那些形象在我的脑海中往前跑，让他们抵达我现在知道他们应该在的位置，就像演员遵照舞台指令而行。然后我从我的隐蔽处冒出头连开三枪，三次精准的射击，几乎不用重新瞄准，因为我看到的景象与我脑海中的图像高度一致。我瞄得很低，四人中的三个都大腿中枪倒地，我故意远远避开了最后一人，打完就把自己的身子又转回了墙后。

大腿上挨了一枪谁都没法继续站着。我觉得自己听到了他们跌进水中时溅起的三声水响，不过也许那只是我的想象。很难说我到底听到没有，因为一个人在大腿中弹后另一件很难办到的事情就是保持沉默。相比之下，我前一天晚上所受的伤简直可算是无痛的，毕竟是一把扩散角很窄的决斗用光束武器精准制造出来的。尽管如此，那感觉对我来说仍然并不愉快。

我是在赌，地面上那三个人基本上就从游戏中出局了，即便他们没有把武器丢开，也无法好好瞄准了。他们可能会试图对着我大致所在的方向开几枪，但就像打中我腿的那个女人一样，他们使用的武器并不是那种可以不在乎射击精准度的。至于第四个人，她在我的计划中还有用，这就是为什么她现在没有魂飞天外，倒在一摊温暖的雨水中。

我迈步走出掩体，仔细保证对方一眼就能看到我的枪——考虑到它的尺寸，这可不容易，我甚至开始希望我也有斑马那样的丰富库存，可以从中拿把步枪获得精神支持。

“停……停下，”那个还站着的女人说道，“停下来，否则我就让你停下。”

她离我有十二到十五米远，她的武器仍然大致指着我这边：戴着斑点猫眼面具的豹皮女士，只是现在她的步态已经失去了大部分猫步的轻盈。

“把那玩具放下，”我说，“否则我就来帮你放下。”

如果她能停下来考虑一下我给她那些正在呜咽的朋友造成的伤势，她可能会想到我是个厉害得非同一般的神枪手，因此完全能够做到我所说的事。但显然她不是那种会深思熟虑的类型，因为她所做的是微微抬高了枪口；我看到她支撑枪支的前臂绷紧了，似乎准备要迎接射击带来的后坐力。

于是我抢先开火了，然后她的枪随着一声冰弹碰撞弹开的清脆响声打着旋儿从她手里飞了出去。她发出一声小狗似的呜咽，开始急忙检查她的手，看自己的十根手指是否都还在。

我感觉受到了侮辱。她把我当成什么人了？某个射击生手？

“很好，”我说，“你把它扔掉了。十分明智，这样我就不用一枪打断你的臂丛神经了。现在，把关心你朋友们之类的蹩脚借口丢开，迈开步子，走回车子那边去。”

“他们受伤了，你这个浑球。”

“看看光明的一面吧。他们本可能已经死了。”而且他们会死的，除非他们能在未来得到帮助，并且还得很快——我在心中默默想。在仅剩的残光中可以看到，他们周围的水已经呈现出不祥的樱色了。“按我说的做，”我说，“走回缆车去，我们就地搭车离开。我们升空之后你就可以打电话呼叫救援。当然了，如果他们非常走运的话，可能会有地沤区的人抢先一步找到他们。”

“无论你是谁，”她说，“你都是个浑蛋。”

我涉水从那些躯体之间穿过，让我的枪口在那个女人和她呻吟的朋友之间无规律地来回晃动，同时用眼角的余光观察着他们。“希望他们中没人身上有植入装置，”我说，“因为我听说，地沤区的人喜欢收割，我不确定他们是否会太在意有没有事先办完整套文书手续。”

“你这个浑蛋。”

“为什么你对我如此不满？就因为我胆敢反击吗？”

“你并不是狩猎的目标，”她说，“我不知道你是谁，但你不是目标。”

“顺便问一下，你是谁？”我试着回忆我刚才听到的狩猎四人组互相称呼时所用的那个名字。“香忒若？这是你的名字吗？很有贵族气质。我敢打赌，你的家族在美好时代翻了肚皮之前，在民主全权主义者中地位很高。”

“别以为你对我或我的生活有什么了解。”

“说得好像我想了解似的。”我俯身捡起一支步枪，检查了下上头那些读数方框，以确定它仍然正常可用。尽管我基本上控制住了局势，我还是感觉相当紧张。我有种感觉——虽然不够清晰，但确实存在——他们还有一个人，潜伏在大部队的后面，甚至现在正在透过某种威力巨大、精确无比的东西在瞄着我。但我努力不让这种感觉流露出来。“恐怕你被陷害了，香忒若。看这里。看看我头部侧面。你能看到吗？那儿有一个伤口，里面是植入装置。但它压根就没正常运行过。”我在冒险假设，韦弗里死前已经在真正的受害者身上完成了手术，或者有位同样乖戾的替补已经在短时间内替他完成了。“你被骗了。那个人在为破坏者工作。他想把你引入陷阱。所以植入装置被修改了，这样定位追踪就不准了。”我趾高气扬地做了个怪相，虽然我其实不知道这种事是否可能。“你认为我离这里还有好几个街区，所以遭遇伏击出乎你的预料。我有武器也同样让你出乎预料，但是，嘿，有时你猎熊，有时熊猎你[1]。”然后我低头瞥了眼她那位熊头朋友。“不对，抱歉——我说错了。今天是我猎到了熊，不是吗？”

那人在水中挣扎，用手紧紧捏住自己的大腿。他张嘴想要说点什么，但我一脚踢过去让他安静下来。

香忒若已经快到黑色的缆车边上了。我很大程度上是在赌车里确实没人，但直到现在我才觉得有理由相信，冒险得到了回报，并没有人藏身在车中。

“上车吧，”我说，“还有，别试着要什么小花招，我这人出了名地幽默感不足。”

车里的布置很豪华，有四张栗色的毛绒座椅，一个闪闪发光的控制面板，一边侧壁上装有一个设备齐全的饮料柜，边上还有个架子，上面武器和战利品正熠熠生辉。我用枪对准香忒若的后颈，让她开车升空。

“我猜你心里有个目的地。”她说道。

“是的，但暂时我只想让你找到个合适的高度，然后闲逛一下。如果你愿意的话，可以带我游览一下这座城市。今晚的夜色很适合观光。”

“你说得没错，”香忒若说，“你的幽默感确实够呛。事实上，你就和融合疫一样让人笑不出来。”但发出这番锐评之后，她还是不情不愿地设定了一条线路，让车子自行开始摆荡上升，然后慢慢转过身来面对我。“你到底是什么人？你想要我怎么样？”

1.意谓攻守的双方变化无常。

“正如我刚才所说，我只是个被卷进你们的卑劣游戏中的路人，只是要给这游戏增加一些急缺的公平。”

她的手迅速地移向我的头侧——鉴于我的枪离她的头骨很近，而且我表现得很乐意使用一下它，这动作证明她要么十分勇敢，要么相当愚蠢。

她揉了揉多米尼加为我切除狩猎游戏植入装置的位置。

“那里没有，”香忒若说，“就算曾经有过的话。”

“那么韦弗里对我也说了谎话。”我观察着她的脸孔，看是否有不同寻常的反应，但我说出那人的名字似乎并没有让她感觉有什么不合理。“他根本就没把装置放进去。”

“那我们在跟踪的是谁？”

“我怎么知道？你们并没有使用植入物来追踪猎物，对吧？还是说有什么我不知道的全新改进？”就在我说话的时候，车子突然来了一次让我反胃的俯冲，在相隔太远的缆绳之间跳跃时这些玩意儿总会间歇性地这样来一下。

香忒若眉毛都没皱一下。

“你介意我现在就为我的朋友们打电话呼叫救援吗？”

“请便。”我说道。

香忒若在打电话时听起来比我见到她之后的任何一刻都更加紧张。她没说实话，而是编了个故事，说她下到地沤区去拍一部纪录片，她和她的朋友们如何如何在半途被一帮凶恶的少年猪人给伏击了。她说得那么活灵活现，我都差点要信以为真了。

“我不打算伤害你，”我不知道我的声音听起来有多可信，“我只是想从你那里得到些信息——非常笼统的信息，提供这些信息不会对你造成什么伤害，然后我想让你带我去天篷区的某个地方。”

“我不相信你。”

“你当然会这样。我知道，换了我我也不会。而且我也没有要求你信任我。我没有把你置于某个与你对我的信任有丝毫关联的局面之中。我只是用枪指着你的脑袋在给你下命令。”我舔了舔干渴的嘴唇，“你要么按我说的做，要么就得用你的颅骨给这辆车再来次内部装修。这选择实在算不上多难吧，不是吗？”

“你想知道什么？”

“跟我讲讲狩猎游戏吧，香忒若。我已经从韦弗里那边听到了一些说法，而且他说的听起来非常合理，但我想确定自己可以看到全貌。你可以的吧，对不对？”

事实证明，香忒若讲得相当流利。我觉得这一部分是因为任何人脑袋上被枪比着都会自然而然地开口。但我觉得，这更多是缘于另外一个事实，那就是香忒若相当喜欢她自己的声音。我真的无法为此责怪她。她的声音非常好听，而且发出声音的那个脑袋也十分标致。

她出身于萨马蒂尼家族，我得知这在瘟疫前的权力结构中是个重要的家族，其血统可以一直追溯到后美利坚人时代。祖先能够追溯到这么久以前的家族都受到高度重视，在美好时代社会那光辉灿烂的顶峰时代，这种家族是最接近王族的存在。

她的家族与所有家族中最著名的家族——西尔维斯特家族有联系。我记得西比琳跟我说过加尔文·西尔维斯特的事，那个人重新发掘出了一些已经被人遗弃和怀疑的神经扫描技术——能将活人转变为自身的计算机模拟程序从而长生不朽——最终的结果却是致人死亡。

当然，他们的身体在扫描过程中会被破坏的问题并没有让那些数字飞升者感觉到真正的困扰。但当模拟程序本身开始崩溃时，就没人还能笑得出来了。第一批数字飞升者包括七十九名志愿者，算上加尔文本人则有八十名，而这些模拟程序中，大部分早早地就停止了运行，都等不到瘟疫开始攻击他们运行的逻辑基础，那些程序存在于其中的计算机。为了纪念死者，人们在城市中心建造了一个巨大而令人压抑的八十子惨案纪念碑，在那里设立了死者的灵位，由那些仍然在世的亲属照看。在瘟疫来临之后纪念碑仍然存在。

香忒若·萨马蒂尼的家人也在被纪念的那些人之列。“但我们挺幸运的，”她几乎是聊得兴起了，“萨马蒂尼家人的扫描结果属于一直没有崩溃的那百分之五，而且由于我的祖父母已经有了孩子，我们的血脉得以有肉身延续。”

我试着去思考这个问题。她的家族已经分成了两支——一支在模拟中繁衍生息，另一支则在被我们可笑地称为“现实”的地方。对香忒若·萨马蒂尼来说，这就跟她有亲戚住在海外，或住在星系里的另外某个地方类似，并不会太不寻常。“因为这项研究在我们家族中没有蒙受污名，”她说，“所以我们赞助了进一步的研究，从加尔文放手的地方继续前行。我们与西尔维斯特家族的关系一直很密切，可以接触到他的大部分研究数据。很快我们就取得了突破性进展。不会致命的扫描方法。”她的语气变得充满疑虑，“你为什么想知道这些？如果你不是地沤人，那你肯定是天篷人。那样的话，我告诉你的这些你应该本来就一清二楚。”

“为什么你认为我不是地沤人？”

“你很聪明，或者起码没有蠢到不可救药。顺便说一下，这并不是恭维。只是观察结果。”

显然，我可能来自这个太阳系之外的想法完全超出了香忒若的认知范围，以至于根本没能进入她的脑海。

“你就不能直接满足下我的好奇心吗？你被扫描过吗，香忒若？”

现在她看着我的样子好像真觉得我是个傻瓜。“当然了。”

“交互扫描生成——你们管那种玩意儿叫什么？”

“阿尔法级模拟人。”

“那么现在就有一个你的模拟人在运行，就在城市里的某个地方？”

“在轨道上，白痴。进行扫描的那些技术设备如果没有被隔离在疫区之外的话，是无法从瘟疫中幸存的。”

“当然了。我可真傻。”

“我每年会上去六七次进行更新。这就像是个短暂的假期，去安全岛一游。那是个比腐锈带更高些的居民点，不受瘟疫孢子的威胁。到了之后我就进行扫描，我之前两三个月的经历会被我的模拟人吸收整合，她一直都在运行。我现在不再觉得她是我的一份副本了。她更像是个比我更年长、更聪明的姐姐，她知道发生在我身上的一切——就好像她一直默默地在背后关注着我的一举一动。”

“即便你死了，你也不会彻底消失，只是放弃了一种存在方式而已。知道这点一定很让人安心，是吧。不过你们甚至都没人会自然死亡，对吗？”我说道。

“在瘟疫之前，可能确实如此。现在不是了。”

我回忆起了斑马说过的话。“你是什么情况？很明显，你不是一名隐匿者。你是那些天生具有极度长寿基因的不朽者之一吗？”

“如果你是想问我的基因怎么样的话，我可以说，不是人们所能继承的基因中最差的。”

“但也不是最好的，”我说，“这意味着你很可能仍然要依赖你血液和细胞中的小机器来不断纠正自然犯下的微小错误。我说得对吗？”

“得出这个结论并不需要进行太多演绎推理。”

“那些机器呢？瘟疫之后它们怎么样了？”我们经过一条悬空的铁路时，我往下看了看，看到一辆那种四四方方对称的蒸汽机车头正在夜色中穿行，后面还拖着一串车厢，正前往城市里的某个偏远区域。“你是否在瘟疫孢子触及它们之前让它们自毁了？我想，你们大多数人都不得不这么做。”

“这跟你有什么关系？”

“我仅仅是想知道你是不是在使用梦幻燃料，仅此而已。”

但香忒若并没有直接回答我。“我出生于2339年。我有一百七十八岁了，按标准年计。我见过你无法想象的奇迹，见过会让你缩成一团的恐怖景象。我扮演过神明，探索那套游戏的参数，然后超越它，就像一个孩子丢弃太过简单的玩物。我见过这个城市千百次的转变和变化，每一次它都变得更加美丽——更加光彩夺目，我也见到了它变成卑鄙、黑暗和有毒的样子，而当它挣扎着重返光明之境的时候，我仍然会在，无论那会是在一个世纪之后，抑或是一千年之后。你认为我会那么轻易地抛弃不朽，或者把自己置于一个滑稽可笑的金属盒子里，就像是个胆怯的孩童吗？”在她的猫眼面具后面，她双目中的竖瞳激动地瞪得溜圆。“天哪，我才不要呢。我曾经汲饮过那神奇的火焰，那种渴求谁都无法摆脱。在地沤区中行走，在没有保护的情况下，在这么多的陌生人之中，明知道那些机器还在我体内，这种感觉有多么刺激，你能理解吗？这是种汹涌狂暴的刺激，就像在火焰中行走，或是与鲨群同游。”

“你也是因此来玩这个游戏？因为另一种汹涌狂暴的刺激？”

“你觉得呢？”

“我认为，你的过去比你记忆中的更加无聊。这就是你玩狩猎游戏的原因，不是吗？我从韦弗里那里了解到的信息是：当瘟疫来临时，你和你的朋友们已经尝尽了社会能提供给你们的每种合法的体验，每种可能公开上演或模拟的体验，也玩遍了所有的游戏、冒险和智力挑战。”我看着她，故意要引她反驳，“但那永远是不够的，不是吗？你从来没有品尝过死亡的滋味。从未面对过它。当然，你可以离开这个太阳系——外面有许许多多的危险、刺激，还有获得荣耀的可能——但如果你这样做了，你就会离开支持着你朋友们的体系，脱离你生长其中的文明。”

“影响还不止于此。”香忒若说道。看起来，在她认为我对她和她的同类做出的评断有失公允时，她会乐于主动提供信息。“我们中有些人确实离开了。但那些离开的人知道他们放弃了什么。他们再也不能被扫描了。他们的模拟版本永远不会再更新，最终会与活着的版本相差甚远，以至于再也无法相融。”

我点了点头。“所以他们需要某样离家近得多的东西。就像是狩猎游戏这样的。一种考验自己的方式——把自己推到危机边缘，感受到几分危险，但以一种受控的方式。”

“而且这感觉很好。瘟疫来了，但我们还是可以做我们选择的事情，我们开始回忆起活着的感觉是什么样的。”

“只不过你们必须通过杀戮才能做到这点。”

她没有半点畏缩。“那些人死有应得。”

她也确实相信这点。

我们继续飞越城市上空，这期间我问了更多的问题，试图搞清香忒若对梦幻燃料知道多少。我向斑马发过誓，要帮助她为她姐姐复仇，这意味着我得尽可能多地了解这种物质，还有它的供应商，那个神秘的基迪恩。很明显，香忒若是梦幻燃料的使用者之一，但很快我就看出，她对这种药物的了解并不比我所接触过的其他人多。

“让我厘清几个问题，”我说，“在瘟疫发生之前，有没有人提到过梦幻燃料？”

“没有，”香忒若说，“我得说，有时很难回忆起从前到底是个什么样子，但我确信，梦幻燃料是在最近七年才出现的。”

“那么不管它是什么，都可能与瘟疫有一些联系。你不这么觉得吗？”

“我不明白。”

“听着，不管梦幻燃料是什么，它能保护你免受瘟疫的影响，让你带着你体内的那些机器在地沤区中行走。在我看来，这就表明两者之间可能有非常亲密的关系；梦幻燃料能识别出瘟疫病原体，并能让它失去作用，全程对宿主无害。这不可能是偶然的。”

香忒若耸了耸肩。“那么肯定是有人把它设计成这样的。”

“那么它是另一种纳米机械，是不是？”我摇了摇头，“对不起，但我不相信有人能设计出那么好用的东西，现在这里没有人能行。”

“你猜不到基迪恩拥有什么样的资源。”

“是的，我不能。但你可以告诉我你对他的了解，我们可以由此展开推测。”

“你为什么对他这么感兴趣？”

“为了我对某人的一个承诺。”

“那我恐怕得让你失望了。我对基迪恩一无所知，也不认识任何对他有所了解的人。我想，你需要和某个更接近供应端的人谈谈。”

“你甚至不知道他在哪里做生意，他制造产品的实验室在哪儿？”

“我只知道是在这城市里的某个地方。”

“你确定？我第一次遇到梦幻燃料时……”我摇了摇头，不想告诉她太多我在爱德怀德安养院复苏时的经历，“不在黄石星上。”

“我没法确定，但我曾经听说，那玩意儿不是在天篷区里生产的。”

“那就只可能是在地沤区了？”

“我想是的。”她眯起眼睛，那双竖瞳眯成了两条细长的薄片，“话说回来，你到底是什么人？”

“要解释这个，”我说，“需要相当长的时间。但我确信你已经猜出了关键的部分。”

她朝着操纵装置点了点头。“我们总不能一直兜圈子吧。”

“那就带我去天篷区。随便哪个公共场所，不要离埃舍尔高地太远。”

“什么？”

我把多米尼加给我的地名拿给香忒若看，暗自希望我对这个地址的基本情况——它是个住宅或者是一整片街区——的无知不要太过明显。

“我不太确定我知道那地方。”

“天哪，不过我的手指绷得越来越累了。好好回忆一下吧，香忒若。如果想不起来的话，这东西里某个地方也肯定有地图。你为什么不找找看呢？”

她很不情愿地按照我的要求做了。我并不知道天篷区地图在哪儿，但我认为这种东西肯定存在，哪怕是藏在缆车的处理器深处也无妨。

“我现在想起来了。”她说。控制台上发光的地图看起来很像是人类大脑局部突触连接的放大图，上头标注着刺眼的加拿亚语文字。“但我对那片地区不是很了解。瘟疫在那里出现了些奇怪的样式，与众不同——跟天篷区其他地方不一样，我们有些人很不喜欢。”

“没人强求你喜欢。带我去那里就好。”

去那里的途中需要沿着一条起伏不定的漫长弧线绕过渊堑，花了半小时。渊堑看上去只是一片巨大的空无，是明亮的天篷区延伸出的部分中被遮住的一个黑色圆环。不在穹顶之下的外围结构发出的灯光围绕在它边上，就像是某些巨大的海底掠食者下颌周围的磷光诱饵。裂口更深处偶尔还可以看到突出在岩壁上的建筑物，最深可达千米；城市巨大的管道延伸到更深的地方，汲取那里的空气、能量和水分，但几乎完全看不见。即使在晚上，排出的气体也形成了一根暗色的气柱，从裂口中高高升起。

“那就是了，”香忒若终于说道，“埃舍尔高地。”

“我现在明白了。”我说。

“明白了什么？”

“为什么你不喜欢这里。”

方圆数平方千米，上下数百米的范围之内，原本仿佛森林树冠般缠绕在一起的天篷区变成了另外一种模样：各种奇形怪状的晶状形体混乱地聚集在一起，就像是把地质学教科书中的标本，或者是某种进化得离奇古怪的病毒的显微照片拿出来，加以放大的结果。这里的色彩富丽堂皇：挖空的房间、隧道和公共空间中的灯笼发出粉色、绿色和蓝色的光芒，交织于晶体之间。状若云母的巨大灰金色薄片层层叠叠，一直堆到了天篷区的最顶上。青绿色的脆弱碧玺壳层卷曲成了螺旋锥体；粉红色的石英棒，有大厦那么大。晶体互相缠绕、彼此穿插，那些复杂的几何形体相互缠绕叠合的方式是人类有意去做都做不到的，谁都不行。埃舍尔高地这地方几乎看一看就会让人受到创伤。

“这太疯狂了。”我说。

“大部分是空心的，”香忒若说道，“否则它不可能还挂在这么高的地方。那些脱落的部分几年前就被吸收到地沤区中了。”我向下望去，看到了她所说的那些东西，在那明亮的晶体幻境之下：地沤区中大块大块过于规整的几何形体密集，就像一张地衣毯，覆住了城市坠落下去的碎片。

“你能在附近找到一片公共场所让我们降落吗？”

“我正在找，”香忒若说，“虽然不知道有什么用。你总不能拿枪指着我的头走进广场吧。”

“也许人们会认为我们是在搞行为艺术展演，就随我们去了。”

“你的计划就是这样？”她听起来对我很失望。

“实际上并不是哟。还有更多的细节。比如说吧，这件大衣的口袋很大。我相信我可以毫不费力地把枪藏在某个口袋里，然后我可以让枪口一直对着你，而不会让它被人注意到，就好像我只是特别高兴见到了你一样。”

“你这话是认真的，是吗？你真打算用枪对着我后背一路走过广场。”

“如果我用它对着你的正面那会显得有点傻气。那样我们中有一个人必须倒着走，那可不行。我们也许会撞上你的某个朋友。”

第二十七章

我们着陆的过程相当朴实无华。

香忒若的缆车停到了埃舍尔高地一侧凸出的金属壁架上，这片平地的面积足以容纳十几辆车子。其中大多数是缆车，但也有几个短粗翅膀的喷气飞车。它们就像我在这个城市看到的所有其他飞行器一样，造型优美，经过大量的改装，这让我知道，它们是在瘟疫之前建造的。在这座变成了扭曲灌木丛的城市中驾驶着它们穿行一定很困难，但也许车主们就是喜欢在这片纷乱中飞行带来的挑战。也许这甚至是个高风险运动项目。

有些人正从各自的交通工具里上上下下，有些车子看起来是私家车，有些上面则带有出租车公司的标志。还有些人只是站在着陆场的边缘，通过安装于基座上的望远镜观察城市的其他部分。每个人都穿着奇装异服，无一例外；他们穿着猎猎抖动的斗篷或大衣，戴着精心制作的怪异头饰，身上的图案色彩缤纷，纹理丰富，甚至让周围的建筑看起来都算是朴素的了。人们要么戴着面具，要么用闪闪发光的面纱或是精致优雅的风扇和阳伞遮住自己的面庞。有些用皮带拴着的宠物——生物工程产物，不符合任何已知的生物分类，比如长着蜥蜴类头冠的猫。有些人甚至比他们的宠物奇怪得多。有些变成了半人马，四蹄着地。有些人虽然形体还基本上符合人类标准，但被严重地扭曲和拉伸到了看起来像是些先锋雕塑的程度。有个女人把她的头骨拉长到了就像一只怪鸟的角质长喙的地步。另一个人把自己变成了一种古代人想象中外星人的典型样貌——身体修长细瘦，狭长的黑色眼睛状若杏仁。

香忒若告诉我，实现这种变化可能只要几天，最多也就几周。一个人只要下定决心，可以在一年内多次重塑自己的身体形象，就跟我想理发的频率一样。

而我指望在这样的地方找到瑞维奇？

"如果我是你的话，"香忒若说，"我不会一直站在那里四处张望。我觉得你应该也不想让人们意识到你不是本地人吧？"

我摸了摸口袋里的冰弹枪，希望她看到我摸到枪时手臂绷紧的动作。"别说话，继续走。需要建议时，我会问你的。"香忒若默默向前，但走了几步后，我开始为刚才对她恶语相向感到强烈的内疚。"抱歉，我知道你是想帮我。"

"这是为我自身的利益，"女人讲话时嘴角上扬，就好像在分享一则趣闻，"我不希望你引来太多的注意，以至于有人对你下手，最终让我卷入交火之中。"

"谢谢你的关心。"

"只是自我保护。我怎么会关心你呢？你刚刚伤害了我的朋友，我甚至都还不知道你的名字。"

"你的朋友会没事的，"我说，"到明天的这个时候，他们甚至都不用一瘸一拐，除非他们选择留着自己的伤，好向人展示。他们有了一个非常棒的故事，可以在狩猎游戏的圈子里显摆。"

"那么，你的名字是？"

"叫我坦纳。"我说完就催她继续向前。

我们越过停车场，走进通向埃舍尔高地的拱形入口时，一阵潮湿的暖风从身旁吹过。几顶轿子在我们前方飞驰，像是些移动的墓碑。至少老天总算决定不下雨了。也许在城市的这部分下雨不太频繁，或者也许我们现在的高度足够避开最糟糕的天气。我站在地沤区雨中时淋湿的衣服依旧未干，不过在这点上香忒若看起来也并不比我强到哪儿去。

拱门后方是一片灯火通明的园地，空气凉爽，芬芳扑鼻，天花板上挂满了灯笼、横幅和在缓缓旋转的循环泵。走道向前延伸，微微向右弯曲，通过一道道跨过装饰水池的石桥。自从来到这座城市，我这是第二次看到冲我张大嘴巴的锦鲤了。

“这种鱼是有什么了不起的地方吗？”我问。

“你不该用那样的口气谈论它们。它们对我们来说意义重大。”

“但那只是些锦鲤。”

“是的，但正是锦鲤让我们获得了不朽之身，或者至少是朝着目标迈出了第一步。它们活得很久，我是说锦鲤。即使在野外，它们也不会真的死于衰老。它们只是越长越大，直到它们的心脏无法承受。但这和老死是不一样的。”

香忒若过桥时，我听到她在喃喃细语，可能是在说“锦鲤伴福”一类的话；于是我让自己的嘴唇也做出动作，同样念出祝词。我不想被人注意，也不想做出任何不寻常的举动。

墙壁晶莹透亮，基本是一个个八角形紧紧挨在一起，无休止地重复延伸，但每隔一定距离墙上就被挖出些空洞，以容纳一些小小的精品店和美容店，用霓虹灯或是闪烁的全息图像形成华丽的涂鸦，标示出自己提供的服务。天篷区的人们在这里购物或散步，其中大多数人至少看起来很年轻，不过现场很少有儿童，我看到有几个成年人似乎稚气未脱，但那很可能只是他们最新的身体形态，又或者那些根本只是人形的宠物，被预先编程，能说出些孩子气的短句而已。

香忒若带我进入了一个更大的房间，这是个巨大的水晶穹顶大厅，富丽堂皇，里面有好几个购物中心和广场，在不同楼层分布着。天花板上悬挂着好些枝形吊灯，大小和返回舱差不多。曲曲弯弯的小径彼此交缠，从锦鲤池塘和观赏瀑布旁蜿蜒而过，环绕着一座座宝塔和茶楼。一个巨大的玻璃容器占据了中庭正中央的位置，一些被熏黑了的金属装饰包裹着它。这个水箱里有东西，但周围挤满了人，遮阳伞、扇子和被绳拴着的宠物挤得水泄不通，让我没法看到里面到底是什么。

“我要在那张桌子旁坐下。”我说完就停下，一直等到香忒若表示听明白了。“你要走到那家茶楼去，给我点杯茶，也给你自己点些东西。然后你要走回桌边，并且样子应该看起来很享受。”

“你准备全程用那把枪指着我？”

“把它当作一种赞美吧。我只是无法把目光从你身上移开。”

“你这话真是令人捧腹，坦纳。”

我笑了笑，然后缓缓坐到椅子上，突然意识到自己浑身上下都是地沤区里的脏污；同时我也意识到，走在这群打扮夸张华丽的天篷人当中时，我看起来就像一个在狂欢节上打扮成殡仪馆老板的人。

我有点期待香忒若不会带茶回来。她真的认为我会在这里从背后朝她开枪吗？同时她还得认为我有能力把枪放在口袋里瞄准，而不会有打中别人的风险？她应该会就此从我身边大摇大摆地走远，然后我们的这段相逢也就到此为止。而且——像她的朋友们一样——尽管晚上的狩猎没有完全按计划进行，她还是会有一个非常好的故事可以向人讲述。我不会责怪她。我试着在心里唤起对她的厌恶之情，但结果并不太多。我从斑马的角度来看，这件事情已经够清楚的了，但香忒若说的话对我来说也合情合理。她认为他们追捕的人是坏人，应该为他们的所作所为而死。香忒若对受害者的看法是错误的，但她怎么知道呢？从香忒若的角度来看——排除韦弗里让我体验到的那些精妙观点——自己的行为几乎是值得称赞的。她难道不是在帮助地沤区剔除其中最为病态的部分吗？

我允许这个想法进入我的脑海就已经很离谱了，即使我就此打住，并没有准备留它过夜。

斯凯·奥斯曼会为我感到十分骄傲的。

“别这么满脸感激涕零啊，坦纳。”

香忒若带着茶回来了。

“你为什么回来？”

她把两个杯子放在铁艺桌面上，然后坐进了我对面的座位，身段柔软得跟真正的猫一样。我有些好奇，香忒若是不是调整过自己的神经系统，让她能够这么像猫？还是说这种能力只是来自大量的练习？“我想，”她说，“我还没有对你感到厌烦。或许恰恰相反，我对你感到好奇。而且现在我们处在公共场所，我觉得你谈不上有什么威胁性。”

我呷了口茶，几乎尝不出茶味，这种味觉体验就像是一幅精美的淡彩水彩画。

“肯定还有别的。”

“你信守了关于我朋友的承诺。而且我觉得，你完全可以杀了他们。但你却放了他们一马。你向他们展示了痛苦到底是什么样子的——真正的痛苦，而不是人们从体验棒中得到的那种被钝化包边的近似物，而且，正如你所说，你给了他们一些事后可以吹嘘的经历。我说得没错吧？你完全可以毫不费力地杀死他们，这对你的计划也不会产生任何影响。”

“你凭什么认为我有计划？”

“你问问题的方式。我还认为，无论你要做什么，你的时间都不太多了。”

“我可以再问个问题吗？”

香忒若点了点头，并且顺势取下了脸上的猫眼面具。她的眼睛像是狮子的，一对竖瞳嵌在正中；但除此之外，她的面孔还是属于人类，宽扁而开阔，颧骨很高，边上镶着一圈赤褐色的鬈发，一路滚落到领口。

“什么问题，坦纳？”

“就在我向你的朋友开枪之前，他们中的一个说了些什么。也可能是你说的，不过我记不太清楚了。”

“继续。具体是什么？”

“说我的眼睛有些不对劲。”

“是我说的。”香忒若有些不安地说道。

所以那并非我的错觉。“你当时说了什么？你看到了什么？”

她放低了声音，似乎她刚刚意识到整个谈话变得有多么古怪。

“它们就好像在发光，仿佛你脸上有两个发光的斑点。”她语速很快，紧张不安，“我还以为你肯定戴着某种面具，然后再次出现之前你已经把面具给扔掉了。但你其实没有戴面具，是不是？”

“是的。是的，我没戴面具。但我倒宁愿戴着。”

她缩窄了自己眼睛里的竖瞳，聚精会神地凝视着我的眼睛。“不管那是什么，现在都不见了。你是在跟我说，你不知道为什么会这样？”

“我猜，”我淡淡地喝完了那杯淡茶，“这只能作为生活中的一个小小谜团而保留下去。”

“这算什么回答？”

“我在此时此刻所能给出的最好的回答。如果你觉得听起来像是个有点被可能的真相吓坏了的人可能会说的话，那也许你并没有完全搞错。”我把手伸到大衣下面，挠着胸口，冰封托钵僧的衣服被汗打湿了，下面的皮肤阵阵发痒。“我宁愿暂时不谈这个话题。”

“我提起这个话题还真是很抱歉啊。”香忒若的话里一股浓浓的讽刺意味，“嗯，接下来呢，坦纳？你已经告诉我，你对我回来感到惊讶。在我听来，这是在暗示我在或不在对你来说并不重要，否则你总该有所行动。这是不是就意味着我们现在要分道扬镳了？”

“听起来你简直有些失望。”我的手已经有好几分钟没有放在枪柄上了，甚至这阵子我就几乎没有想起过这把武器。我不知道香忒若是否察觉到了这个现象。“我对你来说就那么有吸引力吗？还是你比我想象中更无聊？”

“可能两者都有点吧。但你确实很有吸引力，坦纳。更糟的是，你是一个我刚解开了一半的谜。”

“已经一半了？你最好慢下来。我没有你想的那么深不可测。揭开表面，你可能会惊讶地发现隐藏在下面的东西是如此之少。我只是个——”

我要告诉她什么——只是个军人？只是个信守承诺的男人？只是个甚至不知道什么时候该打破承诺的傻瓜？

我站了起来，用显眼的动作把手从放枪的口袋里抽了出来。“我需要你的帮助，香忒若，仅此而已。但我这个人并没有太多的秘密可看。如果你想带我看看这个地方，我会很感激的。但是你现在可以离开了。”

“你有钱吗，坦纳？”

“有一点。恐怕在这里不够买多少东西的。”

“让我看看你有多少。”

我拿出一大把油乎乎的菲利斯币，把它们全部乱糟糟地放到了桌面上。“我能用这些买来什么？如果走运的话，能再买一杯茶吗？”

“我不知道。这足够你再买套衣服的了。我想，如果你想起码能融入这里的环境，那你是用得着一套新衣服的。”

“我看起来跟这里格格不入吗？”

“你看起来非常格格不入，坦纳。你大有可能即将开创一种新的时尚。但不知何故，我认为这种风险并不是你想要的。”

“是的，我真不想。”

“我不太了解埃舍尔高地，无法给你推荐一套最好的服装，但我看到路边有些精品店，我们应该能在店里找到适合你的衣服。”

“如果你不介意的话，我想先去看看那个水箱。”

“哦，我知道那里面是什么。是玛土撒拉。我都快忘了人们把它关在这里了。”

我隐约知道这个名字，而且我有这样的印象，今晚之前我几乎就要想起这个名字了。但香忒若不等我继续回忆，已经把我带向前方了。“我们可以等你不那么矫矫不群的时候再回来看它。”

我叹了口气，举手投降。“你还可以带我参观下埃舍尔高地其他地方。”

“为什么不呢？毕竟天色还早呢。”

我们走向附近的一家精品店，途中香忒若打了几个电话，问了下她朋友们的状况，确定他们都还活着，并安全地回到了天篷区；但她没给其中任何人留言，然后就再也没有提起他们。我想，事情就是这样：我在埃舍尔高地见到的许多人都知道这项运动，甚至可能会狂热地追捧它，在私人会所中这项运动的存在众所周知，人们可以为之击节赞叹，但一旦出了门，他们当中是没人会认账的。

这家精品店配备了两台亮黑色的步行机仆，比我迄今为止在这座城市见过的任何一台都复杂得多。它们不停地吐出些虚情假意的奉承，哪怕我明知道我看起来就像只偶然闯入了戏服商店里的大猩猩。在香忒若的指导下，我选定了一套既不会让我有违常规，也不会让我破产的服装。裤子和夹克的剪裁和我现在满心欢喜地扔掉的冰封托钵僧衣服类似，但所用的布料相比之下要招摇得多，上头满是闪闪发光的金色或是银色的金属线。我觉得自己很显眼，但当我们离开精品店时——瓦迪姆的大衣轻浮地飘荡在我身后——人们对我只投来一瞥，而不像先前会以怀疑的眼神端详。

“那么，”香忒若说，“你打算告诉我你是从哪里来的吗？”

“你自己有没有什么想法？”

“嗯，你不是来自附近，不是来自黄石星，几乎可以肯定不是来自腐锈带，多半也不是来自我们行星系中任何其他地盘。”

“我来自斯凯先手星，”我说，“乘奥维多号来的。实际上，我还以为你已经从我的冰封托钵僧衣服里看出了这点。”

“本来是的，但这件大衣把我弄糊涂了。”

“这件旧衣服？这是腐锈带的一位老朋友赠送给我的。”

“抱歉，但没有人会送你那样的大衣，”香忒若指了指衣服上缝着的一块边缘粗糙、带有光泽的补丁，“你完全不知道这意味着什么，是不是？”

“好吧，是我抢来的。我想被抢的那位本身也是从别人那里抢来的。从某个比他更加倒霉的家伙那儿。”

“这听起来略为可信了点。但是当我第一次看到它的时候，它让我大为困惑。然后那会儿你又提起了梦幻燃料……”她说出最后两个词时压低了声音，几乎是在喃喃细语。

“抱歉，我完全被你搞糊涂了。梦幻燃料和这样的大衣有什么关系？”

但在说出这话的同时，我就想起了斑马曾同样暗示过这二者间存在的联系。“比你想象的要多，坦纳。你问了些关于梦幻燃料的问题，这让你看起来像个外来客；然而你却穿着那种大衣，它表明你是分销系统的一员，一名供货商。”

“你并没有把你所知道的关于梦幻燃料的一切都告诉我，对不对？”

“我几乎都说了。但这件大衣让我怀疑你是不是想骗我，所以我说话很小心。”

“现在告诉我你还知道什么吧。供应量有多大？我见过有人一次给自己注射几毫升，同时还拥有百把毫升的储备。我猜梦幻燃料的使用仅限于一个数量相对不大的人群，可能是你和你那些敢于冒险的精英朋友，而不包括其他人。整个城市里的固定用户最多也就几千？”

“大概不会差太多。”

“这就意味着整个城市的固定供应量是——多少来着？每个用户每年几百毫升？也许全城每年有一百万毫升？实际上，这并不多——一立方米左右的梦幻燃料。”

“我不知道，”香忒若看起来对讨论明显属于成瘾类药物的东西有些不适，“这数字看起来差不离。我只知道，这东西比一两年前更难弄到了。我们大多数人不得不限量使用，一周最多三四次。”

“但其他人没试着自己制造？”

“不，当然会有。一直有人试图售卖假梦幻燃料。但那不仅仅是质量的问题。它要么是真货，要么就没用。”

虽然真的没有听懂，但我还是点了点头。“很明显这是个卖方市场。肯定只有基迪恩一个人才能接触到正确的制造流程，或者是别的什么核心机密。你们这些超越死亡者非常需要这玩意儿，没了它你们就死定了。这意味着基迪恩可以把价格想定多高就定多高，只要别太离谱。我不明白他为什么要限制供应。”

“他提高了价格，你不要为他担心。”

“这可能仅仅是因为他不再能像从前那样卖那么多了，因为在制造链中有瓶颈，可能是获取原材料的问题，或者其他什么。”香忒若耸了耸肩，所以我继续说，“好吧，不说这个了。解释一下这件大衣意味着什么，好吗？”

“送你那件大衣的人是个供货商，坦纳。你大衣上那些补丁就意味着这个。它的原主人肯定和基迪恩有联系。”

我回想起奎伦巴赫和我搜查瓦迪姆的卧舱时的情景，并且提醒自己，奎伦巴赫和瓦迪姆当时私底下就是同伙。“他有梦幻燃料，”我说，“但那是在腐锈带。他离货源不可能太近。”

确实不可能，我在心里补充了一句：但是他的朋友呢？也许瓦迪姆和奎伦巴赫在很多方面有合作，奎伦巴赫是真正的供货商，而瓦迪姆只是他在腐锈带的分销员。

我已经急着想要和奎伦巴赫再谈谈了。现在我有不止一件事想问他。

“也许你的朋友离货源并没有多近，”香忒若说，“但不管怎样，有件事你必须明白。你听到过吧，那些关于基迪恩的故事？人们因为问了不合适的问题而消失的故事？”

“嗯？”我问。

“它们都是真的。”

后来我让香忒若带我去看了轿子竞速比赛。我以为，瑞维奇可能在这样的活动中露头，但是尽管我把围观人群搜了个遍，也没看到任何可能是他的人。

赛道是个复杂的大圈，在不同高度的层面间蜿蜒往复，上下重叠。有时它甚至延伸到建筑之外，高高悬挂在地洳区之上。途中有减速弯、障碍和陷阱，而且通向夜空的部分没有栏杆，所以如果里面的人转弯太急，是没有什么会阻挡轿子越过边缘的。每场比赛有十或十一顶轿子，每一顶都有着精美的装饰，而且有严格的规则规定可以装什么，不可以装什么。香忒若说，人们对这些规则并不太认真，时不时还有些人会在他们的轿子上装备武器来对付其他参赛者，比如说，在一段悬空弯道上突然伸出撞锤，将对手从路边推下去。

她说，比赛始于两个乘坐轿子的不朽者百无聊赖之际打的一个赌。但是现在几乎任何人都可以参加。半数轿子上坐着的都是些不害怕瘟疫的人。一晚的比赛就会有大笔的财富换手，有人输有人赢——但输的居多。

我觉得这比狩猎游戏要好些。

“听着，”我们离开赛场时，香忒若说道，“你对混种大师有多少了解？”

“不太多。”我说话时尽量不泄露自己的情况。这个名字有点熟悉，但也就仅此而已。“你为什么问起这个？”

“你真的不知道，是吗？那就可以定论了，坦纳，你真的不是来自这附近的人，这一点再也毋庸置疑。”

混种大师的出现还在融合疫之前；这个星系中有少数几个旧时代的社会团体基本上完整地渡过了那场劫难，他们就是其中之一。他们和冰封托钵僧团一样，是个经济独立的行会；也跟冰封托钵僧一样，对上帝心心念念。但相似之处到此为止。冰封托钵僧——不管他们或许有什么其他意图——行事是为了服侍和赞扬他们的神明；而混种大师则相反，他们是想要成为上帝。

并且，按某些定义而言，他们早已取得了成功。

大约四百年前，当后美利坚人定居黄石星时，他们带来了他们文明中所有的基因技术成果：数百万个地球物种的基因组序列、连锁关系和功能全图，其中包括所有高等灵长类和哺乳动物的。他们非常了解遗传学。他们起初也正是靠这方面的手段抵达黄石星的：通过纤弱的机器人信使发送他们的受精卵；那些机器人到达后，会制造出人造子宫，然后让这些受精卵发育成长。当然，他们的文明未能延续下来，但他们留下了自己的遗产。通过飞船而不是携带遗传种子的机器人的新一代移民抵达后，那些脱氧核糖核酸链序列使得后来者能将后美利坚人的血脉与自己的融合，丰富了移民群体的生物多样性。

但是后美利坚人留下的不只这些。他们还留下了大量的专业知识技术文档，这些知识并没有损失太多而变得无法卒读，人们依然可以看出其中那些微妙的关联和条件。混种大师将这些智慧的结晶据为己有。他们成为所有生物学和遗传学专业知识的守护者，并通过与超空人的贸易进一步扩大了自己的技术库，超空人偶尔会提供一些来自外星的遗传信息片段、基因组或是其他太阳系中研发出的尖端基因操控技术。但是，尽管如此，混种大师很少处于黄石星的权力中心。毕竟，这个行星系深受西尔维斯特家族的影响，而那个古老而强大的家族主张通过神经控制论方式扩展自己的意识，从而实现数字飞升。

当然，混种大师依旧能维持自己的生存，因为并不是每个人都完全赞同西尔维斯特家族的信条，也因为八十子的惨痛失败使许多人对数字飞升的点子颇有微词。但是他们的工作做得很谨慎：纠正新生儿的基因异常，消除据说血统纯正的那些家族成员体内的遗传缺陷。这项工作做得越熟练，就变得越隐而不现，就像是一场效率高到异常的暗杀，完成后似乎根本就没有发生过任何犯罪行为，根本就没人记得受害者是谁。混种大师的工作就像是在修复受损的艺术品一样，竭力尽可能少地把他们自己的看法引入作品之中。但他们所拥有的这种改造之力已经大到令人敬畏。然而它被约束了起来，因为社会无法忍受两股巨大的改造压力同时发力，而这个问题混种大师多多少少是清楚的。随心所欲地使用他们的技术将会把黄石星的文明撕成碎片。

但是瘟疫来了。社会确实被撕成了碎片，但就像小行星被极少量的爆破装药炸开时一样，碎片没有获得足够的逃逸速度，不会真正飞散开来。黄石星的社会已经崩塌倒退到仅仅苟存于世——支离破碎，混乱不堪，随时都有可能崩溃，但它仍然是个文明社会。而且在这个社会里，在一段时间内，神经控制论的理念被当作异端邪说。

混种大师毫不费力地溜进了权力真空地带。

“他们在天篷区上到处都开设了网点，”香忒若说，“在这些地方，你可以解读你的遗传禀赋，查找你的家族亲缘关系，还可以翻阅改造资料册子。”她指了指自己的眼睛，“任何你不是生来就有的，或者注定不会从祖辈那里继承的东西都有可能拥有。可能通过移植——尽管这种情况相当罕见，除非你想要的东西实在荒唐，比如说，你想要一副天马的翅膀。更有可能通过基因工程。混种大师会重编你的脱氧核糖核酸链，让这些变化自然发生——或者说非常接近自然，接近到看不出差别。”

“那是怎么做到的？”

“很简单。你割伤自己之后，在伤口愈合的时候上头会长出兽毛吗？当然不会——在你的脱氧核糖核酸链深处埋藏着一份你身体的构造信息蓝图。混种大师所做的只是对这些信息进行编辑，然后你的身体继续执行保护自己免受伤害、老化和磨损的维护工作，然而使用的却是有问题的本地蓝图。你最终会长出一些你的基因表现型中不该表达出来的东西。”香忒若停顿了一下，“就像我说的，整个天篷区到处都有他们的营业网点。如果你对你的眼睛感到好奇，也许我们应该顺便去拜访一下。”

“这跟我的眼睛有什么关系？”

“你不觉得它们有些不对劲吗？”

“我不知道，”我尽力不让自己说话的声音听起来闷闷不乐，“但也许你是对的。也许混种大师能告诉我些什么。他们的口风严吗？”

“不比这里任何人松。”

“太好了。这可真让我放心。”

最近的一家混种大师店是我们先前在路上经过的隔间之一，店前也是个全息广告，俯瞰着一个宁静的水池，池子里满是咧着大嘴的锦鲤。里面很窄，多米尼加的帐篷相形之下都算宽敞了。男店员穿着一件相对朴素的烟灰色束腰长袍，唯一的装饰是位于肩头下方的一枚混种大师徽章：一双张开的手，十指翻动着脱氧核糖核酸链形成的花绳。他坐在一个飘浮在空中的控制终端之后，那东西形状像个飞去来器，上空各式各样的分子投影在旋转不休，明灭不定，那明亮而单纯的色彩让人想起幼儿园的玩具。他手上戴着手套，在那些分子上方舞动，安排它们流畅地进行复杂的分裂和重组。我敢肯定，我们刚一进隔间他就注意到了我们，但他毫无表示，继续摆弄了那堆分子差不多有一分钟，然后才仁慈地察觉了我们的存在。

“我想，我或许可以对你们有所帮助。”

香忒若率先开口：“我朋友想检查一下他的眼睛。”

“现在就查是吧。”混种大师让他的控制终端朝着侧面翻倒开去，从自己的长袍里反手变出一套目镜。他朝我凑近了些，皱起了鼻子，或许是因为讨厌我的味道吧，这合情合理。他眯起眼睛，透过目镜仔细检查我的双眼，那对巨大的镜头似乎占满了半个房间。“他的眼睛怎么了？”他有些厌烦地问道。

在来小店的路上我们预先编好了一个故事。“我是个傻瓜，”我说，“我想要双跟我搭档一样的眼睛。但混种大师的服务我负担不起。我到了太空轨道上，然后——”

“如果你付不起我们要的价钱，那你跑到轨道上做什么？”

“当然是扫描自己。它并不便宜，如果你想找一个能把你的备份好好保存起来的服务供应商，那就便宜不起来。”

“噢。”这个说法可以有效地终止问询。混种大师的意识形态完全排斥进行神经扫描的想法，他们认为灵魂只能在生物体内维持存在，不可以用机器加以记录。

店员摇了摇头，好像我违背了某个庄严的承诺。

“那么你可真够愚蠢的。但是你已经知道这点了吧。发生了什么事？”

“那座太空旋轮里有地下基因工程师——血脉裁缝，提供与混种大师几乎相同的服务，但开销要低得多。由于我寻求的不涉及大规模的解剖重建，我认为冒这个险是值得的。”

“然后，当然了，现在你又掉过头来乞求我们。”

我向他露出个最诚挚的笑容表示歉意，同时靠着想象几种有趣而痛苦的杀人方式来安抚自己——我完全可以用这些手段杀死他，就在现在，此地，都不用出多少汗的。

“我从太空旋轮回来已经有几个星期了，”我说，“可我的眼睛完全没有变化。看起来还是跟从前一样。我想知道，那些血脉裁缝除了骗钱之外还有没有对我做了什么。”

“这得付钱。我很想向你收取额外的费用，因为你居然愚蠢到去找血脉裁缝。”然后他的语气柔和了一点，虽然变化几乎微不可察，“不过，或许你已经受到了教训。我想，这取决于我是否能发现任何变化。”

接下来发生的事情让我很不愉快。我不得不躺到一张诊疗床上——这张床比多米尼加那张更复杂，消毒剂味道更大——然后等着混种大师用一个有软垫的框架固定好我的脑袋。一台机器下降到我的眼睛正上方，伸出一根纤维，细如发丝，像一根猫须般在微微颤动。这根探针在我的眼睛上空徘徊，用断断续续的蓝色激光脉冲对眼球进行测绘。然后——速度非常快，以至于感觉更像是打了个寒战——触须向下坠入我的一只眼睛，攫取了少许组织，缩回，移动到另一个位置，然后再次进入，可能有十几次，每次都在眼球内部不同深度处取样。只不过这一切发生得实在太快了，以至于在我的眨眼反射启动之前，机器已经完成了自己的工作，然后朝着另一只眼睛移去。

“够了，”混种大师说，“这些应该能够告诉我们那些血脉裁缝对你做了什么，以及为什么没有生效——如果他们确实做了什么的话。你刚才说是过了几个星期？”

我点点头。

“或许现在就排除手术成功的可能为时过早。”我感觉他更多是在自言自语，而不是和我们讲话。“他们的一些疗法实际上相当复杂，但只是他们完完整整地从我们这里窃走的那些。当然，他们砍掉了所有的安全余量，还使用过时的序列。”

他又坐回到座位上，把控制终端折过来，控制终端立刻投射出一幅对我来说太过艰深晦涩，完全无法理解的画面：一堆晃动的直方图和复杂的盒子，里面满是滚动不休的字母和数字。一个巨大的眼珠子突然出现在其中，直径足有半米，就像达·芬奇笔记中的一幅脱离了身体的眼球素描。混种大师挥动了几下他的手套，大块大块的眼球就像被切开的蛋糕一样向两边分开，露出了更深层的组织。

“有一些变化，”他在揉了好几分钟自己的下巴，并且观察了那悬空眼珠更深处的状况之后说道，“深刻的基因变化——但没有混种大师作品通常的签名特征。”

“签名特征？”

“版权信息，编码到冗余碱基对中。血脉裁缝这里所用的脱氧核糖核酸链序列可能不是从我们这里窃取的，否则上面会有混种大师设计的残留痕迹。”他态度坚决地摇了摇头，“不，这一作品根本就不可能来自黄石星。相当复杂，但是……”

我从沙发上站起来，从脸颊上拭去被刺激出的泪水。“但是什么？”

“几乎可以肯定，这不是你想要的。”

好吧，我早就知道一定是这样，因为我压根就没提出过任何要求。但我适当地发出了些惊讶和懊恼的声音；我知道，这位混种大师会喜欢看到我这样——震惊于遭到了血脉裁缝的欺骗。

“我知道要长出一双猫那样的瞳孔需要什么样的同源框基因突变，但我没有看到任何适当的染色体区域有重大变化。但我在其他地方看到了变化，在根本不应该被编辑的部分。”

“你能说得更具体些吗？”

“不行，一时间还不行。大多数链中的序列都是不完整的，无济于事。特定的脱氧核糖核酸链变化通常会由逆转录病毒插入，我们——或血脉裁缝——会对病毒进行基因工程，向其中编入实现所需转化的正确突变。在你的案例当中，”他继续说道，“病毒似乎没有进行非常有效的自我复制。很少有完整的、将这些变化完全表达出来的基因簇。这样的效率很低，也可能解释了为什么这些变化还没有开始影响你眼睛的总体结构。但这种情况是我从未见过的。如果这真的是血脉裁缝的作品，那可能意味着他们在使用某些我们一无所知的技术。”

“情况不妙，是不是？”

“如果这技术是他们从我们这里窃取的，那至少还有些保障，它们会起作用，或者不会自动产生危险，”他耸耸肩，“而现在，我恐怕是没有这样的保障的。我想你已经开始后悔那次拜访了。但是现在后悔也已经太晚了。”

“谢谢你的同情。我想，既然你能描绘出这些变化，那你应该也可以将其撤销？”

“这比制造出它们要困难得多。但是可以做到，只是有一定成本。”

“这话我倒并不意外。”

“那么，你需要我们的服务吗？”

“相信我，需要的时候我一定会让你知道的。”我走向门口，让香忒若走在我前面。

我不确定香忒若希望我在检查后做何反应。她是否设想，混种大师的询问会唤起我的记忆，我会突然意识到我的眼睛出了什么问题，以及是怎么搞成这样的？也许她有过这种想法。而且我也——仅仅是可能——对类似的想法恋恋不舍，认为我眼睛的问题源于我暂时忘记了的某件事情，是复苏失忆症的一种会长期延续的病征。

但实际的情况大相径庭。

我依旧云里雾里，却更加不安，因为我知道真的发生了什么，而且我再也无法对我有双会在我脸上发光的眼睛这事视若无睹。肯定还不止于此。自从来到渊堑城，我越来越意识到自己拥有某种之前从未有过的能力：当其他人需要图像增强目镜或红外线视野叠层时，我还是可以在黑暗中看到东西。我第一次注意到这件事——但并没有真正意识到个中意味——是在我走进被毁坏的建筑，抬头看到楼梯的时候，楼梯把我带到了安全的地方，带到了斑马那里。那里的光线本不足以让我看到我当时所看到的一切；但当然了，我那会儿有太多其他要操心的事情了。后来，在缆车撞进洛兰特的厨房后，又发生了同样的怪事。我从被撞毁的车里爬了出来，在那个猪人和他的妻子看到我之前，我就看到了他们——尽管我是现场唯一一个没有使用夜视镜的人。再一次，我体内的肾上腺素太多，无法对这件事做出适当的反应，于是把它轻轻放过，尽管那时这个现象已经没那么容易被遗忘了。

不过现在，我已经确知我的眼睛中发生了某种深刻的基因变化，之前发生的那一切都并非出自我的想象。或许，变化已经完成了，不管混种大师观察到的那些基因片段有多么支离破碎。

“不管他跟你说了什么，”香忒若说，“都不是你想听的，对吧？”

“他什么都没告诉我。你也在那儿，他说的每个词你都听到了。”

“我认为，其中有的话可能会让你明白什么。”

“我也希望如此，但完全没有。”

我们漫步回到茶楼所在的开阔地带，一路我的思绪犹如失控的飞轮般疯狂转动。有人在基因层面上篡改了我的眼睛，重新编程，让它们以一种怪异的方式再度发育。会不会是奥斯曼病毒引发的？也许——但在黑暗中视物和斯凯有什么关系呢？斯凯讨厌黑暗，非常害怕它。

但是他在黑暗中目不能视。

这些变化不可能是在我来到黄石星之后才发生的，除非是多米尼加趁着给我取出植入装置的时候做了手脚。我当时还有意识，但昏昏沉沉，她完全有机会办到这点。但这说不通。在那之前我已经有过暗夜视物的体验了。

韦弗里呢？

有可能，尤其是考虑到时间因素的话。韦弗里给我安装植入装置的时候，我身在天篷区，昏迷不醒。这时候进行基因改动的话，在和眼睛发生器质性变化之间就有几个小时的间隔。鉴于这些变化可以被认为是一种受到调控的生长发育，这段时间长度似乎远远不足；但也许是够的，因为受影响的细胞局限于相对较小的一片区域中，而不是体内的主要器官或大片区域。突然我发现，至少从动机的角度来看是可能的。韦弗里一直是个双面间谍，他暗中通知了斑马我的事情，让我有一半的机会在狩猎游戏中活下来。有没有可能他还选择了给我另一个优势——让我拥有夜视能力？

是的，这是可能的。这种解释甚至可以让我安心些。

但我没法说服自己相信。

“你想看看玛土撒拉，”香忒若指着我早些时候看到的大型金属框架水箱说道，“好啦，现在你的机会来了。”

“玛土撒拉是？”

“你看了就会明白啦。”

我从围着水箱的人群中挤了过去。事实上，没必要用太多力气推挤。人们往往都还没跟我有任何眼神接触就给我让开了路，一个个都带着鼻子受到严重伤害的表情，我先前在混种大师脸上也看到了这种表情。我完全能理解他们的心态。

“玛土撒拉是条鱼，”香忒若跟了上来，和我一起贴在烟绿色的玻璃上，“一条很大很老的鱼。实际上，是最老的一条。”

“有多老？”

“没人知道，人们只知道，至少跟后美利坚人时代一样古老。这意味着它比这个星球上任何活着的生物都要老，可能只有些细菌培养物例外。”

那条锦鲤巨大而臃肿，古老得无法形容，几乎塞满了水箱，就像头在晒太阳的海牛。它的眼睛像盘子一样大，痴痴傻傻地看着我们；我们就好像在看着一面有点褪色的镜子。它的眼睛患有白内障，那些白斑就像蓝灰色海洋上的一系列岛屿。它的鳞片苍白，颜色几乎掉光了，肿胀的身体满目疮痍，到处是奇怪的突起和坏死后脱落的肌肉。它的鳃一开一合，缓慢得可怕，似乎显示这条鱼的活力完全来自水箱中水流的搅动。

“为什么玛土撒拉没有像其他锦鲤一样死去？”

“也许那些人为它重塑了心脏，或者给了它更多的心脏，或许是装了个机械的，又或许它只是不太需要使用自己的心脏。据我所知，那里面很冷，水接近冰点，所以他们往它的血液里放了些东西，让血液保持流动。它的新陈代谢已经慢到再慢一点就要完全停滞的程度了。”香忒若碰了碰玻璃，她的手指在冰冷的玻璃上留下了一个霜纹，“不过，它受到人们崇拜。老人们对它尊崇备至。那些人认为通过与它交流——通过触摸外面的玻璃——他们可以确保自己也长命无忧。”

“你也像那样想吗，香忒若？”

她点点头。“我也曾经那样想过，坦纳。但这只是成长中的一个阶段，就像很多其他事情一样已成过去。”

我再次凝视着那镜子般的眼睛；我不知道玛土撒拉在它这一生的岁月中都看到过些什么，也不知道这些数据是否真的渗入了这条臃肿老鱼的记忆中。我在某个地方读到过，金鱼能回忆起的时间跨度特别短，几秒钟的事都记不住。

今天我已经看厌了眼睛，哪怕是条长生不死、受人崇仰的锦鲤那双无知无觉、无法理解的眼睛也一样。所以我暂时让自己的目光向下移动，移到玛土撒拉松松垮垮的下颌外缘曲线的下方，移向水池另一边摇摆不定的深绿色阴影，在那里有十几张脸挤在玻璃上。

然后我看到了瑞维奇。

难以置信，但他确实在那里，几乎就站在我的正对面，在水箱的另一边；他的脸上无比平静，仿佛沉浸于对我们之间这种古老动物的凝望沉思之中。玛土撒拉激起了一道水流，动作慵懒到无法形容，水流让瑞维奇的面孔旋转、扭曲。我大胆地设想，当水面平静下来的时候，我会看到那是一个当地人，只是拥有同样的一组基因，所以同样长着那么一张缺乏辨识度的贵族俊脸。

但当水流平静下来之后，我看到的仍然是瑞维奇。

他没看到我，虽然我们面对面站着，但他的目光还没有和我的相交。我移开了自己的视线，同时仍然用周边视觉观察着他，然后把手伸进自己的口袋里去拿冰弹枪，发现枪还在原处时我几乎有些震惊。我打开了保险。

瑞维奇仍旧站在原地，没有任何反应。

他离我很近。跟我在晚上早些时候对香忒若的说法不同，我觉得现在自己有理由相信，我可以用子弹打穿他，而不用把枪从我的大衣口袋里拿出来。如果我开上三枪的话，我甚至可以考虑到中间的水造成的变形，以及修正我的开枪角度。出膛的子弹会有足够的初速穿过两片装甲玻璃和它们之间的水吗？我无从揣度，而且也许这纯属空谈。我要从这个角度开枪干掉瑞维奇的话，还有另一样东西挡在当中。

我不可以杀死玛土撒拉……可以吗？

我当然可以。问题只是要不要扣动扳机，把这条巨大的锦鲤从它目前极度简单的精神状态中解救出来，这种状态肯定都没有复杂到可以被称为痛苦，对此我确信无疑。这一罪行不比损坏珍贵的艺术品更令人发指。

玛土撒拉那银碗般茫然无所视的眼睛吸引了我的目光。

我不可能下得了手。

“该死。”我说。

“怎么了？”香忒若说。我从玻璃边离开时，她几乎挡住了我的路；我退进身后拥挤的人群中，他们还在探头探脑地想看一眼那条传说中的鱼。

“我刚刚看到了一个人。在玛土撒拉的另一边。”我现在已经把枪掏出一半了，随便什么人，只要不经意地一瞥，都能看出我要做什么。

“坦纳，你疯了吗？”

“很可能疯得还挺多姿多彩，”我说，“但我恐怕这改变不了什么。我对自己眼下出现的系统性错觉非常满意。”然后我开始绕到水箱的另一边，动作就像一次悠闲的散步，手掌上的汗水打湿了枪身上的金属。我小心翼翼地把枪从口袋里往外又抽了点，希望这个动作看起来漫不经心，就像是有人正抽出口袋里的雪茄，但在动作完成之前就停在了半途，仿佛被什么别的东西吸引了注意力那样。

我转过了弯角。

瑞维奇不见了。

第二十八章

“你刚才准备杀人。”香忒若说。这时她正开着缆车摇摇晃晃地回家，车子在天篷区那些缀满了灯笼的脑珊瑚状赘生物之间穿行，地沤区低沉于下，一片黑暗，只有零星的火堆散布于夜色之中。

“什么？”

“你把你的枪从口袋里拿出了一半，看那样子你是真的要使用它了。不是你给我看枪那样——不是威胁——而是你打算什么都不说就扣下扳机。就像是你要走上前去，给某人一枪，然后走开一样。”

“撒谎是没有意义的，不是吗？”

“你得跟我好好谈谈了，坦纳。你该开始告诉我些事情了。你说我不会喜欢真相，因为那会让事情变得复杂。嗯，相信我——现在这就已经够复杂的了。你准备好卸掉自己的面具了吗？还是我们仍然得继续这场游戏？”

我仍在脑海中回想整个事件。那张脸就是阿尔根特·瑞维奇的，他曾站在离我只有几米远的地方，在公共场所当中。

有没有可能，他其实一直都在看着我，还有，他其实比我以为的要聪明得多？如果他认出了我，他就可以趁我绕过玛土撒拉的时候从反方向离开。我太执着于他仍然站在玻璃旁的想法，以至于没有对刚刚离开的人给予足够的关注。所以，是的，这是可能的。但是，瑞维奇一直都知道我的存在？如果我接受这样的想法，我就必须向自己提出一系列更令人不安的问题。如果他已经看到我了，为什么他还待在那里？还有，我们怎么会如此轻易就碰到了一起？我甚至都没有去找他；我还在熟悉这个地区，准备之后才开始真正的收网工作。我似乎犹嫌不足，开始回顾起从我发现瑞维奇到我意识到他离开的那几分钟时光，然后我意识到，当时还发生了另一件事情。我当时看到了某样东西，或是某个人，但我的大脑抑制住了这一发现，把注意力集中在即将展开的杀戮上。

我在玻璃对面还看到了另一张脸——我认识的脸，就站在离瑞维奇很近的地方。

她抹去了表面的斑纹，但下面的骨骼结构基本上还是老样子，而且她的表情我非常熟悉。

我看到了斑马。

“我还在等着呢，”香忒若说，“要知道，对你那种意味深长的皱眉样，我的忍耐是有限的。”

“抱歉。我只是——”我惊奇地发现自己在咧嘴而笑，“我差点就觉得你会喜欢我这个样子了。”

“别得寸进尺了，坦纳。几小时前你还用枪指着我。大多数这样开始的关系往往会一路走低。”

“我同意，通常确实如此。但碰巧那会儿你也用枪指着我，而且你的枪比我的要大得多。”

“嗯，也许吧，”她听起来完全没有被说服，“但如果我们要更进一步——让我们之间的关系成为你想要的样子，你最好开始详细讲述下你那黑暗而神秘的过往。即便其中有些事你并不想让我知道。”

“哦，相信我，那种事有很多。”

“那就把它们拿到光天化日之下。我希望，在我们回到我家之前，我能知道为什么那个人得死。如果我在你的位置上，就会努力说服对方，那家伙确实该死——不管那好理由到底是什么。否则，在我眼里你的地位可能会开始下滑。”

缆车上下颠簸，左右摇晃，但我已经不再觉得这运动有多让人晕眩了。

“他该死，”我说，“但我不能说他是个坏人。如果我处在他的位置，我所做的也会跟他完全一样。”只不过我会干得专业些，不会留下任何活口。我在心中默默想。

“嗯，糟糕的开场，坦纳。但请继续。”

我想了下要怎么把我的故事弄出个简洁版来讲给香忒若听，然后意识到根本就不可能有什么简洁版。所以我解释了我当兵的日子，以及我是如何成为卡乌拉的下属的。我告诉她，卡乌拉是一个既有力量又残忍的人，但不是个真正的恶人，因为他也是个值得信任和忠诚的人。尊重他并想要赢得他的尊重并不难。我想我和卡乌拉之间的关系中有些非常原始的成分：他是个渴望优秀品质的人，这种渴望遍及一切——他所在的环境，他收集的装备，还有他所选择的吉塔这样的伴侣。他也希望他的员工足够优秀。我认为自己是一名优秀的战士、保镖、家臣、佣兵、刺客，无论哪个标签都合适。但是只有在卡乌拉那里，我才能获得衡量我优秀程度的确切标尺。

“一个坏人，但不是个恶魔？”香忒若说，“然后这理由就足够让你为他工作了吗？”

“他的报酬也很高。”我说。

“唯利是图的浑蛋。”

“还有别的因素。我对他很有价值，因为我有经验。他不愿意冒失去这种智慧的风险，将我置于不必要的危险境地。所以我为他做的很多工作纯粹是顾问型的——我几乎不需要携带武器。要干这种事我们有真正的保镖，就像是更年轻、更健壮，也更愚蠢的我。”

“然后，你在埃舍尔高地看到的那个人是怎么跟这些扯上关系的？”

“那人的名字叫阿尔根特·瑞维奇，”我说，“他以前住在斯凯先手星。这个家族在那里久负盛名。”

“在天篷区这也是个老姓了。”

“我毫不惊讶。如果瑞维奇家族早就在这里有了人脉，那就可以解释为什么当我还在地沤区里泡臭水的时候，他却可以这么快地混进了天篷区。”

“你跳得太快了。是什么风把瑞维奇吹过来的？讲到这里，你又是为什么？”

我告诉了她卡乌拉的武器怎么怎么落入了坏人之手，然后那些坏人利用它们干掉了瑞维奇的家人。瑞维奇又是怎么追查到武器源自我的雇主，然后他决心要实施复仇。

“你不觉得他这种做法很值得尊敬吗？”

“在这一点上，我和瑞维奇没有分歧，”我说，“但如果动手的是我，我会确保所有人都死了。这点是他的一个错误，我不能原谅的错误。”

“你不能原谅他让你活着？”

“这不是什么仁慈之举，香忒若。恰恰相反，这个浑蛋想让我因为辜负了卡乌拉而饱受煎熬。”

“抱歉，但这套逻辑对我来说有点复杂了。”

“他杀死了卡乌拉的妻子——那个我本该保护的女人。然后他离开了，剩下还活着的是卡乌拉、迪特林和我。迪特林是出于幸运——他当时看起来像是死了。但卡乌拉和我活下来是瑞维奇故意的。他想让卡乌拉因为我让吉塔死去而惩罚我。”

“他那么做了吗？”

“做了什么？”

她听起来好像要对我失去耐心了。“那之后卡乌拉对你做了什么没有？”

这个问题似乎很容易回答。没有，很明显，他没做，因为那之后卡乌拉死了。尽管他的伤势当时看起来并没有特别大的生命危险，但最终导致了他失去性命。

为什么我在要回答香忒若时会感觉艰难？为什么我的舌头在要说出显而易见的事实时却打了结，而且脑海中想到了别的事情？一些让我怀疑卡乌拉是否真死了的事情？

最后我只是说："事情没有那样发展。但我不得不忍辱偷生。我想，这本身就是一种折磨。"

"但本不该这样的，从瑞维奇的角度来看不该会这样。"

我们正穿过天篷区的又一区域，这里像是一幅描绘一片肺叶中肺泡的立体图：无尽分支的小球，由或许相当于凝固的血液的黑色细丝桥接。

"怎么可能会不该这样？"我说。

"也许瑞维奇放过你是因为你和他并无私人仇怨。他知道你只是名雇员，跟他有争端的不是你，而是卡乌拉。"

"好想法。"

"而且可能是正确的。你有没有想过，你根本不必杀死这个人，甚至你可能欠他一条命？"

我开始厌倦这样的辩论走向了。

"不，没有。——原因很简单，这完全不相关。我不在乎当瑞维奇决定让我活着的时候他是怎么想的——不管这是惩罚还是仁慈。完全无所谓。重要的是他的确杀了吉塔，而且我向卡乌拉发誓，要为她复仇。"

"为她复仇。"她的笑容里毫无幽默感，"整个是中世纪式的，不是吗？封建荣誉和信任的纽带。为效忠与复仇发下誓言。你最近有没有查看下年历啊，坦纳？"

"别装作你很理解这些似的，香忒若。"

她猛地使劲摇头。"如果我真能理解的话，我倒要开始担心我的理智了。你到底是来这里干吗的？——就为了完成一些荒唐的承诺，以眼还眼？"

"尽管你这样说，我依然不觉得这有什么可笑的。"

"确实，一点也不好笑，坦纳。这是个悲剧。"

“在你看来也许是。”

“在任何一个能超脱冷静一点的人看来都是。你有没有意识到，你返回斯凯先手星会是在多久以后？”

“别把我当小孩，香忒若。”

“回答我的问题。”

我叹了口气，不知道自己怎么会让情况变得如此失去控制。我们之间的友谊难道是反常的吗？是从事物的自然状态暂且偏离了吗？

“至少三十年，”我回答时就好像我所说的这段时间根本不重要，跟几个星期没什么两样，“在你提问之前我就很清楚在那段时间里世界可能发生多少变化。但那都不重要。真正重要的变化已经发生，而且无论我多么渴望，那些变化都是不可逆转的了。吉塔死了。迪特林死了。米拉贝尔死了。”

“什么？”

“我说卡乌拉已经死了。”

“不，你没有。你刚才说米拉贝尔死了。”

我看着外面的城市掠过，脑子里嗡嗡作响，不知道我的大脑是在什么样的状态下才会出现这样的口误。这不是那种你可以轻易归咎于疲劳的错误。奥斯曼病毒对我的影响显然比我最大胆的想象都糟糕：它已经不仅仅是在我醒着的时候侵蚀我的意识，用斯凯的生活片段，用他那一次次的难忘时刻；它现在开始干扰我对自己身份最基本的认定，破坏我对自我的感知。然而……就算这样的想法也是在自我安慰。冰封托钵僧曾对我说，他们的疗法会将病毒清除掉的，用不了多久……可斯凯的那些生活场景却变得越来越持续不断。还有，为什么奥斯曼病毒要费心让我搞错一些跟斯凯没啥关系，而是发生在我自己过去生活中的事情？为什么它要操心我有没有把米拉贝尔和我自己搞混？

不，不是米拉贝尔。是卡乌拉。

我心烦意乱，我不想记起我做过的那个梦——梦里的那个时候，我正在俯瞰着那个白色房间里的男人，他少了一只脚——只挣扎着想要重新捉住我们对话的线头。

“我想说的是……”

“什么？”

“我想说的是，在我返回的时候，我并不指望还能找到离开时的一切。但那并不会让状况更糟。对我来说重要的人已经死了。”

奥斯曼病毒真的把我搞得一团糟。

在我眼中，斯凯开始越来越多地被看成我自己，而坦纳·米拉贝尔则越来越成为……什么呢？超然的第三者，根本不是真正的我？

我想起了我在斑马家时的困惑，当时我的脑海中一直在重放一次棋局，反反复复。有时我看起来赢了，有时我看起来输了。

但那一直是同一局棋。

那一定是这一切的开始。这个口误意味着这个过程已经超出了我的想象，就像奥斯曼病毒一样。

我心烦意乱，挣扎着想要重新捉住我们对话的线头。

“我想说的是，在我返回的时候，我并不指望还能找到离开时的一切。但那并不会让状况更糟。对我来说重要的人在我离开前就死了。”

“我认为这与洗刷耻辱有关，”她说道，“就像在那些古老的体验棒中，贵族扔下他的手套，说他需要用决斗来洗刷耻辱。你的行为也是这样。当初，在我还时常沉浸于那些体验棒中的时候，我觉得那很荒谬。我认为那太滑稽了，甚至仅仅作为一段历史也是。但我错了。那不仅仅是一段历史。它仍然活得好好的，化身成了坦纳·米拉贝尔。”她拿下了自己的猫眼面具，这一举动让我的注意力集中到了她露出冷笑的双唇，我忽然想亲吻的双唇，尽管我知道那样做的时机已经一去不复返了——即便曾经存在过的话。“坦纳需要洗刷自己的耻辱，而且为实现这个目标他会无所不用其极。不管那有多荒谬，不管那有多么愚蠢，多么没有意义，也不管那样最后会让他看起来有多浑蛋。”

“请不要侮辱我，香忒若。不要因为我的信念而侮辱我。”

“这和信念无关，你这个自大的蠢材。这只是愚蠢的雄性自尊。”她的眼睛眯成一条缝，她的声音里新添了几分恶毒的音调，而我仍然成功地发现，这声音对我还是颇具魅力，我仿佛退到了某个安静的角落，在那里像一个中立的旁观者一样观察着我们的争辩。“我还有件事想听你说明，坦纳。一件小事，但你没有解释清楚。”

“只会把最好的呈上给你，阔家小姐。”

“哦，一针见血啊。你可不要放弃自己的日常工作而改用唇枪舌剑啊，坦纳——你的智慧可能会让我们所有人都吃不消的。”

“你刚才说要问我个问题。”

“是关于你的老板——卡乌拉的。当他得知瑞维奇正在向南移动，他有种非常强烈的冲动，非要亲自去猎杀瑞维奇，离开了——你们怎么称呼那个地方来着？爬虫馆？”

“继续。”我有些烦躁地说。

“那么，为什么卡乌拉没有觉得他必须亲手完成这项工作呢？瑞维奇杀死吉塔的事实无疑会导致此事在卡乌拉看来更属于个人仇怨，更加是——我大胆说一句——需要洗刷的耻辱？”

“继续说下去。”

“我在想，为什么和我对话的会是你，而不是卡乌拉。为什么卡乌拉没有自己来这里？”

我发现这个问题很难回答，至少没法给出让我自己满意的回答。卡乌拉是条硬汉，但他从来没当过兵。我学会的有些技能甚至自己都不记得，而这些正是卡乌拉所缺乏的，而且他可能要花上半辈子才能学会。他了解武器，但他并不真正了解战争。他对战术和战略的理解完全是理论上的——他玩得很好，理解隐藏在游戏规则中的微妙之处——但他从未被爆炸的冲击波甩进泥土堆里，也从未看到自己的一部分躺在地上自己够不到的地方，像搁浅的水母一样颤抖。这样的经历未必能让人进步，但绝对会令人改变。但这些缺陷会妨碍他吗？毕竟现在这并不是战争。而且我自己也没有做好准备。这个想法令人忧郁，但我发现很难完全排除：换作卡乌拉，现在或许已经成功了。

那么，为什么来的是我，而不是他？

“他会发现，要离开那个星球很难，”我说，“他是个战争罪犯。他的行动自由受到了限制。”

“他应该可以找到解决办法。”香忒若说。

最麻烦的是，我认为她是对的。而且这是我最不愿意去考虑的可能。

“很高兴认识你，坦纳。我确实这么觉得。”

“香忒若，别——”

缆车的门把我们彼此隔开，那一瞬间我看见她摇了摇头，那张冷漠的猫眼面具后面的脸上木无表情。她的缆车腾空而起，将她拽向远方，伴随着一连串的噪声；缆绳像羊肠线一样绷紧松开，发出音乐般的吱嘎声，像是在为它伴奏。

至少她抵制住了把我直接丢进地沤区的诱惑。

但她把我扔在了天篷区当中我全无了解的一个区域。我到底在期待什么？我估计，在内心深处的某个地方，我有种今晚结束时我们可能会同床共枕的想法。鉴于我们这段浪漫关系是以互相用枪指着对方并互相威胁开始的，那肯定算得上个意想不到的故事结局。她也足够漂亮，虽然没有斑马那么奇特；也许她对自己不太有信心，这种特点无疑激发了我的保护欲。她会冲着我的脸大声嘲笑那种——愚蠢的雄性骄傲，而且当然，她是对的。但那又怎样。我喜欢她，如果我需要为这种魅力找个理由的话，那理由到底有多荒唐也就并不重要了。

“滚蛋吧，香忒若。”我这话自己都不太相信。

她把我丢在了一个着陆平台上，这里和埃舍尔高地外面的着陆点差不多，但明显没那么繁忙——先前这里只有香忒若的一辆车，而现在它也跑掉了。雨水正在无声落下，就像有条巨龙正盘踞于天篷区之上，不断喷吐出潮气。

我走到平台边缘，感觉到斯凯伴着雨水从天而降。

第二十九章

他正对那些休眠者进行巡视。

斯凯和尼奥金科正沿着和飞船中脊平行延伸的一条火车隧道远行，他们的脚踩在人行通道的甲板上，当啷作响。偶尔会有一串串机器人货运舱沿着轨道咔嗒咔嗒驶过，为一小群技术人员来回输送物资，那些人住在飞船最远的那头，日日夜夜都在研究引擎，就像是群没完没了做着礼拜的侍僧。这不就又来了一辆，朝着他们俩隆隆驶来，上面的橙色危险警示灯频频闪动。列车几乎把走道完全占满了。斯凯和尼奥金科走进边上的壁龛里，等着货物过去。斯凯注意到尼奥金科往衬衣口袋里塞进了什么东西；是张纸，上面写满了符号，看上去像是一系列数字，其中部分已被划去。

“继续吧，”斯凯说，“我想在下一批货到来之前到达第三节点。”

“没问题，”另一个人说，“下一趟起码还要……十七分钟。”

斯凯奇怪地看着他。“这你都知道？”

“当然了。它们是按照时间表运行的，斯凯。”

“当然，那点我知道。我只是不明白，为什么一个头脑正常的人居然会去把那些时间背下来。”

他们默默地走向下一个节点。飞船上远离主要生活区的地方异常安静，几乎听不到气泵或其他生命维持系统发出的声音。尽管休眠者需要持续进行电子监控，但他们从船上的电网中汲取的能量非常少。木乃欧的制冷系统并不需要卖力工作，因为休眠者被有意放置在靠近宇宙太空的地方——距离极度深寒的星际真空只有几米之遥。斯凯穿着防寒服，每次呼气时都喷出白色的气柱。他时不时地把兜帽戴回头上，直到再次感觉暖和起来为止。尼奥金科则不然，他的兜帽就一直没拉下来过。

他已经很久没跟尼奥金科有过接触了。自从巴尔卡扎尔死后，他们几乎没有说过话。在那之后，斯凯忙着汲汲营营，让自己在船员组中有了相当高的声望。他从安全主管升到了飞船上的第三号人物，而现在已经是第二号人物了，挡在他和对圣地亚哥号的绝对控制权之间的只剩下了拉米雷斯。当然，康斯坦札仍然是个麻烦，哪怕斯凯已经把她降为安全部门的一个小角色——但斯凯决不会允许她打乱自己的计划。在新的政治形势下，船长这一职位是极其不稳定的。所有飞船之间都处于冷战状态；船内的政界是个偏执狂组成的网络，判断错误会受到无情的惩罚。只要一个精心策划的丑闻就能让拉米雷斯下台，杀死他会显得太过可疑了。斯凯已经有了想法，一个可以赶走拉米雷斯，同时为他自己的计划提供便利掩护的丑闻。

他们到达了节点，向下进入中轴柱上这个位置的其中一个休眠舱单元。六个单元，每个内含十个休眠舱，进入每个休眠舱的过程都相当麻烦，所以一天之内顶多也只能拜访木乃欧中很少的一部分。然而，在他晋升为二把手的整个过程中，斯凯从未允许自己隔太长时间不来看休眠者。

话说回来，这项任务——拜访他们所有人，检查他们的近况变化——一年比一年容易。时不时就有一个休眠舱出现故障，而这就意味着那位木乃欧必定再也无法复苏。斯凯不辞辛劳地绘制出了死者的位置图，标出其中的集簇分布，希望它们可能表征出某片支持系统的功能失常。但总的来说，死亡事件是沿着中轴随机分布的。人们对这种古老的机器也不能指望更多了：在大船团离开时，这种技术依然精细脆弱，同时很大程度上还是实验性的。从家乡传来的信息表明，那边在人体冷冻技术方面取得了巨大进步，这些进步会让这些休眠者的棺椁看起来比古埃及的那些石棺先进不到哪儿去。但那些进步对大船团上的任何人都没有帮助。试图改善现有的休眠舱太冒险了。

斯凯和尼奥金科在船壳内部爬行，直到抵达第一个休眠单元。他们从单元中枢出去，进入周围十个舱位之一。感觉到他们的到来，大气涌入了房间，暖色的灯光亮起，状态显示器也活跃起来，但这里仍然冷得要命。

“这个人死了，斯凯……”

“我知道。”尼奥金科以前没怎么来探访过休眠者，这是斯凯第一次觉得有必要带上他。“我之前的一次检查中就给这里做了故障失效的标记。”

棺材上所有不同色调的警告图标都在拼命闪动，虽然这毫无意义。玻璃盖仍然是密闭着的，斯凯必须仔细观察才能让自己确信，休眠者是真的死了，而不会成为故障读数的牺牲品。但从他瞥见的那木乃欧化的形象来看，这点毋庸置疑。他瞥了一眼休眠者的名牌，对照自己的记录单检查了一下，再度确信之前的判断是明智的。

斯凯离开了这个房间，尼奥金科跟着他，他们继续前往下一个休眠舱。

情节完全类似。又一名死亡的乘客，死于类似的错误。根本没必要考虑把这位死者解冻。她的身体里任何地方都不可能还有一个细胞保持完整。

“真是浪费。”尼奥金科说。

“我不太确定，”斯凯说，“也许这些人的死会产生一些好的结果。尼奥金科，我带你来是有原因的。我想要你仔细听着，并且千万要保证我说的话不会传出去。明白了吗？”

“我还纳闷你为什么想见我。我们好几年没见了，斯凯。”

斯凯点了点头。“是的，而且这段时间发生了很多变化。不过，我一直在留意着你。我看到你找到了适合发挥自己所长的工作岗位，也看到了你在工作中的出色表现。戈麦斯的情况也一样——不过我已经跟他谈过了。”

“到底是什么事情，斯凯？”

“实际上，有两件事。最紧急的那件马上我就会谈到。首先，我想问你一些技术性的问题。你对这些单元有多少了解？”

“了解我应该了解的，不多也不少。沿着中轴柱有九十六个这样的单元，每个当中有十名休眠者。”

“是的。而且现在那些休眠者当中有很多都死了。”

“我不明白你的意思，斯凯。”

“他们现在是无效载荷。不仅仅是那些休眠者，还有所有那些已经不再被用来支撑他们生命的无用机械。把它们加起来，总量占了飞船总质量的相当一部分。”

“我还是没明白。”

斯凯叹了口气，他不知道为什么所有的问题在其他人看来总不像他眼中那样清楚。“我们不再需要那些质量了。现在它对我们也没有害处，但一旦我们开始减速，它会妨碍我们以我们想要的速度制动。我还要继续说完吗？这意味着如果我们想在天鹅座 61-A 附近停下来，我们必须更早就开始减速。反过来，如果我们可以把现在已经不需要的单元给甩掉，我们将能够用更大推力更快地减速。那会让我们跑在其他飞船前头。我们可以比其他人提前几个月抵达那颗行星，这段时间足够选择最佳着陆点并建立地表定居点了。”

尼奥金科想了想。“那可不容易，斯凯。船上设有……嗯……一些安全锁。在我们到达旅途终点星附近的轨道之前，这些单元是不会被甩掉的。”

“这点我很清楚。这就是我来问你的原因。”

“啊。我……嗯……我明白了。”

“那些安全锁肯定是电子的。这意味着，只要多花些时间，它们最终是可以绕过的。你还有几年的时间来做这件事——不到我们开始减速前的最后一刻，我也不会想要甩掉这些单元。”

“为什么要等到那个时候？”

“你还没明白过来，是吗？这是冷战，尼奥金科。我们必须出其不意。”他盯着那个男人，心知肚明如果自己决定不信任尼奥金科，很快就会不得不杀死他。但他在赌，赌这个难题本身会吸引尼奥金科。

“是的，”他说，“我是说，是的，技术上来说，我可以黑掉那些安全锁。这很困难——非常困难——但我能做到。这确实要几年时间。也许十年。为了秘密地进行这项工作，必须在半年一次的全系统检查的掩饰下进行……那些深层函数除此之外都是不可见的，更不用说进行访问了。”斯凯看得出，他的思维正在飞速运转。“我甚至不在负责这些检查的队伍当中。”

“为什么？你完全够聪明，不是吗？”

“他们说我缺乏‘团队精神’。如果他们都能像我一样，那些检查花的时间会比现在起码少一半。”

“我知道他们很难适应你的精神气质，”斯凯说，“这是天才的麻烦，尼奥金科。曲高和寡啊。”

尼奥金科点点头，愚蠢地想象着他们的关系最终跨越了相互有用和真正友谊之间的模糊界限。“所谓‘先知是不受尊敬的’[1]嘛。你是对的，斯凯。”

“我知道，”斯凯说，“我总是对的。”

他打开他的电脑写字板，把一个个数据图层拖来拖去，直到他翻出了抽象化的休眠者分布图。它看起来像是某种古怪的仙人掌：一株枝枝丫丫的多刺植物，被放在了霓虹灯下。活着的人被用红色图标标记，死者用黑色的标记。斯凯一直在将生者与死者分离开来，这样做了好几年了，到如今已经有几个休眠单元中装着的只有死去的木乃欧。这是项非常棘手的活计，因为需要将冷冻状态下的生者进行移动，卸下他们的棺椁，用列车将他们从中轴柱的一个区域运到另一个区城，同时靠备用电源让他们保持低温。有时候你最后搬过去的木乃欧已经成了又一具死尸。

这都是计划的一部分。在尼奥金科的帮助下，等到时机到来之际，斯凯会

1. 语出《圣经·马太福音》，原文“大凡先知，除了本地本家之外，没有不被人尊敬的”，这里尼奥金科故意加以扭曲。

准备万全的。

不过他还有另外一件事也想跟尼奥金科谈谈。

“你刚才说过，还有另外的什么东西，斯凯。”

“是的。有。你还记得吗，尼奥金科，我们年轻的时候？我父亲去世之前？你，我，还有戈麦斯谈到过某样东西。我们称它为第六艘船，但你还用了另外一个名字称呼它。”

尼奥金科怀疑地看着他，仿佛确信这里头肯定有陷阱。“你是说，嗯，卡洛奇号？”

斯凯点点头。“是的，正是如此。你再帮我回忆一下——这个名字背后的故事是什么？”

尼奥金科给那个神话又补充了些细节，比斯凯第一次记忆中的更多。似乎尼奥金科那之后自己又做了些研究。

但等他讲完了，跟斯凯说了和幽灵船相伴的海豚的传说之后，他又说：“它不存在，斯凯。那只是个我们喜欢口口相传的故事。”

“不。我以前也是这么想的，但那是真的。事实上，那故事是真的。”斯凯端详着尼奥金科，研究自己的话对他产生的影响，“我父亲告诉我的。安保部门一直都知道它的存在。而且他们对其状况略有所知。它在我们身后，大约半光秒，大小和外形都跟圣地亚哥号差不多。它是大船团中的另一艘飞船，尼奥金科。”

“你为什么等到现在才告诉我，斯凯？”

“因为这之前我都没办法有所作为。不过现在……我有了。我想去那里，尼奥金科，去那艘船上，来一次小规模探险。但必须在绝对保密的情况下进行。那艘船的战略价值超乎想象。船上会有补给物资，零件、机器、药品。几十年来我们都不得不在物资匮乏的情况下设法应对，所有的物资在那里都会有。更重要的是，会有反物质，而且还可能有一套在正常工作的推进系统。所以我想让戈麦斯跟我一起去。但是我还需要你。我不指望在那艘船上找到任何活人，但我们必须要进去，恢复它的系统，绕过它的安全锁。”

尼奥金科惊讶地看着他。“我能做到的，斯凯。”

“很好。我就知道你不会让我失望的。”

他告诉尼奥金科，他们会尽快动身前往幽灵船，只要他能安排他们乘上一艘穿梭机，并且不被任何人怀疑他的真实意图——这本身就是个需要仔细策划一番的麻烦事。之后他们会离开好几天，也必须不会被人注意到。但他认为，冒这个险是值得的。自从斯凯确实知道那艘幽灵船的存在，那艘船就像个停在他们身后的诱饵，在引诱他们去掠夺船上的财富。

“你知道的，”再度伴在他身旁的小丑低声说道，“忽视它是种犯罪。”

等斯凯离开我之后——和往常一样，这一集在现实当中只占了一眨眼的时间——我把手伸进口袋里摸了摸枪，与此同时内心疑惑着这个动作是否带有阳具崇拜的意味。然后我耸耸肩，做了眼下唯一一件看起来合理的事，那就是走向灯光，走向通向我被丢下来的天篷区附近建筑群的入口。

我进入了里面类似广场的地方，试图让我的步态显得趾高气扬、大摇大摆，似乎由此而来的反馈会让我感觉更有自信。尽管现在已是深更半夜，这里还是像先前的埃舍尔高地一样熙熙攘攘。但这里的建筑又是我从未见过的另一类型。在韦弗里折磨我的地方，以及在斑马的房间里被当作家用的几何图形中，这种风格也曾隐现一二。但在这里它才被推到了一个让人头痛的极端：拓扑结构错位，管道状若肠脏，墙壁和天花板像是软绵绵的面团。

我四处乱逛了有一个小时，打量着人们的面孔，偶尔在一个锦鲤池塘边坐下（这种池塘到处都是），让最近发生的事情在我脑海中往复盘旋。我一直希望其中能出现某种图式，会让我觉得比其他的要真实可信些，然后我就会知道到底发生了什么，我在其中扮演了什么角色。但是所有的图式全都显得闪烁其词、不够完整，缺失的碎片和让人烦恼的不对称性让它们全都显得不够真实可信。换一个比我聪明的人或许能从中看出些什么，但我太累了，无力再去寻找那些隐约幽微的细节。我所知道的只是表面上的那些事件。我被派到这里来杀一个人，然后，尽管困难重重，但我忽然发现自己站在了离他只有几米远的地方，甚至还是在我开始寻找他之前。我应该感到欢欣鼓舞，哪怕我没能利用好这一时机。但我却感觉胃部在抽搐，仿佛哪里不太对劲，就好像我在打扑克的时候第一局就拿到了四张 A。

这种好运让人感觉似乎是要走霉运的前奏。

我把手伸进口袋，摸了摸我剩下的那沓钞票。现在明显没今晚刚开始时那么多了，衣服和混种大师的咨询费用并不便宜，但我目前还不算身无分文。我起步要原路返回香忒若抛下我的平台，心里犹豫着下一步该做什么；目前我只知道，我希望再和斑马谈谈。

我正准备离开广场时，从夜色中冒出了一群穿着鲜艳的社会名流，有宠物、服务员和飘空摄像机陪伴，看上去活脱脱一支中世纪的圣徒游行队伍，有基路伯和撒拉弗[1]殷勤服侍。两顶巴洛克风格的青铜轿子，两者都只有一个幼童的棺材大小，后面还有个更简陋的模型：一个硬边的灰色盒子，前面有一个小小的格子窗。它是无人控制的，马达运作的声音我在这里都听得到，还在身后留下一条油乎乎的痕迹。

我有了个计划，但不是很好。我会混进这群人当中，试着了解他们中是否有人认识斑马。由此我可以找出接近她的方法，哪怕这意味着要强迫他们中的某人用缆车带我过去也行。

游行队伍停了下来，我看着一个头部让人想起新月的男人从口袋里拿出一个装着梦幻燃料瓶的药包来。他的动作小心翼翼，试图确保普通路人不会看到他手里是什么，但没有试图向队伍中的其他人隐藏梦幻燃料。

我潜入阴影之中，迄今为止没人注意到我，这点让我很满意。

队伍中的其他成员聚集在那男人周围，我看到了缔婚枪，还有些没那么正式的注射器，闪烁着微光；队伍中的男男女女纷纷拉下衣领，将钢针刺入皮肤。两顶儿童大小的轿子留在队伍当中，但较为朴素的那顶正在绕向队伍前方；我看到人群中有一两个人在紧张地看着它，甚至在他们等待给自己打梦幻

1. 二者均为《圣经》中天使的名字。

燃料的时候也没有移开视线。

那顶灰色的轿子不属于这个团体。

我刚得出这个结论，它就停下来了，轿子的前面呼的一声开了，蒸汽从转轴处向外猛喷，然后一个人从轿子里出现，几乎是跌了出来。队伍里有人尖叫起来，朝着这人指指点点，顷刻间整个队伍都齐齐后退，就连那些微型轿子也飞快地远离了这个男人。

他身上有很严重的问题。

他赤裸的身体有一半看起来很正常，和他想接近的队伍中所有人一样英俊而年轻。但另一半则埋没在一团闪闪发光的赘生物当中，那些东西将他的身体牢牢锁住，分出无数银灰色的细丝，从他的血肉中穿出，然后继续向外发散几十厘米，直到最终化为一片朦胧的灰色薄雾。随着他挣扎着蹒跚向前，薄雾中的细丝持续不断地发出一种仅仅隐约可闻的叮叮响声，微小的碎片像种子一样自行脱落开来。

那人试图说话，但他那歪歪扭扭的嘴巴里发出的只是骇人的呻吟。

“烧掉他！”队伍里有人在高喊，“看在上帝的分上，烧掉他！”

“保安团已经在路上了。”另一个人说。

那个有着月形头的男人朝着这个瘟疫受害者走近了一点点，挥舞着一个几乎用尽的药瓶。

“你是想要这个吗？”

感染者呻吟了一句不知什么话，继续跌跌撞撞地靠近。我想，他一定是冒险保留了自己的植入装置，但没能采取适当的防护措施来保护自己。也许他选择的轿子比较便宜，没有更贵些的好货那种密封安全性。又或许他只是在瘟疫降临到自己身上之后才乘上了那个装置，希望如果防止自己进一步暴露在瘟疫面前的话，病灶的扩散会慢一些。

“给你。拿着这个，快离开我们。保安团很快就会到这里来了。”

那个月脸男把小瓶扔向对方，瘟疫受害者向前猛扑，试图用自己那条健全的胳膊抓住它。他没抓到，小瓶在地上摔碎了，里面剩下的梦幻燃料流了一地。

但那个感染者还是不管不顾地向前扑去，他撞到了地面上，脸颊差一点就碰到了那个红色的小水洼。撞击导致一团雾状的灰色碎屑从他身上蓬起，让他发出了一声呻吟，但我不知道那是出于愉悦还是痛苦。他用那只好手抓起几滴梦幻燃料送到嘴里，那群人则只是看着他，又是惊恐又是着迷，和他保持着距离，但用摄像机拍摄着所发生的事件。到这会儿这幕奇景已经引来了另一些人，所有人都在打量着那个男人，好像他的扭动和呻吟都只是一件怪诞的行为艺术作品。

“他是个极端案例，”有人说道，“我从未见过如此程度的不对称。你认为我们离他够远吗？”

“你迟早会知道的。”

当保安团从广场内赶到时，那人还在地上不自然地扑腾着。他们肯定没走多远。这支队伍由穿着装甲的技师组成，还推着台笨重的机器，看上去像一顶巨大的轿子，前门大开，外面标有浅浮雕的生化危险品符号。那个瘟疫受害者对他们的到场视而不见，一直在用手去抓梦幻燃料，哪怕他们把那台嗡嗡作响的机器推到他身上，放下前门的时候也是。技师们小心谨慎地缓缓移动，在机器发出的砰砰闷响中用精确的手势和耳语进行交流。游行队伍一言不发地看着，现在梦幻燃料或他们用来使用它的那些装置都已不见踪影。然后技师们把机器又推了回去，所过之处只留下磨光的地面；其中一人用一种看起来介于扫帚和扫雷器之间的东西在这片区域来回扫动。扫了几次之后，他朝着同事们竖起大拇指，跟着他们回到广场，站在仍在嗡嗡作响的机器后面。

游行队伍还没有散去，但这一事件显然让他们今晚接下来的计划黯然失色。没过多久，他们就消失在一对私人缆车里，我根本没有机会混进去。

不过我注意到地上有什么东西，就在那个月脸男所站的位置附近。起初我以为这是又一瓶梦幻燃料，但当我抢在其他人看到之前靠近它的当口，我意识到这是根体验棒。多半是在他把装梦幻燃料的药品袋子放回去时从他口袋里掉出来的。

我单膝跪下把它捡了起来。它细长、黝黑，上面唯一的标记是靠近顶端处有条小小的银色蛆虫。

在瓦迪姆那里我曾发现了一套同样的体验棒，同时还发现了他的梦幻燃料库存。

“坦纳·米拉贝尔？”

这个声音里几乎完全没有丝毫好奇的迹象。

声音来自我身后，所以我转头望去。说话的人穿着一件深色外套，像是迫不得已才对天篷区的流行趋势做出了尽可能小的让步。他面无笑容，脸色阴郁，就像是个糟糕日子里的殡仪员。他的姿势紧绷，像是个军人，他脖子上清晰的肌肉线条为此提供了佐证。

不管他是谁，反正不是个好惹的。

他说话的声音轻柔，几乎不动嘴唇，反正现在我的全部注意力都已经集中到了他身上。“我是名职业安保专家，”他说道，“我装备着一件神经毒素武器，它能在三秒钟内杀死你，无声无息，丝毫不引人注意。你甚至连朝我的方向眨眨眼的时间都没有。”

“好了，风趣的寒暄到此为止吧。”我说。

“你看得出我是名专业人士，”这名男子边说边加强力度点头，“像你一样，我受过训练，知道怎么以最有效的方式杀人。我希望我们接下来能理性地讨论一些问题，而这能成为我们讨论的原点。”

“我不知道你是谁，也不知道你想要什么。”

“你不必知道我是谁。即便我对你说了，我说的也肯定是假话，那样又有何意义呢？”

“意义在于公平。”

“很好。那么，我的名字是普兰斯基。至于你的另一个问题，回答起来要容易得多。我来送你去见一个想见你的人。”

“如果我不想被送去呢？”

“这完全由你选择。”他依旧语声平静地说，仿佛是小和尚念经，“但你得说服自己相信，你可以受得住剂量足够杀死二十个人的河豚毒素。当然，你细胞膜上的生物化学过程完全有可能不同于任何其他活人，或者也不同于任何高级脊椎动物之类的。”他笑了，露出一排闪亮的白牙。“但恐怕这得由你自己来判断。”

“我大概并不想冒这个风险。”

“明智的家伙。”

普兰斯基伸出一只手招了招，示意我往前走，绕过这片附属建筑的焦点——一个肾形的锦鲤池。

“在你得意忘形之前，”我站在原地没动，“你或许会乐意知道，我也有武器。”

“我知道，”他说，“如果你需要的话，我现在还可以告诉你你武器的规格型号。我还可以告诉你，在我给你注射毒素之前，你用一发冰弹成功杀死我的概率是多少，并且我不认为那个概率会让你大吃一惊。如果你还不死心的话，我还可以再告诉你，你的枪此刻在你右边口袋里，而你的手不在口袋中，这就进一步限制了它派上用场的机会。我们还要继续吗？”

我起步动身了。“你在为瑞维奇工作，是不是？”

他脸上第一次出现了某种让我知道他并没有完全控制局面的感觉。“我从没听说过这人。”他恼火地说道。于是我允许自己微微一笑。这算不上什么胜利，但聊胜于无。当然，普兰斯基可能一直在撒谎。不过如果他想说谎的话，我相信他应该可以更有效地隐藏表情的。但我让他有些措手不及。

在广场里面有顶银色的空轿子在等着我。普兰斯基一直等到没人注意我们，然后打开轿子，露出一张红色的长毛绒座椅。

“你绝对猜不到我要问什么。”普兰斯基说道。

我钻进这台交通工具，舒舒服服地坐到座位上。门关上后，我试验了下设置在内部的若干控制装置，但没一个起作用。然后，在死一般的寂静中，轿子开始移动。我透过绿色的小窗看着广场滑向后方，普兰斯基则走在我前方不远处。

然后我开始感到困意袭来。

斑马上上下下打量着我，做了一番漫长而冷静的评估，就跟我拿到一把新枪时差不多。她的表情让我很难判断。我先前编织出的所有假设都认定，她再次和我见面时，看起来要么会很高兴，要么会很恼火。

但二者皆非，她看起来很担心。

“如果你不介意的话，我想问一句：这到底是怎么一回事？”我说。

她两手叉腰站着，一边回答我的问题一边还在慢慢摇头。“你居然脸皮厚到对我做了那些事之后，现在还来问我我在做什么。”

“要我说，这下我们该算是扯平了。”

“你在哪里找到他的？当时他在做什么？”她问普兰斯基。

“到处乱逛，”那人说，“吸引了太多人的注意。”

“我正试图来找你。”我对斑马说道。

我被带进的这房间里家具不多，其中之一是把极度实用主义的椅子。普兰斯基现在指着它说：“请坐，米拉贝尔。你一段时间内都不用急着去任何地方了。”

“我很惊讶你这么急着再次见到我，”斑马说，“毕竟，上次你可并没待到不受欢迎才走。”

我的目光扫视着普兰斯基，试图搞清楚他所扮演的角色，并估测他知道多少内情。

“我留了张便条，”我哀怨地说道，“而且我给你打了电话道歉。”

“而且你认为我可能知道一场狩猎游戏正在哪里进行，真的是太巧了。”

我耸耸肩，探索着这僵硬、毫不松动的座位造成的不适能到何种地步。“除了你我还能给谁打电话？”

“你个浑蛋，米拉贝尔。你知道吗？我真不知道我为什么要这么做。你根本不配我对你这么好。”

斑马看起来仍然是老样子，除非你聚精会神地观察具体细节。她现在已经淡化了自己的皮肤色调，所以那些条纹看起来只不过是些灰色的灯芯草叶片，叠合在她脸部轮廓周围，在特定的光线下看起来完全融合到了一起，消失不见。僵硬的褶边黑发变成了金色的发髻，额前的头发被剪成了一道粗粗的刘海。她现在的着装朴素大方，穿着一件样式和我身上这件差不多的大衣，长及脚踝，越过她脚下的细高跟，汇入她双足周围的一摊深色布料中。和瓦迪姆的原版大衣相比，它唯一缺少的是上面装饰着的粗糙补丁方阵。

“我从没假装自己配得到什么，”我说，“不过我认为，我或许有权要求一个解释。我们是不是可以认为，今晚早些时候你和我差点相遇？只不过当时我们之间有老大一条鱼，其名为玛土撒拉。”

“我当时站在你后面，”斑马说，“如果你看到了我，你看到的是我的倒影。你没回头可不是我的错。”

“你可以说句话的。”

“坦纳，你自己也没多健谈。”

“好吧，我们能从头开始说起吗？”我看着普兰斯基，征求他像斑马一样给出许可。“先让我告诉你们我的想法，然后我们再继续往下说？”

“在我听起来非常合理。”这位矮小的安保专家说道。

我深吸了一口气，意识到我即将袒露自我的程度会是从抵达黄石星以来前所未有的。但是此时此地，我必须这样做。“你们在为瑞维奇工作，”我说，“你们两个都是。”

普兰斯基看着斑马。“他之前就提到过这个姓氏。我不知道他指的是谁。”

“没关系，”斑马说，“我知道。”

我点点头，同时觉得有种矛盾的解脱感，我觉得那大概是所谓听天由命之感吧。发现斑马在为我来这里要暗杀的人工作，并不会让我感到很安慰——我现在落入她的掌心之后就更不会了。但看到这么个不寻常的谜团被解开，也有一种失败主义的快乐。

“瑞维奇肯定是刚一到这里就和你联系了，”我说，“你是个——什么人？——雇佣兵？类似普兰斯基这样的安全专家？这就说得通了。你懂得如何使用武器，韦弗里那帮人追捕我时，你比他们快了一步。整个破坏狩猎游戏的故事都只是个幌子。我觉得或许你甚至每晚都和他们中最优秀的人一起玩那个游戏。好啦。我讲的这些水准如何？”

“听起来很有吸引力，”斑马说，“请继续。”

“你是被瑞维奇派来找我的。他已经怀疑有人被从斯凯先手星派来追杀他了，所以你们只需要提高警惕，注意聆听。那位音乐家也是行动的一部分，就是先前那位从冰封托钵僧修道会的居住点一路跟踪我的男人。”

“那位音乐家又是谁？”普兰斯基说，“先是瑞维奇，现在是音乐家。这些人真的存在吗？”

“闭嘴，”斑马说，“让坦纳继续。”

“音乐家干得很不错，”我说，“但我不确定我是否给了他足够的信息让他得以继续；我是否让他得以确实证明我就是他想找的人，而并非只是个根本不相干的移民。”我顿了下，等待着斑马确认，但没有等到，于是我继续往下说：“也许音乐家可以告诉瑞维奇的，只是我仍有嫌疑。所以你一直在监视我。我不知道你和狩猎运动有什么样的联系——我觉得也许你还跟一群真正的破坏分子有联系。然后，你从韦弗里那里得知我已经被抓了，成了猎物。”

“他到底在说什么？”普兰斯基说。

“不幸的是，他说的是事实。”斑马边说边朝这位安全专家投去一个凌厉的眼神，看来后者多半是她的手下，候补队员，或者是打杂的。“至少狩猎那部分是。坦纳闯进了地沤区里不该去的地方，于是被抓了。他也确实进行了漂亮的反击，但如果我没及时赶到的话，那帮家伙可能已经要了他的小命。”

“她必须救我，”我说，“不过，这一点也不高尚。斑马只是想要获取信息。如果我死了，没人能确定我是否就是那个被派来杀瑞维奇的人。这会令瑞维奇陷入一个尴尬的处境，他的余生都将无法真正放心。真正的刺客正在逼近的危险会一直存在。许许多多个夜晚都将无法成眠。事情就是这样，对不对，斑马？”

“有可能，”她说，“如果我碰巧跟你的幻觉串通一气的话。”

“如果不是为了让我活着，然后搞清楚我是否确实就是你们的目标，那你为什么要救我？”

“原因就跟我告诉你的一样。因为我讨厌狩猎，我想帮你活下去。”她摇了摇头，那神情几乎是有些抱歉，“抱歉了，坦纳。虽然我很想帮你继续构筑你的妄想大厦，但没法做到更多了。我就是我说过的那样一个人，我行为的动机也正如我先前所说。还有，哪怕我们身边是受人敬重的普兰斯基，也请你把关于破坏的讨论控制在最低限度，对此我会万分感激的。”

“但你刚刚告诉我——告诉他——你知道瑞维奇是谁。”

“我现在确实知道。但当时并不。我们继续说？也许你应该听听我这边对事情的描述。”

“我迫不及待了。”

斑马吸了口气，她的视线饶有兴趣地在面团状的天花板上游弋了一下，然后飞快地回到我身上。我有一种感觉，她下面要说的话并非事先未曾排练过的。

“我把你从韦弗里的狩猎团伙手里救了出来，”斑马说，“别自欺欺人地以为你靠自己也能活下来，坦纳。你很厉害——这是显而易见的——但没人能有那么厉害。”

“也许你对我的了解还有待加深。”

“我不确定我还想不想加深。我可以继续说下去吗？”

“洗耳恭听。”

“你偷了我的东西。不只是衣服和钱，还有件你本不该知道怎么用的武器。更别提还有缆车了。你本可以待在原地，直到植入装置停止信号传输，但出于某种原因，你认为自己一个人会更安全。”

我耸耸肩。“我还活着，不是吗？”

“目前是，”斑马承认道，“但韦弗里死了，他是我们在狩猎活动核心人群中为数不多的盟友之一。我知道是你杀了他，坦纳——你留下的痕迹太鲜明了，就跟你沿路到处撒钚没什么两样。”她在房间里踱来踱去，靴子的细高跟像一对节拍器般在地板上竞相敲击。“你要知道，那很糟糕。”

“韦弗里挡了我的路。这个虐待狂杂种又不是我许愿要撞见的。”

“你为什么就不能等一等？”

“我有些别的事情，必须要去做。”

“瑞维奇，对吗？我想你一定很想知道我从哪里得知这个姓氏，以及我是如何知道它对你的意义的。”

“我想，你这不是正在告诉我吗？”

“在你丢弃我的车之后，”斑马说，“你出现在中央车站。你在那里给我打了电话。”

“继续。”

“我很好奇，坦纳。那时我已经知道韦弗里死掉了，可这说不通。你应该已经死了——即便你拿着从我这里偷走的枪也一样。所以我开始想知道，我先前庇护的到底是个什么人。我必须找到答案。”她停止了踱步，后跟发出的嗒嗒声也停息了。“这并不难。你对找出当晚进行狩猎游戏的地点非常感兴趣。所以我告诉你了。如果你在那里，我想我也会在那里。”

回想起来，那好像已经是几百个小时前的事情了，但其实那只是在夜晚暮色降临之际，一个至今我还身处其中的漫长夜晚。“我抓住香忒若的时候，你也在吗？”

“那可是大大出乎我的预料。”

当然了——她怎么可能预料得到呢？我说：“那瑞维奇到底是？他是如何参与到这个故事当中的？”

“通过我们的一位老朋友，此人名为多米尼加。”斑马笑了，她知道，她这可是让我吃了一惊。

“你去找了多米尼加？”

“这很合理吧。我让普兰斯基一路跟踪你去了埃舍尔高地，而我去了趟集市，跟那个老女人聊了聊。你看，我知道你已经取掉了植入装置。然后既然你今天早些时候去了集市，如果不是多米尼加做的手术，她也肯定知道是谁做的。当然，做手术的就是她，这就让问题变得简单了许多。”

“在渊堑城有没有人还没被她欺骗过？”

“可能在某个地方有吧，但那只是种理论上的极端可能性。实际上，多米尼加是个相当纯粹的样本，她体现着我们这城市中驱动人们行为的范式，那就是只要价格合适，没有什么买不到，也没有任何人不能被收买。”

“她告诉了你什么？”

“她只说你是一个非常有意思的男人，坦纳，还有你对寻找某位先生的所在有着特别浓厚的兴趣，此人名为阿尔根特·瑞维奇。一个碰巧刚在几天前抵达埃舍尔高地的人。喏，考虑到普兰斯基刚好跟着你到了天篷区的那一区域，这难道不是太巧了吗？”

那位体态文雅的小保镖觉得是他接手叙述的时候了：“我跟踪了你大半个晚上，坦纳。你还真的开始和香忒若·萨马蒂尼意气相投了，对不对？这谁会想得到啊——你和她。”他摇了摇头，就好像宇宙的某些基本物理定律遭到了违反。“你们居然像老朋友一样四处游荡。我甚至在轿子竞速场里看到了你们。”

“多么浪漫啊。”斑马拖长声音补了一句，没有打断普兰斯基的叙述。

“我给塔琳打了电话，让她来跟我会合，”这家伙继续说道，“然后我们一起跟踪你们两个——当然，很小心。你进了一家精品店，出来以后就像是换了个人，或者至少是和原来的你大不一样了。然后你去找了混种大师。这位可就不是个好开口的葫芦。他不肯告诉我你想要什么，而我非常想知道。”

“只是做了个检查。”我说。

“嗯，也许吧。”普兰斯基把自己纤长优雅的手指碰在一起，然后啪啪打着响指。“也许那并不重要。很难看出这与接下来发生的事情有什么联系。”

我努力让自己听起来兴致盎然。“接下来？”

“你差点杀了人。”斑马无声地拍了拍空气，示意让她的同伴安静，自己开了口，“我看见你了，坦纳。我正要走近你，问问你在做什么的时候，你突然就从口袋里掏出一把枪。我看不到你的脸，但我跟踪你很久了，知道那就是你。我看着你手里拿着枪移动，动作流畅而平静，就好像，你这辈子就一直在做这种事情。”她停顿了一下，“然后你把枪收起来，没有别人注意到你做了什么。我看着你四处张望，但很明显，你先前看到的那个人已经走了——如果他曾经在那里的话。那是瑞维奇，对吗？”

“你看起来已经都知道了，你告诉我答案好了。”

“我认为你是来杀他的，”斑马说，“为什么，我不知道。瑞维奇是天篷区的一个老牌家族，但他们不像另外一些家族，有那么多的敌人。然而这样就说得通了。这就解释了为什么你如此渴望进入天篷区，以至于你会闯入狩猎当中。还有，为什么你那么不乐意留在我安全的家里。因为你害怕失去瑞维奇的踪迹。告诉我我是对的，坦纳。”

“否认有意义吗？”

“是的，没多少意义，但也欢迎你试试看。”

她是对的。我也向斑马吐露了我的秘密，就像在今晚早些时候向香忒若吐露时一样。但这次感觉没那么亲密。也许是因为普兰斯基站在那里全程聆听，又或是因为我觉得他们两个实际上比他们说的更了解我，我告诉他们的那些对他们来说其实并不新鲜。我告诉他们，阿尔根特·瑞维奇此人来自我的家乡，不是一个真正的坏人，而是一个因为愚蠢或软弱而做了非常糟糕的事情的人，他必须为此受到惩罚，其严厉程度不亚于他生来就是一个咆哮的扭曲刀子的精神病患者。

在我说完之后——在斑马和普兰斯基反复追问，把我整得筋疲力尽之后，在他们检查了我故事的方方方面，好像要找出他们相信必然存在的破绽之后——我们还剩最后一个问题有待解答。我的问题。

“你为什么要把我弄到这里来，斑马？”

她说话时双手叉腰，胳膊肘从外套的黑色轮廓里向外突出。“你觉得是为什么？”

“我猜，是好奇。但这理由还不够。”

“你处于危险之中，坦纳。我是在帮你的忙。”

“我自从来到这里，就一直处于危险之中。这对我来说并不新鲜。”

“我是说真正的危险，”普兰斯基说，“你陷得太深了。你引来了太多的注意。”

“他是对的，”斑马说，“多米尼加是个薄弱环节。到这会儿她可能已经让半座城市都知道你了。瑞维奇肯定已经知道你来了，而且他多半也知道你今晚差点就杀了他。”

“这就是我不明白的地方，”我说，“如果他已经得知我在这里，为什么他还会让自己这么容易成为目标？如果我当时再快那么一点点，我就已经杀死他了。”

“也许这次相遇只是个巧合。”普兰斯基说。

斑马轻蔑地看着他。“在一座这么大的城市里？不，坦纳是对的。这次相遇会发生，是因为瑞维奇安排了要让它发生。而且还有另一个旁证。看着我，坦纳。注意到什么不同了吗？”

“你改变了你的外貌。”

“是的。相信我，这并不是太困难的事情。瑞维奇本可以做同样的改变——不用变得太厉害，能够确保他在公共场所不会被立即认出来就行。顶多几个小时的手术就行了。即使是一个半吊子的血脉裁缝也能做到。”

“那这样子完全说不通啊，”我说，“那就好像是他在嘲弄我。就好像在希望我杀死他。”

“也许他就是这么想的。”斑马说。

有那么一阵子，我觉得自己可能再也看不到那个房间外头的风景了，觉得普兰斯基和斑马带我到这里来是想要让我葬身于此。

普兰斯基很明显是个职业杀手，至于斑马，考虑到她与破坏狩猎运动的联系，她对死亡也不会陌生。

然而他们没杀我。

我们乘缆车去了斑马的住处，普兰斯基出门办别的差事去了。“他是什么人？”一旦只剩我们两个之后，我就问道，“是雇来的帮手吗？”

“私人谍报员。”斑马边说边把她的外套扔进了一堆乱七八糟的黑色杂物当中。“近来相当流行。天篷区有各种竞争对抗——长年宿怨，无声的战争，有时是在家族之间，有时是在家族内部。”

“你认为他能帮你找到我。”

“看样子我没想错。”

“我还是不知道为什么，斑马。”我再一次望向屋外，望向那渊堑的血盆大口，它让这座被包围在火山口边缘之内的城市看起来就像是处于毁灭前夕。一缕曙光出现在地平线上。“除非你认为你可以以某种方式利用我——那样的话我恐怕你是大错特错了。我对你可能参与的任何天篷区权力游戏都不感兴趣。我来这里只为做一件事。”

“杀死一个看似无辜的人。”

“这宇宙是很残酷的。你介意我坐下吗？”我没等她回答就自己找了个座位坐下，我屁股下的可动家具自己滑移到准确的位置，就像个毕恭毕敬的仆人。“我内心仍然是名军人，我的职责就是不去质疑这些。我开始那么做的一刻，也就是我无法正常履行自己职责的一刻。”

色带之间区隔清晰分明的斑马把自己的身子蜷进我对面的豪华座椅里，她的双膝被收到了下颌底下。

“有人在跟踪你，坦纳。这就是为什么我得找到你。你待在这里很危险。你必须离开这个城市。”

“完全在我预料之中。瑞维奇应该已经雇用了所有他可能雇得到的帮手。”

“本地帮手？”

这问题可有些奇怪。“我估计是。你不会去雇一个对这座城市还不够了解的人。”

“跟踪你的人不是本地人，坦纳。”

我绷直了身子，导致座椅中埋藏的肌肉组织开始产生按摩波纹。“你发现了什么？”

“也没什么，只不过多米尼加说有人一直在找你。一男一女。他们的一举一动就好像没来过这里似的。像是外星来客。而且他们对找到你很感兴趣。”

“先前有个男人就这样，”我想起了奎伦巴赫，“他从太空轨道跟着我下来，假装是个外星来客。我在多米尼加那里甩掉了他。可能是他回来了，还带着增援。”或许就是瓦迪姆。但要把瓦迪姆错看成个女人那还是相当不容易的。

“那人危险吗？”

“任何以撒谎为生的人都是危险的。”

斑马叫来一台她的机仆，那家伙沿着天花板上的轨道给我们送来一个托盘，里面摆满了不同大小和颜色的卡拉夫瓶[1]。斑马拿了个高脚杯给我倒了杯酒，我用它洗去了些城市沉积在我体内的味道，也平息了几分我心中的躁动。

“我现在很累，”我说，“一天前你提议让我在此避难，斑马。我现在能接受这个提议吗？只到天亮就好。”

她透过她杯子的烟熏色边缘看着我。现在天其实已经亮了，但她明白我的意思。“在你做出了那么多破事之后，你认为我并不会收回那样的提议？”

“我是个乐观主义者。”我在语调中带上了些完全听天由命的味道，并希望自己表现得恰如其分。

说完我又喝了一小口酒，然后开始意识到，我真的已经筋疲力尽了。

1. 一种玻璃饮料瓶，底部宽敞，上口较窄，呈喇叭状。常被用作醒酒器。

第三十章

前往幽灵船的探险队差点没能离开圣地亚哥号。斯凯及其两个同伙——尼奥金科和戈麦斯——刚到货舱的时候，康斯坦札就从暗处冒了出来。

她现在看起来老多了，斯凯想。与他自己相比，康斯坦札的衰老要快得多。很难相信他们两人曾经看起来像是同龄人；两个孩子，一同在那个迷宫般的幽暗奇境中探索。现在阴影已然毫不掩饰地刻进了她的脸庞，让她惯常表情造成的那些皱纹和褶皱显得越发突出。

“各位，介意我问一下你们打算去哪儿吗？”康斯坦札说话时就站在他们和穿梭机之间，他们费了九牛二虎之力才准备好的穿梭机。“我没听说有人要离开圣地亚哥号。”

“恐怕这件事你不在知情圈子里。”斯凯说。

“我仍然是安全部门的一员，你这个傲慢的小虫。那么我怎么可能被排除在知情圈外？”

斯凯瞥了一眼其他人，希望他们让他代为发言。“那我就直说了。这事情甚至不在通常的安保流程之内。我不能说得太具体，但本次任务的性质相当微妙，而且涉及外事。”

“那为什么拉米雷斯没和你在一起？”

“这是个高风险任务，有可能是陷阱。如果我被抓了，拉米雷斯会失去副手，但圣地亚哥号的日常运作不会受到太大影响。而且如果这真的是一次意在改善关系的尝试，有我在，另外那艘飞船就不能抱怨我们没有派出高层船员前往了。”

“不过，拉米雷斯船长知道这件事？”

“我想是的。他授权的。”

“那就让我们来核对一下，好吗？”她抬起袖子，准备和船长说话。

在行动之前，斯凯允许自己犹豫了那么一瞬间，权衡比较两种不同策略的后果，尽管它们同样危险。拉米雷斯确实以为有个外交行动在进行中，这是个可以让斯凯离开圣地亚哥号几天而不会被问东问西的借口。他花了好几年时间为这一骗局打好基础，伪造出发自巴勒斯坦号的信息，对真正收到的信息加以篡改。但拉米雷斯是个聪明人，所以如果康斯坦札开始对任务的有效性表现出太多关注的话，他可能也会生出疑心。

所以他冲向康斯坦札，把她撞倒在机库坚硬光滑的甲板上。她的脑袋重重地撞到地上，然后完全没了声息。

“你杀死了她？”尼奥金科说。

“我不知道。”斯凯边说边单膝跪下。

康斯坦札还活着。

他们把她毫无知觉的身体拖过货舱，精心安置到一堆破碎的货盘旁边。看起来就好像她一直在独自调查货舱，然后有座托盘高塔倒下了，击中了她的头部，砸昏了她。

“她不会记得这场遭遇的，”斯凯说，“如果她在我们回来之前没有自己苏醒，那就由我去找到她。”

“她心里还是会怀疑。”戈麦斯说。

“那不成问题。我已经建立了证据链，能够使拉米雷斯和康斯坦札看起来像是同谋，他们授权——命令——进行这次探险。”他看了看尼奥金科，实际上刚才所说的大部分工作都是后者完成的，但尼奥金科一副无动于衷的表情。

他们没等康斯坦札有任何醒来的迹象，就离开了。通常情况下，斯凯会一离开泊舱就让穿梭机的引擎点火，持续加大推力，但那会让他们的离开更加显眼。于是他让穿梭机躲在圣地亚哥号后方，只短暂地施加了一会儿推力，刚好够将它相较于大船团的速度推高到每秒一百米，然后就关闭了引擎。他们调暗了机内的灯光，保持严格的通信静默，朝着母船的后方坠去。

斯凯看着灰色的船壳像高耸的岩壁般从身边滑过。他已经采取了措施将自己不在圣地亚哥号上的事实隐瞒起来——而且在目前这种疑神疑鬼的氛围下，本来也很少会有人问这种敏感的问题——但一艘小型飞船的离开是不可能完全瞒住其他飞船的。不过斯凯凭经验得知，他们的雷达扫描重点在于探测在飞船之间移动的投射物，而不是某个逐渐落后的东西。事实上，现在所有的飞船都在争着剥离自身的质量，丢弃些冗余设备是很常见的事情。通常人们是让垃圾向前方飘远，如此一来大船团减速时就不会撞上去，不过这点差别只是细枝末节。

“我们将继续飘上二十四小时，”斯凯说，“这会让我们落到大船团末尾的飞船后头九千千米的位置。然后我们可以打开引擎和雷达，向卡洛奇号冲去。即使他们注意到我们的推进尾焰，我们仍然会抢在他们派出的任何其他穿梭机之前抵达那里。”

“如果他们真的派了怎么办？”戈麦斯说，“我们可能还是只有几个小时的时间可用。最多一天。”

“那我们最好合理利用我们的时间。几个小时足够登船并确定发生了什么事。再有几个小时，我们就有时间找到船上携带着的完好物资——医疗设施，休眠舱部件，你想得到的都可能有。我们可以装满一穿梭机的宝贝，足够改变现状了。如果我们找到了太多好东西，实在无法带回去，我们就把守住那里，直到圣地亚哥号派出一支更大的穿梭机队伍。”

“你说得好像我们会因为它而开战似的。”

斯凯·奥斯曼的回答是：“也许它确实值得，戈麦斯。”

“又或者，它在几年前就被另一艘飞船给洗劫一空了。这种可能你不会没考虑过吧？”

“当然。我认为，那同样也构成发动战争的合理原因。”

尼奥金科在离开后几乎什么都没说，他一直在仔细观察一张复杂到让人迷茫的大船团飞船结构简图。他可以在这种事情当中一直沉浸好几个小时，眼神呆滞，不眠不食，直到他将某个问题解决到令他满意的地步。斯凯羡慕他能这样一根筋地投入一项任务，但对让自己变得如此执着的想法又避之唯恐不及。对他来说，尼奥金科的价值是高度专一化的：一件工具，可以应用于某些有明确定义的问题，并产生出可以预见的结果。给尼奥金科一些复杂而神秘的东西，他就能如鱼得水。想出一个合理的模型来描述卡洛奇号的内部数据网络可能就是这种问题。结果顶多也就是个有理有据的猜测，但比起其他人，斯凯宁愿做猜测的是他。

斯凯在心中将他们对幽灵船所知的少数情报温习了一遍。有一点足够清晰，那就是卡洛奇号肯定曾经是大船团中的一员，为众人周知，与其他飞船一起在水星轨道上建造和发射。它的建造和发射是绝不可能保密的，虽然它必定曾经有过一个比传说中的幽灵船正常些的名字。它会和其他五艘船一起加速到巡航速度，然后在一段时间里——也许是很多年里，它会和它们在旅途上相伴而行。

但就在横渡星空，前往天鹅星的最初几十年里，大变迭生。随着政治和社会动荡对母星系的冲击，大船团变得越来越孤立。母星远在几个月，后来是几年的光程差之外，最终交流实际上已经变得困难重重。技术更新不断从家乡传来，大船团也不断发回报告，但两次传输之间的间隔越来越长，信息也越来越支离破碎。即使确实抵达的那些母星消息也经常会互相矛盾；有证据表明，各派系在各种各样的议程上纷争不休，其中有的问题与大船团安全抵达旅途终点星全无关联。大船团时不时会收听到大众新闻报道，飞船上的人们甚至从中得知了一个令人不安的事实，母星上有的派系甚至完全否认他们的存在。总的来说，这种试图改写历史的举措并没有被人们当真，但听到他们居然获得了立足之地就足够让人寝食难安了。

时空距离太过遥远，斯凯想。这几个词在他的脑海里像咒语一样反复回荡。很多事情归根结底都因此而起。

这也意味着，大船团中的飞船越来越不对本身之外的任何人群负有责任；无论卡洛奇号遭遇了什么，要集体压制事件的真相也越来越容易。

斯凯的祖父——或者更确切地说，是提图斯·奥斯曼的父亲——肯定知道发生了什么。他或许告诉了提图斯一些真相，但多半没有和盘托出。另外一种情况也有可能，提图斯的父亲甚至一直到去世时都还没有完全确定当时发生了什么。老巴尔卡扎尔知道多少内情，斯凯也只能猜测。老船长显然相信第六艘飞船的存在，但他似乎不愿意或不能推测事情的起因。在斯凯看来，有两种可能的情景。第一种是，飞船之间互相发生了争执，最终导致了对卡洛奇号的攻击。甚至可能发展到了使用造港弹——那些地貌改造核武器。关于这艘船现在的状况，巴尔卡扎尔只透露出它没有灯光。很可能它的雷达回波仍与一艘大船团飞船的轮廓相匹配，但上面已经遭到了极为严重的破坏。事后其他飞船上的人们可能因为自己的行为而大感羞惭，以致选择将那些事从历史记录中抹去。一代人这辈子都将不得不带着耻辱而活，但下一代人就不会了。

另一个思路，也是斯凯更喜欢的一个，则没那么戏剧化，但可能更令人羞愧。也许是卡洛奇号上出现了非常严重的问题——比如说，发生了瘟疫——而其他飞船选择不提供任何援助，历史上发生过更糟糕的事情，谁能责怪其他人害怕自己遭到传染呢？

也许那确实可耻，但也完全可以理解。

这也意味着他们必须非常小心。除了任何情况都有可能致命外，他不会做出任何预设。同样，他会接受此事伴随的风险，因为收获会极为丰厚。他想着船上必定会携带的反物质，它们仍然沉睡在它的彭宁阱[1]储库中，等待着被用来减慢飞船速度的那一天。那天或许还是会来，但不会以它的设计师们所预期的方式到来。

并且，还可以说，也不是任何其他飞船会用到的方式。

没用几个小时，他们就已经脱离了大船团主体。来自巴西利亚号的雷达波束有阵子在他们身上徘徊不去，就像盲人用手指在摸索一件陌生物品。一时之间，气氛很紧张；他们被来回检查之际，斯凯不由得好奇，这是否会是个致命的误判。但光束恢复了移动，离开后再也没有回来。如果巴西利亚号有什么看法的话，那肯定是接受了雷达回波信号不过是来自一大块在后退的碎片，有些无用的、不可修复的机器被丢弃到太空中。

那以后再没人来打搅他们。

点燃推进器的想法很诱人，但斯凯保持冷静，毫不动摇，按说好的继续保持无动力漂流二十四小时。没有信息从圣地亚哥号传来，这让他很满意，显然他们的缺席还没有成为问题。如果没有尼奥金科和戈麦斯的陪伴，他现在会比他一生中任何时候都更加孤独——更加远离人类的陪伴。当这个小男孩被困在育儿室的时候，他对黑暗是那么恐惧，这种孤立无援的状态对他来说是多么可怕啊。主动漂流到离家这么远的地方，这种想法简直不可思议。

不过，现在，他是有目的地在这样做。

他一直等到预定的那秒，然后才再次打开引擎。在星空的映衬下燃起了一片深紫色的火焰，形状整齐，色调纯净。他小心翼翼地避免将反冲射束直接朝向大船团，但他无法将其完全隐藏。这基本上也没什么关系，他们现在取得了先手优势，无论其他船选择做什么，斯凯都会首先到达卡洛奇号。他在想，这可以算是一次小小的提前试吃，让他品味到等他带着圣地亚哥号抢在其他飞船之前抵达旅途终点星时，那更大的胜利会是什么滋味。他最好时刻记住，现在所做的一切只是那个更宏大计划的一部分。

---

1. 一种用电磁场捕获存储带电粒子的离子阱技术。以荷兰科学家弗兰斯·米歇尔·彭宁的姓氏命名。

当然，这里还存在一个重要差别。旅途终点星无疑存在于彼方，无疑是个他确信真实存在的行星。至于卡洛奇号的存在，他仅有的证据仍然只有巴尔卡扎尔的只言片语。

斯凯打开了远程相控阵雷达，然后——就像那些巴西利亚号人所做的一样——将手伸向前方的黑暗中四下摸索。

如果那艘飞船确实存在，那么他会找到它的。

“你就不能放过他吗？”斑马说。

“不能。而且即便我准备原谅他——虽然我并没有——我仍然必须搞清楚他为什么要那样嘲弄我，他又希望从中得到什么。”

我们正身处斑马的公寓中。时近中午，城市上空云团稀疏，太阳高照，让这个地方看起来不再邪恶而只是阴郁；甚至扭曲的那些建筑也多了几分尊严，恍如已经习惯忍受着严重畸形而继续生活的病人。

这丝毫没有让我的不安有所减轻，我比以往任何时候都更加确信，我的记忆出了根本性的问题。奥斯曼剧集并没有停止播出，但我手上的出血量已经比感染期开始时要少得多了。简直就好像是这种教化病毒催化了解锁过程，释放出了本来就存在的记忆；发生在圣地亚哥号上的，跟官方版本赤裸裸地相抵触的记忆。病毒可能已经消耗殆尽，但另一方面奥斯曼的记忆却比以往任何时候都来得更加鲜活，我与斯凯的联系也变得越发完整。起初，这就像是在看一场演出，而现在就像是在扮演他，我听得到他的心声，感受得到他那火辣辣的憎恨。

但还不止于此。我头天下午做的那个梦，在梦中我俯视着白色围栏中受伤的人，当时让我极为困扰，但又难以找出原因；而现在，有充裕的时间去思考之后，我想我知道为什么了。

那个受伤的人只可能是我。

然而，我的视角是卡乌拉的，正在俯瞰着爬虫馆里的哈玛德律阿得斯坑。如果我只有这一次是透过他的双眼在观察世界，我还可以将此归咎于疲劳，但并不是。在过去的几天，我脑子里冒出些奇怪的记忆片段和梦境，在其中我和吉塔的关系比我想象中的任何时候都更加亲密；在有些瞬间我觉得我能忆起她身体每一道隐秘的曲线，每一个皮肤上的毛孔；有些瞬间我会幻想我的手抚过她的腰窝或是丰臀；有些瞬间我会觉得我对她的芬芳谙熟于心。但是关于吉塔还有些别的东西——一些我的思绪不能或者是不愿去触及的东西，一些会带来太多痛苦的东西。

我只知道，那和她死亡的方式有关。

“听着，”斑马边说边给我的杯子里又倒满了咖啡，“会不会那只是因为瑞维奇有死亡意愿？”

我试着专注于此时此地。“那我早就可以在斯凯先手星满足他。”

“好吧，那是种特殊的死亡意愿。必须要在这里才能得到满足。”

她看起来很可爱，那些条纹褪色之后让她脸庞的天然轮廓显现得更清楚，就像一座上面的俗艳颜料剥落了的雕塑[1]。但自从普兰斯基让我们再度相聚之后，面对面坐着吃早餐就是我们之间最亲密的行为了。我们没再同床共枕，而这不仅仅是因为我实在是疲不能兴。斑马也没有发出邀请，而且她的行为或打扮中都没有任何迹象能显示出我们之间的关系除了冷静的事务关系外还有其他。就仿佛在改变自己的外貌特征的同时，她也蜕去了一整套的行为模式。我并没有真的感觉多么失落，因为我仍然感觉身心交瘁，无法将自己的思维集中到任何事情上，哪怕是像肌肤相亲这样简单，这样全无阴谋诡计的事情也一样；除此之外还因为我有种感觉，她先前的行为，不知怎的，也是某种伪装的一部分。

我试着去感受遭到背叛的感觉，但毫无实感。毕竟，我对斑马也并没有多么坦诚。

“实际上，”我边说边看着斑马的脸，想着她多么轻易地让自己变来变去，“还有另一种可能性。”

1. 古代（大理石）雕像往往涂有浓艳的彩色颜料，文艺复兴时代误以为褪色后的状态就是其本来面目，并推崇这种素净美。

“那是？”

“我看到的那个人根本不是瑞维奇。”然后我放下已空空如也的咖啡杯，站了起来。

“你要去哪儿？”

“外面。”

我们乘坐缆车去了埃舍尔高地。

缆车轻轻落地，它的那些机械臂吻上了台场上被雨水打湿的地面。现在的交通比我上次去那个地方的时候更加繁忙——毕竟现在是白天——行人的服装和身体结构则稍微不那么招摇了，就好像我看到了天篷区社会的另外一个截面，那些更加保守的市民，他们会避开夜晚那极尽疯狂的快乐餍足。但按我来这里之前定义的任何标准而言，他们的样子仍然很激进；尽管没有哪一个人的比例严重偏离基本的成人标准，但在这个界限内每种可能的变化方式都有所体现。除了有些明显怪到离谱的皮肤色素和体毛，你都不一定能分辨出哪些变化是天生的，哪些是混种大师或者他们那些更靠不住的同行的作品。

“我希望这次远行并非漫无目的，”我们下车时斑马说道，“万一你忘了的话我提醒你一句：有两个人在追踪你呢。你说他们可能在为瑞维奇工作，但别忘了韦弗里也有自己的朋友。”

“韦弗里的朋友会来自外星球吗？”

“大概不会。除非他们只是伪装成外星人，比如说奎伦巴赫。”她关上身后的车门，缆车立刻自己离开，去为别的客户服务。“他可能带着援军回来了。既然你当初是在多米尼加的店里甩掉了奎伦巴赫，那他试着去那里寻找线索也挺合理的。不是吗？”

“非常合理。”我边说边希望自己说话时的声音依然不失镇定。

我们走到着陆场的边缘，走向一架装在基座上的望远镜。环绕着陆平台的栏杆高可齐胸，但望远镜的下面都有个底座，这意味着站在上面的人离地面会更高一点，落差更令人头晕目眩。我把望远镜末端举到眼前，然后朝着城市扫出一道弧圈，同时使劲扭动着对焦轮旋钮，直到最终我意识到，在环境如此昏暗的情况下，根本就没法准确对焦。被透视效应压缩之后，乱纷纷纠结成团的天篷区看起来更加复杂，更像植物，仿佛是某种密集叶脉组织的横截面。我知道，瑞维奇就在那里，在那片混乱中的某个地方，某个陷在城市的肺部气流中的血细胞里。

“看到什么了吗？”斑马问道。

“还没有。”

“你听起来很紧张，坦纳。”

“你我易地而处的话，你会不紧张吗？”我砰地丢开望远镜，它在底座上旋转起来。“我被派到这里来杀个或许不该被杀的人，而我唯一的理由就是要荒诞地固守些这里无人理解，甚至也无人尊重的荣誉准则。我被派去杀的那个人或许正在嘲弄我。另外两个人或许在试图杀死我。我的记忆出了一个，或许两个大问题。而且，最重要的是，有个我认为可以信任的人一直都在对我撒谎。”

“我听不懂你在说什么。”斑马说，但从她说话的语气来看，她显然听懂了，太懂了。她不一定能理解我所说的一切，但她听得懂我在说什么。

“你并不像你所说的那样，斑马。”

大风抽打在我们脸上，几乎吹走了她的回答。“什么？”

“你在为瑞维奇工作，不是吗？”

她生气地摇了摇头，表现出几乎要为这个荒谬的断言忍俊不禁的样子，但她的表演太过火了。我不是这世上最好的骗子，但斑马也不是。我们两个或许该成立一个自助小组。

“你疯了，坦纳。我一直认为你有点濒于疯癫，但现在我知道了。你已经越过了疯狂和清醒的界限。远远过线了。”

“你找到我的那个晚上，”我说，“你就在为他工作了，从我们第一次见面开始就是了。那个破坏狩猎的故事是个幌子——我不得不说，故事很好，但无论如何也只是个幌子。”我走下底座，突然感觉很脆弱，就好像一阵特别强的大风就可能会把我卷走，一路摔落到地沤区上。“也许我确实是被游戏玩家绑架了。但在那之前你已经盯上我了。我以为我甩开了瑞维奇放在我身后的小尾巴——奎伦巴赫，但肯定还有其他人，跟我保持着较远的距离，所以不那么明显。但你跟丢了我，直到韦弗里把那个狩猎植入装置安进我的脑袋。然后你又有办法跟踪我了。目前为止我的表现如何？”

“你疯了，坦纳。”但是她的声音里缺乏自信。

“你想知道我是怎么意识到的吗？除了有些小细节刚好对不上外？”

“给我个惊喜吧。”

“你不该提起奎伦巴赫的。我从没说出过他的姓名。事实上，我是很小心地坚决不说，好看你会不会万一说走了嘴。看起来我的运气还不错。”

“你这个浑蛋。”她的语气甜蜜，所以，在某个从远处观察我们的人眼里，这说的大概是什么情话，那种恋人之间的话语。“你这个狡猾的浑蛋，坦纳。”

我笑了。“如果你愿意，你可以找个借口。你可以说当你问我和谁一起旅行时，多米尼加提到了那家伙的名字。我之前有点期待你会这么做，而且并不确定自己会有什么反应。但现在再讨论这些都没意义了，不是吗？现在我们都知道你是什么人了。”

“出于好奇问一声，你所谓小细节是？”

“为了职业自尊心？”

“差不多吧。”

“你让我太顺利了，斑马。你让你的车门开着，好让我刚好可以偷走它。你把你的武器放在我能找到的地方，还放上了足以改变局势走向的现钞。你就是想让我那么做，对不对？你想让我偷走那些，因为之后你就可以确定我是什么人。确定我是来杀瑞维奇的。”

她耸了耸肩。“就这些吗？”

“不，其实还有。”我拉了拉瓦迪姆的大衣，把自己裹得更紧些，“另一件事我也并没有看漏。我们第一次见面就来了番袒身肉搏，哪怕你几乎还不认识我。啊，那本身倒是一场好战。”

“哦，别奉承我。或者，别自吹自擂。”

“但到了第二次，虽然你看起来如释重负，但我看不出你见到我时有多么开心。而且我丝毫感觉不到我们之间有任何男女之情。至少你那边没有。我琢磨了好一阵子这是怎么回事，但我想我现在明白了。第一次时你需要燕昵之私，因为你希望那会让我自己吐露些证据。所以你邀我和你共度良宵。”

“这世上有种东西叫作自由意志，坦纳。你并不是非同意我的邀约不可，除非你承认你的大脑是被老二控制的。而且我看不出你对此有感觉后悔的迹象。”

“大概是因为我确实没有。如果你第二次又主动示好的话，我那时候就不会同意了，太累了。——但那并不在你的选项之中，不是吗？那时你已经知道了所有你需要的信息。而第一次是非常专业的。你和我上床是为了获取信息。”

“但一无所获。”

“是的，但也无关紧要。你之后还是得到了想要的信息，在我拿着你的枪，开着你的车逃跑的时候。”

“真是个悲情故事啊，不是吗？”

“从我现在的角度来看不是。”我瞥了一眼栏杆边缘，“从我现在的角度来看，这个故事可能会以你坠落很长一段距离而告终，斑马。你知道我走了很长的路来杀瑞维奇。你有没有想过，我可能在良心上对杀死任何试图阻止我的人都不会有太多顾虑？”

“你口袋里有把枪。如果用它下手能让你感觉好点，就用吧。”

我伸手去拿枪，看看它还在不在，然后把手放在口袋里。“我现在就可以杀死你。”

她居然毫不畏缩，这点很值得称赞。“都不用把你的手从口袋里拿出来？”

“欢迎你来试试我的本领。”这感觉就像在打哑谜，就像我们偶然落入剧本片段的排练过程。就仿佛无论发生了什么，我们都别无选择，只能照着剧本的提示走向结局。

“你真的认为你能像那样打中我吗？”

“这不是我第一次从这个角度开枪杀人了。”但是，我想，这将是我第一次有意要这么做。毕竟，我当时并非有意要杀死吉塔。我其实也不确定现在真的想杀死斑马。

并非故意杀死吉塔……

我一直竭力避免想到这件事，但我的思绪就像钻进了只有一个出口的迷宫，兜兜转转总是回到那一刻。现在，经过长时间的压抑之后，它们骤然迸发，一涌而出，就像是一伙无赖汉破门而出。我以前一直都没想起来。是的，吉塔已经死了，但是我一直如意地回避了她的死亡方式，不去太过细想。她已经在袭击中丧生——那么还有什么好想的呢？压根没有。

只除了那个单纯的事实：是我杀死了她。

下面就是我所记得的状况。

吉塔首先醒来。袭击者隐藏在带电风暴瞬息明灭的亮光中飞速冲破警戒线时，她是第一个听到动静的人。她恐惧的叫声惊醒了我，她赤裸的躯体紧贴着我。我看到了三个敌人：三个轮廓映在帐篷布上，就像是一出怪诞的皮影戏。每道闪电亮起时，它们就会变换位置——有时动的是其中一个，有时是两个，有时是全部三个。我能听到惨叫传来，我可以从每次惨叫的音色中辨认出它来自我们这边的哪一个人。叫声非常短暂，集中，就像是号角疾鸣。

离子束弹道划破了帐篷，风暴的力量从裂口冲进来，就像是个风和雨构成的生灵。我用手捂住吉塔的嘴，在枕头下摸索休息前放在那里的枪，满意地感觉到冰凉的枪身还在那里，然后找到了轮廓分明的枪把。

我从床上溜下来。从我清醒地意识到攻击开始应该只过去了顶多一两秒。

“坦纳？”我喊道。在暴风雨的悲啸声中，我几乎听不到自己的声音。“坦纳，见鬼的你在哪儿？”

我把吉塔留在了那床薄毛毯下；尽管天气炎热潮湿，我还是瑟瑟发抖。

“坦纳？”

我的夜视系统开始上线了，残破帐篷的内部细节渐渐化作清晰的灰度图景。这身体改造很不错，为此付给超空人的钱是值得的。迪特林在接受了同样的改造之后，说服我也购买了这项服务。基因拼接，我的视网膜后面铺上了一层反射材料——一层叫作“反光色素层”的有机物。反光色素层能将光线反射回来，将视网膜对光线的吸收最大化。

它甚至还会改变反射光的波长，发出波长位于视网膜的最佳灵敏度范围的荧光。超空人说，这种基因拼接的唯一缺陷——如果可以称为缺陷的话——是任何用强光照到我脸上的人都会看到我的眼睛在反光。

他们称之为“眼耀”。

但我还挺喜欢的。早在任何人看到我的眼耀之前，我就已经看到他们了。

当然，基因拼接还触及了更深层次。他们给我的视网膜装上了经过基因修补的视杆细胞，光子探测效率接近最佳，这要归功于对基础光敏素的改良，只需对X染色体上的一些基因做点轻微调整即可。我还多了种通常只由女性遗传的基因，使我能够区分色调的细微差别，我以前从未想到过红色还有这么多种。我甚至有一群来自蛇类的细胞，分布在我角膜边缘周围的一圈凹坑中，它们能够识别近红外和紫外光，并长出了神经连接，通到我的视觉中枢，好让我可以像蛇一样，将这些信息叠加到我的正常视野之上。但我目前还没有激活这种蛇眼视觉。就像我所有的身体机能一样，它可以被定制的逆转录病毒激活和抑制——引发短期的、受控的癌变，建立或拆除必要的细胞结构，全都只要几天。不过每种能力我都需要更多时间来学习如何正确使用。首先是增强夜视能力，再过一段时间之后是超出正常视觉范围的色觉。

我穿过分隔帐篷的隔板，来到坦纳的房间，我们的国际象棋桌还摆在那里，仍然展示着先前的棋局——就跟平时一样，我赢他输。

坦纳——除了一条卡其布短裤外一丝不挂——正跪倒在他的铺位旁，那姿势就像是个正在系鞋带或检查脚上水疱的人。

“坦纳？”

他抬头看着我，双手隐没在某个黑色的物体下。一声呜咽从他嘴里传出；此时，随着我的视野渐渐清晰，我明白了为什么。他一边脚踝以下的部分几乎全没了，剩下的部分看起来更像是木炭而不是人肉，仿佛只要轻轻一碰就会变成黑色的碎片散落一地。

现在我闻出了人肉烧焦的臭味。他停止了呻吟，非常突然，就好像他头脑中有道子程序已经判断出这种姿态对他在短期内的求生无关紧要，删除了他的痛感。然后他说话了，冷静而准确得简直荒诞。

“我受伤了，就像你或许能看到的，伤得很重。我想我对你没什么用处了。”然后是，“你的眼睛怎么了？”

一个人影从一面墙上的裂缝中走了进来。他的夜视镜挂在脖子上，装在枪上的电筒从我们身上晃过，停在我的脸上。他的迷彩服在断断续续地变化色彩，和帐篷内部一致。

我一枪把那家伙轰了个开膛破肚。

“我的眼睛没任何问题。”我说话的同时，武器发射留下的残影就在我的视野中溶解成了拇指形状的粉红色余痕。我跨过袭击者的尸体，小心翼翼，免得光着的脚踩到正在流成一摊的内脏当中。我走向步枪架，扯出一把巨大但目前派不上用场的玻色子束武器——火力太强了，不能用来在这么近的距离对付敌人——扔到坦纳的床上。“我的眼睛什么问题都没有。现在，把它当作拐杖，开始赚取你的报酬吧。如果我们能活下去，我们会给你装只新脚的，所以就当这是暂时的损失吧。”

坦纳的目光从他的伤口转向那把枪，然后又转回伤口，好像在二者之间进行比较权衡。

然后我开始移动。

我把自己的体重放到玻色枪的枪托上，试图把痛苦抛到脑后的密封隔间里。我的脚被炸毁了，但卡乌拉说得没错。没了它我也能活下去——爆炸完成了烧灼伤口的任务，干得非常专业——如果我成功地从袭击中幸存，获得一只新脚只是要经历几个星期的不适而已。从致命性的角度来看，当我作为普通士兵对抗北方邦联时，我曾经负过更严重的伤。但我的大脑没有这样考虑问题。

它只能看到我的一部分就这么没了，并且它不清楚要如何处理这种缺失。

灯光——冷冽而不自然的蓝光——穿透了帐篷。有两个敌人——在死去的那个敌人向我开枪之前，我数出来他们有三个人——还在外面。我们的帐篷足够大，看起来就好像一支比实际规模更大的部队，所以其他两个可能还在倾泻压制火力，好在冲进来之前肃清所有还没被他们打死的人。

我向尸体走去，我眼中物体的边缘模模糊糊的，仿佛是在透过一团不祥的阴云视物。我跪低身子，直到我能碰到死者，解下他的手电筒，拿起他的夜视镜。卡乌拉一枪击中了他，在几乎完全黑暗无光的情况下；虽然这一枪在我看来打得偏低了一点点，但切实达成了任务。我想起来就在几个小时前，我曾看到他朝着夜幕中扫射，仿佛那里有什么只有他能看见的东西。

“他们对你和迪特林做了什么？”我从牙缝里挤出声音，希望我的问话能被听懂，“那帮超空人……”

“对他们来说不算什么，”他边说边转身面对我，那宽阔的身躯像是一堵高墙，“他们人人都有。他们在飞船上几乎完全生活在黑暗之中，这样他们可以在阳光被抛到身后之际，更好地沐浴在宇宙的灿烂光辉中。你会活下去吗，坦纳？”

“只要我们当中有人能活下去。”我把夜视镜扣到自己眼睛上，然后房间在我眼中变成了胆汁绿色的，亮了些。“失血不多，但我对休克问题无能为力。休克必定很快就会来临，在那之后我对你就没什么用处了。”

“给自己弄把枪，在近距离用得上的家伙。我们得去看看我们能造成多大的损害。”

“迪特林在哪里？”

“我不知道。也许他已经死了。”

我的手几乎不假思索地自己动了起来，从步枪架上拉出一把紧凑型手枪，轻轻一弹，让它的能源电池就位，然后听到它的电容器充电，发出尖锐的呜呜声。

吉塔在隔壁尖叫。

卡乌拉从我身旁挤过，然后在隔帘旁骤然停住，一动不动。我试图勉力行走时，玻色枪的枪托在地板上打滑了，差点撞倒他。我现在不需要夜视镜，因为房间已经被帐篷里的辉光灯照亮了，那肯定是吉塔点亮的。她正站在隔间中央，手里抓着条暗褐色的毯子，裹着身子。

一名袭击者站在她身后，一只手揪着她的一把头发，把她的脑袋往后拽，另一只手拿着一把寒光四射的锯齿刀，正对着她凸出的白皙喉头。

她现在不再尖叫了。她只能让自己发出细小而激烈的声音，就像人在被噎住时那样。

抓住她的那人已经摘掉了自己的头盔。他不是瑞维奇，只是个普通的暴徒，小有能力，在战争期间或许曾与我并肩作战，或许曾与我方为敌，又或许曾与南北双方均处于敌对状态。他的脸上布满皱纹，黑色的头发扎在脑后，就像日本武士那样。他并没有在咧嘴大笑——情势太紧张了，不适合——但他的表情中有些细节表明他很享受现在的感觉。

“你可以停下来，也可以再靠近一步。”他说。他的声音粗糙，没有抑扬顿挫，出奇地冷静理智。“不管怎样，我都会杀了她。只是时间问题。”

“你的战友都死了，”卡乌拉说了句废话，“如果你杀了吉塔，我也会杀了你。不过她遭受的每一秒钟痛苦，我都会让你受上一个小时。这算不算慷慨？”

“去你妈的。”那人说完就将刀刃在吉塔的喉咙上一拉。切口的轨迹下出现了一条毛虫状的血痕，但他很小心地没有割入太深。我觉得，他很擅长用刀。他曾用这样的精确度试验过多少种刀法？

值得称赞的是，吉塔几乎毫不动容。

“我给你带来了个消息。”他边说边把刀刃从吉塔的肌肤上稍稍抬起，好让刀刃上的一抹猩红清晰可见。“来自阿尔根特·瑞维奇。这有没有让你感到惊讶？应该没有，因为我知道你本来就在等他。只是没想到有这么快。”

“超空人骗了我们。”卡乌拉说。

那人这时笑了笑，不过一发即收。快乐全聚到他那双欣喜若狂地眯成两条细缝的眼睛里。我意识到我们在和一个精神病打交道，这家伙的行为基本上是随机的。

不会有协商解决的机会。

“他们当中也有派别之争，”那人说，“尤其是不同飞船之间。奥卡尼亚骗了你。你不要以为是针对你的。”他的手再次握紧了刀柄。“现在，能不能请你乖乖放下那把枪，卡乌拉？”

“照办吧，”我就站在他后面，对他低声耳语，“不管你看得有多清楚，他身上也只有很小一部分没有被吉塔挡住，我怀疑你对自己的枪法没有那么自信。”

“你们不知道私下说悄悄话对人不礼貌吗？”那家伙说道。

“动手吧，”我嘶声说道，“我还能救得了她。”

卡乌拉放下了枪。

“好，”我继续低声耳语，“现在仔细听着，我可以从这里击中他而不伤到吉塔。但你挡道了。”

“你们他妈的跟我讲话啊。”那男人把刀压在了吉塔的皮肤上，让利刃在颈肉上压出了一道沟，但没有真的破皮。现在他只需要轻轻一挥就能切断吉塔的颈动脉。

“我要射穿你，”我对卡乌拉说，“这是粒子束武器，所以重要的只是视线。我从这个角度开火射击，不会击中你的任何重要器官。但你要做好准备。”

那人的手将刀子压得更深了些，于是那道沟壑突然绽裂，血从深处涌出。时间慢了下来，我眼睁睁看着那家伙将刀子划过她的喉咙。

卡乌拉张口欲言。

我开火了。

铅笔般粗细的粒子束穿过他，进入点在他背部，脊椎左侧一英寸[1]左右，腰部上方区域，在第二十或第二十一块椎骨附近。我希望我没伤到右髂总静

1. 英美制长度单位，1 英寸合 2.54 厘米。

脉，并且波束入射角会让散逸的能量冲向左肺和胃部之间。但这不是精准的外科手术，而且我知道，只要这枪没有真的要了他的命，卡乌拉就得认为自己运气不错。我还知道，如果需要为救吉塔而死的话，他会全心全意地配合，甚至会命令我这样做。无论如何，我并不太关注卡乌拉，因为吉塔的站位事实上让我可以选择的角度范围相当有限。这一枪是为了救她，无论她丈夫会怎么样。

粒子束飞行了不到十分之一秒，不过离子尾迹存在的时间更长一些，除此之外它还在我的视野中烙下了一道残影。卡乌拉在我面前倒在地上，就像一袋从天花板上坠落的玉米。

吉塔也一样倒下了，额头上被钻了个整整齐齐的洞；她的眼睛仍然睁着，似乎还有意识，鲜血从喉咙上半被割开的伤口徐徐流出。

我失手了。

*

这是无可挽回的事实；无法婉转表达、不可能说得温和的惨痛信息。我本想救她，但意图毫无意义。重要的是她眼睛上方的红色伤口，是我打中了她，虽然我想打的是那个拿刀抵着她喉咙的人。

粒子束完全没有打到他。

我失败了。在失败会最致命的场合，在我生命中这关键的一刻，我真的以为我能赢——但我失败了。我辜负了自己，辜负了卡乌拉，背叛了他对我那毫无保留、重若泰山的信任。他的伤很严重，但如果得到适当的治疗，我毫不怀疑他会活下去的。

但吉塔没救了。我不知道谁是更幸运的一个。

“怎么了？”斑马问道，“坦纳，怎么了？请不要那样看着我。我开始觉得你可能真的会下手了。”

“你能给我一个不动手的充分理由吗？”

“真相就够了。”

我微微摇头。“抱歉，你刚刚告诉了我真相，但那还远远不够。”

“还没说完呢。”她的声音很平静，而且不知怎的又恢复了活力，“我不再为他工作了，坦纳。他以为我还在为他干，但我背叛了他。”

“瑞维奇？”

她点了点头，低下了头，所以我几乎看不到她的眼睛。“你偷了我的东西之后，我就知道你是瑞维奇要找的人。我知道了你就是刺客。”

“这并不需要太多推理，不是吗？”

“确实，但重要的是要确定。瑞维奇想把这个人分辨清楚，剔除出去。说得直截了当些就是杀了。”

我点点头。“这十分合理。”

“我本打算一有充分证据证明你是杀手就动手。这样，瑞维奇就可以永远把这件事抛到脑后了——他不必担心杀错了人，而真正的刺客还在某个地方。”

“你有很多机会杀死我。”我握枪的手松开了，“那你为什么没下手？”

“我差点就下手了。”这时斑马说话更快了，语声急促，“我本可以在公寓里就动手，但我犹豫了。这你可不能怪我。所以之后，我让你拿走了枪，开走了车，因为我知道这两样我都可以追踪得到。”

“我早该知道的。那会儿就感觉太过顺利了。”

“请相信我还没蠢到会让那样的事偶然发生。当然，如果那些都失败了，我还有另一种途径可以找到你。你仍然带着狩猎游戏的植入信标。”她停顿了一下，“但那之后，你撞坏了车，取出了植入装置。剩下的就是枪了，可我也接收不到清晰的追踪信号。也许是在撞车的时候被你弄坏了。”

“我去找过多米尼加之后，紧跟着就给你打了电话。”

“告诉了我你之后会去哪里。我雇了普兰斯基来帮我。他挺厉害的，你不觉得吗？诚然，他的社交技能还有待改进，但你付钱给这样的人也不是为他们的魅力和外交手腕。”斑马吸了一口气，从额头上擦去些聚在上头的雨水，露出了乌黑水膜下一片干净的肌肤。“不过，没你厉害。我看到你是怎么攻击那帮游戏玩家的——打伤了其中三个，然后绑架了第四个，那个女人。整个过程中我一直都瞄准了你。我可以在一千米之外掀开你的头盖骨，你还来不及有任何感觉，脑浆就已经落到街面上了。但我下不了手。我没法那样杀死你。就在那一刻，我背叛了瑞维奇。”

“我觉得有人在看我。我从来没有猜到是你。”

“即使你猜到了是我，你能猜到我离杀死你只有眨下眼的距离吗？”

“眼睑触发狙击步枪？接下来你这样的好女孩会用这种东西做什么呢？”

“接下来你要做什么呢，坦纳？”

我把空着的手从口袋里拿出来，就像个在众目睽睽之下捅出了大篓子的魔术师。

“我不知道，”我说，“但这外面太潮了，我得去喝一杯。”

第三十一章

玛土撒拉看上去和我上次见到时几乎一个样，漂浮在专属于它的水箱里，像座巨大的鱼形冰山。也和之前一样，有一小群人围着它，人们会在这个时代的奇迹前逗留几分钟，然后才意识到：实际上，这只不过是条巨大的老鱼，而且除了大小之外，玛土撒拉真的就没什么比在池塘里那些年轻、瘦削且灵活的锦鲤更吸引人的地方了。事实上情况恐怕还尤甚于此，因为我注意到一件事，没有哪一个人在离开玛土撒拉时看起来像到达时那样高兴。这条鱼身上不仅有些地方实在令人失望，还有某种因素会无可避免地使人忧伤。也许他们是太过害怕从玛土撒拉身上瞬间瞥见的东西——他们自己的未来：愚钝，苍老而笨重。

斑马和我无人注意，且自饮茶。

“你遇到的那个女人——又忘了，她叫什么名字来着？”

“香忒若·萨马蒂尼。”我说。

“普兰斯基从没跟我说明她怎么样了。他找到你的时候你们俩在一起吗？”

“不，”我说，“我们起了争执。”

斑马做了个先是愣怔一下，然后恍然大悟的表情，做得太刻意了点。“争执不是那场交易自然的一环吗？我的意思是，如果你绑架了别人，难道你还认为不会起争执？”

“不管你怎么认为，反正我没有绑架她。我是请求她把我带到天篷区。”

“拿着枪。”

“否则她不会接受我的请求。”

“太有道理了。然后你在这里的时候也一直拿这把枪比着她吗？”

“没，”我不太喜欢这样夹枪带棒的说话方式，“没有，完全没有。结果证明我没必要拿枪比着她。我们发现，没有它，我们也能忍受与彼此同行。”

斑马弯起了一边眉毛。“你和那位天篷区阔小姐还真是情投意合啊！”

“马马虎虎吧。”我说话时莫名其妙地感觉像是在做自我辩护。

中庭对面，玛土撒拉拍动了一下鱼鳍，这个突然的动作——哪怕那么虚弱无力，甚至不由自主——在旁观者中引起了一阵轻微的躁动，就好像看到一座雕像刚刚扭动了一下。我有些好奇是什么样的突触过程触发了这一姿态，背后是否有任何意图，或者是否——就像一栋老房子嘎吱了一下——玛土撒拉只是偶然间动了一下，如同朽木顽石一般并无思维。

“你和她上过床吗？”斑马问。

“没有，”我说，“很抱歉让你失望了，不过实在是没时间。”

“你不喜欢谈论这个话题，是吗？”

“换了你，你会喜欢吗？”我摇了摇头，尽可能斩钉截铁地否认我和香忒若有任何更深层次的关系。“我本以为自己会憎恶她，因为她的所作所为，因为她玩狩猎游戏的方式。但我和她谈了几句后就意识到事情没那么简单。在她看来那一点也不野蛮。”

“愉快且便利，是吧。”

“我的意思是，她没有意识到——也不认为有可能——那些受害者并不像人们告诉她的那样。”

“直到她遇见了你。”

我仔仔细细地点了点头。“我想，我让她停下来做了些反思。”

“你让我们都停下来进行了些反思，坦纳。”然后斑马喝完了杯中的残茶，一言不发。

“又是你。”混种大师说话的语气既非高兴也非失望，而是将两者精细地融合为一。“我原以为在你上次来访时，我已经圆满地解答了你所有的问题。但显然我错了。”他耷拉着眼皮死死地盯着斑马，一种不被认可的刺痛扰乱了他靠着基因增强的淡漠表情。“女士，我看得出，自上次之后您很是改头换面了一番啊。”

当然，上次来的其实是香忒若，但我决定就让这浑蛋多享受下刺激好了。

“她有个好血脉裁缝的号码。”我说。

“而你显然没有。”混种大师边说边关上了外面的店门，避免有其他访客进来。“当然，我说的是你眼睛的问题。”他一面说话，一面自顾自坐回了他飘浮在半空的控制终端后面，让我们两个继续站着。“但我们为什么还要继续坚持这项工作与血脉裁缝有联系的谎言呢？”

“他在说什么？”斑马理所当然地问道。

“我们之间的一件小事。”我说道。

“这位绅士，”混种大师非常用力地强调了最后一个词，“一天前拜访了我，谈及了他眼睛里的一些结构和基因出现了异常。当时，他声称这些异常是由血脉裁缝的劣质干预手术造成的。我本来还准备相信他，哪怕那些被编辑的序列中看不到半点血脉裁缝的作品中通常会有的特征。”

“现在呢？”

“现在我相信这些改变完全是由另一群人所完成的。要我一字一句地说出来吗？”

“请务必。”

“这项工作带有某些特征，表明这些序列是用超空人常用的遗传学技术插入的。不比血脉裁缝或混种大师的作品更先进，也不更落后，只是不一样，而且高度个性化。我本该早就意识到的。”他笑了笑，显然是对自己的演绎技术大为得意。“混种大师提供的基因改造服务，基本上是永久性的，除非客户专门提出要求。在大多数情况下，那并不意味着这项工作是不可逆的——只是意味着基因上和生理上的变化将保持稳定，不会回复到旧的形式。血脉裁缝干的活计也是一样，原因很简单，那帮家伙所用的序列通常是从混种大师那里窃取的，而且他们没有足够的聪明才智去将退化机制嵌入那些序列当中。他们窃取了代码，但没破解。然而超空人做事的方法则完全不同。”混种大师把自己修长的十指在下巴前搭到一起。“超空人出售他们的服务时就内置了退化机制；如果你愿意，可以称之为变异时钟。细节我就不跟你多说了；你只需要知道，在介导插入你自己脱氧核糖核酸链中的新基因表达的病毒与蛋白酶系统中，包含一套计时机制，一套时钟，其工作方式是对一条外部参考脱氧核糖核酸链中随机突变的总数进行点算。不用说，只要累计的复制错误数超过了预先指定的阈值，细胞中负责对被修改的基因进行抑制或者纠错的机制就会被解除束缚。”混种大师又笑了。“当然，我这种叙述是做了极大简化的。首先，那些时钟是被设置成逐渐触发的，这样细胞分裂转变成新类型，以及制造新蛋白质的过程就不会骤然停止。否则可能会是致命的，尤其是如果你身处一个本来对人不友好的环境中，比如含氧的水体或富氨大气当中，是靠这些变化才得以生存的话。”

“你是说，摆弄坦纳眼睛的是超空人？”

“你理解得非常快。但事情还远不止于此。”

“总这样。”我说。

混种大师的双手在控制台上方舞动，手指在一把看不见的竖琴上拨弄琴弦，于是大量的遗传学数据跃入空中，胸腺嘧啶、腺嘌呤、鸟嘌呤和胞嘧啶组成的一些特定序列被突出显示，并和一系列的生理和功能解剖图发生了交叉连接，图里显示的是人眼与视觉理解的相关大脑区域。忽然之间，他看起来就像个巫师，身旁有一群妖精相伴——若隐若现且满身鲜血的妖精。

“这里有些地方非常古怪。”他手指头那灵巧到让人受不了的舞蹈总算停下了。他勾画出一片特殊的碱基对，一些有交叉连接的脱氧核糖核酸链梯级。“这些碱基对被允许逐渐发生随机突变，内部时钟。”他的手指移到另一个看起来极其相似的突出显示的区块，“这是参照物，未突变的脱氧核糖核酸链。时钟正是通过比较这两边——统计突变的总数——来驱动的。”

“看起来似乎并没有多少变化啊。”斑马说道。

“有几处统计上无足轻重的点缺失或是移码。”混种大师说，“但没有重大变化。”

“这意味着什么？”我问道。

“意味着时钟还没有走很久。这两组脱氧核糖核酸链几乎才刚刚开始出现差异。”他眯起了眼睛，“这也就意味着，这项工作是最近才完成的；确切地说是在一年之内，也许就在几个月之内。”

“这为什么会成为问题？”斑马问。

“因为这个。”然后他的手指划过一坨淡紫色的紧密纠缠在一块的东西。“这是个转录因子，调节一组特定基因表达的蛋白质。然而，这种蛋白质在人体中正常情况下并不存在。它唯一的功能——它就是为这个目的而设计出来的——是抑制那些新近插入你眼中的基因。在变异时钟被触发之前，它不应该大量存在。然而我发现它含量很高。”

“会不会是超空人欺骗了坦纳？”

混种大师摇了摇头。“不太可能。这样做不会有任何经济收益。基因的改变仍然得以进行，所以对他们来说重置时钟并不会更便宜。事实上，这会损害他们的长期利益，因为坦纳——如果那是你的名字的话——会去另一组船员那里寻求新的服务。”

“我想你还有别的解释？”

“我确实有，但这种解释你可能不喜欢。”他又一次露出个极其暧昧的笑容，“要将突变时钟重置为零而不触发各种次级防篡改保护，那会是极其困难的。即便对一名混种大师来说也是。我可以办到，但这工作量绝对不小。不过，反向操作则会简单得多。”

“反向操作？”我向前探了探身子，感觉某个重大的真相几乎在我的掌握之中。我不太喜欢这种感觉。

“把时钟拨快，这样新基因就会被关闭。”他说到这里，来了阵沉思默想，同时把投影出的眼球用一根手指顶在尖端旋转，一个异常骇人的转球。“那会更简单，因为不会遇到安全措施。超空人压根就不会想到要防止这种篡改，因为这只会损害客户。也不是说这很容易。然而比起把时钟拨回去要容易一个数量级。任何一个了解这个问题的血脉裁缝都可以动手一试。”

“继续。”

他的声音呈现出一种片刻之前还缺乏的庄严感，仿佛他触发了自己体内的什么基因突变，让他的喉音更加深沉浑厚。“有人出于某种原因把你的钟拨快了，坦纳。”

斑马看着我。

“你是说坦纳身上的变化正在消失？”她问。我意识到，她还完全不知道这些变化是以什么面目出现的。

“那些人多半就是这个目的，”混种大师说道，“不管是谁干的，他们还算是有点本事的。一旦时钟的发条上紧，你眼睛里的细胞就会开始制造普通的人类蛋白质，按照正常的蓝图进行细胞分裂。”他叹了口气。“但这些动手的家伙要么是太懒，要么是太急，要么是两者兼而有之。他们只调整了一小部分时钟，而且手法不完善。你的眼睛里正在进行一场微型战争，超空人基因工程系统的不同组成部分之间的战争。试图调整时钟的人，无论是谁，他们以为自己是在关机，但实际上他们所做的是把扳手扔进了一台运行的机器中。”他的声音中带上了悲伤的音调，“如此急躁。如此可怕的急躁。当然，那些人会遭到失败，他们活该。问题是，为什么他们一开始会认为这件事值得去做？”他瞪大的双眼中满怀期待，于是我意识到他以为我会给他一个答案。

但我完全看不到有任何理由要满足他，而且我也并不喜欢这样做。我没有回答，而是说：“我想要做一次扫描。全身扫描。你能做的，对吧？”

“能不能取决于你想要它做什么，你希望我达到多高的解析度。”

“不需要太精细。我只想让你找些东西。组织损伤，体内的，伤口可能已经痊愈，也可能没有。”

“我只能试试。”那人边说边指了指诊疗台，与此同时一台状若滑板的扫描设备已经从天花板上滑下。

扫描并没有花很长时间。老实说，如果混种大师的扫描揭示出了任何在我的预料之外、我未曾暗自担忧的东西，那我倒要大吃一惊了。这只是个从仪表冰冷的指标中发现的问题；只是个将任何一点拒绝接受的心态最终埋葬的问题——一并埋葬的，还有本来或许残存的希望。

那块“滑板”绘出了我的身体核心部位，通过多种感知技术了解我体内的秘密。这台机器其实也就是种大量改进后的搜思，经过调整可以适用于整个身体的细胞和遗传结构，而不再仅仅针对神经组织。时间足够的话，它对物质的分辨可以达到原子水平，直抵量子不确定性的边缘。但是现在不需要如此精确，因此扫描速度也相应快了许多。

然后它所展示的结果让我感觉寒意直彻心底。有些本该在我体内的东西不在。

有些本不该在的东西却在。

第三十二章

“你看起来就像是活见了鬼。”斑马说。

她强迫我在中庭里坐下，拿了些热饮喝，那东西甜甜的，还有种难以形容的滋味。

“你难以想象我的感觉。”

“至于吗，坦纳？你肯定对结果早有预期，否则你就不会让混种大师给你扫描。”

“让我们用‘恐惧’这个词，别说什么‘预期’，好吗？”

我不知道该从什么地方或什么时间说起，甚至不知道该从谁开始说。自从来到黄石星，我的记忆一直残缺不全，而且我还面临教化病毒的问题，让事情越发复杂。这种病毒让我并不情愿地窥见了斯凯·奥斯曼的心灵，而且与此同时，我自己过去的某些方面也开始渐渐变得清晰：我是谁，我在做什么，为什么我想杀了瑞维奇。尽管这些东西已经恼人，但我还可以接受。可事情并没有到此为止。我开始像斯凯那样思考和感受他的过去，获知些他没有任何其他人知晓的罪行。可事情依旧没有到此为止。我开始对吉塔产生些令人困惑的想法，更多地从卡乌拉的角度而不是我自己的角度来回忆她。可事情依旧没有到此为止。

即便是那些我也可以努力逐渐给出合理的解释。我自己的记忆被卡乌拉的污染了？嗯，有可能。毕竟，记忆可以被记录和转移。我完全想不出为什么卡乌拉的部分个人经验会和我的交织在一起，但这种事情的发生也并非全然不可思议。

但真相——我才刚开始瞥见的真相——更加令人不安。

我甚至连使用的身体都是错误的。

“这很难解释。”我说。

斑马的回应中带着些许恼怒：“人们不会自己跑去混种大师工作室，要求进行体内组织损伤扫描——除非他们本来就有所预期会找到些东西。”

“不，我……”我停了下来。这是我的想象，还是我真的又看到了那张面孔，就在离玛土撒拉周围攒动的人群不远处？也许现在我真的产生了幻觉，混种大师让我看到的那些把我推到了失去理智的边缘。也许如今我注定要处处都见到瑞维奇，无论我望向何方，不管在什么样的环境下。

“坦纳……？”

我不敢再往人群深处看了。“那里本该有些东西，”我说，“一处本该存在的伤，但不存在。我曾经遭遇过一些事情，经过治疗痊愈了……但没可能痊愈得那么完美。”

“什么样的伤？”

“我的记忆告诉我，我失去了一只脚。我可以确切地告诉你它是如何发生的，确切的感觉。但没有受伤的迹象。”

“噢，再生手术肯定非常复杂精密。”

“那另一处伤怎么解释？我的雇主在同一时间所负的伤？他被光束武器射了个对穿，斑马。那道伤口出现在我体内。”

“你把我说糊涂了，坦纳。”她的目光四下环顾，在某个东西或某个人身上停留了一瞬间，又回到了我身上。“你是想告诉我，你不是你以为自己所是的那个人吗？”

“这么说吧，我正在认真考虑这种可能。”我等待了片刻，然后加了一句，“你也看到他了，对不对？”

“什么？”

“瑞维奇。我刚刚看到他了，有一阵子，我觉得可能是我幻想出来的。但其实不是，对吗？”

斑马张开嘴想说些什么——快速而流利地矢口否认，但就是说不出口。她的伪装已经破裂了。“我告诉你的一切都是真的，”恢复了说话能力之后，她平静地说道，“我不再为他工作了。但你是对的。你刚才确实看见了他。”她停顿了一下，然后说：“只不过那并不是真正的瑞维奇。”

我点点头，我已经多少猜到了真相。“一个诱饵？”

“是的，差不多就是，”她喝了口茶，“你也知道，他一到这个城市就应该改变自己的外表。事实上，这应该是他唯一明智的选择。他也正是这么做的。真正的瑞维奇现在就在外面，在这个城市的某个地方，但是你需要采取一个组织样本，或者把他放到混种大师的扫描仪下，然后你才有可能确定他的身份。而且即使这样你也未必能确定。你知道的，只要有时间，他们可以改变一切。只要出价足够，哪怕是瑞维奇的脱氧核糖核酸链也不会泄露他的身份。”斑马停了一下。我从眼角的余光里可以看到那个家伙，仍然在围着大鱼的人群边上徘徊。是的，那就是他——或者至少是个极其出色的复制品。斑马继续说：“瑞维奇知道他的伪装很好，但他还是想把你找出来。这样他就可以在夜间安寝，而且还可以恢复自己原来的外貌和身份——如果他愿意的话。”

“所以他说服一个人变成了他的模样。”

“不需要任何说服。这个人乐意至极。”

“这人有求死意愿？”

她摇了摇头。“不比天篷区的任何其他不朽者多。我认为他的名字是沃罗诺夫，虽然我不确定，因为我和瑞维奇一直都走得不够近。你可能没听说过沃罗诺夫，但他的名字在天篷区的社交圈中相当有名。他是顶尖的游戏玩家之一；对他来说，狩猎显得太过乏味了。当然，他的技术很好，否则他不会还活着。”

“你错了，”我说，“我对沃罗诺夫有所耳闻。”

我告诉了她西比琳带我去那家茎柄尽头的餐馆的事情，当时我曾目睹那个男人跃入渊堑的浓雾中。

“这很正常，”她说，“沃罗诺夫对任何伴随巨大个人风险的事情都很有兴趣——只要其中涉及大量的技巧。危险的运动，任何能刺激肾上腺素大量分泌的运动，任何迫使他面对死亡和绵长的寿命之间那薄弱的界限的运动。他现在绝不会堕落到去进行狩猎；他只会将其视为一种娱乐，而不是真正的游戏。不是因为不公平，而是因为参与者没有任何人身风险。”

“当然，唯有一个参与者例外。”

“你懂我的意思就行。”

她沉默了片刻，然后继续说道：“像沃罗诺夫这样的人是很极端的。对他们来说，压制无聊感的常用方法都不再管用了。就好像他们已经产生了耐受性。他们需要更强烈的刺激。”

“比如站在枪口面前就再合适不过。”

“那是故意安排的。沃罗诺夫有个情报网，间谍和线人们一直在跟踪你。你觉得自己看见了他之前，他就已经看见你了。”她咽了口唾沫，“你初次看到他的时候，他就让玛土撒拉处于你和他之间。那不是什么意外。事情比你以为的更加处于他的掌控之中。”

“但那仍然是个错误。他让事情进展得太顺畅了，让我好奇那是怎么回事。”

“是的，”斑马心领神会地说道，“但那时要阻止他已经太晚了。沃罗诺夫不在我们的控制之下。”

我看着她脸上淡淡的条纹，感觉无须进一步提醒，这就够了。她又说：“沃罗诺夫太喜欢自己扮演的角色了。太适合他了。在很长一段时间里，他都按照这个角色应有的逻辑行事——保持谨慎的距离，不让你看到他。按照计划，他会留下一串连贯的线索，将你逐步引向他，但会让你以为这当中的一切都是你自己完成的。但他想要的不止于此。”

“更多的风险。”

“是啊。”她带着种无力回天的感觉说道，“对沃罗诺夫来说，留下线索并等着你循踪而至是不够的。他开始让自己变得更加突出——将自己置于越来越大的风险中，但始终没有失去对局面的控制。这就是为什么我说他很厉害。但瑞维奇不喜欢，原因很明显。沃罗诺夫不再是为他服务，而是在为自己服务，在探索打发无聊的新途径。我觉得扮演那么个角色对他来说确实很有效。”

“对我来说也是一样。”

我站起来时差点打翻了桌子。与此同时一只手已经开始朝着自己的口袋伸去。

我迈步离开时，斑马伸手想抓住我的大衣下摆，说话又急又快：“坦纳，杀了他不会改变任何事情。”

“沃罗诺夫，”我用最大的声音说道——不是喊出来，而是像一位声名卓著的演员念出台词，“沃罗诺夫，转过身，离开人群。”

枪在我手中闪烁着微光，这回人们终于开始注意到它的存在了。

那个看起来跟瑞维奇一模一样的男人和我四目相对，设法显得没有太过惊讶。但他不是唯一一个看过来的人。此刻我已经成功地引来了所有人的注意，有些人在试图读懂我的表情，剩下的眼神都被定在了枪身上。目前为止的所见所闻让我相信：以狩猎在天篷区居民中的流行程度，这些人中应该有许多人看过和用过比我现在举起的手枪威力大得多的武器，但从来没有在像这样的公众场所，也从未伴随着如此粗俗的用语。从我看到的震惊、困惑和厌恶的表情来看，我刚才的行为就跟在锦鲤池塘边的装饰草坪上撒尿差不多。

“也许你没听清我的话，沃罗诺夫。”我的声音在自己听起来十分通情达理，“我知道你是谁，也知道这是怎么回事。如果你了解我，你也该知道我完全有能力用好这东西。”我现在用枪瞄准了他所在的方位，双手持枪，双脚微微张开站稳。

“放下枪，米拉贝尔。”

这声音我有段时间没听过了，而且也不是来自人群中。我感觉到有什么东西轻轻碰上了我的颈部，冰冰凉，像是金属的。

“你聋了吗？我说了，放下枪。动作要快，否则你的人头也会跟着落地。”

我开始放低枪口，但对站在我身后的说话者来说这显然还不够。他加大了对我脖子的压力，向我发出了强烈的暗示：我最好是把枪丢下。

我照办了。

“你，”那人这话显然是对斑马说的，“把枪踢给我，别试着做什么小动作，想都别想。”

她照吩咐做了。

我眼角余光看到一只手伸了出来，抓起了地上的枪；那个人跪下时，武器对我脖子的压力发生了轻微的变化。但我敢说，这家伙是个行家，所以——像斑马一样——我甚至想都没想要试着做点小动作。这挺正常的，因为我已经黔驴技穷了。

“沃罗诺夫，你这傻瓜，”那个声音说，“看看你差点让我们有多大的麻烦。”然后我听到了检查枪支的咔嗒声，接着那个没有现身的说话者一阵啧啧称奇，我快要听出那是谁的声音了。“空的。这该死的玩意儿里一直就没子弹。”

“我也才知道。”我说。

“是我干的，”斑马耸耸肩说道，“这你也不能怪我，对吧？我有种感觉，你可能最终还是会拿它指向我，所以我只是采取了预防措施。”

“下次别费这个事了。”我说。

“这其实也没啥关系。”斑马说话时难以掩饰自己的羞恼，“你甚至都没有试着开一枪，坦纳。”

我双眼斜向上方，就好像在努力要看到自己的脑后。“你和这个小丑有关系吗？”

这话换来了我两耳之间一阵刺痛。那个人朝盯着我们的人群大声宣布："没事了，我是天篷区安保，局势得到了控制。"我在自己视野的边缘看到一道身份证明发出的闪光；那是张有皮套的精致卡片，那家伙正对人群挥舞着卡片，上面的数字随之翻动。

这话似乎达到了期望中的目的；大约一半的人渐渐散去，剩下的则试图假装自己对发生的这些事一直都毫无兴趣。后颈的压力消失了，那个男人绕到了我前方，自己拉出一张椅子坐下。沃罗诺夫也加入了我们，这个惟妙惟肖的瑞维奇的复制品坐到了我正对面，满脸都是写着"不高兴"的阴郁表情。

"抱歉啊，破坏了你的小游戏。"我说。

另外那个男人是奎伦巴赫，不过在我们上次见面之后，他也大变样了，看起来更难看，更瘦削，而且明显严重缺乏耐心，困惑不解。他手中的枪小巧精致，说是一个精致的点烟器也不会有人怀疑。

"交响乐写得怎么样了？"

"你干了件非常卑鄙的事，米拉贝尔，你就那么抛开了我。我想，我应该感谢你还是把出售我的体验棒所得的钱还给我了，但即使我没有对你献上连篇累牍的感激之辞，你应该也会原谅我的。"

我耸耸肩。"我有工作要做，与你无关的工作。"

"那份工作现在看来如何呢？"沃罗诺夫说话时依旧在讥诮我，"现在该是反思的时候了吧，米拉贝尔？"

"你来告诉我答案啊。"

奎伦巴赫冲我咧嘴一笑，活像只好斗的类人猿。"作为一个甚至不知道自己的枪里没子弹的人，说的话倒是挺硬气。也许你并不像我们所认为的那样是个专业高手。"他伸手给自己倒了杯茶，全程保持和我四目相对。"对了，你怎么知道他不是瑞维奇的？"

"猜猜看。"斑马说。

"你背叛了我们，我完全可以为此杀死你，"奎伦巴赫对她说，"但现在我不确定自己能否鼓起热情。"

“那你为什么不从沃罗诺夫杀起呢，你个呆瓜？”

他看看斑马，又看了看伪装成瑞维奇的男人，仿佛认真考虑了下这个想法。“那可真的不行啊，不是吗？”然后他的注意力又回到了我身上，“我们刚才闹出的动静可不小啊，米拉贝尔。过不了多久，这里的管理机构就会来查看一下了，我真的不觉得我们中有任何人会希望自己届时在场。”

“所以你其实并非天篷区的安保人员？”

“很抱歉打碎了你的梦想。”

“哦，这个无须担心，”我说，“它们惨遭粉碎已经有段时间了。”

奎伦巴赫微笑着站了起来，手里依然攥着那把袖珍枪，那样子仿佛他手指一抖，就会把枪给捏成碎片。他把枪口在斑马和我之间来回晃动，另一只手还拿着他的假身份证，就像拿着个护身符。与此同时，沃罗诺夫也亮出了自己的武器。我们俩被夹在他们中间，时刻都被用枪指着。我们在人群中穿行，奎伦巴赫不敢让任何人对我们产生太多兴趣，顶多是瞥上一眼。斑马和我都没有试图反抗或逃跑，不值一试。

着陆平台上现在只停着三辆缆车，黑色的僧帽形车身被雨水冲刷得闪闪发亮，装在车顶上的机械臂部分展开，随时准备起飞，那样子就像三只翻了肚皮的死蜘蛛。有一辆是我和斑马开到这里来的。另外一辆我也看着眼熟，但奎伦巴赫带我们去的那辆则全然陌生。

“你接下来要杀死我吗？”我问，“因为如果你是这么打算的话，尽可以把我从栏杆边上扔下去，这样可以省去很多麻烦。没必要还让我去坐车游览天篷区，为我生命中的最后时刻增添趣味。”

“米拉贝尔，我简直不知道没了你的如珠妙语，我这段时间是怎么撑下来的。”奎伦巴赫说完，长长地叹了口气。“顺便说一句——虽然你并不在乎——交响乐的创作进展相当顺利，谢谢。”

“那不是个幌子？”

“过一百年再问我一次好了。”

“如果我们准备谈论那些在杀人时犹豫不决的人，”沃罗诺夫说，“你可能会在讨论中脱颖而出，米拉贝尔。我们第一次在玛土撒拉旁见面的时候，你是有机会杀掉我的。可你连试都没试，这让我大惑不解。不要说什么有条鱼挡在当中。米拉贝尔，你可能有很多特质，但多愁善感不是其中之一。”

他是对的：我犹豫了，虽然我不想对自己承认这点。在来生——或者至少是另一个平行世界里——我会直接击杀瑞维奇（或沃罗诺夫），几乎都不等他们的存在进入我的意识。不会因为一条长生鱼价值几许而进行一番伦理学争辩。

“也许我知道你并非我的目标。”我说。

“又或者，也许你只是缺乏勇气。”天色昏暗，但我捕捉到了奎伦巴赫嘴角一瞬间咧出的怪笑。“我知道你的背景，米拉贝尔。我们都知道。当年，在斯凯先手星，你真的很棒。问题是，你不知道什么时候该收手。”

“如果我已经力不胜任了，那为什么还会受到特别关注？”

“因为你是只苍蝇，”沃罗诺夫说，“有时候苍蝇就得拿拍子猛打。”

我们靠近时，车子自动做好了迎宾准备，侧面一道门在雨中摊开来，就像是流着口水的舌头，它的内表面装有豪华的台阶。两名打手就站在门后，装备着大到离谱的武器。如果说我之前还有那么一星半点要做抵抗的想法残留，那一刻它们也尽数消失了。这些家伙是专业的。我有种感觉，他们甚至不会给我机会从边上一跃而下以图保留点尊严；如果我试着那么做，他们会在我下坠的途中往我的脊椎里打进两颗子弹。

“我们要去哪儿？”我提出问题时不确定我是否真的想知道答案，或者我是否期待一个诚实的回答。

“太空，”奎伦巴赫说，“去见瑞维奇先生。”

“太空？”

“抱歉让你失望了，米拉贝尔。但瑞维奇压根就不在渊堑城。你一直在追踪不存在的幻影。”

第三十三章

我看向斑马。她看着我。我们俩谁都没说话。

打手把我们押进了缆车内部，这里很明显是崭新的，皮革装饰流露着奢华之气。车子后部单独隔出个包厢，有六个座椅，中央是张小山包似的桌子，空气中弥漫着柔和的音乐，天花板上的霓虹灯组成精致的图案。沃罗诺夫和一名打手坐在我们对面，武器仍然应手可发。奎伦巴赫和另一人进入了前舱，透过隔板只能看到两团朦胧的阴影。

缆车升起，非常平稳，车顶的机械臂发出一阵轻柔的咯咯声，就像有人在用钩针飞快地织毛衣。

“他说的太空是指哪里？”我问。

“一个叫作安全岛的地方。高轨道上的太空旋轮之一。”沃罗诺夫说，“对你来说其实没什么区别。我的意思是，现在你并不是在跟踪前往目的地，对不对？”

我来到这个城市后有人提到过安全岛，但我记不清具体情况了。

“我们到了那里之后会怎么样？”

“那只有瑞维奇先生知道，到时候你会清楚的。你或许可以称之为谈判。但别期望你手上会有太多的谈判筹码，米拉贝尔。据我所知，你已经囊空如洗了。”

“我袖子里还藏着几样惊喜呢。”但我的声音听起来就像是个喝醉的流浪汉在吹嘘自己的性能力，毫无说服力。我透过侧窗向外看去，看着埃舍尔高地那些盘旋扭结的巨大晶体渐渐远去，还看到了另一辆车，那辆不属于斑马的车，将它的机械臂伸展到最大长度，跟在我们后面，但彬彬有礼地保持了一段距离。

“接下来呢？”我对打手视而不见，径自问道，“你的游戏结束了，沃罗诺夫。你要获得快乐就得另寻新途了。”

“这跟快乐无关，你这个白痴。只和痛苦有关。”他朝前探身，把躯体压在了桌面上。他的外貌像瑞维奇，但他的肢体语言和说话方式则大相径庭。他没有一丝一毫的斯凯先手星口音，而且那副身板在瑞维奇的贵族社会中会被当成外星人。“只和痛苦有关，”他重复道，“因为这一切都是为了远离痛苦。你明白吗？”

“其实不明白，但请继续。”

“人们通常不会认为无聊是种跟痛苦类似的东西。那是因为只接触到了相对较少的剂量。不了解它的真实面目。你所知的无聊和我所道的无聊之间的区别就像摸一把雪和把手放进一桶液氮之间的区别。”

“无聊不是种刺激，沃罗诺夫。”

“我对此颇有疑虑，”他说，“毕竟，人脑中有一部分专门负责我们称之为无聊的感觉。你不能否认这一点。那么从逻辑上来说，它必然像大脑的味觉和听觉中枢一样，是会被某些外部刺激激活的。”他举起一只手，“让我来预测你的下一个观点。你看，这是我的才能之一——预测。你可能会说这是我疾病的症状。我这个神经网络太过适应所得的输入信息，已经很多年没有变化发展了。但是回到正题。你无疑会说，无聊是刺激的缺乏，而不是有某种特定的刺激存在。而我要说这二者并无区别，就像装了半杯水的杯子，一半是空的，同时一半是满的。你在音符间听到寂静，而我听到音乐。你看到了白底上的黑色图形，而我看到了黑底上的白色图形。事实上，我看到的更多——二者我都看到了。”他又露出怪笑，那样子就像个被锁在地牢里许多年的疯子，此刻正和自己的影子进行着意味深长的交谈。“我看到了一切。一个达到了我的那种——我该怎么说呢？——体验深度？——的人自然而然就会看到的。”

“你完全疯了，是不是？”

“我曾经疯狂过，”沃罗诺夫显然并不认为我的话是种侮辱，“我穿越了疯狂，从另一边走了出来。而现在，疯狂让我感到的无聊程度跟理智是一样的。”

当然，我知道他没有疯——至少没有疯得很厉害。如果那样的话，对瑞维奇而言他就没法充当诱饵了。沃罗诺夫肯定对现实还是有所认知的。他的精神状态肯定不同于我曾经历过的任何状态——而且我当然懂得什么叫作无聊——但假定他的行为已经失去了理性的控制会是个致命的错误。

“你可以结束这一切，”我好心建议道，“在这样的城市里，自杀这种事情不可能有多难以安排。”

“有些人会的，”斑马说，“像沃罗诺夫这样的人。当然，他们并不会管自己的行为叫作自杀。但他们会忽然之间有种不利健康的兴趣，乐于进行某些生存概率极低的行为，比如潜入气态巨行星，或是跑去拜见天幕人。”

“你为什么不这么做呢，沃罗诺夫？”然后，这次轮到我笑了，“不，等等。你差点就成功了，对不对？假扮成瑞维奇。你希望我杀了你，是吗？一条逃离痛苦的捷径，似乎还不失尊严。那个聪明的长生老者被城外来的暴徒枪杀了，就因为他碰巧扮演了一名杀人无数的逃亡者这么个角色？”

“一弹未发的枪杀？这表演可太值得一观了，死也值得，米拉贝尔。”

“说得好。”

“只不过，”斑马说，“你意识到你太喜欢这种感觉了。”

沃罗诺夫带着难以掩饰的怨恨看着她。“我太喜欢什么感觉，塔琳？”

“被追杀的感觉。这确实减轻了你的痛苦，不是吗？”

“我的痛苦难道你懂得很多吗？”

“别这样，”我说，“诚实点吧，沃罗诺夫。她是对的，不是吗？多年来你第一次真正回忆起了活着的感觉。这也是为什么你开始冒些愚蠢的风险——为了保持这种醺然愉悦的感觉。但你做什么总是不够的，不是吗？甚至跳进渊堑也只是稍有兴味。”

他看着我们，眼光中多出了几分热情。“你们曾被猎杀过吗？你们对这种感觉有点了解吗？”

“恐怕我曾有幸体验过，”我说，“而且还是在最近。”

“我不是在说那种不值一提的狩猎游戏。”沃罗诺夫吐出这些话时带着彻底的蔑视，“人渣追杀人渣而已——当然，在座的各位除外。他们追猎你的时候，米拉贝尔，他们会操控局势，让机会对他们极为有利，恨不得要在让你起步逃跑之前就蒙上你的眼睛，一枪打穿你的脑壳。”

“说来有趣，我在这点上几乎完全同意你的观点。”

“但本来可以不这样的。他们本可以做得公平些。在他们出发追杀前让你走得更远些，好让你的死不再是绝对难以避免的。让你去找寻自己的藏身之处并善加利用。那样一来这场游戏就有所不同了，不是吗？”

“差不多了，”我说，“当然，还有一个小小的问题，那就是我根本没有自愿报名参加。”

“或许你会自愿参加的。如果值得的话。如果有奖品的话。如果你认为你能在游戏中成功获胜的话。”

“你的奖品是什么，沃罗诺夫？”

“痛苦，”他说，“痛苦的宽免。至少有那么几天。”

我正要开口回答他——大概吧。反正，我觉得是我在开口。不过也可能是斑马，也可能是那个拿着一把大得能用来砸人的枪的沉默寡言的打手。我可以清晰回忆起的是几秒钟后发生的事情，当中这几个瞬间的记忆都被消除得一干二净。另一辆车向我们开火时，首先自然是一波强光和热力的脉冲。然后，当光束武器的冲击波打穿了车舱蒙皮时，应该会有一阵震耳欲聋的响声，随后是一阵金属、塑料和复合材料的大爆炸，这辆缆车的内脏纷纷粉碎，化作一片熔融的机械零件组成的炽热云团。再然后，我们应该是向下坠去，因为车顶上装着的机械臂在攻击中没被打断也被打弯了，失去了抓握缆线的能力。

大约一秒钟后，我们的下坠骤然止住了，大约也就在那时，我恢复到了接近于有正常意识的状态。我的第一个记忆——在疼痛袭来之前——是缆车颠倒了过来，小山形的桌子现在是从天花板上倒冲而下，有着霓虹灯图案的“地板”上出现了一个裂开的锯齿状的洞，通过这个洞，城市的低层区域——衰败而杂乱的地沤区——看上去清晰得可怕，也低得可怕。

那名打手不见了，只剩下他的枪；缆车前后左右摇晃，进入不稳定的新平衡，让那把枪在现在的“地板”上来回翻滚，咔嗒作响。打手紧握着枪的那只手也还在，被弹片整整齐齐地切断了，手腕骨外露的断口一览无遗，让我想起了我们遭遇瑞维奇的手下突袭后，我在帐篷里失去那只脚的情形；我那时用手拼命抓着残肢，然后用沾满鲜血的手掌捂住脸，绝望地试图否认自己的一部分已被夺走，就像一块已遭吞并的领土。

只不过——我现在知道——那一切都并非发生在我身上。

斑马和我滚到了车舱的一个角落里，以一个狼狈的姿势抱在了一起。沃罗诺夫踪迹全无——也不见他的残肢断臂。疼痛一浪一浪朝我袭来，但是当我开始注意自己到底哪里难受后，我发现所有伤处都还没严重到骨折的程度。

缆车嘎吱嘎吱地摇晃着。周围显得异常安静，只有我们的呼吸声，还有斑马发出的轻轻呻吟。

“坦纳，”她说话时勉强睁开了眼睛——两条肿痛的裂缝，“刚才发生了什么？”

“我们被袭击了。”我意识到她完全没有察觉另外那辆车的存在，会出事完全出乎她的预料，而我一直在绷紧神经，等待着某种干预的来临。“可能是重型光束武器。我想我们是被卡在天篷区里了。”

“我们安全吗？”她边问边挣出一条手臂，疼得皱起了眉头。“不，等等。

这问题太蠢了。愚得难以置信。”

“你受伤了吗？”

“我……嗯……稍等。”她那眼神呆滞的双目在一瞬间居然协同一致地变得更加呆滞了几分，“没有，没什么不能等几个小时再说的伤。”

“你刚才做了什么？”

“检查我的身体影像，查看受损状况。”她漫不经心地说道，“你怎么样，坦纳？”

“我会活下去的。只要我们中有人能活下去的话。”

缆车晃动起来，笔直地向下滑去，直到有什么东西挡住了它的路。我试图让我的目光远离地板上的血盆大口，但要说现在和刚才有什么不同的话，那只有地泖区，它看起来比以往任何时候都更远，仿佛一张放在一臂开外的街道地图。天篷区那些彼此融合的枝丫中最低的几条点缀着这幅图景，但那些细长的茎秆空无一人，只会让人感觉高度越发惊人。枝丫间如烟如雾的分隔上有影子在移动，与此同时车身又开始前进了。

“应该会有人来救我们的，”斑马说，“没错吧？”

“有人可能会不愿涉入一桩显而易见是私人恩怨的事情。”然后我朝着分隔点了点头，“至少其中一个就正在那边活动呢。我想我们最好赶紧动身，抢在他们做出某些可能会让我们追悔莫及的事情——比如朝我们开枪——之前。”

“动身去哪儿，坦纳？”

我低头看着地板上的窟窿。“我们并没有幸运到有选择的余地，不是吗？”

“你疯了。”

“确实有可能。”我边说边跪到洞口旁，张开双臂抱住洞口边缘，准备低头钻进去。“但我发现疯狂正适合眼下的境地，斑马。”

我把身子从裂口中一路放低，直到我的脚在我们停着的天篷区枝丫粗糙虬结的顶面上站稳。这根枝丫宽度不大；我们的位置非常接近它的末端，再往前它越发细小，最终变成纤细的卷须状收束到一点，就像是洋葱顶上的突起。我站稳脚跟之后，就伸手去帮斑马，让她也钻了过来，尽管她可以将自己的四肢伸展到惊人的长度，几乎不需要我的帮助。

斑马抬起头，打量了下笼罩在我们上方的缆车残骸。曾经的车顶现在成了一堆被灼烧、熔融到一起的部件，机械臂只剩下一条，也正是它现在让车子停在原地，弯弯曲曲、勉勉强强抓住了一根稍高的枝丫。看起来只需要一点点微风就能让这堆破烂整个栽进下面的地沤区。奎伦巴赫和另一名打手在前半截车厢里，但他们还在和车门搏斗，那玩意儿被枝丫上的一个突起给卡住了。

“沃罗诺夫还活着。”我指着枝丫上方不远处较粗的地方。他正沿着树枝攀爬，速度不快，但有条不紊；我这时断定，这根树枝应该是在另一次无意的破坏中掉下来的。

“你打算怎么办？”

“不怎么办，”我说，“他走不了多远的。”

有人开了一枪，十分精准；当量足够在树枝上打出个坑，但完全没有切断树枝之虞。这一枪让沃罗诺夫停了下来，不过他一时间也没有回头看向我们这边。

斑马抬起头来，看向上方巨大的建筑枝丫，开枪的人就站在那里。她的站姿让臀部微微向一侧倾斜，一把重型步枪的枪柄顶在她大腿的凸面上。

香忒若扛起武器，然后开始通过一个树枝连成的临时梯道向下攀爬。她的缆车依然停在上方，完好无损，还有另外三个穿着深色衣服的身影散落在那根树枝上。她一路下降到我们所在的高度，而那些人一直在用更大、看起来火力更猛的武器掩护她。

起初那东西很小，只是雷达屏幕上的一小团污渍般的磷光。但它代表的意义很大。离开大船团后，他们第一次在后方碰到了数以光年计的虚空以外的东西。斯凯提高了波束强度，并将相控阵聚焦在回波所来自的特定区域。

“这肯定就是了，”戈麦斯从他的肩上探过头来，“肯定是卡洛奇号。这外面不可能有别的东西。”

“也许我们只是看到了又一坨被扔掉的垃圾。”尼奥金科说道。

“不。”斯凯看着相控阵梳理出细节，将那团光斑变成个有密度和形状的存在。“太大了，不可能是垃圾。我认为那就是幽灵船。那么大，又跟在我们后面，没有别的可能了。”

“它到底有多大？”

“直径够得上飞船的标准，”斯凯说，“但我还无法估计出长度。它让自己的长轴和我们的飞船保持一致，那样子就像是它仍然对航行保持着控制。”他敲了几下键盘，眯着眼看着更多的数字出现在回波信号图案旁。“直径完全符合大船团飞船的数据。剖面图也是如此——雷达甚至检出了某些不对称现象，位置跟我们预期中飞船前部球体上天线群的所在相符。它似乎没在自旋——那些人一定是出于某种原因停止了它的自旋。”

“也许他们是对重力感到厌倦了。它离我们有多远？”

“一万六千千米。考虑到我们已经走了半光秒，这不算太远。我们可以在几个小时内以最小的代价抵达，只需要最小推力。”

他们就此争论了几分钟，然后一致认为现在最好的办法是静默抵近。这艘飞船一直与船团保持航向一致的事实意味着它不能被视为一艘死寂的漂流船。它仍然有几分自主性。斯凯很怀疑船上还有活着的船员，但现在必须将这作为一种真实的可能性加以考虑——尽管可能性很小。再不济也要考虑自动化防御系统可能尚未失效。而对方可能会——也可能不会——乐于接受另一艘飞船不打招呼就迅速靠拢。

“我们可以主动打个招呼。”戈麦斯说。

斯凯摇了摇头。“他们一言不发地在我们后面跟了大半个世纪，从未试过和我们交流。你可以说我多疑，但我认为这或许确实表明他们对来访者并不怎么感兴趣，不管他们有没有主动打招呼。无论如何，我完全不相信船上还会有人。有些自动化系统仍在运行，仅此而已——刚刚足以保证反物质不出问题，并确保不会偏离大船团太远。”

“我们很快就会知道了，”尼奥金科说，“一旦我们进入可视范围。然后我们就可以看看损坏状况如何。”

接下来的两个小时慢得让人心焦。斯凯调整了下他们的进场轨迹，使他们稍微偏向飞船一侧，这样相控阵就可以开始从雷达回波中分辨出拉长的部分。结果出来后毫不令人惊讶：卡洛奇号的轮廓几乎跟大船团的飞船完全吻合，只有若干令人费解的小小偏差除外。

“可能是损坏的痕迹。”戈麦斯说。他注视着现在已经十分明亮的雷达回波信号；屏幕上此刻没有任何其他东西，这光亮只能让他们的孤立显得越发突出。大船团的其他成员也没有任何反应，没有迹象表明任何一艘别的飞船已经注意到发生了什么。“你知道吗，”他说，“我几乎要感觉失望了。”

“是吗？”

“在内心深处，我一直在想，我们发现的结果会不会更加离奇。”

“一艘幽灵船对你来说还不够离奇吗？”斯凯再次调整了航向，让他们打了个弯，从另一侧靠近飞船。

“是够离奇的，但现在我们知道了它是怎么回事，许多可能性就都被排除了。你知道我以前觉得它可能是什么吗？母星派出的另一艘飞船，比大船团晚得多——一艘快得多，先进得多的飞船。它被派过来跟踪我们，保持着一段安全的距离，也许只是观察我们，又或者会在出现严重问题时下场帮助我们。”

斯凯尽力做出一副满不在乎的样子，但暗地里他和戈麦斯其实颇有同感。他在想，如果情况更糟糕呢？如果最后发现，卡洛奇号上没有任何可用的补给，也没有安全利用船上反物质的办法呢？某样东西制造出了一个神话，仅仅如此并不自动意味着神话中就必须包含任何实质性的内容。他想起了最初的卡洛奇号：一艘据说出没于智利南部水域的幽灵船，船上的死者被困在一个永恒的恐怖庆典之中，在海浪中不断用手风琴演奏着悲伤的音乐。不过，真正的卡洛奇号有种神奇的能力，每当被人们看到时，它就会变成一块长满海藻的岩石或一块浮木。

也许他们接下来能找到的也不过是那样的东西。

最后一个小时和之前的时间过得一样慢，但等这段时间结束之后，他们获得了奖励：第一次隐约瞥见了那艘幽灵船。这的确是艘大船团中的飞船——他们感觉就跟接近圣地亚哥号没什么两样，唯一的差别是卡洛奇号上完全没有灯光。他们只能靠着点亮穿梭机上的探照灯来看到它，直到他们又靠近了些——离那艘飘荡在太空的飞船外壳只有几百米了——他们依然只能分辨出一片光斑中的细节，越发让人心痒难耐。

“指挥中心看起来完好无损。”戈麦斯在探照灯扫过飞船前部的巨大球体时说道。球体表面散布着若干漆黑一片的窗户和传感器开孔，还有些圆形凹坑，里面伸出了通信天线，但看不到任何有人居住或者有电力供应的迹象。朝前那部分半球上还布满了无数微小的撞击坑，但圣地亚哥号也是如此，乍看起来这艘船似乎没有比大船团中的飞船受到更多损坏。

“带我们沿着中轴柱再往前些。”戈麦斯说。在他们后面的尼奥金科，正忙于研究这艘旧船的更多图表。

斯凯轻轻点动引擎，缓缓游弋而前，经过了指挥球舱，然后是紧随其后的圆柱形模块，其中应该容纳着卡洛奇号本身的穿梭机和货物储备。一切看起来都完全正常。甚至入口也位于与其他大船相同的地方。

“我没有看到任何重大损坏，”戈麦斯说，“我认为雷达显示是有——”

“确实有，”斯凯说，“但损坏的地方都在另一侧。我们会开到引擎区，然后绕回来。”

他们循着中轴柱缓缓向前，探照灯在广袤的黑暗中照出一个个明亮的小圈，揭示出其中细节。一个接一个的休眠舱模块从身边经过。斯凯已经开始点算它们的数目，心中有几分期望部分模块或许已经丢失；但点了一会儿之后，他就知道没指望了。模块仍然尽数健在，这艘飞船除了轻微的老化磨损之外，仍然和升空时一模一样。

“不过，船上还是有什么，”戈麦斯斜睨着说，“看起来不太对劲。”

“我没有看到任何不正常的地方。”斯凯说。

“在我看来也相当正常。”尼奥金科也暂时放下他那些比现场要有趣得多的数据图表，抬起头来说道。

“不，不是的。它看起来似乎有些模模糊糊的。你们难道看不出这点吗？”

“这是种对比效应，”斯凯说，“你的眼睛难以处理被照亮部分和未被照亮部分之间的亮度差异。”

“你说是就是吧。”

他们在沉默中继续前进，心里并不乐意承认戈麦斯说的是真的，卡洛奇号看上去确实有些不太对劲。斯凯想起了尼奥金科讲过的幽灵船故事，据说那艘古老的帆船能够用雾气笼罩自己的船身，所以没人能清楚地看到它。谢天谢地，尼奥金科没来提醒他这点。要不然他也许真要受不了了。

“休眠舱位没有发出红外线辐射。”他们沿着中轴柱走了一大半之后，戈麦斯再度开了口，“我不认为这是个好兆头，斯凯。如果那些休眠舱还在运行，我们会看到冷却系统发出的红外线。你要让物体保持低温，就必须在别处放热。船上的木乃欧不可能还活着。”

“那么就欢呼吧，”斯凯说，“诸位，大家想要一艘幽灵船，现在也确实得到了一艘。”

“我不认为上面会有幽灵，斯凯。只有很多死人。”

他们经过了中轴柱的末端和推进单元连接的地方。他们现在离船壳更近了——只有十到十五米——细节应该看得非常清楚，但现在他们再也无法否认戈麦斯所指出的问题了。他们就好像是隔着一道有点斑驳的玻璃屏障在观看飞船，除了飞船和太空间的边界外，所有的界线都是模模糊糊的。就好像这艘船曾被轻微融化过，然后又凝固回来。

不对劲。

“嗯，推进区域没有遭受严重损坏的迹象，”戈麦斯说，“里面的反物质一定还在，靠剩余能量支撑着。”

“但是没有用电的迹象。没有哪怕一盏指示灯。”

“所以它关掉了所有不重要的系统。但体内的反物质肯定还在，斯凯。这意味着无论在这里遇到什么，我们这趟都不会完全白跑。”

“让我们从另外一边看看它是什么样子。我们都知道那边是有问题的。”

他们在那些敞开着的巨大喷气孔洞口前方转了个发夹弯，绕向对面。当然，戈麦斯说得没错——反物质是肯定有的，这一点一直都毋庸置疑。如果它的引擎像伊斯兰堡号的那样发生了爆炸，除了星际介质中会多出些不寻常的微量元素，根本不会有任何东西残留。它体内一定还有足够的反物质来减慢整艘船的速度，整套存储系统一定还在正常运行。斯凯的人可以利用这些反物质。他们可以就地进行实验，以他们绝对不敢在自己的船上使用的危险方式对卡洛奇号的引擎进行测试，从而找到从引擎中压榨出更高效率的方法；或者他们也可以将幽灵船用作一个巨大的次级火箭，拴在圣地亚哥号上，从而大幅增加减速梯度，最后在速度相对光速仍是个比较大的小数时将卡洛奇号抛掉。但还有第三种方法，对斯凯来说比前两种更具吸引力的方法：在幽灵船上取得处理反物质的经验，然后只把反物质存储库转移回圣地亚哥号，在那里可以将之连接到他们自己的燃料库上。这样一来就不必浪费燃料来给无用的死质量进行减速，而且整件事的保密性也可以更好些。

接下来他们掉过头，开始沿着另一侧航行。雷达扫描已经预先警示过他们飞船有某种不对称性，这一侧和另一侧有所不同。但他们看到真实情景的时候，还是感觉难以相信自己的眼睛。戈麦斯低声咒骂，斯凯缓缓点头，以示自己也有同感。飞船的这一侧，从圆形指挥球到推进区域的后部，全都向外爆出了一团团令人作呕的麻风疹：一大片球状的水泡，密集得像青蛙卵带一样。他们端详着这些东西，至少有一分钟什么都没说，只在竭力试图用他们认知中第六艘飞船的情况来将眼前这一幕合理化。

“这里出了些怪事，”第一个开口说话的是戈麦斯，“非常非常怪。我不敢说我喜欢这些玩意儿，斯凯。”

“你认为我不像你那么讨厌它们吗？”斯凯回答。

“带我们远离船体吧。”尼奥金科说。这次斯凯毫无疑问地服从了他的要求。斯凯轻轻点动喷射器，将飞船向外推到离船两百米的地方。他们静静地等待了一会儿，直到能鼓起勇气再好好地看看幽灵船。斯凯觉得，眼前这些玩意儿越看越像是起泡的血肉，或者是像愈合得很糟糕的疤痕组织，但绝不是他预料中可能会看到的场景。

“前面有东西，”戈麦斯伸手指向前方说道，“看，藏在指挥球附近。看上去不属于飞船的一部分。”

“是另一艘船。”斯凯说道。

他们悄然无声地靠近那边，紧张不安地用探照灯照向那团黑乎乎的东西。一艘小得多、完好无损的飞船，几乎消失在血肉般的船壳上爆出的水泡中。那东西和他们的穿梭机一样大——事实上，基本形状也一样。只有些标识和细节上的不同。

“妈的。有人比我们先到过这里。”戈麦斯说。

“也许吧，”斯凯说，“不过他们可能几十年来一直都在这里。”

“他是对的，”尼奥金科说，“不过，我认为这架飞行器不是我们的。”

他们徐徐靠近另一艘穿梭机，有些担心会遇到陷阱，但那艘船看起来和旁边的大飞船一样死寂一片。它被固定在卡洛奇号上——由三根绳索系泊在船体上，带着绳索的爪钩射进了船壳内部。这是穿梭机上的标准应急设备，但斯凯从未想到会目睹它被这样使用。在卡洛奇号对侧那边有对接舱，完好无损——为什么那艘穿梭机不去用？

“带我们过去，动作要慢，要温柔。”戈麦斯说道。

“我正在这么做呢，不是吗？”不过与那艘废弃的穿梭机对接比看起来要困难得多——他们自己的喷射气流一直在把它吹开。两艘小飞船最终连到一起的时候，振动的激烈程度远远超出斯凯预料。但舱门密封圈坚持住了，而且现在他能够将他们自己穿梭机上的一些能源分输到对面的飞行器上，启动其本身的系统——那些系统肯定仅仅是处于休眠中而已。感觉似乎太过顺利了，但穿梭机的设计一直都是能和所有飞船的对接系统兼容的。

灯光闪动，渐渐亮起，气闸开始让它两侧的压力达到平衡。

他们三人穿好太空服，带上他们为这次探险准备的专用传感器和通信设备，然后每人抓起一把上面绑有电筒的安保队机枪——斯凯提前偷偷拿过来的。斯凯打头，他们在连接隧道中飘飞而前，最终抵达了一个灯光明亮的穿梭机舱，与他们离开的机舱非常相似。没有蜘蛛网或飘浮的灰尘，看不出穿梭机中空无一人之后已过去了很长时间。有些仪表显示甚至已经恢复了正常。

但这里还有具尸体。

尸体穿着太空服，显而易见已经死了——虽然他们谁都不想多看一眼面板后那咧嘴怪笑的骷髅。但这人似乎并非暴死。骷髅安坐在驾驶员的位置上，穿着太空服的双臂交叉放在腿上，戴着手套的手指轻点膝头，好像正在静静祈祷。

“奥利维拉，”戈麦斯读着头盔上的名牌说道，“这是个葡萄牙裔的名字。他肯定是从巴西利亚号来的。”

“他为什么会死在这里？”尼奥金科说，“他的穿梭机还有动力，不是吗？他应该可以返回的。”

“不一定，”斯凯指着一个状态显示，“或许还有动力，但肯定是完全没有燃料了。他肯定是匆忙而来，一路上把燃料全烧光了。”

“那又怎样？卡洛奇号里一定还有很多穿梭机。他大可以丢掉这艘，搭乘另一艘回去。”

他们逐渐拼凑出了一套勉强说得过去的假说，来解释这名死者的存在。没人听说过奥利维拉，但话说回来，他是从另一艘飞船上来的，而且肯定在很多年前就已经销声匿迹了。

奥利维拉肯定也是知道了卡洛奇号的存在，过程或许就和斯凯一样：传言慢慢增多，最终变成了事实。像斯凯一样，他决定到后方去看看幽灵船能提供什么，多半是希望能从中获得某个巨大的优势，为他自己的船员或——只是可能——为了他自己。因此，他乘上了一艘穿梭机，据推测，他还决定迅速消耗燃料，以进行冲刺。也许他采取这种策略是不得已的，因为他不在船上能够不被注意到的时间窗口很窄。冒这个险看起来是合理的。毕竟，正如戈麦斯所说，卡洛奇号上有燃料供应——就此而言，还有其他航天飞机。返回应该并不困难。

然而，结果并非如此。

“什么？”

“字面意思。一条留言。我猜，嗯，该是他留下的。”尼奥金科没等斯凯继续发问就已经调出了消息，透过几条软件协议对它进行了转译，然后将信号传输到他们的太空服中；音轨通过标准通信频道播放，视讯部分由平视显示器投影显示，让一个奥利维拉的鬼影浮现在他们所在的机舱中。对方仍然穿着死时穿的那套太空服，但此刻他把头盔的护面升到了盔顶，所以他们可以清楚地看到那张脸。他看上去很年轻，皮肤黝黑，眼神中带着恐惧，还有种发自内心地顺从命运的感觉。

“我想我准备自杀了，”他用葡萄牙语说道，“我想那就是我要做的。我认为，那是唯一明智的做法。我认为，换了你，在我的处境下也会这么做的。对我来说，这不需要很大的勇气。有十几种穿着太空服无痛自杀的方法。有人告诉我，有些还不只是无痛。我很快就会知道了。让我知道我死掉的时候是否在笑，好吗？我希望如此。其他任何结果对我都是不公平的，不是吗？”

斯凯不得不集中精力才能听懂这些话，不过这个困难倒也不是不能克服。作为安保官，他的职责之一就是掌握大船团中使用的其他语言，而且葡萄牙语比阿拉伯语更接近卡斯提拉语。

“我会预设你们——不管你们是什么人——来这里的原因和我差不多。纯粹的贪婪。嗯，我真的不能为此责备你们。而如果各位是由于某种更无私的原因来到这里，请务必接受我卑不足道的歉意。但无论如何，我对此表示怀疑。你们肯定和我一样，听说了幽灵船的传说，然后想知道船上有没有什么值得掠夺的东西。我只能希望你们不要犯和我一样的错误——指望从它那里获得燃料补给。或许你们偏偏就是那样，而且已经进去过了，所以你们对我在说什么根本就一清二楚。不过如果你们确实需要燃料，而又还没有进去过，那么——我很抱歉——你们会失望的。如果能用‘失望’这个词来形容的话。”他停顿了一下，低头看了眼他的太空服上维持生命的标签，“因为它不像你们想象的那样。远远不及。也远远不止。我早该知道的。我进到过它里面了。我们两个人都是。”

“两个人？”斯凯重复了一遍，念出了声。

那人仿佛听到了他的疑问。“或许你们还没有找到拉戈。我提到拉戈了吗？我本该先提——我的错。他曾经是我的好朋友，但现在我觉得他是我要自杀的原因。哦，没有燃料我回不了家，我知道；而如果我请求救援，仅仅来到这里就足以让我被处决。即使巴西利亚号不绞死我，其他飞船也会的。是的——我确实已经走投无路。但就像我刚才说的，是拉戈真正让我相信了这点。可怜的，可怜的拉戈。我只是派他去找燃料。我真的非常非常抱歉。”他忽然间仿佛从沉思中惊醒一般，看向前方，他们每一个人都感觉仿佛正和他四目相对。“还有另一件事，我告诉过你们没有？如果可以的话，你们应该马上离开。我不确定我有没有说过。”

“让这该死的玩意儿住嘴。”斯凯说。

尼奥金科犹豫了一下，然后服从了命令；于是奥利维拉的鬼影和他们一道悬在空中，被冻结在他自言自语说到一半的样子。

第三十四章

前门打开了，奎伦巴赫顶着张伤痕累累、血迹斑斑的面孔向外张望。“出来，”香忒若说，“你也是。”她边说边用枪指着另一名打手，那人不像他那位同行，仍然保持着清醒。

“我想我应该感谢你，”我有些疑虑地说，“你是希望我能在刚才的袭击中活下来的，是不是？”

“我觉得你大概会活下来的。你没事吧，坦纳？你看上去有点苍白啊。”

“会过去的。”

香忒若那三位朋友一直阴森森地和我们保持着距离，他们抓住了沃罗诺夫；他已经安全地登上了香忒若的车，正护理自己一只被打碎的手腕。那三人对我横了一眼，除此就再无表示，但我不能因此责怪他们。我们上次见面时，我刚用子弹打穿了他们的腿。

我们上了车，香忒若的全部注意力都集中在奎伦巴赫身上。他这时说：

“不管你是谁，你麻烦大了。”

“我知道她是谁。”沃罗诺夫说，低头盯着他的手腕，缆车派出了一台小型机仆在照料他的伤口。“香忒若·萨马蒂尼。她是个猎人。一名猎手，很高明，在各个方面都是。”

“见鬼，你怎么知道？”奎伦巴赫说。

“因为米拉贝尔想要干掉我的那晚就和她在一起。我让人对她做了跟踪调查。”

“不是很彻底。”奎伦巴赫说。

“滚。我提醒你下，本来你该一直跟着米拉贝尔的。”

“哎呀，哎呀，小伙子们。”斑马说话了，那把枪正被她随手放在自己膝盖上，“只不过是你们的大家伙被他们夺走了而已嘛，没必要争吵。”

奎伦巴赫用一根手指头戳了戳香忒若。“见鬼，为什么塔琳还拿着枪，萨马蒂尼？如果你不知道的话我提醒你一句，她也是我们的人。”

“据坦纳的说法，她早就不再为你们服务了。”香忒若笑了，“坦率地说，我对此并不惊讶。”

“谢谢，”斑马谨慎地说，“不过，我不明白你为什么信任我。我是说，换了我我就绝对不会。”

“坦纳说我应该信任你。坦纳和我之间有一些分歧，但这个问题上我准备相信他。我能信任你吗，斑马？”

斑马笑了。“你其实也没有多少选择，不是吗？”然后她又说，“那么，坦纳——接下来会怎么样？”

“正如奎伦巴赫一直以来所想的，”我说，“去安全岛。”

“你在开玩笑，是吗？那肯定是个陷阱。”

“那也是我唯一能结束这一切的办法。这点瑞维奇也同样清楚，不是吗？”

奎伦巴赫沉默了一会儿，似乎无法确定自己究竟是已然取胜，还是实际上全然没有了将功补过的希望。过了一会儿，他虚弱无力地开了口：“那么，我们需要去太空港。”

“最后是要去，”现在轮到我来耍花样了，“但我想先去另一个地方，奎伦巴赫。要更近些。我想，你知道怎么带我去那里。”

我拿出斑马给我的那瓶梦幻燃料，东西已经用掉了。“让你想起什么没有？”

我并不能确定奎伦巴赫比瓦迪姆更接近梦幻燃料的生产中心，但这是个合理的猜测。瓦迪姆曾运送过毒品，但他的小小勒索帝国仅限于腐锈带及其周边的太空轨道。只有奎伦巴赫可以在渊堑城和太空之间自由移动，因此大有可能这些小瓶就是他在最近一次拜访太空时带上去的。

这意味着奎伦巴赫可能知道货源。

“怎么样？”我说，“我和蔼可亲吧？”

“你不知道你在给自己带来多大的麻烦，坦纳。完全不知道。”

“这问题你就留给我去操心好了。你要操心的是把我们带到那里去。”

“带我们去哪儿？”香忒若问道。

我转向她说：“我和斑马有个约定，我会继续她姐姐在失踪前所进行的调查。”

香忒若瞧向斑马问：“发生了什么？”

斑马语声平静地说：“我姐姐追问了些关于梦幻燃料的敏感问题，问得太多了。基迪恩的暴徒找上了她，那之后我一直想知道是为什么。她甚至没有试图阻止他们的贩售，只是想了解更多的货源信息。”

“结果肯定不会如你所望的。”奎伦巴赫望着我祈求道。我们正用机械臂攀缘着枝丫离开大中心火车站——我们把沃罗诺夫和打手丢在了那里。“看在上帝的分上，坦纳。讲道理，你没有必要搞场个人的圣战运动，尤其考虑到你是个外来者的话。你没有必要——在这件事上也没有权利——干涉我们的事。”

“他也不必非要有必要。”斑马说。

“哦，饶了我吧，少来义愤填膺这套。你自己也用这种药的，斑马。”

她点点头。“还有其他几千人也一样，奎伦巴赫。主要是因为我们没有太多的选择。”

“总是有选择的。”奎伦巴赫说道，“没了植入装置世界看起来有点暗淡了？很好，学会忍受它，继续生活。而如果这个方案你不喜欢，也还有隐匿者那条路。”

斑马摇摇头。“没有了植入装置，我们就会开始衰老而死，至少我们中大多数人会。保留它们，我们就得在机械装置机器里瑟缩上后半辈子。抱歉，但我不会把这叫作有选择。至少在还有第三条路的时候不会。”

“那么你在道德上就完全没有立场来反对梦幻燃料的存在。”

“我并没有反对它的存在，你这个碎嘴的小男人。我只想知道为什么这种玩意儿在我们如此需要的时候却不容易得到。每个月要弄到药都越来越难；每个月我都得付出更多钱给基迪恩——不管他是谁——去购买他的珍贵灵药。”

“供求关系天然如此。”

“要我替你揍他吗？”香忒若欢快地说，“一点也不麻烦。”

“你真是乐于助人，”斑马显然很高兴她和香忒若有了共同观点，“但我觉得，我们还希望他暂时保持清醒。”

我点了点头。“至少在他把我们带到制造中心之前。香忒若，你仍然确定要和我们一同前往吗？”

“如果不是的话，我早就留在车站了，坦纳。”

“我知道。但会很危险的。我们可能无法全部安然离开。”

“他是对的。”奎伦巴赫说。他肯定是希望我能被说服从而放弃。“如果我在你的位置上，我会认真考虑这件事。晚些时候再来，带着一支准备妥当的队伍，那样不是更有意义吗？哪怕是有大致的计划也好啊。”

“然后失去你全心全意的参与？”我说，“奎伦巴赫，这城市很大，而腐锈带更大。如果我们同意推迟这次小小的旅行，谁敢保证我还可以再见到你？”

他哼了一声。“好吧，但你没法强迫我带你去那里。”

我笑了。“你会大吃一惊的。只要我愿意，我可以强迫你做任何事。这真的只是个神经和压觉点[1]的问题。”

“你要折磨我，是吗？”

“这么说吧，我会运用一些非常有说服力的辩论手段。”

“你真浑蛋，米拉贝尔。”

“请专心开车，好吗？”

“还有，看清楚你在把车往哪儿开，”斑马说，“你正把我们带往太低的区域，奎伦巴赫。”

她是对的。我们现在离地沤区很近，从离贫民窟最高的楼顶仅仅只有一百米左右的高度低空掠过——在这个高度上缆绳很少，导致乘车时的颠簸强到令人恶心。

“我清楚自己在做什么，”奎伦巴赫说，“所以闭上嘴巴，享受旅程吧。”

忽然间我们就往下冲进了贫民窟中的一道“河谷”，沿着一道长长的滑索下行，索道的尽头消失在焦糖棕色的浑浊泥水中。两岸摇摇欲坠的建筑物中都有篝火燃烧；缆车接近水线时，河里的蒸汽动力船呼啦啦地忙着给我们让开道路。

“我是对的，不是吗？”我对奎伦巴赫说，“你和瓦迪姆是搭档，对不对？”

“我认为我们之间的关系用主奴关系来描述更为准确，坦纳。”他相当熟练地操纵着控制杆，在我们撞进泥水之前的一瞬间停住了下落。“瓦迪姆的所作所为——那些愚蠢的恶霸行径？那不是装出来的。”

“我有没有打死他？”

他揉了揉自己脸上的一块瘀伤。“到最后没什么梦幻燃料不能解决的问题。”

我点点头。“基本上我也是这么估计的。那么，梦幻燃料到底是什么，奎伦巴赫？你肯定知道。是他们合成出来的东西吗？”

“这取决于你所说的合成是什么意思。”他说。

1.人体（表面）一些对压力敏感的部位，按压这些部位可以缓解或引发疼痛，和中医的穴位有部分对应。

“所以他疯了，”斯凯说，“他被困在这里，并且知道自己无法安全返回。这没什么神秘的。”

“你认为拉戈是真实存在的吗？”戈麦斯问道。

“也许。这其实无关紧要。我们总是得进去的，不是吗？如果我们找到那个人，我们就会知道他是真实存在的。听着，”斯凯尽力让自己的声音听起来冷静理性，“如果是他杀了拉戈呢？毕竟他们可能会有些争论。也许就是因为杀死了自己的朋友他才走向疯狂。”

“当然这得有个前提，他确实是疯了，”戈麦斯说，“而不是个神志完全清醒的人，只是不得不面对某些恐怖的事情。”

几分钟后，他们与奥利维拉的穿梭机分离，把发现的死者原样留在里面。他们小心翼翼地点动喷射推进器，绕回了大飞船未受损的一侧。

“损害完全局限在另一侧，”戈麦斯说，“看起来跟伊斯兰堡号爆炸时圣地亚哥号船壳被烧焦的样子不同，但几何分布是相似的，你说呢？”

斯凯点点头，心中想起了他母亲被烙在船壳侧面的影子。卡洛奇号的遭遇无论多么怪异骇人，但显然也是某种损害的表征。

“我看不出这有什么联系。”他说道。

控制台传来一声鸣响——是尼奥金科安装的自动报警系统之一。斯凯朝另外那位瞥了一眼。“这是怎么了？我们有麻烦了吗？”

“没什么实际影响，但是，嗯，依然是个麻烦。有人刚刚用相控阵扫描了我们。”

“源于哪里？大船团？”

“大致是那个方向，但不完全是。我认为肯定是另一艘穿梭机，斯凯，沿着与我们类似的航线靠近。”

“可能是追着我们的推进尾迹过来的，”戈麦斯说，“好吧，我们还有多长时间？”

“我没法告诉你，除非接收到他们反射的雷达波束。可能是一天，也可能是六个小时。”

“该死的。好吧，我们进去看看能找到什么吧。”

他们现在已经移动到指挥球未受损的一侧，正在寻找合适的对接口。斯凯不想尝试直接把穿梭机停到卡洛奇号内部，但飞船表面也有很多着陆点，它们可供穿梭机锚泊，以进行快速的人员转移。正常情况下，较大的飞船会激活其中一个端口以回应航天飞机的接近；导航灯会开始发光，对接口会伸出限制夹，引导穿梭机飞完归巢的最后几米。如果它体内还有少许电力的话，那些对接机制应该会被唤醒，哪怕已经有几十年没被激活也一样。但是尽管穿梭机发出了接近信号，飞船上却毫无动静。

“好吧，”斯凯说，“我们会做奥利维拉做过的事情：使用爪钩。”

他把穿梭机定位悬停在一个对接口上方，甩出爪钩，它们无声地扎进了卡洛奇号的船壳中。然后穿梭机开始把自己拖向船身，就像一只蜘蛛爬上一条蛛丝。爪钩看起来似乎没能把自身固定得很牢靠——它们开始弯曲伸长，就像是扎进肉里的鱼钩一样——但暂时还能撑得住。即便当他们在大飞船里的时候穿梭机从系泊处脱开也不要紧，上面的自动驾驶仪会防止它飘远的。

他们仍然穿着太空服，直接动身前往气闸室，进入真空。斯凯定位极为准确，他们的对接密封圈与飞船的正好完全对齐，手动控制杆就在边上一个凹下的面板上。斯凯从自己在圣地亚哥号上的经验知道，这些气闸的设计是很完善的，哪怕多年来从没人打开过，手动开启控制功能应该也完好无损。

流程很简单。这里面有个杠杆，你用手转动控制杆，它就会把外门推开。一旦进入换气室，里面会有一个功能更全的控制面板，带有压力计和控制装置，好让船内的空气充满气闸。如果另一边没有压力的话，他开门会更轻松些。

他伸出戴着手套的手，准备抓住控制杆。但在他的手指抓住金属杆的那一刻，他就知道这里出问题了。

那东西感觉一点也不像金属。

它感觉像是血肉。

在他注意到这点的同时，他大脑的另一部分已经向他的手发出了信号，让手部做出扭转的动作，好把门向旁边推开。但杠杆根本就无法转动。它只是在他的手中变形，延展，就像果冻一样。他凑近了些仔细观看，几乎把自己的面甲压到了面板上。现在他可以清楚地看出为什么杠杆根本不可能起作用了，原因显而易见：它和面板的其余部分是浑然一体的。事实上，整个控制结构都是如此，和背景无缝融合在一起。然后他又仔仔细细地看了下飞船大门。在门板和框架之间没有缝隙——一片平滑，连续不断。

卡洛奇号看起来仿佛是用些灰色面团制成的。

缆车已经变成了一艘小舟，在地沤区的褐色泥河上航行。奎伦巴赫正用缆车的机械臂轮番扒住两岸，掠过悬在上方的贫民窟，推动车身沿着凝滞的水流前进。很明显，这种操作他以前做过很多次了。

“我们正在接近穹顶边缘。”斑马指着上前方说道。

她是对的。“大蚊帐”里融合在一起的那些圆顶之一在这里落地，贫民窟在不少地方擦到了它棕色的肮脏表面。很难相信那悬垂在上又倾斜而下的天花板曾经是透明的。

“内缘还是外边？”我说。

“内缘，”斑马说，“这也就意味着……”

“我知道这意味着什么，”我没等她答完，“奎伦巴赫正带我们走向渊堑。”

第三十五章

我们离“大蚊帐”越近，河谷就变得越暗，悬在两岸的建筑也越来越令人难安地朝着我们的头顶堆叠而来，直到它们在上方合拢，变成了一条内壁粗糙参差的隧道，还有些难以形容的肮脏液体从隧道顶上滴落。即便地沤区的人口压力已经非常大，这里几乎还是无人居住。

奎伦巴赫把我们带到了地下，缆车的前方亮起了强光。偶尔我看到老鼠在黑暗中移动，但完全未见人踪，普通人或者猪人都没有。这些老鼠是乘坐超空人的飞船来到这座城市的——经过基因工程改造，在飞船上充当清洁系统。但几个世纪前，有少数老鼠逃脱了，甩掉了它们受人差遣的虚假表象，回归到野生状态。它们从缆车灯光投出的明亮椭圆光斑中纷纷逃离，或是蹦蹦跳跳，或是飞快地游远，在褐色的水面上拖出 V 形的尾迹。

“你到底想要什么，坦纳？”奎伦巴赫说。

“真相。”

“就这？或许你想要获取你的私人梦幻燃料专供渠道？说吧。你可以跟我讲讲。毕竟，我们是老朋友了。”

“你只管开车。”我说。

奎伦巴赫带着我们继续向前，隧道不断分岔又分岔。我们此刻处于这城市中一片非常古老的区域。尽管这片地下大杂院看起来破旧不堪，但或许这里自瘟疫以来一直没有太大的变化。

“真的有必要从这里走吗？”我说。

“还有别的路径，”他说道，“但这条路只有少数人知道。这条路更隐秘，而且会让你们看起来像是有权接触核心区域的人。”

又过了一会儿，他把车停了下来。我这时才意识到，奎伦巴赫已经开车驶上了一片干地，这里高出水面，不远处有堵破败肮脏的墙壁，不少地方都长着灰色的霉斑。

“我们得在这里下车。”他说道。

“别想着要什么花招，”我说，“否则你会在这下面变成一个有趣的新景点。”

但我还是听凭他带我们出去，让缆车停在泥地上。地面上有很深的凹槽，是其他缆车在刹车时留下的痕迹。显然，我们不是第一个使用这片停车场的人。

“跟我来，”奎伦巴赫说，“不远了。”

“你经常来这里吗？”

现在他的声音听起来诚挚了几分。“能不来就不来。在梦幻燃料的买卖当中我不是个大玩家，坦纳。不是个很大的齿轮。如果被人知道我把你们带到了这里，我就死定了。我们能不能仅仅悄悄去看一下？”

“那得看情况。我告诉过你了，我想要真相。”

他把手伸向墙上的某个东西。“我没办法带你接近这一切的中心，坦纳——请先理解这点，行吗？那是不可能的。你最好一个人进去。更不要想着制造麻烦。那样的话仅仅你们这几支枪是不够的。”

“那你要带我们去哪儿？”

他没有回答，而是用力一拉，扯动了某样藏在墙上那黏糊糊的污垢中的东西，让一块墙板被拉到了一旁。位置几乎就在我们头顶正上方，一个两米长的方孔。

为了提防这是什么诡计——比如奎伦巴赫趁机从这个洞里逃走——我第一个钻了进去。然后我帮奎伦巴赫爬了上来，接着是香忒若。斑马是最后一个，边上来边警惕地注视着后方。但没人跟踪我们，看着我们离开的只有那些隧道中鼠辈的眼睛。

进洞之后，我们蜷着身子，沿着一条低矮的方形钢衬隧道匍匐前行；隧道仿佛长达数百米，但其实多半只有几十米。我现在完全失去了方向感，但我心中始终有几分坚定地以为，我们一直在朝着渊堑的边缘前行，离它越来越近。现在我们可能已经爬到了“大蚊帐”的边缘之外。或许在我们上方就是有毒的大气，当中只隔着几米厚的岩层。

我的背越来越疼，这种疼痛已经不仅仅是不适，而是切切实实疼得快要让人动弹不得了；但就在此时，我们抵达了一个大些的房间。起初这里很暗，但奎伦巴赫打开了照明，一些古旧的灯泡，固定在天花板下，排成一个方阵。

有什么东西从房间的一端一直通到另一端，它从一面墙里钻出，又消失在另一面墙当中。那是根银灰色的管子，直径三到四米，像是条管道。它的一边有根管子斜伸出来，看起来像是个分支：直径完全一样，但尽头是个光滑的金属顶盖。

“这个你肯定认得吧？”奎伦巴赫指着较长的那部分管子说道。

“不太确定。”我说。我本以为其他人会说些什么，但似乎其他人也一样茫无头绪。

“啊，你们看到过很多次的，”然后他走向管道，“这是城市大气供应系统的一部分。像这样的管道有上百条，朝着渊堑下面延伸，一直连到裂解站。一些输送空气。一些输送水。还有些输送过热蒸汽。”他轻轻敲了下那根管道，这时我注意到在伸出的部分上有个椭圆形的面板，和他先前在墙上找出的那块大小差不多。“这根里通常是蒸汽。”

“它现在输送的是什么？”

“几千个大气压的蒸汽。没什么好担心的。”

奎伦巴赫把手放到面板上，往边上一推。面板顺畅地移开，露出了一块弧形的深绿色玻璃，镶有整齐干净的银色金属边框，中间有些控制按钮。按钮上的标识文字看起来非常古老，词汇和标准的诺特语接近，但不完全相同。

是后美利坚人的语言。

奎伦巴赫敲了几下键盘，我听到远处传来一连串闷响。过了一会儿，整个管道都轧轧作响起来，好像在弹奏一个低沉得可怕的音符。“这是蒸汽流在改道行经另一部分网络，检修模式。”

他按下一个按钮，厚厚的绿色玻璃飞快地滑开，露出一大堆青铜机械，几乎塞满了整个管道内径。两端全是活塞和风琴般的可折叠区域，装有一堆管子和金属触须、伺服电机，还有黑色的吸力垫。很难判断它是古代造物——来自后美利坚人时期的东西——还是在瘟疫之后新近拼凑起来的。不管怎样，它看起来不太可靠。但在机器的中间有一块狭窄的空间，配有两个带软垫的大座椅，还有些基本的控制装置。相比之下滚轮车都算空间宽敞了。

“开始你的讲解吧。”我说。

“这是台检修机器人，”奎伦巴赫说，“沿着管道蠕动的机器，检查有没有泄漏、薄弱点，诸如此类的地方。现在是……好吧，你已经明白了。”

“一件运输装置。”我自己研究了下这玩意儿，有些好奇搭乘它之后还活着的概率有多大，“我得夸你一句，聪明。好吧——这玩意儿抵达目的地需要多长时间？”

“我搭乘过一次，”奎伦巴赫说，“一点都不像郊游那么轻松愉快。”

“你没有回答我的问题。”

“抵达雾层下面需要一到两个小时。返回也需要同样长的时间。我不建议你到了以后在那下面花太多时间。”

“很好。我也不打算花太多时间。我搭乘这玩意儿下去就会被人当成内部人员了吗？”

他上下审视着我。“只有内部人员才会从这条路线下去。穿着瓦迪姆的大衣你就会被当成供应商，或者至少是个圈内人——前提是你别太多话。不管遇到谁都说你是来见基迪恩的就好。”

“听起来再简单不过了。”

“哦，你会成功的。这台机器连猴子都能开。抱歉。没有冒犯的意思。”奎伦巴赫的笑容有些紧张，一发即收，“你看，很简单的。你下去到那儿之后都不用费事解释的。”

“确实不用，”我说，“尤其是你跟我一道下去的情况下。”

“这可是个败着，坦纳。大劣手。”奎伦巴赫开始四下张望寻找精神上的支持。

“坦纳是对的，”斑马说，耸了耸肩，“这才合理。”

“但我从未接近过基迪恩。他们对我也不会比对坦纳更看重。他们问我们为什么去那儿时，我该怎么回答？”

斑马怒视着他：“编啊，你这个毫无骨气的小浑蛋。就说你听到了些关于基迪恩健康状况的谣言，你想亲自核实一下。说有些最终产品质量出了问题的故事在街头流传。行得通的。毕竟，我姐姐就是靠这种故事接近基迪恩的。”

“你根本不知道她是否成功接近了基迪恩。”

“好，那就尽你所能吧，奎伦巴赫。——我相信坦纳会在那里给你提供所需的一切精神支持的。”

“我不干。”

斑马把手中的枪口挥向了他。“要不要重新考虑一下？”

他低头看了看枪管，然后望向斑马，噘起了嘴。“该死的，你也一样，塔琳。想想看，在我们的职业圈子里头，你这样子完全是彻底自绝后路了。”

“快进去吧，你会进去的吧？”

我转向斑马和香忒若。“当心。我认为你们在这里不会有任何危险，但还是要小心，以防万一。我预计几个小时就回来。你们等得了那么久吗？”

斑马点点头。“我可以，但我不打算那么做。那东西里面的空间足够装下我们三个的，只要香忒若能在这里守好退路就行。”

香忒若耸耸肩。“我其实很期待一个人在这里待上几个小时，这种话我可说不出口；但我想，我宁愿待在这里而不是到下面去。我猜，你这是为了你的姐姐？”

斑马点点头。“我想，换了她，她也会为我做同样的事。”

“真好。我只希望这次旅行值得。”

然后我对香忒若说：“不要将你自己置于不必要的险境。如果有必要的话，我们可以自己找到出路的，所以如果发生了什么意外……你知道车停在哪儿的。”

“别担心我，坦纳。顾好你自己就行。”

“这是我的习惯。”我拍了拍奎伦巴赫的肩膀，全心全意地希望他能感受到我的友好之情。“嗯，你准备好了吗？世事难料。你可能会在下去的路上获得灵感，找出个能让人沮丧得不一般的借口。”

他冷冷地看着我。“坦纳，让我们快点结束这一切吧。”

尽管斑马先前那么说了，但检修机器人内部的空间容纳两个人都勉强，再要挤进第三个人相当痛苦。但是斑马的关节连接并不完全属于人类，她有种不可思议的能力，可以把自己折叠压缩到剩余的空间中，尽管这个过程让她有些不舒服。

“我希望上帝保佑，这不会花太长时间。”她说道。

“启动吧。”我向奎伦巴赫说道。

“坦纳，还有些……”

“启动这该死的玩意儿，”斑马说道，“否则你唯一能上演的曲目就是你自己的送葬曲。”

这话起了作用，奎伦巴赫按下按钮，机器轰隆隆地启动了。它沿着管道咔嗒咔嗒前进，像只行动迟缓的机械蜈蚣。机器的前后两头移动得很不平稳，吸盘不断撞击管壁，但我们坐着的这部分相对平稳。虽然隧道里现在没有蒸汽，但金属外壁摸起来还是热的，空气仿佛是从地狱深处持续喷吐而出的。这里不但很挤，而且很暗，只有我们座位前方的简单控制装置发出一点微弱的光线。管道壁被巨大的蒸汽压打磨得光滑无比，犹如冰川表面。管道虽然起初是水平向的，但很快就开始弯曲，起初很平缓，然后一路下弯，最后近乎垂直向下了。我的座位现在成了个非常不舒服的背带，我被吊在那上头，无时无刻不清楚地意识到在我下方是几千米长的管道，而且事实上，阻止我一路坠落的只是来自检修机器人周围吸杯阵列的吸力。

“我们正在前往裂解站，是不是？”斑马用很大的声音说话，盖过了机器行进中的咔嗒声，“他们就是在那里制造梦幻燃料的，对不对？”

“有点道理。”我说话时思绪随之飘到了裂解站。所有的这些管道都发源于此：这座城市巨树的粗大主根。裂解站坐落在渊堑深处，隐没在永恒的雾层之下。巨大的转换机器在这里吸入原料——从深渊深处升起的炽热有毒气体。“它远离所有的司法管辖，而且操作它的人员必定有先进的化工设备和技能，足以用来合成像梦幻燃料这样的东西。”

“你觉得在那下面工作的每个人是不是都知道这个秘密？”

“我不这么认为，大概只是工作人员中有个小团伙在生产这种药物，站上的其他人都一无所知。是不是这样，奎伦巴赫？”

“我跟你说过了，”奎伦巴赫边说边动了下一个控制器，让我们的前进速度加快，咔嗒声变成了刺耳的急促敲击，“我从没被准许靠近供货源头。”

“那你到底知道多少内情？你肯定对合成过程还是有所了解的。”

“我知道不知道又怎么样？你为什么这么感兴趣？”

“因为这在我看来有违常理。”我说，“瘟疫让很多东西都停止工作了，植入装置——至少是那些复杂的，亚细胞级纳米机器人或医疗微械——不管你怎么称呼那些玩意儿。这对超越死亡者来说是个坏消息，不是吗？他们的延寿疗法通常需要这些小机器的参与。现在却不得不在失去了它们的情况下进行。”

“然后？”

“突然间冒出了个新玩意儿，差不多能完成同样的任务。在某些方面还做得更好。梦幻燃料使用起来非常简单，傻瓜式的——甚至不需要根据使用者的状况进行定制。它能治愈创伤，恢复记忆。”我回想起我看到的那个在地上打滚的人，他拼命地想要获得一小滴那猩红色的药液，哪怕瘟疫当时已经吞噬了他过半的身躯。“它甚至可以让没有丢弃机器的人获得免疫防护。好得简直无法置信啊，奎伦巴赫。”

“什么意思？”

“意思是，我在怀疑，这么好用的东西怎么会被几个罪犯发明出来。即便在瘟疫之前，这座城市仍然拥有创造各种神奇新科技的能力之际，也很难想象有人能创造出这种东西。至于现在？地沤区里有些地方连蒸汽动力都没有。虽然在天篷区中可能还有少量高科技飞地，但那里的人们对玩游戏比对开发奇迹疗法更感兴趣。可最终他们得到的偏偏似乎正是种奇迹疗法——尽管目前供应有点紧张。”

“在瘟疫之前它并不存在。”斑马说道。

“巧合过多了，”我说，“这让我怀疑，二者是否有相同的来源。”

“别自以为你是第一个有这种想法的人。”

“不，我当然怎么也不会这么以为。”我擦了擦额头上的汗水，感觉自己已经洗了一个小时的桑拿浴。“但你必须承认，这想法是有道理的。”

“我不知道。我对这个问题没太多兴趣。”

“哪怕城市的命运可能取决于它的时候？”

“但事实并非如此，不是吗？几千名超越死亡者，顶多也就上万。梦幻燃料对那些依赖成瘾者来说或许是种宝贵的东西，但对大多数人来说，它没有任何价值。你尽可以让他们去死，看看我是否在乎。几个世纪后，这里发生的一切将只不过是历史书上的一行注脚。而我，在这个时候，有着更重要、更雄心勃勃的目标要实现。”奎伦巴赫在仪表盘上东按按西按按，又调整了下控制，“我归根结底是个艺术家。所有这一切不过是旁枝末节。而你则不然……我得承认，我真的不理解你，坦纳。是的，你现在可能对塔琳负有一些义务，但你对梦幻燃料的兴趣从我们搜查瓦迪姆的小屋那会儿就很明显了。照你自己的说法，你来这里是为了杀死阿尔根特·瑞维奇，而不是要来解决我们这非法制药工坊的供货不足问题。”

“事情变得更加复杂了一点，仅此而已。”

“然后？”

“梦幻燃料有些特性，奎伦巴赫，让我觉得以前见到过。”

不过还是有条路可以进去。斯凯、尼奥金科和戈麦斯开着穿梭机在飞船周围搜索了三十分钟都没找对位置，直到他们最终找到了那个洞，奥利维拉和拉戈肯定就是从洞口进去的。它离奥利维拉的穿梭机停着的地方只有几十米远，靠近中轴柱与飞船其他部分的连接点。它实在是太小了，以至于斯凯第一次从旁经过时完全看漏了，毕竟，它在飞船被破坏的一侧，隐没在那些水泡状的突起之中。

“我觉得，我们该掉头回去。”戈麦斯说。

“我们要进去。”

“奥利维拉对我们说的话你就只字不闻吗？还有，这艘船看起来是由某种奇怪的东西构成的，看起来似乎像是在粗陋地尝试模仿我们的飞船，这完全都不会让你感觉不安吗？”

“是的，我很不安。同时也更加坚定了要进去的决心。”

“拉戈也进去了。”

“好吧，我想我们只能留心防备下他了，不是吗？”斯凯已经准备停当。他最后一次通过气闸室后，压根就没有费事去摘下头盔。

“我也想看看里面有什么。”尼奥金科说。

“我们中至少有一个人应该留在穿梭机上，”戈麦斯说，“如果用雷达扫描我们的那艘飞船在未来几个小时到达这里，最好有人做好应对的准备。”

“很好，”斯凯说，“你刚刚自告奋勇要接下这份工作。”

“我不是那个意思……”

“我不管你是什么意思。接下任务吧。如果我和尼奥金科遇到任何需要你帮忙的事情，你会第一时间知道的。”

他们离开了穿梭机，使用喷气背包飞过一小段距离，抵达了卡洛奇号的船壳。他们降落在洞口附近时的感觉就像是落在了一张柔软的床垫上。他们直起身子，用黏附鞋底抓牢飞船。

有一个显而易见且至关重要的疑问，斯凯先前一直设法让自己完全不去想，但现在他不得不面对了。根据他的经验，飞船外壳不可能变成这种海绵样的状态。即使暴露在反物质爆炸的强光下，金属的性质也不会变成这样。是的，这里发生的一切远远超出了他的经验。就好像幽灵船船壳中的金属是被某种新的、令人不安的柔顺物质一个原子一个原子地取代掉了，这种物质只是粗枝大叶地复制出原本的一些细节。其中包括其形状、纹理和颜色，但不包括功能，就像是原本飞船的一个粗陋的铸件仿品。他甚至怀疑，自己是真的站在卡洛奇号上吗？还是说，这只是又一个存在缺陷的假设？

斯凯和尼奥金科走到洞口，把他们的枪口伸入黑暗之中。洞口参差不齐，有被高热灼烧过的痕迹，上面皱纹纵横交错，看起来像是半开半闭的嘴唇。不过从船壳表面下一两米开始，洞壁上就衬有一层厚厚的纤维状物质，当他们的电筒光扫过时会发出柔和的反光。斯凯觉得自己认得那是什么，那是些挤出式钻石纤维基质，包埋在环氧树脂中，快干糊状物，可用于修复船壳穿孔。奥利维拉很可能是在卡洛奇号上找出了一个薄弱点，在选中这个点之前，他一定花了些时间绘制了一张密度分布图，然后使用某种东西打穿了这个洞。比如说用一把激光焊枪，甚至或许就是用他穿梭机的尾焰。一旦钻好了洞，他就用穿梭机的应急修理工具给竖井里喷上了一层这种密封剂，大概是为了防止竖井坍塌封闭。

“我们就从这里进入，”斯凯说，“奥利维拉肯定找出了最有希望的切入点；我们时间不多，没理由去重做一遍他干过的事情。”

他们检查了下自己太空服中内置的惯性罗盘是否正常运行，并把他们当前的位置定义为原点。卡洛奇号没在自转，也不翻滚，所以罗盘可以防止他们在里面迷路，而且哪怕罗盘被证实不可靠，他们也可以在进去时沿路布线，顺着线绳就可以一路退回到船壳上有伤口的地方。

斯凯想到这里思绪顿了一下，为什么他刚才会认为船壳上的洞是个伤口？他不知道。

他们进去了，斯凯打头。洞里是段隧道，洞壁粗糙，径直切入船体，向下延伸了十到十二米。正常情况下，到了这个深度，如果这艘飞船是圣地亚哥号的话，他们已经完全穿过了飞船的外层蒙皮，身边应该有一系列狭窄的维修孔道，挤在众多的数据线、电源线和制冷剂管道之间，甚至还可能有火车隧道。斯凯知道，在船壳上有些部位可能周围好几米全是实心的，但他有理由相信这里断然不是。

现在这竖井，或是隧道，或者他乐意当作别的什么玩意儿的东西，它的洞壁已经变得更坚硬、更有光泽，跟大象皮不怎么像，更像昆虫几丁质。他用手电筒照向前方的黑暗，光束打在闪亮的黑色表面，被反射开去。然后在前头看起来骤然无路的时候，竖井急剧向右拐去。穿着全套太空服，额外加上体积不小的喷气背包，挤过这段弯道很是吃力，但至少光滑的井壁不会钩住他的太空服甚或撕坏某个重要部件。他回头望去，看见了跟在他身后的尼奥金科，后者的身躯比他略大一圈，让这套动作做起来更加不容易。

但之后竖井宽敞了些，然后和另一条竖井汇合，前进起来容易了不少。斯凯不时停下来，要求尼奥金科确认放好线绳，并且线绳仍是紧绷的，虽然惯性罗盘仍在正常工作，一直在记录着自身相对原点的运动。

他试了试无线电。“戈麦斯？你能听到我说话吗？”

“响亮而清晰。你们有什么发现？”

“没有。暂时还没。但我认为，我们多少可以有些把握地说这不是卡洛奇号。尼奥金科和我深入船壳肯定有二十米了，我们穿过的区域周围仍然感觉像是实心材料。”

戈麦斯等了好一会儿才做出回应：“这完全说不通。”

“确实，如果我们还要假定这玩意儿是艘飞船，跟我们自己的飞船类似的话，确实说不通。我现在认为并非如此。我认为这是另外的东西——完全出乎我们预想的东西。”

“你认为它是不是来自母星——我们离开后那些人发射出来的？”

“不。他们只有一个世纪的时间，戈麦斯。我认为那不足以构想出这样的东西。”他们继续爬向深处，“感觉这东西完全不像是人类制品。我们甚至感觉自己不像是在机械当中。”

“但不管它是什么，它只是碰巧从外面看起来和我们自己的船一模一样。”

“是的——直到你靠近细看。我猜它是改变了自身的外形，在模仿我们，是某种保护伪装。这做法很成功，不是吗？提图斯……我父亲……他一直认为大船团里还有另一艘飞船，在跟踪我们。令人不安，但可以用过去发生的一些事件加以诠释。如果他知道是艘外星飞船在跟踪我们，那一切都会大不相同。”

“那他能做些什么呢？”

“我不知道。或许，警告其他船。他会认为这东西想要伤害我们。”

“也许他是对的。”

“我不知道。它在这后面已经很久了。这么多年来，它并没太多举动。”

就在这时，有什么变化发生了——他们感觉到的，而不是听到了一阵噪声，就像一口很大很大的钟发出的雄浑鸣响。他们此刻正在真空中飘行，所以振动肯定是通过船体传来的。

“戈麦斯——那是什么鬼？”

对方传来的声音相当微弱。“我不知道——这里什么也没发生。但是你的信号突然变弱了很多。”

我们下降了快两个小时之后，我看到了个东西，在垂直管道下方，还很远。

看起来是团金色的微弱光芒，但越来越近。

我想起了我刚刚经历的那一幕。此刻我仍然可以体会到斯凯在进入卡洛奇号时心中的恐惧，像是含着颗坚实的弹头，嘴里满是金属味。那和我自己感受到的恐惧很像。我们都陷入了黑暗，我们都在寻找真相——或是收获——但同时也清楚我们正把自己置于巨大的危险之中，对前方的未来知之甚少。那一幕与我当下的经历产生了如此的共鸣，令我不寒而栗。斯凯已经不仅仅是用图像来感染我的心灵。现在他似乎在引导我，塑造我的行为来纪念他自己古往的行迹；他就像个木偶师，手中的傀儡控线跨越了三个世纪的历史。我握紧拳头，还以为方才那一幕已经让我的手鲜血流淌。

但我的手掌完全是干的。

检修机器人继续铿铿下降。奎伦巴赫又做了些操作，但都没有让这台机器移动得更快。现在周围的空气热得让人无法忍受，我估计这温度最多三四个小时就能让我们全都中暑而死，没人能幸免于难。

不过下面越来越亮了。

我很快就明白了原因。亮光的来源仍在我们下方，但现在靠近了些之后看得出，那也是段管道，被满是污垢的玻璃包围。奎伦巴赫让机器转了个角度，这样当机器人在下降中开始通过那段透明部分时，我们三个人都不容易被看到。我仍然可以清楚地看到我们正穿过的阴暗密室，这房间看起来好像是个山洞，里面依稀可见塞满了曲里拐弯的大型机械：若干巨大的压力容器，状如烤炉，由肠道状的发光网络连接在一起，上面装有狭长的走道。一排排大功率涡轮机在地板上平摊开去，仿若一群酣眠的恐龙。

我们已经抵达了裂解站。

我环顾四周，为这片寂静的广阔空间赞叹不已。

“这里好像没有人值班。”斑马说。

“这样正常吗？”我问道。

“是的，”奎伦巴赫说，“这部分的操作在一定程度上是自动运行的。但要是选择了有人值班的日子，当班的人注意到我们三个下来，那可就讨厌了。”

跟我们下来的这根管道十分相似的管道还有好几十根，一直延伸到天花板，一块圆形的玻璃，靠着些深色的金属柱支撑，然后穿过它继续向上。上方只能看到一层污浊的灰黑色雾气，因为裂解站位于深坑之中，通常都被迷雾覆盖。只有雾障被沿着渊堑边缘盘旋而升的混乱热气流劈裂，暂时分开之际，我才能看到这颗行星上巨大的岩石墙，在我们头顶上高高矗立。在很远很远的上方是茎柄那触角般的外延部分，西比琳曾带我去过那里，看那些人跳雾。那只是几天前的事，但感觉恍如隔世。

我们如今已经深达城市地基以下。

检修机器人继续下降。我原本预计我们会在裂解站底部附近的某个地方停下来，但奎伦巴赫带着我们渐渐钻到了涡轮机甲板下方，再次进入黑暗之中。也许在我们经过的那个房间下面，还有另一个房间，也通向裂解站。我抱着这个希望不放好一阵子……直到我确信我们已经走得太远了，事情不可能是那样。

我们所在的管道已经完全穿过了裂解站。

我们还在继续深入地层。管道稍微改变了几次方向，在某一点几乎是在横向而行，然后我们又开始下降。现在周围太热了，要保持清醒都已经相当吃力。我的嘴里干得可怕，以至于仅仅想要喝一杯凉水也像是种精神上的折磨。然而，无论如何，我一直保持着清醒——我知道当我到达机器人要带我去的目的地时，我需要头脑清晰，无论那到底是什么地方。

又过了三四十分钟后，我看到下面又有一道亮光。

看上去像是旅途终点。

“你也是。尼奥金科——检查下……”斯凯虽然这么说，但边说已经边把自己的手电筒指向他们下来的竖井，然后他看到先前绷紧的绳索现在开始飘荡起来，就好像它还有富余的长度。它肯定是在竖井更高处被切断了。

“我们现在出去吧，”尼奥金科说，“我们还没走多远，我们仍然可以找到……嗯……找到路回去。”

“穿过实心的船体？那条线绳总不能是自己断掉的。”

“戈麦斯在穿梭机上，那里有切割设备。如果他知道我们在哪里，他就能把我们弄出去。”

斯凯想了想。尼奥金科说的这些完全正确，任何思维正常的人现在都会尽最大努力回到船表去。他心里也有几分想这么做。但他思维中的另一部分，更坚强的一部分，反而越发坚定了决心，一定要弄清这艘飞船——如果它确实是艘飞船的话——究竟意味着什么。这是外星制品，他现在对此无比确信。这意味着，这是人类第一次亲眼看到外星智慧存在的证据。而且它已经盯上了大船团，在浩瀚的太空中找到了这些缓慢而脆弱的移民方舟，尽管这种概率本该小得出奇。然而它却选择不与他们接触，几十年来只是一直在跟踪他们。

他会在里面找到什么？他希望在卡洛奇号上找到的补给——甚至包括没用掉的反物质——与真正躺在这里等待开发的东西相比，或许只能算是小奖。这艘飞船不知究竟用什么方法，让自己的速度与大船团相同，达到了光速的百分之八；而且某种东西让他相信，这艘外星飞船根本不觉得这有任何困难，达到这个速度对它来说大概非常简单。在这层实心的黑色船壳内部，在这些蛀洞之后的某个地方，一定有某种可识别的推进机制，让飞船达到了目前的速度，他也许能够利用这种机制——他承认，他不一定能理解，但肯定能利用。

或许甚至还远不只如此。

他必须要进一步深入。除此之外的任何选择都等于失败。“我们要继续前进，”他告诉尼奥金科，“再一个小时。让我们看看在那段时间里我们会找到什么，并且小心不要迷路。我们还有惯性罗盘，不是吗？”

“我不喜欢这样，斯凯。”

“那就想想你可能会学到什么。想想这艘飞船可能是如何运行的——它的数据网络，传输协议，隐藏在它设计结构下的范式。那些可能在我们看来极为怪异，和我们的思维模式差距极大，就像——我不知道，或许——一条脱氧核糖核酸链和单链聚合物之间的差别。甚至初步领会一些可能的作用原理都需要一种特殊的头脑，拥有非凡才干的头脑。别跟我说你一点都不好奇，尼奥金科。”

“我希望你在地狱里被火烤，斯凯·奥斯曼。”

“我就当你同意了。”

检修机器人转进了管道的另一条分支中，这条跟先前奎伦巴赫在地表上找到的那段很像。吸盘的敲打声越来越慢，越来越安静，最终停了下来，只剩机器本身轻轻的嘀嗒声。周围一片漆黑，寂静无声，唯有过热蒸汽在咆哮着穿过远方管网时发出的雷鸣声遥遥传来。我用指尖碰了碰管子火热的金属，感觉到一丝极其微弱的颤动。我希望这并不意味着有一堵上千个大气压的滚烫蒸汽墙正朝我们迎面扑来。

“现在回头为时未晚。”奎伦巴赫说道。

“你的好奇心都到哪儿去了？”我说话时，感觉自己就像是在激尼奥金科继续前行的斯凯·奥斯曼。

“我想是丢在我们上方大约八千米处了。”

就在这时，有人拉开了管道边上的一块面板，看向我们三人，那样子就好像我们是有人从渊堑城投递下来的一堆粪便。

“我认识你。”那人边说边朝奎伦巴赫点了点头。然后他朝我点了下头，又朝斑马点了下。“我不认识你。还有你，我肯定不认识。”

“而我也他妈不认识你。”我在那个打开管道的人居高临下地继续盘问之前抢先插话。同时我已经在爬向机器人外面，几个小时以来头一次有机会享受下伸腿的感觉。“现在告诉我，我上哪儿可以喝一杯？”

“你是谁？”

“在问你他妈的上哪儿能喝一杯的人。怎么了？有人用猪粪封住了你的耳朵吗？”

他看样子明白了过来。我敢打赌，无论这里到底是干吗的，这家伙都不会是什么重要人物，他的很大一部分工作职责就是接受在食物链上位置稍高的来访暴徒们的辱骂。

“嘿，我无意冒犯，伙计。”

“拉特科，这位是坦纳·米拉贝尔，”奎伦巴赫说，“而这位是……斑马。我在下来的路上打过电话的，说我们要去见基迪恩。”

“是的，”我说，“如果你没收到消息，那是他妈的你的问题，不是我的。”

奎伦巴赫似乎对我的说话方式大为钦佩，想要效法一下。“这太他妈的对了。现在，给这个他妈的……给这人些他要的他妈的酒。”他用一只袖子擦了擦干裂的嘴唇，“给我也来一杯，拉特科，你这个，呃，他妈的小贱人。”

“贱人？很好，奎伦巴赫。非常好。”那人拍了拍他的背，“继续上自信课吧——真的有回报了。”然后他看向我，脸上带着的表情近乎同情，是一种专业人士之间的惺惺相惜。“好吧。跟我来。”

我们跟着拉特科走出了管道室。他的表情很难读懂，因为他的眼睛藏在一副灰色护目镜后面，护目镜上看得到一堆不同的精密感知仪器。他穿着件大衣，样式和瓦迪姆的类似，但剪裁得更短些，补丁也不那么粗糙，更柔软光亮。

“所以，朋友们，”拉特科说，“什么风把你们吹来了？”

“那股风叫质量核查。”我说。

“我没听说有人在抱怨质量问题。”

“那可能是你的听力不太好，”斑马说，“这破玩意儿越来越难搞到了。”

“真的？”

“啊，真的，”我说，“还不仅仅是短缺。纯度出现了问题。斑马和我向不同客户提供梦幻燃料，从地面直到腐锈带。我们收到了客户的抱怨。”我试图让自己的话听起来带有适当的威胁。“那么，这可能意味着从这里到腐锈带之间的供应链中，有某个地方出现了问题，供应链中有许多薄弱环节，相信我，我正在调查所有这些环节。但这也可能意味着我们的主打产品品质正在降级。缩水、掺假，或者别的什么你喜欢的用语。这就是为什么我们要在奎伦巴赫先生的协助下亲自来看看。我们需要看到这里仍然有高质量的梦幻燃料在产出。如果没有，那肯定是有人在对别人撒谎，那就会有非常糟糕的事件发生，比他妈的茅坑飞天还糟。不管怎样，这对某些人来说会是坏消息。”

“嘿，听着，”拉特科举起双手说道，“每个人都知道在源头层面存在问题。但只有基迪恩能帮你找到原因。”

我抛出个引子，套他的话：“我听说他喜欢独处。”

“他没有太多的选择，对吧？”

我笑了，尽力让笑声听起来真真切切，虽然其实我不明白自己在笑什么。

但是从那个戴护目镜的人说话的方式来看，他显然认为自己是开了个玩笑。

“对，我想他是没有。”我改变了我的语气，因为我和他已经建立起了相互尊重的基础，虽然并不稳固。“那么，让我们把我们的关系扎根于更友好的基础上，好吗？你可以通过给我提供——我该怎么说呢——一小份商业样品，来打消我对产品质量的疑虑。”

“出什么问题了？”拉特科边说边把手伸进外套，然后递给我一个暗红色的小瓶，“拿你自己的货使得太频繁了？”

我接过药瓶，斑马把她的缔婚枪递给了我。我知道我必须这样做，只有梦幻燃料能让我解开我过去的最终秘密。

“你知道怎么回事。”我说道。

斯凯和尼奥金科向前推进，同时始终警惕地盯着惯性罗盘的显示。通道分支扭曲，但他们头盔上的平视显示器一直在显示他们相对于穿梭机的位置，以及他们迄今为止走过的路线，所以他们实际上并没有可能迷路，虽然可能在出去的路上遇到障碍。他们所走的路径大体上是通向飞船中部的，而现在他们正大致向前，朝着指挥球应该在的地方前进。他们又走了大约五分钟时，又出现了一次钟鸣般的振动，仿佛整个船体就像一只巨大的锣，被猛然敲响。这次似乎更强了一点。

“是时候了，”尼奥金科说，“现在我们该回去了。”

“不，我们不该。我们已经失去了线绳，而且我们已经不得不打穿船壳才能出去。现在再往前也只是意味着我们需要多打穿点距离。”

虽然很不情愿，尼奥金科还是跟了上来。不过有些事情正在改变。他们的太空服传感器开始检测到痕量氮气和氧气，而不再是高真空。仿佛通道内的空气正慢慢增多，他们听到的两次撞击声似乎是某个巨大的外星气闸发出的声响。

气压达到了一个标准大气压并在继续攀升，这时斯凯说：“前面有光。”

“光？”

“惨淡的黄光。不是我的想象。好像是墙壁本身发出来的。”

他关掉手电筒，命令尼奥金科也这样做。一时之间，他们几乎完全陷入了黑暗中。斯凯颤抖起来，他再次感受到育儿室灌输给他的对黑暗的恐惧，这种恐惧从未完全消除。但随后他的眼睛开始适应环境本身的光线，感觉就跟他们还开着手电筒差不多。实际上要更好，因为昏黄色的光线一路亮到他们前面很远的地方，照出了好几十米长的隧道。

"斯凯？又有别的变化了。"

"什么？"

"我突然感觉自己在往山下爬。"

他想笑，想挖苦尼奥金科，但这时他也感觉到了。肯定有什么东西把他的身体压向通道的一边。起初力度轻柔，但随着他继续向前爬（现在真的是在爬而不是飘了），它的力度也越来越大，最终他感觉自己好像回到了圣地亚哥号上，承受着它通过自转产生的人造重力。但这艘外星飞船既没在自转，也没在加速。

"戈麦斯？"

回复好一会儿才传来，而且信号微弱得难以置信："在。你在哪儿？"

"很深处。我们在指挥球附近的某处了。"

"我不这么认为，斯凯。"

"我们的惯性罗盘就是这么说的。"

"那罗盘肯定搞错了。你们的无线电信号来自中轴柱中部。"

他第二次感到了恐惧，但这次与没有光线无关。爬到船上那么远的位置需要相当长的时间，他们爬的这段时间差得很远。莫非是当他们在飞船内部的这段时间里，飞船以某种方式重塑了船体，有效地将他们送了过去？他觉得，无线电信号定位一定是正确的——戈麦斯肯定用三角测量法对他们的位置进行了相对精确的定位，尽管阻隔在中间的厚实船壳会让他的估计不那么精确。但这就意味着惯性罗盘几乎一进入飞船就一直在给出错误的结果。而且现在他们正穿过某种静态引力场——船体本身固有的，而不是由加速度或旋转产生的幻觉。它似乎能够根据轴的几何形状任意拖动它们。难怪惯性罗盘会给出错误的读数。重力和惯性是纠缠在一起的，这种关系是如此微妙，你很难单独扭曲其中之一。

“他们一定可以完全控制希格斯场，”尼奥金科惊讶地说，“真遗憾戈麦斯不在这儿。不然他现在应该有一套理论来解释这些了。”

希格斯场，尼奥金科提醒斯凯想起的这东西，是种被认为弥漫于所有空间、所有物质当中的东西。质量和惯性实际上根本不是基本粒子的内禀属性，而只是它们与希格斯场相互作用时，它们受到的阻力产生的效应——就像一个试图穿过满屋崇拜者的大明星所受到的阻力。尼奥金科似乎认为，这艘飞船的建造者已经找到了一种方法，可以让这位大明星一路畅通无阻，或者越发寸步难行。似乎这些建造者可以提高或降低崇拜者的密度，还可以限制或提高他们纠缠明星的能力。他知道，这种思考方式实在是粗糙得要命，戈麦斯或许有能力不借助隐喻，直接开始窥探机制，看到它光辉灿烂的数学核心——或许尼奥金科也行；但对斯凯来说这样已经足够了。建造者可以像操纵那暗淡黄光一样轻松地操纵重力和惯性，而且或许还是在不经意间。

自然，这也意味着他的预感是正确的。如果他可以从这艘飞船上的什么东西那里学到这种技术，想象一下它对大船团——或者，至少对圣地亚哥号——会有多大的帮助。多年来，他们一直试图减轻飞船质量，好把减速推迟到最后一刻。如果他们能像关灯一样，将圣地亚哥号的质量暂时消除掉会怎样？他们可以用百分之八的光速进入天鹅星太阳系，到最后再瞬间降低速度，在环绕旅途终点星的轨道上静止不动。即便无法实现那么剧烈的变动，只要能削减飞船的惯性，哪怕只有几个百分点，也足以让人欢欣鼓舞了。

外部空气压力现在已经超过了一个半标准大气压，不过现在上升得不那么快了。空气温暖，富含水分和其他一些微量气体，虽然无害，但在斯凯通常呼吸的空气中，其成分并不会以同样的比例存在。重力达到了平稳状态，半个地球重力；偶尔会跌到这个数值以下，但从未高于这个数值。先前暗淡的黄光现在亮得可以看书了。他们在通道中爬行，地板上时不时就有个凹陷，里面充满了浓稠的暗色液体。到处都有这种液体的痕迹：通道每一面都有些红色的污迹，像血。

“斯凯？我是戈麦斯。”

“大声点。我几乎听不见你说什么。”

“斯凯，听我说。五小时内我们就会有伴了。有两艘穿梭机正向我们靠近。他们知道我们在这里。我冒险向他们发射了雷达，用回波确定了距离。”

很好，换了他自己可能也会做同样的事情。“就这样。不要和他们说话，也别做出任何会让他们辨识出我们来自圣地亚哥号的举动。”

“快出来吧，好吗？我们现在还可以逃得掉。”

“尼奥金科和我还没完事。”

“斯凯，我想你没有意识到——”

他中断了联系，因为对眼前的情景更感兴趣。有什么东西正沿着同一通道向他们走来。那东西蠕动着它粉白色的肥硕身体，一拱一拱地向前，就像条蛆虫一般。

“尼奥金科，”他边说边举起了枪，指向通道前方，“我想，有人来欢迎我们上船了。”他有些好奇自己的声音听起来有多惊恐。

“我什么也看不见。不，等等——现在我可以看见了。噢。”

这个生物只有手臂大小，小得不足以对他们任何一人造成任何物理伤害。它没有任何明显构成威胁的器官，在斯凯看来它也根本没有颚。这个生物前面只有个皇冠状的褶边：半透明的卷须在前方挥舞。即便那些卷须有毒，他穿着太空服仍然是安全的。这生物看起来既没有眼睛，也没有可以操作工具的肢体。他对自己复述了一遍这些令人安心的观察结果，然后审视了下自己的精神状态，有点失望地发现自己仍然像之前一样惊恐。

但这条大蛆面对新来者倒似乎并不怎么惊恐不安。它只是停在原地，朝他们这边挥舞着那些鬼影般的卷须。这东西淡粉色的环节身躯泛起了更深的红色，然后某种鲜血般的红色分泌物从环节之间渗出，在它下方形成了一个血红的水洼。然后水洼本身又伸出些卷须，好像是朝着下坡的方向蠕行而前。斯凯感到眩晕，他对上下方向的感觉出现了偏移，似乎重力方向发生了局部变化。那些红色的液体像猩红的潮水般朝他们淌来，然后包围了他们的太空服，向上涌动。一时之间斯凯觉得自己被翻了过来，正在头朝下脚朝上地坠落。红色的面纱遮住了他的面甲，好像在寻找进入太空服的方法。然后它离开了。

重力恢复了正常。他惊魂未定，剧烈地喘息；他看着红色的水洼回到蛆虫身旁，然后又渗回到那生物体内。蛆体在短时间内成了大红色的，然后那红色慢慢褪去，它变回了粉红。

这时那条蛆做了件非常奇怪的事，不是在通道内转动身体，而是自身翻转，卷须从一端缩进身体，从另一端伸出。这生物就这么荡漾起伏着回到了通道的黄光深处。一切还原，恍如什么都未曾发生。

然后有个声音开始对他们讲话。那声音透过墙壁轰然而来，音量宏大如神，而且听起来极为深远，不可能是人类。

“有伴了真好。”那声音用葡萄牙语说道。

“你是谁？”斯凯说。

“拉戈。请过来见我吧，现在已经不远了。”

“那如果我们选择离开你呢？”

“我会难过，但我不会阻止你们。”

那上帝般的声音回音渐渐消失，一切又回到了蛆虫到来之前的样子。他们两人都在剧烈地喘息着，仿佛刚刚在冲刺猛跑一般。过了很久，尼奥金科才开口说话：“我们回穿梭机去。马上。”

“不。我们要继续前进，就当我们告诉拉戈了我们会去。”

尼奥金科抓住斯凯的手臂。“不！这太疯狂了。难道你把刚刚发生的事从你的短期记忆中抹去了不成？”

“我们被邀请进一步深入飞船，那个邀请者如果想要杀死我们的话，我们早就已经死了。”

“这个邀请者自称拉戈。哪怕奥利维拉……”

“奥利维拉其实并没有说拉戈已经死了。”斯凯努力不让自己的恐惧从声音里流露出来，“只知道他出事了。就我个人而言，我对找出那位邀请者的真身很感兴趣。还有这艘船——或者别的什么，不管是什么——能告诉我们的其他一切，我都很感兴趣。”

“好吧。那你就继续往前吧。我要回去了。”

“不，你要留在这里，跟我一起向前。”

尼奥金科犹豫了一下才回答：“你不能强迫我。”

“是不能，但我肯定会让你觉得那是值得的。”现在轮到斯凯把手放到了另一个男人的胳膊上，“发挥你的想象力，尼奥金科。这里必定会有些可以打破我们之前所有认知范式的东西。至少这里肯定有些东西可以让我们比其他飞船先到达旅途终点星，很可能甚至还可以给我们带来战术优势——在他们在我们之后抵达，并开始争夺领土权的时候。”

“你正身处一艘外星飞船上，而你满脑子只能想到像土地权争议这种人类内部微不足道的问题？”

“相信我，几年之内那些东西就不会显得那么微不足道了。”他把尼奥金科的胳膊抓得更紧了，都能感觉到太空服的多层面料在他的紧握下被压缩到一起。“想想吧，伙计！这一刻的影响可能遍及一切。我们今后的整个历史可能都会由此时此地发生的事情所塑造。我们不是小角色，尼奥金科，我们是大人物。抓住这时机，就在这一刻。开动脑筋想想，像我们这样的人，创造历史的人，会得到什么样的回报。”他的思绪飘回了圣地亚哥号，回到了他囚禁那个嵌合体渗透分子的密室。“我已经做好了长期计划，尼奥金科。即使局面变得对我们不利，我在旅途终点星的安全也有保障。如果那种情况发生的话，我也为你的安全做好了安排，属于你自己的安全措施。而如果局势的发展并未对我们不利，我可以让你成为一个有巨大影响力的人。”

“那如果我现在掉头，回到穿梭机上去呢？”

“我不会因此针对你，”斯凯轻声说道，“毕竟，这地方确实很可怕。但我也不再保证你在未来的岁月里能有安全的避难所。”

尼奥金科甩动手臂，挣开了斯凯的手，朝远处看了好一会儿，然后才做出了回答：“好吧，我们继续。但是我们在这里待的时间不能超过一个小时。”

斯凯点了点头，虽然这个姿态其实毫无意义。“我很高兴，尼奥金科。我就知道你是个明白事理的人。”

他们再度向前推进。现在前进变得更容易了，就好像通道一直在向下倾斜——沿着它滑下去就好，几乎完全不用费力。斯凯想起了那些红色液体在他周围流动的样子。对重力的局部控制精确到了如此境界，让那些液体看起来像是活的，流动的样子就像是被大大加速后的黏菌的运动。建造这艘船的生物不仅仅懂得如何改变希格斯场。它们可以像拨弄琴弦一般拨弄希格斯场，奏出美妙的音符。

他认为，不管它们是什么——不管它们是否全都长得像些蛆虫——它们一定比人类要先进好几百万年。在它们眼里，大船团肯定原始得可怕。也许它们甚至都不确定这些东西是智能思维的产物。不过这些小东西还是引来了它们的兴趣。

隧道连到了一个巨大的洞穴，洞穴周围是光滑的墙壁。他们出现在一道弧形墙壁的中下部，不过这个地方充满了浓到发腻的蒸汽，很难看到对面的情况。房间沐浴在似乎有股恶臭的黄光中，地板被盖在了一个巨大的湖泊下面，湖里满是红色的液体，肯定有许多米深。湖里有好几十条蛆，其中一些几乎完全潜在液面以下。它们当中许多个体的大小和形状都跟他们先前看到的那条差别不大。还有些比一个人还大得多，它们的末端卷须上长有些特殊的附肢，还有些多半是感觉器官的附器。这种大蛆中有一条正举起一根肉茎，用末端上一只与人眼类似的眼珠望向斯凯和尼奥金科。但还有条真正最大，比其他同类大得多的蛆虫端坐在湖中央，它那淡粉色的身体盘踞在水面上方，足有几米高，身长得有几十米。它把身体末端转向他们，那“头”顶上有一小圈卷须在空中摆动，像是蕨类植物的叶片。

在那“叶片”下方有张嘴，其尺寸相对这条蛆而言小得离谱。它的形状是人类嘴的形状，边缘是红色的，当它说话时——发出的声音巨大而洪亮——也形成了人类嘴巴发音时的形状。

“你好，”那东西说道，“我是拉戈。”

我把小瓶举到灯光下，片刻之后把它塞进了枪膛。那红色液体折射着光芒，这一刻还在缓缓流动，下一刻速度又快到令人目眩……它让我想起了卡洛奇号中心的那个红色湖泊。不过，其实从来没有什么卡洛奇号，不是吗？只有个更诡异的东西，鬼船神话比附其上，像只寄生虫。而且，斯凯的记忆难道不是一直都在，在我的脑海深处吗？我几乎在看到梦幻燃料的那一刻就认出了它。

我觉得，那个红色的湖里这东西多得能淹死人。

我把缔婚枪顶到自己脖子上，将梦幻燃料推进我的颈动脉。没有突如其来的兴奋，没有出现幻觉。从这个意义上而言，梦幻燃料不是毒品，它作用于整个大脑，而不专攻任何一个区域。它只是要阻止细胞衰亡，修复最近的损伤，让记忆重新清晰，重建最近断裂的连接路径。就好像是输入了一幅新近测绘的神经网络图，仿佛你的身体携带着一个比细胞图式本身变化更慢的场，萦绕其中。这就是为什么梦幻燃料能够轻松修复损伤和记忆，而无须药物本身了解任何生理学或神经解剖学知识。

“质量很棒的玩意儿，”拉特科说，“我自己只用最好的，伙计。”

“你是想说，从这里出来的东西并不都一样好吗？”斑马问。

“嘿，正像我说的。顶好的归基迪恩。”

拉特科带领我们三个人走过一连串歪歪扭扭的简易隧道。里面装有照明灯，粗粗铺上了地板，但基本上就是在坚硬的岩石中打出了条孔道。这复杂的隧道似乎钻回了渊堑的岩壁中。

“我近来一直听到些流言，”我说，“关于基迪恩的健康状况。有些人认为，这就是为什么他让些水货也卖到了街上。因为他病得太重了，没能力管好自己的供应线了。”

我希望我没有说出什么会暴露我对真实状况其实一无所知的话来。但拉特科只是说：“基迪恩还在生产药物。眼下只有这才是唯一重要的事情。”

“我要见到他才能确认，不是吗？”

“我希望你能意识到，他看着可不赏心悦目。”

我笑了。“这早就传得到处都是了。”

第三十六章

当拉特科带领我们走向基迪恩时，我允许下一集开始播放。至少看起来像是如此：斯凯生活剧集的上演时间现在可以由我自己决定，就好像我只是在挖掘三百年前的记忆，将它们按发生的时间排列，然后让下一批故事涌入我的脑海。再也没有什么刺目的陌生感了。就好像我对到底将要发生什么事情已经多少有些了解，不过只是最近没怎么想到那些事而已；就像是一本书，虽然我已经很久没有打开，但里面的故事永远也不可能再让我大为惊讶。

斯凯和尼奥金科正从他们钻出来的通道往下爬，在洞穴光滑的荷叶边侧壁上爬了一段之后，最终他们站在了那红色的湖泊旁。

盘踞在湖中，离他们有几十米的那条巨蛆刚刚自我介绍说，它是拉戈。

斯凯让自己镇定下来，准备面对一切挑战。他有种巨大的恐慌和怪诞的感觉，但他又有种自信，他注定会从这个地方活着出去。

“拉戈？”他说，“我不明白。据我所知，拉戈是人类。”

“我也是拉戈之前的那个存在。”声音虽然很大，但很平静，奇异地显得毫无威胁。“这很难用拉戈的语言说出来。我是拉戈，但我也是旅行大无畏。”

“拉戈遭遇了什么？”

“那也不好解释。抱歉。”那条蛆停下了，有若干加仑[1]的红色液体从它体内涌出，流入湖中，然后有更多的液体向上流进蛆体。“好些了。好多了。让我解释下。在拉戈之前，只有旅行大无畏。旅行大无畏的帮手蛴螬，还有虚空巢穴。”卷须似乎往洞穴的侧面和顶部指了指。“但随后虚空巢穴受损，许多可怜的帮手蛴螬不得不……在拉戈的脑海里没有这个词。分解？溶解？降解？但并没有完全消亡。”

斯凯看了看尼奥金科，自从进了房间他一言未发。“在你的飞船被损坏之前发生了什么？”

“啊对——飞船。就是这个词。不是虚空巢穴。飞船。好多了。”那张嘴露出个恐怖的笑容，又有些红色液体从这生物的身上流出，雨点般落下。“那是很久以前的事了。”

“从头说起吧。你为什么要跟踪我们？”

“‘我们’？”

“大船团。另外的五艘飞船。另外五个虚空巢穴。”尽管心怀恐惧，他还是感到愤怒。“天啊，这没那么难懂吧？”斯凯举起拳头，然后依次伸出五根手指。“一，二，三，四，五。明白了吗？五个。还有另外五个虚空巢穴，建造者是我们——人类，像拉戈一样的——而你选择跟踪我们。我想知道为什么。”

“那是在损坏之前。损坏后，只有四个虚空巢穴。”

斯凯点点头。那么，它多少明白伊斯兰堡号发生了什么。“意思是你也不记得了吗？”

“记不得，不太清楚。”

1. 英美制容量单位，英制 1 加仑等于 4.546 升。

“好吧，你尽量回忆。你是从哪儿来的？是什么让你盯上了我们的大船团？”

“有太多的空白。太多了，旅行大无畏无法一路回忆过去。”

“你不必一路追忆。只要告诉我你是怎么变成现在这状况的。”

“曾经有一段时间，周围只有蛴螬，尽管有许多虚空。我们寻找其他种类的蛴螬，但什么也没找到。”斯凯认为，这话的意思是，曾经有一段时间，旅行大无畏的族类在太空中穿行，但没有遇到任何其他形式的智慧。

“这是多久以前的事了？”

“很久以前。转了一圈半。”

一股对宇宙的强烈敬畏让斯凯寒毛倒竖。也许他错了，但他强烈怀疑，这条蛆所指的是银河系的旋转；一颗普通的，距银河系中心的距离和这个位置相当的恒星围绕银心运行一周所需的时间。

沿这样的轨道运行一圈要超过两亿年……这意味着“蛴螬”的种族记忆——如果真是如此的话——包含了超过三亿年的太空旅行。三亿年前，恐龙甚至在进化画板上都还没被绘出草图。这么久远的时间让人类以及人类所做的一切看起来不过像是大山顶上的一层薄尘。

“继续往下讲。”

“然后我们找到了其他种类的蛴螬。但是它们不像我们。实际上，一点也不像蛴螬。它们不想……包容我们。它们就像一个虚空巢穴，但……空的。只有虚空巢穴。”

一艘没有生物乘员的飞船。

“机器智能？”

那张嘴又笑了。样子真的很丑恶。“是的。机器智能。饥饿的机器。吞吃蛴螬的机器。吞噬我们的机器。”

“吞噬我们的机器。”

我琢磨着那条蛆说出这话的方式，仿佛这一切都是现实令人不快的一面，一些不得不忍受，而且实际上不能归咎于任何人的糟糕事情。我回忆起了我想到蛆虫的这种失败主义思维方式时的厌恶之情。

不——那不是我的厌恶之情，我告诉自己。那是斯凯·奥斯曼的。

我是对的——不是吗？

拉特科领着我们仨穿过梦幻燃料工厂中粗粗开掘出来的隧道。我们时不时会穿过些宽敞的房间，里面灯光昏暗，穿着灰色光滑罩衣的工人俯身在工作台上，台面上布满了密集的化工设备，看起来就像些微型玻璃城市。屋子有些巨大的蒸馏罐，里面是不知多少升闪动着幽暗光泽的血红色梦幻燃料。在生产线的末端是一排排的架子，上面摆满了药瓶，整整齐齐地等待分发。有许多工人戴着护目镜，其样子和拉特科戴的差不多，那些特殊镜片在生产过程中随着执行一项项任务咔嚓咔嚓地转动到不同位置。

“你要带我们去哪儿？”我说。

“你想喝一杯，不是吗？”

奎伦巴赫低声说：“我想他是带我们去见那位大人。那位大人掌控着这一切，所以别小看他——哪怕他确实抱有一大套相当古怪的信念。”

“基迪恩？”斑马问。

“噢，那是其中一部分。”拉特科显然是误解了她的意思。

我们又穿过了一系列的生产实验室，然后被带进了一间办公室，屋子里的墙壁是裸露的，有位干瘪的老人躺在——或者是坐在，我一时间分不太清——一张破旧不堪的巨大金属桌子前。他身下像是张轮椅：一个古怪的黑色装置，造型粗犷，有装甲板，内部正在微微沸腾，蒸汽不断从漏气的阀门中咝咝喷出。椅子后方有些馈线连到墙上。看得出来，当他需要四处走动时，轮椅可以与馈线分离，靠下面那些框架式的曲辐条轮子支撑着它在地上滑行。

那人的身体在厚厚的镀铝毯子遮盖下，很难看清。毯子里露出了两条瘦骨嶙峋的胳膊，左手横搭在他的大腿上，右手正摆弄着轮椅那边扶手上的一堆黑色控制杆和按钮。

“你好，”斑马说，“你一定就是那位大人了。”

老人看向我们，一个一个地看遍了所有人。这位大人的脸瘦得皮包骨头，有些地方的皮肤几乎薄得像是羊皮纸，所以他有种奇怪的特质，仿佛是半透明的。但此人仍然有种英挺的气息，当最后他看向我的方向时，那双眼睛让我感觉好似两片锋锐无比的星际碎冰。他的下巴很结实，几乎是在蔑视般高高扬起。他的嘴唇颤抖着，好像要做出回答。

但实际上，他的右手在那片控制装置间移动起来，按动若干控制杆和按钮，动作敏捷得让我吃惊。他的手指虽然很细，但此时看起来却像秃鹫的爪子一样，强壮而危险。

他把手从操纵杆上拿开。座椅里开始出现了些响动，一阵机械开关时快速而嘈杂的咔嗒声。嘈杂声停止后，椅子开始发声，用一系列类似编钟音响的汽笛声合成出他的话语——如果你集中注意力的话可以听得懂的话语。

“自然是。我能为你做什么？”

我惊奇地盯着他。我设想过基迪恩的样子，把他想成过种种奇形怪状的模样，但我从来没想到过会是这个样子。

“你可以给我们提供些喝的，拉特科答应了的。”我说。

那个人点点头，这个动作至少得说是非常简练的，然后拉特科走到办公室的一角，那里有个食橱，嵌在岩石壁龛当中。他拿着两杯水回来了。我把我那杯一饮而尽。味道不算太糟糕——考虑到它可能片刻之前还是蒸汽的话。拉特科也给斑马送上了饮品，她接了过去，脸上带着明显的疑虑，但口渴显然盖过了对我们可能中毒的担忧。我把空杯子放在那张破旧的金属桌上。

“你和我想象的不太一样，基迪恩。”

奎伦巴赫推了我一下。“坦纳，这位不是基迪恩。他是，嗯……”他的声音越来越小，然后停了一下才犹豫不决地说，“就我说过的，那位大人。”

那人在椅子上敲下了一组新的命令。有更多的咔嗒声——持续了大约十五秒——然后那个声音再度响起：“不，我不是基迪恩。但是你多半听说过我。是我创造了这个地方。”

“指什么？”斑马说，“这片隧道迷宫？”

椅子处理好下面的话之前又停顿了好一会儿。“不，”这个人说道，“不，不是这片隧道迷宫。是这整座城市。整个星球。”他让椅子说到这里暂停了一下。“我是马可·菲利斯。”

我想起了奎伦巴赫刚刚告诉我的那些：这个人抱有一大套相当古怪的信念。嗯，现在这无疑符合他的描述。但我情不自禁地对这个坐在蒸汽驱动轮椅上的男人隐隐产生了几分共鸣。

毕竟，我也不确定自己到底是谁了。

“好吧，马可，”我说道，“回答我一个问题吧。是你在管理这个地方，还是基迪恩在负责？说真的，基迪恩实际存在吗？”

椅子噼里啪啦一阵响动。“哦，绝对是我在管理，这位……”他另一只手轻轻一挥，就把我的名字给省去了，中途停下来问我名字确实太麻烦了。“但基迪恩是存在的。基迪恩一直都在这里。没有基迪恩，我也不会在这里。”

“好吧，那你为什么不带我们去见见他呢？”斑马说道。

“因为没必要。因为没人能见到基迪恩，除非有非常特殊的理由。你们所有的业务都是跟我做的，为什么要把基迪恩牵扯进来？基迪恩只是供货的，他什么都不知道。”

“我们还是想和他谈谈。”我说。

“我很抱歉。那不可能。根本不可能。”他让轮椅后退，离桌子远了些，那些硕大的曲辐轮辘辘滚过地板。

“我还是想见基迪恩。”

“嘿，”拉特科走上前来，挡在了我和那个认为自己是马可·菲利斯的人中间，“你已经听到那位大人的话了，不是吗？”

拉特科动手了，但他是个业余的。我把他撂倒在了地上，他前臂骨折，痛苦呻吟。我示意斑马俯下身，拿过拉特科之前准备抽出的枪。现在我们俩都有武器了。我拔出了自己的枪，而斑马则用另一把枪瞄准了菲利斯——或是其他的什么人，不管他到底是谁。

“计划是这样的，”我说，“带我去见基迪恩。或者一边痛哭流涕一边带我去见基迪恩。听起来如何？”

他在另外一组控制装置上一番按动推拉，让轮椅自动断开了和蒸汽供给管道的连接。我猜这把椅子上可能装有武器，但我不认为它们的动作快得可以帮上他。

“这边走。”椅子又嘈杂了一小会儿之后，菲利斯说道。

他带着我们穿过了更多的隧道，这些隧道又是盘旋而下的了。轮椅飞快地一阵阵喷出蒸汽驱动自己向前推进，菲利斯驾驶它的手段高超，转过岩石间狭窄的弯道也游刃有余。我对他很好奇。奎伦巴赫——或许还有斑马——似乎都认为他有妄想症。但如果他不是他所声称的那人，那他又是谁？

“告诉我你是怎么到这里来的。”我说。告诉我这和基迪恩有什么关系。

又是好一阵咔嗒声。“说来话长。幸运的是，我经常被要求把这个故事再讲一遍。因此我准备好了下面这套预编程语句。”

椅子又发出些咔嗒咔嗒的声音，然后那个声音开始重述：“我出生在黄石星上，于钢铁子宫中被创造出来，由机器人抚养长大。那是在我们能够将活人从一个星球运送到另一个星球之前。你必须从冷冻的卵细胞中生长出来，被已经到来的机器人哄着活过来。”菲利斯是个后美利坚人；这点我倒是早就知道了。那发生在很久很久以前，甚至在斯凯·奥斯曼的时代之前，那么久之前的事情，至少在我看来，已经开始跟帆船、征服者、集中营和黑死病大致所在的那段历史接轨了。

“我们发现了渊堑，”菲利斯告诉我，“这件事本身就很奇怪。没人从地球那边看到过它，即使用最好的仪器也不行。这一地貌特征太小了。但当我们开始探索我们的世界时，它就出现了。行星地壳上的一个深洞，喷出热能，还有些混合气体，我们可以由此开始制造出空气。

“从地质学角度来看，这很不合理。哦，我看过这些理论——在遥远的过去，黄石星肯定曾与一颗气态巨行星遭遇，承受了巨大的潮汐力，然后地核中的大量热能必然要渗透到地表，通过像渊堑这样的喷口逸出。这或许有一定道理，但绝非事件全貌。它不能解释渊堑的奇怪之处，解释不了为什么那些气体与大气层中别的气体有这么大的不同：更温暖，更潮湿，毒性低好几个档次。它几乎就像张名片。它确实就是那么独特。我得搞清楚这是怎么回事。于是我钻下去想要看看那底下到底是什么。”

他坐着一架“大气层探索者”进入了这个深渊，盘旋而下，渐行渐深，直到大大深入雾层。雷达使他免于撞向两侧，但这仍然十分危险；飞到中途，他的单座飞行器发生了电力故障，导致它沉得更深。最终他降到了谷底，在地面以下三十千米的位置。飞船降落在一层铺满了整个渊堑底部，堆叠得不算太紧密的砾石上。自动修复程序已经启动，但飞船恢复将他带回地表的能力还得好几十个小时。

由于无事可做，菲利斯就穿上了一套大气探险服——专为应对极端的压力、温度和化学物质所设计的——并开始探索那层砾石。他称之为“岩屑层”。温暖、潮湿、富含氧气的空气正从岩石缝隙中源源涌出。

菲利斯从砾石中找路爬了下去。周围热得危险，他好几次险些摔死，但他都成功地站稳了身子，一路往下钻了好几百米。岩屑层层叠叠，但其间总有些空隙让他可以挤过去，总有些地方可以让他固定岩钉和绳索。他时时都想到死亡，但那对他只是个抽象的东西。第一批出生的后美利坚人一直都不必去理解死亡；他们还从来不曾不得不看着其他人变得比自己更加衰老，然后死去。他们对死亡这种东西还从不曾有过痛彻心扉的领悟。

幸好如此。因为如果菲利斯对所面临的风险有更好的了解，以及对死亡意味着什么有更准确的理解，他很可能就不会像现在这样深入碎石之中。

他也永远不会发现基迪恩。

斯凯认为，蛴螬肯定曾在太空中扩张，直到遇上了另一个物种——某种机器人，或是半机械的智能生命。

渐渐地，他从旅行大无畏那冗长乏味的讲述中提炼出了大体上连贯的故事。数百万年来，蛴螬一直保持一种天真而和平的星际文明，直到它们遭遇了那些机器。蛴螬自身向着太空扩张的原因晦涩难解，旅行大无畏没法解释清楚，只能让我明白那与好奇心或对资源的需求都没有什么关系。似乎蛴螬们就是要这么做，这是在远古的进化中就被写入了它们底层的命令。它们对技术或科学本身都没有太大的兴趣，似乎是靠着它们很久以前在种族记忆中获得的技术得过且过，技术背后的原理则早已被它们遗忘。

当它们的外围殖民地遭遇那些吃蛴螬的机器时，它们的表现不出预料地不好。那些蛴螬吞噬者开始慢慢侵入蛴螬们所在的太空，迫使这个外星种族改变已被锁死僵化了数千万年的行为模式。为了活下去，蛴螬们首先必须明白它们正遭受迫害。

仅仅理解这点就花了一百万年。

然后，它们以冰河般的迟缓节奏开始行动——如果不反击，那么至少要发展出生存战术。它们放弃了它们在星球地表的居所，完全撤离到星际空间，以便更好地躲避那些蛴螬吞噬者。它们建造了像小行星一样大的虚空巢穴。渐渐地，它们遇到了其他种族的幸存者，那些外星生物同样遭遇了蛴螬吞噬者的迫害——虽然它们各自对那些魔鬼有着不同的称呼[1]。蛴螬们会随意取用适合自己需求的技术，但通常都懒得去理解这些技术。对重力和惯性的控制技术来自一个名为“筑巢者”的共生种族。一种即时交流的方式传承自一个自称为“跳线小丑”的文明。当蛴螬们询问同样的原则是否可以扩展到瞬时旅行时，它们受到了严厉的警告。对跳线小丑来说，超光速通信和超光速旅行之间的细微界限是神圣不可逾越的。一边的使用只要在严格规定的范围内是可以接受的，另一边则是无法形容的堕落之行；这个设想实在太过恶心，足以让有教养的跳线小丑在厌恶中萎谢，甚至死亡。

只有最原始的年轻物种才无法领会这种差别。

但尽管蛴螬和它们松散的同盟掌握的科技那么多，却一直都不足以打败那些机器。蛴螬吞噬者总是更快，总是更强。有机体们偶尔会取得些胜利，但总的趋势仍然是机器会赢。

1. 人类和天幕人称之为“遏制者”。关于它们的设定详见《天启空间》。

斯凯正在琢磨这些的当口，戈麦斯又打电话过来了。尽管信号微弱，他声音中的急迫感还是十分明显。

“斯凯，坏消息。那两艘穿梭机发射了一对无人机。可能只是摄像机，但我猜上面搭载着反碰撞武器。从轨迹来看加速度很高，大约十五分钟就会到达我们这里。”

“他们不会这么做的，”尼奥金科说，“在弄清楚这里发生了什么之前，他们不会攻击我们。那样会冒摧毁整个大船团飞船的风险，船上可能，嗯，就像我们之前以为的那样，可能载有幸存者和补给品。”

“不，”斯凯说，“他们会这么做的——哪怕只是为了阻止我们得到那些他们认为这艘飞船上会有的东西。”

“我不相信。”

“为什么不？换了我也完全会这样做。”

他告诉戈麦斯按兵不动，然后挂断了电话。他本以为他们还有几分之一天，现在这段时间已经被压缩到了不到四分之一小时。这点时间很可能已经不够他们回到穿梭机上然后逃之夭夭了，哪怕中途没有需要突破的障碍也是。但做些别的事的时间还是有的。事实上，是时候听听旅行大无畏还有什么要说的了。那可能会让结果大大不同。他努力不去考虑正在一分一秒流逝的时间，正在飞速逼近的导弹，叫蛴螬继续讲述它的故事。

蛴螬十分乐意。

*

“看，基迪恩。”坐在轮椅上的那人突然用一连串指令打断了他的故事。

我们到达了一个天然洞窟，高居于岩壁一侧。这里有片平坦的突起，面积足以容纳轮椅。我考虑了下要不要把菲利斯推下去，但边上有一圈看起来很坚固的安全栏杆，上头只有一小段开口，可以从那里进入一个外面有保护笼的螺旋形楼梯，楼梯一直通到洞穴的最底下。

“他妈的。”奎伦巴赫越过边缘往下望去的同时脱口而出。

“你总算找到窍门了。”我说。

我觉得，我也会和奎伦巴赫一样震惊的，要不是斯凯在卡洛奇号里的发现给了我个事先预警的话。下面有一条蛆——我想比斯凯看到的那条蛆还要大——但它是孤身一虫，没有助手蛴螬。

“这可大大出乎我的预料。”斑马说。

“出乎任何人的预料。”坐在轮椅上的人说。

“拜托，有人能告诉我那他妈的是什么吗？”奎伦巴赫说话的样子就像是他的理智已然崩溃，只能紧紧抓住最后一点残片。

“就目前所看到的，”我说，“是一个巨大的外星生物。而且它是有智能的，特殊形式的智能。这些外星生物管自己叫作蛴螬。”

奎伦巴赫咬紧牙关，从牙缝里一字一字地挤出话来：“你，怎么，知道？”

“因为我以前有幸见过一个。”

“什么时候？”斑马问。

“很久很久以前。”

奎伦巴赫听起来像是到了崩溃边缘。“你把我说糊涂了，坦纳。”

“相信我，连我自己也不确定自己真的相信事情就是那样。”我冲菲利斯点了点头。“你和它——这条蛆——你们之间有特殊的关系，是不是？”

轮椅咔嗒作响。“这真的很简单。基迪恩给出我们需要的东西。我让基迪恩活着。还有比这更公平的吗？”

“你会折磨它。”

“有时它需要些激励，仅此而已。”

我又低头看了看那条巨蛆。它躺在金属容器当中，那是个四边陡峭的浴缸，浸在齐膝深的液体中，那些液体看似咸水，颜色黝黑，就像是乌贼的墨汁。它被铁链锁在原地，四周都被脚手架和过道笼罩。有些看不清形状的工业风机械被挂在龙门吊上，等待着从蛆上方跨过。它从头到尾若干不同位置都被插进了电缆和输液管线。

“你是在什么地方发现它的？”斑马说。

“喏，就在这里，”菲利斯告诉她，“它在一艘飞船的残骸当中。飞船在大约一百万年前坠毁在了渊堑的底部。一百万年。但对它来说不算什么。飞船尽管已经损坏，飞不起来了，但还是让它一直活了下来——处于半冬眠状态。”

“飞船只是坠毁在这里？”我说。

“远不只如此。它在逃避什么。具体是什么，我从来没有真正搞清。”

我打断了轮椅发出的后续声响。“让我猜猜。一个有知觉的种族，一群杀人机器。几百万年来，对方一直在攻击它的种族——还有其他的种族；从一颗恒星到另一颗恒星，不断追杀。最终，蛴螬们被赶进了星际空间，躲藏起来，远离星光。但一定有什么东西驱使这条来到了这里——一项间谍任务，或是其他什么。”

他给轮椅敲进了一段新的话语，用汽笛声问出：“你怎么会知道这些？”

“就像我刚刚告诉奎伦巴赫的，我和那些蛆的渊源可以追溯到很久很久以前。”

我回想起了斯凯的记忆，那条蛴螬告诉他的事情。那些逃亡的物种渐渐明白，它们为了生存必须躲藏起来，而且要藏得很高明。有些太空区域近来都没有出现智能生命——超新星爆炸或中子星合并让那里成为不毛之地——这些被清扫一空的区域成为最好的藏身之所。但还是有危险。智能总是会自己冒出来；新的文明总是会不断发展，并向太空扩张。正是这些生命的爆炸式发展会引来那些掠杀机器。那些机器在有可能诞生智能的太阳系周围布置了自动观察设备和陷阱，一旦新的太空文明偶然碰了上去，机器就会被触发。因此，蛴螬和它们的盟友——寥寥无几的幸存者——变得极度偏执，对新生生命的迹象万分警惕。

蛴螬们从来没有真正关注过地月系。对它们来说，好奇心也是件需要刻意努力才有的东西，直到地球周边的智能生命迹象变得十分明显，蛴螬们才勉强让自己打起兴趣来。它们观察、等待，看看人类是否会尝试涉足星际空间；它们等了好几个世纪，好几千年，仍然什么都没有发生。

但那之后发生了些非同小可的事情，而且并不是什么好事。

菲利斯从基迪恩那里得知的东西与斯凯在卡洛奇号上所得知的完全吻合。菲利斯遇到的蛴螬被追杀了好几百光年——时间跨度长达几个世纪——追杀者是同一个敌人。敌方的飞船比蛴螬的飞船移动得更快，它们转弯可以更急，加减速可以更剧烈。敌人让蛴螬对动量和惯性的掌握看起来极为笨拙。然而，尽管那些杀人机器又快又强，但它们也有局限性——称之为盲点可能更准确——并且上千年来早已被蛴螬们记录在案。这群杀手其他方面效率极高，唯有重力感应技术粗糙得令人惊奇。蛴螬的飞船有时候可以隐藏在更大的质量附近——或内部，以其为掩护来躲过攻击。

杀戮机器迅速逼近之际，基迪恩发现了这颗黄色的行星，看到了机会。它定位看到那直通地下深处的地貌特征之时，心中涌出的情感非常近乎欣喜于邀天之幸——在它的神经生理学允许的范围内。

敌人靠近了，用远程武器向它发起攻击。但蛴螬把它的飞船藏到了这颗行星的卫星后面，反物质弹的齐射只在卫星表面凿出了一连串的陨石坑。蛴螬一直等到月亮的位置可以让它隐蔽地飞速下降到大气层中，然后就钻进了渊堑——它从太空观察到的可以藏身之处。它用自己的武器将裂缝扩大并加深，一路朝着地壳里越钻越深。幸运的是，浓厚的有毒大气掩盖了它的大部分行动。但前进的途中它出现了一次可怕的失误，它突出船外的防护丝束擦碰到了陡峭的岩壁。数十亿吨的碎砾轰然倒塌，将它埋在了下面，而它原本只想躲上一会儿，躲到杀手飞船离开这里去寻找下一个目标。它原本预计顶多也就等上个一千年，不过眼睛一睁一闭的工夫——在蛴螬们看来。

实际上，经过了比那要长很多的时间之后，才又有一个人来到这里。

“它一定很期盼你找到它。”我说。

菲利斯回答：“是的。它认为，到那会儿敌人一定已经走掉了。它利用飞船显示自己的存在，改变渊堑中气体的成分比例，并给它们加热升温。它还发出了其他信号——奇异的辐射。但这点我们甚至完全没有察觉。”

“我认为，其他的蛴螬也没有。”

“我认为，它们在很长一段时间里仍然保持着联系。我在它的船上发现了一样东西——一些看起来跟飞船格格不入的东西。那东西完好无损，而所有其他的看起来都有些饱经沧桑，开始失效的迹象。它就像个闪闪发光的蒲公英球，直径大约一米，在它的专属房间里飘在空中，靠环抱它的力场悬浮。很美，看上去令人着迷。”

“那是什么？”斑马问。

他预判了她的问题。“我试图自己找出答案，但我得到的结果——基于我能够运行的有限的、极其粗糙的测试——是矛盾的，自相抵牾。这东西似乎密度惊人，能让太阳中微子的行进轨迹突然终止。它扭曲周围光线的方式表明存在一个巨大的引力场，然而那里什么也没有。它只是飘浮在那里。几乎是触手可及，只不过它周围有一道会让你的手指感到刺痛的屏障。”

菲利斯在轮椅说话的同时一直在输入新的一系列指令，他的手指迅捷轻快得好似一个正在弹奏琶音的钢琴家。“当然，我最终还是搞清楚了那是什么，但完全是靠说服了那条蛴螬告诉我的。”

“说服？”我啧了一声。

“它拥有大致相当于我们的痛觉感受器的东西，它的神经系统中也有负责产生类似于恐惧和恐慌的情绪反应的区域。只是个定位问题。”

“那么，那东西到底是？”斑马问道。

“一种通信设备，但非常独特。”

“超光速的？”

“不完全是，”在惯常地停顿片刻之后，他回答了我的问题，“无疑不是你心目中的那种。它根本不发送或者接收信息。这台设备以及其他蛴螬船上的同类设备，不需要那么做。它们当中业已包含了所有将会收到的信息。”

“我吃不准我有没有听懂你的话。”我说道。

“那么让我把刚才的话重新措辞表达一下。”菲利斯说。这段回复肯定也是他事先编好的。“它们的所有通信设备，每一台当中，都已经包含了需要传送给这艘飞船的每一条信息。这些信息被锁定其内，不过在预定的发布时刻之前是不可访问的。有点像古代远航船上定时定点开启的封缄密令。”

“我还是没明白。”我说。

斑马点点头。“我也一样。”

“听着。”那人在椅子里往前探了下身——这东西一定费了他很大的力气，“其实很简单。蛴螬保留了它们在种族的整个历史中发送的每一条信息的记录。然后，在它们遥远的未来——也是我们遥远的未来——它们将这些记录融合，制成了某种东西。那到底是什么，我一直也没有搞明白，只知道是某种隐蔽分布于整个银河系中的机器。我得承认，我一直没弄懂细节。只有名字是清楚的，即使如此，翻译顶多也就是差得不太远。”他停了下来，用他那异常冰冷的双眼看着我们。“银河终极记忆体。它是——或者说，将会是——某种巨大的活档案。我认为，它现在就存在，只是并不完整：仅仅是几百万或几十亿年后它将会成为的那个存在的一个框架。然而，问题的关键很简单。那份档案——不管它是什么——超越了时间。它与自己过去和未来的所有版本保持联系，直到我们当下的时代，并且会探及更久以前的历史。它不断地上传下载数据，无止境地进行迭代。而蛴螬的那台通信设备，据我所知，是和它酷肖的一个子体，那份档案的一个微小片段，只携带了它和少数同类之间的交流信息，打好了时间标签。”

“是什么阻止了蛴螬们在信息发出之前就阅读内容，然后设法避免未来某些事件的发生？”

这个问题又一次被菲利斯预见到了。“它们办不到。这设备中的信息都是加密的，没有密钥就无法获取。巧妙之处就在于此。密钥本身，就这条蛴螬所知，似乎是那个瞬时的宇宙引力背景辐射。当蛴螬将某条信息输入通信设备时——它们存储信息的方式也是如此——该设备会感应到宇宙的重力心跳，沿着螺旋线彼此靠近的脉冲双星发出的嘀嗒信号，远方星系中心黑洞吞噬恒星时发出的低沉呻吟。它将所有这一切尽收耳中，然后创建出一份独一无二的签名：一个用来加密所输入信息的密钥。每个设备上都携带着这些信息，但它们并不能被读取，除非设备确信引力背景完全相同。或者几乎相同——当然，它必须考虑到信息接收者的空间位置精度问题。看起来这些措施让这些设备的有效范围广达几千光年，一旦它们和主体被分开到超过这个距离，它们就再也无法识别背景信号是否正确了。任何试图伪造背景辐射，根据已知的宇宙质量分布试图预测未来引力信号的尝试——嗯，看起来从来都没成功过。似乎那些设备会干脆崩溃，失去作用。”

在从前的几个世纪当中，这条蛴螬一定还能够与它远方的盟友多少保持联系。然后，它开始接近自己船上通信设备的信息存储极限，并且开始只偶尔才进行信息传输。据说，敌人也能访问这些信息，敌人有自己的设备副本，所以使用这些设备总是有危险的。在它被追杀的时候，它以为自己够孤独的了，但是现在它开始明白，自己还从来没有真正了解过孤独。孤独是种冷酷无情的强大力量，就像是压在它上面的岩山。然而，它一直保持着理智，靠让自己每隔几十年就与盟友对话一下，保持着某种脆弱的亲情联系，让自己依然在蛴螬们那宏大的外交舞台上扮演着一个小角色。

但菲利斯把蛴螬移出了飞船，切断了它和通信设备的联系。那一定是这个生物真正陷入蛴螬式疯狂的开始。

“你在压榨它，对不对？”我说，“从它身上榨出梦幻燃料。不仅如此，你还利用它的孤独和恐惧。你把那些感受提炼出来，然后出售。”

菲利斯用汽笛声作答：“我们将探测器植入它的大脑，读取它的神经模式。用腐锈带上的一些软件进行运行处理，我们就可以将其提炼成人类能领会的东西。”

“他在说什么？”斑马问。

“体验棒，”我说，“黑色的，靠近顶部有一个小小的蛆形图标。事实上，我试用过一根。当时我不知道会感觉到什么。”

“我听说过，”斑马说，“但我从未体验过，我甚至不确定那是否只是个都市神话。”

“不，是真的。”我想起了当我在斯特列利尼科夫号上体验那根体验棒时，它塞进我大脑的那些混沌的情绪。最主要的感觉是幽闭状态带来的可怕的、令人窒息的恐惧；然而，还有种感觉深藏在这种令人作呕的感觉的地基之下，那就是无论这令人恐惧的幽闭空间有多么令人压抑，它都比外面那会被捕食者追杀的虚空要好。此刻我仍然能体会到那体验棒灌输给我的恐惧，那风味有点怪异，但能被辨识出来。当时我难以理解为什么人们会花钱去体验这样的东西，但现在一切看起来都变得合理了许多。那一切都是为了获得极端的体验，只要能钝化无聊的利刃，什么都好。

“他这样做能得到什么？”斑马问。

“从痛苦中解脱。”菲利斯说道。

我看到了他此言所指。在填满了水箱底下的黑色泥浆中，有些穿着灰色衣服的工人，拿着样子类似巨型赶牛棒的东西在哗啦啦地四下转悠。他们膝盖以下都淹没在那些黑色的玩意儿当中。时不时当中会有个人用赶牛棒的尖头往巨蛆灰色的身体侧面上一戳，导致它那软式飞艇般的巨躯上泛起一阵痛苦的涟漪。淡红色的药物原液从它银色斑驳外皮上的毛孔中喷出。一名工人挪移位置，用一个烧瓶接住那些液体。

它另一端的嘴部发出了一声刺耳的响亮尖叫。

“我猜，它从前不是像这样制造梦幻燃料的。”我感到一阵恶心，“那到底是什么？某种生物机械？”

“我想是的。”菲利斯回答时尽力表达出了一点点他对这个问题的兴趣，“毕竟，就是它把融合疫带到这里的。”

“带到这里？”斑马说，“可它已经在这里待了千万年了。”

“是的。可在那段时间里，它一直处于休眠状态，直到我们到达，在地表上跑来跑去，建起了我们那些可怜的小定居点和城市。”

“它知道它携带着疫病吗？”我问道。

“我很怀疑。它很可能会在毫无知觉的情况下带上了这种瘟疫，一种它早已适应的古老传染病。梦幻燃料可能只比瘟疫稍微晚一点，那是它们进化出或者自己设计出的一种保护措施：由它们身体不断分泌的微型机器组成的活汤剂。这些机器对瘟疫免疫，能控制它的蔓延，但它们做的还远不止这些。它们治疗和滋养它们的宿主，在宿主跟它的附属蛴螬之间传递信息……我认为，到头来它已经成为宿主的重要组成部分，宿主离了它就活不了的那种。”

“但不知怎的，瘟疫传到了这座城市。”我说，“你在这儿待了多久了，菲利斯？”

“自我发现它以来，已经过了将近四个漫长的世纪。当然，融合疫对我来说毫无意义——我身上没有它能伤害的东西。相反，它的梦幻燃料——它的血液——让我活了下来，无须获得任何其他延寿疗法的帮助。”他用手指抚摸着盖在他身上的银色毯子。“当然，老化过程并没有完全停止。梦幻燃料是有益的，但绝不是奇迹疗法。”

我问了个问题：“那你从来没见过渊堑城？”

“不——但我知道发生了什么。”他冷冷地看着我。在他目光的审视下，我感觉自己的体温都下降了几摄氏度。“我预见到了。我知道那会发生；我知道，这座城市将会变得面目狰狞，恶魔和食尸鬼充斥其中。我知道我们最机灵、最敏捷，也最微小的那些机器会掉头反对我们，侵蚀我们的思想和肉体，产生邪恶与可憎之物。我知道总有一天，我们会不得不回头使用更简单的机器，那些古旧粗陋的设计。”他愤愤不平地竖起一根手指。“这一切我都预见到了。你们难道以为我能在短短七年之内设计好这把椅子？”

我看到在巨蛆的另外那头，有个站在栈道上的工人正探出身子，手里拿着把看起来像是链锯的东西。他正在从基迪恩的背上割下一块巨大的痂皮，七彩斑斓的痂皮。

我看了看我大衣上那些斑驳的补丁。

“很好，菲利斯，”斑马说，“在我们启程上去之前，我能不能最后再问你一个问题？”

菲利斯将他的回答敲入椅子：“什么？”

“你有没有预见到这个？”

然后斑马抽出枪来，朝他开火。

在回去的路上，我将菲利斯向我所展示的，以及我从斯凯的记忆中了解到的东西放到一起琢磨。

蟒螬观察到地球系统附近有大规模的能量释放：五个火花，带有正反物质湮灭的特征。五个虚空巢穴，被推进加速到一个并不会引起跳线小丑愤怒的速度：仅光速的百分之八。尽管如此，考虑到仅仅在一百万年前那些灵长类动物还在用骨棒互相击打，这已经是个不小的成就了。

在注意到那五艘人类飞船的时候，蟒螬们自身也遭受了可怕的损失。它们曾经的那些巨大虚空巢穴在与敌人的小规模冲突中纷纷被击败和捣毁。在那段长寿的蟒螬们此后会带着悲伤回顾的日子里，大型巢穴都被分离开来，分解成更小、更灵活的子巢穴。那些大蟒螬是社会动物，分离给它们带来了巨大的痛苦，哪怕它们还能够使用跳线小丑的超光速信号系统与它们的亲族保持有限的联系。

最终，一个子巢穴锁定了五艘人类飞船。这个子巢穴改变外形，让自己跟它跟踪的一艘飞船非常相似。对一千万年来各次与外星文明碰面的记录进行的统计分析表明，这种策略从长远来看对蟒螬们是有利的，尽管在任何单独一次遭遇当中它可能都会导致灾难。

旅行大无畏的计划在蟒螬这边说来非常简单。它会去研究人类，然后决定要对他们做些什么。如果人类显示出向这片太空区域大规模扩张，将会制造出蟒螬吞噬者难以忽略的干扰的迹象，那么就有必要对这一物种进行剔除。这种屠杀令人痛苦，但是必要的；在同盟的幸存者当中，有些物种已经承担起了执行这种任务的责任。

旅行大无畏希望事情不会发展到那一步。它希望人类仍然是个不需要立即剔除的小麻烦。如果他们计划做的只是在一两个邻近的太阳系中殖民，那他们多半会被暂且置而不问。剔除行动本身就要冒引来蟒螬吞噬者的风险，所以除非有充分的理由，否则绝不会付诸实施。几十年过去了，人类没有采取任何进一步的行动，无论是敌对还是其他的都没有；旅行大无畏在此期间让虚空巢穴离人类的飞船集群越靠越近。也许下一步该公开自己的存在了，和人类建立对话，解释这种尴尬的局面。当蛴螬正在研究如何迈出第一步的时候，有一艘飞船爆炸了。

爆炸的特征符合几吨反物质的完全爆炸。旅行大无畏的虚空巢穴被炸了个正着，飞船的伪装蒙皮遭到了破坏，许多在表皮附近工作的蛴螬都被炸死了。它们死亡时的痛苦通过分泌物传到了旅行大无畏这里。它尽力将它们的个体记忆同化吸收进来，即便在那些受伤的助手蛴螬被分解成有机成分的时候也没停下。

它一半的记忆都被撕得粉碎；在痛苦中，旅行大无畏让虚空巢穴远离船队。

但它已经被人注意到了。奥利维拉和拉戈在那之后不久就来了，他们其实并不确定会发现什么，心中对那个老式幽灵船故事半信半疑；故事里说，这支舰队开始时有第六个成员，但已经被从历史中抹去了。

当然了，他们所发现的完全不是一艘幽灵船。

奥利维拉派拉戈先进入“飞船”，去寻找他们返程所需的燃料；然后拉戈很快意识到，自己所在的并非任何人类飞船。当助手蛴螬们把他带到旅行大无畏的房间后，事情的发展十分糟糕。旅行大无畏只是试图帮助这个生物——指出他并不需要使用太空服，二者呼吸的空气是一样的。但事后看来，也许它做这件事的方式——让助手蛴螬吃掉那个人的衣服——不太得体。拉戈变得惊怒不已，开始用割炬伤害助手蛴螬。火焰点燃了助手蛴螬的身体，旅行大无畏吸收了它们痛苦的分泌物，对那痛苦感同身受。

它并不乐意那么做，但已经别无选择，只能将拉戈解体。当然，拉戈对此的反应也绝非欢迎，但为时已晚。助手蛴螬从拉戈的体内动手，卸下了他大部分的肢体和比较有趣的组件，搞清了他的各个部分是如何工作的，又是怎么配合在一起的，然后将他的中枢神经系统也溶解到了蛴螬分泌物中。旅行大无畏尽可能多地吸收了拉戈的记忆。它学会了如何发出与拉戈相同的声音，以及如何赋予这些声音以意义，它还模仿拉戈的样子为自己做出了一张嘴巴。其他蛴螬复制了拉戈的感觉器官，甚至把拉戈的一部分整合到了自己身上。

现在，对人类有了更好的理解之后，旅行大无畏理解了为什么拉戈在第一眼看到这个群蛆毕集的房间时反应那么糟糕。它为自己不得不对拉戈那么做感到抱歉，并试图对此做出弥补——尽可能地将拉戈的记忆和组成部分化为已用。

它相信人类是会欣赏这个姿态的。

“在拉戈来过之后，我又变得非常孤独了，”那张嘴说道，“比以前更加孤独。”

“你在吃掉他之前根本不懂得孤独，你这条愚蠢的蛆虫。”

“那听起来……很有可能。”

“好吧——仔细听我说。你向我解释过，你感觉得到疼痛。很好。我需要知道这个知识。想必你也有很强的自我保护本能，否则你不会活到现在。嗯，我随身带了一枚造港者。如果你不理解这个概念的话，就去拉戈的记忆里找找看。我肯定他知道。”

对话暂停了片刻，那条蛆不安地扭动身躯，让红色的液体四下泼溅，就像一条搁浅的鲸鱼溅起身下的海水。造港者是一种核武器，大船团携带这种设备是为了在开发旅途终点星时使用。

“我懂了。”

“很好。或许你可以用那套重力把戏来阻止它起爆，但我敢打赌，你要产生强大到足以压制它的磁场并不容易，否则当拉戈开始给你制造困难时，你就会用类似的手段来制止他了。”

“我告诉你太多了。”

“是的，你可能是说太多了。但我还想知道更多。主要是关于这艘飞船的。你们卷入了一场战争，是吧？你们可能是处于下风，但我猜，你们还是有某种武器的，否则也活不到现在。”

“我们没有武器。”蛴螬的那张嘴巴看起来被冒犯到了，“只有防护丝束。”

“防护丝束？”斯凯想了一会儿，试图让自己的脑袋进入蛴螬的思维模式。“某种投射力场技术，是吗？你可以在这艘船周围建立起一个防护场？”

“曾经，我们是可以的。但必要的部分在第五艘虚空巢穴被摧毁时被损坏了。现在只能创建出不完整的丝束。对付像蛴螬吞噬者这样的老练敌人根本没用。它们看得到漏洞。”

“好的，听我说。你察觉到了两台小机器正向我们靠近没有？”

“是的。它们也是拉戈的朋友吗？”

“不完全是。”嗯，穿梭机上的乘员可能确实是拉戈的朋友，但他们不太可能是斯凯·奥斯曼的朋友，而这才是真正重要的。“我要你用你的丝束来对付那些机器，不然我就要用造港者来对付你。明白了吗？”

蛴螬看样子是明白了。“你要我破坏它们？”

“是的。否则我就破坏你。”

“你不会那么做的。那会杀死你。”

“你不明白，”斯凯心平气和地说，“我不是拉戈，我不像他那样思考，当然也不像他那样行动。”

他选了条靠得比较近的蛴螬，朝着这个生物身上倾泻出机枪弹匣中的部分存量。子弹在这生物淡粉色的表皮上打出些拇指大小的洞。他看着那些红色的东西流干，然后听到一声可怕的尖叫，来自这生物的某个部分。不过，他注意倾听之后发现自己搞错了。尖叫声来自那条巨型蛴螬，而不是他开枪打中的那条。

他看着受伤的那条瘫软下去，落入那片红色的“海洋”中，只剩下一小部分还露在外面。其他几条助手蛴螬一拱一拱地爬到它身边，并开始拿自身的触须戳它。

痛苦的哭喊声渐渐变成了低沉的呻吟。

“你伤害了我。”

“我只是要证明一件事，”斯凯说，“拉戈伤害你的时候是不加区分的，因为他被吓坏了。而我并没有。我伤害你是因为我想让你确切地知道，我能做出什么样的事情。”

有几条助手蛴螬在离斯凯和尼奥金科站的地方只有几米远处扭动身躯，朝岸上爬来。

“不，”斯凯说，“不要再靠近了，否则我会再打伤一条——也不要用重力来玩什么有趣的把戏，否则我会让造港者爆炸。”

蛴螬猛地停了下来，它们头顶上的叶须猛烈地舞动着。

笼罩整个房间的黄光熄灭了一秒钟。斯凯并没有预料到会陷入黑暗。一瞬间他满心都是恐惧。他忘了这里的照明也在蛴螬们的控制下。在黑暗中，那些东西几乎可以做到任何事情。他想象着蛆虫们从红色的湖中涌出，抱住他的脚后跟把他拖进湖中。他想象着自己被它们吃掉，就像拉戈那样。可能到了某一个点之后，他就再也无法指示造港者爆炸，再也无法抹消自己的痛苦。

也许他应该现在就发出指令。

但黄光又亮了起来。

“我按照你的要求做了，”旅行大无畏说，“这很艰难。把丝束推送到那么远的地方占用了我们全部的能源。”

“成功了吗？”

“外面还有两个——小些的虚空巢穴。”

穿梭机。“是的。但它们到这里还需要一段时间。然后你可以再来一次同样的把戏。”他打电话给戈麦斯。“发生了什么？”

“侦察机爆炸了，斯凯，好像撞上了什么东西。”

“有核弹吗？”

“不，它们没有运载造港者。”

“很好。待在原地。”

“斯凯，里面到底发生了什么？”

“你不会想知道的，戈麦斯，你真的不会想知道的。”

他不得不很努力才能听清下一个问题。“你找到了，那人叫什么名字？拉戈？”

“哦，是的，我们找到了拉戈。不是吗，拉戈？”

这时尼奥金科说道：“斯凯。听着。我们该走了。我们不必杀死其他人。

我们不希望引发飞船之间的战争。”他提高了声音，头盔扬声器发出的巨大声响在红色的湖面上回荡。“你可以用其他方式保护我们，对吧？你可以移动我们；把整艘飞船——整个的虚空巢穴转移到安全的地方？穿梭机的航程之外？”

“不，”斯凯说，“我要摧毁那些穿梭机。如果他们想要飞船之间的战争，那就让他们如愿以偿。我们会看到他们能坚持多久的。”

“看在上帝的分上，斯凯。”尼奥金科朝他伸出手，好像要抓住他。斯凯迈步躲开，但房间坚硬光滑的地面让他没站稳。他猛地摔倒了，向后坠入了那红色的液体中。他背包着地，半个身子都浸在浅水区当中。红色的液体溅到了他的面板上，带着种奇怪的热切，好像在寻找进入他太空服的方法。他从眼角的余光中看到有两条助手蛴螬在向他拱过来。斯凯拼命挣扎，但在地板上抓不到任何可供发力的地方，他甚至无法撑起身子，更不用说站立起来了。

“尼奥金科，把我拉出去。”

尼奥金科小心翼翼地朝着红色的湖边移动。“也许我应该把你留在那里，斯凯。也许这对我们所有人来说都是最好的选择。”

“拉我出去，你这个浑蛋。”

“我不是来搞破坏的，斯凯。我来这里是为了对圣地亚哥号——可能还有大船团中的其他飞船有所助益。”

“我有造港者。”

“但我认为你没有引爆它的勇气。”

蛴螬们现在已经到了他边上——两条，然后是第三条，他没看到这条是怎么过来的。它们在用不同形状的肢体戳他，探索他的衣服。他奋力挣扎，但红色液体似乎正在变浓，要把他囚禁起来。

“把我拉出去，尼奥金科。这是给你的最后一次警告……”

尼奥金科一直站在那里俯视着斯凯，但没有继续靠近湖边。“你让人毛骨悚然，斯凯。我一直怀疑，不过直到现在才确认。我真不知道你还能做出什么样的事来。”

这时，发生了一件出乎斯凯预料的事情。他已经没再挣扎了，因为有点太费力气了；而现在他从那红色的液体中向上升起，液体本身似乎在将他提向高处，与此同时蛴螬们则温柔地轻轻把他推起。他在恐惧的战栗中发现自己已经到了岸上。最后残留的一点红色液体也在从他身上溜走。

有一会儿，他无言地盯着旅行大无畏，心知肚明那蛴螬感觉到了他的注视。

"你相信我，是吧？你不会杀死我的，你知道那意味着什么。"

"我不想杀死你，"旅行大无畏说，"因为那样我又会孤独，就像你来之前一样。"

他恍然大悟，而这领悟本身就卑劣至极。它仍然将斯凯的陪伴视若珍宝，即使在他对蛴螬施加伤害之后，哪怕他已经谋杀了它的一部分。这个怪物是如此孤独，以至于它甚至渴望施虐者的存在。他想起了一个小孩，在绝对的黑暗中尖叫，感觉遭到了朋友的背叛，尽管那是个从未真实存在过的朋友，并且他——在对它的憎恶完全是因为它的软弱的同时——多少意识到了这个原因。而这又使得他的憎恶愈加强烈。

他不得不又杀死了一条蛴螬，才说服旅行大无畏去摧毁那两艘靠近的穿梭机，这次让这个生物痛苦的不仅仅是蛴螬的死亡。制造出丝束似乎也会让它感到疼痛，好像这条巨蛆能感觉到船体的损坏。

但那之后就结束了。他可以留下来，可以一直折磨这条蛴螬，直到它告诉他自己所知的一切。他可以强迫蛴螬向他展示这条飞船是如何移动的，看看它是否能比圣地亚哥号更快地把他们带到旅途终点星。他甚至可以考虑带些圣地亚哥号的船员过来，登上虚空巢穴——住在那些不计其数的隧道当中，迫使那些蛴螬调整空气成分和温度，直到适合人类的喜好。这艘外星飞船能支持多少人——几十个，还是几百个？也许甚至可以带些木乃欧来，如果他们醒来了的话。也许当中有些人会不得不被喂给助手蛴螬，好让它们保持心情愉快，但这种事他可以接受。

不过他最后的决定却是摧毁这艘船。

这样做要简单得多，这样一来他就不必和蛴螬谈判，也可以让他从意识到这条大虫子的孤独之后感觉到的那种自我厌恶中解脱，还可以让他不必冒虚空巢穴落入大船团其他飞船手中的风险。

“让我们离开，”他对旅行大无畏说，“清理出一条路，直通表面，通到我们进来的位置附近。”

他听到一阵洪亮的铿锵声，那是通道在改变线路，气闸在打开和关闭。一阵微风轻轻拂过红色的水面。

“你现在可以离开了，”蛴螬告诉他，“很抱歉我们发生了分歧。你很快就会回来吗？”

“放心吧。”斯凯说。

之后他们乘坐穿梭机离开了。戈麦斯仍然不知道发生了什么事，不知道为什么迫近他们的飞行器会自己爆炸。

“你们在里面找到了什么？”他问，“奥利维拉说的那些话有什么意义吗？或者他单纯是疯了？”

“我认为他是疯了。”斯凯说。尼奥金科没有发表评论，自从湖边那件事之后，他们几乎没再交谈过。

也许尼奥金科认为，如果不提起那件事，斯凯就会把它给忘了——这是种在紧张状况下可以理解的精神错乱。但斯凯在自己的脑海中不断回放那次跌倒，回忆那红色的潮水抚弄着他面甲的情形；他想知道，到底有多少液体分子漏了进去。

“医疗用品呢——你找到什么了吗？还有，你明白船体到底是遇到什么事了吗？”

“我们有少量发现，”斯凯说，“先带我们离开这里，好吗？最大推力。”

“但推进区呢？我需要去看一下存储器，要看看我们能否得到反物质……”

“照做就是了，戈麦斯，”他给出了个安抚人心的谎言，“我们下次再回来找反物质。卡洛奇号还会在原地的。”

虚空巢穴从他们身边远离。戈麦斯带着他们绕到飞船完好无损的一侧，然后启动了穿梭机推进器。一旦他们移动到了离它两三百米开外的地方，就根本没法分辨出它其实并非看上去的那个样子。一瞬间，斯凯的脑海中又觉得它就是卡洛奇号：那艘幽灵船。他们之前搞错了，大错特错。但没人能因此责怪他们，毕竟，真相比故事奇怪得多。

当然，等他们回到大船团时还会有些麻烦。另一艘飞船已经把他们的穿梭机送到了这里，这意味着斯凯很可能会面临指控，甚至可能要上特别法庭。但是他对此早有筹划，他知道，只要够精明，他可以利用这一机会获取优势。他在尼奥金科的帮助下创造的证据线索一经披露，就会指向拉米雷斯，让人认为是他暗地策划了对卡洛奇号的探索，而康斯坦札也是阴谋的一部分。斯凯将被发现只是他船长狂妄计划的一个不知情的帮手。拉米雷斯将被去职，离开船长的位置，甚至可能会被处决。康斯坦札也肯定会受到处罚。那之后会接替拉米雷斯担当船长一职的是谁？不用说，任何人都心知肚明。

斯凯又等了一分钟左右，他不敢再等太久，以防旅行大无畏万一猜到将要发生什么，并试图以某种方式阻止事情的发生。然后他就让造港者爆炸了。核闪光明亮、干净而圣洁；等离子体球体扩散开来，渐渐稀薄，就像一朵绽开的花朵，从蓝白色渐渐变成星际的纯黑，最后消失，什么也没有剩下。

“你刚才做了什么？”戈麦斯说。

斯凯笑了笑。“让某个怪物脱离苦海。”

“我该杀了他。”检修机器人靠近地表时，斑马说道。

“我明白你的感受，”我说，“但如果你那样做了，我们多半就出不来了。”她瞄的是菲利斯的身体，但那副躯壳和轮椅之间的界线实在很不清晰。那一枪只是损坏了支撑着他的机器。他呻吟了一声，而后挣扎着想要拼出一句话，而椅子的内部机构吱嘎乱响了一阵之后，只发出一连串杂乱无章的汽笛声。我怀疑，要杀死一个血液中肯定含有超饱和梦幻燃料的四百岁老人，一次判断失准的射击远远不够。

“那么这次小小的远足带来了什么收获呢？”她问道。

“我也一直在问自己同样的问题，”奎伦巴赫说，“我们现在只是对梦幻燃料的生产手段多了那么一点了解。基迪恩还在下面，菲利斯也一样。没有任何变化。”

“会有的。”我说。

“什么意思？”

“只是一次侦察探险。等这一切结束后，我会再回到那里。”

“他下次会严阵以待的，”斑马说，“我们不会再能这么容易就溜进去。”

“我们？”奎伦巴赫说，“那么你已经决定要再参与返程了，塔琳？”

“是的。顺便拜托你件事。从现在开始叫我斑马，好吗？”

“如果我是你，我会听她的，奎伦巴赫。”我感觉到检修机器人开始倾斜，转回水平方向；我们离出发的那个房间不远了，我希望香忒若依然等在那里。“还有，没错，我们要回去，以及，确实，第二次不会这么容易了。”

“你希望实现什么？”

“用一句和我很亲近的人曾经说过的话：下面有个怪物，需要让它脱离苦海。”

“你想要杀了基迪恩，是吗？”

“是的，而不是让它在痛苦中苟延残喘。”

“但那样一来梦幻燃料……”

“这座城市将不得不适应没有它的生活，还会一并失去它仰赖基迪恩提供的任何其他服务。你听到菲利斯说的了。基迪恩飞船的残骸还在下面，还在改变着渊堑中气体的化学成分。”

“但基迪恩不在飞船上，”斑马说，“你不会觉得它依然对飞船有影响吧？是不是？”

“它最好没有，”奎伦巴赫说，“如果你杀了它，然后渊堑停止向城市提供所需的资源……说老实话，你能想象出会发生什么吗？”

“是的，”我说，“那可能会让瘟疫相形之下也只是个小麻烦。但我还是会这么做的。”

我们到达时，香忒若正在等我们。她紧张地打开出入舱门，打量了我们几分之一秒后确认我们就是刚才下去的原班人马。她把武器放到一边，帮我们爬出来，每个人出来时都为不再憋在管道里长出一口气。房间里的空气远远谈不上新鲜，但我还是欢欣鼓舞地大口大口深呼吸。

“怎么样？”香忒若说，“这趟跑得值吗？你们接近基迪恩了吗？”

“很近了。”我说。

就在这时，埋在斑马衣服里的东西开始鸣响，就像一个低沉的铃铛。她把自己的枪递给我，然后掏出个手机，又大又重，看着活像古董，眼下渊堑城的现代化巅峰之作。

“我们在管子里的时候，他肯定一直在试着联系我。”她边说边打开了屏幕。

“是谁？”我问。

“普兰斯基。”斑马边说边把电话举到耳边，而我则转头告诉香忒若，此人是一名私人侦探，在我到达后发生的所有事情中他都远远地掺和了一脚。斑马低声跟他说话，一只手捂着嘴，盖住谈话声。我听不到普兰斯基说的任何话，斑马说的我也只能听到一半，但已经足以让我了解谈话的大致内容。

有人被谋杀了，可能是普兰斯基的一名线人。普兰斯基说话的当下就在犯罪现场，从斑马和他说话的方式来看，他听起来很激动，就好像他非常不想待在那里。

“你有没有……”她可能是打算问问普兰斯基有没有向管理部门报警，然后才意识到对方所在的地方法律这种玩意儿并不存在，甚至比在天篷区还少。

“不，等着。在我们到达之前不要让任何人知道这件事。保持警惕。”说完之后，斑马啪地合上了手机，把它放回了口袋里。

“怎么了？”我问。

“有人杀了那个女人。”斑马说。

香忒若看着她。“杀了谁？”

“那个胖女人。多米尼加。她已经不复存在了。”

第三十七章

“会不会是沃罗诺夫？”我们快到大中心火车站时我问道。我们在去见基迪恩之前把他留在了站上，但杀害多米尼加似乎不符合我对这个男人的认识。用某种有趣而可以削减无聊的方式自杀，那多半有可能，但杀害像多米尼加那样的知名人物则不然。在我看来，这不像是他的风格。

“不是他，也不是瑞维奇，”奎伦巴赫说，“虽然后者只有你才能确定。”

“瑞维奇不是会滥杀无辜的人。”我说。

“别忘了多米尼加很容易树敌，”斑马说，“她绝对不是这个城市里最能守口如瓶的人。瑞维奇可能会因为被她谈及而杀了她。”

“然而我们已经知道，瑞维奇不在城里，”我说，“他在一个叫作安全岛的轨道居民点里。那是真的，对吧？”

“据我所知，坦纳，确实如此。”奎伦巴赫说道。

沃罗诺夫已踪影全无，但这几乎是意料之中的：我们放走他的时候，我也没怎么指望过他会留在原地。这也不重要。沃罗诺夫在整个事件中充其量也就是个配角，而且如果我真的需要再和他交流的话，以他的名气要找起来也很容易。

多米尼加的帐篷和我记忆中的一模一样，依旧占据着集市中央那块空地。卷帘门被放了下来，附近没有顾客，但也没什么能表明这里发生过谋杀。周围没有她的助手试图把别人拖进帐篷的痕迹，但这种缺失也不是特别明显，因为集市本身今天明显相当萧条。肯定是没有任何航班抵达，也就没有愿意接受她的神经外科切除手术的顾客。

普兰斯基就在门后等着，透过布料上的一条小缝窥探着外边。

“你还来得这么不紧不慢。”这时他阴郁的目光才看到了香忒若、我和奎伦巴赫，那双眼睛瞬间瞪得老大。“哎呀哎呀。来了一整支狩猎小队啊。”

“赶紧让我们进去。”斑马说。

普兰斯基打开门，让我们进入接待室，当初奎伦巴赫躺在里面任人下刀的时候，我曾经在这里等了一会儿。

“我必须警告你们，”他轻声说道，“现场一切都和我发现的时候一样。你们不会喜欢马上将要看到的景象的。”

“她那个孩子在哪儿？”我问道。

“她那个孩子？”他说话的语气好像我使用了什么难以理解的街头行话。

“汤姆。她的助手。他不会走远的。他可能看到了什么。他可能也有危险。”

普兰斯基咂了咂嘴。“我没看到什么‘孩子’。有太多的事情占据了我的头脑。不管是谁干的……”他的声音越来越小，但我可以想见他的头脑中正在想着什么。

在一片沉默中斑马开了口：“不可能是本地人。没有哪个本地人会杀死多米尼加这样的人才。”

“你说过，在跟踪我的人也不是本地人。”

“什么人？”香忒若说。

“一男一女，”斑马答道，“他们来拜访过多米尼加一次，试图追踪坦纳。他们肯定不是城里来的。据我所知，这对组合相当古怪。”

我说：“你认为他们掉头回来，杀死了多米尼加？”

“我得说，他们是最有可能的嫌疑人了，坦纳。对他们可能是谁你仍然没有任何想法吗？”

我耸了耸肩。“显然，我是个广受喜爱的男人。”

普兰斯基咳了一声。“也许我们应该……嗯……”他伸出一只缺乏血色的手朝帐篷内室比了比。

我们穿过帐篷，来到了多米尼加做手术的地方。

多米尼加正仰面飘浮在空中，在她的外科手术台上方半米处，被包裹着她下半身的蒸汽动力多关节悬吊索具给挂在那个位置。索具上的气动装置仍在咝咝作响，细小的蒸汽柱向上升起，仿佛是些指着天花板的手指。她过重的上半身让她往后倾斜，导致她的臀部比她的肩膀更高。换个瘦些的人，脑袋可能会朝着旁边歪过去；但多米尼加脖子上的那些脂肪让她的脸正对着天花板。她的眼睛睁得大大的，露出呆滞的眼白，嘴巴大张，下巴无力地耷拉着。

她的尸体上爬满了蛇。

其中最大的几条都已经死了，搭在她的腰身上，像是一条条花围巾，那些失去生机的躯壳一直拖到了手术床上。它们毫无疑问是死了，腹部被人用刀沿中线切开，它们的血在手术台上绘出了一条条缎带。较小些的蛇还活着，盘在她的肚子上或者手术台上，不过我小心翼翼地靠近时，它们几乎都一动不动。

我想到了我在地沤区里见过的卖蛇人。这些动物就是从那里来的，购买它们只是为了给这个场景增添细节。

“我说过了，你们不会喜欢的。”普兰斯基说，他的声音打破了众人在震惊中的沉默，“相信我，我这辈子见过不少恶心的东西，但这绝对是……”

“这是有意义的，”我轻声说道，“并不像看上去那么变态。”

“你一定是疯了。”说话的是普兰斯基，但我毫不怀疑在场的其他人也深有同感。你很难为此责怪他们，但我知道，我所说的是对的。

“你这是什么意思？”斑马问，“有意义——”

“这意味着一个信息，”我边说边围绕着飘浮的尸体打转，以便能更好地看清她的面部，“就像一张名片。实际上是给我的一条留言。”

我碰了碰多米尼加的脸，手上带着点轻柔的压力，让她的头部侧了过去，这样其他人就可以看到她额头正中那个整齐的伤口。

“因为干出这事的，”我第一次说出了我心知肚明的真相，“是坦纳·米拉贝尔。”

在我六十岁生日前后——尽管我早已不再用这个日子纪念岁月的流逝（当你长生不死的时候，这样的意义何在？），并且窜改了船上的记录来模糊我过去经历的细节——我知道是时候采取行动了。时机的选择其实不在于我，而是我们穿越太空的机制强加于我的；但如果我愿意，我仍然可以选择就让这一刻过去，忘掉那些完全占据了我半辈子时光的计划。我做好了细致的准备，如果我选择放弃，我的计划将永远不会曝光。有那么一小会儿，我让自己站在两个截然相反的未来之间，品味着那种苦涩而甜蜜的快乐——一个未来中，我将大获全胜；一个未来中，我温顺地服从于大船团的整体利益，即使这意味着我的人民将陷入困境。我的彷徨只持续了极短极短的时间。

“听我口令。”巴西利亚号的阿梅斯托老头说。

“二十秒后减速燃烧点火。”

“同意。”我坐在我的指挥席上，从舰桥高处纵览全局的有利位置上发声。有另外两个声音应和，有着微小的时间差，是巴格达号和巴勒斯坦号的船长。

旅途终点星就在前方，它的恒星是天鹅座61双星中较亮的一颗，在茫茫黑夜中犹如一盏布满血丝的灯笼。这支舰队冲破重重险阻，打破了所有的预测，成功地穿越了广阔的星际空间。有一艘飞船灰飞烟灭的事实丝毫无损于这一辉煌胜利。组建船队的策划者早就知道会有损失。当然，损失不仅仅局限于那艘船。许多休眠的木乃欧将永远看不到他们的目的地。但那也同样在意料之中。

简而言之，不管怎么看，这都是一次辉煌的胜利。

但横跨太空的旅行尚未完成，大船团仍在以巡航速度前进。尽管只剩下很小的距离需要越过，但这段也是旅程中最重要的部分。至少，这点是计划者始料未及的。他们从未预计到随着时间的推移，不和谐可以在这个大集体中蔓延到这样的深度。

“十秒，”阿梅斯托说，“祝我们所有人好运。好运，成功。这将是一场极为势均力敌的比赛。”

“没有你以为的那么势均力敌。”我在心中想。

剩下的几秒钟倒计时完成后，夜空中——不完全同步地——亮起了三轮太阳，而一分钟前这里还只有星星。一个半世纪以来，大船团的引擎首次被重新点燃，吞噬物质和反物质，然后喷出纯能量，开始削减大船团目前仍然为百分之八光速的前进速度。

如果我选择了另一条路，我会听到圣地亚哥号自我调整以适应减速带来的压力时，巨大的结构骨架发出的嘎吱声。引擎燃烧时本身会发出低沉而遥远的隆隆声，你会更多地感觉到而不是听到它，但令人振奋的程度并不会因此稍减。但我已经做出了决定，什么变化都没有。

“我们看到了全体一致的点火迹象……”另一个船长说，他的声音里带着一丝犹豫，“圣地亚哥号，我们没有看到表明你已经开始点火的迹象……斯凯，你们遇到技术障碍了吗？”

“不，”我的语声平静而明晰，“目前没有。”

“那你们为什么没有开始点火！”这与其说是一个问题，不如说是声愤怒的叫喊。

“因为我们不会这么做。”我对自己微笑，已经揭盅了。关键时点已过，一个可能的未来被选择，而另一个已被抛弃。“抱歉，船长，但我们决定再在巡航模式下多开一会儿。”

“这太疯狂了！”我发誓，我都能听到阿梅斯托的唾沫像浪花一样喷溅到麦克风上。“我们有情报，奥斯曼，完善的情报。我们很清楚，你没有做过任何我们没做过的引擎改造。你没办法在我们之前到达旅途终点星的！你现在必须开始点火，然后跟我们其他人一道……”

我摆弄着座位的扶手。“要不然呢？”

“要不然我们就……”

“什么也不做。我们都知道，一旦引擎开始燃烧反物质，关掉它们是致命的。”那是真的。任何反物质引擎都极其不稳定，它们被设计成会持续燃烧，直到耗尽由磁约束瓶提供的所有反应物。那些私下咬耳朵的引擎技师对这种特殊的磁流体动力学不稳定性有个专门的技术名称，它可以防止在未出现泄漏的情况下燃料供应流被削减；但这里唯一重要的是后果：减速阶段的燃料必须存储在一个完全独立的容器中，该容器与将船提升到巡航速度时所用的燃料容器是分开的。既然其他三艘船已经启动了燃烧过程，他们差不多就只能一直坚持下去了。

我没有跟着他们做，背叛了一个岌岌可危的互信。

“这是巴勒斯坦号的萨穆迪奥，”另一个声音说，“我们这里流量稳定，全线绿灯……我们要在奥斯曼离我们太远之前尝试在点火过程中途关闭引擎。我们可能永远也不会有这么好的机会了。”

“看在上帝的分上，不要这样做！”阿梅斯托说，“我们的模拟显示，关闭只有百分之三十的可能成……”

“我们的模拟结果比那要好……一点点。”

“请稍等。我们正向你发送我们的技术数据……你先不要轻举妄动，看完再说，萨穆迪奥。”

在接下来的一个小时里，他们就这个问题进行争论，互相抛出模拟数据，就结果的解析争辩不休。当然，他们自以为他们这些谈话是私密的，但我的特工很久以前就在其他船上安装了窃听器，我认为他们也同样对我的飞船进行了窃听。争论变得越来越激烈，满怀怨愤，而我只是静静倾听，感觉颇为有趣。在一个半世纪的旅行之后，要冒着反物质爆炸的风险关闭引擎，这决定可非同小可。在正常情况下，他们会把辩论延长到几个月，甚至几年，将每一个小小的收益和每一个可能的死亡都纳入权衡。但现在他们辩论的同时也一直在减速，而圣地亚哥号正在他们前方得意扬扬地绝尘而去，他们每拖延一分钟都会让自己落后的距离更多。

“我们讨论得已经够久了，”萨穆迪奥说，“我们正在启动关闭程序。”

“拜托，不要，”阿梅斯托说，“至少让我们再细细考虑一天，好吗？”

“让那个浑蛋溜到我们前面？抱歉，但我们已经开始着手关闭引擎。”萨穆迪奥开始大声朗读状态变量，语气变得公事公办，“五秒后降低推力……约束瓶拓扑表观稳定……燃料流收束……三……二……一……”

接下来一时之间只剩静电干扰的嚎叫。那些新生的太阳之一突然变成了新星，比它的兄弟们耀眼许多。一朵白色的玫瑰，镶着渐渐发黑的紫边。我一言不发地凝望着它，惊叹于这团地狱之火。一眨眼的工夫，整艘船就消失了，就跟提图斯告诉我的伊斯兰堡号灭亡的方式一模一样。那白光中有种圣洁的感觉……近乎虔敬之感。我看着它暗淡下去。一股炽热的离子流冲击着我的飞船，曾经的巴勒斯坦号现在仅余这点无形的幽魂了；一时之间舰桥对面的状态显示器在静电干扰下颤抖不休，不过大船团中的飞船现在彼此相距很远，一艘船的灭亡不会伤害到其他船。

当通信恢复时，我听到了另一名船长的声音。“你这个浑蛋，奥斯曼，”阿梅斯托说，“你干的好事。”

“因为我比你们任何人都聪明？”

“因为你欺骗了我们，你这个浑蛋！”我听得出，现在这声音属于恩图曼。“提图斯比你高贵一百万倍，奥斯曼……我认识你父亲。和他相比，你……什么都不是。是污垢。你知道最糟糕的是什么吗？你已经让你自己的人注定要死了。”

“我不认为我有那么傻。”我说。

“哦，别指望了，”阿梅斯托说，“我告诉过你，我们的情报工作做得很好，奥斯曼。我们对你飞船的了解就跟对自己的一样多。”

“我们也拿到了情报，”恩图曼说，“你并没有藏着任何见鬼的花招。你必须开始减速，否则你会错过我们的目的地，最终在星际空间当中停下来。”

“事情并不会那样发展的。”我说道。

这发展和我所计划的大相径庭，但有时你不得不放弃精确地依循计划的文字，而是大致遵循概要而行；倾听交响乐的恢宏架构，而不是单个的音符。在尼奥金科的帮助下，我对我的指挥座椅做了若干改进。我翻开扶手上的黑色皮盖，拉出一个布满按钮的扁平控制面板，放在我的膝盖上。我的手指在按钮阵列上飞掠，调出一张示意图来。这是一张状若仙人掌的飞船中轴柱简图，上面显示着休眠者的分布，以及他们的身体状况。

多年来，我一直在非常勤奋地将麦子和糠皮给分离开来[1]。

我一直在设法确保尽可能多的死者被收集在一起，放在他们自己的休眠环中，沿着中轴柱摆好。起初这是一项费力的工作，因为休眠者的死亡并不是按照我精心设计的计划发生，而是以令人讨厌的随机方式发生的。至少，一开始是这样。然后我开始有了神奇的魔法。我只需要希望某些木乃欧会死，然后事情看起来就会自然发生。当然，要让魔法正常发挥作用，需要举行一些仪式。我必须要去拜访他们，摸摸他们的棺椁。有时（尽管在我看来，我只是在下意识地动作），我会对他们生命支持系统的设置做一些微小的调整。这并不是说我会故意伤害他们……但我也不太明白怎么回事，反正我手底下的小动作总是足以导致那种结果的出现。说真的，这太神奇了。

而且这对我的帮助非常大。死者和生者现在完全分开了。整整一排休眠环——共十六个，内含一百六十套棺椁——现在里面全是已然逝去者。另一排里有一半，又是八十六位死者。四分之一的休眠者现在都已过世。

我敲击按键，输入我早已烂熟于心的指令序列——在数年的秘密工作之后，尼奥金科提交给我的序列。招募他加入这项事业真是妙招。按照所有的技术手册和那些顶级专家的建议，我下面要做的事情应该是完全不可能的，一系列安全联锁装置会预防它的发生。这些年来，随着他在系统检查小组的层级中

1. 典出《圣经·马太福音》：“他手里拿着簸箕，要扬净他的场，把麦子收在仓里，把糠用不灭的火烧尽了。”

逐级升迁，尼奥金科找到了绕过每一个被认为滴水不漏的安全措施的方法，并且不声不响，巧妙地将他的工作隐藏起来。

随着工作的进展，尼奥金科越来越自信。起初我对这种转变还感到惊讶，直到我意识到，一旦这个男人被安插进系统检查小组当中，这种转变就是不可避免的。在一个正常的人类环境中工作后，尼奥金科不得不虚应故事地和人们交往，而不再处于他通常刻意保持的与人隔绝的状态。随着在队伍中地位的上升，尼奥金科以令我不安的适应性适应了新的角色。在一段时间之后，尼奥金科的升职已经完全无须我插手。

但我永远也不会原谅他在卡洛奇号上的背叛。

我们隔一段时间才会面一次，每次我都注意到，尼奥金科的骄傲自大在与日俱增。起初这个变化还比较容易忽略。工作进展很快，尼奥金科的报告详细列举了他所突破的每一层安全措施。我要求演示，以表明工作真的完成了，尼奥金科也一一照办。我毫不怀疑，在我需要用到的时候，这整个任务应该已经圆满完成。

但这当中曾经有个小小的障碍。

四个月前，在绕过最后一层保障机制之后，这项工作已经完成，从任何角度来看都是如此。然后，我忽然知道了为什么尼奥金科一直如此任劳任怨。

“我打算提出的这种约定，如果要找个专业术语的话，”尼奥金科说，“我认为，是勒索。”

“你开玩笑的吧。”

我们这时位于中轴柱通道里靠近第七节点的地方，在做例行的检查巡视。“噢，我非常认真，斯凯。你现在明白了，对吧？”

“我开始看清状况了。”我看向通道远方。我觉得，我可以看到它下面某处有一团橙色的光芒脉动。“你到底想要什么，尼奥金科？”

“影响力，斯凯。系统检查小组里的位置现在不能满足我了。这份工作是属于电脑极客们的，前途无路。技术工作再也不能引起我的兴趣了。我曾登上过外星飞船。这种经历会改变一个人的期望。我想要些更有挑战性的东西。当我们在卡洛奇号上的时候，你承诺过我会获得荣耀，我没有忘记。现在我想要一些像样的权力和责任。”

我小心地选择我的用词：“尼奥金科，黑进一些软件和管理一艘飞船有天壤之别。”

“哦，别对我摆出屈尊俯就的架势。那些我都懂，你这个傲慢的浑蛋。我说的想要挑战性就是在说那个。还有，不要以为我想要你的职位——至少现在还不想。在这个问题上我会让自然演替的法则为我服务。是的，我只想要一个高级管理岗——比你低一个层级就很好了。一个安逸的位置，并且等我们着陆之后前程远大。我想，我会在旅途终点星上分到一小块属于我的封地的。”

“我想你强求太多了，尼奥金科。”

“强求？是的，我当然是在强求。否则就不会有勒索这回事了。”

通道那头的橙色光芒靠近了些，隐约可闻低沉的隆隆声。“让你加入系统检查小组是一回事，尼奥金科。你至少有合适的背景。但我没办法让你获得管理者的职位——不管我动用多少关系。”

“那不是我的问题。你总是告诉我你有多么机智，斯凯。现在你所要做的就是发挥几分你的机智，用你的本领和判断力，想办法让我穿上官服。”

“有些事情真的是不可能的。”

“对你并非如此，斯凯。对你而言是可能的。还是说你准备让我的希望落空？”

“如果我找不到办法……”

“那么所有人都会发现你对休眠者策划的那点事。不用说，还有拉米雷斯的事。或许巴尔卡扎尔的事也会。我甚至都还没有提到蛴螬。”

“你也会受到牵连的。”

“我会说我只是服从命令。直到最近我才意识到你在想什么。”

“你一直都知道。”

“但这点没人会知道，不是吗？”

我正要张口回答，但临近的货运车辆发出的噪声迫使我要么闭嘴，要么提高音量。一串货舱正沿着轨道隆隆地向我们驶来，是从引擎区域返回的。我们两人默默回头往后走，直到我们到达一个墙壁凹进去，让我们可以在列车经过时站在里边的地方。这些列车像圣地亚哥号上的许多其他设备一样，都很旧了，也没有得到很好的维护。它们还能正常工作，但许多非关键性设备或者被拆下用于其他地方，或者是发生故障后并没有得到修复。

列车驶近，而我们肩并肩静静站在原地；除了圆滚滚的车身两侧各有一道狭窄的缝隙外，整个通道都被挤满了。我有些好奇那一刻尼奥金科在想什么。难道他真的以为我会认真对待他的勒索提案吗？

当隆隆闷响的货舱串离我只剩下三四米远的时候，我把尼奥金科往前一推，让他趴倒在栏杆上。

我看着这个男人的身体被狠狠地往前撞去，直到我再也看不见他为止。列车继续行驶了一会儿，然后慢了下来，但刹得并不太急。按理来说，检测到道路上有障碍物时运输车辆应当立即停止，但毫无疑问，这一功能也在几年前就已经停止工作了。

空气中传来引擎疲惫不堪的嗡鸣声，还有股臭氧的味道。

我从凹陷处挤了出来。这很难，如果列车还在运行的话，甚至根本是不可能的，不过现在这里有足够的空间，让我从那串货舱中一路挤到车头前面。我暗自希望我的举动不会触发什么列车继续前进的机关，要不然我肯定也会被碾死。

我抵达了列车前方，期望看到尼奥金科成了一堆乱七八糟的残骸，被挤在列车和铁轨之间。

但尼奥金科正躺在栏杆旁。他的工具包在车头下面，已经被压得稀烂。

我跪下去检查了下这家伙。他的头部受到了轻微的撞击，破了皮，流了很多血，但颅骨似乎没有骨折。尽管没有了意识，但他仍在呼吸。

我心里冒出个点子。尼奥金科现在对我来说是个麻烦，必须要在某个时候死去——多半是早死早好，但我刚刚想到的点子太诱人了，太诗意了，实在不能无视。但要那样做会很危险，我需要一段不被打扰的时间，我判断至少要三十分钟。到那时，货物运输出现延误就太明显了。但是有人会立刻就此采取行动吗？我对此表示怀疑。据我了解，如今即使在最好的状况下，列车也已经不再靠得住了。这让我笑了起来。我已经成了这个微型国家的帝王，但让列车准点运行这件事我却没有办到。

我确认了工具包仍能挡住列车后，把尼奥金科扛了起来，背向第六节点。这是一项艰苦的工作，但六十来岁的我仍有着三十岁男人的体格，而尼奥金科的体重已经比年轻时轻了不少。

有六个休眠环连接在这个节点上：共六十名休眠者，其中一些已经死了。我在自己的记忆中进行搜索，尽可能回忆起那些乘客的年龄和性别。我感觉可以肯定，那六十人中至少有三个可以混充尼奥金科——特别是如果事故再度上演，让那人脸上的五官都被列车撞到全然无法辨认的话。

我朝着船壳外侧方向走去。等到达我判断中最佳候选人所在的休眠舱位时，我已汗流浃背，气喘吁吁了。我知道这是个冻结的活人，非常适合我的计划。尼奥金科仍然昏迷不醒，我打开棺椁上的控制面板，开始给乘客升温。通常这个过程需要几个小时，但我对减少细胞损伤的问题不感兴趣。等尸体在列车下被发现后，没人会去解剖它，也没有任何理由会让人想到我调换了尸体。

我的个人通信手环响了起来。“喂？”

“奥斯曼船长？先生，我们接到报告说三号中轴柱通道有一趟列车可能发生了技术故障，在第六节点附近。我们要不要派个故障处理组去检查一下？”

“不，没必要，”我希望自己的语气没有显得过于急迫，“我会去检查一下。我离那里相当近。”

“你确定吗，先生？”

“是的，确定……没必要多费些事吧？”

等乘客的体温回暖——但现在已经大脑死亡——我把他从棺材里抬了出来。是的，他和尼奥金科的身材相当接近，头发和皮肤的颜色也相同。据我所知，尼奥金科和圣地亚哥号上的任何人都没有什么浪漫关系，何况即便有，等我干完之后他的爱人也没法分辨得出来了。

我举起尼奥金科，把他放进棺材。这家伙还在呼吸，他甚至哼哼了一两声，然后又陷入昏迷。我剥光了他的衣服，然后把生理信号监测网在他身上布好。输入馈线自动贴上了他的皮肤，细微调整自己的位置。其中有些会干净利落地钻进他的皮下，爬向他的内脏器官。

棺椁盖面上一串绿色的灯光闪烁，表明这个休眠单元已经接受了尼奥金科。盖子合上了。

我研究了下主状态面板。

休眠时间按预定流程还有四年。到那时，圣地亚哥号应该已经在围绕旅途终点星的轨道上，该让休眠者们回暖复苏，进入他们的新伊甸园了。

四年，对我的计划来说也很合适。

我心满意足，让自己为接下来的艰巨任务做好准备：把那名乘客拖回中轴柱通道中去。不过，首先，我得给这具勉强还算温暖的尸体穿上我刚从尼奥金科身上剥下来的衣服。

我到达中轴柱之后，就把那个人放在了列车前方十米处；列车仍在努力对抗阻拦它的障碍，空气中弥漫着电枢被烧焦的气味。然后我从一个壁龛里的储物柜中找出了一把沉重的长柄扳手。我用扳手把那人的脸抽打得面目全非，每一次打下去时都感觉到他的骨头在像生漆一样碎裂开来。然后我回到列车前，对准卡在那儿的工具包使劲打过去，直到它弹了出去。

列车不再受阻，立即开始加快速度。我不得不在车子前方奔逃，以免自己被碾成糊糊涂到墙上。我小心翼翼地跨过了地上的死人，然后退进墙上安全的凹陷当中，带着超然的态度入迷地看着那串货运舱速度渐渐加快。它撞上了那个人，把他一路铲向前方，把整个人都弄得残破不堪。

最后，列车在沿着通道走了一段距离之后停了下来。

我轻手轻脚地跟了过去。半小时前，我也经历过这种情况，然后发现尼奥金科只是昏了过去时，让我略有些吃惊。当然，那可谓塞翁失马……但这回我的期望没有落空。列车出色地完成了任务。这次让它停下来的不是破碎的工具包，而是反应迟钝的安全模式……但停得太晚了，并不能拯救那名乘客。

我掀起袖子，对着我的通信手环说道："我是斯凯·奥斯曼。我恐怕这里发生了一次非常非常可怕的事故。"

那是四个月前的事了，我们之间的关系有这样的结局令人遗憾，但尼奥金科最终没有让我失望。至少我是这样觉得的——过一会儿我就可以知道确切结果了。

主屏上现在显示的是居高临下，从船体上方几米的位置俯瞰圣地亚哥号中轴柱的视图。作为消失点的绘画练习，这清晰的视角会让文艺复兴时期的艺术家激动不已。装着死者的十六个休眠环动了起来，尺寸有所减小，并被压扁成了椭圆形。

接下来，第一个也是最近的一个环开始移动，一系列加装在圆环周围的爆破装药将它和飞船分离开来。这个圆环脱离了船体，懒洋洋地飘开去，一面飘移一面慢慢朝着一侧倾斜。在船和休眠环之间的脐带缆管伸展到断裂点，然后干净利索地断开了，倒抽了回去。被困在切断的管道中的冷冻气体爆了出来，化作一朵朵晶莹透彻的云团。不知什么地方有警报声响起。那声音我听不太清楚，但似乎在我的船员当中引起了相当程度的恐慌。

第二个圆环也跟随第一个环挣脱了束缚。第三个环抖动着摆脱了固定具。同样的模式在沿着中轴柱重复上演。我安排好的。我曾想过让所有的休眠环在同一时刻爆炸分离，这样它们飘开时就会形成漂亮的平行线条，但那样并不怎么优雅。相比之下我更乐意把它们错开释放，这样那些环似乎是在依次跟着前面的离开，仿佛在服从某种潜藏体内的迁徙本能。

"你们看到我在做什么了吗？"我问道。

"我看得很清楚，"另一个船长说，"并且这让我恶心。"

"他们已经死了，你这个蠢货！难道他们现在还会在乎自己是被埋葬在太空中，还是和我们一起到达旅途终点星吗？"

"他们是人。哪怕他们已经死了，也应该得到有尊严的对待。你不可以就这样把他们扔到船外去。"

“啊，但我可以，而且我已经做了。此外，休眠者其实无关紧要。与那些陪伴着他们的机器相比，死者的质量是微不足道的。我们现在实实在在取得了优势。这就是为什么我们会比你在巡航模式下待得更久。”

“你的休眠者当中的四分之一，这优势并不大，奥斯曼。”另一名船长显然一直在做功课。我之前所进行的计算不可能和他的考虑偏差太多。“等你在环绕旅途终点星的轨道上运行时，这点优势能让你领先我们多少？顶多几周吧？”

“几周就够了，”我说，“足以选择合适的着陆点，让我们的人下到那里，扎下根基。”

“如果你还有足够的人手的话。那些死者当中很多都是被你杀掉的，不是吗？噢，我们知道你在正常管理下应该会有多大损失，奥斯曼。你那儿的死亡率应该不比我们高多少。还记得吗，我们有情报人员？但我们这里只损失了一百二十名休眠者。其他飞船也一样。你怎么可能变得那么粗心大意，奥斯曼？是因为你希望他们死去？”

“别傻了。如果让他们死符合我的意图，那我为什么不杀死更多的休眠者？”

“然后试着在只有少数幸存者的情况下进行行星殖民？难道你对遗传学或者乱伦的后果一无所知吗，奥斯曼？”

我本来准备开口说这我早就考虑过了，但让这浑蛋知道我的全部计划又有何意义？如果他的情报工作做得有他说的那样好，那就让他自己去搞清这些事好了。

“船到桥头自然直。”我说道。

到头来萨穆迪奥让其他人暂时获得了某种优势——即便方式大概和他的计划并不相同。不过当时这位巴勒斯坦号的船长一定认为自己成功削减反物质燃料流量的机会很大，要不然他也不会试图让引擎热停机。

爆炸和伊斯兰堡号毁灭时的爆炸一样猛烈，发出的白光也同样耀眼，正如我记忆里那天在育儿室看到的一样。

但第二天发生了一些我预料之外的事。

萨穆迪奥的飞船在爆炸前的瞬间，还在向自己的两个盟友传输技术数据，那两艘飞船也都陷入了无法停止的制动点火中，萨穆迪奥正试图退出这个状态，但没有成功。这种状况我自己也能猜到，尽管我本人被排除在那些信息交流之外。这说来有些古怪。大船团的其他成员已经不情愿地联合起来反对我。我事先并没有预料到会这样，但事后看来，我应该意识到事情就是会这样发展。我给了这些浑蛋一个共同的敌人。在某种程度上，这是我的光荣。我这边势单力孤，但已经引起了其他船长的恐慌，他们认为，无论之前他们互相之间发生了什么，现在最好是联合起来反对我。

而接下来——萨穆迪奥也从坟墓里爬了出来和他们一道。

“那些技术数据比他意识到的更有用。”阿梅斯托说道。

“这对萨穆迪奥并没有多大帮助。”我说。

到这会儿，大船团的另外两艘飞船随着减速开始落后得越来越远，和我的飞船之间有了明显的红移。但通信软件毫不费力地消除了所有的失真，除了伴随着船队解散的时间延迟。

“是的，”阿梅斯托说，“但他们的牺牲给了我们一些极其宝贵的东西。要我解释吗？”

“如果那能让你高兴的话。”我希望自己令人信服地表现出了无聊的情绪。

但我其实并不觉得无聊，反而有点害怕。

阿梅斯托告诉我：有些技术数据直到爆炸前的最后一纳秒，才从巴勒斯坦号喷射出来。涉及试图切断反物质流的举动。人们早就知道，这一过程几乎注定是致命的，但在此之前，确切的故障模式一直不清楚，只能在计算机模拟中匆匆瞥见一二。有人推测，如果能对故障模式有充分的理解，甚至有可能通过对燃料流进行精细控制将其消除。问题是无法预先进行测试。然而现在某种意义上他们已经进行过了测试。飞船发出的遥测数据在故障模式开始冒头后随即就断绝了，但仍比任何精心控制下的实验室测试或计算机模拟更接近于故障模式中的不稳定状态。

并且他们从中学到了很多。

从这些数字中可以求算出足够的信息来猜测故障模式应当是如何演变的。将这些数字输入飞船上推进团队设计的模型中后，暗示出一种控制不平衡的策略。稍微调整一下磁约束瓶的布局，就可以干净利落地缩减注入流量，不会有正常物质倒流或反物质泄漏的风险。当然，这样仍然极度危险。

但危险并没有阻止他们去尝试。

我的飞船此刻走在巴西利亚号和巴格达号的尾部前方，那两艘船为进入减速阶段已经翻了个身，把引擎朝向了前方。圣地亚哥号后方那两个细小的红移半球像是一对炽热的蓝色恒星兄弟，反物质喷炬仿佛是一些明亮的尖刺，扎在它们身上。这两艘正在减速的飞船的推力喷射束可以用作武器，威力不容小觑，但无论是阿梅斯托还是恩图曼都不会有胆量用他们的喷炬扫过我的飞船。他们是和我发生了冲突，而不是和我船上仍然携有的众多活着的殖民者。同样，我可以考虑点燃自己的引擎，用圣地亚哥号的尾焰消灭后方两艘飞船中的一艘；但另一艘飞船受此刺激，几乎肯定会动手杀死我，不管我船上是否还载着乘客。我的模拟显示，在另一艘飞船用一阵地狱之火的洗礼让我出局之前，我是来不及重新调整我自己的火舌的。

这个选择行不通……我想。而这意味着我将不得不与这两个敌人共存下去，除非我找到另外的办法来消灭他们。我还在考虑各种可能的办法的时候，后面的两个驱动火焰完全同步地闪动着熄灭了。

我屏住呼吸，等待着核子光芒的双花绽放——那意味着反物质引擎在关闭当中发生了故障。

但它们并没有出现。

阿梅斯托和恩图曼已经成功地熄灭了他们的火焰，现在他们正和我一道做惯性滑行，尽管他们在减速期间速度较低。

阿梅斯托联系了我。“我希望你看到了我们刚刚做到了什么，斯凯。那改变了一切，不是吗？”

“它改变的远没有你想的那么多。”

“噢，少耍嘴皮子了。你知道那意味着什么。在我们需要的时候，恩图曼和我现在有能力在短时间内开启我们的引擎。而你没有这个能力。这会改变一切。”

“我仔细考虑过了。这改变不了什么。我们飞船之间的静止质量差异仍然和一天前几乎相同。如果你们想进入环绕天鹅座 61-A 运行的轨道，那你们接下来仍然必须继续减速。我的飞船在我弹出那些休眠环后要轻一些。我相对你们仍有优势。我会保持巡航模式直到最后一刻的。”

“你忘了一件事，”阿梅斯托说，“我们船上也有死人。”

“现在要靠那改变现状为时已晚。你们的巡航速度比我慢。而且你自己也说过——你们一直没有像我们一样遇到了那么多的事故。”

“我们会想办法改变现状的，奥斯曼。你不会一直领先的。”

我看着远景显示屏幕，上面显示着若干点线，代表被高倍率放大的其他两艘飞船。它们又在翻身了，速度缓慢，但十分稳定。我看着那些小点拉长成细线，然后又收缩回点。

然后小圆点被尾焰辐射的双重光环所笼罩。

另外两艘飞船再度加入了竞逐队伍。

“这事还没完。”阿梅斯托说。

一天后，我看到了死人从另外两艘船上飘离。

阿梅斯托和恩图曼重新开始加速追逐已经是二十四小时前的事了，他们用一种我还无法理解的方式展示了他们控制引擎燃烧过程的能力。巴勒斯坦号的灭亡对他们来说可算是因祸得福了……哪怕是有近千名殖民者在此过程中遇害。

现在另两艘飞船正以与圣地亚哥号相同的相对速度行驶，再次驶向旅途终点星。他们非常努力地想要在我挑起的竞赛中打败我。当然，这是不可避免的。我的飞船质量仍然比他们的要小……这就意味着，如果他们想遵循和我同样的巡航 / 减速曲线，他们将不得不抛下些质量。

而这就意味着要把他们的死者扔进太空。

他们做这件事的方式一点也不优雅。他们肯定是连夜工作，一路粉碎了那些尼奥金科几乎花了一辈子来规避的安全措施……但是他们比尼奥金科有先天优势，因为他们不必努力秘密完成这项任务。在巴西利亚号和巴格达号上的所有人手肯定都被调了过去，朝着那个目标拼命工作。我几乎有些嫉妒他们。不需要保密的情况下工作真的简单太多了……但还是非常不优雅。

我在高倍放大的图像上看到休眠环从另外两艘船上脱落，那乱纷纷的样子倒挺像是秋天树上的落叶，一点也不像经过精心策划。图像分辨率太差，无法确定，但我怀疑那里其实有穿着太空服的工作小组，拿着切割工具和炸药在两艘飞船外到处爬来爬去。他们正在用蛮力移除休眠环。

“你们还是赢不了。”我向阿梅斯托说道。

虽然我有几分希望其他飞船从现在开始一直保持无线电静默，但阿梅斯托还是屈尊做出了答复。“我们能赢，我们会赢。”

“你自己说过的。你们船上的死者没有我们的多。不管你扔掉多少，总还是不够的。”

“我们会想办法让它够的。”

过后我猜到了那可能是什么样的策略。不管接下来会发生什么，这些船离旅途终点星顶多也只有两三个月的航程了。只要精心分配补给，可以让一些殖民者提前醒来。那些复苏的木乃欧可以和船员们一起在船上生活，尽管条件近乎非人，但这样或许就够了。每十名殖民者被唤醒就意味着又有一个休眠环可以被弹出，随之而来的是飞船又可以减少一部分质量，从而允许它进行更剧烈的减速。

这个过程将会缓慢而危险——我预计，在这种欠佳的状况下进行复苏的话，他们可能会损失十分之一的休眠者，但这可能足以抵消我们之间的质量差。

这足以让他们取得相对优势，或者至少和我条件对等。

“我知道你们想要做什么。”我告诉阿梅斯托。

“我很怀疑。”老人答道。

但我很快发现他是对的。在最初那一批休眠环被慌忙弹出之后，接下来出现了一种固定模式：大约每十小时弹出一个休眠环。我本该料到的：解冻一个休眠环中的全部殖民者要十个小时。每艘船上只有少数几个人有这方面的专业知识，所以他们必须按顺序依次解冻。

“这样并不会让你们取得胜利。”我说。

“我觉得会的，斯凯……我觉得会的。”

就是在这一刻，我知道了我必须要做那些事。

第三十八章

“你什么意思？是你杀了她？”斑马问我。我们五个人这时还在研究多米尼加的怪诞死亡现场。

“我没这么说，”我答道，“我是说，是坦纳·米拉贝尔杀了她。”

“那你又是谁？”香忒若说。

“我不确定如果我说出来的话，你们会不会相信我。事实上，我自己也很难接受这一点。”

一直在听我们谈话的普兰斯基提高了嗓门，以郑重而肯定的语气说道：“多米尼加还是热的呢，还没有开始出现尸僵。如果考虑到你在过去几个小时里的行踪——我觉得这种可能性很大——那你就很难成为重大嫌疑人。”

斑马扯了下我的袖子。“我说过的那两个跟踪你的人呢，坦纳？据多米尼加说，他们的行为举止像是天外来客。他们可能因为她泄露自己的秘密而杀死她。”

“我完全不知道他们是谁，”我说，“起码无法确定。至少对那个女人全无头绪，但那个男人是谁我愿意冒险猜一猜。”

“你认为那是谁？”斑马说。

奎伦巴赫这时插话了：“我真的觉得，我们不该在这里待太久，除非你们想和这里的所谓管理部门发生冲突。相信我，这种事我可不想放到自己的日程表上。”

“虽然同意他的观点让我颇感不适，”香忒若说，“可他这话很有道理，坦纳。”

“我觉得你们还是不要再用那个名字称呼我了。”我说。

斑马缓缓晃了晃脑袋。“那我们该叫你什么？”

“反正不是坦纳·米拉贝尔。”我对着多米尼加的尸体点点头，“一定是米拉贝尔杀了她。跟踪我的那个男人就是米拉贝尔。是他干的，不是我。”

“这太疯狂了。”香忒若说道。其他人纷纷点头赞同，尽管没有人看起来很喜欢这个过程。“如果你不是坦纳·米拉贝尔，那你是谁？”

“一个叫卡乌拉的人。”我说道。尽管我知道，这只是部分事实。

斑马双手叉腰。“然后你一直都没想到要把这点告诉我们中任何一个人？”

“直到不久前我都还没意识到这一点。”

“没意识到？就是想不起来，是吗？”

我摇了摇头。“我认为，卡乌拉修改了我的记忆——他的记忆——来隐瞒他自己的身份。他需要暂时这样，以逃离斯凯先手星。不然他自己的记忆和面容会自证其罪。只不过我在说‘他’的时候，我其实指的是‘我’。”

斑马眯着眼睛看着我，好像试图判定自己从前的判断是否都错得要命。“你真心相信是这样的，是吗？”

“相信我，我也花了点时间才接受这个事实。”

“他显然是忽然崩溃了，”奎伦巴赫说，“奇怪的是，我本以为光是看到一个死掉的胖女人远不足以让他精神崩溃的。”

我给了他一拳。动作很快，他来不及有任何防备，而且在一直被香忒若的枪比着的情况下，他也没能力反击。我看着他摔倒在地，在落地前抬起一只手护住了自己的下巴，在洒满药液的光滑地板上向后滑去。

奎伦巴赫滑到了手术台下的阴影当中，他碰到了什么东西，吓得大叫起来。

有那么一会儿，我怀疑他碰上的是一条成功地爬到了地板上的蛇。但从暗影里现身的事物要比蛇大得多。是多米尼加家的那个小孩，汤姆。

我向他伸出一只手。“过来吧。你和我们在一起就安全了。”

之前来拜访过她，问过一些关于我的问题的同一个男人杀死了她。是的，一个外星来客，用汤姆的话说，“很像你”。起初这话他说得浑不在意，但他随即用充满疑虑的语气复述了一遍。不只是像坦纳，而是真的跟他一模一样。

“没关系，”我把一只手放在他的肩头，“杀死多米尼加的人只是长得像我。这并不意味着我就是他。”

汤姆缓缓点了点头。“你听起来不像他。”

“他说起话来和我不一样？”

“你说得花哨，先生。另外那个人——和你长得很像的那个男人——他不用那么多词。”

“强壮而沉默的类型。”斑马说。然后她把孩子从我身边拉开，用那又长又瘦的四肢搂在怀中，像是要护住他。有那么一瞬间，我被感动了。这是我第一次看到天篷人对生在地沤区的人表现出同情的迹象，第一次看到某一方将对方也视为人类的迹象。我当然知道斑马的信念——狩猎游戏是邪恶的，但看到这种信念以一个抚慰人心的姿态具体表现出来又是另一回事了。“我们为多米尼加感到遗憾，”她说，“请你务必相信，那不是我们干的。”

汤姆吸了吸鼻子。他很难过，但还没体会到多米尼加去世带来的打击，思维仍然相当有条理，并渴望帮助我们。至少我希望这是因为震惊还没有开始；另一种可能性——他对那种痛苦完全免疫——太令人不快了，我实在不愿意那么想。一个士兵这样也就罢了，一个孩子要是这样，实在让我难以接受。

“他是独自一人吗？”我问道，“我听说，有两个人在找我，一男一女。你知道吗？那个男人是不是同一个人？”

“同一个家伙。”孩子说，把脸从多米尼加的尸体上转开，“这次他也不是独自一人。女人和他在一起，但这次她看起来不太开心。”

“她第一次看起来很开心？”我说。

“也不开心，但是……”这孩子支支吾吾，我能看得出，我们对他的词汇量提出了不合理的要求。“她看起来和那家伙在一起很自在，像朋友一样。他那时更友好——更像你。”

这说得通。他第一次去拜访多米尼加只是去广撒网，收集一切他能收集到的信息，关于这座城市的，很有可能包括他能在哪里找到他想杀的人，不管那是我还是瑞维奇，抑或是我们两个。当场杀死多米尼加也不是没道理，但他肯定怀疑这女人将来或许用得上。所以他让多米尼加活着，直到他回来，带着那些肯定是在集市中就地买来的蛇。

然后他就用那样的方式杀死了多米尼加，他知道这种场景会触动我的；这种仪式性的谋杀是个专属代码，打开了直通我内心深处的裂隙。

“那个女人，”我说，“她也是天外来客吗？”

但对这个问题，汤姆似乎并不比我知道更多。

我用斑马的手机打了个电话给洛兰特，那个猪人，他的厨房在我从天篷区上降下的过程中被我砸烂了半边，想起来像是很久以前的事了。我告诉他，我想请他和他的妻子最后再帮我个大忙，具体说就是请他们照顾汤姆，直到事态平息。我说是只要一天，尽管事实上这个数字我完全是随意从脑子里抽出来的。

“我自己照顾自己，”汤姆说，“我不想和猪人待在一起。”

“相信我，他们都是好人。你在那里会安全得多。如果有人目击多米尼加被杀的消息传出去，那个人就会回来的。一旦他找到了你，就会杀了你。”我说道。

“那我就得一直躲起来吗？”

“不，”我说，“躲到我杀死那个凶手为止就好。相信我，我不打算把我的余生都耗在这件事上。”

我们离开帐篷，走出依然一片寂静的广场，油乎乎的大雨还在无休无止地从建筑物的突檐侧面落下，恍如一面泛黄的粗布窗帘。我们就在雨幕外跟洛兰特夫妇会合。小汤姆跟着他们一道离开了；他起初很紧张，但之后让洛兰特把他抱上了车，他们的气球轮胎车像幽灵一样消失在黑暗中。

“我想他会安然无恙的。”我说。

“你认为他有那么大的危险吗？”奎伦巴赫说。

“超乎你的想象。杀害多米尼加的人不怎么会觉得良心负担过重。”

“听起来你好像很了解他。”

“确实如此。”我说道。

然后我们回到香忒若的车上。

“我很困惑，”奎伦巴赫爬进干燥而明亮的气泡车当中后说，“我不知道我在和谁打交道了。我感觉似乎你刚刚突然就对我翻脸无情。”

他的眼睛直盯着我。

“就因为我发现了那个死去的女人？”普兰斯基说，“还是因为米拉贝尔已经开始发疯了？”

“奎伦巴赫，”我说，“我需要知道哪里可以买到蛇，应该离这里不远。”

“我们刚才说的话你是没听到吗？”

“我听到了，”我说，“我只是现在不想讨论那些。”

“坦纳，”斑马刚一开口又停了下来，“或者你自称是的那个某人。关于你名字的这些事和混种大师告诉你的内容有什么关系吗？”

“混种大师？不会刚好就是你和我一起去过的那家吧？”这回说话的是香忒若，而我只能点点头，仿佛以这个动作表示我最终接受了现实。

“我晓得这里是有几个卖蛇的。”奎伦巴赫这时的插话近乎是为了缓解紧张气氛。他俯身向前，越过斑马的肩头向缆车下达命令。它平稳地升起，迅速将我们带到泡在雨水里的满是恶臭与混乱的地沤区之上。

“我必须知道我的眼睛出了什么问题，”我告诉香忒若，“为什么它们看起来被基因工程修改过。我带着斑马回到那家店时，混种大师告诉我，这项工作可能是由超空人完成的，然后给粗暴地撤销了——被某些黑市基因工程师之类的人物。”

“继续。”

“我想听到的并不是那些。我不确定我期待听到什么，但肯定不是发现我必定在某种程度上参与了这一行为。”

“你认为你是主动让你的眼睛被改造的？”

我点点头。“肯定是不无益处的。或许，对狩猎感兴趣的人可以考虑一下。我如今在黑暗中也能看得很清楚。”

“谁干的？”香忒若说。

“好问题，”斑马附和道，“但你回答这个问题之前先说说，我们拜访混种大师时你做的全身扫描是干什么的？意义何在？”

“我在寻找旧伤的痕迹，”我说，“有两个伤口，被打出来的时间差不多。我希望找到其中一个，而不愿找到另外一个。”

“有什么特别的原因吗？”

“坦纳·米拉贝尔有只脚被瑞维奇手下的武装分子给轰掉了。可能已经装上了替代品：一根生体义肢，或者是用他自己的细胞克隆培养出来的复制品。但无论哪种方式，替代品都需要通过外科手术连接到残肢上。那也许黄石星上最好的医疗技术可以将这种工作完成得浑然天成。但在斯凯先手星是办不到的，会有大量的微观痕迹——一些在混种大师的扫描中应该很容易显示出来的迹象。”

斑马点点头，接受了这些解释。“也许确实如此。但如果如你所称，你并非坦纳——那你怎么知道他遇到过些什么？”

“似乎是因为我窃取了他的记忆。”

吉塔几乎与卡乌拉同一时间跌倒在帐篷里的地上。

他们俩都没发出什么声音。吉塔已经死了——从实际意义而言——就在我的武器发出的光束冲入她的头骨，把她的脑组织变成了类似骨灰的东西的那一刻；那些残余的量勉强够你捧在手里，看着灰色的细流从指缝间滑落。她的嘴微微张开，但我很怀疑在思维本身遭到破坏之前，她能有时间明白我做了什么。我衷心希望，吉塔最后在想的一件事，真的就是我要做些什么来拯救她。她倒地时，暴徒的刀子深深地插入了她的喉咙，但那时她已经再没有能力感觉到疼痛了。

被本应避开吉塔并杀死守卫的那道光穿透的卡乌拉轻轻地呼出一口气，就像某人在愉快地入睡时发出的最后一声轻叹。射束通过时的冲击使他失去了意识，对他来说算是个小小的幸运。

那个暴徒抬脸看着我。他搞不懂这是怎么回事。当然了。我刚才所做的事完全不合情理。我不知道要过多久他才会意识到，杀死吉塔的那一枪——以如此精确的几何精度，从前额正中间直穿而入——其实本来的目标是他。不知道再过多久，他就会意识到一个简单的事实，那就是我并不是我妄想中那样的神枪手，我刚刚杀死了一个我拼命想要拯救的人。

帐篷里一时之间陷入了不自然的沉默；在那段时间里，他或许已经开始醒过神来。

我没给他时间完成这个过程。

而这次我没有失手，并且在任务明显已经完成的情况下，也没有停止射击。我冲着那家伙打空了一个弹匣，然后继续射击，直到枪管在帐篷里昏暗的灯光下发出樱桃红色的光芒。

有那么一会儿，我只是呆呆地站在三具看起来已经死去的尸体旁边。接着某种军人的本能忽然间开始发挥作用，我又动了起来，尽力了解周遭的一切。

卡乌拉还在呼吸，尽管已经完全失去了知觉。我把瑞维奇的暴徒给削成了一个颅骨解剖学的教学实例。我感到一阵悔恨和内疚，因为我对他的处决完全超出了合理的限度。我猜，这是一名职业军人垂死的自尊的最后挣扎。在打空第一个弹匣的时候，我跨过了一条界限，进入了一个不那么冷静的领域，那里的规则甚至比战场更少，那里杀戮的效率相较于恨意的消耗小到无可计量。

我放下枪，在吉塔身旁跪倒。

我不需要医学设备来告诉我她已经死了，死得无法挽回，但我还是启动了医疗套件，让袖珍神经成像仪在她头上运行，看着嵌在仪器里的小屏幕充满致命组织损伤的血色信息，大脑深度损伤，大面积皮质创伤。即便我们在帐篷里有台搜思机，也无法浏览她的记忆，从而捕捉到她的人格影像。我可以保证，她受到的伤害太严重了，那是办不到的；连机器所要捕捉的那些生物化学图式本身都已消失了。不管怎样，我让她“活”了过来：在她胸前绑上了一套人工心肺护胸，看着它伪装出她尚未死去的假象。随着血液循环的恢复，血色流回了她的脸颊。这样可以让她的尸身在我们回到爬虫馆之前保持完整。如果我连这点都做不到的话，卡乌拉会杀了我的。

最后我转向卡乌拉。他的伤几乎微不足道，光束穿透了他，但脉冲非常短暂，而且光束高度聚焦，宽度极小。大部分体内损伤不是由光束本身引起的，而是由那些留在细胞中的水分的爆炸性蒸发引起的。一系列微小而滚烫的冲激，沿着光束的路径。卡乌拉身上射入和射出的伤口都很小，很难找到。应该没有任何内出血；如果光束如我所愿，在咬穿他的同时沿途烧灼止血的话，是不会有的。是的，会有伤害……但我没理由认为他无法活过来，哪怕我在这里顶多也只能用另一套人工心肺护胸来维持他目前的昏迷状态。

我把那套装备绑好，让他安静地躺在自己妻子身边，然后抓起枪，按进去个新的弹匣，用另一把枪作为临时的拐杖支撑着自己，再次开始确认周边的安全状况，努力不去想自己那只脚的状况；另外我也知道——在抽离而超然的层面上——只要有时间，我所有的损伤都是可以修复的，但这种认知丝毫也不能抚慰人心。

我花了五分钟才确信瑞维奇的其他手下都死了；除了卡乌拉和我，我们这边其他人也近乎全灭。迪特林是这边唯一的幸运儿，只受了点轻伤。他的伤势看起来比实际情况要严重得多，而且因为头部中弹失去了知觉，让敌人以为他已经死了。

又过了一个小时，我总算成功地把卡乌拉和他妻子弄进了车里，自己也已摇摇欲坠，眼前大片大片发黑，就像看到那晚暴风雨来临前天空中可怕的雷雨云一般。然后我设法让迪特林醒过来，尽管他很虚弱，失血过多，神志不清。我还记得，这当中我时不时会疼得大声惨叫出来。

我瘫坐到驾驶席里，启动了车子。我大脑的每个部分都在进行着一场痛苦的拉锯战，渴望把我拖进梦乡，但我知道现在我必须动起来——并且是向南运动——在瑞维奇派出另一个攻击小队之前；如果上一组人马没有按时返回，他肯定会考虑这么做的。

黎明似乎遥遥无期，在略带粉红色的日光从万里无云的海滨地平线上渗出的那一刻之前，我已经有十几次在幻觉中看到了它的到来。我都不知道自己怎么成功地带着大家回到了爬虫馆。

不过，也许我没成功的话还更好些，对每个人来说都是如此。

第三十九章

我们在三家卖蛇摊贩前驻足之后，总算找到了一个知道我们在说的是谁的人：一个新来的家伙——显然是天外来客——买了很多蛇，多到能让店主在当天剩下的时间里关门歇业。那是昨天的事了，这个人显然早在多米尼加真正被处决之前就计划好了谋杀她。

卖蛇的说，那个人看起来很像我。虽然不是完全一样，但是如果眯起眼睛看，就会觉得二人非常相似；而且我们说话的口音也是一样的，尽管那个男人远没有我这么健谈。

我们说起话来当然很像。我们不仅仅来自同一颗行星。我们都来自大半岛。

“和他在一起的那个女人呢？”我问道。

他先前没有提到一个女人，但他抚弄自己打了蜡的胡子末梢的那副样子告诉我，我的发问是正确的。

“现在你开始占用我的时间了。”他说。

“这城市里有什么人或东西是买不到的吗？”我边说边塞给他一张纸币。

“还是有的，”那人轻声笑了笑，“但我这里没有。”

“那个女人的情报？”我盯着笼子里一条薄荷色的蛇问道，“描述下她的样子。”

“没必要，对吧？那帮人看起来不都一样吗？”

“哪帮人看起来都一样？”

他笑了，这次声音更大一些，就好像他发现我无知到了荒唐的地步。“当然是冰封托钵僧啊。见过一个就相当于见过全部了。”

我看着他，心中满是恐慌。

在我到达渊堑城的第二天，我给冰封托钵僧打了一个电话。我试图联系阿米莉娅修女，问她对奎伦巴赫了解多少——如果有的话。我没能打通她的电话，跟我讲话的是阿列克谢修士，他眼圈乌青。但我听到他说，阿米莉娅修女对找到我的兴趣不亚于我想找她。这句话在当时听来并没多大意义。但是现在它在我的脑壳中爆炸开来，就像枚星际炸弹一般。

和坦纳在一起的那个女人是阿米莉娅修女。

斑马的联系人甚至没有暗示这个女人来自托钵僧团，而卖蛇的人很确定。也许我错误地认为另一个女人一直是阿米莉娅。但我觉得不会错。我想她一定是一时伪装身份，一时又卸下伪装；要么是故意的，要么只是因为她在维护自己捏造的新身份时做得不够彻底。

她在这当中扮演了什么角色？

在我复苏后，我曾对她寄予了全部的信任。在遭遇了冷冻睡眠过程带来的自我认知粉碎之后，我让她帮我愈合灵魂的创伤。在我待在冰封托钵僧居住点的整段时间当中，她的任何举动都不曾让我有一星半点怀疑我的信任可能是错付了。

但她有多信任我呢？

坦纳——真正的坦纳——可能在我之后从爱德怀德安养院离开。他一定是从斯凯先手星乘同一艘船过来的，他复苏得比我晚了一点，就像我比瑞维奇晚了一点那样。但我已经用了坦纳·米拉贝尔这个名字，这意味着坦纳必须要用另外一个身份旅行。他不会太快公布自己的真名实姓，除非他想让旁人觉得他完全是个疯子，他的思维不幸地被冷冻睡眠后遗症给摧毁了。最好是顺势维持这个谎言，让冰封托钵僧以为他是另一个人。

这越来越乱了。连我都开始晕头转向了。我尽量不去考虑斑马、香忒若和其他人会怎么看。

我不是坦纳·米拉贝尔。

我是……另外一个存在。一个可怕的、冷血的、古老的存在，我的思维一直在回避，但我真的不能继续忽视这个现实了。在阿米莉娅和其他冰封托钵僧救活我前，我就已经在顶着坦纳的名头出行，我脑子里携带着属于他的记忆、技能，更重要的是，对他当下任务的认知。我从来没有想过质疑其中任何一环，一切似乎都是正确的。一切似乎都若合符节。

但那一切都是虚假的。

我们还在和卖蛇人说话，这时斑马的电话又响了，虽然连绵不断的雨声和笼子里爬行动物的嗞嗞声差点盖过了电话铃声。她从夹克里拿出电话，怀疑地盯着它，并没有接听。

“是以你的名字打来的，普兰斯基，”斑马说，“但你是唯一知道那个号码的人，而且你就站在我旁边。”

“我认为你在接听这个电话前应该多加小心，”我说，“如果它是我想的那个人打来的话。”

斑马掀开了手机盖，像潘多拉打开了她的盒盖，对里面存在的东西心怀恐惧。雨滴打在屏幕上，溅起一波波涟漪，就像是一队微小的玻璃甲虫。斑马把手机举到脸前，小声说了句什么。

有人回应了她。她又说了些什么，语气中有些不确定，然后把脸转向我。

“你是对的，坦纳。这是找你的。”

我从她手里接过电话，心中疑惑着：一件这么无辜的东西中怎么能包含这么多邪恶。然后我看到了一张和我自己非常相似的脸。

“坦纳。”我平静地说。

那人拖了很长时间才回答，声音里带着几分开心：“你是在问我是谁还是在自报家门？”

“真有趣。”

“你知道的，我有事要告诉你。”那声音在周围机器发出的背景声中显得相当微弱，“我不知道你是否已经把所有的线索都拼凑起来了。”

“我正在逐渐完成。”

又一次延迟。我意识到坦纳在太空中——在黄石星附近的某个地方，但离低轨道只有几分之一光秒的距离，可能在冰封托钵僧居住的太空居民点环带附近。“很好。我不会用你的真名来侮辱你，暂时还不会。但有些话我现在就要告诉你。”

我感到自己浑身僵硬。

“我来做坦纳·米拉贝尔该做的事，做完由他起头的事。我也是来杀你的——就像你来杀瑞维奇一样。你不觉得这样很对称吗？”

“如果你现在身在太空，那么你已经走错了方向。我知道你以前来过这里。我在多米尼加那里发现了你留下的讯息。”

“和蛇的亲密接触，是吧？还是说，那部分你还没完全搞清？”

“我在尽力而为。”

“我很乐意跟你聊聊那个，真的。”那张脸笑了，“而且，也许我们确实会再有机会的。”

我知道这是诱饵，但我还是上当了。“你在哪儿？”

“我正要去赴一个约会，对象是你心心念念的某人。”

“瑞维奇。”奎伦巴赫平静地说。我点了点头，想起在香忒若救出我们之前，奎伦巴赫曾声称要带我们去太空——与瑞维奇会面。

他说过，是高轨道上的一个太空旋轮，一个叫作安全岛的地方。

“瑞维奇与此无关，”我说，“他是个附带品，仅此而已。这仅仅是你我之间的事。我们不需要让它比现在更加复杂。”

“从几个小时前还一心想要杀死瑞维奇的人嘴里说出这种话，调门变化可真够大的啊。”坦纳说道。

“也许我并非我之前以为的那个人。但你又为什么非要去追杀瑞维奇？”

“因为他是无辜的。”

“那是什么意思？”

“意思是他会把你带到我面前。”坦纳的笑容在屏幕上闪烁，仿佛在挑衅我，让我去寻找他逻辑里的缺陷。“我是对的，不是吗？你是来杀他的，但你现在宁可来救他，也不愿让我替你完成这件工作。”

事实上，我对自己的感受也不明所以。我在处理自己记忆中的分裂时一直都从旁绕开，回避问题，直到此刻，坦纳强迫我直面它们。但这分裂已经扩展成了一道鸿沟，将我的过去和我割裂开来，还在它原有的位置留下了些令人厌恶的东西。如果我是卡乌拉——现在一切都指向了这一点——那么，我从心里憎恶自己。

但我对坦纳的憎恶也丝毫不亚于此。是他杀死了吉塔。

不，是我们杀死了她。

这个想法——它可怕的威力——让我明白了一切。我们现在分享记忆，两股过去的回忆混为一体。坦纳的记忆并不是真正属于我的，但现在我已经把它们装在了脑子里，我永远都无法完全摆脱它们的影响了。他杀死了吉塔，现在我脑子里也装着自己做过这件事的记忆——杀死我在整个宇宙中最珍贵的存在的记忆。但还不只如此，比那糟糕得多。坦纳的罪行和我一直隐瞒的罪行相比而言简直不值一提；我曾将包含着那些罪行的记忆掩埋在坦纳的记忆之下，但现在它们纷纷喷涌而出，进入我的意识。我的感觉仍然和坦纳相似，我仍然认为他的过去是我真实的回忆，但我已经瞥见了足够多的真相，知道这只是一种会随着时间的推移越来越让人无法相信的幻觉；真正属于这个身体的，是卡乌拉的过去，是他的种种回忆。到这里甚至也不是终点，因为卡乌拉自己也只是层外壳，下面覆压着一批更为幽深的记忆。

我不愿去考虑那是什么，但我能看到这一系列的事实指向何方。

我窃取了坦纳的记忆，让自己认为——暂时的——我真的是他。然后，当我开始摆脱这种伪装时，教化病毒的影响开始让我饱受煎熬，催化了更深层记忆的释放，让我瞥见我隐藏的历史，这段历史可以追溯到几个世纪前。

追溯到斯凯·奥斯曼。

我完全意识到自己陷入了什么样的处境的那一刻，内心有什么东西崩塌了。我膝盖弯曲，倒在了被雨水淋湿的地面上，感到恶心欲呕。电话掉到了地上，现在它躺在我身边，屏幕向上，所以我仍然可以看到坦纳的脸，表情极为古怪。

“这是怎么了？”他问道。

我对着电话张开了嘴。

“阿米莉娅，”我开始只是低声呢喃，然后更大声地重复着她的名字，“她和你在一起，对吧？你欺骗了她。”

“只能说她对我非常有用。”

“她不知道你想干什么，对吧？”

坦纳看起来觉得这很有趣。“她是个非常信任别人的人。不过你知道的，她对你有所疑虑。显然，在你甩开冰封托钵僧之后，她开始意识到你的遗传密码中存在某些异常，她自然以为那是先天性疾病的证据。她试图联系你，但你已经成了一个滑不溜丢、难以追踪的顾客。”坦纳又笑了，“那时我已经恢复了健康，恢复了我的能力。我想起了我是谁，为什么我会在从斯凯先手星飞来的航班上。我是来追你的，因为你偷走了我的身份和记忆。当然，我没有让阿米莉娅知道这些。我只是告诉她，你我是兄弟，你只是脑子有点糊涂了。一点无害的欺骗。你不能为此责备我。”

确实不能，这点千真万确。我也对阿米莉娅撒了谎，为了她能给我点关于瑞维奇的线索。

“放了她，”我说，“她对你来说无关紧要。”

“噢，可她并非完全无关紧要啊。她是会把你带来这里的另一个原因，让我们再次面对面的另一个原因，卡乌拉。”

他的面孔凝滞了一瞬间，然后连接中断了，只留下我们仍站在雨中。我把电话交还给了斑马。

“另一处伤是怎么回事？”当我们开着她的车快速穿过城市时，她问道。“你说坦纳失去了一只脚，现在没了能表明那曾经发生过的痕迹。但你让混种大师寻找的不仅是那一样东西。”她摇了摇头，“你知道吗，我还是想继续叫你坦纳。你能明白吧——和一个否认自己名字的人这样进行交谈实在是不太容易。”

“相信我，从我的角度来看这样交谈也不容易。”

“那就给我们讲讲另一处伤吧。”

我深深吸了口气。这是最困难的部分。“坦纳曾经开枪打过一个人。他为那个人工作。一个叫卡乌拉的人。”

“他可真善良啊。”香忒若说。

“不，不是那样的。坦纳开枪打他其实是在帮这个人。当时有人质被劫持了，坦纳不得不开枪穿过那个人……”我的声音变得沙哑，“杀死一个持枪歹徒，卡乌拉的妻子在他的刀口下。那一枪不是要杀死卡乌拉。坦纳知道，从那个角度射击，射束不会让这个男人受到重伤的。”

“然后呢？”

“坦纳开枪射击。”

“并且成功了？”斑马说。

在我的脑海中，我看到吉塔倒在地上，不是因为利刃，而是因为坦纳失准的射击。“那个男人活了下来，”我过了好一会儿才开口，“坦纳的解剖学知识无可挑剔。你知道吗？那是因为他曾经是个职业的杀戮者。人们会教给暗杀者需要击中哪些器官来确保杀死目标。但那些知识也可以很容易地被反过来应用，为一道穿过身体的射束找出最安全的路径。”

“你说得像是做精确的外科手术。”香忒若说。

“确实如此。”

我告诉他们，混种大师的扫描发现了一条已经愈合的细长伤口，贯穿我的身体，与以仰角进入我的背部，从我的腹部出去的光束武器弹道一致。伤口在他的扫描中显现出来的样子就像是飞行器身后正在消散的蒸汽尾迹。

“但这意味着……”斑马欲言又止。

“要我替你说出来吗？意味着，我是雇用坦纳·米拉贝尔的那个人。卡乌拉。”

“听起来越发糟糕了。”奎伦巴赫说。

“听他说完，”斑马说，“别忘了，我们去找混种大师的时候我也在旁边。这些不是他凭空捏造出来的。”

我转向香忒若说：“你也看到了施加在我眼睛上的基因改造。是卡乌拉自己要做的，他付钱给超空人，让他们改造了他的身体。打猎是他的一大嗜好。”

但其实远不只如此，不是吗？卡乌拉想在晚上能看见东西，因为他讨厌黑暗，讨厌在育儿室里的那段记忆：一个被遗忘的小孩子，孤独地等在育儿室中。

“你在说起卡乌拉时的语气仍旧好像他是个第三者，”斑马说，“为什么？你不是确定你就是他本人了吗？”

我晃了晃脑袋，想起自己跪在雨中的感觉，所有的确定都灰飞烟灭。那种整个世界完全错乱的感觉仍然存在，但是在这段时间里我已经控制住了它，在它周围搭起了一副脚手架，一个建筑结构——不管有多么不牢靠，至少眼下能让我行动如常。

“以证据而论，我就是他。我虽然拥有他的记忆，但也是些支离破碎的——不比坦纳的记忆更清晰。”

“我们直说吧，”奎伦巴赫说，“你还是压根就不明白你自己是谁，对吧？”

“不，”我说话时对自己的平静态度颇为赞赏，“我是卡乌拉。这点我现在完全可以确定。”

“坦纳想要你的命，”我们把香忒若的车停在车站广场边上的时候，斑马说道，“虽然你和他曾经很亲近？”

一幅图像掠过我的脑海，一个白色的房间，一个男人赤身裸体地蜷缩在地板上，就像借着频闪光灯照明的一瞥又一瞥，每次重复清晰度都在增加。

“发生了一些非常恶劣的事情，”我说，“我这个人——卡乌拉——对坦纳做了些非常恶劣的事情。坦纳想要报复，我也不清楚我该不该怪他。”

“要我说，不怪他，也不怪你，谁都不怪，”香忒若说，“哪怕是你——坦纳——开枪打了他。”

她皱起了眉头，但我也怪不得她。要搞清这一层层不断变化的身份和记忆，就像在脑海中编织一幅复杂的绣毯般困难。

“坦纳没打中，”我说，“他开枪的目的是救卡乌拉的妻子，结果却杀死了她。我认为这可能是他职业生涯中的第一个也是最后一个错误。这么说来他还不错。他做的所有事情都是出于当时的冲动。”

“听起来你其实并不怪他要追杀你。”斑马说。

我们一行人浩浩荡荡地走进广场，这里明显比几个小时前我们来这里时要繁忙多了。虽然多米尼加的帐篷附近仍然没有顾客，但也没有任何看上去像是官吏的人员前来。我猜想她的身体还在，仍悬挂在她进行神经驱魔活动的手术台上空，仍然被群蛇围绕。她的死讯现在肯定已经传得很远了，但这种完全无法无天的行为——完全违背了谁能碰谁不能碰的潜规则——在帐篷周边制造出了一片禁区。

“我认为没人会责怪他，”我说，“因为我对他做的事……”

白色的房间又回来了，只是这次我分享了那个蜷缩着的人的视角；感觉到自己赤身裸体，极度恐惧，这恐惧在他的情感中撕开了些他从未想到过的裂缝，就像一个人在幻觉中瞥见的全新色彩。

这是坦纳的视角。

那个生物在壁龛里动了动，慢悠悠地耐心展开自己盘曲的身体，就仿佛——在它细小大脑里的某些简单神经回路当中——它明白，它的猎物一时之间哪儿都不会去。

这条哈玛德律阿得斯尚未成年，不算大；它从自己的母树中出生肯定还不超过五年，这点可以从它的光电兜还是玫瑰色的看出来。那东西像休息的蝙蝠的翅膀一样包裹在它的头部周围，在接近成熟时就会失去那种色泽，因为只有完全长大了的哈玛德律阿得斯才长到足以够到树顶，然后展开它们的光电兜。如果允许这条生物继续长大的话，那光电兜色调会渐渐加深，再过一两年就会从玫瑰粉变成闪亮的黑色，如一张深黑色的毯子，上面布满虹膜状的光伏电池。

那东西盘绕着身躯落到地面上，就像被从船上抛到码头边的一捆硬绳。它休息了一会儿，光电兜轻柔而缓慢地一张一合，就像鱼鳃。现在从近处看去，它其实还是很大的。

他在野外看到过几十次哈玛德律阿得斯，但从来没这样近距离看过，甚至也从未见过完整的哈玛德律阿得斯，只是在安全的距离上瞥见过它们在林间的身影。哪怕他每次遭遇它们时手上从来都拿着可以轻易杀死哈玛德律阿得斯的武器，他心里依然没有哪一次不带着几分恐惧。他明白这是为什么。实际上，这很自然：人类对蛇的恐惧是一种通过数百万年的进化被谨慎地写到了基因当中的恐惧。哈玛德律阿得斯不是蛇，它的祖先与曾存在于地球上的任何生物都没有丝毫相似之处。但它看起来像一条蛇，它动起来也像条蛇。这就已经足够了。

他惨叫起来。

第四十章

“你可能到头来是辜负了我的期望。”我对尼奥金科用口型无声地传达了一个信息，虽然他根本不可能再听到我的话。“但我不能否认，你完成的工作堪称典范。”

小丑为这句话露出了笑容。

“阿梅斯托，恩图曼？我希望你们正在看着这边。我希望你们能看到我将要做的事。我想让你们看个清楚。完完全全看清楚。你们听明白了吗？”

阿梅斯托的声音在一阵时滞之后传来，微弱得仿佛来自最近的类星体到这里的中点。之所以如此微弱，是因为其他飞船已经丢弃了所有不必要的通信阵列——数百吨的冗余硬件。

“你已经自绝了所有的后路，孩子。你现在没什么可做的了，斯凯。除非你再设法说服你那里的某些活人穿过冥河。”

我为这句经典的引用微微一笑。“你不会真的认为那些死者当中有些是被我杀掉的吧？

“不会吧？”

“就像我认为是你杀了巴尔卡扎尔一样。”阿梅斯托沉默了一会儿，周围一片寂静，只有星际静电噪声在噼啪作响。“你想做什么那就动手吧，奥斯曼……”

当阿梅斯托提起那位老人时，我舰桥上的官员们尴尬地看着他，但没人打算有除此以外的举动。他们中的大多数肯定早就起了疑心。他们现在都忠于我；我收买了他们的忠诚，靠着支持那些竞争失败者，将他们提拔到船员阶层中的显要位置——就像亲爱的尼奥金科试图要挟我做的事。他们绝大多数都能力不足，但这并不会让我忧心。尼奥金科绕过了那么多层的自动化操作协议之后，我几乎自己一个人就能管好圣地亚哥号。

或许形势不久真会发展到那一步的。

“你忘了件事。”我边说边享受着这一刻。

阿梅斯托肯定自信什么都没忘，开始认为可以在这场追逐中获胜。

他大错特错。

“我想我没有。”

“他是对的。”恩图曼的声音从巴格达号传来，同样微弱。“你已经用尽了你所有的选择，奥斯曼。你没有别的优势了。”

“这一个除外。”我说道。

我把指令输入我座位上的指令控制台。飞船子系统的隐藏操作层面感应到了我的命令，屈从于我的意志。在主屏幕上显示的视图是沿着中轴柱方向的，与我分离死者所在的十六个休眠环时看到的画面非常相似。

但接下来画面有所不同了。

沿着中轴柱，围绕着全部六个方向的休眠环都在脱离飞船。整个画面仍然有种和谐的美感——我这样一个完美主义者无法容许其他的可能——但休眠环不再整整齐齐地排列成行了。现在，剩下的八十个休眠环中每两个就有一个在脱离飞船。四十个休眠环从圣地亚哥号的脊梁上脱落了……

“天哪，”阿梅斯托说话的时候肯定已经看到了发生的一切，“天哪，奥斯曼……不！你不能这么做！”

“太晚了，”我说，“我已经这么做了。”

“那些是活人！”

我笑了。“不再是了。”

然后我将自己的注意力转回到了眼前的风景上——趁着我所创造的壮观景象消逝之前。这看起来真的很美，也很残酷——这点我承认。但美要是在内核里不包含点残酷那算什么？

现在，我确信自己会赢。

我们乘坐和风号前往巨空艇终点站，几天前也是由这巨龙般的火车头牵引的列车把我和奎伦巴赫带进了这座城市。

我用仅剩的一点货币储备从市场上的商人那里买了个假身份，一个名字和一份粗略的信用记录，刚好够让我离开这个星球，然后——如果我走运的话——进入安全岛。我是以坦纳·米拉贝尔的名字进入这里的，但我不敢再用那个名字。通常情况下，对我来说，凭空编造个假名然后进入新的伪装身份应该顺畅得犹如喝水吃饭，但现在，某种因素让我在选择新身份的时候迟疑不决。

最后，当商人快要失去耐心时，我说：“让我成为斯凯勒·奥斯曼。”

这个名字对他来说几乎没有任何意义，而后面的姓氏也无足挂齿。我念了几遍这个名字，让自己对它足够熟悉，一旦这姓名出现在公共广播系统中，或者如果有人在拥挤的房间里小声说出这个名字，我能看起来合情合理地做出反应。随后，我们预订了下一班从黄石星出发升空的巨空艇。

“我当然要来，”奎伦巴赫说，“如果你真的想保护瑞维奇，我是你接近他的唯一方法。”

“如果我那话不是真的呢？”

“你是说如果你还在计划杀他怎么办？”

我点点头。“你必须承认，这种可能仍然存在。”

奎伦巴赫耸了耸肩。“那我只要做我一直想做的事就好。一有机会就干掉你。当然，照我对形势的解读，事情不会发展到那一步——但绝不要以为我不会那么做。”

“我做梦也不敢那么以为。”

斑马说：“当然，你也需要我。我也是和瑞维奇有关联的，虽然远远比不上奎伦巴赫那么紧密。”

“这可能很危险，斑马。”

“怎么？难道去见基迪恩就不危险了吗？”

“有力的论据。而且我得承认，眼下任何可能的帮助我都会欣然接受。”

“那你也会想要我一起去的，”香忒若说，“毕竟，我是这里唯一一位真正懂得如何追猎目标的人。”

“你玩狩猎游戏的技巧毋庸置疑，”我说，“但这跟狩猎游戏是不一样的。如果我对坦纳的了解没错——而我对他的了解恐怕就像他对自己的了解一样好——他是不会遵守任何规则的。”

“那我们就必须抢在他之前动手作弊，不是吗？”

这么多年以来，我发出的笑声里头一次这样满怀真诚。

“我相信我们无论遇到什么都可以随机应变，战胜困难的。”

奎伦巴赫、斑马、香忒若和我在一小时后升空出发；巨空艇在渊堑城上空盘旋一周之后，让自己升入低垂的云层中；黄石星上永不停息的狂风和从渊堑中喷涌而出的上升气流互相冲突，将云层扭曲得犹如鬼魅幻影。我俯瞰下方，这座城市看起来很小，犹如玩具庭院，地沤区和天篷区几乎无法分辨，都压缩成一个错综复杂的城市层。

“你没问题吧？”拿着饮料回到我们桌旁的斑马说。

我从窗口转过身去。“为什么这样说？”

“因为你看起来对这个地方恋恋不舍。”

在旅程快要结束的时候，在我的计划越来越明显地取得成功之际，也就是当他们开始公开提及我是个英雄的时候，我去探望了一次我的两名囚犯。

这些年来，没有人找到过圣地亚哥号深处的密室，尽管有些人——特别是康斯坦札——已经猜到它一定存在。但这间密室从飞船的电力和生命维持系统中获取能量时极为节俭，即使康斯坦札那无人可以质疑的技能和毅力也不足以翻查出它的位置。幸好如此，因为尽管现在情况不那么危急，但很长时间内，密室一旦被发现我就会身败名裂。不过现在我的处境已经安全了，我有足够的盟友，受得住无关痛痒的丑闻，而且我已经对大多数反对我的人进行了有效的处置。

当然，严格来说，这里有三名囚犯，尽管斯栗克其实并不属于上面提到的反对者。它在这里只是因为对我有用，而且我不认为被关在这里对它真的算得上惩罚——至于它怎么看我不管。我到达时，它像往常一样在自己的水箱里屈伸着身体，不过近来它的动作总是懒洋洋的，它黑色的细小眼睛只能模模糊糊看到我的存在。我不知道它还记得多少自己早年的生活，现在这个关着它的水箱相比它过去五十年所拥有的空间来说已经广阔得犹如大海了。

“我们快到了，对不对？”

我惊讶地转过身去，隔了这么久之后，我再次听到了康斯坦札低沉的声音。

“非常接近，”我回答，“我刚刚亲眼看到了旅途终点星，你知道吗？我看到了一个完整清晰的世界，而不再只是一颗明亮的星星。看到这幅景象的感觉真的是相当美妙，康斯坦札。”

“有多久了？”她挣扎着看向我，用力拉扯着绑住她的索具——她被绑在一副从中间弯折成四十五度角的担架上。

“我把你带到这里来之后？我不清楚，四五个月吧？”我耸了耸肩，就好像几乎从来没把这件事放在心上。“这并不重要，不是吗？”

“你对其他船员怎么说的，斯凯？”

我笑了。“我什么都不用说。我让现场看起来像是你从气闸里跳出去自杀了。那样可以不必提供一具尸体。我只是让其他人自己得出结论。”

“总有一天他们会弄清楚发生了什么。”

“哦，这点我很怀疑。我给予了他们整个世界，康斯坦札。他们想把我封为圣徒，而不是钉死在十字架上。在我看来，这种状况在很长一段时间内都不会改变。”

当然，康斯坦札一直都很麻烦。在卡洛奇号事件之后，我已经让她名誉扫地——通过揭示出一系列伪造的证据，让她和拉米雷斯船长看起来处于同一个阴谋构架当中。她作为安保人员的职业生涯至此终结。她幸运地躲过了处决或监禁，特别是在休眠单元分离后那段孤注一掷的日子里，她居然也安然无恙。可她还是一直不停地做出些让我为之忧心的举动，即便她被降级到去干杂活也一样。整体上而言，船员们都愿意承认，分离休眠单元是一次孤注一掷的行动，但绝对必要；我通过宣传关于其他船只意图的谎言，把他们导向了这个结论。我本人甚至也不认为那是犯罪。康斯坦札的想法却与众不同，她最后几年的自由时间都用在了解谜上，努力想要破解我这些年来用误导性的信息在我周围编织出的迷宫。她老是在对卡洛奇号事件进行调查，抗议说拉米雷斯是无辜的；她还坚持对老巴尔卡扎尔的死亡方式大加臆测，坚持说他的两名保健医生被处决是错误的。她甚至时不时还对提图斯·奥斯曼的死亡原因提出质疑。

最后，我决定必须要让她闭嘴了。伪装出她的自杀只需要一点事前准备就好，把她不为人知地带到这间刑讯密室也一样。当然，她大部分时间都被麻醉，被绑在原地，但我时不时地会让她清醒一段时间。

有人可以跟你聊聊天是件好事。

“你为什么让他活了这么久？”康斯坦札说。

我看着她，惊讶于她变得如此苍老。我还记得我们都站在那个装着海豚的大水池玻璃旁的情景，我们的年龄看上去几乎相当。

“那个嵌合体？我知道他会有用的，就这样。”

“用来折磨？”

“不。哦，在我看来，他已经为自己的所作所为受到了惩罚，但那只是事情的开始。来。你为什么不仔细看看他呢，康斯坦札？”我调整了下她担架的角度，直到她正好面对那名渗透者。他现在完全是我的所有物了，根本不需要外在的束缚。尽管如此——为了我内心的平静——我还是把他锁在了墙上。

“他看起来很像你。”康斯坦札惊讶地说。

“他有二十块额外的面部肌肉，”我带着一种老父亲般的骄傲说道，“这些肌肉可以把他的皮肤拉伸成任何他想要的形状，并保持在那个状态。而且我把他带到这里之后，他并没有老多少。我认为他仍然可以冒充我。”我揉了揉自己的脸，感觉到化装层那粗糙的质地，我用它们来让我不自然的年轻面相没那么显眼。“而且他会做任何事——是任何事——只要是我要求他做的。是不是，斯凯？”

“是的。”嵌合体答道。

“你在策划什么？利用他李代桃僵？”

“如果事情真到了那一步的话，”我说，“坦率地说，我对此表示怀疑。”

“可他只有一条胳膊。人们绝不会把他误认为你的。”

我把康斯坦札推回到我来时她所在的位置。“相信我，这并不是个不可克服的困难。”我驻足原地，从我放在神盒——我用来粉碎和改造渗透者思想的装置——旁边的医疗器械包里拿出个巨大的注射器，它的针头很长。

康斯坦札看到了注射器。“这是给我准备的，对不对？”

“不，”我边说边走向海豚水箱，“这是给斯栗克准备的。这些年来一直忠心耿耿为我服务的亲爱的老斯栗克。”

“你要杀了它吗？”

“哦，我肯定它现在会将这视为一种慈悲。”我拉开了斯栗克栖息在里面的水箱盖子，为那股难闻的咸味皱起了鼻子。斯栗克又欠了欠身，我把一只手放在它背上抚慰着它。它的皮肤曾经像抛光的卵石一样，光滑油亮，现在却像是些混凝土。

我将针头穿过一英寸厚的脂肪，给它注射药液。它又动了起来，几近挣扎，然后它安静了下来。我看着它的眼睛，但那双眼珠子看起来跟以往一样毫无神采。

“我想它已经死了。”

“我还以为你是来杀我的。”康斯坦札说话的语声不由自主地透露出她绷紧的神经放松了几分。

我笑了。“用那么大的注射器？你一定是在开玩笑吧。不是的，这个才是给你准备的。”

我拿起了另一个注射器，这一个要小不少。

旅途终点星，这名字实在很适当。我握着圣地亚哥号零重力观测舱里的固定杆这么想着。此刻悬在我下方的这颗星球看上去就像是盏绿色的纸灯笼，只靠着一根昏暗的蜡烛照明。天鹅星，或者说天鹅座 61-A，不是颗明亮的恒星；哪怕旅途终点星轨道离这颗矮星相当之近，这里的阳光也和小丑给我看的那些地球照片上的阳光很不一样。只是一些阴沉的照明，光度相当够呛。这颗恒星的光谱高度集中在红光波段，形成一个尖峰，但肉眼看上去仍然是白色的。但这并不令人惊讶。早在一个半世纪前，大船团还没有离家出发之际，他们就已经知道这个星球在其轨道上会接收到多少能量。

在圣地亚哥号的货舱深处，有一个半透明的精美物品，它太轻了，没有被牺牲的价值。此刻也有工作小组在围着它做准备工作。他们把它从星舰当中取出，固定到一艘轨道转移拖船上，把它拖拽到行星的重力场之外，拖到旅途终点星和天鹅星之间的拉格朗日点上。这个物体会靠着等离子推进器对姿态进行微小调整，固定位置，在那里飘浮一个又一个世纪。至少按计划应当如此。

我把目光从星球边缘移开，转向星际空间。另外两艘飞船，巴西利亚号和巴格达号，仍然在那里。目前估计他们将在未来三个月到达，但这个估计不可避免地会有误差。

没关系了。

第一拨穿梭机已经往返地面好几次了，丢下了许多装有无线电应答器的货物包裹，等待着人们几个月后去发现。此刻也有一艘穿梭机正在下降，它黑乎乎的三角形机身下是赤道附近的一片陆地，地理部门称之为“大半岛”。我认为，再过几个星期，他们毫无疑问会想出一些不那么平铺直叙的名称来。再飞行五轮就能让所有剩下的殖民者到达地表。最后将所有船员和不能通过空投货运的方式运输的重型设备运下去还要五轮。圣地亚哥号将会留在轨道上，成为一副巨大的骷髅，上面任何有用的东西都被剥了个干干净净。

穿梭机的推进器短暂点火，将它推进了插入大气层的轨道。我看着它逐渐缩小，最终消失在视野中。几分钟后，我觉得我看到在地平线附近出现了些许闪光，那是它接触大气时出现的再次进入的火焰。用不了多久它就会着陆了。一个简单的登陆营地已经在大半岛南端附近建立起来。我们打算叫它新圣地亚哥，但是，现在说这个为时过早。

现在，“天鹅之瞳”正在张开。

当然，它离这里太远了，根本看不见，但薄到只有几埃[1]的塑料结构确实正在拉格朗日点上伸展开来。

定位几近完美。

一道光束像手电筒的光柱般落到下面阴暗的世界上，投出一个椭圆形的明亮区域。光束在移动，搜寻，变形。等人们对它进行适当调整后，它将使落在大半岛地区的太阳光照增加一倍。

我知道，那下面有生命。我有些好奇它们会如何适应环境光线的变化，然后发现这个问题很难激起我太多热情。

我的通信手环响了。我往下瞥了一眼，想知道我的船员中是谁有勇气打扰我享受这胜利的时刻。但手环只是告诉我，在我的宿舍里有条预录信息在等着我。我大为恼火，但同样好奇，我以手推墙让自己飘出了观察舱，然后穿过一系列的气闸和中间过渡转轮，最终抵达了我们这艘巨大飞船的主要区域，旋转外缘。进入引力区域后，我行走时姿态自如，平静如常，不允许我的脸上出现哪怕一丝一毫的犹疑。船员和高管们不时从我身边走过，向我敬礼，有时甚

1. 一种在专门领域使用的计量微小长度的单位，1 埃等于 10^{-10} 米。

至主动和我握手。整体气氛是一片欢腾。我们穿越了星际空间，安全抵达了新世界，我让我们比对手抢先到了。我时而驻足停留，和他们中一些人交谈几句——这对巩固联盟至关重要，因为多事之秋即将到来——但我的心思一直在琢磨着那份录音信息，我很想知道它可能的意义。

很快我就了解了。

“我想现在你已经杀死了我，”康斯坦札说，“或者至少让我永远消失。别，什么也别说——这不是互动录像，而且我也不会占用你太多宝贵的时间。”我看着她的脸孔出现在我宿舍里的屏幕上，看起来比我上次见到她时要稍微年轻一些。她继续说道：“你多半已经猜到了，这段视频是我不久前录下的。我把它下传[1]到了圣地亚哥号的数据网络中，设定成每六个月就要干预一次，才会不让它被发送给你。我知道，我这个眼中钉正扎得你越来越疼，所以我认为，你很有可能在不久的将来想方设法除掉我。”

我想起她曾要求知道我已经囚禁了她多久，不由自主地笑了。

“干得漂亮，康斯坦札。”

“我已经确保相当数量的高管和船员们都会收到一份拷贝，斯凯。当然，我并不真的指望自己这些话会被重视。你肯定对我失踪的真相进行了篡改。那不重要，我已经播下了怀疑的种子，这就够了。斯凯，你仍然会拥有盟友和崇拜者，但如果其中有些不再打算盲目服从你的领导，那你也不要感到惊讶。”

“就这些了吗？”我说。

“还有最后一件事，”她说话的样子简直好像她早就料到我会在这个时间开口，“这些年来，我收集了大量不利于你的证据，斯凯。大部分都是间接的，大部分都可以有不同的解释，但这是我毕生的心血，我不愿意看到它们变成废品。所以，在我录下这条信息之前，我把我所有的证据都藏在了一个很小、很难找到的地方。”她停顿了一下。

“斯凯，我们到达环绕旅途终点星的轨道了吗？如果是这样的话，你再

1.原文如此。本书中将数据传入网络均用“下传”。

想去寻找这些材料就没什么意义了。现在几乎可以肯定它们已经在行星地表上了。”

“不。”

康斯坦札笑了。“你可以躲藏起来，斯凯，但我会一直在你身边，永远纠缠着你。无论你如何努力地埋葬过去，不管你如何有效地重塑自己的英雄形象……那个包裹会一直在那里，等待着被发现。”

在那之后，过了很久之后，我跌跌撞撞地在丛林中穿行。奔跑对我来说很难，不过这跟我的年纪没什么关系。难的是靠一只手保持平衡，我的身体总是忘记这必要的不对称性。我在定居地表的头几天里失去了一条手臂。那是次可怕的事故，尽管当时的痛苦现在只余一段抽象的记忆。我的手臂被焚毁了：我把它放在一台聚变发动机巨大的喷口前，让它烧成了一段脆黑的树桩。

当然，那根本不是意外。

几年前我就知道我可能不得不这么做，但又不得不将事情一直拖后，直到我们下到行星为止。我失去手臂的方式必须要保证没有任何医学干预可以挽救它，这就排除了一次整洁、无痛的切断手术的可能。同样，我还必须能够在失去它的情况下活下去。

事故发生后，我在医院住了三个月，但我还是挺过来了。然后我开始恢复履行我的职责。这件事情传遍了整个星球，也传到了我的敌人那里。我只有一条胳膊的印象渐渐深入人心。几年过去了，这一事实在人们的眼中已经平平无奇，甚至几乎不再被提及。从来没人怀疑失去手臂只是个更大计划中的一个微小细节，一个在可能派上用场之前几年或者几十年提前采取的预防措施。嗯，现在是时候了，我可以感谢一下自己的先见之明。我现在成了个逃犯，甚至还是在我接近自己八十岁生日的时候。

在建立殖民地的最初几年，事情进展得相当顺利。康斯坦札从坟墓里传出的消息让我的神圣光环消失了一段时间，人群中对我是否适合英雄的角色可能有了些徘徊不去的疑虑；但不久之后，他们对英雄的迫切需求就压倒了这种疑虑。我失去了一些支持者，但赢得了乌合之众的普遍好感，这样的得失交换我认为是可以接受的。康斯坦札藏起来的包裹一直也没有重见天日，随着时间的推移，我开始怀疑它从未存在过，怀疑整件事只是为了让我紧张不安而设计的心理武器。

早期的那些日子令人兴奋。我给了圣地亚哥号三个月的余裕，这段时间足够我们在地上建起一个由小型营地组成的网络。当其他星际飞船停下来，进入上空的轨道时，我们已经有了三个防御完善的大型定居点。赤道附近的新瓦尔帕莱索城（我想有一天它会成为建造太空电梯的好地方）是最新的一个。随后还会有其他的。开局良好，在那个时候根本无法想象到，后来大众——少数忠心耿耿的例外——会转而如此恶毒地反对我。

然而他们就是这么干了。

我透过浓密的雨林枝叶看到前方有什么东西。一团亮光。我认为，那肯定是人造光，也许正是我要前往会见的盟友。至少我希望如此。我现在没多少盟友了。正统权力结构中剩下的少数几位设法在审判前把我从禁闭中救了出来，但他们没能帮我抵达避难所。那些友人很可能会因叛国罪被枪毙。那就这样吧。他们做出了必要的牺牲。我对此早有预期。

起初，那甚至不是一场战争。

巴西利亚号和巴格达号已经进入轨道，面对着圣地亚哥号留下的残骸。好几个月过去了，什么事也没有发生，那两艘联盟的飞船一直在冷冷地观察，一言不发。然后他们派出了一对穿梭机，看轨道他们将会降落在大半岛的北方区域。我真希望我能在那艘旧飞船里留下一点反物质，好可以让它的引擎启动那一瞬间，用那把致命的长矛扑杀那两艘穿梭机。但我一直也没了解到关闭反物质储存库的技巧。

穿梭机降落地面，然后又飞回轨道，将休眠者带下来。

又是几个月漫长的等待。

然后，攻击开始了：小规模的队伍从北方南下，攻击圣地亚哥号新建的定居点。哪怕这时候整个星球上只有不到三千人。这足够打一场小战争了……不过一开始还很平静，双方有时间去开挖战壕，巩固阵地……以及繁衍生息。

根本算不上真正的战争。

但我自己这边的人仍然试图以战争罪处死我。这并不是说他们对与敌人和平相处感兴趣——发生了太多冲突，那已经不可能了——但他们毫无异议地责怪我造成了这整个局面。他们打算杀了我，然后回到冲突中。

忘恩负义的浑球们。他们扭曲了一切事实。他们甚至改变了这个星球的名字，就像是在开玩笑似的。不再是旅途终点星。

斯凯先手星。

因为是我给了他们抢先到达的优势。

我讨厌这样。我明白他们这是什么意思：对必然的罪行予以病态的自认；提醒自己是什么让他们得以来到这里。

但这个名字被广泛接受了。

这时我停了一下，不仅仅是为了喘口气。我从来没有真正喜欢过丛林。有传言说里面有怪物——一些很大的东西，蛇行蠕动。但我信任的人没一个见过。那么，这只是故事，仅此而已。

只是故事而已。

但我迷路了是事实。我先前看到的光现在消失不见了。可能被一片茂密的树林挡住了……又或者一直以来它都只是我的想象。我环顾四周。到处都很黑，什么看起来都一样。头顶上的天空正在变暗——天鹅座 61-B，天空中平时除天鹅星之外最亮的星星，此刻位于地平线以下，所以丛林很快也会更加黑暗，和黑色的天穹浑然一体。

也许我会死在这里。

但这时我觉得看到在前方远处有什么东西在移动，一个乳白色的形体，我起初还以为就是我之前看到的那片光芒。但这个乳白色的形体要近得多——事实上，它还在继续靠近我。状若人形，正穿过茂密的植物向我走来。它闪闪发光，好像沐浴在从它自己体内发出的光芒之中。

我笑了。我现在认出了这个人形。我不该害怕恐惧的。我不该忘了我从来没有真正地孤独过；我的向导总会出现，给我指明前进的方向。

“你不会以为我把你忘了吧？”小丑说，“走吧。现在不远了。”

小丑带我继续前行。

这不是我的想象，不完全是。前方有灯火，透过树林闪动着，犹如阴森迷雾。是我的盟友……

我找到他们的时候，小丑已经不在我身边了。它已经像视网膜上的残像般慢慢消失了。那是我最后一次见到它——但它把我带到了这里，已经做得够好了。它是我这辈子唯一信任的朋友，尽管我知道它只是一个心理虚像，一个被投射到光天化日之下的潜意识实体，诞生于我的记忆之中，对我在圣地亚哥号的育儿室中认知的那个监护儿童的虚拟形象的记忆。

那又有什么关系呢？

“奥斯曼船长！”我的朋友从林间朝我喊道，“你来了！我们都以为那批人没能成功……”

“噢，他们很好地完成了自己的任务，”我说，“我估计他们现在已经被捕了——即使还没有被枪杀的话。”

“有件怪事，先生。我们听到了关于逮捕的报道——那些家伙说，他们再度抓到了你。”

“那根本说不通，不是吗？”

但其实是说得通的，我暗自想。前提是他们以为自己再度俘获了我，但其实那个人只是看起来像我；那人看起来像我，因为在他柔软的皮肤下隐藏着二十块额外的肌肉，这使得他几乎可以伪装成任何人。他的言谈举止也会像我一样，因为他多年来一直习惯这样做，他被训练成把我当成他的上帝，对我唯命是从是他唯一的渴望。至于那条少了的手臂？好吧，那是一次致命的纰漏，不是吗？他们逮捕的那个人看起来像斯凯·奥斯曼，而且也确实少了一条胳膊。

他们绝不会怀疑自己确实又抓到了我。会有勉强拼凑起的审判，犯人在审判过程中可能会显得语无伦次——但是对一个八十岁的老人他们还能指望什么呢？他多半是老糊涂了。最好的办法是拿他以儆效尤，尽可能地把他变成个公开的警示，变成个没人会很快忘记的象征，哪怕做法不够人道。钉十字架可能会符合要求。

“先生，这边走。”

有辆车在灯光下等着，一辆履带式地面越野车。他们把我塞进车里，然后快速穿过森林小径。我们夜间行车，感觉像过了几个小时，一路离有任何文明迹象的地方都越来越远。

最终他们把我带到了一大片林间空地上。

“就是这里了吗？”我说。

他们齐齐点头。当然，我早就知道这个计划。现在的大气候对我不利。这不是英雄们的时代——人们更愿意将英雄重新定义为战犯。我的盟友们此前一直在保护我，但还是没能阻止我被捕。他们所能做的就是把我从新伊基克的临时拘留中心解救出来。如今既然我的替身被抓了回去，我就必须消失一段时间。

在这片丛林中，他们设计了一个能永远保护我的方案——无论我的盟友们在主要的那些殖民点中的命运如何起落。他们在这里埋下了一个功能齐全的休眠舱，连同可以让它工作几十年的供电设备。他们觉得使用它是有风险的，但他们这么想的同时也认为我真是八十岁的老人了。我估测，风险比他们想象中要小得多。等我准备好，再度苏醒之际——我认为那至少要一个世纪以后——我的帮手们将会有更好的技术可用。让我复苏应该不成问题，甚至修复我的手臂很可能也不成问题。

我所要做的就是一觉睡到合适的时间。在那段岁月当中，我会由我的盟友们照顾，就像我当年照顾圣地亚哥号上搭乘的那些休眠者一样。

不过他们的奉献精神要强出太多啦。

他们将地面越野车和某个被过度繁茂的植被掩埋的东西——一个金属钩——系到一起，然后驱车向前猛拉，将设置在那片空地地面上的伪装门拖到一旁，露出通往下方的台阶，底下有个照明良好、干净整洁的房间。

在两名部下的协助下，我被送下了阶梯，抵达了等在那里的休眠棺椁。它曾从太阳系搭载某人前来此地，而后又被翻新过了，应该会非常适合我的需求。

“我们最好尽快让您进入休眠。”我的助手说道。

我笑着对那个男人点点头，然后让他把一支皮下注射器插进我的胳膊。

睡意飞快袭来。在它完全侵入我之前，我记起的最后一件事是，等我醒来时，我需要一个新的名字。这名字必须不会被任何人把它跟斯凯·奥斯曼联系起来，但同时要为我提供一些与过去的切实联系。某个只有我一人明白个中意味的名字。

我回想起了卡洛奇号，想起了尼奥金科告诉我的幽灵船的那些故事。然后我想起了圣地亚哥号上那些可怜的疯海豚，特别是斯栗克；想起了我把毒药推进它身体时，它那有着坚韧外皮的结实躯体在水中挣扎的样子。幽灵船上也有只海豚，但我一时想不起它的名字，甚至不确定尼奥金科是否告诉过我。我想，等我醒来之后我会找出那个名字的。

找出来，然后用它作为自己的名字[1]。

1.即卡乌拉。西班牙语，意为“海豚人”，在加勒比海的幽灵船传说中，它可以和人类沟通。

第四十一章

安全岛是个一千米长的纺锤体，涂成了黑色，完全没有外部灯光，能看见它完全是因为它挡住了背后的恒星和银河中心的白光。这里几乎没有其他往来的飞船，我们看到的少数几艘也像这个定居点一样，通体漆黑，看不出任何特征。我们按指示靠近时，纺锤体的一端张开来，变成分开的四片三角形，仿佛一只没有眼睛的海洋食肉动物打开了它高度特化的下颌。我们就像是漂进它口中的微小浮游生物。

泊位刚好能容纳我们这样大小的飞船。泊船夹具展开就位，接着状若手风琴的转移通道也伸展开来，与飞船主体球状部分赤道带周围的气闸对接。

坦纳就在这里，我默默地想。从我们踏入安全岛的那一刻起，他随时可能杀死我和任何一个过于接近我们之间的小恩怨的人。

这件事我绝不可以一不小心忘了。

安全岛派了些武装无人机进入飞船，它们黑色光滑的球形身体上密布着武器和传感器，用后者扫描我们，寻找有没有暗藏武器。当然，我们没带，哪怕黄石星的安保也没马虎到能让我们那么干。出于同样的理由，我希望坦纳进来时手上也没有武器——但并不指望这一点。

面对坦纳，你什么都指望不上。

这些机器人的技术水平明显比我苏醒后遇到的任何东西都要先进——可能斑马的家具除外。据推测，没有增强改造过的人类并不被认为有严重的传播风险，但如果我们中的一个人携带了易感染瘟疫的植入物，我们可能会被拒绝入境。机器人完成了最初的任务之后，就进来了一些人类官员，身上携带着看起来明显没那么凶残的枪械，拿枪的样子十分局促，仿佛有种想要道歉的氛围。他们实在客气得过分，不过我有点明白是为什么。

未获邀请者根本无法抵达此地。

我们作为贵宾理当获得相应的待遇。

"当然，我提前打了电话通知。"我们在气闸室等待我们的文件走完流程的时候，奎伦巴赫说，"瑞维奇知道我们到了。"

"我希望你也提醒了他坦纳的事。"

"我能做的都做了。"他说道。

"那是什么意思？"

"意思是坦纳肯定就在这里。瑞维奇不会把他拒之门外的。"

因为担心我的假身份不足以让我进入安全岛，我一直都在冒汗。但现在我额头上的汗珠变成了冰滴。"他在玩什么见鬼的把戏？"

"瑞维奇肯定觉得他和坦纳之间还有些未了之事。他会邀请坦纳过来的。"

"他疯了。虽然坦纳真正的目标是我，但他可能会仅仅为了找点刺激就杀死瑞维奇。别忘了我有件事不得不做，要完成一项任务，要遵守我的诺言，绝不会放过瑞维奇。我不知道这种冲动是来自坦纳还是卡乌拉。但我可不想把我的性命赌在这个上头。"

"你小点声，"奎伦巴赫说，"那些机器人应该已经在这个房间里的每个平方埃上都布满了监听设备。记住，你来这里不是为了无声无息就死掉的。"

"循规蹈矩之旅。"我做了个鬼脸。

装甲外门重新打开，一片片铁锈从铰链上脱落，在零重力下飘进房来。

一位三级官员进来了，这次他甚至没有带武器，也没有穿着增强肌力盔甲。他带着一种躲躲闪闪的痛苦表情，像一发热追踪子弹般直奔我而来。"奥斯曼先生？很抱歉给您带来不便，但我们在处理您进入安全岛的申请时遇到了些管理上的问题。"

"真的吗？"我说话时努力让自己的语气听起来有点惊讶。我没什么好抱怨的，斯凯·奥斯曼这个名字已经带我离开了黄石星的大气层，大致上也只能期望这么多了。

"我敢肯定，没什么大不了的。"那位办事员脸上露出真诚的表情，"我们经常遇到这里的记录和太阳系其他区域的记录之间发生冲突这种事，在最近那次大煞风景的事情之后，这是意料之中的。"

最近那次大煞风景的事情。他说的是那场瘟疫。

"我相信这个问题可以通过更彻底一些的检查来解决，几项生理特征交叉检验，没什么太复杂的。"

我不快地仰首望天。"具体是什么样的生理特征交叉检验？"

"视网膜扫描之类的东西。"那位官员边说边朝我们视线之外的某物或是某人打了个响指。几乎立刻就有个机器人进入了气闸室，一个鸽子灰色的球体，很客气地没带任何讨厌的武器，上面打着混种大师的印记。"我不会接受视网膜扫描。"我尽可能理直气壮地说道。我知道，我眼睛的异常都不需要机器就能发现。只要光线合适，一个普通人几乎只要瞥我一眼，就能发现我看他的那样子有些古怪。

这位官员对我这话的反应就像是挨了一记耳光，他的脸色几乎是肉眼可见地迅速苍白起来。"我肯定，我们能设法协调一下……"

"不，"我说，"我恐怕非常怀疑这一点。"

"那我恐怕——"

奎伦巴赫站到了我们当中。"让我来处理这件事。"他用口型向我示意，然后对那个人大声说道："请原谅我的同伴，他面对官员有点紧张。我相信你也能明白，这是个无心之过。如果阿尔根特·瑞维奇给出保证，你能接受吗？"

那男人看起来有些慌乱。"当然了……如果有他的保证……是他本人做出的话……"

我注意到，他不需要问阿尔根特·瑞维奇是谁。

奎伦巴赫冲我打了个响指。"留在这里，我去跟他把事情搞定。不会超过半小时的。"

"你要让瑞维奇同意我进入？"

"是啊，"奎伦巴赫说话的神情没有半点幽默，"很讽刺，不是吗？"

我没等多久。

安全岛管理部门暂时羁押那些入境申请悬而未决的人的地方有个屏幕，瑞维奇出现在了那上面。看到他的脸并不会让我有多么惊讶，毕竟我已经见过沃罗诺夫了，那家伙跟他长得一模一样。但真正的瑞维奇身上有些独一无二的东西，某种沃罗诺夫没能成功捕捉到的精髓，某种我也无法准确定位的东西。我认为，这就是一名游戏玩家——无论他玩得多么认真——和那些动机极其严肃的人之间的区别。

"这可真是个意想不到的变化啊。"瑞维奇说。他肤色苍白，但貌似健康，他身上唯一可见的衣物是件高领的白色束腰外袍。他背后是幅壁画，上面代数符号纵横交错，代表着数字飞升过程数学理论的一部分。"你向我申请进入，而我也同意了。"

"你把坦纳放进来了，"我说，"你确定这样做明智吗？"

"不明智，但是我肯定结果会很有趣。假设他就是你所说的那个人，而你也是你所说的那个。"

"我们中有一个人可能想杀了你。或者两个。"

"你想吗？"

这是一个令人激赏的问题，直奔主题。我给了他尊严，让自己显得在回答之前先考虑了一下。“不，阿尔根特。我曾经想要杀了你，但那是在我知道自己是谁之前。发现自己并非自己所认为的那个人确实会改变一个人心目中事情的轻重缓急。”

“如果你是卡乌拉，那么是我的人杀死了你的妻子。”他的声音尖细单薄，像个孩子，“我还以为你会比之前更加想杀死我呢。”

“是坦纳杀死了卡乌拉的妻子，”我说，“他以为自己是在救她，但那其实并不能改变什么。”

“那么，你到底是不是卡乌拉？”

“我可能曾经是。而现在，卡乌拉已不复存在了。”我坚定地望着屏幕，“坦率地说，我认为没有人会哀悼他，不是吗？”

瑞维奇厌恶地噘起嘴唇。“卡乌拉的武器杀害了我的家人，”他说，“他贩卖的那些武器杀害了我所爱的人。为此我可以很高兴地下手折磨他。”

“如果你杀了吉塔，那对他来说受到的折磨已经比你能用刀子和电极施加于他的任何折磨都要痛苦得多。”

“会吗？他真的那么爱她吗？”

我搜寻了下自己的记忆，希望能给出肯定的答复。但最后我只能说：“我不知道。他那个人有非常之多的可能性。我所确切知道的是，坦纳对她的爱至少也和卡乌拉一样深。”

“但是吉塔确实死了。那对卡乌拉产生了什么影响？”

“使他变得满怀恨意。”我说话时回想起了那个白色的房间，它仍在我记忆边缘隐约徘徊，就像一场醒后不太记得的噩梦。“但他选择把恨意向坦纳的身上发泄。”

“坦纳还活着，不是吗？”

“只剩下一部分，”我说，“而且那部分已经不一定还能够被称为人类。”

瑞维奇沉默了一会儿，显然在认真权衡我们会面涉及的难题。最后他说：“吉塔，她是这当中唯一清白无辜的，不是吗？唯一一个不该有那种遭遇的。”

这点是无可争议的。

安全岛中空的内部永远被锁定在一片幽暗之中，就像个断电的城市。和渊堑城不同，这是故意的，声称拥有此处租赁权的团体有意造成了这种状态。这里不存在本地生物圈这种东西。内部没有充压，只有微量大气，每一寸墙壁上都布满了没有窗户的密封结构，由错综复杂的运输管道彼此连接。那些管道上有微微的亮光，算是这里仅有的光源，虽然并没有照亮多少东西——如果不是因为我眼睛的生理机能经过增强改造，我怀疑我可能根本什么都看不到。

然而，这个地方充满了某种难以驾驭的力量；有种无法听闻的轰鸣，持续不断，让你的骨头为之颤动。我们脚下的阳台铺满了气密玻璃，但即便如此，我还是觉得自己正站在一个巨大、阴暗的涡轮机房角落中，房间里的每台发动机都在全速运转。

瑞维奇已经授权安全岛安保部门让我进去，前提是我们这队人得被押送到他那里。我对此有所顾虑，这让事态完全超出了我的控制，但我们除了遵从瑞维奇的意愿，别无选择。在这里——在他的地盘上——追猎已然结束。忽然之间眼前一花，被追猎者已不再是瑞维奇。

在被追猎的或许是坦纳。

又或许是我。

安全岛够小，在内部从一点走到另一点没有真正的障碍；缓慢自转赋予这里的人工重力相对较弱，让移动更为方便。我们被带进了一条连接隧道：一条直径三米的管道，由厚厚的烟灰色玻璃制成，每往前一段就有些光圈式的玻璃隔断门，它们在让我们通过时扩展打开，然后关闭，非常清楚地表明我们正在被引向前方，就像沿着食道传送的食物。我们沿着主轴一路向前，重力随着我们从端盖下行渐渐上升，但一直都远小于一个标准重力。安全岛里那些没有灯光的建筑高耸在我们上方，犹如夜间的山峡岩壁，到处都没有任何其他人居住于此的感觉。事实是，安全岛为之服务的客户们是那种要求绝对不被打扰的人，即使是对他们的同类态度也一样。

“瑞维奇的神经测绘完成了吗？”我说话时惊觉到这个明显的疑问我之前居然一直都没有想到，“毕竟，他就是为此而来的。”

“还没有，”奎伦巴赫说，“首先需要进行各种各样的生理测试——细胞膜化学、神经递质特性、胶质细胞结构、血-脑容量[1]，诸如此类的玩意儿，以确保测绘最优化。你也知道，这种事只有一次机会。”

“瑞维奇要进行全面破坏性扫描？”

“非常接近。他们说，要获得最佳结果还是得这样。”

“一旦他被扫描上传，他就不必再忧心于坦纳这样的麻烦了。”

“除非坦纳也跟随而去。”

我大笑起来，直到我意识到奎伦巴赫那并不是在开玩笑。

“你认为坦纳这会儿在哪儿？”斑马说。她走在我的左边，高高的鞋跟嗒嗒地踩在地板上，她映在墙上那细长的影子像是一支在跳舞的圆规。

“在某个被瑞维奇监视着的地方，”我说，“但愿阿米莉娅也在。”

“她真的值得信任吗？”

“她可能是我们中唯一未曾背叛过任何一人的，”我说，“至少没故意那么做过。但有一点我很确定。坦纳只是在欺骗她，在她的利用价值消失之前。而一旦那一刻到来——可能很快了——她就会有很大的危险。”

香忒若说：“你是来救她的？”

有那么一小会儿，我想给出肯定的回答，抢救回那么一星半点的自尊，假装我是个除了恶行之外还可以做出其他事情的人。而且，或许这也并非全然虚假——也许我来这里的很大一部分原因就是为了阿米莉娅，我完全知道坦纳想要做什么。但她不是最主要的原因，而我感觉最不想做的事就是继续说谎，尤其不想对自己继续说谎。

“我来这里是为了把由卡乌拉起头的事做个了结，”我说，“仅此而已。”

烟灰色的玻璃隧道转而蜿蜒向上，朝着安全岛对面的顶端，然后插进一栋隐约可见的密闭建筑无光的侧面。在这一段隧道的尽头是又一道光圈门，现在

1.应当是“脑血容量”的变体。指单位体积脑组织内的血液含量。

紧紧封闭着。不过这道门是亮黑色的，完全无法看到后面是什么。

我走向门口，把自己的脸颊贴在坚硬的金属上，竭力想要听到点什么。

“瑞维奇？”我喊道，“我们到了！开门！”

光圈门打开了，它的动作比我们早些时候通过的那些更笨重些。

冷冽的绿色光线从正在打开的弓形门板中倾泻而出，让我们沐浴在它单调的色彩中。突然间我想起一个事实，我没有武器，我们全都手无寸铁。我默默想着，自己可能会在一秒钟内死去，甚至可能已经死了都毫无察觉。我进入了他人的巢穴，这个人对我无所畏惧，也绝无任何相信我的理由。瑞维奇和我自己，哪个傻瓜更为愚蠢？我完全无从揣测。我只知道，我想要逃离安全岛，尽快。

门完全打开了，露出里面的前厅，墙壁是青铜的，天花板下挂着鲜亮的绿灯。浅浮雕的金色符号在墙上快速移动，重复着类似的数学表达式，正是我和瑞维奇交谈时看到的那些；这些符咒能把一个人的思想粉碎成纯粹的数字，无数个一和零。

毫无疑问，他就在这里。

我们身后的门关上了，前方的一道光圈门打开，露出个更宽敞的房间，就像一座大教堂。房间沐浴在金色的光芒中，然而两翼实在伸展出去太远，以至于尽头隐没在阴影中。我可以看得出安全岛地板的轻微弧度——地板上布满了交错着青铜和白银的双色波浪纹，让这一特征格外突出。

空气中闻起来有股香味。

一个男人坐在远处，位于从上面的彩色玻璃窗射进来的一道明亮光束的中央。他背对着我们，身下是把装饰华丽的高背椅子，镶着金边。有三台细长的两足机仆站在离椅子几米远的地方，大概是在等待指示。他的头颅几乎隐没在阴影当中；我端详着他脑袋的轮廓，意识到自己正站在瑞维奇身后。

我想起了在渊堑城的不死之鱼附近，我觉得自己看到了他的那个时候。我当时的反应是那么迅速，立刻拔出枪，绕过鱼缸，要去面对面地杀死他。我敢肯定，如果沃罗诺夫没有跑得比我快一点点，我肯定会杀死他的。

而现在，我并没有感到有杀死这个人的迫切需求。

一个像砂纸摩擦般的粗粝嗓音说：“把我转过去，让我可以面对我的客人。”这个陈述本身就显得十分吃力，断断续续，中间夹杂着喘鸣，有些吐字细弱得如耳语一般。

一台机仆走上前去，带着它们那种非人的沉默，把瑞维奇转了过来。

我们面前的景象大出我的预料。

这不可能……

瑞维奇看起来像一具尸体：一具被电子傀儡术暂时激活的死尸。他看起来完全不像个活物。他看起来完全不像是个还可以发声说话的人，更遑论还弯起嘴做出个类似微笑的表情。

他让我想起了马可·菲利斯，只是这一位的健康状况更差。我们只能看到他的头和指尖。其余的部分都被掩盖在厚厚的绗缝毯子下，毯子里拖出的医疗馈线，盘曲连接到一个紧凑型生命维持模块上；这个夹在椅子一边扶手上的设备相当于一套小号的人工心肺护胸，我在把吉塔的尸体送回爬虫馆的途中，就是用那东西来让吉塔继续“活着”。他的脑袋几乎就是个覆盖了一层皮肤的骷髅；他的肤色斑驳，没有瘀伤的暗紫色的地方就是一片死黑。他的眼袋被摘除了；眼睑间的黑暗中伸出若干纤细的缆线，连接到同一个生命维持模块里。他头顶上只剩下几缕头发，就像是在空爆之后正下方总会有几棵树还站着。他的下巴无力地耷拉着，嘴里的舌头像是条肥大的黑色蛞蝓。

他举起一只手。除了有几块黄褐斑，这手看起来比这个人年轻很多。

“我看得出，你很不安。”瑞维奇说。

我现在才意识到，这语声根本不是从他身上发出的，而是从生命维持模块中发出的。即便如此，这声音听起来仍然很微弱。大概连默念的行为对他来说也十分吃力。

“你去做了。”奎伦巴赫边说边走向他依旧为之效力的那个人，“你做了扫描。”

“要么是那样，要么是我昨晚睡眠不足，”瑞维奇说话的语声轻若呼吸，

“总的来说，我倾向于前者。”

“发生了什么？”我问，“出了什么差错？”

“没有出任何差错。”

“你不该是这个样子，”奎伦巴赫说，“你现在看起来像是濒临死亡。”

“也许那是因为我确实濒临死亡。”

“扫描失败了？”斑马说。

“不，塔琳，没有。他们告诉我，扫描完全成功。我的神经结构被完美无缺地测绘了出来。”

“你做得太匆忙了，”奎伦巴赫说，“就是这样，对不对？你等不及做完所有的医学检查。而后果就是这样。”

瑞维奇的脑袋做出个接近点头的姿态。“像我和坦纳这样的人——还有你，”他盯着我说，“缺少医疗微械。在斯凯先手星几乎没有人细胞里有这种东西，极少数能负担得起超空人服务费用的人例外。甚至那些可以选择其他长寿方法的人通常也是如此。”

“有别的事情更需要我们关注。”我说。

“当然了。这就是我们放弃这种奢侈消费的原因。麻烦在于，我需要医疗微械来保护我的细胞抵抗扫描的副作用。”

“老式的？又猛又快？”我说。

“也是最好的——如果你相信那些理论学家的话。其他的都是一种妥协。这里有个简单的事实，如果你想让你的灵魂进入机器，而不仅仅是注入某个模糊的滑稽仿造品，那你必然要在这个过程中死去，或者至少遭受到通常会致命的伤害。”

“那你为什么不使用医疗微械来保护好自己？”奎伦巴赫说。

“没有时间按部就班了。医疗微械必须小心地调整得与使用者相匹配，然后慢慢地注入体内。否则后果就是非常严重的中毒性休克。你等不到医疗微械对你有所助益就已经先死掉了。”

“如果你用了西尔维斯特的设备，”我记起了我听说的那些实验，小心翼翼地说，“你现在压根就不该还有呼吸。”

“流程在西尔维斯特原本的工作基础上经过了升级改良。但你是对的，即使考虑到技术上的改进，我也本该已经死了。碰巧，我接受了足够多的广谱医疗微械治疗，得以挺过了扫描——至少是暂时的。”他朝着生命维持模块和三台服侍他的机仆摆了摆手。“安全岛提供了这些机器。它们在试图稳定细胞损伤，并引入更精细的医疗微械变种，但我怀疑它们这样只是出于义务。”

“你认为你会死？”我说。

“我从骨子里感觉到了。”

我试着想象他那会儿是什么样的感觉；他被进行神经造影的那个苦痛瞬间，他的神经就仿佛被所能想象到的最明亮的闪光灯曝光；那光芒在他的皮下闪耀，深入骨髓中央；在那个瞬间他被光芒刺穿，变成了一座被烤得冒烟的玻璃雕像。

扫描过程使用快速分析光束，这些拥有细胞级解析度的光束会以略高于突触冲动的速度扫过他的大脑，相较于预告在他大脑中蔓延的灾难即将到来的皮质信号，它们始终略微领先那么一点点。直到扫描到达他的脑干，大脑的任何区域都不会接收到从遭受破坏的上层脑细胞传来的干扰信息。由于这个微小的领先优势，除了这个过程有限的时空分辨率造成的轻微模糊，他大脑的整体快照应该是完全正常的。在瑞维奇意识到扫描开始之前，扫描就业已完成——然后他的大脑开始被扫描过程的冲击给搅得天翻地覆，所有的神经回路都陷入崩溃失能中，但一切都已经无关紧要了。

他的影像已经被拍摄完成。

而且甚至那些损伤也无关紧要；不会有任何医疗微械不能修复的损伤，修复的速度几乎就跟伤情出现的速度一样快。这就好像用大炮轰击一栋大楼，把砖块炸得四下乱飞，但大楼里面有一队狂热的建筑工人，会将损害在下一颗炮弹到来之前完全修复……

但瑞维奇从来没有选择那条道路。

瑞维奇选择死亡，选择让他大脑和周围组织中的每一个细胞被攻击破坏，但他知道，无论之后那对他的肉体有什么样的影响，他的灵魂都会存在，它被永久摄录下来，然后——最终——以一种不会被刺杀或被战争这种微不足道的事件抹去的形式被记录下来。

他的一部分已经抵达了永恒。

但不是我们眼前的这部分。

“如果你要死了，”我说，“如果你相信这是不可避免的，而且你肯定在扫描前就知道会发生这样的事情，那你为什么不干脆死在扫描当中？”

“我确实死了，”瑞维奇说，“按照至少十几条医学标准都是，其他星系的法庭会欣然承认我已经死了。但我也知道安全岛的机器能让我起死回生，尽管是暂时的。”

“你完全可以等一下，”奎伦巴赫说，“再过几天，他们就可以让医疗微械和你完美匹配了。”

瑞维奇瘦骨嶙峋的双肩在毯子下面动了动，耸了个肩。“但那样的话，为了给医疗微械一个发挥作用的机会，我将被迫接受一次没那么精确的扫描。那就不是我了。”

“我想坦纳的到来与此无关吧？”我问。

瑞维奇似乎觉得这话很有趣，他嘴角笑容的弧度略微增大。我觉得，很快，我们就会看到他脸皮下面那真正的笑容了，刻在骨头上的那个。他现在不可能还有很多时间了。

“坦纳让我的选择变得容易多了，”瑞维奇说，“我不会夸大其词地说他还对我的处境有任何其他影响。”

“他在哪儿？”香忒若问道。

“他就在这里，”椅子上那个干瘪的人形说道，“他来这里——来安全岛——一天多了。不过，我们还没见过面。”

“你们还没见过面？”我晃了晃脑袋，“那样的话，他来了之后到底在搞什么鬼？和他在一起的那个女人呢？”

“坦纳低估了我在这里的影响力，”瑞维奇说，“不只是在安全岛这里的，是在整个黄石星周边的。你之前也是，不是吗？”

“忘了我吧。我们还是多谈谈坦纳。他是个有趣得多的话题。”

瑞维奇的手指抚摸着毯子的边缘，另一只手依旧完全藏在毯子下面——假设那只手还存在的话。我试图将这个幽魂和我之前在追踪的年轻贵族的形象叠合起来，但这两者似乎没有任何共同之处。甚至瑞维奇的斯凯先手星口音也被机器剥夺了。

“坦纳来到安全岛，是有意要杀死我，”他说，“但他来这里的主要原因是想把你从暗地里钓出来。”

“你以为我不知道？”

“这么说吧，我很惊讶你真的会来。”

“坦纳和我之间还有些未了的手尾。”

“比如说？”

“我不能让他杀了你，哪怕这只是个无关紧要的细节。你不该被他杀死。你的行为是在复仇，老实说，有些愚蠢，但并没什么不光彩的。”

那个脑袋又往前倾斜了一下，这一次是无声地对我刚才所说的话表示认可。“如果卡乌拉没有试图伏击我的小队，吉塔就不会死。他应该得到比现在更糟糕的下场。”那对没有眼珠的眼窝抬起来对着我，好像是条件反射似的要“看”向正在与他对话的人那边，哪怕他所看到的一切无疑是位于椅子里的一些隐藏式摄像机传送过去的。“但是，当然，在和我说话的你就是他本人，不是吗？或者你仍然要假装自己不是？”

“我什么都没假装。只不过我并不是卡乌拉。已经不再是了。卡乌拉在他窃取坦纳记忆的那天就死了。活下来的是……另一个人。一个以前不存在的人。”

一个眼窝上方的眉毛扬起。“一个要好些的人？”

“吉塔曾经问过我一个问题。‘你还得活多久，还需要做多少好事，才能抵偿你年轻时犯下的纯粹的邪恶罪行？’当时我觉得那是个古怪的问题，但现在我明白了。我想，她是知道的。她清楚地知道卡乌拉到底是谁，他到底做过什么。嗯，即便时至今日，我仍旧不知道这问题的答案。但我想我会找到答案的。”

瑞维奇似乎不为所动。“你和坦纳之间尚待了结的手尾就是这个吗？”

“不只是这个，”我说，“还有和他在一起的那个女人。阿米莉娅。不管她在外面打扮成什么样子，她其实是一名冰封托钵僧修女。我相信，一旦她不再对坦纳有用，坦纳马上就会杀死她。”

“你前来救她，哪怕把自己置于危险之中？多么勇敢。”

“与勇敢无关。这是……人性中的善良。”这些词在我听来非常陌生，但我说出它们丝毫也不觉得可耻。“也许这种东西多点会对这个地方有些好处，你难道不这么认为吗？”

“你会杀了他——那个你带着他记忆的人吗？那是不是有点接近自杀？”

“我会等把血迹清理干净之后再去操心相关的伦理学问题。”

“我很欣赏你清晰的思路，”瑞维奇说，“这会让即将发生的事情更加有趣。”

我紧张起来。“你在说什么？”

“我告诉过你，坦纳在这里，不是吗？我指的就是这里，字面意义上的。在你来之前，我一直让他在我这里接受款待。”

瑞维奇后方的暗影中冒出了一个长方形的、颜色更深的阴影。从阴影中走出个男人，他看起来和我非常相像。

第四十二章

我再次感受到有种急切的冲动，士兵的本能让我想要伸手获取杀戮的道具。但我手头没有那种东西，而且无论如何，哪怕我鼓起全部的勇气，我还是知道有件事我是无法做到的，那就是冷血地杀死坦纳·米拉贝尔。那实在太像开枪射杀自己了。

冰封托钵修道会的阿米莉娅修女跟在他身后，从黑暗中走出来，进入金光灿烂的大厅。她身上不再是那身冰封托钵修道会的制服，不过这身还是偏重功能性，缺乏美观，但那毫无疑问是她。她脖子上戴着个象征雪花的吊坠。

坦纳迈步向前，直到他伫立于瑞维奇的座椅后方。他穿着件深色大衣，几乎拖到地板上，身材比我预期的要高，比我高出寸把长，而且他举止间的神情也和我不同：尽管我们的体格相同，但我们的整个肢体动作之间几乎没有共同之处，尤其是他有种大摇大摆的气派。我们的外表并没有双胞胎那么酷肖对方，但我们的长相完全可能被认为是兄弟俩，或者是在不同的光线下看到的同一个人，光影的某些变化让我们的外貌有了微妙的不同。坦纳的脸上有种凶残的神色，我觉得那是我从未在自己的脸上看到过的——但或许我只是没有在合适的时间照过镜子而已。

第一个开口说话的是阿米莉娅：“这是怎么回事？我搞不懂了。”

“这是个不错的问题，”坦纳把一只戴着手套的手搁到瑞维奇的高背座椅那有着涡纹饰的椅背顶上，“真的是个非常好的问题。”然后他把脑袋从椅背上往前伸去，俯瞰着他要杀的那个人，看着那张无神的面孔。“任何时候，只要你觉得想回答这个问题，那就开口回答吧，帅哥。”

“那么，你意识到我是谁了吗？”瑞维奇说。

“是的。很明显，你选了快速而粗暴的扫描。让我猜猜看。大量的神经、细胞和基因损伤。这里的无赖们可能给你加上了些医疗微械减轻伤害，但那效果就像试图用饮料吸管来撑起一栋即将倒塌的大楼。要我说——从这鬼样子看来——你多半只剩下几个小时了，也许甚至更少。我说得对吗？”

“准确无误，”瑞维奇说，“我希望这让你感到些安慰。”

“安慰什么？”坦纳边说边用手指在瑞维奇的头上划来划去，就像是用手指沿着一个古董地球仪上的纹路划动。

“你要杀我，但来得太晚了。”

“这个问题我还来得及弥补。”

“很好。但那又有什么用呢？你可以粉碎我的这个身体，而我为此会用我的最后一口气来感谢你。我之为我的一切——我曾了解到或感受到的一切——都被永久保存下来了。”

坦纳往后退了一步，说话的语气变得一本正经：“扫描成功了？”

“完全成功。甚至就在我们说话的时候，我也还在运行——在安全岛庞大的分布式处理器架构之中的某处。我的备份已经被传送到其他五个连我都说不上名字的居民点了。你可以在安全岛引爆一枚核弹，但那也不会造成一丝一毫的影响。”

现在很明显了，一小时前刚刚与我交谈过的那个瑞维奇是扫描版的。这两个家伙是同谋，合在一起玩把戏。瑞维奇是对的。坦纳现在对他做什么都没有意义了。或许这对坦纳来说并不重要，因为他已经把我引到了这里，他的主要目的已经达到了。

“你会死，”坦纳说，“你希望我相信那对你来说无关紧要？”

“我不知道你相信什么。坦率地说，坦纳，我对你信不信也并不感兴趣。”

“你是谁？”阿米莉娅说道。她满脸都是不明所以的神色。我意识到，坦纳在上一刻仍然对她隐瞒了自己行为的真实状况，一直保有她的信任。“你为什么说要杀人？”

“因为那是我们的工作，”我说，“我们俩都对你撒了谎。差别在于，我从来没有计划要杀你。”

坦纳伸手去抓她。但他的动作不够快，他太沉迷于在瑞维奇身边徘徊了。阿米莉娅在棋盘般的地板上大步飞奔，脸上满是困惑。“请告诉我这是怎么回事！”

“没时间了，”我说，“你只需要相信我们。我之前对你说了谎，我很抱歉，但我那么做的时候状态很糟糕。”

香忒若说：“你最好相信他。他冒着生命危险来到这里，主要就是为了救你。”

“她说的是真的。”斑马说道。

我看着坦纳的眼睛。他仍然站在瑞维奇的椅子后面。那三台机仆纹丝不动地站在原地，仿佛没有看到周围发生的一切。

“你那边只有一个人，坦纳，”我说，“我觉得你这回是气数已尽了。”我转向其他人：“我们可以拿下他的，只要你们听我的。我有他的记忆。我会预测出他的每一步行动。”

奎伦巴赫和斑马护住我两翼，香忒若在我后面一点的位置，而阿米莉娅撤退到我们后面更远的地方。

“小心，”我低声说道，“他有可能把武器偷偷带进了安全岛，虽然我们没有。”

我向瑞维奇的宝座靠近了两步。

毯子下面有东西动了起来。是瑞维奇的另一只手，之前一直看不到的那只，骤然从黑暗中浮现，紧握着一把小巧的珠宝枪。他以令人赞叹的速度将它平举起来，在瞄准的瞬间他所有的虚弱都消失不见了。然后他连开三枪。子弹疾速从我身边飞过，在我的视网膜上留下银色的痕迹。

奎伦巴赫、斑马和香忒若应声倒地。

“把他们搬走。”瑞维奇嗓音嘶哑地说道。

机仆们动了起来，像三个幽魂般无声地从我身边溜过，屈膝抱起三人的身体。然后机仆们带着他们远离光明，就像是三个恶灵，带着战利品返回黑暗的森林中。

“你这个浑蛋。”我说。

“他们会活下来的，”瑞维奇边说边把手放回了毯子下面，“他们只是被麻醉了。”

“为什么？”

“我也在纳闷同一个问题。”坦纳说。

“他们破坏了均衡。你们没看出来吗？现在只有你们两个了。为你们的狩猎画上完美的句号。”他把头颅朝我偏了偏，“你必须承认，这种简单的局面很有魅力。”

“你想要什么？”坦纳说。

“我想要的我已经拥有了。你们两个人在同一个房间里。这已经有段时间了，没错吧？”

“还不够长，”我说，“你知道的比你之前承认的要多，是不是？”

“这么说吧，至少可以说，我在离开斯凯先手星之前获得了些相当有趣的情报。”

“也许你知道的比我都多。”我说。

瑞维奇的毯子上凸出了一个枪管的形状，这次枪口指向了后方的坦纳。仅仅是大致瞄准，但这个动作似乎起到了预期的效果，坦纳离开了座椅，一直走到跟我和座椅的距离相同的位置。然后瑞维奇说："你们俩何不先告诉我你们都记得些什么，然后我来填补空白。"他朝坦纳点点头。"我想，你可以开始了。"

"你想让我从哪儿开始？"

"你可以从卡乌拉妻子的死讲起，毕竟那是你造成的。"

奇怪的是，我下意识地想要为他辩护。"他不是故意要杀她的，你这浑蛋。他是想要救她的命。"

"那重要吗？"坦纳轻蔑地说，"我只是做了我该做的。"

"不幸的是你打偏了。"瑞维奇说。

坦纳状若未闻。他开始说话了，讲述他所记得的事情："可能我是打偏了，也可能没有。也许我心里清楚，我宁愿杀了她而不是让她活下去，因为她不属于我。"

"不，"我说，"事情不是这样的。你是想救她……"

但我有些怀疑自己是否真的清楚。

坦纳继续往下说："那之后，我知道吉塔是死透了。不过，我可以救卡乌拉。他的伤没那么严重。所以我给他们都安上了人工心肺护胸，直到我回到爬虫馆。"

我不由自主地点了点头，回想起强忍着断脚的疼痛，穿过丛林的那段地狱般漫长的旅程。不过我从未经历过那一切……经历过那些的是坦纳，而我只是从他的记忆中了解到了那一切……

"我回去以后，遇到了一些卡乌拉的其他手下。他们接手了两人的身体，为吉塔做了一切力所能及的事，尽管他们明知道那毫无意义。卡乌拉昏迷了好几天，但他最终苏醒过来。不过，他不太记得发生了什么。"

我想起自己在一段无梦的睡眠后醒来，发着高烧，呼吸困难，精疲力竭，意识到自己被打了个对穿。想起自己想不起发生了什么。我呼出坦纳的名字，然后得知他受伤了，但还活着。没人提起吉塔。

"坦纳来看我，"我接过了叙述，"我看到他失去了一只脚，知道我们惨遭厄运。但是我几乎什么都想不起来了，只记得我们去了北面，准备去伏击瑞维奇的人马。”

“你问吉塔怎么样了。你记得她和我们在一起。”

那次被遗忘已久的谈话片段现在又浮现在我的脑海中，就像透过层层纱布被回忆了起来。

“然后你就告诉我了。所有一切。你本可以撒谎，编造一些故事自我保护，就说是瑞维奇的人杀了她，但你没有。你把事情原原本本地告诉了我。”

“说谎有什么意义呢？”坦纳说，“你迟早会回忆起一切经过。”

“但你肯定知道的。”

“肯定知道什么？”瑞维奇说。

“我会为此杀了你的。”

“啊哈，”瑞维奇从他的生命维持模块中发出一声漠然的轻笑，“现在我们快要说到那里了。这一切的症结所在。”

“我没想到你会杀我，”坦纳说，“我还以为你会原谅我。我甚至不认为我需要原谅。”

“也许你并没有你以为的那么了解我。”

“也许是吧。”

瑞维奇用他空着的那只手敲了敲座椅上装饰华丽的扶手，那些发黑的指甲嗒嗒地叩击在金属纹样上。“所以你杀了他，”他对我说，“而且用了一种迎合你自己癖好的方式。”

“我真的不记得了。”我说。

这话几乎是真的。

我回想起自己俯视着被囚禁在那个没有天花板的白色围栏中的坦纳的情景。我想起了他那副样子：慢慢意识到自己身处险境，意识到自己并不孤单，意识到有别的东西和他同在那个空间。

“告诉我你记得什么。”瑞维奇转向坦纳说。

坦纳说话的声音像瑞维奇的合成音一样没有起伏，缺乏感情：“我记得我被活活吃掉了。相信我，这种事你不会很快忘记的。”

随之我想起了那条哈玛德律阿得斯几乎立刻就死掉了——被每个地球人身上都携带着的异星毒素所杀死，新陈代谢过程的致命冲突。这个生物蜷成一团抽搐着，像条松松垮垮的水龙带。

“我们把它剖开了，”我说，“从它的喉咙里取出了坦纳。他没有了呼吸，但心脏还在跳动。”

“你可以在当时当地把一切了结，”瑞维奇说，“一刀捅进心脏，一切就都结束了。但是你还得从他那里夺走一样东西，是不是？”

“我需要他的身份。尤其是他的记忆。所以我给他安上了人工心肺护胸，让他活下去，开始准备进行搜思。”

“为什么？”瑞维奇说。

“为了追你。那时我已经知道，你离开了那个行星，你很快就会登上一艘前往黄石星的近光船。我已经惩罚了坦纳。为了吉塔，我也必须要惩罚你。但我需要变成坦纳才能做到。”

“你可以成为那星球上的任何一个人。”

“他的技能适合我的需求。而且他就在我手边。”我顿了一下，“记忆改变按计划并不是永久的。我压制自我身份认知的时长只要能登上飞船就够了。坦纳的记忆按计划会逐步消失。它们仍然会有些残余——就像现在一样——但不会跟我自己的记忆混淆。”

“你其他的秘密呢？”

“我的眼睛？我必须把它们隐藏起来。伪装起效果了。但现在它们又回到了被修改后的状态。也许我就是想要它们这样吧。”

“你还是没记起所有的事，”瑞维奇边说边露出个可怕的笑容，“你该知道的，不仅如此。不仅仅是眼睛。”

“你怎么知道？”

他举起一只手，敲了敲他剩下的那点牙齿，做出个古怪的“你我心照不宣”的架势。“你忘了。我曾经说服那些超空人把你出卖给了我。要搞清他们对你还做了些什么很简单。”他又笑了，“你看，我必须搞清楚我在对付的是个什么人。清楚你的能力范围。”

“而现在你清楚了？”

“我觉得，你是个甚至可能会让自己都大吃一惊的人，卡乌拉。当然了，你声称自己不是他的话另当别论。”

“我和你一样讨厌他，”我说，“我从坦纳的视角做过观察。我知道那个人对坦纳做了什么。那个人不是我。”

“所以你同情坦纳？”

我摇摇头。“我认识的那个坦纳死在坑里了。有人生还，但那不重要。那不是他了，只是卡乌拉制造出的一个怪物。”

坦纳冷笑一声。“你以为你能杀得了我？”

“要不然我也不会来这里。”

坦纳快速向前移动，靠近椅子。我知道，他是要杀死瑞维奇。但瑞维奇的动作更快；坦纳刚刚迈出两步，他已经抽出了枪。“哎呀，哎呀，”他说，“如果你们俩在没有观众的情况下解决争端，那能有什么意思呢？”

我想起了在阴影中某处的阿米莉娅。不知道在她看来这该算是什么。

坦纳退后了一步，举起他戴着手套的双手，手里空空如也。“我猜，你在好奇我是怎么活下来的。”他对我说。

“我确实有那么一闪念。”

“你不该让我活着的，哪怕我只是靠着人工心肺护胸支撑。”他遗憾地摇了摇头，“在那条蛇没能达成你的期望之后，你再也下不了手了。所以你让你的一名手下替你动手，而你则一溜烟地离开了爬虫馆。”

他说的是真的，虽然我的记忆直到听到他的讲述才变得清晰。“我去南边了，”我说，“去一个北方邦联叛逃者们占据的营地。他们带有随军医生。我知道他们能够将超空人对我做的基因改造压制下去，伪装我的基因，并且让我看起来和坦纳一样。我是打算在离开星球之前再回爬虫馆一趟。”

“但你压根没有机会，”瑞维奇说，“你和迪特林不在的时候，北方邦联的人来到了爬虫馆。他们杀掉了你绝大部分手下，只有坦纳除外，他们对他抱有些微的敬重。他们让他恢复了知觉。”

“那是个严重的错误，”坦纳说，“哪怕少了一只脚，我也夺过了他们的武器，把他们全杀光了。”

这些我完全都不记得，连一点模模糊糊的印象都没有。当然没有——那些事件发生在坦纳被搜思之后，在我窃取了他的记忆之后。

“接下来发生了什么？”我问道。

“在近光船离开轨道之前，我有一个月的时间上船。”坦纳弯下身子，挠了挠大衣下的脚踝。“我没有落后你太多。我治好了自己的脚，然后追上你。我杀了迪特林，你知道的吧——不然你以为我是怎么接近他的？走到坐在车上的他面前，然后砰地给了他一枪。”他做了个动作，好像是要重演那次谋杀的场景。

这是一次经典的误导。

坦纳站起来的时候，动作迅速而流畅。一把匕首从他手中滑出，沿着一条经过完美计算的轨迹飞过房间。他的瞄准这次完美无缺，甚至考虑到了由安全岛的缓慢旋转带来的科里奥利偏转。

匕首插进了瑞维奇的后脑勺。

生命维持模块发出一声呻吟的电子音，哪怕瑞维奇的头已经毫无生气地耷拉到了他的胸口，这个稳定的人工音符仍然毫无波动。枪从他手中滑落，掉落在地板上。我朝枪冲去，我知道这可能是我唯一的机会，至少可以跟坦纳拉平差距。

但他的动作更快。我被他抛飞到空中，脊背重重地撞到了地板上，摔得上气不接下气。坦纳的脚不经意间踢到了枪，把它踢到了金色的光池和周围的阴影之间半明半暗的区域。

坦纳伸手抓住匕首，把刀从瑞维奇的头骨中抽了出来；单分子刃上的棱形图案微光闪烁，就像是水面上的一层薄油。

他不会再冒险投掷飞刀了。我想着。如果他失手的话，他会失去唯一的武器……

“你完蛋了，卡乌拉。这里就是你人生的终点。”

他用一手持刀，戴着手套的手掌精细地保持着刀身的稳定。他用另一只手抓住瑞维奇的脸，从他的眼窝里抠出了视讯馈线，每根馈线上都拖着一串凝结的血珠。

“而你的人生很久以前就到终点了。”我边说边迈步向前，踏入他的攻击范围。他来回挥舞着匕首，刀刃在空中划出银色的弧线，干净利落地切开空气，甚至都没发出一点声响。

“那你又是什么玩意儿？”坦纳把瑞维奇的尸体从椅子上推了下去，那个被毯子包裹着的瘦小躯壳落到了地板上，就像一袋晒干了的柴火。

“我不知道，”我说，“但我一点也不像你。”

我试着想要抓住他挥刀角度的空隙，试着把注意力集中到坦纳的记忆里那些对我有用的专业知识上，集中到他对近身战的了解上。

不可能的。我没办法胜过他，他的优势在于，他不必费力气去找回那些记忆。它们自然涌现，深植体内，仿佛条件反射一般。

我扑上前去，希望能抢在他把刀子对准我之前扭断他空着的手臂，让他失去平衡。

我没抓准时机。

我没感觉到被切开伤口的痛楚，只察觉到随后渗进来的冷意。我没敢往下看，但余光可以看到我胸口的开裂，我的衣服被割穿了。刀没有深到足以杀死我——甚至没有深及肋骨——但这只是我运气好。下一刀他会要了我的命。这点我非常肯定。

“坦纳！”

在喊话的不是我。那是阿米莉娅，在暗处喊叫。我看见了她，她正朝我伸出手，半边身子还隐没在黑暗之中。

当然了，对她来说，我仍然是坦纳。她不知道别的可以用来称呼我的名字。

她手里拿着瑞维奇的枪。

“枪丢给我！”我喊道。

她把枪丢了过来。枪砰的一声落在地板上，然后滑了好几米，珠宝外壳的碎片飞了出去。

我转身背对坦纳，跑向枪。

我跪地前滑，一直滑到了够得着枪的地方。我的手紧握住枪把。

坦纳的匕首从空中飞来，重重地戳进我的手掌。我丢下枪，疼得惨叫一声，刀尖从我手心伸出的那样子就像是游艇上的风帆。

坦纳朝我跑来，他啪啪的脚步声消失在黑暗中，没有回声传来。泪水模糊了我的视线，我用另一只手捡起枪，试着瞄准他。

我开了一枪，感觉到微小的后坐力。弹丸的模糊闪光从坦纳身边掠过，离他还有寸把远。我重新瞄准，再次扣动扳机。

枪毫无反应。

坦纳撞上我，把那把无用的武器一脚踢出去老远。他把我推倒在地，像胜利者一样用膝盖压在我身上；我试图用从我掌心里伸出的刀刃刺他，和他扭打起来。

坦纳抓住了我被刺穿的那只手的手腕，笑了那么一秒。他赢了。他确信无疑。现在只要把刀从我的手掌里拔出来，然后把它对准我就好。

我眼角的余光看到了瑞维奇倒在地上的尸体。他的嘴巴大张着，里面寥寥无几的牙齿反射着房间里的金光。

我想起他曾轻叩他的牙齿。

然后我终于记起了卡乌拉从超空人那里购买的另一样服务——比视觉更深刻的转变——那是种猎杀的手段，他从未向坦纳·米拉贝尔提起过。

如果你不能杀死你抓到的东西，那在夜里出门打猎有什么意义？

我张大了嘴巴，严格来说，宽度已经超过了人体解剖学允许的限度。我似乎在自己体内发现了一块肌肉，而我以前从不知道它的存在——一块固定在我上颌顶部的肌肉。我下巴当中有什么东西绽开了，但并不疼。

我用我那只好胳膊抱住坦纳的头，把他的脸转向我；他还在挣扎着要拿到匕首，以为那能让他更具优势。

他看着我的嘴巴里面，那么他肯定看到了那东西。

“你死定了，”我说，“你看，我从他们那里买来的不仅仅是蛇眼。”

我感觉到自己的毒腺纷纷活跃起来，将毒液泵入我铰接在下颌的尖牙里，被钻通的微细通孔中。

于是我把坦纳拉向自己，就像是给一名失散多年的兄弟来个最后的拥抱。

然后我深深咬进了他的脖子。

尾声

有很长一段时间我都只是站在那里，看着窗外。

正坐在我办公室中的那个女人肯定以为我已经忘了她还在那里。我可以看到她的脸映在落地玻璃上，仍然在等待她刚刚提出的问题的答案。我没有忘记她或她的问题。我只是在想，曾经看起来如此陌生的东西，现在怎么会变得如此熟悉。

自从我到达后，这个城市没有多大变化。

那变化的只能是我了。

从“大蚊帐”上落下的雨水洒在窗外，朝着斜下方猛烈地冲刷过玻璃表面。据说在渊堑城，雨从来就没停过；这说法或许是对的，但它忽略了同样是降雨，也可以有细微的差别。有时雨水笔直下落，柔和如轻雾，干净如高山。还有的时候，当渊堑周围的蒸汽闸门打开，让压力变化席卷整个城市时，雨水会从侧面猛烈袭来，酸得就像是落叶剂。

“米拉贝尔先生……”那女人说道。

我转回身子离开窗户。“抱歉，我被风景迷住了。我们刚才说到哪儿了？”

“你在跟我说斯凯·奥斯曼，你认为他……”

她听完了大部分我愿意告诉别人的内容：关于我相信斯凯已经离开了藏身之地，并作为卡乌拉重新开始生活的故事。我觉得，我说这些本身就很奇怪，更何况对象还是一名未来的新员工，但我喜欢她，她也比一般人更愿意听我说。我们已经喝了好几杯皮斯科鸡尾酒——她也来自斯凯先手星——不知不觉已经过了不少时间。

“怎么样？”我用提问打断了她的沉思，“你准备相信多少？”

“我不确定，米拉贝尔先生。如果你不介意的话我想问一下，你是怎么发现这一切的？”

“我遇见了吉塔，”我说，“然后她告诉了我一些东西，让我认为康斯坦札说的是真话。”

“你认为吉塔比任何人都先发现了卡乌拉是谁？”

“是的。她很有可能无意中发现了康斯坦札留下的证据，由此出发找到了卡乌拉，尽管这距离公众认为斯凯被处决的时间至少已经过去了两个世纪。”

“而她找到了之后呢？”

“她本以为会见到一个恶魔，但结果并非如此。那个男人已经不再是康斯坦札所认识的那个了。我想，吉塔应该试过去恨他，但没能做到。”

“你认为是什么让她确信自己找到了目标？”

“我想是那人的名字。他从卡洛奇号，那艘幽灵船的传说中截取了这个名字。卡乌拉是幽灵船上的海豚，联系着他没能与之完全切断关联的过去。”

“嗯，这无疑是个有趣的假说。”

我耸耸肩。“多半也就仅此而已。相信我，如果你在这里待上一段时间，你还会听到些更奇怪的故事。”

她是新来黄石星的，像我一样曾是个士兵，但她来到这里并非是有什么使命，而是因为一次文书错误[1]。

“你在这里待了多久了，米拉贝尔先生？”

“六年。”我说。

我看向落地窗。我从安全岛回来后直至而今，整个城市的景色并没有太大的变化。天篷区的层层枝丫向外伸展，像是一张人类肺部的横切片，一团盘曲纠结的黑色物体，背后是棕色的“大蚊帐”。人们在讨论明年动手清理它。

“六年，这段时间相当长了。”

“我并不觉得。”

说这话的时候，我又想起了我从安全岛返回的时候。我先前一定是由于坦纳在我身上造成的伤口让我失血过多而昏了过去，尽管当时我几乎对自己在流血这件事毫无察觉。我的衣服被撕开了，被他用刀插出的伤口似乎是被缝了起来，还涂上了某种青绿色的药膏。我正躺在手术台上，一台身形细长的机仆在盯着我。

我遍体鳞伤，吸一口气都会疼。我的嘴巴有种很奇怪的感觉，好像已经不再是我自己的了。

“坦纳？”

是阿米莉娅的声音。她出现在我的视野中，就在我身旁，那张脸犹如天使一般，和我在冰封托钵修道会的太空居民点醒来那天看到的她一模一样。

“那不是我的名字。”我说完就吃了一惊，因为我说话的声音除了因疲劳而略微有些嘶哑之外，居然完全正常。我感觉自己的嘴不应该还能完成说话这么微妙的动作。

“我猜也是，”阿米莉娅说，“但我只知道你这一个名字，所以现在姑且这样就够了。”

我太虚弱了，无力争辩，甚至也不确定自己想不想争辩。

1.这位女士的故事详见本系列中的另一部小说《天启空间》。

“你救了我，”我说，“我欠你一份感谢。”

“似乎是你自己救了自己。”她说。这个房间比瑞维奇死在其中的那个房间小得多，但被同样的金色光芒照亮，墙壁上也刻着我在安全岛别处看到过的那些复杂的数学方程。反光在她脖子上戴的雪花吊坠上跳动。“你身上发生过什么，坦纳？是什么居然能让你用那种方式杀人？”

要不是说话的语气，我会觉得她的问题听起来像是在指责。我意识到她没有责怪我的意思。阿米莉娅似乎意识到，我不必为自己过去的可怕行为负责，就像一个醒来的人不必为他在梦中犯下的暴行负责一样。

“从前的我，”我说，“是个猎人。”

“你先前说的那个人？那个叫卡乌拉的人？”

我点点头。“他往自己的眼睛里植入了蛇的基因，还有其他一些小把戏。他希望能够在黑暗中猎杀任何生物时都有对等的基础条件。我以为仅此而已。我错了。”

“但你不知道？”

“直到那个时候。但瑞维奇知道。他知道卡乌拉有毒腺，也有将毒液输送到目标体内的途径。那帮超空人肯定都告诉了他。”

“然后他试图告诉你？”

我上下动了动我躺在枕头上的脑袋。“也许他更希望我们中的一个活下来，而不是另一个。我只希望他做出了正确的选择。”

“他当然没选错。”斑马说道。

我忍着疼翻了个身，看到了站在卧榻另一边的她。“那么，瑞维奇说的是真话，”我说，“关于那把枪。你们只是被送去睡了一觉。”

“他不是个坏人，”斑马说，“除了杀害他家人的人，他不会希望任何人受到伤害。”

“但我还活着。这是不是意味着他失败了？”

她慢慢地摇了摇头。她在金色的光线下看起来光彩照人，我意识到我非常渴望她，尽管我们曾经背叛了彼此，无论未来会发生什么，哪怕我甚至没有一个她可以用来称呼我的名字。“我认为他最终得到了他想要的。至少是大部分吧。”

她的声音让我知道，她并没有讲出她所知道的一切。“你这话是什么意思？”

“我想没人告诉过你，”斑马说，“但瑞维奇骗了我们所有人。”

“什么？”

“他的扫描。”她看着天花板，她面部的线条在金色的高光中越发鲜明。她皮肤上的条纹仍然隐约可见。“失败了。做得太匆忙了。他没被摄录成功。”

我做了个表示无法置信的动作，尽管我心里知道斑马说的是实话。

“但扫描不可能失败啊。在他被扫描后，我还跟副本讲过话。”

“只是你以为。看起来那只是个贝塔级的模拟，一个瑞维奇的仿真模型，按程序模仿出他的反应，让你以为扫描已经成功了。”

“但那是为什么？为什么他觉得有必要假装扫描成功了？”

“我认为这是为了误导坦纳，”她说，“瑞维奇想要让坦纳认为一切都是徒劳的，认为哪怕杀死瑞维奇的肉体也只是个毫无意义的举动。”

“但事实并非如此。”我说。

“对。瑞维奇都是会死的，迟早的问题——但实际上杀死他的是坦纳。”

“他知道，是吗？我们和瑞维奇在一起的时候，他一直都知道扫描失败了，自己快要死了。”

“这意味着他赢了吗？”斑马说，“还是意味着他输光了一切？”

我伸出手握住她的手，捏了捏。“现在那已经不重要了。现在那些都已经不重要了。坦纳、卡乌拉、瑞维奇，他们全都死了。”

“他们全都？”

“还活着的和那些人没多少关系了。”

然后我抬头看着那片找不到源头的金光，似乎看了很长时间，直到斑马和阿米莉娅离开了，留下我一个人。我累了，极度疲惫，感觉身上的重负甚至无法通过睡眠来逃避。然而睡眠最终还是来了。梦境也随之而来。我曾希望梦境会有所变化，但开始做梦之后我就看到了那个白色的房间，以及在那里出现的原初的恐怖，我在那里的遭遇，我施加于自己的刑罚。

后来，过了好久以后，我回到了渊堑城。回来的路程很长，中途在冰封托钵修道会的定居点还停留了一下，我在那里送别阿米莉娅，让她回到了岗位上。她已经完全清楚了所有的前因后果，不过当我主动提出以某种方式帮助她时——我并不确切知道自己能做什么——她拒绝了任何此类意图，只要求我在力所能及的情况下向冰封托钵修道会捐款。

我向她承诺我会的。我也信守了这个承诺。

回到天篷区之后，奎伦巴赫、斑马和我安排了一次与沃罗诺夫的会面。

"我们有个提议，关于狩猎游戏的，"我说，"对整个业务进行重大改变。"

"为什么你们觉得我会感兴趣？"沃罗诺夫打了个哈欠。

"听我们说完。"奎伦巴赫说完就开始解释我们三个人在安全岛期间拟订的框架。这很复杂，有一段时间我们似乎无法让沃罗诺夫理解。但他还是渐渐明白了。

他听完了我们要说的话。

最后他说，他喜欢我们的想法，认为那也许能行得通。

我们提出了一种新形式的狩猎游戏，我们称之为暗影游戏。从本质上来说，这和之前那个在瘟疫之后，这个城市中自发孕育出的地下游戏是一样的。但在每一个细节上都有极大的改变，尤其是在合法性上。我们会让这个游戏成为万众瞩目的焦点，建立赞助规则和框架，保证任何想要间接享受猎杀人类的刺激的人都能及时看到新闻报道和实况转播。我们的追杀者不再只是些寻求一夜短暂刺激的富家子弟。他们是受过训练的专家——猎人刺客。我们会对他们进行专业的培训，并为他们构建出细致的角色设定，受不同人群欢迎的设定，把这个游戏提升到艺术的高度。当然，我们也会从现有的顶尖玩家中招募员工。香忒若·萨马蒂尼已经同意成为我们的第一名员工。我毫不怀疑她会非常适合这个角色的。

但是我们要改变的不仅仅是猎人。

新规则中没有牺牲品。被猎杀的将是志愿者。这听起来很疯狂，但这正是让沃罗诺夫马上就感觉来劲的部分。

从猎杀中幸存的人除了能继续生存外，拿不到任何奖金。但会有巨大的声望随之而来。我们需要的志愿者来源充足：天篷区中充满了无聊而又有钱的准不朽者，从这个巨大的库存中抽取即可。在这个修订版的狩猎游戏中，他们总算可以找到一种方法，给他们的生命中注入点可控的新鲜刺激。他们会与我们签订契约，为每次对局约定详尽条款，包括持续时间、允许的比赛范围以及刺客允许使用的武器类型。他们所需要做的就是活着，直到契约期满。他们会出名，会被人羡慕。其他人会紧随其后，急于做得更好一点——更长的时间、更具挑战性的比赛条款。

当然，我们会使用跟踪植入物，但它们的功能不会跟韦弗里装到我头骨里，后来又被多米尼加好心地迅速移除的那个装置一样。刺客和被猎杀者将携带一对装置，只有当他们和对方的距离在一定范围之内时，装置才会被激活和发送信号——这个范围也会涵盖在契约条款当中。装置激活的时候双方都会知道——头骨中响起铃声，或类似的东西。在这场追逐的最后一个小时，媒体才会被允许靠近，见证游戏的结局，无论是哪种结局。

沃罗诺夫最终加入了我们。他是我们的第一个顾客。

我们称我们的公司为“欧米茄点”，很快就有了其他同行，而我们欢迎竞争。在新规运作一年之后，我们已经将对旧时代狩猎游戏的记忆丢进了垃圾堆。那不属于有人想要铭记的城市历史的一部分。世事向来如此。

起初，我们很小心地让我们的绝大部分客户在契约期限内存活下来。我们的刺客会在关键时刻失去他们的踪迹，或者在使用契约中规定的单发武器时失手打偏。这是建立初始客户名单的一种方式，好让我们的名声更快地被传扬开去。

一旦这个目的达成之后，我们就认真起来。接下来是玩真的了；接下来，他们不得不真的为了生存而战。

他们多数都能成功。在一场暗影游戏中被杀死的概率在百分之三十左右——危险性不至于打消玩家们参与的积极性，无论他们有多么无聊，但也足够危险，让生存和胜利成为值得珍视的东西。

欧米茄点的盈利十分丰厚。在我到达渊堑城两年之后，我自认为已跻身整个黄石星系的百大富翁之列——有无肉身的都算在内。

但我从未忘记在奔赴安全岛的漫长路途中我对自己许下的誓言。

如果我活下来，我要改变一切。

暗影游戏是个开始。但这还不够。我必须彻底改变这座城市。我必须摧毁这个让我发达的系统，打破地沤区和天篷区之间不能宣之于口的平衡。我开始直接从地沤区当中招募最新一批的猎人。这样做对我自己来说没有真正的风险，因为地沤人可以和我在天篷区中能找到的任何人同样迅速地掌握这门技术，也同样乐于接受我推广的训练方法。

就像这个游戏让我变得富有一样，我也让我最好的玩家富有得超乎他们的想象，然后看着那些财富的一部分回流至地沤区当中。

这是个小小的开始。可能需要几年甚至几十年时间，渊堑城里的等级制度才会有明显的变化。但我知道，变化会发生的。我向自己保证，一定会的。虽然我过去曾违背过自己的承诺，但未来再也不会了。

*

过了段时间之后，我又开始叫自己“坦纳”了。我知道，这是个谎言，我没有权利拥有这个名字，我窃取了他人的记忆还有生命，从那个真正的坦纳·米拉贝尔那里。

但那又有什么关系呢?

我把自己视为保管者，保管着他的记忆——他过去的一切。他算不上一个真正的好人，按照这个词的任何一个合理定义都算不上。他冷酷无情，有暴力倾向，他对待科学知识和谋杀技巧的方式是一样的，就像是个保持距离冷静研究的几何学家。然而他从来都不是个真正的邪恶之人，而且实际上在他的一生被盖棺论定的那一刻——他射杀吉塔的那一刻——他是在试图完成一项善举。

后来他遭遇了什么，是什么让他变成了一个魔鬼，那些都不重要。那并不会玷污从前的那个坦纳。

我觉得，坦纳·米拉贝尔这姓名再好不过了。我永远都不会有觉得这姓名不像是属于我自己的那一天。

我已决心与之和解。

我意识到自己再度陷入了沉思。我办公室里的那个女人在等我说些什么。

“那么，我到底有没有得到这份工作？”

是的，她多半已经得到了这份工作；但在我做出最后决定之前，还要先看看其他候选者。我站起来，握了握她那双能致人死命的小手。“你肯定在名单的最前面。即便你没有得到我们方才讨论过的职位，我也会把你的名字记录在案，出于另一个原因。”

“那是？”

我想着过了这么些年依旧被囚禁在下面的基迪恩。我发过誓，我会再次下到渊堑中——哪怕仅仅只是为了杀它——但时机一直不对。我知道它还活着，因为梦幻燃料还在源源不断地被运抵这座城市，尽管数量很少，极为抢手。这邪恶的贸易依然在进行：将它的恐惧提炼成人类可以勉强吸收的形式，然后加以出售。但它现在肯定已经快死了，离我的誓言变得毫无意义已经没剩多少时间了。

“只是一个我正在考虑的行动，仅此而已。”

“那会是在什么时候？”

“从现在算起大概一个月，或者三四个月。”

她又笑了。“挺不错的，米拉贝尔先生。你最好希望在此期间我不会被别人挖走。”

我耸耸肩。“要那样也无所谓。”

“哈，谁知道呢。”

我们又握了次手，然后她开始向门口走去。我向窗外望去，夜幕正在降临，天篷区灯火通明，缆车的细小光点在一成不变的褐色暮光中摇摆。下方地沤区上的灯火和夜间集市发出的昏暗的红光，反照到“大蚊帐”上，仿佛一片满布营火的平原。我想着外面的那好几百万人，他们成功地把这座城市当作自己的家园，哪怕是在它经历了融合疫以来的种种变化之后。毕竟，那已经是十三年前的事了。下面有些成年人对这个地方以前是什么样子的都没有真切的记忆了。

“米拉贝尔先生？”她在门口犹豫着说，“可以再问你一件事吗？”

我转过身，给出个彬彬有礼的笑容。“那是？”

“你在这里待的时间比我久。你有没有真正喜欢上这个地方？”

“我不知道，”我耸耸肩说道，“我只知道一件事。”

“什么事？”

“人生是由自己活出来的。”